U0116019

六朝文學研究

——穆克宏自選集

穆克宏　著

總序

　　閩水泱泱，閩學悠永。百年老校福建師範大學之文學院，發祥於前清帝師陳寶琛創辦的福建優級師範學堂國文科，後又匯聚福建協和大學、華南女子文理學院等校的學術資源，可謂源遠流長，底蘊博厚。葉聖陶、郭紹虞、董作賓、章靳以、胡山源、嚴叔夏、黃壽祺、俞元桂等往賢，曾相繼執教我院，為學科創立與發展作出突出貢獻，留下彌足珍貴的學術傳統，潤澤和激勵一代又一代學人茁壯成長。時至今日，我院備具中國語言文學、戲劇與影視學兩個一級學科博士學位授權點及博士後科研流動站，中國現當代文學國家重點學科，中國語言文學國家文科基礎學科人才培養和科學研究基地，擁有上百名專任教師，三十多位教授和博士生指導教師，兩千餘名本科生和碩士博士研究生，實已發展為大陸文史研究與教育的重鎮。

　　閩臺隔海相望，地緣相近，血緣相親，文緣相承，近年兩岸關係和平發展進程中緣情淳深，學術文化交流益顯大有作為。正是順應這一時代潮流，我院和臺灣高校交往密切，同仁間互動頻繁，時常合作舉辦專題研討及訪學活動，茲今我院不但新招臺籍博士研究生四十多人，尚與相關大學聯合培養文化產業管理專業本科生。學術者，天下之公器也。適惟我院學術成果豐厚，就中歷久彌新者頗多，因與臺北萬卷樓圖書股份有限公司總經理梁錦興先生協力策畫，隆重推出《福建師範大學文學院百年學術論叢》（第一輯），以饗讀者，以見兩岸人文交流之暉光。

　　茲編所收十種專著，撰者年輩不一，領域有別，然其術業皆有專

攻，悉屬學術史上富有開拓性的研究成果。如一代易學宗師黃壽祺先生及其高足張善文教授的《周易譯注》，集今注、語譯和論析於一體，考辨精審，義理弘深，公認為當今易學研究之經典名著。俞元桂先生主編的《中國現代散文史》，被譽為現代散文史的奠基之作，北京大學王瑤先生曾稱「此書體大思精，論述謹嚴，足見用力之勤，其有助於文化積累，蓋可斷言」。穆克宏先生的《六朝文學研究》，專注於《昭明文選》及《文心雕龍》之索隱抉微，頗得乾嘉樸學之精髓。陳一琴、孫紹振二位先生合撰的《聚訟詩話詞話》，圍繞主題，或爬梳剔抉而評騭舊學，或推陳出新以會通今古，堪稱珠聯璧合，相得益彰。《月迷津渡》一書，孫先生從個案入手，以微觀分析古典詩詞，在文本闡釋上獨具匠心，無論審美、審醜與審智，悉左右逢源，自成機杼。姚春樹先生的《中國近現代雜文史》，系統梳理當時雜文的歷史淵源、發展脈絡和演變規律，深入闡發雜文藝術的特性與功能，給予後來者良多啟迪。齊裕焜先生的《中國古代小說演變史》，突破原有小說史論的體例，揭示不同類型小說自身的發展規律及其與社會生活的種種關聯，給人耳目一新之感。陳慶元先生的《福建文學發展史》，從中國文學史的大背景出發，拓展和發掘出八閩文學乃至閩臺文學源流的豐厚蘊藏。南帆先生的《後革命的轉移》，以話語分析透視文學的演變，熔作家、作品辨析與文學史論為一爐，極顯當代文學理論之穿透力。馬重奇先生的《漢語音韻與方言史論集》，則彙集作者在漢語音韻學、閩南方言及閩臺方言比較研究中的代表論說，以見兩岸語緣之深廣。

可以說，此番在臺北重刊學術精品十種，既是我院文史研究實績的初次展示，又是兩岸學人同心戮力的學術創舉。各書作者對原著細謹修訂，責任編輯對書稿精心核校，均體現敬文崇學的專業理念，以及為促進兩岸學術文化交流的誠篤精神！對此我感佩於心，謹向作者、編輯和萬卷樓圖書公司致以崇高敬意和誠摯謝忱！並企盼讀者同

仁對我院學術成果予以客觀檢視和批評指正。我深信，兩岸的中華文化傳人，以其同種同文的民族自尊心、自信心和傳承文化的責任心，必將進一步交流互動，昭發德音，化成人文，為促進中華文化復興繁榮而共同努力！

汪文頂

謹撰於福州倉山

二〇一四年十二月二十七日

目次

《昭明文選》研究

《文心雕龍》研究

其他

我與六朝文學研究
──治學詹言（代序）

　　我在少年時代就愛好文學。小學五、六年級時，我喜歡閱讀中國古代章回小說，如《水滸傳》、《三國演義》、《七俠五義》、《粉妝樓》、《包公案》等。雖然囫圇吞棗，一知半解，但是小說情節動人，亦感到濃厚的興趣。在初中讀書時，愛好中國現代文學，迷戀五四和三十年代的文學作品，喜歡讀巴金、曹禺、郁達夫等人的書。記得初三時，曾撰寫過一篇〈論曹禺及其作品〉的論文，全文約一千五百字，發表在當時的雜誌《芸芸》上。高中時，比較廣泛地閱讀中外文學名著，逐步轉向中國古典文學。西方文學名著，我比較喜歡閱讀哈代、莫泊桑、羅曼‧羅蘭等人的作品。中國古典文學名著，我比較喜歡閱讀《楚辭》和杜詩。當時我手頭已有王逸注、洪興祖補注的《楚辭補注》[1]和仇兆鰲注的《杜詩詳註》[2]，取閱十分方便。《楚辭》中的〈離騷〉，有些地方讀不懂，我就參考郭沫若的《屈原研究》，此書中有〈離騷今譯〉。選讀杜詩，讀的不是〈三吏〉、〈三別〉、〈北征〉、〈自京赴奉先縣詠懷五百字〉，而是一些著名的律詩和絕句。高中畢業以後，我考上了南京大學中文系。當時南京大學中文系的著名教授如胡小石、陳中凡、汪辟疆、羅根澤等先生親自授課，我深受教益和啟發。一九五三年，我大學畢業以後，想從事中國古代文學的研究工

1　中華書局《四部備要》本。
2　商務印書館《國學基本叢書》本。

作，但不知如何做起，於是寫信給我的老師汪辟疆先生和羅根澤先生請教。

一　學一點目錄學

　　汪先生的回信告訴我，研究中國古代文學要閱讀《四庫全書總目提要》[3]。他的意思是說，要學一點目錄學。

　　什麼是目錄學？姚名達於《目錄學》中說：「目錄學者，將群書部次甲乙，條列異同，推闡大義，疏通倫類，將以辨章學術，考鏡源流，欲人即類求書，因書究學之專門學術也。」這是對目錄學的界定，明確地指出目錄學的功用。「辨章學術，考鏡源流」，引起我對目錄學的興趣。

　　首先，我遵照汪先生的教導，閱讀《四庫全書總目提要》。

　　《四庫全書總目提要》是中國古代規模最大、影響最大的目錄書。此書分經、史、子、集四部，著錄圖書三千四百六十一種，七萬九千三百〇九卷。存目六千七百九十三種，九萬三千五百五十一卷[4]。著錄各書皆有提要，各類有小序，四部各有總序。執筆者大都是學有專長的學者，如戴震、邵晉涵、周永年、翁方綱、朱筠、姚鼐等人，有較高的學術價值。清代目錄學家鄭中孚說：「竊謂自漢以後，簿錄之書，無論官撰私撰，凡卷第之繁富，門類之允當，考證之精詳，議論之公平，莫有過於是編矣。」[5]絕非溢美之辭。清代張之洞說：「將《四庫全書總目提要》讀一過，即略知學問門徑矣。析而言之，《四庫提要》為讀群書之門徑。」[6]現代著名學者余嘉錫說：「余略知學問

3　又稱《四庫全書總目》。
4　據中華書局版《四庫全書總目》出版說明。
5　《鄭堂讀書記》卷32。
6　《輶軒語》一。

門徑，實受《提要》之賜。」可見此書在讀書治學中所起的作用。

　　我在認真閱讀經、史、子、集四部的總序、各類小序和翻閱一些重要著作的提要之後，我了解了經、史、子、集的概況，對四部中的主要著作都有所了解，受益不淺。我在閱讀《四庫提要》時，參閱了《四庫全書簡明目錄》，此書簡明扼要，對我的治學也很有幫助，如《文選李善注》提要云：「《文選》為文章淵藪，善注又考證之資糧。一字一句，罔非瑰寶，古人總集，以是書為弁冕，良無忝矣。」[7] 又《六臣注文選》提要云：「五臣注非善注之比，然詮釋文句，間有寸長，匯為一編，亦頗便於循覽焉。」[8] 又《文心雕龍》提要云：「上編二十有五，論體裁之別；下編二十有四，論工拙之由，合〈序志〉一篇，亦為二十五篇。其書於文章利病，窮極微妙。摯虞《流別》，久已散失。論文之書，莫古於是編，亦莫精於是編矣。」[9] 分析精闢，是為定論。這些論述對我研究《文選》、《文心雕龍》，頗有啟發。

　　魯迅說：「我以為倘要弄舊的呢，倒不如姑且靠著張之洞的《書目答問》去摸門徑去。」[10] 這是魯迅先生的經驗之談。

　　張之洞的《書目答問》是指示治學門徑的書。光緒二年（1876）刊印問世。此書開列古籍二千二百種。書中〈略例〉說：「諸生好學者來問應讀何書，書以何本為善。偏舉既嫌絓漏，志趣學業各不同，因錄此以告初學。」這是張氏編撰此書之目的。又說：「讀書不知要領，勞而無功；知某書宜讀而不得精校注本，事倍功半。[11] 今分別條流，慎擇約舉，視其性之所近，各就其部求之。」這說明張氏所開列的各書是供學子選讀的。此書有一個特點，即書目後常附評語，如杜

7　《文選李善注》卷 19。

8　《六臣注文選》卷 19。

9　《文心雕龍》卷 20。

10　《而已集》〈讀書雜談〉。

11　原注：此書所錄，其原為修四庫時未有者十之三四。四庫雖有其書，而校本、注本晚出者十之七八。

甫詩，版本很多，何本為佳，讀者往往並不清楚，此書在楊倫注《杜詩鏡詮》下評曰：「杜詩版本太多，仇、楊為勝。」在《文選六臣注》下評曰：「不如李善單注，已有定論，存以備考。」在胡仔《苕溪漁隱叢話》下曰：「此書採北宋詩話略備。」在魏慶之《詩人玉屑》下曰：「此書採南宋詩話略備。」雖然只有三言兩語，可是對讀者很有幫助。

一九三一年，范希曾的《書目答問補正》出版。此書一是「補」《書目答問》刊行「五十年間新著新雕未及收入」者，一是「正」其小小訛失。《補正》補錄古籍一千二百種左右，反映了五十年來學術研究的主要成就，提高了《書目答問》的使用價值。

著名學者余嘉錫說他的學問「是從《書目答問》入手」。[12]著名史學家陳垣承認，他少年時對《四書》、《五經》以外的學問發生興趣，即得力於《書目答問》的引導。[13]亦可見此書在老一輩學者讀書治學中所起的作用。

《書目答問》對我的幫助有兩個方面：一是指導我買書。在《答問》的指導下，我先後購買了的書「經部」有《十三經注疏》、宋元人注《四書五經》、陳奐的《詩毛氏傳疏》、馬瑞辰的《毛詩傳箋通釋》、胡承珙的《毛詩後箋》等；「史部」有「二十四史」、《資治通鑑》、《史通》、《文史通義》等；「子部」有《諸子集成》、《新編諸子集成》、《百子全書》等；「集部」有漢王逸注，宋洪興祖補注的《楚辭補注》、宋朱熹的《楚辭集注》、清蔣驥的《山帶閣注楚辭》、唐李善注的《文選》、明張溥的《漢魏六朝百三家集》、宋郭茂倩的《樂府詩集》、梁劉勰的《文心雕龍》、梁鍾嶸的《詩品》、清倪璠的《庾子山集》、清王琦的《李太白集注》、清仇兆鰲的《杜詩詳注》等。這些書都是中國古籍中的重要著作，對我讀書治學都有用處。一是指導我

---

12 陳垣〈余嘉錫論學雜著序〉。

13 朱維錚《書目答問二種》導言。

治學。一九七九年，我應中華書局之約，點校吳兆宜的《玉臺新詠箋注》。查《四庫全書總目提要》，其中《庾開府集箋注》提要云：「（兆宜）嘗注徐、庾二集，又注《玉臺新詠》、《才調集》、《韓偓詩集》。今唯徐、庾二集刊版行世，餘唯鈔本僅存云。」這是說，吳兆宜的《玉臺新詠箋注》僅有鈔本。又《玉臺新詠箋注》提要，只稍作評論，並未涉及版本。查《書目答問補正》，《補正》有清乾隆三十九年刻本。經查閱此書，知即原刻本。我點校的《玉臺新詠箋注》就是以此書為底本。此書已於一九八五年由中華書局出版，列入《中國古典文學基本叢書》。一九九四年，由於研究《文選》的需要，我點校清梁章鉅的《文選旁證》。查《書目答問》有榕風樓刻本，《補正》有光緒間重刻本。前者為清道光十四年（1834）原刻本，後者為梁章鉅之子梁恭辰的重刻本。重刻本與原刻本款式全同，但改正了原刻本一千多處錯誤。因此，我決定採用重刻本作為點校的底本。此書於二〇〇〇年由福建人民出版社出版。

　　中國古代目錄學的內容十分豐富。張之洞在《書目答問》中說：「目錄之學，最要者《漢書》〈藝文志〉、《隋書》〈經籍志〉、《經典釋文》〈敘錄〉、《舊唐書》〈經籍志〉、《新唐書》、《宋史》、《明史》〈藝文志〉。」[14]張氏所舉目錄，除《經典釋文》〈敘錄〉之外，都是史志目錄。其中《漢書》〈藝文志〉和《隋書》〈經籍志〉尤為重要。

　　班固據劉歆《七略》而編撰《漢書》〈藝文志〉，其內容是前有總序，述漢以前學術概況，後分六藝、諸子、詩賦、兵書、術數和方技六略，略下分三十八種，各「略」除〈詩賦略〉外，亦皆有序。著錄圖書五百九十六家，一萬三千二百六十九卷。前人對《漢書》〈藝文志〉的評價很高。清代學者金榜說：「不通《漢書》〈藝文志〉，不可以讀天下書。〈藝文志〉者，學問之眉目，著述之門戶也。」[15]清代史

14　〔清〕張之洞《書目答問》卷二。
15　〔清〕王鳴盛《十七史商榷》卷二十二引。

學家章學誠說：「〈藝文〉一志，實為學術之宗，明道之要。」[16]清代
目錄學家姚振宗說：「今欲求周秦學術之淵源，古昔典籍之綱紀，舍
是無由津逮焉。」[17]可見此志之重要。

　　我閱讀《漢書》〈藝文志〉用的是顏師古注的《漢書》，參考清代
王先謙的《漢書補注》、今人顧實的《漢書藝文志講疏》等著作，閱
後，我了解了漢以前的著作和學術概況，頗有裨益。

　　《隋書》〈經籍志〉分經、史、子、集四部。經部分十類，史部
分十三類，子部分十四類，集部分三類。總序述唐以前之學術源流及
演變。各部、類有大序、小序。清代姚振宗說：「自周秦六國、漢魏
六朝迄於隋唐之際，上下千餘年，網羅十幾代，古人制作之遺，胥在
乎是。」[18]先師汪辟疆先生稱此志「類例整齊，條理備具。每於部類
後，各系以後論總論，尤足以究學術之得失，考流別之變遷，文美義
賅，班《志》後所僅見也。」[19]都作了很高的評價。

　　我閱讀《隋書》〈經籍志〉時，參考姚振宗的《隋書經籍志考
證》，了解了唐代以前圖書的存亡和學術演變情況，對我研究六朝文
學很有幫助。姚氏之《隋書經籍志考證》，考證精詳，資料豐富，頗
有參考價值。一九九五年年底，日本著名學者興膳宏教授寄贈他與川
合康三合著的《隋書經籍志詳考》一部，此書在《隋書》〈經籍志〉
著錄的書籍後，附以《舊唐書》〈經籍志〉、《新唐書》〈藝文志〉、《崇
文目錄》、《通志》、《郡齋讀書志》、《直齋書錄解題》、《宋史》〈藝文
志〉、《文獻通考》〈經籍志〉、《四庫全書總目》、《玉海》和《日本國
見在書目》的著錄情況，足供參考。書後附以「書名索引」、「人名索
引」，使用方便。《隋書經籍志考證》和《隋書經籍志詳考》成為我案

16　《校讎通義》。
17　《漢書藝文志條理》〈敍錄〉。
18　《隋書經籍志考證》〈敍錄〉。
19　《目錄學研究》〈論唐宋元明四朝之目錄〉。

頭常備之書。

應該提到的是宋代兩部著名的私家藏書目錄，即晁公武的《郡齋讀書志》和陳振孫的《直齋書錄解題》。《郡齋讀書志》有衢州本與袁州本之分。衢州本著錄圖書一千四百六十一部，袁州本著錄圖書一千九百三十七部，各書都有提要。《直齋書錄解題》原有七十六卷（今存二十二卷），著錄圖書三〇九六種，五一一八〇卷，各書都有解題。二書受到後世的重視。元初史學家馬端臨的史學巨著《文獻通考》[20]中的〈經籍考〉[21]幾乎全部採錄了《郡齋讀書志》和《直齋書錄解題》的提要。〈經籍考〉也是重要的目錄書。張之洞說：「《文獻通考》中的〈經籍考〉，雖非專書，尤為綱領。」[22]確實如此。

《郡齋讀書志》、《直齋書錄解題》和《文獻通考》〈經籍考〉都是我經常翻閱的書，其解題最有參考價值。

我們讀書治學，學一點目錄學，好處很多：一、掌握中國古籍的概況；二、了解各書的基本情況；三、粗知學術源流；四、指示讀書治學的門徑；五、考辨古籍的依據；六、檢索資料的顧問。學一點目錄學，一生受用無窮。對此，我深有體會。

二　練好基本功

羅先生回信告訴我，要研究中國古代文學，一定要精讀《詩經》、《楚辭》。意思是說，要練好基本功。

我認為，在大學時學習的《中國文學史》、《中國古代文學作品選》、《古代漢語》等就是研究中國古代文學的基本功。但是，作為研究的基礎，這個基本功是不夠的。所以，羅先生要我精讀《詩經》、

20　〔元〕馬端臨《文獻通考》卷 348。

21　〔元〕馬端臨《文獻通考》〈經籍考〉卷 76。

22　〔清〕張之洞《書目答問》卷 2。

《楚辭》，就是要我進一步練好基本功，為今後研究工作打好基礎。

　　當時在我的藏書中，《詩經》有漢毛亨傳、鄭玄箋、唐孔穎達疏《毛詩正義》[23]、宋朱熹的《詩經集傳》[24]、清陳奐的《詩毛氏傳疏》[25]、清馬瑞辰的《毛詩傳箋通釋》[26]。由於《毛詩正義》過於繁瑣，於是我選擇朱熹的《詩經集傳》精讀，參考《毛詩正義》及《詩毛氏傳疏》、《毛詩傳箋通釋》。在我的藏書中，《楚辭》有《楚辭補注》（宋洪興祖補注，其中包括王逸的《楚辭章句》，中華書局《四部備要》本）、《楚辭集注》[27]、《屈原賦注》[28]、《離騷集釋》[29]。當時，我精讀《楚辭補注》，參考其他幾種注本。特別是《離騷集釋》一書，引用古今名家之說，注釋詳贍，對我幫助尤大。《楚辭》除〈天問〉之外，大都易讀，我也感到興趣。屈原〈離騷〉，我幾熟讀成誦。

　　《詩經》、《楚辭》是我國古典文學不祧之祖。沈約在《宋書》〈謝靈運傳論〉中論述歷代文學之後說：「源其颷流所始，莫不同祖風騷。」指出《詩經》、《楚辭》在我國古代文學史上的崇高地位。精讀這兩部古典文學名著，為我學習和研究六朝文學奠定了堅實的基礎。

　　我認為，練好基本功固然要集中一段時間，但也不是一時的事。在長期的研究工作中，根據需要，有時也要補一補基本功。如文字學。我在大學讀書時，只學過唐蘭的《中國文字學》，太簡單了。後來，因為研究古典文學的需要，我閱讀了清段玉裁的《說文解字注》，並參閱了清王筠的《說文句讀》、《說文釋例》、清桂馥的《說文義證》、清朱駿聲的《說文通訓定聲》等著作。這就補上自己在基本

---

23 世界書局影印《十三經注疏》本。

24 世界書局影印銅版《四書五經》本。

25 商務印書館《國學基本叢書》本。

26 中華書局《四部備要》本。

27 〔宋〕朱熹集注，掃葉山房石印本。

28 〔清〕戴震撰，商務印書館《國學基本叢書》本。

29 衛瑜章集釋，商務印書館《國學小叢書》本。

功方面的欠缺。

關於如何練好基本功，學術界有不同說法，如一九二九年，黃侃和他的老師章太炎合開了一個國學基本書目共二十五種，即《十三經》、《大戴禮記》、《國語》、《史記》、《漢書》、《資治通鑑》、《通典》、《莊子》、《荀子》、《文選》、《文心雕龍》、《說文》、《廣韻》。黃侃弟子、南京師範大學徐復教授評曰：「以上青年必讀書二十五種，包括四部中最重要的典籍，可以囊括一切，也是治各門學問的根柢。」所謂「根柢」，即基本功。這一書目開得十分精要，所列各書皆國學之精華，但是份量過多，非一般學子所能做到。我雖然沒有全讀這些書，但都購置庋藏，時時翻閱，供研究之參考。

給我印象最深的是先師汪辟疆先生的〈讀書說示中文系諸生〉[30]一文，為中文系大學生推薦的十部書。茲稍加解說，附錄於後：

一、《說文解字》。讀唐以前古籍必須通文字訓詁，因此，《說文解字》是必讀的。我常常翻閱的是段玉裁的《說文解字注》和桂馥的《說文義證》。

二、《毛詩正義》。《詩經》是我國古代第一部詩歌總集，對後世詩歌影響深遠，不可不讀。我平常翻閱的《詩經》是《詩經正義》、《詩經集傳》、《詩毛氏傳疏》、《毛詩傳箋通釋》。

三、《禮記正義》。《禮記》是儒家雜述古代禮制的書，對了解古代社會有幫助。張之洞說：「治經之次第，先治《詩》，後治《禮》。」王國維說：「讀《詩》、《禮》，厚根柢，勿為空疏之學。」我平常翻閱的《禮記》是漢鄭玄注、唐孔穎達疏的《禮記正義》、清孫希旦的《禮記集解》、清朱彬的《禮記訓纂》和元陳澔的《禮記集說》。

四、《荀子》。此書是先秦儒家學派的重要著作。有人認為，荀子思想支配了中國兩千多年，值得一讀。我平常閱讀的是清王先謙的

30　汪辟疆：《汪辟疆文集》（上海市：上海古籍出版社，1988 年）。

《荀子集解》、近人梁啟雄的《荀子簡釋》。

　　五、《莊子》。此書是道家學派的重要著作。旨遠文高，乃玄學之宗。對後世思想有深遠的影響。我平常閱讀的是清郭慶藩的《莊子集釋》和清王先謙的《莊子集解》。

　　六、《漢書》。班固《漢書》是中國紀傳體斷代史的第一部，堪稱斷代史之楷模。唐代有《漢書》學，對史學有深遠的影響。唐顏師古注的《漢書》為權威注本，清王先謙的《漢書補注》是最佳注本。這是平常閱讀的本子。

　　七、《資治通鑑》，簡稱《通鑑》，宋代司馬光主編，是我國古代的一部編年通史。上起周威王二十三年（前 403），下至後周世宗顯德六年（959），記載了一千三百六十二年的歷史。此書體大思精，舊稱絕作，享有很高的學術聲譽。我使用的是古籍出版社一九五七年出版的標點本。此書後由中華書局印行。

　　八、《楚辭》。以楚國詩人屈原為代表的詩歌，西漢劉向編為《楚辭》。屈原是中國文學史上第一個大詩人。他的作品對後世詩賦有深遠的影響。我愛讀《楚辭》，平常讀的是《楚辭補注》，參考《楚辭集注》、《屈原賦注》等。

　　九、《文選》，南朝梁蕭統編。因為蕭統是昭明太子，故此書又名《昭明文選》。這是我國現存最早的一部詩文總集。《文選》選錄周至南朝梁詩文七百多篇，大都是優秀作品。《文選》對後世文學有深遠的影響。我常讀的《文選》是李善注《文選》，參考五臣注《文選》、清朱珔的《文選集釋》、清梁章鉅的《文選旁證》等。

　　十、《杜詩》，即杜甫詩。杜詩上承八代、下開唐宋，乃詩歌之集大成者。史傳謂其詩「渾涵汪茫，千匯萬狀，兼古今而有之。」誠然。我閱讀的杜詩是清仇兆鰲的《杜詩詳注》，參閱清楊倫的《杜詩鏡詮》、清錢謙益的《杜詩錢注》等。

　　汪先生說：「熟讀十書……務祈貫通。以此治基，基固，則日進

緝熙光明矣。」這是說，閱讀這十部書，為的是練好基本功，基本功扎實，將來定有所成。我的體會是，汪先生開列的十部書，涵蓋經、史、子、集，十分精當。如能熟讀，對研究我國的國學大有裨益。

三　我與六朝文學研究

　　大約從一九六○年開始，我決定從事六朝文學研究。為什麼我要研究六朝文學呢？原因有三：一、在大學讀書時，胡小石先生講授的六朝詩歌和羅根澤先生講授的中國文學史的六朝部分，給我留下深刻的印象；二、我是六朝古都南京人，對六朝文學與歷史有興趣。這是一種鄉土感情。這種感情促使我研究六朝文學；三、當時研究六朝文學著作很少，比較常見的是魯迅先生在〈魏晉風度及文章與藥及酒之關係〉一文提到的三種書，即清嚴可均的《全上古三代秦漢三國六朝文》、近人丁福保的《全漢三國晉南北朝詩》和近人劉師培的《中國中古文學史》。此外，還有一九四九年初期出版的王瑤先生的《中古文學史論》三種：《中古文學思想》、《中古文人生活》、《中古文學風貌》。其他還有一些，但不多。我認為研究六朝文學大有可為。

　　我對六朝文學的研究，雖然是從上個世紀六十年代初開始的，但是，由於「文化大革命」的影響，我直到一九七七年以後才開始撰寫研究論文，至一九八五年以後才出版學術著作。我對六朝文學的研究主要有四項。

（一）《玉臺新詠》研究

　　《玉臺新詠》是我國古代一部重要的詩歌總集，編於梁朝。編者為南朝梁、陳時的徐陵。《玉臺新詠》的主要內容是寫閨情，所收的詩多為艷詩，即宮體詩。但也收了枚乘、張衡、曹植、阮籍、左思、鮑照、謝朓等著名詩人的佳作。此書的價值在於：一、在中國文學史

上，漢魏六朝的總集、別集流傳下來的很少，許多詩歌都失傳了。
《玉臺新詠》是《詩經》、《楚辭》以後最古的一部詩歌總集，它為我
們保存了大量的詩歌資料。二、由於《玉臺新詠》成書在梁朝，當時
編者能見到的古書，後來有許多散失了，所以今天我們可以用它來校
訂其他古籍。三、《玉臺新詠》專選歌詠婦女的詩篇，這種選本在當
時是沒有前例的。四、本書所收齊、梁時代的一些宮體詩，在聲律、
對偶、用典等方面已經相當成熟，這些對唐詩的發展有直接的影響。
因此，《玉臺新詠》是我們研究漢魏六朝詩歌的重要參考書。一九七
九年，中華書局約我點校清吳兆宜的《玉臺新詠箋注》，我答應了，
但是心中卻有些猶豫，原因是，我曾經讀過楊樹達的《古書句讀釋
例》，深深感到古書斷句之難。後來讀魯迅先生的〈點句的難〉[31]，此
文指出劉大杰標點、林語堂校閱的《袁中郎全集》斷句的謬誤，說明
名家標點古書也難免斷句的謬誤。魯迅說：「標點古文，不但使應試
的學生為難，也往往害得有名的學者出醜。」確實如此。我資質愚
鈍，學識淺薄，恐難以勝任。但是，既然承擔了點校任務，只有謹
慎、認真地進行了。此書一九八五年，由中華書局出版。此書出版
後，我一直提心吊膽，唯恐有斷句謬誤，貽笑大方之家。至一九八六
年，中華書局出版的《書品》第三期上刊載了中國社會科學院文學研
究所研究員曹道衡、沈玉成的〈評新版《玉臺新詠箋注》〉，我心上的
一塊石頭才落了地。曹、沈二位先生說：「穆克宏同志點校的《玉臺
新詠箋注》之所以為大家所歡迎，我們認為主要是在校正糾謬，校勘
精審和標點正確三個方面……這部新版的《玉臺新詠箋注》不但是目
前最精審的一部校本，而且對研究《玉臺新詠》來說，也是一部重要
的著作。」[32]二位研究員對拙校作了肯定的評價。二〇〇〇年，中華

---

31 見《花邊文學》。

32 曹道衡、沈玉成：〈評新版《玉臺新詠箋注》〉，《書品》（北京市：中華書局）1986
　　年第 3 期。

書局出版的《文史》第二輯發表昝亮的〈《玉臺新詠》版本探索〉說：「穆克宏先生點校的《玉臺新詠箋注》……點校精細審慎，用力甚著，洵為善本。」這樣，我就比較放心了。古人云：「學識如何觀點書。」[33]點校古書確實不容易。在《玉臺新詠》的專項研究中，我還撰寫了兩篇研究論文：〈試論《玉臺新詠》〉[34]和〈徐陵論〉[35]，表達了我對《玉臺新詠》及其編者徐陵的看法。

（二）《文心雕龍》研究

《文心雕龍》，劉勰著。劉勰是我國南朝齊梁時代的傑出文學批評家。他的《文心雕龍》，比較全面地總結了南齊以前中國文學理論和文學批評的經驗，提出了許多精闢的見解，在中國文學批評史上，是一部十分重要的文學批評著作。

我研究《文心雕龍》主要有兩個原因：一是受先師羅根澤先生的影響。羅先生的《魏晉南北朝文學批評史》引起了我研究《文心雕龍》的興趣。一是我年輕時喜愛駢體文，如《六朝文絜》中江淹的〈恨賦〉、〈別賦〉，吳均的〈與朱元思書〉、〈與顧章書〉，《古文觀止》中的陶潛的〈歸去來辭〉、王勃的〈滕王閣序〉、駱賓王的〈為徐敬業討武曌檄〉等都是我熟讀的名篇，《文心雕龍》是用駢文寫的，清代劉開說：「以駢麗之言而有馳驟之勢，含飛動之彩，極瑰偉之觀，其唯劉彥和乎！」[36]今人范文瀾說：「劉勰是精通儒學和佛學的傑出學者，也是駢文作者中的能手。他撰《文心雕龍》五十篇，剖析文理，體大思精。全書用駢文來表達致密的繁富的論點，宛轉自如，意無不達，似乎比散文還要流暢，駢文高妙至此，可謂登峰造極。」[37]

---

33 〔唐〕李匡乂《資暇錄》（又作《資暇集》）引稷下諺語。

34 穆克宏：〈試論《玉臺新詠》〉，《文學評論》1985 年第 6 期。

35 穆克宏：〈徐陵論〉，《楚雄師範學院學報》2002 年第 2 期。

36 《孟涂駢體二》〈書《文心雕龍》後〉。

37 《中國通史簡編》修訂本第二編。

劉勰的駢文取得很高的成就。我喜愛《文心雕龍》。

　　我對《文心雕龍》的研究是從上個世紀六十年代開始的。當時由於教學工作繁忙，只是閱讀《文心雕龍》及有關著作，寫點札記。「文化大革命」開始以後，一切都停止了。直到一九七七年以後才開始撰寫有關《文心雕龍》的論文。我一邊撰寫論文，一邊編寫《文心雕龍選》。《文心雕龍選》，福建教育出版社一九八五年出版。此書選文二十一篇，所選皆為《文心雕龍》之精華。各篇都有「說明」、「注釋」、「譯文」，書前有〈劉勰與文心雕龍〉一文作為序言。序言比較全面地介紹了劉勰和〈文心雕龍〉，目的是使讀者能對劉勰和《文心雕龍》有一個初步的了解。此書通俗易懂，適合大學生和一般讀者閱讀。張少康等的《文心雕龍研究史》評論此書說：「由於作者對魏晉南北朝文學有全面深入的研究，國學根柢深厚，所以注釋是比較確切的，譯文盡量採用了直譯的方法，使之能夠和原文對應起來，文筆明白曉暢。」[38]給此書作了較高的評價。我還有《文心雕龍》全書注釋本，見《魏晉南北朝文論全編》[39]。我的《文心雕龍研究》[40]從表面看，是我十餘年所撰寫的研究論文的結集，實際上是一部研究專著。因為我撰寫《文心雕龍》的研究論文是有計畫進行的。本書分上、下兩編。上編是通論，對劉勰和《文心雕龍》進行了比較全面的論述，詳細地介紹了劉勰的生平、思想和劉勰對文學與現實的關係、藝術構思、文學作品的內容和形式、文學的繼承與創新、文學批評、文學風格等問題的論述。下編是專論，將《文心雕龍》和六朝文學結合起來進行研究，闡明了劉勰對曹植、阮籍、嵇康、傅玄、張華、潘岳、陸機、左思、南朝宋齊文學的論述。附錄兩篇，論述沈約和蕭統的文學

---

38 張少康等：《文心雕龍研究史》（北京市：北京大學出版社，2001 年）。

39 穆克宏：《魏晉南北朝文論全編》（南京市：江蘇教育出版社，1996 年出版，2004年修訂再版）。

40 穆克宏：《文心雕龍研究》（福州市：福建教育出版社，1991 年）。

理論批評。這是因為沈約、蕭統和劉勰都有關係，對讀者了解劉勰和
《文心雕龍》有幫助。張少康等的《文心雕龍研究史》認為：「（此
書）是本時期《文心雕龍》研究中很有學術價值的一部著作，……組
織嚴密，考論精審……作者始終注意對《文心雕龍》之本義的闡釋，
亦時見創獲。……通論和專論相結合，而專論注意劉勰對六朝時期有
卓越成就的大作家的研究，將劉勰的文學理論批評的研究，落到實
處。這是本書的一個最為顯著的特點。」又說：「將《文心雕龍》與
六朝文學結合起來研究，不僅有助於具體深入地了解《文心雕龍》，
而且有助於對六朝文學發展史的研究。因為作者對《昭明文選》、《玉
臺新詠》和六朝許多重要作家有相當深入的研究，發表過許多研究論
著，所以他對《文心雕龍》中有關曹植、王粲、阮籍、嵇康、潘岳、
陸機、左思以及南朝宋、齊文學的評論，都能結合對這些作家創作的
思想藝術特色的具體分析，進行深入的研究，不僅使我們對劉勰《文
心雕龍》作家論方面的成就有清楚的認識，而且也從分析劉勰的評論
中，對這些作家的創作成就作了更深入的闡發。在全書的具體論述
中，作者提出了許多自己的新的見解。」我的《文心雕龍》增訂本，
鷺江出版社二〇〇二年出版。增訂本增加了〈文心雕龍解題〉和〈志
深而筆長，梗概而多氣——劉勰論「建安七子」〉、〈灑筆以成酣歌，
和墨以藉談笑——劉勰論「魏氏三祖」〉、〈義多規鏡，搖筆落珠——
劉勰論傅玄、張華〉、〈詩必柱下之旨歸，賦乃漆園之義疏——劉勰論
東晉文學〉四篇論文及〈主要參考書目〉，以彌補系統論述的不足。

（三）《昭明文選》研究

　　《文選》，梁蕭統編。《文選》保存了豐富的文學資料，有較高的
文學價值。此書遠在唐代初年就形成了一種專門的學問，叫做《文
選》學。在中國古代文學史上，對一部文學著作的研究而形成一種專
門學問的只有《文選》學。《文選》學歷史悠久，影響廣泛，在中國

古代文學研究史上佔有獨特的地位。

　　我接觸到《文選》是在一九四九年前。當時我在高中讀書。由於仰慕《文選》的大名，購置了一部世界書局影印的胡刻本《文選》。《文選》一開始就漢賦，當時感到十分難懂，就把它擱在一邊了。後來，讀諸葛亮的〈出師表〉、李密的〈陳情表〉和陶淵明的〈歸去來辭〉時，偶爾取出《文選》來翻一翻。六十年代初，我開始研究《文心雕龍》，翻閱《文選》的時間多了，漸漸地比較熟悉了。一九八五年，我給自己指導的研究生開設「《文心雕龍》研究」、「《昭明文選》研究」，翻閱《文選》的次數更多了，就更熟悉了一些。一九八五年以後，我以主要精力研究《文選》學，撰寫了十三篇研究論文，後來在論文的基礎上寫成《昭明文選研究》，一九九八年由人民文學出版社出版。為了比較深入地研究《文選》學，我點校清代梁章鉅的《文選旁證》，此書是《文選》學的集大成之作，有較高的學術價值。二〇〇〇年，作為《八閩文獻叢刊》之一，由福建人民出版社出版。一九九八年，春風文藝出版社約稿，讓我寫一部評介《昭明文選》的小冊子，作為通俗讀物，於一九九九年出版。我的《昭明文選研究》和《文選旁證》點校本，引起同行的注意。王立群的《現代文選學史》說：「穆克宏的《昭明文選研究》為二十世紀後期中國大陸學者第一部現代《文選》學研究的專著……成為二十世紀現代《文選》學步入新的學術上升週期後最有代表性的研究著作之一。」[41]又說：「穆克宏點校的《文選旁證》則是大陸學人對清代傳統《文選》學專著進行整理的傑出代表。」[42]又說：「二十世紀後期，伴隨著《文選》的升溫，大陸著名學者曹道衡、王運熙、穆克宏……成為重要的現代《文選》學家。……穆克宏亦是大陸著名的《文選》、《文心雕龍》研究家，他

41 王立群：《現代文選學史》（北京市：中國社會科學出版社，2003 年）。
42 王立群：《現代文選學史》（北京市：中國社會科學出版社，2003 年）。

的《昭明文選研究》及點校整理的（清）梁章鉅《文選旁證》是傳統
《文選》學研究與現代《文選》學研究結合的典範。」[43]評論反映了
學術界對拙著的重視。一九九八年以後，我陸陸續續又寫了十餘篇有
關《文選》學的研究論文，這些論文和舊著《昭明文選研究》的修訂
本皆收入我的《文選學研究》。此書將於今年十二月，由鷺江出版社
出版。

（四）文學史料學的研究

　　我在大學中文系從事魏晉南北朝文學教學和研究工作多年，在教
學和研究過程中，接觸了很多史料，很久以來，我想對自己所接觸到
的史料加以整理，撰成《魏晉南北朝文學史料述略》一書，供讀者參
考。但是，由於教學工作繁忙，無暇他顧。多年的願望，一直無法實
現。一九八五年以後，我為自己指導研究的研究生開設文獻學課程，
這門課程的主要內容是講魏晉南北朝文學史史料。一九九〇年，中華
書局約我撰寫《魏晉南北朝文學史料學》，於是，我借此機會，撰成
本書。這樣，總算實現了自己的宿願。一九九七年，拙著《魏晉南北
朝文學史料述略》由中華書局出版，列入《中國古典文學史料研究叢
書》。中華書局總編輯傅璇琮先生在〈總序〉中說：「中華書局古典文
學編輯室於幾年前即提出編輯《中國古典文學史料研究叢書》的計
畫，但由於種種原因，這套叢書的起步不太快。經過幾年的準備，穆
克宏先生的《魏晉南北朝文學史料述略》作為這套叢書的第一部，將
於今年出版。」此書出版後，得到學術界的好評。陳慶元說：「此書
不僅帶有較強的學術性，而且也體現了他的治學特點。應該說，這是
一部具有開拓意義的文學史史料學專著。」[44]同時，也受到魏晉南北

---

43 王立群：《現代文選學史》（北京市：中國社會科學出版社，2003 年）。
44 陳慶元：〈評穆克宏《魏晉南北朝文學史料述略》〉，《書品》1997 年第 4 期（北京
　　市：中華書局）。

朝方向的碩士生、博士生和有關教師的歡迎。二〇〇四年夏天，中華書局原總編輯傅璇琮先生來福州講學，向我提出，對拙著進行增補重印，供讀者參考。當時，我因為正在撰寫《文選學研究》，無暇他顧。此事就擱置下來了。二〇〇六年四月，我在江蘇鎮江參加《文選》座談會，見到中華書局原文學編輯室主任許逸民先生，他也跟我提起增補拙著再重印發行的事。兩位老朋友的關心，我十分感謝。於是從二〇〇六年五月起，我開始增補拙著，歷時半年，基本上完成了任務。此書已於今年十一月，由中華書局出版。我另有《魏晉南北朝文學書目》，可供參考，見拙著《滴石軒文存》[45]。

四十年來，我的主要研究成果，僅僅如此，不足道也。我已年近八旬，精力顯然不如過去。但是，我的研究工作還在進行，今後的研究工作主要是繼續研究《文選》學，撰寫論文。學問是做不完的，我只是盡力而已。唐代著名詩人王勃說：「老當益壯，寧移白首之心；窮且益堅，不墜青雲之志。」[46]我當以此自勉。

四　三點體會

我治學的體會，約而言之，有三點：

（一）研究的目標要集中

先講一個故事。《列子》〈說符篇〉云：「楊子之鄰人亡羊，既率其黨，又請楊子之豎追之。楊子曰：『嘻！亡一羊何追者之眾？』鄰人曰：『多歧路』。既反，問：『獲羊乎？』曰：『亡之矣。』曰：『奚亡之？』曰：『歧路之中又有歧焉，吾不知所之，所以反也。』」……

心都子曰：『大道以多歧亡羊，學者以多方喪生。』」這個「歧路亡羊」的故事是說，楊朱的鄰人，丟了一頭羊，大家去追，沒有追回來，因為岔路太多。做學問也是這樣，岔路太多，目標不集中，是達不到目的的。

學術研究的方向明確，方法科學，並能持之以恆，將來必然有所成就。如果目標分散，東打一拳，西踢一腳，三天打魚，兩天曬網，最後將一事無成。「歧路亡羊」的故事，發人深省。

大學畢業以後，經過幾年的摸索，於六十年代初，我決定研究六朝文學。六朝文學的歷史長達四百年，茫茫學海，如何著手？經過反覆的考慮，我決定研究劉勰的《文心雕龍》。此書對齊、梁以前的文學做了一次總結。研究《文心雕龍》，可以對六朝文學有一個比較全面的了解。當時，我不僅精讀了《文心雕龍》全書，而且還閱讀了此書所涉及的作品。在這個基礎上，我一方面選注《文心雕龍》，一方面進行專題研究。選注本於一九八五年出版。專題研究論文陸續撰了近三十篇。後編為《文心雕龍研究》，於一九九一年出版。二〇〇二年出版了增訂新版本。

《文心雕龍》與《文選》的關係密切。在《文心雕龍》研究告一段落之後，我又集中精力從事《文選》學的研究。我研究《文選》學，一方面撰寫研究論文，一方面點校清代梁章鉅的《文選旁證》。我點校的《文選旁證》於二〇〇二年出版。我撰寫的研究論文編為《昭明文選研究》，於一九九八年出版。

我對《文選》學的專題研究，分兩步走。一九八五至一九九五年撰寫的研究論文十三篇編為《昭明文選研究》付梓問世。一九九五至二〇〇五年撰寫的研究論文十多篇編為《昭明文選研究補編》，兩編合為一集，將於二〇〇七年年底出版。

大致說來，一九八五年以前，我集中精力研究《文心雕龍》，一九八五年以後，我又集中精力研究《文選》學。由於方向明確，目標

集中，基本上完成了任務，並得到同行專家的好評。所以，我認為，學術研究工作一定要做到目標集中，才有可能取得預期效果。如果目標分散，很有可能一事無成。

（二）研究要有自己的特點

文學創作要有自己的風格，如李白詩「飄逸」，杜甫詩「沉鬱」，各具特點。學術研究貴在獨創，也要有自己的特點，切忌千人一面，千口一腔。重複別人的勞動，那是浪費時間同時也造成了棗梨之災。

我的學術研究工作有自己的一些特點。如：

拙著《文心雕龍研究》的特點是：

一、將《文心雕龍》和六朝文學結合起來研究。黃侃先生說：「讀《文選》者，必須於《文心雕龍》所說能信受奉行，持觀其書，乃有真解。」[47]我認為黃先生的話很有道理。同樣地，將《文心雕龍》與《文選》結合起來研究，更可以發現《文心雕龍》之精妙。我不僅將《文心雕龍》與《文選》結合起來研究，而且，推而廣之，將《文心雕龍》與六朝文學結合起來研究。這樣，使我對《文心雕龍》的理解更為具體深入了。這是受到黃侃先生的啟發。

二、提出了自己的一些粗淺的見解，例如：作者認為，《文心雕龍》緒論五篇，與其文體論、創作論、批評論的關係不是對等的，而是一種統攝的關係。緒論五篇所表現的儒家思想是貫串全書的。又作者較早注意到《文心雕龍》文體論的研究，認為其文體論熔創作理論、文學批評和文學史為一爐，這是劉勰不同於他的前輩的地方，也是高出他的前輩的地方。還有作者首先對《文心雕龍》的表現形式進行了研究，指出它在體裁、結構和語言方面的特點，如此等等，或可供研究者參考。

---

47 《文選平點》頁 1。

三、我努力學習前輩學者嚴謹的治學精神，盡力實事求是地對《文心雕龍》進行研究，因此，對《文心》所論述的文學問題和作家作品力求作科學的分析。對其正確的、精闢的論述，固然一一拈出；對其錯誤的，或不恰當的論述也不放過，一一點明。書中的每一個結論都是在大量資料的基礎上，經過反覆的思考，最後得出的。當然，個人的考慮都有侷限，可能產生這樣或那樣的錯誤，敬希方家和讀者指正。

這些特點可能是微不足道，但是皆凝結了作者心血，來之不易也。

拙著《昭明文選研究》是建國後第一部《文選》學研究專著。其特點是將《文選》與《文心雕龍》、《詩品》結合起來研究，使讀者對《文選》的理解更進了一步。

拙著《魏晉南北朝文學史料述略》是一部文學史料學著作。此書是中華書局作為《中國古典文學史料研究叢書》的第一部出版的，被同行專家評為開拓性的著作。此書強調治學從目錄學入手，必須具備古代文獻知識，體現了作者治學的特點。

我的學術研究工作總的特點是：實事求是。這是我最重要的治學方法。

（三）「勤能補拙，水滴石穿」

「勤能補拙，水滴石穿」，是我治學的座右銘。我認為，治學要勤奮，要有恆心。勤奮造就人才，有恆為成功之母。這些話看起來是老生常談，但是當你付諸實施時，你就會發現這是顛撲不破的真理。

二〇〇七年十一月二十五日寫畢

《昭明文選》研究

蕭統《文選》研究述略

　　蕭統，字德施，南蘭陵（今江蘇常州市西北）人。生於齊和帝中興元年（501），卒於梁武帝中大通三年（531）。梁武帝天監元年（502）年立為太子，未及即位而卒。諡昭明，世稱昭明太子。事見《梁書》卷八，《南史》卷五十三《昭明太子傳》。蕭統的年譜有：

> 《梁昭明太子年譜》附〈昭明太子世系表〉
> （周貞亮編《文哲季刊》第二卷第一號，1931年出版）；
> 《昭明太子年譜》一卷附錄一卷（胡宗楙編，一九三二年胡氏夢選樓刊本。）
> 《蕭統年表》（何融編，見《文選》編撰時期及編者考略[1]）。

　　蕭統的著作，《梁書》本傳云：「所著文集二十卷；又撰古今典誥文章，為《正序》十卷；五言詩之善者，為《文章英華》二十卷；《文選》三十卷。」按，《昭明太子集》、《隋書》〈經籍志〉、《舊唐書》〈經籍志〉、《新唐書》〈藝文志〉皆著錄二十卷。《宋史》〈藝文志〉著錄為五卷。宋以後散失。今存《昭明太子集》係明人輯本。現在常見的有：張溥輯《漢魏六朝百三家集》本、丁福保輯《漢魏六朝名家集初刻》本、《四部叢刊》本、《四部備要》本。《正序》十卷，《隋書》〈經籍志〉已不見著錄，早已散失。《文章英華》二十卷，

1　何融：〈《文選》編撰時期及編者考略〉，《國文月刊》第 76 期（1949 年 2 月）。

《隋書》〈經籍志〉著錄為三十卷，但注明「亡」。這說明隋代已散失。另有《古今詩苑英華》[2]，《隋書》〈經籍志〉著錄十九卷，《舊唐書》〈經籍志〉、《新唐書》〈藝文志〉皆著錄二十卷，宋以後散失。《文選》原為三十卷，李善注析為六十卷，今存。

　　《昭明太子集》乃劉孝綽所編。《梁書》三十三卷〈劉孝綽傳〉云：「時昭明太子好士愛文，孝綽與陳郡殷芸、吳郡陸倕、琅邪王筠、彭城到洽等，同見賓禮。太子起樂賢堂，乃使畫工先圖孝綽焉。太子文章繁富，群才咸欲撰錄，太子獨使孝綽集而序之。」正說明了這一事實。又劉孝綽《昭明太子集》〈序〉云：「粵我大梁之二十一載……。」可見此集編於梁武帝普通三年（522）。

　　《四庫全書總目》〈昭明太子集〉提要云：

　　　案《梁書》本傳，稱統有集二十卷。《隋書》〈經籍志〉、《唐書》〈藝文志〉並同。《宋史》〈藝文志〉僅載五卷，已非其舊。《文獻通考》不著錄，則宋末已佚矣。此本為明嘉興葉紹泰所刊。凡詩賦一卷，雜文五卷。賦每篇不過數句，蓋自類書採掇而成，皆非完本。詩中〈擬古〉第二首，〈林下作伎〉一首，〈照流看落釵〉一首，〈美人晨妝〉一首，〈名士悅傾城〉一首，皆梁簡文帝詩，見於《玉臺新詠》。其書為徐陵奉簡文之令而作，不容有誤。當由書中稱簡文帝為皇太子輾轉稗販，故誤作昭明。又〈錦帶書十二月啟〉亦不類齊梁文體，其〈姑洗三月啟〉中有「啼鶯出谷，爭傳求友之聲」句，考唐人〈試鶯出谷詩〉，李綽尚書故實，譏其事無所出，使昭明先有此啟，綽豈不見乎，是亦作偽之明證也。張溥《百三家集》中，亦有統集，以兩本互校，此本〈七召〉一篇，〈與東宮官屬

令〉一篇，〈謝賚涅槃經講疏啟〉一篇，〈謝敕賚銅造善覺寺塔露盤啟〉一篇，謝〈賚魏國錦〉、〈賚廣州氍〉、〈賚城邊桔〉、〈賚河南菜〉、〈賚大菘〉啟五篇，〈與劉孝儀〉、〈與張纘〉、〈與晉安王論張新安書〉三篇，〈駁舉樂議〉一篇，皆溥本所無。溥本〈與明山賓令〉一篇，〈議東宮禮絕旁親令〉一篇。〈謝敕鑄慈覺寺鐘啟〉一篇，亦此本所無。然則是二本者，皆明人所掇拾耳。

這些論述頗可參考。

　　《文選》是中國古代文學史上影響最大的一部詩文總集。《文選》之研究從隋代就開始，隋代有蕭該，著《文選音義》[3]，早已散失。蕭該父梁鄱陽王蕭恢之子，恢為梁武帝蕭衍之弟，則該應為蕭統之姪。

　　蕭該之後，隋唐之間的曹憲，以《文選》學著名，著《文選音義》，頗為當時所重，但久已散失。曹憲曾任隋代秘書學士，精通文字方面的書籍，唐太宗徵他為弘文館學士，以年老不仕，乃遣使就家拜朝散大夫。唐太宗曾碰上字書上查不到的難字，寫下來問曹憲。曹憲就告訴他該字的讀音含義，清清楚楚。唐太宗甚感奇異。

　　曹憲以後，有許淹、公孫羅和李善等人傳授《文選》。許淹有《文選音》十卷，久已亡佚。公孫羅有《文選注》六十卷，《文選音》十卷，亦久已亡佚，僅可於日本京都帝國大學文學部影印唐抄本《文選集注》中窺其部分內容。李善注《文選》六十卷，集當時選學之大成，最為流行。當時尚有魏模及其子景倩亦傳授《文選》，無著作流傳。

　　《四庫全書總目》〈文選注〉提要云：

3　《隋書》〈經籍志〉作《文選音》3 卷，《舊唐書》〈經籍志〉、《新唐書》〈藝文志〉皆作《文選音義》10 卷。

案《文選》舊本三十卷，梁昭明太子蕭統撰。唐文林郎守太子右內率府錄事參軍事崇賢館直學士江都李善為之注，始每卷各分為二。《新唐書》〈李邕傳〉，稱其父善始注《文選》，釋事而忘義，書成以問邕，邕意欲有所更，善因令補益之，乃附事見義，故兩書並行。今本事義兼釋，似為邕所改定。然傳稱善注《文選》在顯慶中，與今本所載進表，題顯慶三年者合，而《舊唐書》邕傳，稱天寶五載，坐柳勣事杖殺，年七十餘。上距顯慶三年，凡八十九年，是時邕尚未生，安得有助善注書之事！且自天寶五載，上推七十餘年，當在高宗總章、咸亨間，而舊書稱善《文選》之學，受之曹憲，計在隋末，年已弱冠，至生邕之時，當七十餘歲，亦決無伏生之壽，待其長而著書。考李匡乂《資暇集》曰：李氏《文選》，有初注者，有復注者，有三注、四注者，當時旋被傳寫之。其絕筆之本。皆釋音訓義，注解甚多，是善之定本。本事義兼釋，不由於邕。匡乂唐人，時代相近，其言當必有徵，知《新唐書》喜採小說，未詳考也。其書自南宋以來，皆與五臣合刊，名曰《六臣注文選》，而善注單行之本，世遂罕傳。……

對於提要的這一段話，高步瀛有評論，他說：

《四庫書目》從李濟翁說，以今本事義兼釋者為李善定本，其說甚是，足正《新傳》之誣。然顯慶三年表上之本，必非其絕筆之本。書目既以今本為定本，則雖冠以顯慶三年上表，其書為晚年定本固無妨也。至謂善受《文選》在隋末，生邕時當七十餘歲，則非是。《舊傳》：善卒在載初元年，即永昌元年。上推至貞觀元年，凡六十三年。《舊書》〈儒學傳〉言曹憲百五歲卒。《新書》〈文藝傳〉亦言憲百餘歲卒。使貞觀元年憲七八十

歲，尚有三二十年以外之歲月。善弱冠受業，當在唐初，不在
隋末也。由此言之，假使善生貞觀初年，則總章、咸亨間亦僅
四十餘歲，安得謂七十餘歲始生邕哉！[4]

高氏言之有理。

　　唐玄宗開元年間，工部侍郎呂延祚批評李善注《文選》說：「忽
發章句，是徵載籍，述作之由，何嘗措翰。使復精核注引，則陷於末
學，質訪旨趣，則歸然舊文，祇謂攪心，胡為析理。」[5]認為李善注
只引詞語典故出處，不注意疏通文義，又很繁縟，所以，他召集呂延
濟、劉良、張銑、呂向、李周翰五人重新作注，這就是《五臣注文
選》。呂延祚指出他們新注的特點是：「相與三復乃詞，周知秘旨，一
貫於理，杳測澄懷，目無全文，心無留義，作者為志，森乎可觀。」[6]
這部新注本雖然受到唐玄宗的嘉獎，其實它還不如李善注，《四庫全
書總目》〈六臣注文選〉提要云：

　　　　觀其所言，頗欲排突前人，高自位置。書首進表之末，載高力
　　　　士所宣口敕，亦有「此書甚好」之語，然唐李匡乂作《資暇
　　　　集》，備摘其竊據善注，巧為顛倒，條分縷析，言之甚詳。又
　　　　姚寬《西溪叢語》，詆其注揚雄〈解嘲〉，不知伯夷太公為二
　　　　老，反駁善注之誤。王楙《野客叢書》，詆其誤敘王暕世系，
　　　　以覽後為祥後，以曇首之曾孫為曇首之子。明田汝成重刊《文
　　　　選》，其子藝衡，又摘所注〈西都賦〉之「龍興虎視」，〈東
　　　　都〉之「乾符坤珍」，〈東京賦〉之「巨猾閒豐」，〈蕪城賦〉之
　　　　「袤廣三墳」諸條。今觀所注，迂陋鄙俚之處，尚不止此，而

4　高步瀛：《文選李注義疏》第一冊（北京市：中華書局，1985年），頁34-35。
5　〈進五臣集注文選表〉。
6　〈進五臣集注文選表〉。

以空疏臆見，輕詆通儒，殆亦韓愈所謂「蚍蜉撼樹」者歟！

這裡引用前人對《五臣所注文選》的批評，都是有根據的。然而，《提要》也指出此書「疏通文義，亦間有可採」，說明此書也有一定的參考價值，持論比較全面。

宋元明三代選學漸衰，至清代而昌明。張之洞《書目答問》附錄〈清代著述諸家姓名略〉，列清代文選學家錢陸燦、潘耒、何焯、陳景雲、余蕭客、汪師韓、嚴長明、孫志祖、葉樹藩、彭兆蓀、張雲璈、張惠言、陳壽祺、朱珔、薛傳均十五家，指出：「國（清）朝漢學、小學、駢文家皆深選學。此舉其有論著校勘者。」可見還有許多研究者沒有舉出來。現將一些比較重要的《文選》研究著作開列如下：

義門讀書記　五十八卷　清何焯撰
中華書局一九八七年出版。其中第四十五卷至第四十九卷是評《文選》的。

文選音義　八卷　清余蕭客撰
乾隆靜勝堂刻本。

文選紀聞　三十卷　清余蕭客撰
《碧琳琅館叢書》本。

文選理學權輿　八卷　清汪師韓撰
《叢書集成初編》本。

文選理學權輿補　一卷　清孫志祖撰
《叢書集成初編》本。

文選考異　四卷　清孫志祖撰
《叢書集成初編》本。

文選李注補正　四卷　清孫志祖撰
《叢書集成初編》本。

文選考異　十卷　清胡克家撰

附刊於李善注《文選》。

選學膠言　二十卷　清張雲璈撰

三影閣原刊本。

文選旁證　四十六卷　清梁章鉅撰

榕風樓刊本。

文選集釋　二十四卷　清朱珔撰

朱氏家刻本。

文選古字通疏證　六卷　清薛傳均撰

《益雅堂叢書》本。

文選古字通補訓　四卷　清呂錦文撰

光緒辛丑（1901）傳硯齋刻本。

文選箋證　三十二卷　清胡紹煐撰

《聚學軒叢書》本。江蘇廣陵古籍刻印社一九九〇年影印貴池劉世珩校刊本。

重訂文選集評　十六卷　清于光華撰

同治壬申年（1872）江蘇書局刊本。

文選拾瀋　二卷　近人李詳撰

光緒甲午（1894）刻本。又見《李審言文集》[7]。

對以上著作的評論，可參閱駱鴻凱《文選學》[8]。

　　今人治《文選》而有卓越成就的，一是高步瀛先生，一是黃侃先生。高先生著有《文選李注義疏》八卷。此書註釋旁徵博引，極為詳贍，校勘亦極精審，惜只完成八卷，實為美中不足。一九四九年前曾由北京文化學社排印出版，一九八五年，中華書局出版了點校本。黃

7　李詳：《李審言文集》（南京市：江蘇古籍出版社，1989 年排印本）。

8　駱鴻凱：《文選學》（北京市：中華書局，1937 年初版，又 1989 年增訂新版）。

先生是音韻訓詁學家、文字學家，亦精於選學，著有《文選平點》。此是由其侄及弟子、武漢大學中文系黃焯（耀先）教授編輯成書的，上海古籍出版社於一九八五年影印出版。此外，駱鴻凱先生的《文選學》，作為現代唯一的一部《文選》研究專著，頗有影響。此書〈敘〉云：「今之所述，首敘《文選》之義例，以及往昔治斯學之涂轍，明選學之源流也。末篇所述，則以文史、文體、文術諸方，析觀斯集，為研習文選者導之津梁也。」這確是一部對研究《文選》很有幫助的書，值得重視。此書近由中華書局增訂重印。

縱觀《文選》注本，仍以李善注本最為重要，《文選》李善注六十卷，版本繁多，以中華書局於一九七七年影印出版的胡克家刻本最為常見。上海古籍出版社於一九八六年標點出版的本子，使用方便。其次是五臣注。《五臣注文選》之價值不如李善注，但是，其疏通文義，亦可參考。《文選》刻本，以《五臣注文選》較早。五代時，毋昭裔鏤版於蜀[9]。《李善注文選》到北宋景德、天聖年間才得以刊行。以後，有人將李善注與五臣注合刻，宋陳振孫《直齋書錄解題》即著錄《六臣注文選》六十卷，最早的大概是崇寧五年（1106）的裴氏刻本。

自從《六臣注文選》出現之後，李善注本、五臣注本都逐漸稀少，今天，五臣注本已經罕見，李善注本，一般也認為是從《六臣注文選》中摘出的。《四庫全書總目》〈文選注〉提要云：

> 其書自南宋以來，皆與五臣注合刊，名曰《六臣注文選》，而善注單行之本，世遂罕傳。此本為毛晉所刻，雖稱從宋本校正，今考其第二十五卷陸雲〈答兄機詩〉注中有「向曰」一條，「濟曰」一條，又〈答張士然詩〉，注中有「翰曰」、「銑曰」、「向曰」、「濟曰」各一條，殆因六臣之本，削去五臣，獨

9　見《宋史》〈毋守素傳〉、王明清《揮塵錄》。

留善注，故刊除不盡，未必真見單行本也。他如班固〈兩都賦〉，誤以注列目錄下。左思〈三都賦〉，善明稱劉逵注〈蜀都〉、〈吳都〉，張載注〈魏都〉，乃三篇俱題劉淵林字。又如《楚辭》用王逸注，〈子虛〉、〈上林〉賦用郭璞注，〈兩京賦〉用薛綜注，〈思玄賦〉用舊注，〈魯靈光殿賦〉用張載注，〈詠懷詩〉用顏延年、沈約注，〈射雉賦〉用徐爰注，皆題本名，而補注則別稱「善曰」，於薛綜條下發例甚明，乃於揚雄〈羽獵賦〉用顏師古注之類，則竟漏本名，於班固〈幽通賦〉用曹大家注之類，則散標句下。又《文選》之例，於作者皆書其字，而杜預〈春秋傳序〉，則獨題名。豈非從六臣本中摘出善注，以意排纂，故體例互殊歟？至二十七卷末，附載樂府〈君子行〉一篇，注曰：「李善本古詞止三首，無此一篇，五臣本有，今附於後。」其非善原書，尤為顯證。以是例之，其孔安國〈尚書序〉、杜預〈春秋傳序〉二篇，僅列原文，絕無一字之注，疑亦從五臣本剿入，非其舊矣。

這些例證頗說明《李善注文選》是從《六臣注文選》中摘出的，所以出現這些摻和現象。但是，日本學者岡村繁卻有不同看法。他根據中國程毅中、白化文之說[10]，並根據北宋國子監刻李注本的存在，認為尤本——胡刻本與六家本——六臣注為並列的兩個系統，否定了上述李注摘出說[11]。雖然如此，四庫館臣的看法，仍是大多數研究者所認同的。

　　在《文選》研究中，還有一些有爭議的問題，略述如下：

---

10 程毅中、白化文：〈略談李善注《文選》的尤刻本〉，《文物》1976 年第 11 期。
11 岡村繁：〈文選集注與宋明版行的李善注〉，《加賀博士退官紀念中國文史哲論集》。

一　《文選》的編者問題

　　《文選》的編者是蕭統，這本是毫無問題的，因為《梁書》〈昭明太子傳〉記載其著作，其中有「《文選》三十卷」。《隋書》〈經籍志〉著錄：「《文選》三十卷，梁昭明太子撰。」但是，古代帝王編撰的書，往往出自其門下文人學士之手，蕭統身為太子，十五歲加冠之後，「高祖便使省萬機，內外百司奏事者填塞於前」[12]，他不可能有過多的時間親自編選《文選》。他的門下文人學士很多，自然有負責編選《文選》的人，由於史籍失載，遂成疑案。唐代日僧空海云：「晚代銓文者多矣。至如昭明太子蕭統與劉孝綽等，撰集《文選》，自謂畢乎天地，懸諸日月。」[13]宋《中興館閣書目》〈文選〉條云：「昭明太子蕭統集子夏、屈原、宋玉、李斯及漢迄梁文人才士所著賦、詩、騷、七、詔、冊、令、教、表、書、啟、箋、記、檄、難、問、議、論、序、頌、贊、銘、誄、碑、志、行狀等為三十卷。」注云：「與何遜、劉孝綽等選集。」[14]唐宋人的記載值得我們重視。但是，說何遜參加《文選》的編選工作，似不可信。《梁書》〈何遜傳〉云：

> 天監中，起家奉朝請，遷中衛建安王水曹行參軍，兼記室。王愛文學之士，日與游宴，及遷江州，遜猶掌書記。還為安西安成王參軍事，兼尚書水部郎，母憂去職。服闋，除仁威廬陵王記室，復隨府江州，未幾卒。

考何遜一生經歷，不曾與蕭統交往，不可能參加《文選》的編選工作。

12　《梁書》本傳。

13　《文鏡祕府論》〈南卷〉〈集論〉。

14　趙士煒《中興館閣書目輯考》卷 5。

再說，何遜大約卒於天監十八年（519），當時蕭統年十九歲，尚未開始編選《文選》，怎麼能參與其事。《中興館閣書目》誤以何遜參與《文選》的編選工作，可能是因為梁時何遜與劉孝綽齊名，連帶而及。

至於劉孝綽參加《文選》的編輯工作，則完全可能。根據《梁書》〈劉孝綽傳〉的記載，劉孝綽任太子舍人一次，任太子洗馬兩次，掌東宮管記兩次，與蕭統相處的時間較長。又《梁書》〈劉孝綽傳〉云：

> 時昭明太子好士愛文，孝綽與陳郡殷芸、吳郡陸倕、琅邪王筠、彭城到洽等，同見賓禮。太子起樂賢堂，乃使畫工先圖孝綽焉。太子文章繁富，群才咸欲撰錄，太子獨使孝綽集而序之。

蕭統對劉孝綽最為信任，他首先讓畫工在樂賢堂畫上劉孝綽的像，又親自委託劉孝綽代編他的文集。劉編的《昭明太子集》雖已散失，而劉孝綽寫的〈《昭明太子集》序〉尚存。劉孝綽很可能是《文選》的主要編選者。

參加《文選》編選工作的絕不止劉孝綽一人。曾任太子洗馬、太子中庶子、太子家令、兼掌東宮管記的王筠，亦可能是適當人選。《梁書》〈王筠傳〉云：

> 昭明太子愛文學士，常與王筠及劉孝綽、陸倕、到洽、殷芸等游宴玄圃，太子獨執筠袖撫孝綽肩曰：「所謂『左把浮丘袖，右拍洪崖肩。』」其見重如此。筠又與殷芸以方雅見禮焉。

蕭統對王筠之愛重僅次於劉孝綽。王筠「少擅才名，與劉孝綽見重於世」，中大通三年（531），蕭統去世，梁武帝命王筠作哀策文，「復見嗟賞」。所以，王筠亦可能是《文選》的編選者之一。

　　除劉、王以外，曾任太子侍讀、直東宮學士省的殷芸，曾任太子
舍人、太子中舍人、侍讀、太子家令、太子中庶子的到洽，曾任太子
僕、太子家令的張寧，曾任太子舍人、太子洗馬、太子中舍人的王
規，曾任太子舍人、太子家令、東宮學士及三任太子中庶子的殷鈞，
曾任太子舍人、太子洗馬的王錫，曾任太子舍人、太子中庶子的張
緬，曾任太子舍人、太子洗馬、太子中舍人的張纘，曾任太子洗馬、
太子中舍人、太子家令、太子中庶子、並三次掌管記的陸襄，曾兼任
東宮通事舍人的何思澄，曾兼任東宮通事舍人的劉杳等都有可能參與
《文選》的編選工作。[15]

　　當代日本學者清水凱夫認為，選編《文選》的中心人物不是昭明
太子，而是劉孝綽，並對此作了比較詳細的論證。他根據《梁書》、
《南史》,〈梁簡文帝法寶聯璧序〉、《顏氏家訓》等史料，考察了梁武
帝《通史》、梁簡文帝《法寶聯璧》、皇太子蕭綱《長春義記》、昭明
太子《詩苑英華》、梁武帝《華林遍略》等的編撰者後指出，古代帝
王、太子編撰的著作，多委託臣下完成，而掛帝王、太子之名，《文
選》便是如此。他指出《文選》所收宋玉〈高唐賦〉、〈神女賦〉、〈登
徒子好色賦〉及曹植〈洛神賦〉皆為無諷諫可言之艷情作品，與蕭統
〈《陶淵明集》序〉中「白璧微瑕，惟在〈閒情〉一賦」的觀點不
合，這是蕭統未參加編選的一個證據。又徐悱詩在當時評價不高，而
其〈古意酬到長史溉登琅邪城〉並非「文質彬彬」之作，卻選入《文
選》。這是因為徐悱是劉孝綽的妹婿，劉孝綽為了悼念早逝的妹婿而
選入《文選》的。還有，《文選》選入了劉峻的〈廣絕交論〉、〈辯命
論〉。前者是劉孝綽為了報「宿仇」而諷刺到氏兄弟的，後者是劉孝
綽為五次遭罷官依然狷介與世不合的本人「辯命」的。最後說到何遜
在當時評價很高，又符合蕭統的文學觀點，《文選》卻一篇未收，這

---

15 何融：〈《文選》編撰時期及編者考略〉,《國文月刊》第 76 期（1949 年 2 月）。

是感情起作用。因為劉孝綽視何遜為「文敵」，反映了他避忌何遜的意向。以上論證多為推測，還可以進一步探討。清水凱夫的看法，詳見〈《文選》撰者考〉、〈《文選》編輯的周圍〉二文。[16]

　　附帶談一下「昭明太子十學士」。

　　《南史》卷二十三〈王錫傳〉云：「時昭明太子尚幼，武帝敕（王）錫與秘書郎張纘使入宮，不限日數。與太子游狎，情兼師友。又敕陸倕、張率、謝舉、王規、王筠、劉孝綽、到洽、張緬為學士，十人盡一時之選。」此「十學士」即後來所說的「昭明太子十學士」。他們多參與了《文選》的編選工作。可是，《升庵外集》卷五十二說：「梁昭明太子統，聚文士劉孝威、庾肩吾、徐防、江伯操、孔敬道、惠子悅、徐陵、王囿、孔爍、鮑至十人，謂之高齋十學士，集《文選》。今襄陽有文選樓，池州有文選臺，未知何地為的。但十人姓名，人多不知，故特著之。」這是誤以「高齋十學士」為「昭明太子十學士」。近人高步瀛對此進行了駁斥，他說：

　　　《太平御覽》〈居處部〉十三引〈襄沔記〉曰：「金城內刺史院，有高齋。昭明太子於此齋造《文選》。」又引〈雍州日記〉：「高齋其泥色甚鮮淨，故此名焉。昭明太子於齋營集道義，以時相繼。」王象之《輿地紀勝》：「京西南路襄陽府古蹟，有文選樓。」引舊《圖經》云：「梁昭明太子所立，以撰《文選》。聚才人賢士劉孝威、庾肩吾、徐防、江伯操、孔敬道、惠子悅、徐陵、王筠、孔爍、鮑至等十餘人，號曰高齋學士。」升庵之說，殆本此，而改王筠為王囿是也。然此說乃傳聞之誤，昭明為太子，常居建業，不應遠出襄陽。考襄陽於梁為雍州襄陽郡。《梁書》〈簡文帝紀〉曰：「天監五年，封晉安

16　〔日〕清水凱夫著，韓基國譯：《六朝文學論文集》（重慶市：重慶出版社，1989 年）。

王。普通四年，由徐州刺史都督雍、梁、南北秦四州郢州之竟
陵司州之隨郡諸軍事、雍州刺史。」《南史》〈庾肩吾傳〉曰：
「初為晉安王國常侍，王每徙鎮，肩吾常隨府。在雍州，被命
與劉孝威、江伯操、孔敬道、惠子悅、徐防、徐摛、王囿、孔
爍、鮑至等十人，抄撰眾籍，豐其果饌，號高齋學士。」是高
齋學士乃簡文遺跡，而無關昭明選文也。大抵地志所稱之文選
樓，多不足信。揚州文選樓，在今江蘇江都縣東南，或云曹憲
以教授生徒所居。池州文選閣，在今安徽貴池縣西，則後人因
昭明太子祠而建者也。升庵狃於俗說，不能據《南史》是正，
而反詗十學士姓名人多不知，陋矣。[17]

二　《文選》編選的年代問題

　　《文選》編於何時？由於史無明文，迄無定論。衢本《郡齋讀書
志》卷二十〈李善注《文選》〉條云：「竇常謂統著《文選》，以何遜在
世不錄其文。蓋其人既往，而後其文克定，然則所錄皆前人作也。」
這裡說「以何遜在世不錄其文」，不確。前面已經提到，何遜卒於天
監十八年（519），編選《文選》是在他去世以後。至於不選他的作品，
當另有原因。但是，《文選》選錄作品不錄在世者，卻是事實。根據
這一原則，我們考查《文選》的梁代諸文士卒年，便可大致確定《文
選》的成書年代。經查《梁書》、《南史》等史料，可知范雲卒於天監
二年（503），江淹卒於天監四年（505），任昉卒於天監七年（508），
丘遲卒於天監七年（508），沈約卒於天監十二年（513），王巾卒於天
監四年（505），虞羲卒於天監五年（506）。以後，劉峻卒於普通二年
（521），陸倕卒於普通七年（526），徐悱卒於普通五年（524）。這些

17　高步瀛：《文選李注義疏》（北京市：中華書局，1985 年），頁 5-6。

都是《文選》中的梁代文士，這些文士的卒年以陸倕為最晚，為普通七年（526）。由此可以斷定，《文選》成書當在普通七年以後。蕭統卒於中大通三年（531），《文選》成書又當在此以前。這個結論是所有《文選》研究者所同意的，但是，諸家仍有細微的差別。例如：

一、何融認為，《文選》諸作家直至普通七年始盡卒。可見《文選》之編成，應不早於普通七年。又查昭明太子〈答湘東王求文集及《詩苑英華》書〉云：「得疏知須《詩苑英華》及諸文制」。而不及《文選》，據劉孝綽所作〈《昭明太子集》序〉中「粵我大梁二十一載」一語，知《昭明太子集》係編於普通三年，故至少可以說明《文選》在普通三年，尚未撰成問世。

《文選》雖在普通七年劉峻、徐悱、陸倕諸作家俱已逝世之後始克定稿。然據《梁書》〈劉孝綽傳〉中下列一段記載，頗疑其在普通七年以前，即普通三年至六年東宮學士最稱繁盛時期，業已著手編撰矣。

> 遷太府卿、太子僕、復掌東宮管記，時昭明太子好士愛文，孝綽與陳郡殷芸、吳郡陸倕、琅邪王筠、彭城到洽等，同見賓禮。

據上文，則劉孝綽為太子僕時，殷芸等同為昭明太子之賓客，孝綽之為太子僕，讀《梁書》〈昭明太子傳〉下列一段：

> （普通）三年十一月，始興王憺薨，舊事以東宮禮絕傍親，書翰並依常儀，太子意以為疑，命僕射劉孝綽議其事。

知係在普通三年。又據《梁書》〈王規傳〉所載，此後至普通七年數年間，規與殷鈞、王錫、張緬等奉敕同侍東宮，俱為昭明太子所禮，東宮名才雲集，故疑在此期間已著手為《文選》之編撰矣。

此外，下列數事亦足為《文選》在普通七年前已開始編輯之佐證：

（一）普通七年以後，東宮學士已日漸凋落。

（二）普通四年，東宮新置學士。[18]

（三）劉孝綽與到洽普通六年已交惡，洽劾孝綽免官。

（四）從昭明太子使劉孝綽集序其文一事，知昭明此時正愛好著述。

　　　《文選》之編撰係開始於普通中，而完成於普通末年（即七年）以後。[19]

　　二、繆鉞認為，陸倕與劉孝綽、王筠等皆為昭明所賓禮[20]，劉、王二人尤被賞接。……然《文選》中不錄劉、王之作，而取陸倕〈石闕銘〉及〈新刻漏銘〉，蓋撰集《文選》時，劉、王尚存（劉孝綽卒於大同五年，在昭明卒後八年，王筠卒於簡文帝大寶元年，則在昭明卒後十九年矣。），陸倕已卒。倕卒時，昭明二十六歲，由此且可知《文選》編定，在昭明二十六歲之後也（即普通六年至中大通三年數載之中）。蓋其人已往，其文克定，不錄生存之作，正見其態度之慎重。[21]

　　三、日本學者清水凱夫認為，關於《文選》的編輯時期，當為昭明太子加元服的天監十四年（515）以後和太子薨去的中大通三年（531）四月以前。這個範圍可從下述兩方面的記載來確定，即〈文選序〉：「余監撫（執政事）餘閒，居多暇日。歷觀文囿，泛覽辭林，未嘗不心游目想，移晷忘倦」和《梁書》〈昭明太子傳〉[22]：「十四年正月朔旦，高祖臨軒，冠太子於太極殿。……太子自加元服，高祖便使省萬機」，加元服後執政。自天監十四年至中大通三年期間侍於昭明太子左右的主要文人有劉孝綽、王筠、陸倕、到洽、殷鈞、陸襄、張率、殷芸。這些人中確實有《文選》的實際撰錄者。

---

18 見《梁書》卷 27〈明山賓傳〉。

19 何融：〈《文選》編撰時期及編者考略〉，《國文月刊》第 76 期（1949 年 2 月）。

20 《梁書》〈劉孝綽傳〉。

21 繆鉞：〈《文選》和《玉臺新詠》〉，《詩詞散論》（上海市：上海古籍出版社，1982 年）。

22 《梁書》〈昭明太子傳〉卷 8。

　　《文選》的編輯時間……可進一步縮小到普通七年（526）以後和中大通三年（531）以前。

　　確定《文選》的編輯時間的有效辦法是詳細考察實際撰錄《文選》的中心人物劉孝綽在這六年期間的活動情況。劉孝綽任廷尉卿時被御史中丞到洽彈劾罷官，如《梁書》〈到洽傳〉[23]記載：「普通六年遷御史中丞。」是普通六年的事情。因此，最好考察罷官後的劉孝綽。《梁書》〈劉孝綽傳〉：

> 孝綽免職後，高祖數使僕射徐勉宣旨慰撫之，每朝宴常引與焉。及高祖為〈籍田詩〉，又使勉先示孝綽。時奉詔作者數十人，高祖以孝綽尤工，即日有敕，起為西中郎湘東王諮議。

劉孝綽雖然被免去官職，但仍受武帝庇護，後來很快於普通七年出任西中郎湘東王諮議。《梁書》更進一步載錄他那時的〈謝高祖啟〉之後接著說：

> 後為太子僕，母憂去職。服闋，除安西湘東王諮議參軍，遷黃門侍郎，尚書吏部郎……。

劉孝綽以母憂辭去官職的時間，根據其弟劉潛（孝儀），劉孝威傳[24]的記載，可定為中大通元年（529）。

> 晉安王綱出鎮襄陽，引為安北功曹史，以母憂去職。王立為皇太子，孝儀服闋，仍補洗馬，遷中舍人。[25]

23　《梁書》〈到洽傳〉卷 27。

24　《梁書》卷 41。

25　《劉潛傳》。

> 第六弟孝威，初為安北晉安王法曹，轉主簿，以母憂去職。服
> 闋，除太子洗馬，累遷中書舍人、庶子、率更令，並掌書記。[26]

這是中大通三年（531）五月，晉安王綱立為太子的時間，也正是劉
孝儀和劉孝威服闋的時間。因此可以斷定，劉氏兄弟「以母憂去職」
的時間，是自中大通三年五月往回推算二十七個月（梁代服喪期為二
十七個月）的中大通元年。於是，劉孝綽「後[27]為太子僕」的時間，
是出任「西中郎湘東王諮議」（普通七年）的第二年，即大通元年至
大通二年，那以後一直服喪到昭明太子薨去的中大通三年。

處於連禮儀細節都規定得相當嚴格的梁代，是不可能在服喪期間
受昭明太子之命從事《文選》的撰錄的，因此，《文選》的撰錄正當
定為任太子僕的時期，亦即大通元年至大通二年之間。總之，由以上
分析可以得出如下結論，即《文選》是以太子僕劉孝綽為中心於大通
元年至大通二年間編輯完成的。[28]

以上三說，何氏、繆氏二說，大致確定《文選》的成書時間，其
編選時間較長。清水氏把《文選》成書時間確定在大通元年（527）
至大通二年（528）間，值得注意。曹道衡、沈玉成二氏認為：

> 劉孝綽重新任太子僕的時間應為大通元年至中大通元年（527-
> 529）。在大通元年底至中大通元年期，劉孝綽協助蕭統最後完
> 成了《文選》的編纂工作，應當認為是合理的。因為《文選》
> 收錄的作家最晚卒於普通七年（526），成書不得在此之前，如
> 果上面關於劉孝綽是協助蕭統編纂的主要人物這一意見可以成

26　《劉潛傳》。

27　《冊府元龜》卷 932 作「復」。

28　〔日〕清水凱夫著，韓基國譯：〈《文選》編輯的周圍〉，《六朝文學論集》（重慶市：
　　重慶出版社，1989 年）。

立，則普通七年雖然罷官家居，在某種程度上影響了《文選》
的編定，但一、二年後即重入東宮，其時蕭統也已丁憂期滿，
在中大通元年前完成了最後定稿。之後不久劉孝綽即丁母憂，
而再過不到兩年，蕭統也得病死去了。[29]

與清水氏的看法基本相同，都有參考價值。

三　《文選》的選錄標準問題

　　什麼是《文選》的選錄標準呢？這也是研究者注意的問題。探討
這個問題，已有研究論文十餘篇，其見解，約而言之，主要有四說：
　　一、朱自清說：〈文選序〉述去取的標準云：「若夫姬公之籍，孔
父之書，與日月俱懸，鬼神爭奧；孝敬之準式，人倫之師友。豈可重
以芟夷，加之剪截！老、莊之作，管、孟之流，蓋以立意為宗，不以
能文為本。今之所撰，又以略諸。若賢人之美辭，忠臣之抗直，謀夫
之話，辯士之端，冰釋泉湧，金相玉振。所謂坐狙丘、議稷下，仲連
之卻秦軍，食其之下齊國，留侯之發難，曲逆之吐六奇，蓋乃事美一
時，語流千載，概見墳籍，旁出子史。若斯之流，又亦繁博。雖傳之
簡牘，而事異篇章。今之所集，亦所不取。至於記事之史，繫年之
書，所以褒貶是非，紀別異同，方之篇翰，亦已不同。若其贊論之綜
輯辭采，序述之錯比文華，事出於沉思，義歸乎翰藻，故與夫篇什，
雜而集之。」阮元是第一個分析這一節文字的人，他在〈與友人論古
文書〉裡說：「昭明〈選序〉，體例甚明，後人讀之，苦不加意。〈選
序〉之法，於經、史、子三家不加甄錄，為其以立意紀事為本，非
『沉思』、『翰藻』之比也。」在〈書昭明太子〈文選序〉後〉裡說得

---

29 曹道衡、沈玉成：〈有關《文選》編纂中幾個問題的擬測〉，《昭明文選研究論文集》
　　（長春市：吉林文史出版社，1988 年）。

更明白：「昭明所選，名之曰文，蓋必文而後選也。經也、子也、史也，皆不可專名為文也。故昭明〈文選序〉後三段特明其不選之故，必『沉思』、『翰藻』，始名為文，始以入選也。」這樣看來，「沉思」、「翰藻」可以說便是昭明選錄的標準了。[30]

這一見解為多數研究者所同意。但是，對「事出於沉思，義歸乎翰藻」二句的理解又不盡相同。朱自清認為：「『事出於沉思』的事，實當解作『事義』『事類』的事，專指引事引言，並非泛說。『沉思』就是深思。」「『翰藻』昭明借為『辭采』、『辭藻』之意。『翰藻』當以比類為主」，「而合上下兩句渾言之，不外『善於用事，善於用比』之意。」[31]駱鴻凱認為，「事出於沉思」即「情靈搖蕩」、「義歸乎翰藻」即「綺縠紛披」[32]。郭紹虞認為，「事出」二句，「上句的事，承上文的『序述』而言，下句的義，承上文的『贊論』而言，意謂史傳中的『贊論』和『序述』部分，也有『沉思』和『翰藻』，故可作為文學作品來選錄。沉思，指作者深刻的藝術構思。翰藻，指表現於作品的辭采之類。二句互文見義。」[33]殷孟倫認為：「『事』，指『寫作的活動』和『寫成的文章』而言，『出』是『產生』，『於』，介詞，在這裡的作用是表所從，『沉思』，猶如說『精心結構』或『創意』；『義』，指『文章所表述的思想內容』而言，『歸』，歸終，『乎』，同『於』，介詞，這裡的作用是表所向，『翰藻』，指『確切如實的語言加工』。用現代漢語直譯這兩句，應該是說：『寫作的活動和寫成的文章是從精心結構產生出來的；同時，文章的思想內容終於要通過確切的語言加工來體現的。』結合兩句互相關係來說，又可以作進一步的

30　朱自清：〈〈文選序〉「事出於沉思義歸乎翰藻」說〉，《朱自清古典文學論文集》上冊（上海市：上海古籍出版社，1981 年）。

31　朱自清：〈〈文選序〉「事出於沉思義歸乎翰藻」說〉，《朱自清古典文學論文集》上冊（上海市：上海古籍出版社，1981 年）。

32　《文選學》〈義例〉第二。

33　《中國歷代文論選》第一冊，頁 333。

理解，那便是：就文章的設言、命意、謀篇來說，必須和所要表達的思想內容緊密結合，因為後者（沉思）是前者（事）所由來；就文章所要表達的思想內容說，又必須和它的確切如實的語言加工緊密結合，因為前者（義）是賴於後者（翰藻）來體現的。」[34]在以上四種不同的理解中，以郭紹虞說影響較大，因為郭氏主編之《中國歷代文論選》，為高等學校文科教科書，流傳廣泛。朱自清說在學術界頗有影響。

　　二、黃侃認為：「『若夫姬公之籍』一段，此序選文宗旨，選文備例皆具，宜細審繹，毋輕發難端。《金樓子》論文之語，劉彥和《文心》一書，皆其翼衛也。」[35]黃侃認為，「若夫姬公之籍」一段所論是《文選》的選錄標準，同時還指出了《文選》選錄標準的「翼衛」；其一，是蕭統弟弟蕭繹的《金樓子》。其〈立言〉下篇云：「至如不便為詩如閻纂，善為章奏如伯松，若此之流，泛謂之筆。吟詠風謠，流連哀思者，謂之文。」「筆退則非謂成篇，進則不云取義，神其巧惠，筆端而已。至如文者，憔須綺縠紛披，宮徵靡曼，唇吻遒會，情靈搖蕩。」這是蕭繹關於「文」、「筆」的論述。他認為「文」應辭藻豐富，音節動聽，語言精練，具有抒情的特點。這反映了當時的要求，與「沉思」、「翰藻」有相似之處。其二，是蕭統的通事舍人劉勰的《文心雕龍》。《文心雕龍》體大思精，籠罩群言。它的〈原道〉、〈徵聖〉、〈宗經〉等篇強調儒家思想的指導作用。〈情采〉篇論述文章的內容和形式，一開始就說：「聖賢書辭，總稱文章，非采而何？」十分強調文采。但是，又說：「故情者文之經，辭者理之緯；經正而後緯成，理定而後辭暢，此立文之本源也。」對文章的內容和形式關係的理解，無疑是正確的，與蕭統所說的「文質彬彬」頗為相似。

---

34 殷孟倫：〈如何理解《文選》編選的標準〉，《文史哲》1963 年第 1 期。
35 黃侃：《文選平點》（上海市：上海古籍出版社，1985 年），頁 3。

　　黃侃將〈文選序〉「若夫姬公之籍」一段，與蕭繹《金樓子》、劉勰《文心雕龍》合觀，認為後者是前者的「翼衛」，對我們頗有啟發。

　　三、日本大多數《文選》研究者都把「夫文典則累野，麗亦傷浮，能麗而不浮，典而不野，文質彬彬，有君子之致。」[36]作為昭明太子的文學觀，並認為《文選》是以此為標準撰錄的[37]。持此見解的有鈴木虎雄《支那詩論史》以及小尾郊——〈昭明太子文學觀——以〈文選序〉為中心〉[38]、船津富彥〈昭明太子文學意識——其基礎因素〉[39]、林田慎之助〈編輯《文選》與《玉臺新詠》的文學思想〉[40]、森野繁夫〈齊、梁的文學集團和中心人物——昭明太子〉[41]等。[42]

　　我國也有研究者持此看法，如沈玉成說：「蕭統的文學思想，屬於塗飾了齊梁彩色的儒家體系。他並沒有忽視作品的思想。〈文選序〉的前半，襲用了〈詩大序〉緣情言志的基本觀點，注意到了作品的社會功能，要求他們具有真實的思想感情。同時，他又像孔子一樣，在藝術上主張兼重文質。在〈答湘東王求文集及《詩苑英華》書〉中，他說：『夫文典則累野，麗亦傷浮。能麗而不浮，典而不野，文質彬彬，有君子之致。吾嘗欲為之，但恨未逮耳。』這可以算做『綱領性』的意見。」[43]所論實為《文選》的選錄標準。

　　四、日本學者清水凱夫認為，《文選》的選錄標準是沈約的《宋書》〈謝靈運傳論〉（以下簡稱〈傳論〉）。他在〈《文選》編輯的目的

36 蕭統：〈答湘東王求文集及《詩苑英華》書〉。

37 〔日〕清水凱夫、韓基國譯：〈《文選》編輯的目的和撰錄標準〉，《六朝文學論文集》（重慶市：重慶出版社，1989 年），頁 75。

38 《廣島大學文學部紀要》卷 27。

39 《中國中世文學研究》卷 5。

40 《中國中世紀文學批評》第五章。

41 《六朝詩的研究》第二章。

42 參閱清水凱夫〈《文選》編輯的目的和撰錄標準〉，注 1。

43 沈玉成：〈《文選》的選錄標準〉，《文學遺產》1984 年第 2 期。

和撰錄標準〉一文中，對〈傳論〉逐段論述，借以證明《文選》所選錄的作品與沈約所論完全一致。例如：

（一）〈傳論〉說：「屈原宋玉，導清源於前；賈誼相如，振芳塵於後。英辭潤金石，高義薄雲天。」《文選》收錄他們的作品比較多，給予了很重要的地位。

（二）〈傳論〉說：「相如工為形似之言，班固長於情理之說，子建（曹植）、仲宣（王粲）以氣質為體，並標能擅美，獨映當時。」《文選》確實是按照〈傳論〉的主張收錄作品，其中前漢司馬相如、後漢班固、魏曹植、王粲的作品為多數，並分別給予其時代最高文人的待遇。

（三）〈傳論〉說：「降及元康，潘陸特秀。」只要看一看《文選》中收錄的西晉作品，就可知道潘岳和陸機的作品在數量和質量方面都站壓倒的優勢，而其他文人的作品少得不能相比。

（四）〈傳論〉說：「爰逮宋氏，顏謝騰聲。靈運之興會標舉，延年之體裁明密，並方軌前秀，垂範後昆。」在《文選》中，收錄謝靈運和顏延年的作品也佔絕對多數，不僅在宋代文人中，而且在全體上也賦予了一個突出的地位，被看作是「後昆」楷模。

（五）〈傳論〉說：「夫五色相宣，八音協暢，由乎玄黃律呂，各適物宜。欲使宮羽相變，低昂互節，若前有浮聲，則後須切響。一簡之內，音韻盡殊，兩句之中，輕重悉異。妙達此旨，始可言文。」這裡說明詩文工拙的標準決定於音韻的諧和。《南史》卷四十八〈陸厥傳〉說：「時盛為文章，吳興沈約、陳郡謝朓、琅邪王融以氣類相推轂，汝南周顒善識聲韻。約等文皆用宮商，將平上去入四聲，以此制韻，有平聲、上尾、蜂腰、鶴膝。五字之中，音韻悉異，兩句之內，角徵不同，不可增減。世呼為永明體。」〈傳論〉的理論與這裡所說的「永明體」的特徵是一致的。〈傳論〉實際上是「永明體」的創作理論。所以，《文選》收錄的齊梁時代的作品全部是「永明體」

派或與之有關的人的作品，其中絕大多數是謝朓和沈約的詩以及任昉的文。這一事實正雄辯地說明，《文選》是按照上述〈傳論〉的原理撰錄的。

（六）〈傳論〉說：「至於先士茂制，諷高歷賞，子建函京之作，仲宣霸岸之篇，子荊零雨之章，正長朔風之句。並直舉胸情，非傍詩史，正以音律調韻，取高前式。」沈約舉出四篇流傳諷詠的歷代傑作來印證自己的聲調諧和理論是正確的。《文選》的撰者將這四篇全部採用了。這是認為這四篇是大體符合聲調諧和原理的優秀作品。這也是《文選》以〈傳論〉為理論標準撰錄的一個佐證。

從以上分析可以說，《文選》是根據〈傳論〉所論詩歌發展史的前半部分選擇齊、梁以前有代表性的文人為支柱，根據後半部分的聲調諧和創作理論選擇齊梁時代有代表性的文人為中心，不論對於哪一部分文人，在選錄具體作品時，基本上都是以聲調諧和理論為標準的。總之，簡單地說，《文選》撰錄詩的主要標準是〈傳論〉。這就是結論。

四　《文選》與《文心雕龍》的關係問題

這個問題，研究者亦有不同看法。統而言之，不同看法有兩種：

（一）大多數研究者認為《文選》受到《文心雕龍》的影響

駱鴻凱認為：「昭明選文，或相商榷。而〈劉勰傳〉載其兼東宮通事舍人，深被昭明愛接；《雕龍》論文之言，又若為《文選》印證，笙磬同音。是不謀而合，抑嘗共討論，故宗旨如一耶。」[44]

---

44 駱鴻凱：〈纂集第一〉，《文選學》（北京市：中華書局，1941 年）。

　　有的研究者也指出，「據《梁書》〈劉勰傳〉記載，劉勰曾任蕭統的東宮通事舍人之職，蕭統對比自己長三十多歲的劉勰『深愛接之』。另據《梁書》〈昭明太子傳〉所載，蕭統『引納才學之士，賞愛無倦。恒自討論篇籍，或與學士商榷古今，間則繼以文章著述以為常。』這些『才學之士』，無疑是包括劉勰在內的。所以，在蕭統編選《文選》時，劉勰不一定親自參加了商榷，但是蕭統受到《文心雕龍》一書很大的影響，則是可以肯定的事實。」[45]

　　《文選》受《文心雕龍》的影響，主要有兩方面：一是文體分類方面，一是作品選錄方面。關於文體分類，我曾說過：「蕭統《文選》分文體為三十七類，即賦、詩、騷、七、詔、冊、令、教、策文、表、上書、啟、彈事、箋、奏記、書、檄、對問、設論、辭、序、頌、贊、符命、史論、史述贊、論、連珠、箴、銘、誄、哀、碑文、墓誌、行狀、弔文、祭文。……《文選》的文體分類是總結了前人文體研究的成果，根據時代的需要提出來的，它在中國古代文體發展史上佔有重要的地位。……至於劉勰《文心雕龍》中的文體論，是我國古代文體論發展的高峰。《文心雕龍》五十篇，其中文體部分佔二十篇，評論文體三十三種，即詩、樂府、賦、頌、贊、祝、盟、銘、箴、誄、碑、哀、弔、雜文、諧、讔史傳、諸子、論、說、詔、策、檄、移、封禪、章、表、奏、啟、議、對、書、記。如果再加上〈辨騷〉篇所論述的『騷』體，則為三十四種。各種之中，子類繁多，分析十分細緻，實集我國古來文體論之大成。蕭統《文選》的文體分類，正是在前人的基礎上發展而來的。它特別是受到《文心雕龍》文體論的啟發，比較周密、細緻，在中國古代文體發展史上做出了自己的貢獻。」[46]

45 莫礪鋒：〈從《文心雕龍》與《文選》之比較看蕭統的文學思想〉，《古代文學理論研究》第 10 輯（上海市：上海古籍出版社，1985 年）。

46 穆克宏：〈蕭統《文選》三題〉，《昭明文選研究論文集》（長春市：吉林文史出版社，1988 年）。

　　關於作品選錄，王運熙說：「《文選》選了不少的賦，在這方面的看法和劉勰接近。《文心雕龍》〈詮賦〉篇按照題材把賦分為京殿苑獵、述行序志、草區禽族、庶品雜類等幾類，這種分類名目及其次序和《文選》基本上是相同的。於先秦兩漢的賦，〈詮賦〉篇舉了十家『英傑』，他們是：荀卿（〈賦篇〉）、宋玉（不舉篇名）、枚乘（〈菟園賦〉）、司馬相如（〈上林賦〉）、賈誼（〈鵬鳥賦〉）、王褒（〈洞簫賦〉）、班固（〈兩都賦〉）、張衡（〈二京賦〉）、揚雄（〈甘泉賦〉）、王延壽（〈魯靈光殿賦〉）。《文選》對這些作家作品，除荀卿、枚乘外，其他作家都已入選，並選了他們其他的賦。荀卿〈賦篇〉的確文采不足，枚乘則漏選了更有代表性的〈七發〉。〈詮賦〉篇提出魏晉的『賦首』八家：王粲、徐幹、左思、潘岳、陸機、成公綏、郭璞、袁宏。《文選》除徐幹、袁宏兩人外，其他六家的賦也都選錄了。」又說：《文心雕龍》所肯定讚美的各體文章的代表作家作品，常為《文選》所採錄。現在我把《文心雕龍》上編各篇所肯定的作家作品名目見於《文選》者寫在下面：一、《文心雕龍》〈頌贊篇〉：揚雄〈趙充國頌〉、班固《漢書》的贊。[47]二、〈銘箴〉篇：班固〈封燕然山銘〉、張載〈劍閣銘〉。[48]三、〈誄碑〉篇：潘岳的誄、蔡邕〈陳仲弓碑〉、〈郭林宗碑〉。[49]四、〈哀弔〉篇：潘岳的哀文、賈誼〈弔屈原文〉、陸機〈弔魏武帝文〉[50]五、〈雜文〉篇：宋玉〈對楚王問〉、東方朔〈答客難〉、揚雄〈解嘲〉、班固〈答賓戲〉；枚乘〈七發〉、曹植〈七啟〉；陸機〈弔魏武帝文〉[51]六、〈論說〉篇：賈誼〈過秦論〉、班彪〈王命論〉、李康〈運命論〉、陸機〈辨亡論〉；李斯〈上秦始皇〉、鄒陽〈上

47　《文選》卷 47、49。

48　見《文選》卷 56。

49　見《文選》卷 56、57、58。

50　見《文選》卷 57、60。

51　見《文選》卷 56、60。

吳王書〉、〈獄中上書自明〉。[52]七、〈詔策〉篇：潘勗〈魏王九錫文〉。[53]
八、〈檄移〉篇：陳琳〈為袁紹檄豫州〉、鍾會〈檄蜀文〉；司馬相如
〈難蜀父老〉、劉歆〈移書讓太常博士〉。[54]九、〈封禪〉篇：司馬相如
〈封禪文〉、揚雄〈劇秦美新〉、班固〈典引〉。[55]十、〈章表〉篇：孔
融〈薦禰衡表〉、諸葛亮〈出師表〉、曹植的表、羊祜〈讓開府表〉、
劉琨〈勸進表〉、庾亮〈讓中書令表〉。[56]十一〈書記〉篇：司馬遷
〈報任少卿書〉、楊惲〈報孫會宗書〉，孔融、阮瑀、應璩的書信，嵇
康〈與山巨源絕交書〉、趙至〈與嵇茂齊書〉。[57][58]

　　日本學者也有持此種看法，如興膳宏氏在《文心雕龍》(《世界古
文學全集》冊二十五）的「總說」中說：「現在看一下蕭統編輯的美
文集《文選》，就發現，其中收錄的作品有相當多一部分是劉勰在各
篇中提到的作品。我想這大概是劉勰的批評對《文選》的編者決定作
品的選擇起了重要作用。」此外，戶田浩曉氏的《文心雕龍》(《中國
古典新書》)，大矢根文次郎氏的〈《文心雕龍》、《詩品》、《文選》的
一、二個問題〉(《早稻田大學教育系學術研究》十一）以及森野繁夫
氏的《六朝詩的研究》第五章（二）〈以昭明太子為中心的「古體
派」〉等都有論述《文心雕龍》對《文選》之影響的內容。[59]

---

52 見《文選》卷 39、51、52、53。

53 見《文選》卷 35。

54 見《文選》卷 43、44。

55 見《文選》卷 48。

56 見《文選》卷 37、38。

57 見《文選》卷 41、42、43。

58 王運熙：〈蕭統的文學思想和《文選》〉，《中國古代文論管窺》(濟南市：齊魯書
　　社，1987 年)。

59 〔日〕清水凱夫著，韓基國譯：〈《文選》與《文心雕龍》的相互關係〉，《六朝文學
　　論文集》(重慶市：重慶出版社，1989 年)，頁 105。

（二）日本學者清水凱夫認為，《文心雕龍》對《文選》沒有影響

　　為了論證這個問題，他寫了〈《文選》與《文心雕龍》的相互關係〉、〈《文心雕龍》對《文選》的影響——關於散文的研討〉、〈《文選》與《文心雕龍》的關係——關於韻文的研討〉[60]。〈《文選》與《文心雕龍》的相互關係〉以〈文選序〉和《文心雕龍》中的〈序志〉、〈原道〉、〈明詩〉、〈書記〉作比較，得出的結論是：「即便《文心雕龍》和《文選》之間存在著現象上相似之處，也不過是現象上相似而已，實際上兩書的觀點在根本上是完全不同的。《文選》的編輯實未受《文心雕龍》的影響。其實《文選》是以文學發展觀為立足點，注重所謂『近代』文學，多數撰錄的是宋、齊、梁代的詩文，而《文心雕龍》鼓吹祖述經書，以復古思想為基本理念，因此《文選》的編輯不可能容受《文心雕龍》的影響。二者之間有相似之處只是一種現象，並不是《文選》遵循《文心雕龍》的見解的結果，正如劉勰在〈序志〉篇（第五十）中自己所作的說明：『及其品列成文，有同乎舊談者，非雷同也。勢自不可異也。』《文心雕龍》也有與『舊談』即確乎定評互相一致的地方，《文選》也是根據同一定評選錄的。」〈《文心雕龍》對《文選》的影響——關於散文的研討〉一文，從《文心雕龍》所論散文方面探討《文選》所受《文心雕龍》的影響。此文說：「在本質上，《文心雕龍》是以復古思想為基本理念創作的著述，而《文選》是以文學的發展史觀（文學隨時代的推移而發展的觀念）為基本而編輯的詩文集。在兩書存在著這種根本差別的基礎上，如上所述，對每篇具體作品評價的不同，對文體分類法的不同，對『史』、『子』文章的觀點的不同等許多不同點既然已經明確，也就可

---

60 見《六朝文學論文集》。

以得出結論說：《文心雕龍》對《文選》沒有什麼影響。」〈《文選》與《文心雕龍》的關係——關於韻文的研討〉一文，從《文心雕龍》所論韻文探討《文選》與《文心雕龍》的關係。此文說：「綜上所述，可以作出如下結論：《文心雕龍》基本上是站在視『近世』——尤其是謝靈運一派活躍的宋齊——詩文為引入『訛濫』的作品而加以排斥並主張必須以祖述經書引導這種詩文回到正統的軌道上的立場上撰寫的。與此相反，《文選》是站在視『近世』——尤其是以謝靈運一派為中心的宋齊——詩文為最高作品而加以尊重的立場上編纂的，亦即兩書是以完全相反的基本觀念撰錄的。因此可以說，歷來所指出的兩書存在著影響關係，都僅僅是一種表面現象，實際上這種影響關係是不存在的。」

在《文選》研究中有爭議的問題還有一些，這裡就不再一一作介紹了。

以上介紹了《文選》的一些研究情況和《文選》研究中一些有爭議的問題。《文選》研究從隋代已經開始，隋唐之際形成「文選學」，迄今已有一千四百年，有關研究資料十分豐富，二十世紀三十年代出版的高步瀛的《文選李注義疏》，是《文選》註解的集大成之作，駱鴻凱的《文選學》是《文選》研究的總結性著作，都很值得我們注意。但是，李注僅有八卷，遠未完成註釋全書的任務，駱著的出版亦有五十多年，已不能適應今天讀者的需要，「選學」的研究有待進一步地開拓的發展。

一九九〇年七月

蕭統研究三題

一　心喪三年

　　「心喪」之說最早見於《禮記》〈檀弓〉。〈檀弓上〉云：「事師無犯無隱，左右就養無方，服勤至死，心喪三年。」鄭玄曰：「心喪，戚容如喪父而無服也。」這是說，老師去世，弟子心喪三年。心喪是指不穿喪服而心存哀悼之情。孔子死，弟子皆行心喪三年之禮。〈檀弓上〉云：「孔子之喪，門人疑所服。子貢曰：『昔者夫子之喪顏淵，若喪子而無服。喪子路亦然。請喪夫子若喪父而無服。』」鄭玄曰：「無服，不為衰，弔服加麻，心喪三年。」《史記》〈孔子世家〉云：「孔子葬魯城北泗上。弟子皆服三年。三年心喪畢，相訣而去。」這是說的孔子弟子為孔子心喪三年的事，也就是說：「心喪」最初是弟子用於老師的。

　　《晉書》〈禮志中〉云：「文帝之崩，國內服三日。武帝亦遵漢魏之典，既葬除喪。然猶深衣素冠，降席撤膳。……帝遂以此禮終三年。後居太后之喪亦如之。」這是說晉武帝司馬炎為其父司馬昭行心喪三年之禮。《晉書》〈傅咸傳〉云：「世祖武皇帝雖大孝烝烝，亦從時釋服，制心喪三年，至於萬機之事，則有不遑。」這是古代首次將「心喪」用於父母。按古代服敘等級，父死，子應為父斬衰三年，父已去世，母死，子應齊衰三年。晉武帝司馬炎開了為父母心喪三年的例子。由於司馬炎的身分和地位不同一般，以後眾人紛紛仿效，逐漸成為慣例。如《宋書》〈禮志〉記載，劉宋元嘉十七年（440），「元皇后崩，皇太子心喪三年」。清徐乾學說：「六朝及唐宋之制，凡父在為

母、嫁母、出母、妾母、本生父母及父卒祖在為祖母皆心喪二十五月，而心喪者又必解官。」又說：魏晉以後，「期服而不得遂其三年者率行心喪」。[1]根據徐氏所論，梁昭明太子蕭統，於普通七年（526），丁母憂，因其父尚在，守喪一年，而心喪至三年。《儀禮》〈喪服〉云：「父在為母。傳曰：何以期也？屈也。至尊在，不敢伸其私尊也。父必三年然後娶，達子之志也。」丁凌華對此作了闡述，他說：

> 在儒家理論中，父對妻、對子均為尊者，因此稱為「至尊」，而母則僅對子是尊者，故稱「私尊」。父在為母，由於至尊仍在，故子對私尊之情必須有所壓制，稱為「壓降」。同時由於夫為妻杖期，故在一年後守喪期滿，如子為母三年，則勢必在父服滿後子繼續服喪，這就不符合「喪以主喪者為斷」的原則，因而也決定了子之服喪期不得超過父。但子在杖期滿後，仍可不穿喪服服飾而「心喪」三年，而父也應考慮到子之哀痛情緒，在三年內不能續娶。[2]

這裡對父在，子為母服喪一年，而心喪至三年的禮制已說得很清楚了。現在我們要討論的是昭明太子蕭統為母服喪之事。可以肯定地說：因蕭統父梁武帝蕭衍尚在，蕭統為母丁貴嬪服喪一年，而心喪至三年。具體地說，丁貴嬪是普通七年十一月十五日（西元 527 年 1 月 2 日）去世的。蕭統應守喪至普通八年（大通元年）十一月十五日（西元 527 年 12 月 23 日），然後心喪至三年。關於喪期的具體時限，漢代鄭玄主二十七月說，西晉王肅主二十五月說。晉時實行的是二十五月

1　《讀禮通考》卷 26。

2　丁凌華：《中國喪服制度史》（上海市：上海人民出版社，2000 年），頁 142。

說，劉宋以後歷代實行的均為二十七月之說[3]。如按二十五月計算，蕭統為母心喪應至大通二年十二月十五日（西元 529 年 1 月 10 日）。如按二十七月計算，蕭統為母心喪應至大通三年（中大通元年）二月十五日（西元 529 年 3 月 10 日）。而心喪除了不穿喪服服飾以外，一切與守喪相同。

我們討論心喪之禮，目的是為了研究蕭統《文選》編選的年代。日本學者清水凱夫教授認為《文選》是大通元年至大通二年間編輯完成的[4]。現在我們考出，從普通七年十一月十五日至大通三年二月十五日，是蕭統為母服喪期間。服喪期間怎麼從事《文選》的編選工作呢？看來此說難以成立。

我認為，《文選》編成於普通七年（526）以前，而此項工作之開始，可能是普通三年（522）。理由如下：

一、《梁書》〈劉孝綽傳〉云：「太子文章繁富，群才咸欲撰錄，太子獨使孝綽集而序之。」《昭明太子集》編成於何時？劉孝綽〈《昭明太子集》序〉云：「粵我大梁之二十一載。」又云：「歌詠不足，敢忘編次，謹為一帙十卷。」可知《昭明太子集》編成於普通三年（522）。蕭統的《詩苑英華》編成的年代，當在劉孝綽所編《昭明太子集》之前。蕭統〈答湘東王求文集及《詩苑英華》書〉云：「得疏，知須《詩苑英華》及諸文制。」由此可知，當時《詩苑英華》已經編成，而彙集「諸文制」的《昭明太子集》尚未編成。但從蕭統編選《詩苑英華》，並委託劉孝綽編《昭明太子集》，可以看出蕭統此時對著述很感興趣。

二、《詩苑英華》編選完畢之後，蕭統並不滿意。他在〈答湘東王求文集及《詩苑英華》書〉中說：「又往年因暇，博采英華，上下數

3　丁凌華：《中國喪服制度史》（上海市：上海人民出版社，2000 年），頁 141。

4　〔日〕清水凱夫，韓基國譯：〈《文選》編輯的周圍〉，《六朝文學論文集》（重慶市：重慶出版社，1989 年）。

十年間，未易詳悉，猶有遺恨，而其書已傳，雖未為精核，亦粗足諷覽，集乃不工，而並作多麗。汝既需之，皆遣送也。」正是由於蕭統對《詩苑英華》不滿意，所以，《文選》的編選就成為必要的工作了。

三、普通三年至普通七年間，東宮人才濟濟，為《文選》的編選提供了條件。根據《梁書》各有關傳記的記載，普通三年至普通七年間，東宮的官員有劉孝綽、陸襄、張率、陸倕、明山賓、殷鈞、王承、王規、王錫、張緬、到洽、謝舉、殷芸、王筠等人。昭明太子身邊眾多的人才，有利於《文選》的編選工作。唐代日僧空海云：「晚代銓文者多矣。至如昭明太子蕭統與劉孝綽等，撰集《文選》，自謂畢乎天地，懸諸日月。」[5]這一段話出自唐代元兢《古今詩人秀句序》。從這裡可以看出，劉孝綽可能是蕭統編選《文選》的主要助手。

我認為，《文選》編成於普通七年十一月以後的可能性較小。這是因為：

一、普通七年十一月十五日，蕭統母丁貴嬪病逝。蕭統服喪一年，而心喪至三年。即蕭統從普通七年十一月十五日至大通三年（中大通元年）二月十五日，不能從事《文選》的編選工作。而大通三年，他的主要助手劉孝綽丁母憂，應服喪三年。待劉孝綽服闋，蕭統已經去世，已不可能再從事《文選》的編選工作。

二、「蠟鵝」事件使蕭統終身不安，《南史》〈梁武帝諸子傳〉云：

> 丁貴嬪薨，太子遣人求得善墓地，將斬草，有賣地者因閹人俞三副求市，若得三百萬，許以百萬與之。三副密啟武帝，言「太子所得地不如今所得地於帝吉。」帝末年多忌，使命市之。葬畢，有道士善圖墓，云：「地不利長子，若厭伏，或可伸延。」乃為蠟鵝及諸物埋墓側長子位。有宮監鮑邈之、魏雅

5　《文鏡秘府論》〈南卷〉〈集論〉。

　　者，二人初並為太子所愛，邈之晚見疏於雅，密啟武帝云：
　　「雅為太子厭禱。」帝密遣檢掘，果得鵝等物。大驚，將窮其
　　事。徐勉固諫得止，於是唯誅道士。由是太子迄終以此慚慨，
　　故其嗣不立。

「蠟鵝」事件使昭明失寵，其嗣不立，影響極大。在這樣的情況下，怎麼會有心情去編選《文選》呢！

　　三、普通七年以後，東宮文士如陸倕、到洽、明山賓、殷芸、張緬等先後去世。劉孝綽先是被到洽彈劾免去廷尉正職，繼起為西中郎湘東王諮議，其中雖有一段時間任太子僕，但後丁母憂服喪。張纘出為華容公長史，王規出為晉安王長史，相繼調離東宮。東宮的人才狀況，大不如前。

　　四、蕭統〈文選序〉中的一段話值得注意：

　　余監撫餘閒，居多暇日，歷觀文囿，泛覽辭林，未嘗不心游目
　　想，移晷忘倦。自姬漢以來，眇焉悠邈，時更七代，數逾千
　　祀。詞人才子，則名溢於縹囊；飛文染翰，則卷盈乎緗帙。自
　　非略其蕪穢，集其清英，蓋欲兼功，太半難矣……

這裡說到「略其蕪穢，集其清英」，這是《文選》選錄詩文的原則。下面說到不選經、史、子之類的著作，選錄「事出於沉思，義歸乎翰藻」的詩文，是大家所熟悉的，就不再援引了。特別引起我們注意的是「余監撫餘閒」六句。這六句是寫蕭統在編選《文選》時的心情，這種心情是多麼悠閒自在。其母去世以後，他可能有這樣的心情嗎？

　　基於以上四點認識，我認為《文選》不可能產生於普通七年（526）以後，而應產生在普通三年至普通七年之間。

二　「蠟鵝」事件

我們研究蕭統的生平和《文選》的編選年代，「蠟鵝」事件是不應忽略的。所謂「蠟鵝」事件，是指普通七年，蕭統生母丁貴嬪去世，下葬以後，道士說墓地不利於長子，蕭統手下在墓側埋蠟鵝等物以厭伏之事。此事後被梁武帝發現，使「太子迄終以此慚慨，故其嗣不立」。事見《南史》〈梁武帝諸子傳〉，引文已見前，不再重複。

對於「蠟鵝」事件，研究者有不同看法。有人認為是不真實的。明代張溥說：「《南史》所云，埋鵝啟釁，蕩舟寢疾，世以其誣。於是論昭明者，斷以姚書為質矣。」[6]意思是說，《南史》所說的「蠟鵝」事件和「蕩舟」事件，世人以為不真實，論述昭明太子應以姚思廉的《梁書》作為根據。「蕩舟」事件，即《南史》〈梁武帝諸子傳〉中所記載的：「（中大通）三年三月，遊後池，乘雕文舸，摘芙蓉，姬人蕩舟，沒溺而得出，因動股，恐貽帝憂，深戒不言，以寢疾聞。」此事且不論。這裡只論「蠟鵝」事件。

張溥認為「蠟鵝」事件「世以其誣」，但是並無證據。後來，有的研究者對「蠟鵝」事件表示懷疑。懷疑的證據是，此事僅見於《南史》，《梁書》〈本傳〉、《魏書》〈蕭衍傳〉和唐許嵩的《建康實錄》卷十八的〈昭明太子傳〉都一字未提。我認為，《梁書》等史籍未載「蠟鵝」事件，並不能說明沒有這件事，具體問題要具體分析。

姚察、姚思廉父子所撰《梁書》為何不載「蠟鵝」事件呢？清代史學家趙翼回答得很好。他說：《梁書》所撰「本之梁國史也……有美必書，有惡必為之諱。如昭明太子以其母丁貴嬪薨，武帝葬貴嬪地不利於長子，昭明聽墓工言，埋蠟鵝等物以厭之，後事發，昭明以憂

6　《漢魏六朝百三家集》，〈梁昭明集〉題辭。

懼而死（事見《南史》及《通鑒》），而本傳不載。」[7]在《梁書》中，這樣的例子不是個別的，例如：「豫章王歡有子棟，為侯景所立，建號改元，未幾禪位於景。景敗，元帝使人殺之。此亦當時一大事，而《梁書》無傳。」[8]所以，趙翼指出：「可見《梁書》悉本國史，國史所有則傳之，所無則缺之也。《南史》增十數傳，其有功於《梁書》多矣。」[9]這個回答是很有說服力的。

北齊魏收所撰《魏書》於有梁一代只有〈島夷蕭衍傳〉，無〈蕭統傳〉。關於梁簡文帝蕭綱，魏收只在〈蕭衍傳〉中寫了兩句：「景又立衍子綱，尋復殺之。」至於梁元帝蕭繹，隻字未提。這樣的史籍不載「蠟鵝」事件是完全可以理解的。

唐代許嵩所撰《建康實錄》，是一部記述吳、東晉、宋、齊、梁、陳六朝君臣事蹟的史書。此書卷十八〈太子諸王傳略〉中有〈昭明太子傳〉。我將此傳與《梁書》〈昭明太子傳〉對讀，發現此傳是節錄《梁書》〈昭明太子傳〉而成，全文四百三十字，比較簡略。既然是《梁書》〈昭明太子傳〉節錄，自然就不可能有「蠟鵝」事件的記載。應該指出，《建康實錄》作為唐代史籍，具有一定的資料價值，但是疏漏甚多。關於傳記，清代史學家王鳴盛曾指出：「其傳率爾鈔撮，紀載寥寥，如宋之劉穆之、徐羨之、傅亮、謝晦、范蔚宗、謝靈運皆無傳，反有譚金、童太一，而又次序顛倒，如沈攸之反在前，沈慶之反在後，種種不合。」[10]於此可見一斑。

說到這裡，《梁書》〈昭明太子傳〉、《魏書》〈島夷蕭衍傳〉、《建康實錄》卷十八〈昭明太子傳〉無「蠟鵝」事件的記載是完全可以理解的。我認為《南史》關於「蠟鵝」事件的記載是真實的、可信的。根據有三：

7　《廿二史箚記》卷9，〈《梁書》悉據國史立傳〉。
8　《廿二史箚記》卷9，〈《梁書》悉據國史立傳〉。
9　《廿二史箚記》卷9，〈《梁書》悉據國史立傳〉。
10　《十七史商榷》卷64，《建康實錄》。

　　一、我對《南史》的認識。《新唐書》〈李延壽傳〉說：「其書頗有條理，刪落釀辭，過本書遠甚。」史家之說，雖有溢美，卻是的評。司馬光在〈貽劉道原書〉中稱延壽之書「亦近世之佳史也。雖於機祥詼嘲小事無所不載，然敘事簡徑，比之南北正史，無煩冗蕪穢之辭，竊謂陳壽之後，惟延壽可以亞言之也」。史學家金毓黻說：「此由修《通鑑》時細心稱量而出，自屬確評。」[11]清代《四庫全書總目》〈南史提要〉，王鳴盛《十七史商榷》卷五十三〈新唐書過譽南北史〉對《南史》都有具體的批評。我認為也有道理。總之，我認為《南史》是一部「良史」。

　　二、《資治通鑑》卷一百五十五，在梁武帝中大通三年（531）中記載了「蠟鵝」事件：

> 初，昭明太子葬其母丁貴嬪，遣人求墓地之吉者。或賂宦者俞三副求賣地，云「若得錢三百萬，以百萬與之。」三副密啟上，言「太子所得地不如今地於上為吉」。上年老多忌，即命市之。葬畢，有道士云：「此地不利長子，若厭之，或可申延。」乃為蠟鵝及諸物埋於墓側長子位。宮監鮑邈之、魏雅初皆有寵於太子，邈之晚見疏於雅，乃密啟上云：「雅為太子厭禱。」上遣檢掘，果得鵝物。大驚，將窮其事。徐勉固諫而止，但誅道士。由是太子終身慚憤，不能自明。及卒，上徵其長子南徐州刺史華容公歡至建康，欲立以為嗣；銜其前事，猶豫久之，卒不立。庚寅，遣還鎮。

胡三省注云：「史因帝不立孫，究言事始。嗚呼！帝於豫章王綜、臨賀王正德，雖犯惡逆，猶容忍之，至於昭明被讒，則終身銜其事，蓋

11 金毓黻：《中國史學史》（北京市：商務印書館，1957年），頁69。

天奪其魄也。為昭明子瞽仇視諸父張本。」胡氏說，因梁武帝不立長孫，所以《通鑑》補上這一段記載。這說明「蠟鵝」事件，使「其嗣不立」，其後果是極其嚴重的。司馬光說：「君子之於正道，不可少頃離也，不可跬步失也。以昭明太子之仁孝，武帝之慈愛，一染嫌疑之跡，身以憂死，罪及後昆，求吉得凶，不可湔滌，可不戒哉！是以詭誕之士，奇邪之術，君子遠之。」司馬光的按語是說，君子不能離開正道，要遠離「詭誕之士」、「奇邪之術」。不論是胡三省，還是司馬光，都是認為「蠟鵝」事件是實有其事的。分工編寫《通鑑》三國晉南北朝隋部分的劉恕，是一位造詣很深的史學家。司馬光曾對宋英宗說：「館閣之士誠多，至於專精史學，臣未得而知。所識者惟和川令劉恕一人而已。」黃庭堅說：「道原（劉恕字）天機迅疾，覽天下記籍，文無美惡，過目成誦。書契以來治亂成敗，人才之賢不肖，天文地理氏族之所自出，口談手畫，貫穿百家之記，皆可復而不謬。」司馬光又說：「前世史自太史公所記，下至周顯德之末，簡策極博，而於科舉非所急，故近歲學者多不讀，鮮有能道之者，獨道原篤好之。為人強記，紀傳之外，閭里所錄，私記雜說，無所不覽，坐聽其談，滾滾不窮。上下數千年間，細大之事如指掌，皆有稽據可考驗，令人不覺心服。」[12]如此博聞強記的史學家，他記載的「蠟鵝」事件，我認為是可信的。

三、對於「蠟鵝」事件，清代三部著名的史學著作：錢大昕的《廿二史考異》、王鳴盛的《十七史商榷》和趙翼的《廿二史箚記》的態度是，錢氏《考異》無「考異」，王氏《商榷》無「商榷」，唯趙氏《箚記》論述頗詳。《箚記》卷十《宋齊梁陳書並南史》〈南史增梁書有關係處〉列舉《南史》增《梁書》有關係處多條，其中有《昭明太子傳》增「蠟鵝」事件一條。此則最後指出：「以上皆增《梁書》，

12 張煦侯：《通鑑學》（合肥市：安徽人民出版社，1981 年），頁 28。

而多有關於人之善惡，事之成敗者。」〈南史增刪梁書處〉指出：
「《南史》增《梁書》事蹟最多。李延壽專以博采見長，正史所有文
詞必刪汰之，事蹟必隱括之，以歸簡淨。而於正史所無者，凡瑣言碎
事，新奇可喜之跡，無不補綴入卷。而《梁書》本據國史舊文，有關
係則書，無關係則不書，即有關係而其中不無忌諱，亦即隱而不書，
故行墨最簡。遂覺《南史》所增益多也。」這正好說明「蠟鵝」事件
為何不見於《梁書》而見於《南史》。

三　文體分類

　　一九八八年八月，在長春首屆昭明文選國際學術研討會上，我宣
讀的論文是〈蕭統《文選》三題〉，論文首先論及的是《文選》的文
體分類。我認為，李善注《文選》分文體為三十七類可信，五臣注
《文選》分文體為三十九類不可信。以後引起一些爭論。時至今日，
我仍然認為李善注《文選》的文體分三十七類可信，為什麼呢？原因
有三：

　　一、李善注所使用的蕭統《文選》是較早的寫本，比較可靠。根
據史籍的記載，最早從事《文選》研究的人是蕭該。蕭該是蕭統的侄
子，在隋開皇初，曾任國子博士，著有《文選音》三卷，已佚。隋唐
之際治《文選》的學者，以曹憲最先。曹憲隋時為秘書學士，唐貞觀
中拜朝散大夫，大約卒於貞觀年間，年一百〇五歲。《舊唐書》〈儒學
上〉〈曹憲傳〉云：「所撰《文選音義》，甚為當時所重。初，江淮間
為《文選》學者，本之於憲，又有許淹、李善、公孫羅復相繼以《文
選》教授，由是其學大興於代。」曹憲的《文選音義》，已佚。據
《舊唐書》〈經籍志〉著錄，許淹撰有《文選音義》十卷，李善注有
《文選》六十卷，公孫羅注有《文選》六十卷。除李善注《文選》六
十卷今存之外，餘皆散佚。

　　據清阮元的推算，曹憲大約生於梁代大同年間（535-545）[13]，即昭明太子去世十年左右。他完全可能見到當時的寫本。這是一個可信賴的寫本。這個寫本傳給李善等人。我相信李善據以注釋的《文選》寫本，也應是一個可以信賴的寫本。李善不僅對《文選》作了注釋，同時，據《新唐書》〈藝文志〉著錄，他還對《文選》送行了研究，撰有《文選辨惑》十卷，可惜此書早已散失了。

　　據李善〈上《文選注》表〉，他將《文選注》呈給唐高宗李治時，在顯慶三年（658）九月十七日。據呂延祚的〈進《集注文選》表〉，他將五臣注《文選》獻給唐玄宗李隆基時，在開元六年（718）九月十日。李善注《文選》與蕭統《文選》相距約一百三十年，而五臣注《文選》與蕭統《文選》相距約一百九十年。寫本傳抄，時間越久，傳抄次數越多，錯誤越多。因此，我相信李善注《文選》是一個比較可靠的本子。

　　二、李善注《文選》極其嚴肅認真。唐李匡乂《資暇集》卷上〈非五臣〉云：「……李氏《文選》，有初注者，有復注者，有三注、四注者，當時旋被傳寫之。其絕筆之本皆釋音、訓義、注解甚多。余家幸而有焉。嘗將數本並校，不唯注之贍略有異，至於科段，互相不同，無似余家之本該備也。」由此可知，李善注《文選》有初注本，復注本，三次注本，四次注本，還有絕筆之本。李善如此對待學術之作，使他的《文選注》蜚聲士林，成為選學之瑰寶，成為傳世的名注。

　　李善《文選注》旁徵博引、取材豐富，其篇幅十分巨大，注釋引書達一千六百八十九種之多。我們粗略估計，蕭統《文選》約四十萬字，《文選》李善注約一百三十萬字。一百多萬字的注釋如無體例可尋，將是雜亂無章。李善對《文選注》的體例，考慮得很周到、細緻。他的注書體例是在注中加以說明，如：「諸引文證，皆舉先以明

---

13 阮元：〈揚州隋文選樓記〉《揅經室二集》卷 2。

後，以示作者必有所祖述也。他皆類此。」[14]又如：「石渠已見上文。同卷再見者，並云已見上，務從省也。他皆類此。」[15]又如：「婁敬已見上文。凡人姓名皆不重見，餘皆類此。」[16]又如：「舊注是者因而留之，並於篇首題其姓名。其有乖謬者，臣乃具釋，並稱臣善以別之。他皆類此。」[17]等等。李善注《文選》之體例，清錢泰吉《曝書雜記》，近人李詳《李審言文集》上，今人駱鴻凱《文選學》皆有彙輯，了解李氏注釋體例，對我們閱讀其《文選注》有很大幫助。

　　李善《文選注》如何注釋，在注文中常有體例之說明，李善對蕭統《文選》之增刪變動，不可能沒有說明。事實證明，李善對蕭統《文選》的增刪變動皆有說明，如《文選》卷一開始，蕭統原有「賦甲」、「賦乙」等次序先後之排列。李善注在刪去之後說：「賦甲者，舊題甲乙，所以紀卷先後，今卷既改，故甲乙並除，存其首題，以明舊式。」又如李善注《文選》「彈事」類有任昉〈奏彈劉整〉一文。其中原有劉整嫂本狀和有關供詞，因為這些是用口語寫成的，被蕭統刪掉。李善注補上這一內容，加注云：「昭明刪此文太略，故詳引之，令與彈相應也。」又如蕭統《文選》原分為三十卷，李善注《文選》分為六十卷。李善在〈上《文選注》表〉中也作了說明。如果蕭統《文選》原分體三十九類，而李善注《文選》改為三十七類，何不加說明！我相信《文選》文體分類仍是三十七類。

　　三、今天見到的李善注《文選》，最早也是最完整的是南宋淳熙八年（1181）尤袤刻本。這個版本，清嘉慶十四年（1809），胡克家據以復刻。現在通行的就是胡刻本及各翻印的版本。但胡氏所據之本乃是一個經過修補的刻印本，並不是好的版本。好在有《文選考異》

14　班固〈兩都賦序〉注。

15　班固〈西都賦〉注。

16　班固〈東都賦〉注。

17　張衡〈西京賦〉薛綜注。

十卷。此書署名是胡克家，實為著名校勘學家顧廣圻、彭兆蓀代作的，具有較高的學術價值。

無論是尤刻本《文選》，還是胡刻本《文選》，其文體皆分三十七類。有人認為，現存李善注《文選》漏掉移、難二體，證據是：

一、南宋晁公武《郡齋讀書志》（衢本）卷二十著錄李善注《文選》六十卷云：「右梁昭明太子蕭統纂。前有序，述其所以作之意。蓋選漢迄梁諸家所著賦、詩、騷、七、詔、冊、令、教、策秀才文、表、上書、啟、彈事、箋、記、書、移、檄、難、對問、議論、序、頌、贊、符命、史論、連珠、銘、箴、誄、哀辭、碑、志、行狀、弔、祭文、類之為三十卷……唐李善集注，析為六十卷。」

二、南宋王應麟《玉海》卷五十四引《中興書目》云：「《文選》，昭明太子蕭統集子夏、屈原、宋玉、李斯及漢迄梁文人才士所著賦、詩、騷、七、詔、冊、令、教、表、書、啟、箋、記、檄、難、問、議論、序、頌、贊、銘、誄、碑、志、行狀等為三十卷（與何遜、劉孝綽等選集）。李善注析為六十卷。」

三、南宋章如愚《群書考索》卷十九〈類書門〉云：「《文選》，梁昭明太子蕭統集子夏、屈原、宋玉、李斯及漢迄梁文人才士所著詩、賦、騷經、詔、冊、令、教、表、書、啟、箋、記、檄、難、問、議論、序、頌、贊、銘、箴、策、碑、志、行狀等為三十卷。李善析為六十卷。」

以上三書，《郡齋讀書志》舉出李善注《文選》之文體分類為三十六類。與尤刻本《文選》對照，缺辭、史述贊、論三類，卻多了移、難兩類。《中興書目》、《群書考索》引述李善注《文選》之文體，均為二十五類，似是舉例性質。所舉之文體有難類，而無移類。我認為《郡齋讀書志》等所據之李善注《文選》，很可能混入了五臣注的文體分類。自從北宋末年六臣注《文選》出現以後，李善注《文選》和五臣注《文選》都少見了，二本互相混雜的情況時有發生。據

奎章閣本《文選》校記，李善注《文選》本應沒有的句子，尤刻本
《文選》卻有，這是根據五臣注《文選》增補的。如宋玉〈風賦〉，
奎章閣本有「至其將衰也」五字，校云：「善本無至其將衰也。」而
尤刻本和陳八郎本都有。又如江淹〈別賦〉，奎章閣本有「儻有華陰
上士，服食還仙」二句，校云：「善本無此二句。」而尤刻本和陳八
郎本都有。又如嵇康〈幽憤詩〉，奎章閣本有「愛及冠帶，憑寵自
放」二句，校云：「善本無此二句。」而尤刻本和陳八郎本都有。又
如劉琨〈答盧諶〉，奎章閣本有「虛滿伊何，蘭桂移植」二句，校
云：「善本無此二句。」而尤刻本和陳八郎本都有。類似的例子還有
一些，恕不一一列舉了。再說，只是根據目錄書和類書來證明《文
選》的文體分類是三十九類，是不能令人信服的，因為這類書的著錄
大都十分簡略。他們著錄的版本是什麼樣的，我們也不得而知。真正
確定《文選》的文體分類，還應拿出可靠的版本根據來。

　　有人說，明汲古閣本李善注《文選》的文體分類就是三十九類，
與陳八郎本五臣注《文選》同。這種情況，我們只要看《四庫全書總
目》〈文選注提要〉就清楚了。提要云：

> 其書自南宋以來，皆與五臣注合刊，名曰《六臣注文選》，而
> 善注單行之本世遂罕傳。此本為毛晉所刻，雖稱從宋本校正，
> 今考其第二十五卷陸雲〈答兄機〉詩注中，有「向日」一條，
> 「濟日」一條，又〈答張士然〉詩注中，有「翰日」、「銑
> 日」、「向日」、「濟日」各一條。殆因六臣之本，削去五臣，獨
> 留善注，故刊除不盡，未必真見單行本也。……

四庫館臣認為，汲古閣本李善注《文選》是從六臣注《文選》中抽出
的，不是根據李善注《文選》單行本刻印的。此說為前人所認同。我
認為，汲古閣本李善注《文選》可能根據單行本刻印的，而這個單行

本混入了五臣注，故分文體為三十九類，此本不足為據。

有人根據李善注《文選》目錄的排列次序，斷定必有移、難二體。他們的根據是蕭統〈文選序〉中的一段話。序云：「凡次文之體，各以匯聚。詩賦體既不一，又以類分；類分之中，各以時代相次。」這是說，《文選》中各類文章，皆按時代順序排列。而李善注《文選》卷四十三「書下」，劉歆〈移書讓太常博士〉、孔稚圭〈北山移文〉排在劉峻〈重答劉秣陵沼書〉之後，因此斷定在劉峻後脫掉「移」字一行。又卷四十四「檄」，司馬相如〈難蜀父老〉排在鍾會〈檄蜀文〉之後，因此斷定鍾會後脫掉「難」字一行。於是斷定李善注《文選》之分體原有移、難二類，後來脫掉。我認為「書」體可包括「移」體[18]，「檄」體可包括「難」體[19]，不另標「移」、「難」二體，正符合李善注「務從省也」的原則。

我認為，五臣注《文選》文體分三十九類，不可信。因為：

一、五臣注《文選》在唐代就受到嚴厲的批評。唐末李匡乂著有《資暇集》，其卷上〈非五臣〉一則云：「世人多謂李氏立意注《文選》過為迂繁，徒自騁學，且不解文意，遂相習尚。五臣者，大誤也。所廣徵引，非李氏立意。蓋李氏不欲竊人之功，有舊注者，必逐每篇存之，仍題元注人之姓字。或有迂闊乖謬，猶不削去之。苟舊注未備，或興新意，必於舊注中稱臣善以分別，既存元注，例皆引據，李續之雅宜殷勤也。……因此而量五臣者，方悟所注盡從李氏注中出。開元中進表，反非斥李氏，無乃欺心與！且李氏未詳處，將欲下

---

18 穆克宏：〈蕭統《文選》三題〉，《昭明文選研究論文集》（長春市：吉林文史出版社，1988 年 6 月）。又見《滴石軒文存》（福州市：海峽文藝出版社，1994 年）。

19 任昉《文章緣起》有「喻難」體，舉例是司馬相如〈喻巴蜀檄〉和〈難蜀父老〉，可見檄、難同類。又《文心雕龍》〈檄移〉篇，將司馬相如〈難蜀父老〉歸入「移」體，說：「相如之〈難蜀父老〉，文曉而喻博，有移檄之骨焉。」可見難與檄移相近。林紓《春覺齋論文》〈流別論〉十云：「司馬相如之〈難蜀父老〉，曉而喻博，有移檄之意。」乃襲用劉勰之論也。

筆，宜明引憑證，細而觀之，無非率爾。」其中還特別指出，五臣注有「輕改前賢文旨」的毛病。他以李善注與五臣注相比較，說：「乃知李氏絕筆之本，懸諸日月焉。方之五臣，猶虎狗鳳雞耳。」雖用詞比較尖銳，而評論卻是正確的，所以，《四庫全書總目提要》認為「皆引證分明，足為典據」。又唐末進士丘光庭著有《兼明書》，其卷四專論五臣注《文選》云：「五臣者，不知何許人也。所注《文選》頗為乖疏，蓋以時有主張，遂乃盛行於代。將欲從首至末，搴其蕭稂，則必溢帙盈箱，徒費箋翰，苟蔑而不語，則誤後學習。是用略舉綱條，餘可三隅反也。」接著一一指出其乖謬之處。《四庫提要》謂其「駁五臣《文選注》諸條，亦皆精核」。清代汪師韓《文選理學權輿》卷六，在全文引用了李匡乂和丘光庭的評論後說：「案五臣之荒謬，在唐人已斥其非，李、丘所云，皆與李注無關，而觀此益見李注之精核，故備錄之。」宋代蘇軾的批評就更加直截了當，他在〈書謝瞻詩〉一文中說：「李善注《文選》，本末詳備，極可喜。所謂五臣者，真俚儒之荒陋者也。而世以為勝善，亦謬矣。」蘇軾的話在當時和後世都有很大的影響。清代阮元在〈《文選旁證》序〉中說：「五臣自欲掩乎李注，然實事求是處少，且多竊誤雜糅之譏。」類似的評論尚多，不一一列舉了。如此著作，其文體分類，令人難以相信。當然我對五臣注也不是全盤否定的。《四庫提要》說五臣注「然其疏通文意，亦間有可取」，評價是公允的。

　　二、一些《文選》研究者提出《文選》文體分三十九類。其根據主要是陳八郎本臣注《文選》。陳八郎本《文選》是南宋刻本，十分珍貴。但是，此本是南宋紹興三十一年建刊本。建本指宋代建陽所刻之本。古書中所說的建安刻本、建寧刻本、建陽刻本、麻沙刻本、崇化刻本，都統稱為建本或麻沙本。宋祝穆《方輿勝覽》卷十一云：「麻沙、崇化兩坊產書，號稱圖書之府。」可見宋時建陽刻書之盛況。可是說到建本就使人想起「乾為金，坤亦為金」的故事。宋代朱

或《萍洲可談》卷一說，宋哲宗元符初年，杭州府學教授姚祐，有一次考學生《易經》，題為「乾為金，坤亦為金，何也」。學生們難以下筆，因為《易經》的原文是「乾為金、坤亦為釜」。後取監本《易經》查對，方知是建本《易經》將「釜」錯刻為「金」了。宋代葉夢得《石林燕語》卷八、明代謝肇淛《五雜俎》卷十三、清顧廣圻《思適齋集》卷十〈重刻古今說海序〉等都眾口一辭說建本低劣，其實建本也有精品，如麻沙本《禮記》、《法言》、《新唐書》等，就受到後世的稱讚。現在，我們來看看陳八郎本《文選》如何？我以陳八郎本《文選》與奎章閣本《文選》粗略地對校了幾卷，發現陳八郎本的一些錯漏。如：

1 錯字

（1）班固〈兩都賦序〉「咸懷怨思」。陳八郎本「咸」作「感」，誤。

（2）班固〈西都賦〉「內則別風」。陳八郎本「風」作「鳳」，誤。

（3）班固〈東都賦〉「制同乎梁鄒」。陳八郎本「同」作「用」，誤。

（4）張衡〈東京賦〉「南諧越裳」。陳八郎本「裳」作「嘗」，誤。

2 原文脫掉

（1）張衡〈思玄賦〉「如何淑明，忘我實多。」陳八郎本無此八字。

（2）嵇康〈琴賦〉「性潔精以端理，含至德之和平。」陳八郎本無此十二字。

3 注文脫掉

（1）左思〈蜀都賦〉：「志未驕，時欲晚，追輕翼，赴絕遠。出彭門之闕，馳九折之坂。經三峽之崢嶸，躡五岨之寋嵼。」注：「良曰；言雖有所獲，猶未滿志，乃逐鳥於絕遠之處。彭門山如闕狀。九折，坂名。三峽、五岨，皆山名。崢嶸、寋嵼，高深詰

曲也。」按此注奎章閣本有，陳八郎本無。

（2）左思〈蜀都賦〉：「戟食鐵之獸，射噬毒之鹿。畠貚氓蔞草，彈
言鳥於森木。拔象齒，戾犀角，鳥鐵翮，獸廢足。」注：「翰
曰：食鐵、噬毒，皆獸名。貚氓，野人也，亦獸類。言鳥，鸚
鵡也。戟，刺也。拍，打也。蔞，盛貌。森，密貌。象牙犀
角，皆拔戾而取之，言壯勇也。鐵，殘羽也。言飛鳥傷其羽，
走獸折其足，無不中也。」按此注奎章閣本有，陳八郎本無。
於此可見，陳八郎本《文選》在宋版書中並不是什麼好的版
本。應該指出，麻沙本的古籍除了校勘不精外，更為嚴重的是
有意作偽。如《東萊博議》是常見書，它卻改為《讀史摘要》。
《吟窗雜錄》的作者原為蔡傳，它卻改為狀元陳應行。因此，
建陽崇化坊陳八郎所刻之《文選》，其文體分類是令人難以相信
的。

　　三、北宋末年以來，六臣注《文選》頗為流行。今天能夠見到的
六臣注《文選》有秀州本《文選》、明州本《文選》、贛州本《文
選》。這些《文選》的文體分類皆為三十七類。我們知道，李善注
《文選》分體為三十七類，五臣注《文選》分體為三十九類。將李善
注《文選》和五臣注《文選》合編為六臣注《文選》的人，為何擯棄
三十九類，而採用三十七類？我想，這是因為李善注《文選》分體三
十七類可信，而五臣注《文選》分體三十九類不可信。六臣注《文
選》刻本多，流傳時間長，傳播範圍廣，對後世有深遠的影響。

　　這裡附帶提到《文選集注》。此書一百二十卷，今存二十三卷，
散失嚴重。在今存的二十三卷中並無「移」體，而「難」字緊接在鍾
會〈檄蜀文〉之後，其下注云：「陸善經曰：難，詰問之。」下一行
為〈難蜀父老〉之題。這使人感到有些詫異。如果「難」字是文體的
標誌就應獨佔一行。這樣排列是「難」字注文，還是文體名稱，難以
斷定。

四、讓我們來重溫〈文選序〉中的一段話：

> 詩者，蓋志之所之也，情動於中而形於言。……頌者，所以游
> 揚德業，襃贊成功。……次則箴興於補闕，戒出於弼匡。論則
> 析理精微，銘則序事清潤。美終則誄發，圖像則贊興。又詔誥
> 教令之流，表奏箋記之列，書誓符檄之品，弔祭悲哀之作，答
> 客指事之制，三言八字之文，篇辭引序，碑碣志狀，眾制鋒
> 起，源流間出。

這裡論及的文體，與《文選》之文體分類，稍有差異，但基本相同。
值得我們注意的是此序並未論及「移」、「難」二體，大概蕭統認為
「移」包括在「書」中，「難」包括在「檄」中了。

　　以上所論三題，都是近幾年我頭腦中經常思索的問題。由於有關
資料的不足，這些問題一直不能很好的解決。現在將個人的想法寫出
來，拋磚引玉，希望能得到方家和讀者的指教。

二○○一年六月

附注

　　李善注《文選》分文體為三十七體。清代陳景雲認為脫去「移」體。如補上「移」體，則為三十八體。（參閱拙作《蕭統文選三題》，俞紹初、許逸民編《中外學者文選學論集》，中華書局 1998 年出版。）五臣注《文選》分體亦為三十七體。它與李善注《文選》的文體分類稍有不同。它有「移」「難」二體。這在李善注《文選》文體分類中是沒有的。有的研究者將「移」「難」二體加上李善注《文選》分的三十七體，認為《文選》的文體分類是三十九體，並不是五臣注《文選》分為三十九體。特此說明。

二〇一四年九月

文章淵藪　　英華薈萃
——論《文選》的文學價值

　　蕭統《文選》是我國現存最早的一部詩文總集，被後世稱為「文章淵藪」[1]。書中選錄了從東周到南朝梁八百年間的七百多篇作品，保存了豐富的文學資料。其中英華薈萃，佳作眾多，具有很高的文學價值。

　　《文選》中的作品，編選者分為賦、詩、騷、七等三十七類，其體裁分類比較瑣碎。何焯《義門讀書記》將《文選》所選作品分為賦、詩、騷、雜文四類。為了論述方便，我們將騷、賦併為辭賦一類，分為辭賦、詩歌和雜文三大類。茲分別論述其文學價值。

一

　　《文選》卷首就選錄賦。賦置詩前，這是繼承了《漢書》〈藝文志〉的做法，也說明了蕭統對賦的重視。《文選》中的賦，共有五十七篇。編選者從內容上分為京都、郊祀、耕藉、畋獵、紀行、游覽、宮殿、江海、物色、鳥獸、志、哀傷、論文、音樂、情十五類。分類雖然瑣碎，所選卻多為名篇。騷體作品選錄十七首，亦皆為佳作。

　　我國古代的賦，濫觴於戰國後期。代表賦家有屈原、宋玉和荀卿。

　　屈原是《楚辭》中的代表作家，其代表作〈離騷〉是浪漫主義的不朽作品。劉勰說：「自風雅寢聲，莫或抽緒，奇文鬱起，其〈離

1　《四庫全書簡明目錄》卷十九，《文選注》提要。

騷〉哉！……昔漢武愛騷，而淮南作傳，以為〈國風〉好色而不淫，〈小雅〉怨誹而不亂，若〈離騷〉者，可謂兼之。蟬蛻穢濁之中，浮游塵埃之外，皭然涅而不緇，雖與日月爭光可也。」(《文心雕龍》〈辨騷〉)對〈離騷〉的評價極高。《漢書》〈藝文志〉〈詩賦略〉著錄屈原賦二十五篇。《文選》選錄屈原賦〈離騷〉、〈九歌〉(十一篇)、〈九章〉(九篇)、〈卜居〉、〈漁父〉二十三篇。

　　宋玉，為戰國後期著名賦家。後人常以他與屈原並稱「屈宋」。《文心雕龍》〈辨騷〉篇說：「屈宋逸步，莫之能追」，便是一例。在今天看來，宋玉的文學成就，顯然不如屈原。然在當時，自是名家。《漢書》〈藝文志〉〈詩賦略〉著錄宋玉賦十六篇。《文選》選錄宋玉〈風賦〉、〈高唐賦〉、〈神女賦〉、〈登徒子好色賦〉、〈九辯〉(五篇)、〈招魂〉(一作屈原作)凡十篇。

　　荀卿是戰國後期著名的思想家。《漢書》〈藝文志〉〈詩賦略〉著錄荀卿賦十篇。今存〈禮〉、〈智〉、〈雲〉、〈蠶〉、〈箴〉賦五篇。〈佹詩〉一篇。如〈成相〉五篇亦列入賦類，則為十一篇。所以有人認為「十」乃「十一」之誤。可是《文選》一篇未選。其表面原因，如〈文選序〉所說，經、史、子類學術著作是不收的。我看可能是因其文辭比較質樸，其義未歸乎翰藻，所以《文選》不收。

　　從蕭統所選戰國後期之賦看來，所選屈宋賦甚多，這大概是因為屈宋賦作構思深沉，辭藻華美，符合蕭統選錄作品的標準。這裡要指出的是，屈原之〈卜居〉、〈漁父〉，宋玉之〈風賦〉、〈高唐賦〉、〈神女賦〉、〈登徒子好色賦〉，皆為後人偽托，蕭氏作為屈、宋作品選入《文選》，似是疏忽。

　　漢賦數量眾多，從《漢書》〈藝文志〉〈詩賦略〉可窺西漢賦之大概。班固說：「至於武、宣之世，乃崇禮官，考文章……故言語侍從之臣，若司馬相如、虞丘壽王、東方朔、枚皋、王褒、劉向之屬，朝夕論思，日月獻納。而公卿大臣御史大夫倪寬、太常孔臧、太中大夫

董仲舒、宗正劉德、太子太傅蕭望之等，時時間作。或以抒下情而通
諷諭，或以宣上德而盡忠孝，雍容揄揚，著於後嗣，抑亦雅頌之業
也。故孝成之世，論而錄之，蓋奏御者千有餘篇……。」[2]由此可
知，西漢成帝時集錄進獻的賦就有一千多篇。可是，據明人胡應麟統
計，今存者僅三十篇（實為二十六篇）而已[3]。

　　東漢賦，《後漢書》無〈藝文志〉，不見著錄。胡應麟據《昭明文
選》、《古文苑》、《文苑英華》、《文選補遺》、《廣文選》諸書，著錄十
八家，賦四十四篇，說：「……往往有偽撰錯雜其中……惟昭明所
選，略無可疑。即東漢賦自〈兩京〉、〈三都〉、〈靈光〉、〈東征〉、〈北
征〉、〈思玄〉、〈歸田〉、〈幽通〉、〈長笛〉諸篇外，餘存者非詞義寂
寥，章旨斷缺，即淺鄙可疑，未有越軼《文選》之上者。」（同上）可
見東漢賦今存者已不多。今人姜書閣有〈現存漢人辭賦篇目考略〉[4]，
著錄較豐，可供參閱。

　　漢賦今存者不多，在不多的漢賦中，其精華已為《文選》所選
錄。《文選》選錄的漢賦有班固的〈兩都賦〉、張衡的〈二京賦〉，這
都是寫京都大賦的代表作。司馬相如的〈子虛賦〉、〈上林賦〉，為漢
賦創立模式，為後世模擬之準的，是他的代表作。揚雄的〈甘泉
賦〉、〈羽獵賦〉和〈長楊賦〉，前一篇寫甘泉宮，後兩篇寫田獵，都
是他的名作。班彪的〈北征賦〉寫自己離京北行途中所見所感，班昭
的〈東征賦〉，記她隨丈夫曹世叔離京東行的經歷，皆不同於大賦，
而自具特點。王延壽的〈魯靈光殿賦〉寫靈光殿的建築和壁畫，曾受
到蔡邕的稱許。賈誼的〈鵬鳥賦〉和禰衡的〈鸚鵡賦〉都是詠物賦，
作者借物抒情，感人肺腑，是詠物賦中的名篇。班固的〈幽通賦〉、

2　〈兩都賦序〉。

3　參閱《詩藪》〈雜編〉卷一，〈遺逸上〉〈篇章〉。

4　姜書閣：〈現存漢人辭賦篇目考略〉，《漢賦通義》（濟南市：齊魯書社，1989 年），頁
　399-461。

張衡的〈思玄賦〉、〈歸田賦〉則為抒情述志之作，其中〈歸田賦〉為最早的抒情小賦，對後世辭賦之發展有深遠的影響。司馬相如的〈長門賦〉寫宮怨，動人以情。蕭子顯說：「〈長門〉、〈上林〉，殆非一家之賦。」[5]，此賦是否司馬相如所作，尚有爭議。王褒的〈洞簫賦〉、傅毅的〈舞賦〉、馬融的〈長笛賦〉，是描寫音樂舞蹈的賦作，〈洞簫賦〉描寫簫聲，〈舞賦〉描寫舞蹈，〈長笛賦〉描寫笛聲，皆十分傳神。〈洞簫賦〉更是廣為傳誦。此外，如賈誼的，〈弔屈原文〉[6]，猛烈地抨擊黑暗現實，抒發自己不得志的牢騷和不平，弔屈原實在是弔自己。這是小賦中的名篇。

魏晉南北朝的賦發生了新的變化，即抒情小賦大增，大賦很少。從《文選》所選錄的作品看，選錄魏晉和南朝宋、齊、梁三代之大賦僅有左思〈三都賦〉、潘岳〈西征賦〉、何晏〈景福殿賦〉、木華〈海賦〉、郭璞〈江賦〉等數篇。〈三都賦〉的出現，曾使洛陽紙貴。除了作者重視內容的真實之外，一如大賦模式。〈西征賦〉突破了大賦的模式，具有新的風格特點，對後世的賦有一定的影響。〈景福殿賦〉描繪景福殿的宏偉壯麗，是歌功頌德之作，但在寫法上有新的發展。〈海賦〉、〈江賦〉是江海的頌歌，都是傳世佳作，但是，它們不是辭賦創作的主流。值得我們注意的還是那些抒情、詠物小賦。《文選》選錄這一時期的小賦有二十餘篇。其中王粲的〈登樓賦〉是著名的抒情小賦。作者抒寫懷鄉的感情，深沉動人。孫綽〈遊天臺山賦〉，幻想登山覓仙，表現逃避現實的思想。鮑照的〈蕪城賦〉，以對比手法寫廣陵城的盛衰，抒寫作者的興亡之感，為小賦中的名篇。潘岳的〈秋興賦〉寫作者在仕途上不得志，從而產生「江湖山藪之思」。謝惠連的〈雪賦〉寫雪景，謝莊的〈月賦〉寫月色，不僅傳神，而且富於抒情意味，皆為小賦中的名篇。張華的〈鷦鷯賦〉、顏延之的〈赭

5　《南齊書》〈陸厥傳〉。

6　「文」應作「賦」，因為《史記》、《漢書》皆明言「為賦以弔屈原」。

白馬賦〉、鮑照的〈舞鶴賦〉都是詠物之賦。〈鵬鵡賦〉借鵬鵡感嘆身世，歸結於老莊思想；〈赭白馬賦〉借赭白馬以諷諫；〈舞鶴賦〉詠鶴以寄託人生實感，各有特色。潘岳的〈閒居賦〉是言志小賦，表達了作者在官場失意後歸隱田園的願望。向秀的〈思舊賦〉和潘岳的〈懷舊賦〉都是思念親友之作，前者流露了對當時黑暗政治的不滿，後者表現出對死者深沉的懷念。陸機的〈嘆逝賦〉則寫自己的國破家亡之感。潘岳的〈寡婦賦〉是寫一位少婦悼念亡夫的幽思，令人悲痛不已。江淹的〈恨賦〉、〈別賦〉皆千古傳誦的名作。前者寫帝王將相等伏恨而死之遺憾，後者寫人世間各式各樣的離情別恨，都流露了消極情緒。陸機的〈文賦〉以賦體論文，別具一格。嵇康的〈琴賦〉、潘岳的〈笙賦〉、成公綏的〈嘯賦〉都是寫音樂的賦，嵇氏寫琴，潘氏寫笙，成公氏寫嘯，皆妙絕千古。曹植的〈洛神賦〉乃是建安賦的名篇，體現了鋪排大賦向抒情小賦轉化的特點，在文學史上影響頗大。

　　《文心雕龍》〈詮賦〉篇說：「觀夫荀結隱語，事數自環，宋發巧談，實始淫麗。枚乘〈兔園〉，舉要以會新；相如〈上林〉，繁類以成艷；賈誼〈鵬賦〉，致辨於情理；子淵〈洞簫〉，窮變於聲貌；孟堅〈兩都〉，明絢以雅贍；張衡〈二京〉，迅發以宏富；子雲〈甘泉〉，構深瑋之風；延壽〈靈光〉，含飛動之勢：凡此十家，並辭賦之英傑也。」這裡論述先秦兩漢「辭賦之英傑」十家。這十家除荀卿賦，因屬子書，枚乘〈兔園〉，可能是後人偽托，未選入《文選》之外，其他八家之代表作，皆一一入選。

　　〈詮賦〉篇又說：「及仲宣靡密，發端必遒；偉長博通，時逢壯采；太沖、安仁，策勛於鴻規；士衡、子安，底績於流制；景純綺巧，縟理有餘；彥伯梗概，情韻不匱：亦魏晉之賦首也。」這裡論述「魏晉之賦首」八家。八家賦選入《文選》的有王粲的〈登樓賦〉，左思的〈三都賦〉，潘岳的〈籍田賦〉、〈射雉賦〉、〈西征賦〉、〈秋興賦〉、〈閒居賦〉、〈懷舊賦〉、〈寡婦賦〉、〈笙賦〉，陸機的〈嘆逝賦〉、

〈文賦〉，成公綏的〈嘯賦〉，郭璞的〈江賦〉。八家中的徐幹（偉長）本長於辭賦，曹丕說：「王粲長於辭賦，徐幹時有齊氣，然粲之匹也。如粲之〈初征〉、〈登樓〉、〈槐賦〉、〈征思〉，幹之〈玄猿〉、〈漏巵〉、〈圓扇〉、〈桔賦〉，雖張、蔡不過也。」[7]，但是，曹丕提到的徐幹的四篇賦，〈圓扇賦〉，僅殘存四句，其他三篇全部散失。今存徐幹賦八篇，皆為殘篇。這也許是《文選》未選的原因，至於劉勰將他列為八家之一。可能是繼承了曹丕的觀點。袁宏（彥伯）今存賦四篇，皆已殘缺。其〈北征賦〉寫成，王珣稱：「當今文章之美，故當共推此生。」[8]然而今天已看不出他為何被劉勰推為「魏晉之賦首」之一。《文選》只選錄其〈三國名臣序贊〉一篇，未選錄其辭賦。

　　從上述可以看出，蕭統和劉勰對辭賦的看法，基本上是一致的。劉勰認為是「辭賦之英傑」、「賦首」的辭賦，蕭統大都入選，而蕭統入選的辭賦，劉勰大都作了肯定的評價。由此可見蕭氏《文選》中的辭賦大都為當時有定評的佳作名篇。這些作品體現了漢魏六朝賦的發展和變化的特點，思想內容和藝術形式的多種多樣，豐富多采，具有較高的文學價值。無怪乎古人說，讀賦必須從《文選》開始[9]。誠然。

二

　　中國古代詩歌中的五言詩，在漢魏六朝時期從產生到發展，取得了卓越的成就。《文心雕龍》〈明詩〉篇和〈詩品序〉對此都有精闢的論述。根據劉勰、鍾嶸的論述，我們對《文選》所選錄的詩歌進行比較系統的考察。

　　先秦詩歌，由於蕭統認為詩歌總集《詩經》是經書，不能入選。

7　《典論》〈論文〉。

8　《晉書》〈袁宏傳〉。

9　王芑孫：《讀賦巵言》〈律賦〉。

他說：「若夫姬公之籍，孔父之書，與日月俱懸，鬼神爭奧，孝敬之準式，人倫之師友，豈可重以芟夷，加以剪截？」而《楚辭》，被蕭統歸為「騷」類，因此，先秦詩歌被選入《文選》的只有一首：荊軻之歌，即「風蕭蕭兮易水寒，壯士一去不復返。」此詩悲壯感人，自是佳作，然而先秦詩歌未免選錄得太少了。

　　兩漢詩歌，《文選》選錄三十六首。其中〈古詩十九首〉最為著名。其作者已不詳。劉勰說：「又古詩佳麗，或稱枚叔，其〈孤竹〉一篇，則傅毅之詞，比采而推，兩漢之作乎！」[10]語意含糊，所以鍾嶸說：「古詩眇邈，人世難詳。」[11]且不論其作者是誰，此詩確是佳作。劉勰說：「觀其結體散文，直而不野，婉轉附物，怊悵切情，實五言之冠冕也。」[12]鍾嶸說：「文溫以麗，意悲而遠。驚心動魄，可謂幾乎一字千金！」[13]皆已道出其佳處。李陵〈與蘇武詩〉三首，蘇武詩四首，當係後人偽托。劉勰說：「至成帝品錄，三百餘篇，朝章國采，亦云周備。而辭人遺翰，莫見五言，所以李陵班婕妤，見疑於後代也。」[14]說明早在齊梁時劉勰已表示懷疑了。不論其作者為誰，《文選》選錄的蘇、李詩悽愴感人，亦為佳作。此外，值得我們注意的是張衡的〈四愁詩〉四首。七言體的〈四愁詩〉抒寫懷人之愁思，真切生動，對七言詩的發展具有重要作用。必須指出，《文選》選錄古樂府僅有三首。忽視漢樂府民歌，為《文選》帶來明顯的缺點。

　　魏晉的五言詩有很大的發展，所以《文選》所選亦較多，約有二百首。

　　建安是文學的繁榮時期，鍾嶸說：「降及建安，曹公父子，篤好斯文；平原兄弟，郁為文棟；劉楨、王粲，為其羽翼。次有攀龍托

10　《文心雕龍》〈明詩〉，下引《文心雕龍》語，僅注篇名。

11　〈詩品序〉。

12　〈明詩〉。

13　《詩品》卷上。

14　〈明詩〉。

鳳，自致於屬車者，蓋將百計。彬彬之盛，大備於時矣！」[15]（〈詩品序〉）由此亦大致可見當時文學的繁榮概況。建安時期的主要作家是「三曹」、「七子」。《文選》選錄「三曹」的詩歌，曹操有〈樂府〉二首，即〈短歌行〉、〈苦寒行〉；曹丕有〈芙蓉池作〉、〈樂府〉二首（〈燕歌行〉、〈善哉行〉）、〈雜詩〉二首；曹植有〈送應氏詩〉二首、〈七哀詩〉、〈贈白馬王彪〉、〈美女篇〉、〈白馬篇〉、〈名都篇〉、〈雜詩〉六首等，大都是佳作。其中曹操的〈短歌行〉、曹丕的〈燕歌行〉、曹植的〈贈白馬王彪〉等，皆為中國文學史上的名篇。「七子」的詩歌，選入〈文選〉的，王粲有〈公宴詩〉、〈詠史詩〉、〈七哀詩〉二首、〈贈蔡子篤〉、〈贈士孫文始〉、〈贈文叔良〉、〈從軍詩〉五首、〈雜詩〉一首；劉楨有〈公宴詩〉、〈贈五官中郎將〉四首、〈贈徐幹〉、〈贈從弟〉三首、〈雜詩〉。其他五人皆無詩入選，亦可見蕭統取捨之嚴格。劉勰說：「暨建安之初，五言騰踴，文帝、陳思，縱轡以騁節；王、徐、應、劉，望路而爭驅；並憐風月、狎池苑、述思榮、敘酣宴，慷慨以任氣，磊落以使才，不求纖密之巧；驅辭逐貌，唯取昭晰之能；此其所同也。」[16]又說：「觀其時文，雅好慷慨，良由世積亂離，風衰俗怨，並志深而筆長，故梗概而多氣也。」[17]都指出了建安詩歌的特點。《文選》所選「三曹」、「七子」的詩歌，也正體現了這些特點。當然，「三曹」和「七子」的詩歌創作成就有高低之分，所以鍾嶸說：「陳思（曹植）為建安之傑，公幹、仲宣為輔。」[18]

　　正始詩歌的代表人物是嵇康和阮籍。《文選》選錄嵇詩有〈幽憤詩〉、〈贈秀才入軍〉五首、〈雜詩〉，阮詩有〈詠懷詩〉十七首。劉勰說：「乃正始明道，詩雜仙心。何晏之徒，率多浮淺，惟嵇志清峻，

15　《典論》〈論文〉。
16　〈明詩〉。
17　〈時序〉。
18　〈詩品序〉。

阮旨遙深，故能標焉。」[19]嵇康情志的清峻和阮籍意旨的遙深，於《文選》所選嵇、阮詩中皆可看出。可見《文選》所選大都是具有代表性的作品。

　　太康時期詩歌又興盛。鍾嶸說：「太康中，三張二陸兩潘一左，勃爾復興，踵武前王，風流未沫，亦文章之中興也。」[20]太康時期的主要作家有三張，即張載與其弟張協、張亢；二陸，即陸機與其弟陸雲；兩潘，即潘岳與其從子潘尼。一左，即左思。其中以張協、陸機、潘岳和左思的成就較高，所以鍾嶸說：「陸機為太康之英，安仁（潘岳）、景陽（張協）為輔。」[21]這裡雖然沒有提到左思，但左思亦被列入「上品」。《文選》選錄張協的〈詠史〉、〈雜詩〉共二首，陸機的〈樂府〉十七首、〈擬古詩〉十二首、〈為顧彥先贈婦〉二首、〈赴洛道中作〉二首等共五十二首，潘岳的〈悼亡詩〉三首、〈河陽縣作〉二首、〈在懷縣作〉二首等共十首，左思的〈詠史詩〉八首、〈招隱詩〉二首、〈雜詩〉，共十一首。其中如張協的〈雜詩〉、陸機的〈赴洛道中作〉、潘岳的〈悼亡詩〉、左思的〈詠史詩〉，都是名篇。特別是潘岳的〈悼亡〉、左思的〈詠史〉更是傳誦千古，影響深遠。劉勰說：「晉世群才，稍入輕綺。張潘左陸，比肩詩衢，采縟於正始，力柔於建安。或析文以為妙，或流靡以自妍，此其大略也。」[22]這裡，揭示了太康詩歌的傾向及其弊端。但是，我想左思應該例外。

　　永嘉時期詩歌，深受玄學影響，詩風為之一變。鍾嶸說：「永嘉時，貴黃、老，稍尚虛談，於時篇什，理過其辭，淡乎寡味。」[23]劉勰說：「江左篇制，溺乎玄風，嗤笑徇務之志，崇盛亡機之談，袁孫

19　〈明詩〉。
20　〈詩品序〉。
21　〈詩品序〉。
22　〈明詩〉。
23　〈詩品序〉。

以下，雖各有雕采，而辭趣一揆，莫與爭雄，所以景純仙篇，挺拔而為俊矣。」[24]都說明了當時詩風的變化。劉勰提到郭璞的〈游仙詩〉，認為它是突出的佳作。我們知道，郭璞是西晉末東晉初的著名學者和文學家。他的〈游仙詩〉常常抒寫懷抱，詞多慷慨，是古詩中的名篇。《文選》選錄其〈游仙詩〉七首。特別應該提到的是永嘉詩人是劉琨。劉琨也是西晉末東晉初人。他不僅是詩人，也是愛國志士。他的詩，劉勰評為「雅壯而多風」[25]。鍾嶸認為他「善為淒戾之詞，自有清拔之氣」[26]，可惜他的詩僅存《文選》選錄的〈答盧諶〉、〈重贈盧湛〉、〈扶風歌〉三首。元遺山《論詩絕句》云：「曹劉坐嘯虎生風，萬古無人角兩雄。可惜并州劉越石，不教橫槊建安中。」由此可想像詩人的氣概和詩歌的風格。還有盧諶，原是劉琨的主簿。《文選》選錄其詩〈覽古〉、〈贈劉琨〉、〈贈崔溫〉等五首，鍾嶸謂其詩不如劉琨，自是的論。

東晉玄言詩盛行。沈約說：「有晉中興，玄風獨振，為學窮於柱下，博物止乎七篇，馳騁文辭，義殫乎此。自建武暨乎義熙，歷載將百，雖綴響聯辭，波屬雲委，莫不寄言上德，託意玄珠，遒麗之辭，無聞焉爾。」[27]當時能獨樹一幟、卓然自立的是陶淵明。陶詩今存一百二十餘首。《文選》選錄〈始作鎮軍參軍經曲阿作〉、〈辛丑歲七月赴假還江陵夜行涂口作〉、〈輓歌〉、〈雜詩〉二首、〈詠貧士〉、〈讀山海經〉、〈擬古詩〉共八首。比起《文選》所選陸機、謝靈運的詩，在數量上少得多。但是，在《文心雕龍》隻字未及陶詩，《詩品》僅將他列入「中品」的情況下，蕭統能重視陶詩已十分難得。蕭統曾編《陶淵明集》八卷，作〈陶淵明集序〉、〈陶淵明傳〉。在〈陶淵明集

24　〈明詩〉。

25　〈才略〉。

26　《詩品》卷中。

27　《宋書》〈謝靈運傳論〉。

序〉中，他給陶淵明以很高的評價：「其文章不群，辭采精拔，跌宕昭彰，獨超眾類，抑揚爽朗，莫之與京，橫素波而傍流，干青雲而直上，語時事則指而可想，論懷抱則曠而且真。……」即便如此，《文選》選錄陶詩也只有八首。這種現象說明時代對文學批評家的文學觀點的影響是很深的，蕭統當然也不例外。

　　南朝宋的元嘉時期，作家輩出，而其中最著名的作家是謝靈運和顏延之。〈詩品序〉說：「謝客（即靈運）為元嘉之雄，顏延年為輔。」《文選》選錄謝靈運詩〈登池上樓〉、〈石壁精舍還湖中作〉、〈過始寧墅〉、〈七里瀨〉、〈登江中孤嶼〉、〈入彭蠡湖口〉、〈游南亭〉等四十二首，大都為優秀的山水詩。選錄顏延之詩〈秋胡詩〉、〈五君詠〉五首、〈贈王太常〉、〈夏夜呈從兄散騎車長沙〉、〈北使洛〉等二十首。以〈五君詠〉最有名，〈北使洛〉文辭藻麗，為謝晦、謝亮所賞[28]。今天看來，謝靈運是南朝山水詩派的大詩人，而顏延之的詩歌成就顯然不如謝靈運。值得我們注意的是與謝靈運、顏延之合稱的「元嘉三大家」的鮑照。鮑照是南朝文學成就最高的詩人。《文選》選錄其詩有〈詠史〉、〈樂府〉八首、〈翫月城西門廨中〉、〈擬古詩〉三首、〈學劉公幹體〉等十八首。鮑照因「其才秀人微，故取湮當代」[29]，鍾嶸將他列入「中品」。鮑照的〈擬行路難〉十八首，感嘆人世憂患，表達了詩人對門閥統治的憤慨，是他最有代表性的名篇，而《文選》未能入選，不免令人感到有幾分遺憾。

　　齊代詩歌有「永明體」。其代表作家有沈約、謝朓、王融。《文選》選錄沈約詩有〈別范安成〉、〈宿東園〉、〈游沈道士館〉、〈早發定山〉、〈新安江水至清淺見底貽京邑游好〉、〈冬節後至丞相第詣世子車中作〉、〈值學省愁臥〉等十三首。選錄謝朓詩有〈新亭渚別范零陵〉、〈游東田〉、〈同謝諮議銅雀臺〉、〈郡內高齋閒坐答呂法曹〉、〈在

28　《宋書》〈顏延之傳〉。

29　《詩品》卷中。

郡臥病呈沈尚書〉、〈暫使下都夜發新林至京邑贈西府同僚〉、〈之宣城出新林浦向板橋〉、〈敬亭山〉、〈晚登三山還望京邑〉、〈京路夜發〉、〈郡內登望〉、〈和王主簿怨情〉等二十一首。王融詩被《詩品》列入「下品」，《文選》一首未選。「永明體」有四聲八病之說，十分講究聲律。《文選》所選沈約、謝朓詩體現了「永明體」的一些特點。

　　《文選》大約編於梁武帝大通元年（527）至中大通二年（530）之間。因此，所選梁代詩歌都作於此時之前。其作者亦必卒於此時之前，因為《文選》不錄存者。《文選》選錄的梁代詩歌作者有范雲、江淹、任昉、丘遲、虞義和徐悱。沈約一般也放在梁代，我們因考慮到他是永明體的代表人物，就放在齊代論述了。《文選》選錄梁代詩歌，以江淹為最多，達三十二首，即〈從建平王登廬山香爐峰〉、〈望荊山〉、〈雜體詩〉三十首，皆為佳作。

　　從以上考察，我們可以看出，漢魏六朝詩歌經過建安、正始、太康、永嘉、元嘉、永明等時期的發展和變化，取得了較大的成就。《文選》所選漢魏六朝各個時期的詩歌，多為著名作家的佳作和名篇。這些詩體現了這一階段詩歌發展的概況，為後人研究這一階段詩歌提供了方便。我們要指出的是，《文選》所選之詩歌，由於選擇精審，形成了自己的特點，被後世稱之為「選詩」。「選詩」對唐詩的繁榮和發展有一定的影響。從近人李詳的〈韓詩證選〉、〈杜詩證選〉二文中，我們即可探得此中消息。

三

　　《文選》所選詩文，除上述之外，其他各種文體的作品，為了論述的方便，我們統稱之為「雜文」。這裡所謂「雜文」，不同於現代概念的雜文，卻類似《文心雕龍》〈雜文〉篇所說的雜文。劉勰所謂的〈雜文〉，是指對問、七、連珠以及典、誥、誓、問、覽、略、篇、

章、曲、操、弄、引、咏、諷、謠、吟等文體。我們說的《文選》中的「雜文」，包括七、詔、冊、令、教、文、表、上書、啟、彈事、箋、奏記、書、檄、對問、設論、辭、序、頌、贊、符命、史論、史述贊、論、連珠、箴、銘、誄、哀、碑文、墓誌、行狀、弔文、祭文等文體。

　　《文選》所選之「雜文」，一如所選之賦、詩，大都是歷代文學之佳作和名篇。如先秦時期，所選除屈原、宋玉之辭賦和荊軻之歌之外，有卜商的〈毛詩序〉一文。〈毛詩序〉的作者是否卜商所作，尚有爭議。但是，此序總結了先秦儒家的詩論，是一篇重要的文學批評論文，對後世詩歌創作有深遠的影響。

　　有秦一代文學，劉勰說：「秦世不文，頗有雜賦。」[30]而雜賦早已亡佚。《文選》選錄的李斯的〈上秦始皇書〉（即〈諫逐客書〉）卻傳誦千古。劉勰說：「李斯之止逐客，並順情入機，動言中務，雖批逆鱗，而功成計合，此上書之善說也。」[31]劉勰認為這篇文章說得合情投機，語言中肯，所以獲得成功。

　　漢代雜文，像先秦雜文一樣，是後世學習的楷模。《文選》選錄漢代雜文約三十餘篇。其中西漢有賈誼〈過秦論〉、枚乘〈七發〉、〈奏書諫吳王濞〉、鄒陽〈上書吳王〉、〈獄中上書自明〉、司馬相如〈上書諫獵〉、〈喻巴蜀檄〉、〈難蜀父老〉、司馬遷〈報任少卿書〉、東方朔〈答客難〉、楊惲〈報孫會宗書〉、揚雄〈解嘲〉、劉歆〈移書讓太常博士〉等，東漢有班彪〈王命論〉、朱浮〈與彭寵書〉、班固〈典引〉、〈封燕然山銘〉、蔡邕〈郭林宗碑文〉、〈陳仲弓碑文〉、潘勗〈魏王九錫文〉等，皆為著名作品。劉勰說：「及枚乘摛艷，首製〈七發〉，腴辭雲構，夸麗風駭。蓋七竅所發，發乎食欲，始邪末正，所

30　〈詮賦〉。

31　〈論說〉。

以戒膏粱之子也。」³²說「相如之〈難蜀老〉，文曉而喻博，有檄移之骨焉。及劉歆之〈移太常〉，辭剛而義辨，文移之首也。」³³說「潘勗〈九錫〉，典雅逸群。」³⁴說「觀史遷之〈報任安〉、東方朔之〈難公孫〉、楊惲之〈酬會宗〉、子雲之〈答劉歆〉，志氣槃桓，各含珠彩，並杼軸乎尺素，抑揚乎寸心。」³⁵說「自後漢以來，碑碣雲起，才鋒所斷，莫高蔡邕。……陳、郭二文，詞無擇言……其敘事也該而要，其綴采也雅而澤。清詞轉而不窮，巧義出而卓立。察其為才，自然而至。」³⁶何焯說：潘元茂〈冊魏公九錫文〉「大手筆，唯退之〈平淮西碑〉與之角耳」³⁷說司馬相如〈上書諫獵〉「簡當深切。章奏當以此為准雙」。說揚雄〈解嘲〉「詞古義深。……本之東方之體。然恢奇深妙過之」。說賈誼〈過秦論〉「自首至尾，光焰動蕩。如鯨魚暴鱗於皎日之中。燭天耀海」。說班固〈封燕然山銘〉「能盡以約，所以為大手筆」。李兆洛說班固〈典引〉「裁密思靡，遂為駢體科律」。³⁸說司馬相如〈難蜀父老〉「藻麗絕特，尤擷香拾艷之淵藪也」。說鄒陽〈獄中上書自明〉「迫切之情，出於微婉；嗚咽之響，流為激亮。此言情之善者也」。說司馬遷〈報任少卿書〉「厚集其陣，鬱怒奮勢，成此奇觀」等等。從以上劉勰等人的評論可以看出，《文選》所選兩漢文亦多為佳作，故而受到歷代文士的重視。漢代著名的史書如《史記》、《漢書》，議論文如賈誼的〈陳政事疏〉、〈論積貯疏〉，晁錯的〈言兵事疏〉、〈論貴粟疏〉等，也因不合《文選》的選錄標準而不選。

　　漢魏之際文學起了新的變化。劉師培說：「建安文學，革易前

32　〈雜文〉。

33　〈檄移〉。

34　〈詔策〉。

35　〈書記〉。

36　〈誄碑〉。

37　《義門讀書記》，下引何焯語，出處並同。

38　《駢體文鈔》，下引李兆洛語，出處並同。

型，遷蛻之由，可得而說：兩漢之世，戶習七經，雖及子家，必緣經術，魏武治國，頗雜刑名，文體因之，漸趨清峻，一也；建武以還，士民秉禮，逮及建安，漸尚通侻，侻則侈陳哀樂，通則漸藻玄思，二也；獻帝之初，諸方棋峙，乘時之士，頗慕縱橫，騁詞之風，肇端於此，三也；又漢之靈帝，頗好俳詞（見〈楊賜傳〉、〈蔡邕傳〉）。下習其風，益尚華靡，雖迄魏初，其風未革，四也。」[39]這是建安文學的新特點。《文選》所選曹丕的《典論》〈論文〉、〈與吳質書〉、曹植的〈與楊德祖書〉、沈約的《宋書》〈謝靈運傳論〉等對此亦頗有論述，並可參閱。

　　魏及蜀、吳三國之雜文，《文選》選錄的有三十餘篇，其中孔融的〈薦禰衡表〉、〈與曹公論盛孝章書〉、阮瑀的〈為曹公作書與孫權〉、陳琳的〈為袁紹檄豫州〉、諸葛亮的〈出師表〉、曹丕的〈與朝歌令吳質書〉、曹植的〈求自試表〉、〈求通親親表〉、〈與吳季重書〉、李康的〈運命論〉、曹冏的〈六代論〉、嵇康的〈與山巨源絕交書〉、〈養生論〉等皆為佳作。劉勰說：「至如李康〈運命〉，同〈論衡〉而過之……然亦其美矣。」[40]說「文舉之〈薦禰衡〉，氣揚采飛，孔明之辭後主，志盡文暢，雖華實異旨，並表之英也。」[41]說「陳琳之〈檄豫州〉，壯有骨鯁。」[42]說「嵇康〈絕交〉，實志高而文偉矣。」[43]何焯說：曹子建〈求通親親表〉「此文可匹〈出師表〉，而文彩辭條更為蔚然。」李兆洛說曹冏〈六代論〉「一氣奔放，尚是兩漢之遺」。孫鑛說〈養生論〉「旁引曲證，剖析殆盡，卻並無一迂語。質率而不失其華，筆力自暢。」[44]這些評論，在今天看來，基本上還是正確的，值

---

39 《中國中古文學史》。

40 〈論說〉。

41 〈章表〉。

42 〈檄移〉。

43 〈書記〉。

44 于光華〈重訂文選集評引〉。

得我們參考。

　　西晉文學，以潘、陸為首。《文選》選錄潘文有〈楊荊州誄〉、〈楊仲武誄〉、〈夏侯常侍誄〉、〈馬汧督誄〉、〈哀永逝文〉六篇，陸文有〈謝平原內史表〉、〈豪士賦序〉、〈漢高祖功臣頌〉、〈辨亡論〉、〈五等諸侯論〉、〈演連珠〉、〈弔魏武帝文〉七篇。所選潘、陸文多屬較好的文章。其他如張載的〈劍閣銘〉、張協〈七命〉、李密的〈陳情表〉、劉琨的〈勸進表〉等亦頗著名。李兆洛說劉琨的〈勸進表〉「正大光明，固是偉作」，說陸機的〈豪士賦序〉「此士龍所謂清新相接者也，神理亦何減鄒、枚？」說陸機的〈漢高祖功臣頌〉「優游彬蔚，精微朗暢，兩者兼之」。譚獻說：陸機的〈演連珠〉「熟讀深思，文章局奧盡辟」。[45]說張載的〈劍閣銘〉「精煉」。說潘岳的〈馬汧督誄〉「瑰瑋絕特，奇作也」。皆備致優評。東晉文章以干寶〈晉紀總論〉、陶淵明〈歸去來兮辭〉尤為有名。李兆洛稱〈晉紀總論〉「雄俊類賈生，縝密似子政，晉文之傑也。」歐陽修說：「晉無文章，惟陶淵明〈歸去來兮辭〉一篇而已。」[46]評價都很高。

　　南朝宋代文學又有了新的變化。劉勰謂其特點是「訛而新」[47]。這主要是指詩歌創作表現出追求新奇的傾向。「雜文」似無明顯的變化。《文選》選錄宋代文有傅亮的〈為宋公修張良廟教〉、〈為宋公至洛陽謁五陵表〉、〈為宋公求加贈劉前將軍表〉，謝惠連的〈祭古冢文〉，范曄的〈宦者傳論〉、〈逸民傳論〉，顏延之的〈三月三日曲水詩序〉、〈陶徵士誄〉，謝莊的〈宋孝武宣貴妃誄〉，王僧達的〈祭顏光祿文〉等。劉勰對南朝宋以後的作家作品論述很少，因為他認為「蓋聞之於世，故略舉大較。」[48]「世近易明，無勞甄序。」[49]何焯認為傅

45　《駢體文鈔》引，下引譚獻語，出處並同。

46　〔元〕李公煥《陶淵明集》卷五引。

47　〈通變〉。

48　〈時序〉。

49　〈才略〉。

亮的〈為宋公至洛陽謁五陵表〉「敍致曲折，復自遒緊。季友章表，故有專長，猶有東漢風味」。說〈為宋公求加贈劉前軍表〉「質直詳盡」，說范曄的〈逸民傳論〉「抑揚反覆，殊有雅思，可以希風班孟堅也」。譚獻說：傅亮的〈為宋公修張良廟教〉「金石之聲，風雲之氣」。說顏延之〈陶徵士誄〉「文章之事，味如醇醪，色若球璧。有道之士，知己之言」。大都作了肯定的評價。

　　南朝齊梁時文學興盛，《南史》〈文學傳序〉說：「自中原沸騰，五馬南渡，綴文之士，無乏於時。降及梁朝，其流彌盛。蓋由時主儒雅，篤好文章，故才秀之士，煥乎俱集。」《文選》選錄齊代文有王儉〈褚淵碑文〉、王融〈永明十一年策秀才文〉五篇、〈三月三日曲水詩序〉，謝朓〈拜中軍記室辭隨王箋〉、〈齊敬皇后哀策文〉，孔稚珪〈北山移文〉等，梁代文有江淹的〈詣建平王上書〉，任昉〈為宣德皇后勸進梁公令〉、〈為齊明帝讓宣城郡公表〉、〈為范尚書讓吏部封侯第一表〉、〈為蕭揚州薦士表〉、〈為褚諮議蓁讓代兄襲封表〉、〈為范始興作求立太宰碑表〉、〈奏彈曹景宗〉、〈齊竟陵文宣王行狀〉，丘遲〈為呂僧珍與陳伯之書〉，沈約〈奏彈王源〉、《宋書》〈謝靈運傳論〉，王巾〈頭陀寺碑文〉，劉峻〈辨命論〉、〈廣絕交論〉，陸倕〈石闕銘〉、〈新刻漏銘〉等。上文提到，《文選》選錄之文，不錄存世者。考《文選》中之作者，陸倕卒於普通七年（526），死得最晚，此後去世作者的作品，皆未能入選。《文選》所選齊梁文，亦多為較好的作品，李兆洛說：劉峻〈廣絕交論〉「以刻酷攄其憤懟，真足以狀難狀之情」。說陸倕〈新刻漏銘〉「文雖失於僻積，而密藻可觀」。說任昉〈齊竟陵文王行狀〉「以儷辭述實事，於斯體尚稱」。譚獻說王融〈永明十一年策秀才文〉五首「精深駿快，洞見症結」，說任昉〈宣德皇后令〉「琢辭自工」，〈為揚州薦士表〉「大臣之言，捉刀者真英雄也」，〈為范始興作求立太宰碑表〉「綿懸動人。季友（傅亮）、彥昇（任昉）之外，殆鮮鼎立」，〈奏彈曹景宗〉「可謂筆挾風霜」，說沈約

〈奏彈王源〉「曲甚盡致，筆端甚鋒銳」。王巾〈頭陀寺碑文〉「名理之言出以回簿，紀序之體貫以玄遠，此為南朝有數名篇」。許槤說：孔稚珪的〈北山移文〉「此六朝中極雕繪之作。煉格煉詞，語語精闢。其妙處尤在數虛字旋轉得法。當與徐孝穆《玉臺新詠》〈序〉並為唐人軌範」。[50]於此可見一斑。

綜上所述，《文選》的文學價值，主要表現在：

一、保存了豐富的文學資料。根據《漢書》〈藝文志〉和《隋書》〈經籍志〉的著錄，先秦兩漢魏晉南北朝的文學作品散佚很多，而《文選》保存了豐富的詩文資料。它選入一百三十多個作家的作品。這些作家包括先秦五人，西漢十八人，東漢二十一人，魏十四人，晉四十五人，南北朝二十七人。選入作品七百六十四篇，其中辭賦七十四篇。詩歌四百三十四篇。雜文二百五十六篇。有些作品因為《文選》選入，才得以保存下來。《文選》是我們今天研究漢魏六朝文學必須參考的文學要籍。

二、選錄了眾多的詩文佳作和名篇。從以上的論述，已可見《文選》的佳作、名篇如林。范文瀾說：「《文選》取文，上起周代，下迄梁朝。七八百年間各種重要文體和它們的變化，大致具備，固然好的文章未必全得入選，但入選的文章卻都經過嚴格的衡量，可以說，蕭統以前，文章的英華，基本上總結在《文選》一書裡。」[51]的確如此。

三、體現了從先秦到南朝梁代的文學發展軌跡。先秦時期，文學界限不明。限於體例，《文選》主要選了《楚辭》若干篇。漢代辭賦、散文和五言古詩，《文選》選錄了它們的代表作品。魏晉南北朝時期，有五言詩、駢文，《文選》選錄了其中許多佳作和名篇。從

50　《六朝文絜箋注》卷 8。

51　《中國通史》第二冊，頁 421。

《文選》所選詩文可以看出從先秦到南朝梁代的文學發展軌跡。

　　應該指出，尚有許多優秀作品，如先秦的《詩經》、歷史散文和諸子散文，兩漢的《史記》、《漢書》及一些政論文和樂府民歌等，限於《文選》選錄作品的體例，皆未能入選，令人有幾分美中不足之感。

　　《文選》的影響深遠，它的文學價值是人們所公認的，以上論述亦可證明這一點。

一九九二年一月十五日初稿

一九九二年二月一日定稿

《文選》與文學理論批評

　　《文選》是我國現存最早的一部古代詩文總集，它包含了豐富的文學理論和文學批評思想。過去一些文選學研究者和文學批評史專家只看到《文選》〈序〉的文學理論和文學批評思想，而忽略了《文選》本身所體現的文學理論和文學批評思想。這是很不夠的。本文擬結合蕭統的《文選》〈序〉，對《文選》本身所體現的文學理論和文學批評思想作簡要的論述，以就教於方家和讀者。

　　《文選》是一部總集。首先我們來看看總集與文學理論和文學批評的關係。《隋書》〈經籍志〉云：

> 總集者，以建安之後，辭賦轉繁，眾家之集。日以滋廣，晉代摯虞，苦覽者之勞倦，於是採摘孔翠。芟剪繁蕪，自詩賦下，各為條貫，合而編之，謂為《流別》。是後文集總鈔，作者繼軌，屬辭之士，以為覃奧，而取則焉。今次其前後，並解釋評論，總於此篇。

這是說，建安以後，文學有了新的發展，作品繁多，晉代摯虞考慮到讀書人的辛苦，就編了《文章流別集》，這樣總集就產生了，後來文士紛紛效法，總集也就多起來了。據《隋書》〈經籍志〉著錄，《文選》以前的總集有《文章流別集》四十一卷，《文章流別志論》二卷，《文章流別本》二十卷，《續文章流別》三卷，《集苑》四十五卷，《集林》一百八十一卷，《集林鈔》十一卷，《集鈔》十卷，《集

略》二十卷，《撰遺》六卷，《翰林論》三卷，《文苑》一百卷，《文苑鈔》三十卷等。《隋書》〈經籍志〉著錄的總集，「凡集五百五十四部，六千六百二十二卷（通計亡書，合一千一百四十六部，一萬三千三百九十卷）」。

　　如此眾多的總集，大都具有兩個特點：一是對作品有所取捨；二是對作品區分文體。總集既然對收錄作品有所取捨，就必然會體現編選者的文學觀念；既然對收錄作品區分文體，就必然要提出編選者對文體分類的意見。這兩個特點反映了總集與文學理論、文學批評的密切關係。正因為存在著這種關係，所以《隋書》〈經籍志〉將文學理論批評著作如劉勰的《文心雕龍》、鍾嶸的《詩品》等也歸入總集。應該指出，將文學理論批評著作歸入總集是不恰當的。但這種不恰當的分類，卻有力地說明了總集中含有文學理論和文學批評的成分。〈詩品序〉說：

> 陸機〈文賦〉，通而無貶；李充〈翰林〉，疏而不切；王微〈鴻寶〉，密而無裁；顏延論文，精而難曉；摯虞〈文志〉，詳而博贍，頗曰知言。觀斯數家，皆就談文體，而不顯優劣。至於謝客集詩，逢詩輒取；張騭〈文士〉，逢文即書；諸英志錄，並義在文，曾無品第。

這裡既論及文學理論批評著作，又論及總集，是不是鍾嶸將文學理論批評著作和總集混為一談呢？是的。這也是因為總集具有某些文學理論批評成分的緣故。因此，《隋書》〈經籍志〉將文學理論批評著作歸於總集一類，《詩品》將文學理論批評著作與總集放在一起論列，這絕不是偶然的現象。

　　《四庫全書總目提要》〈集部〉〈總集類〉序云：

　　文籍日興，散無統紀，於是總集作焉。一則網羅放佚，使零章
　　殘什，並有所歸；一則刪汰繁蕪，使莠稗咸除，菁華畢出。是
　　固文章之衡鑒，著作之淵藪矣。

又云：

　　體例所成，以摯虞《流別》為始。

四庫館臣認為總集有兩類：一類是輯佚，一類是選本。輯佚是發現佚
文即予收錄，只有搜集之功，而無文學理論批評意義。選本自然要經
過選擇，使「莠稗咸除，菁華畢出」，這就體現了編者的文學觀，特
別是文學批評之標準，顯然與文學理論和文學批評有關。他們認為，
總集的體例是從摯虞的《文章流別集》開始形成的。而《文章流別
集》本身就是一部文學理論批評著作，這又一次道出了總集與文學理
論批評的關係。

　　有研究者說：「《隋志》所著錄的總集，既有大量集抄纂錄的文章
資料，又有《文心雕龍》一類詩文評論的著作，體例不純，反映了
晉、宋以來像樣的總集並不多，所以《隋志》只好兼收並蓄。」[1]這
是認為，《隋書》〈經籍志〉既收詩文總集，又收《文心雕龍》之類文
學理論批評著作，體例不純；它所以這樣「兼收並蓄」，是晉、宋以
來像樣的總集不多。我們不同意這樣的看法。第一，如前所說，建安
以來的總集眾多，像樣的總集也有一些。《隋志》顯然不是因為總集
數量少而兼收文學理論批評著作的。第二，《隋志》兼收詩文總集和
文學理論批評著作，是不是「體例不純」呢？我們認為不是，因為詩
文總集和文學理論批評著作有某些相近之處，即詩文總集也包含一些

1　屈守元：《文選導讀》（成都市：巴蜀書社，1993 年）。

文學理論批評思想，《隋志》將二者歸於一類，是有一定道理的。《詩品》在評論文學理論批評著作時也兼及詩文總集，這說明當時學者的認識是基本相同的。

　　應該指出，人們對文學作品分類的認識是有一個發展過程的。如《舊唐書》〈經籍志〉仍將《文心雕龍》之類文學理論批評著作歸於「總集」之中，而《新唐書》〈藝文志〉雖將《文心雕龍》之類文學理論批評著作歸於「總集」，但已另列一組了。《郡齋讀書志》（衢本）將《文選》歸於「總集」，將《文心雕龍》歸於「文說類」，較為合理。《直齋書錄解題》將《文選》歸於「總集類」，將《文心雕龍》歸於「文史類」。《宋史》〈藝文志〉將《文選》歸於「總集」，將《文心雕龍》歸於「文史類」，顯然是繼承了《直齋書錄解題》的分類方法。《四庫全書總目提要》對著作的分類日趨合理。在「集部」中，除了「楚辭」、「別集」、「總集」、「詞曲」四類之外，另立「詩文評」一類，廣收文學理論批評著作。其序云：

> 文章莫盛於兩漢，渾渾灝灝，文成法立，無格律之可拘。建安、黃初，體裁漸備，故論文之說出焉。《典論》其首也。其勒為一書傳於今者，則斷自劉勰、鍾嶸。勰究文體之源流，而評其工拙；嶸第作者之甲乙，而溯厥師承。為例各殊。至皎然《詩式》，備陳法律，孟棨《本事詩》，旁采故實；劉攽《中山詩話》、歐陽修《六一詩話》，又體兼說部。後所論著，不出此五例中矣。

四庫館臣將「詩文評」著作分為五個類型，《文心雕龍》是「詩文評」的一個類型。這樣，《文選》和《文心雕龍》的分類問題算是最後解決了。這是由於時代的發展，文學作品分類更加細緻的緣故。但是，不論《文選》和《文心雕龍》是歸於一類還是分為兩類，作為總集，

《文選》的文學理論批評思想是值得我們重視的。方孝岳先生曾說：

> 摯虞的《流別》，既然已經失傳，我們就以昭明太子的《文
> 選》為編「總集」的正式祖師。……凡是選錄詩文的人，都算
> 是批評家，何況《文選》一書，在總集一類中，真是所謂「日
> 月麗天，江河行地」。那末，他做書的目的，去取的標準，和
> 所有分門別類的義例，豈不是在我國文學批評史中，應該佔一
> 個很重要的位置麼？[2]

　　方先生別具慧眼，道出了《文選》的文學理論批評價值，對我們
是很有啟發的。

　　《文選》的文學理論和文學批評思想。擇其要者，約有四端：

一　《文選》體現了編者的文學發展觀

〈文選序〉云：

> 式觀元始，眇覿玄風，冬穴夏巢之時，茹毛飲血之世，世質民
> 淳，斯文未作。逮夫伏羲氏之王天下也，始畫八卦，造書契，
> 以代結繩之政，由是文籍生焉。《易》曰：「觀乎天文，以察時
> 變；觀乎人文，以化成天下。」文之時義遠矣哉！若夫椎輪為
> 大輅之始，大輅寧有椎輪之質；增冰為積水所成，積水曾微增
> 冰之凜。何哉？蓋踵其事而增華，變其本而加屬；物既有之，
> 文亦宜然。隨時改變，難可詳悉。

2　方孝岳：《中國文學批評》（北京市：三聯書店，1986 年）。

「蹟其事而增華，變其本而加厲」，是事物發展的規律，也是文學發展的規律。事物總是發展變化的，文學當然也不能例外。以賦而論，先秦時期有屈原、宋玉之賦和荀況之賦，屈、荀為辭賦之祖，對後世文學影響很大。但荀賦由於缺少文采，《文選》未予選錄。屈、宋辭賦語言華美，《文選》選錄甚多，屈原賦有〈離騷〉、〈九歌〉（六首）、〈九章〉（一首）、〈卜居〉、〈漁父〉等十首，宋玉賦有〈風賦〉、〈高唐賦〉、〈神女賦〉、〈登徒子好色賦〉、〈九辯〉（五首）、〈招魂〉（一說屈原作）、〈對楚王問〉等十一首。不過屈原之賦，《文選》歸入「騷」體，宋玉之〈九辯〉、〈招魂〉，亦列入「騷」體。大約齊梁人的文體分類如此，劉勰的〈文心雕龍〉有〈辨騷〉、〈詮賦〉兩篇，便是明證。

漢代是賦史上的繁榮時期，出現了賈誼、枚乘、司馬相如、王褒、揚雄、班固、張衡、王延壽等賦家，他們被劉勰稱為「辭賦之英傑」（《文心雕龍》〈詮賦〉）。《文選》選入了賈誼的〈鵩鳥賦〉、〈弔屈原文〉（「文」應作「賦」，《文選》歸入「弔文」體）、枚乘的〈七發〉（《文選》歸入「七」體）、司馬相如的〈子虛賦〉、〈上林賦〉、〈長門賦〉，王褒的〈洞簫賦〉，揚雄的〈甘泉賦〉、〈羽獵賦〉、〈長楊賦〉，班固的〈兩都賦〉、〈幽通賦〉，張衡的〈兩京賦〉、〈南都賦〉、〈思玄賦〉。司馬相如和揚雄的賦奠定了大賦的規模，成為大賦的典範。漢賦的主要特點是「鋪采摛文，體物寫志」[3]，與先秦辭賦已有明顯的不同。這是辭賦的新的發展變化。

魏晉賦已非漢賦面目。漢賦主要描寫京城、宮殿、苑林、游獵，重在「體物」。魏晉賦的題材，敘事、說理、詠物、抒情各體具備；篇幅大都短小，或抒發情感，或表現思想，或反映生活，或描寫景物，都有較濃的抒情成分，更為感人。《文選》選入魏晉賦家的作

3　《文心雕龍》〈詮賦〉。

品，有王粲的〈登樓賦〉，曹植的〈洛神賦〉，何晏的〈景福殿賦〉，
嵇康的〈琴賦〉，成公綏的〈嘯賦〉，向秀的〈思舊賦〉，張華的〈鷦
鷯賦〉，潘岳的〈籍田賦〉、〈射雉賦〉、〈西征賦〉、〈秋興賦〉、〈閒居
賦〉、〈懷舊賦〉、〈寡婦賦〉、〈笙賦〉，陸機的〈嘆逝賦〉、〈文賦〉，左
思的〈三都賦〉，木華的〈海賦〉，郭璞的〈江賦〉，孫綽的〈天臺山
賦〉，陶潛的〈歸去來〉。所選辭賦大都是佳作，其中如〈登樓賦〉、
〈洛神賦〉、〈文賦〉、〈三都賦〉、〈歸去來〉等，皆為膾炙人口的名
篇。劉勰說：

> 及仲宣靡密，發端必遒；偉長博通，時逢壯采；太沖安仁，策
> 勛於鴻規；士衡子安，底績於流制；景純綺巧，縟理有餘；彥
> 伯梗概，情韻不匱：亦魏晉之賦首也。(《文心雕龍》〈詮賦〉)

在「魏晉之賦首」的八家中，《文選》選錄王粲、左思、潘岳、陸
機、成公綏、郭璞六家的賦作。徐幹是建安賦家，與王粲齊名[4]，由
於他的賦作大都散失，故《文選》未選；袁宏文章之美，為當時所推
重[5]。也由於他的賦作皆已散失，《文選》亦未選。從《文選》所選魏
晉諸家的賦作，可以清晰地看出魏晉辭賦的變化。

　　南朝文學，駢儷之風日盛，辭賦受這種風氣的影響，出現了「駢
賦」。特別是在沈約等人提出「四聲」、「八病」說之後，辭賦更加注
意駢偶、韻律和藻飾。《文選》選錄謝惠連的〈雪賦〉，顏延之的〈赭
白馬賦〉，謝莊的〈月賦〉，鮑照的〈蕪城賦〉、〈舞鶴賦〉，江淹的
〈恨賦〉、〈別賦〉，多為小賦中的名篇，其詞句之修煉，不同於漢
賦，也不同於魏晉賦，又有了新的發展變化。

4　見曹丕：《典論》〈論文〉。
5　見《晉書》〈袁宏傳〉。

　　《文選》選錄的辭賦，體現了歷代辭賦的發展變化，我們可以從中窺出《文選》編者蕭統的文學發展觀。當然，這種文學發展觀並非蕭統一人所獨有，而是當時的普遍看法。遠在魏晉之際，阮籍就說：「然禮與變俱，樂與時化，故五帝不同制，三王各異造，非其相反，應時變也。」[6]禮樂如此，文學亦然。晉代葛洪說：「古者事事醇素，今則莫不雕飾，時移世改，理自然也。」[7]萬事萬物如此，文學亦然。劉勰說：「時運交移，質文代變。」[8]又說：「文律運周，日新其業。」[9]謂文章隨時代變化、日新月異。《南齊書》的作者蕭子顯說得更為明確，他說：「在乎文章，彌患凡舊。若無新變，不能代雄。」[10]這正是時代的聲音。北齊的魏收說：「文質推移，與時俱化。」[11]說的也是文學隨時代而發展變化，與劉勰同。北齊的顏之推說：「古人之文，宏材逸氣，體度風格，去今實遠，但輯綴疏樸，未為密致耳。今世音律諧靡，章句偶對，諱避精詳，賢於往昔多矣。」[12]亦強調文學是發展的，今勝於古。於此可見，蕭統之文學是發展的觀點，正是當時許多人的共識。應該引起注意的是，《文選》選錄的作品體現了這種文學發展觀。

　　《文選》選錄的作家作品，略古而詳近。周秦收子夏、屈原、宋玉、荊軻、李斯五人，詩文二十四首，西漢收劉邦、劉徹、賈誼、淮南小山、韋孟、枚叔、鄒陽、司馬相如、東方朔、司馬遷、李陵、蘇武、孔安國、楊惲、王褒、揚雄、劉歆、班婕妤十八人，詩文五十二首。東漢收班彪、朱浮、班固、傅毅、張衡、崔瑗、馬融、史岑、王

6　〈樂論〉。

7　《抱朴子》〈鈞世〉。

8　《文心雕龍》〈時序〉。

9　《文心雕龍》〈通變〉。

10　《南齊書》〈文學傳論〉。

11　《魏書》〈文苑傳序〉。

12　《顏氏家訓》〈文章〉。

延壽、蔡邕、孔融、禰衡、潘勖、班昭十四人，詩文三十二首，加上無名氏古樂府三首、古詩十九首，合計五十五首。三國收曹操、曹丕、曹植、阮瑀、劉楨、陳琳、應瑒、王粲、楊修、繁欽、吳質、繆襲、應璩、李康、曹冏、何晏、嵇康、阮籍、鍾會、諸葛亮、韋曜二十一人，詩文一百二十四首。晉代收應貞、傅玄、羊祜、皇甫謐、趙至、杜預、棗據、成公綏、向秀、劉伶、夏侯湛、傅咸、孫楚、張華、潘岳、何劭、石崇、張載、陸機、陸雲、司馬彪、張協、潘尼、左思、張悛、李密、曹攄、王讚、歐陽建、郭泰機、木華、劉琨、郭璞、庾亮、盧諶、袁宏、干寶、桓溫、孫綽、束皙、張翰、殷仲文、謝混、王康琚、陶潛四十五人，詩文二百五十首。南朝宋、齊、梁收謝瞻、傅亮、謝靈運、謝惠連、范曄、袁淑、顏延之、謝莊、鮑照、劉鑠、王僧達、王微、王儉、王融、謝朓、陸厥、孔稚圭、范雲、江淹、任昉、丘遲、沈約、王巾、虞羲、劉峻、陸倕、徐悱二十七人，詩文二百四十四首。縱觀《文選》所選作家作品，周秦最少，兩漢較少，三國較多，兩晉南朝最多。選錄作家作品的多寡，從數量上反映了《文選》略古詳近的原則，也從一個側面反映了《文選》的文學發展觀。

二　《文選》提出了文體分類的具體主張

〈文選序〉云：

> ……古詩之體，今則全取賦名。……騷人之文，自茲而作。詩者，蓋志之所之也，情動於中而形於言。……頌者，所以游揚德業，褒讚成功。……次則箴興於補闕，戒出於弼匡。論則析理精微，銘則序事清潤。美終則誄發，圖像則讚興。又詔誥教令之流，表奏箋記之列，書誓符檄之品，弔祭悲哀之作，答客

指事之制，三言八字之文，篇辭引序，碑碣志狀，眾制鋒起，
源流間出。

這是論述《文選》的文體分類，不僅比較簡略，且未能擺脫前人之窠
臼。如說「詩者，蓋志之所之也，情動於中而形於言」，出自〈毛詩
序〉。〈毛詩序〉云：「詩者，志之所之也，在心為志，發言為詩。情
動於中而形於言……」說「頌者，所以游揚德業，褒贊成功」，源於
摯虞。摯虞曰：「成功臻而頌興。……頌，詩之美者也。古者聖帝明
王，功成治定而頌聲興。……故頌之所美者，聖王之德也。」[13]所論
基本相同。說「美終則誄發」，亦源於摯虞。摯虞曰：「嘉美終而誄
集。」[14]所論全同。說「戒出於弼匡」，源於李充。李充曰：「戒誥施
於弼匡。」[15]所論亦同。如此等等，不一而足。所以我們認為，蕭統
的文體論實卑之無甚高論，與《文心雕龍》的文體論相比，差之遠
矣。而他的文體分類，卻頗值得我們注意。

關於《文選》的文體分類，根據通行的胡刻本《文選》，分為三
十七體。即賦、詩、騷、七、詔、冊、令、教、策文、表、上書、
啟、彈事、箋、奏記、書、檄、對問、設論、辭、序、頌、贊、符
命、史論、史述贊、論、連珠、箴、銘、誄、哀、碑文、墓誌、行
狀、弔文、祭文。

一說分為三十八體。黃侃《文選平點》的〈文選目錄校記〉第三
十四卷，在劉子駿〈移書讓太常博士一首〉前列有「移」一體，云：
「移，意補一行。」在第四十三卷〈移書讓太常博士〉一文題後云：
「題前以意補『移』字一行。」按，黃氏之《文選平點》，係據湖北
崇文書局翻刻鄱陽胡克家刻本，胡刻本原為三十七體，加上「意補」

13　《文章流別論》。

14　《文章流別論》。

15　《太平御覽》五九三引。

之「移」體，則為三十八體。黃氏門人駱鴻凱之《文選學》之〈義例第二〉亦分三十八體，與黃氏的分體相同，即補上「移」體。

一說分為三十九體。褚斌杰說：「今本《文選》計六十卷，收錄了周代至六朝梁代以前七、八百年間一百三十多個知名作者和少數佚名作者的詩文作品七百餘篇。全書按文體把所收作品分為三十九類。」[16]褚氏雖分為三十九體，但沒有說明根據。臺灣學者游志誠氏〈論《文選》之難體〉[17]一文，對研究者將《文選》分為三十七體和三十八體都表示不滿，提出分三十九體之說，即在三十八體的基礎上加上「難」體。所據版本為南宋陳八郎本《五臣注文選》。

一說分為四十體。劉永濟說：「按梁昭明太子蕭統《文選》有賦、詩、騷、七、詔、冊、令、教、文、策問、表、上書、啟、彈釋事、箋、奏記、書、移書、檄、難、對問、設論、辭、序、頌、贊、符命、史論、史述贊、論、連珠、箴、銘、誄、哀文、碑文、墓誌、行狀、弔文、祭文，共四十目。」[18]劉氏在三十九體的基礎上加「策問」一體。按「策問」即「文」也，不知為何分為兩體？

總的說來，以上四說，皆持之有故。但是，我們認為應以分三十七體為是。因為確定《文選》分為多少體，應有版本依據，不能想當然。我們認為《文選》分為三十七體，是根據南宋尤刻本李善注《文選》、明州本《六臣注文選》、贛州本《六臣注文選》等，證據充足，毋庸置疑。

我們認為，研究《文選》的文體分類，應與《文心雕龍》結合起來。因為《文心雕龍》文體論各篇，「原始以表末，釋名以章義，選文以定篇，敷理以舉統」（〈序志〉），對各種文體作了系統的論述。這

16　《中國古代文體概論》〈緒論〉。

17　游志誠：〈論《文選》之難體〉，《魏晉南北朝文學與思想學術研討會論文集》第二輯（臺北市：文津出版社，1993 年）。

18　《十四朝文學要略》〈敘論〉。

些論述，對理解《文選》之各種文體很有幫助。

　　《文選》的作品分為三十七體，《文心雕龍》的文體論將文章分為三十三體，如果加上〈辨騷〉篇所論述的「騷」體，則為三十四體。他們的文體分類大體相似，相互參照，可以加深對《文選》文體分類的認識。例如「賦」體，《文心雕龍》〈詮賦〉篇說：「賦者，鋪也，鋪采摛文，體物寫志也。」這是解釋「賦」體的名稱，這一解釋道出了「賦」體的特點。又說：「原夫登高之旨，蓋睹物興情。情以物興，故義必明雅；物以情觀，故詞必巧麗。麗詞雅義，符采相勝，如組織之品朱紫，畫繪之著玄黃，文雖新而有質，色雖糅而有本，此立賦之大體也。」這是「賦」體的寫作要求，也是「賦」體的風格特徵。又如「頌」體，《文心雕龍》〈頌贊〉篇說：「頌者，容也，美盛德而述形容也。」這是揭櫫「頌」體之涵義。又說：「原夫頌唯典雅，辭必清鑠；敷寫似賦，而不入華侈之臣；敬慎如銘，而異乎規戒之域。揄揚以發藻，汪洋以樹義。唯纖曲巧致，與情而變，其大體所底，如斯而已。」此論「頌」體之寫作要領，實亦「頌」體之風格特點。這樣的例子很多，這裡就不再一一列舉了。

　　《文心雕龍》文體論各篇，對各種文體的論述十分全面。劉勰不僅解釋文體的名稱，提出各種文體的寫作要求，而且還論述到文體的源流，舉出各種文體的作品加以評論。這樣的文體論與《文選》的各種文體參照閱讀，不僅可以加深對各種文體的認識，而且可以加深對各種作品的理解。無怪乎前人大都認為，學習《文選》，應參考《文心雕龍》。清代孫梅說：「彥和則探幽索隱，窮形盡狀。五十篇之內，歷代之精華備矣。其時昭明太子纂輯《文選》，為詞宗標準。彥和此書，實總括大凡，妙抉其心；二書宜相輔而行者也。」[19]黃侃也說：「讀《文選》者，必須於《文心雕龍》所說能信受奉行，持觀此書，

---

19 《四六叢話》卷31。

乃有真解。」[20]此皆前人的經驗之談，道出《文選》與《文心雕龍》的密切關係，值得我們注意。

應該指出，《文選》的文體分類和《文心雕龍》的文體論，都具有集大成性質。這是我國古代文體分類和文體論發展的高峰，對後世的文體分類和文體論有深遠的影響。《文心雕龍》且不論，這裡單就《文選》的文體分類說一說。

我國古代文體分類有一個發展的過程。由於社會生活的需要，我國先秦時期各種文體已陸續出現，所以劉勰說：

> 故論說辭序，則《易》統其首；詔策章奏，則《書》發其端；賦頌歌贊，則《詩》立其本；銘誄箴祝，則《禮》總其端；紀傳盟檄，則《春秋》為根：並窮高以樹表，極遠以啟疆；所以百家騰躍，終入環內者也。（《文心雕龍》〈宗經〉）

這是認為，儒家經書是各類文章的始祖。以後顏之推的《顏氏家訓》〈文章〉、章學誠的《文史通義》〈詩教上〉都有類似的說法。此說雖然並不全面，但是確有一定的道理。我國古代文體分類，經過兩漢的發展，到魏晉南北朝時期逐漸進入高峰。魏文帝曹丕將論及的文體分為「四科」，他說：

> 蓋奏議宜雅，書論宜理，銘誄尚實，詩賦欲麗。（《典論》〈論文〉）

這裡所謂「四科」，實為八體，並各以一字概括「四科」之特點。「詩賦欲麗」，道出了建安詩賦的新變化，具有時代精神。西晉陸機分文體為十類。他說：

---

20 黃侃：《文選平點》（上海市：上海古籍出版社，1985 年）。

> 詩緣情而綺靡，賦體物而瀏亮。碑披文以相質，誄纏綿而悽
> 愴。銘博約而溫潤，箴頓挫而清壯。頌優遊以彬蔚，論精微而
> 朗暢。奏平徹以閒雅，說煒曄而譎誑。（《文賦》）

其中「詩緣情而綺靡，賦體物而瀏亮」二句，亦道出了六朝詩賦的藝
術特點。明代胡應麟說：「《文賦》云：『詩緣情而綺靡』，六朝之詩所
自出也，漢以前無有也。『賦體物而瀏亮』，六朝之賦所自出也，漢以
前無有也。」[21]可謂一語破的。以上兩篇著名的文論作品，皆是人們
所熟知的。西晉摯虞的《文章流別論》，東晉李充的《翰林論》，因早
已散失，究竟分為多少體已不詳。至梁代，昭明太子蕭統編選《文
選》，分文體為三十七類，實集古人文體分類之大成，標誌著我國古
代的文體分類進入高峰。雖然《文選》的文體分類有繁瑣的毛病，受
到吳子良（《林下偶談》）、姚鼐（〈古文辭類纂序〉）、章學誠（《文史
通義》〈詩教上〉）、俞樾（《第一樓叢書》）等人的批評，但是其貢獻
是彌足珍貴的。

　　《文選》的文體分類對後世有深遠的影響。北宋初年李昉、徐鉉
等人編選的《文苑英華》一千卷，上續《文選》，其文體分為三十八
類。姚鉉編選的《唐文粹》一百卷，亦「以嗣《文選》」，分體為二十
三類。南宋呂祖謙編的《宋文鑒》一百五十卷，分體五十八類。元代
蘇天爵編的《元文類》七十卷，分體四十三類。明代程敏政編的《明
文衡》九十八卷，分體四十一類。清代黃宗羲的《明文海》四百八十
二卷，分體二十八類。這些總集在文體分類上都受到《文選》的影
響，自是顯而易見的。

---

21 《詩藪》〈外編〉卷2。

三　《文選》貫徹了編者提出的選錄標準

　　前面引《隋書》〈經籍志〉說到編纂總集，必須「采擷孔翠，芟剪繁蕪」。這就是說，選擇什麼，刪汰什麼，編者必須有自己的選錄標準。那麼，什麼是《文選》的選錄標準呢？研究者的看法並不一致，大體有五說：

　　一、是朱自清說。朱氏說：「（阮元）在〈書昭明太子〈文選序〉後〉裡說得更明白：『昭明所選，名之曰文，蓋必文而後選也。經也、子也、史也，皆不可專名為文也。……必沉思翰藻，始名為文，始以入選也。』」[22]這是說「事出於沉思，義歸於翰藻」，就是《文選》的選錄標準。

　　二、是黃侃說。黃氏說：「『若夫姬公之籍』一段，此序選文宗旨，選文條例皆具，宜細審繹，毋經發難端。《金樓子》論文之語，劉彥和《文心》一書，皆其翼衛也。」[23]這是認為〈文選序〉「若夫姬公之籍」一段，所論的是《文選》的選錄標準，同時蕭繹的《金樓子》論文之語和劉勰的《文心雕龍》皆其「翼衛」。

　　三、是日本鈴木虎雄說。鈴木氏說：「蕭統對文學的意見，可以對文學作品的文質彬彬的要求為代表，其言曰：『夫文典則累野，麗則傷浮。能麗而不浮，典而不野，文質彬彬，有君子之致。吾嘗欲為之，但恨未逮耳。』[24]……蕭統以文質兼備的思想亦即超越道德論的作為獨立的文學的思想來編纂《文選》。……其作為文學的選錄標準就正是『文質兼備』，『不以風教害文』。」[25]鈴木氏以「夫文典則累

22　〈〈文選序〉「事出於沉思，義歸乎翰藻」說〉。

23　黃侃：《文選平點》（上海市：上海古籍出版社，1985年）。

24　〈答湘東王求文集及《詩苑英華》書〉。

25　〔日〕鈴木虎雄撰，許總譯：《中國詩論史》（南寧市：廣西人民出版社，1989年）。

野」一段話，作為《文選》的選錄標準。

　　四、是日本清水凱夫說。清水氏認為《文選》的選錄標準，就是
沈約的《宋書》〈謝靈運傳論〉[26]。

　　五、是筆者的看法。筆者認為僅僅把「事出」二句看作選錄標準
是不夠的，應該看到〈文選序〉所說的「詩者，蓋志之所之也，情動
於中而形於言。〈關雎〉、〈麟趾〉，正始之道著；桑間、濮上，亡國之
音表。故〈風〉、〈雅〉之道，粲然可觀。」這是襲用〈毛詩序〉中的
話，表達了對作品思想內容的重視。這種傳統的儒家「雅正」的文學
觀，加上「沉思」、「翰藻」，便是蕭統的文學思想，也即是《文選》
的選錄標準。[27]

　　以上五說，朱說不夠全面；黃說頗有道理；鈴木說誠是，惜其不
在〈文選序〉中；清水說另尋標準，令人難以接受。茲根據筆者淺見，
以《文選》選錄的詩歌為例，考察這些作品是否符合其選錄標準。

　　先秦詩歌，最重要的自然是《詩經》和《楚辭》。可是蕭統認
為，《詩經》是經書，不能入選。《楚辭》又歸入「騷」體。因此先秦
詩歌入選的只有荊軻之歌一首，即「風蕭蕭兮易水寒，壯士一去不復
返。」此歌聲情並茂，悲壯感人，自是佳作。

　　兩漢詩歌，《文選》選錄三十六首。〈古詩十九首〉最為著名。劉
勰說：「觀其結體散文，直而不野，婉轉附物，怊悵切情，實五言之
冠冕也。」[28]鍾嶸說：「文溫以麗，意悲而遠。驚心動魄，可謂一字千
金！」[29]皆推崇備至。李陵〈與蘇武詩〉三首，蘇武詩四首，當係後
人偽托。但是，這些詩「寫情款款，淡而彌悲」[30]，確是好詩。張衡

26　〔日〕清水凱夫著，韓基國譯：〈《文選》編輯的目的和撰錄標準〉，《六朝文學論集》
　　（重慶市：重慶出版社，1989年）。

27　參閱本書〈蕭統《文選》三題〉。

28　《文心雕龍》〈明詩〉。

29　《詩品》卷上。

30　沈德潛語。

的七言詩〈四愁詩〉四首值得注意。此詩寫懷人之愁思，低徊情深，對七言詩的發展具有重要作用。應當指出，《文選》選錄古樂府只有三首，是很不夠的。這與《文選》的選錄標準有關。

　　魏晉詩歌，主要是五言詩。此時五言詩有很大的發展，《文選》所選約為二百首。

　　建安詩歌創作十分繁榮，主要詩人是「三曹」、「七子」。《文選》選錄「三曹」的詩歌，曹操有〈短歌行〉、〈苦寒行〉，曹丕有〈芙蓉池作〉、〈燕歌行〉、〈善哉行〉、〈雜詩〉二首，曹植有〈送應氏〉二首、〈七哀詩〉、〈贈白馬王彪〉、〈美女篇〉、〈白馬篇〉、〈名都篇〉、〈雜詩〉六首等，大都是佳作。其中，曹操的〈短歌行〉、曹丕的〈燕歌行〉和曹植的〈贈白馬王彪〉等皆為中國文學史上的名篇。「七子」的詩歌，選入《文選》的，王粲有〈公宴詩〉、〈詠史詩〉、〈七哀詩〉二首、〈贈蔡子篤詩〉、〈贈士孫文始〉、〈贈文叔良〉、〈從軍詩〉五首、〈雜詩〉一首，劉楨有〈公宴詩〉、〈贈五官中郎將〉四首、〈贈徐幹〉、〈贈從弟〉三首、〈雜詩〉。其他五人皆無詩入選，亦可見蕭統掌握選錄標準之嚴格。「三曹」、「七子」的詩歌，慷慨任氣，磊落使才，具有梗概多氣的特點，形成建安詩歌的優良傳統。

　　正始詩歌的代表人物是阮籍和嵇康。《文選》選錄阮籍詩有〈詠懷詩〉十七首，嵇康詩有〈幽憤詩〉、〈贈秀才入軍〉五首和〈雜詩〉，都是優秀詩篇。劉勰說：「嵇志清峻，阮旨遙深。」[31]道出了阮籍、嵇康詩歌的特點，十分深刻。

　　詩歌發展到太康時期，又出現了繁榮局面。主要詩人有三張（張載與其弟張協、張亢）、二陸（陸機、陸雲兄弟）、兩潘（潘岳與其從子潘尼）、一左（左思）。其中張協、陸機、潘岳、左思的成就較高，鍾嶸《詩品》皆列入「上品」。《文選》選錄張協的〈詠史〉五首、

31　《文心雕龍》〈明詩〉。

〈雜詩〉十首，陸機的〈樂府〉十七首、〈擬古詩〉十二首、〈為顧彥先贈婦〉二首、〈赴洛道中作〉二首等五十二首，潘岳的〈悼亡詩〉三首、〈河陽懸作〉二首、〈在懷懸作〉二首等十首，左思的〈詠史〉八首、〈招隱詩〉二首、〈雜詩〉一首等十一首。其中，潘岳的〈悼亡詩〉和左思的〈詠史詩〉是傳誦千古的名篇，影響深遠。劉勰說他們「采縟於正始，力柔於建安」[32]，揭示出太康詩歌的主要傾向及其弊端，深中肯綮。

　　永嘉詩歌深受玄學影響，詩風為之一變。劉勰說：「景純仙篇，挺拔而為俊矣。」[33]這是說郭璞的〈游仙詩〉成就最突出。《文選》選錄郭璞〈游仙詩〉七首。此詩借游仙抒寫懷抱，詞多慷慨，是古詩中的名篇。特別應該提到的是愛國詩人劉琨。他的詩僅存《文選》選錄的〈答盧諶〉、〈重贈盧諶〉、〈扶風歌〉三首。劉勰評其詩曰：「雅壯而多風。」[34]鍾嶸認為他「善為淒戾之詞，自有清拔之氣」[35]，頗有橫槊建安的氣概。

　　東晉時期玄言詩盛行。沈約說：「有晉中興，玄風獨振，為學窮於柱下，博物止乎七篇。馳騁文辭，義殫乎此。自建武暨乎義熙，歷載將百，雖綴響聯辭，波屬雲委，莫不寄言上德，托意玄珠，遒麗之辭，無聞焉爾。」[36]當時能獨樹一幟，卓然自立的是陶淵明。陶詩今存一百二十餘首，《文選》選錄其〈始作鎮軍參軍經曲阿作〉、〈辛丑歲七月赴假還江陵夜行塗口〉、〈輓歌詩〉、〈雜詩〉二首、〈詠貧士詩〉、〈讀山海經詩〉、〈擬古詩〉等八首。比起《文選》所選陸機、謝靈運詩，在數量上確實少得多。但是，在《文心雕龍》隻字未及陶

32　《文心雕龍》〈明詩〉。

33　《文心雕龍》〈明詩〉。

34　《文心雕龍》〈才略〉。

35　《詩品》卷中。

36　《宋書》〈謝靈運傳論〉。

詩，《詩品》僅將他列入「中品」的情況下，蕭統能重視平淡自然的陶詩已是十分難得。

南朝宋的元嘉時期有三大家，即謝靈運、顏延之和鮑照。謝靈運是南朝山水詩派的大詩人。《文選》選錄他的〈登池上樓〉、〈石壁精舍還湖中作〉、〈過始寧墅〉、〈七里瀨〉、〈登江中孤嶼〉、〈入彭蠡湖口〉、〈游南亭〉等四十首，大都是優秀的山水詩。顏延之與謝靈運齊名，但其詩雕琢藻飾，喜用典故，不能與謝靈運相比。《文選》選錄他的〈秋胡詩〉、〈五君詠〉五首、〈贈王太常〉、〈夏夜呈從兄散騎車長沙〉、〈北使洛〉等二十首，以〈五君詠〉最有名。鮑照是南朝的傑出詩人。《文選》選錄他的〈詠史〉、〈樂府〉八首、〈玩月城西門廨中〉、〈擬古〉三首、〈學劉公幹體〉等十八首，但是他的名作〈擬行路難〉十八首卻未能入選，未免遺憾，大概這些詩不符合儒家「雅正」的文學思想，故而落選。

齊代永明詩歌，代表人物有沈約、謝朓[37]。《文選》選錄沈約詩有〈別范安成詩〉、〈宿東園〉、〈游沈道士館〉、〈早發定山〉、〈新安江水至清淺深見底貽京邑游好〉等十三首，選錄謝朓詩有〈新亭渚別范零陵詩〉、〈游東田〉、〈暫使下都夜發新林至京邑贈西府同僚〉、〈之宣城出新林浦向板橋〉、〈敬亭山詩〉、〈晚登三山還望京邑〉、〈和王主簿怨情〉等二十一首。「永明體」有「四聲」、「八病」之說，十分講究聲律，沈約、謝朓的詩歌體現了「永明體」的一些特點。

我認為《文選》大約編於梁武帝普通七年（526）十一月之前。由於《文選》不錄存者，所以《文選》選錄的梁代詩歌，作者只有范雲、江淹、任昉、丘遲、虞羲和徐悱等六人。其中以江淹的詩入選最多，達三十二首，如〈從建平王登廬山香爐峰〉一首、〈望荊山〉一首、〈雜體詩〉三十首，皆為佳作。

---

37 按沈約之卒年應歸於梁代，但他是「永明體」的代表詩人，故列於此。

　　在論述《文選》的選錄標準時，必須看到《文選》所選詩歌四百三十多首，從內容上分為二十三個子類，一開始便是「補亡」、「述德」、「勸勵」之類的詩。這些詩從形式上看雖然並非沒有「沉思」、「翰藻」，但是主要還是在內容上體現了蕭統「雅正」的儒家文學思想。因此，對《文選》選錄作品的標準，僅僅看到「沉思」、「翰藻」是不夠全面的。

　　總而言之，《文選》所選歷代詩歌，大都是「沉思」、「翰藻」之作，體現了《文選》的選錄標準。由於這些詩歌選擇精審，各具特色，被後人稱為「選詩」。「選詩」對後世的詩歌有深遠的影響。

四　《文選》對所選作家作出了評價

　　如果說《文心雕龍》、《詩品》對一些作家作出了評價，這是容易理解的；說《文選》對所選作家作出了評價，這就不那麼容易理解了。因為《文選》選錄了一百三十餘位作家的作品，編者並未做任何評價，為什麼我們說《文選》對所選作家都作出了評價呢？因為我們認為，《文選》選錄作家之作品的多寡，正是從側面反映了編者對作家的評價。

　　茲以魏晉著名作家為例，看一看《文選》選錄了多少他們的作品，《文心雕龍》、《詩品》等對他們的評論又是如何，然後檢查一下他們的評價是否一致。不論一致還是不一致，都可以看出《文選》對他們的評價。

　　有魏一代著名作家，前期有曹植、王粲、劉楨；後期有阮籍、嵇康。曹植，《文選》選錄他的作品三十九首[38]，《文心雕龍》評曰：

38　賦一，詩二十五，文十三。

若夫四言正體，則雅潤為本；五言流調，則清麗居宗。華實異用，惟才所安。故平子得其雅，叔夜含其潤，茂先凝其清，景陽振其麗。兼善則子建、仲宣，偏美則太沖、公幹。(〈明詩〉)

又曰：

然子建思捷而才俊，詩麗而表逸……(〈才略〉)

《詩品》將他列入「上品」，評曰：

骨氣奇高，詞采華茂。情兼雅怨，體被文質，粲溢今古，卓爾不群。嗟乎！陳思之於文章也，譬人倫之有周孔，鱗羽之有龍鳳，音樂之有琴笙，女工之有黼黻。……故孔氏之門如用詩，則公幹升堂，思王入室，景陽、潘、陸，自可坐於廊廡之間矣。(卷上)

王粲，《文選》選錄他的作品十四首[39]。《文心雕龍》稱他為「魏晉之賦首」八家之一[40]，評曰：

仲宣溢才，捷而能密，文多兼善，辭少瑕累，摘其辭賦，則七子之冠冕乎！(〈才略〉)

《詩品》將他列入「上品」，評曰：

發愀愴之詞，文秀而質羸。在曹、劉間別構一體，方陳思不

---

39 賦一，詩十三。

40 〈詮賦〉。

足，比魏文有餘。（卷上）

劉楨，《文選》選錄他的作品十首[41]。曹丕評曰：

公幹有逸氣，但未遒耳。其五言詩之善者，妙絕時人。（〈與吳質書〉）

又曰：

劉楨壯而不密。（《典論》〈論文〉）

《文心雕龍》評曰：

劉楨情高以會采。（〈才略〉）

《詩品》將他列入「上品」，評曰：

降及建安，曹公父子，篤好斯文；平原兄弟，鬱為文棟；劉楨王粲，為其羽翼。（〈序〉）

又曰：

仗氣愛奇，動多振絕。真骨凌霜，高風跨俗。但氣過其文，雕潤恨少。然自陳思以下，楨稱獨步。（卷上）

---

41 詩十。

　　阮籍，《文選》選錄其作品十九首[42]。嵇康，《文選》選錄其作品十首[43]。《文心雕龍》評曰：

> 及正始明道，詩雜仙心，何晏之徒，率多浮淺。唯嵇志清峻，阮旨遙深，故能標焉。（〈明詩〉）

又曰：

> 嗣宗倜儻，故響逸而調遠；叔夜俊俠，故興高而采烈。（〈體性〉）

又曰：

> 嵇康師心以遣論，阮籍使氣以命詩。（〈才略〉）

《詩品》將阮籍列入「上品」，評曰：

> （〈詠懷詩〉）言在耳目之內，情寄八荒之表。洋洋乎會於〈風〉、〈雅〉，使人忘其鄙近，自敘遠大，頗多感慨之詞。厥旨淵放，歸趣難求。（卷上）

《詩品》將嵇康列入「中品」，評曰：

> 頗似魏文。過為峻切，許直露才，傷淵雅之致。然托諭清遠，良有鑑哉，亦未失高流。（卷中）

42　詩十七，文二。
43　賦一，詩七，文二。

　　西晉著名作家有陸機、潘岳、張協和左思。陸機，《文選》選錄其作品一百一十首[44]。沈約評曰：

> 降及元康，潘陸特秀。律異班賈，體變曹王，縟旨星稠，繁文綺合。(《宋書》〈謝靈運傳論〉)

《文心雕龍》稱他為「魏晉之賦首」八家之一[45]，評曰：

> 至士衡才優，而綴辭尤繁。(〈鎔裁〉)

又曰：

> 陸機才欲窺深，辭務索廣，故思能入巧，而不制煩。(〈才略〉)

《詩品》將他列入「上品」，評曰：

> 才高詞贍，舉體華美。氣少於公幹。文劣於仲宣。尚規矩，不貴綺錯，有傷直致之奇。然其咀嚼英華，厭飫膏澤，文章之淵泉也。張公嘆其大才，信矣。！(卷上)

　　潘岳，《文選》選錄他的作品二十三首[46]。《文心雕龍》稱他為「魏晉之賦首」八家之一[47]，評曰：

---

44 賦二，詩五十二，文五十六。

45 〈詮賦〉。

46 賦八，詩十，文五。

47 〈詮賦〉。

潘岳敏給，辭自和暢，鍾美於〈西征〉，賈餘於哀誄，非自外
也。(〈才略〉)

《詩品》將他列入「上品」，評曰：

《翰林》嘆其翩翩然如翔禽之有羽毛，衣服之有綃縠，猶淺於
陸機。謝混云：「潘詩爛若舒錦，無處不佳；陸文如披沙簡
金，往往見寶。」嶸謂益壽輕華，故以潘為勝：《翰林》篤
論，故嘆陸為深。余常言：陸才如海，潘才如江。(卷上)

張協，《文選》選錄他的作品十首[48]。《文心雕龍》論五言詩，謂
「景陽振其麗」[49]，評西晉詩歌云：

晉世群才，稍入輕綺，張潘左陸，比肩詩衢，采縟於正始，力
柔於建安；或析文以為妙，或流靡以自妍；此其大略也。(〈明
詩〉)

這裡包括「三張」中的張協。又曰：

應、傅、三張之徒……並結藻清英，流韻綺靡。(〈時序〉)

這裡「三張」，同樣包括張協。《詩品》將他列入「上品」，評曰：

文體華淨，少病累，又巧構形似之言。雄於潘岳，靡於太沖。

---

48 詩二，文八。

49 〈明詩〉。

風流調達，實曠代之高手。詞采葱蒨，音韻鏗鏘，使人味之，亹亹不倦。（卷上）

左思，《文選》選錄其作品十五首[50]。《文心雕龍》稱他為「魏晉之賦首」八家之一[51]，評曰：

左思奇才，業深覃思，盡銳於〈三都〉，拔萃於《詠史》，無遺力矣。（〈才略〉）

《詩品》將他列入「上品」，評曰：

文典以怨，頗為精切，得諷喻之致。雖野於陸機，而深於潘岳。謝康樂嘗言：「左太沖詩，潘安仁詩，古今難比。」（卷上）

魏晉之著名作家，《文選》選錄作品在十首以上者如上列舉，選錄在十首以下者則從略。對於這些作家，我們首先說明《文選》選錄其作品多少，然後以《文心雕龍》、《詩品》等評論對照，可以看出，《文選》選錄作家之作品多寡，與《文心雕龍》、《詩品》等的評論，基本上是一致的。所以，我們說《文選》選錄作家之作品的多寡，從側面體現了編者對作家的評價。而選錄之作品大都為名篇佳作，則從正面表現了編者對作品的評價。

應當指出，以上所列舉的都是當時認為著名的作家，隨著歷史的發展變化，後世的看法可能不同。例如，在今天看來，《文選》選錄陸機的作品過多，而選錄陶淵明的作品太少。又司馬相如的〈封禪文〉、揚雄的〈劇秦美新〉、潘勗的〈冊魏公九錫文〉等，皆可不選。

---

50 賦三，詩十一，文一。

51 〈詮賦〉。

但是從總體來看，編者的選擇是慎重的、精審的。因此，《文選》所選作家之作品的多寡，可以體現編者對作家的評價。

　　綜上所述，我們認為《文選》雖然是一部詩文總集，但是它與文學理論批評有密切的關係，研究《文選》的文學理論和文學批評思想，既可以加深我們對《文選》的理解，又可以豐富我國古代文學理論思想寶庫，是不應該忽略的。其實，不僅《文選》如此，我國古代著名的總集，如南朝陳徐陵的《玉臺新詠》、唐代殷璠的《河岳英靈集》、元代方回的《瀛奎律髓》、明代高棅的《唐詩品彙》、清代姚鼐的《古文辭類纂》等，無不體現了編者的文學思想。重視這些總集的研究，將大大豐富中國文學理論批評史的內容，對於弘揚中國優秀傳統文化，是一項重要的任務。

一九九六年二月

二十世紀中國文選學研究的
回顧與展望

　　蕭統《文選》是我國現存最早的一部詩文總集。對《文選》的研究，在《文選》編選完成後不久就開始了。最早是蕭統的叔父蕭恢之孫[1]蕭該，著有《文選音義》，可惜早已散失了。其後是隋唐之際的曹憲。唐代劉肅《大唐新語》云：

> 江淮間為文選學者，起自江都曹憲。貞觀初，揚州長史李襲譽薦之，徵為弘文館學士。憲以年老不起，遣使就拜朝散大夫，賜帛三百匹。憲以仕隋為祕書，學徒數百人，公卿亦多從之學，撰《文選音義》十卷，年百餘歲乃卒。其後句容許淹、江夏李善、公孫羅相繼以《文選》教授。（卷九）

曹憲是隋唐之際研究《文選》卓有成就者。「學徒數百人，公卿亦多從之學」。可以說，至曹憲始有文選學。曹憲著有《文選音義》十卷，已佚。其後的文選學者，則有許淹、李善、公孫羅等人。許淹著有《文選音》十卷，已佚。李善著有《文選注》六十卷，今存；又有《文選辨惑》十卷，已佚。公孫羅著有《文選注》六十卷，《文選音》十卷，皆佚。李善的《文選注》為集大成之作，成就最高，對後

1　即蕭統的姪兒。

世影響深遠。唐玄宗開元年間，工部尚書呂延祚召集呂延濟、劉良、張銑、呂向、李周翰五人注《文選》，名曰《五臣集注文選》。此書遠不及李善《文選注》，但於詞義解釋方面自有其可取之處，作為唐代文獻亦頗有參考價值。

　　唐代是《文選》研究的盛世。北宋末、《文選》李善注和五臣注合為《六臣注文選》，此後在社會上流行。宋、元、明三代《文選》之學衰落。雖然學習《文選》的士子很多，但傳世的研究著作很少。清代文選學復興。張之洞《書目答問》附錄的〈國朝著述諸家姓名略〉，列有文選學家錢陸燦、潘耒、何焯、陳景雲、余蕭客、汪師韓、嚴長明、孫志祖、葉樹藩、彭兆蓀、張雲璈、張惠言、陳壽祺、朱珔、薛傳均等十五人，云：「國朝漢學、小學、駢文家皆深選學，此舉其有論著校勘者。」於此可見清代「選學」之盛。

　　「五四」以後，「選學」再度式微。「五四」新文化運動反對舊文學，提倡新文學，錢玄同稱文言文為「桐城謬種」、「選學妖孽」，文選學研究受到一定的影響。但是，《文選》的傳授和研究仍在斷斷續續地進行。

　　一九二三年，著名文選學家李詳（1859-1931）在東南大學講授《文選》，有《文選萃精》之作，惜未成書。李詳早年著有《文選拾瀋》一卷，王先謙說：「所撰各條，並皆佳妙，無可訾議，只恨少耳。」[2]對此書的評價甚高。李詳為近代「選學」大師。李稚甫說：「嘉興沈子培丈，每介先君謂座客曰：『此選學大師李先生也。』又曰：『此我行秘書，大叩大鳴，小叩小鳴。』為時推重如此。」[3]。沈子培，即沈曾植，近代著名學者。他對李詳的評價是很高的。李詳有

2　李詳：〈王先謙先生批語〉，《文選拾瀋》，見《李審言文集》上冊（南京市：江蘇古籍出版社，1989 年）。

3　李稚甫：〈選學拾瀋〉，《二研堂全集敘錄》，見《李審言文集》附錄三（南京市：江蘇古籍出版社，1989 年）。

關《文選》的著作，尚有《韓詩證選》、《杜詩證選》、《李善文選注例》等。

一九二八年，著名學者高步瀛（1873-1940）在北平大學師範學院講授《文選》，有講義之作，即《文選李注義疏》。著名學者劉文典（1889-1958）曾在北京大學、安徽大學、清華大學、西南聯大、雲南大學等校任教，一九一五年以後他在大學裡講授《文選》，著有《讀文選雜記》。駱鴻凱（1892-1955）曾在暨南大學、武漢大學、河北大學、湖南大學、中山大學等校任教，他在各大學講授《文選》多年，著有《文選學》。此外，著名學者劉師培（1884-1920）曾在北京大學專門講授《文心雕龍》和《文選》課程，他在講授《文心雕龍》時，即注意結合《文選》進行講授。著名學者黃侃（1886-1935）曾任北京大學、武昌高等師範學校教授，他在北京大學講授《文心雕龍》課程，也注意到與《文選》結合起來研究，他的《文選平點》一書，開宗明義就提出：「讀《文選》者，必須於《文心雕龍》所說能信受奉行，持觀此書，乃有真解。」這是說，研究《文選》必須與《文心雕龍》相結合，才能真正理解。這是研究《文選》的重要方法。以後在大學裡講授《文選》的學者不乏其人，這裡就不一一提及了。

從一九一九年到一九四九年三十年中，研究《文選》最有影響的著作，主要有黃侃的《文選平點》、駱鴻凱的《文選學》和高步瀛的《文選李注義疏》。

《文選平點》，黃侃著。黃侃是著名的音韻、訓詁學家，對經學、文學有極高的造詣，對《文選》有十分精湛的研究。他在日記中說：「平生手加點識書，如《文選》蓋已十過，《漢書》亦三過，《注疏》圈識，丹黃爛然。《新唐書》先讀，後以朱點，復以墨點，亦是三過。《說文》、《爾雅》、《廣韻》三書，殆不能計遍數。」[4]他閱讀

4　黃焯〈季剛先生生平及其著述〉引黃侃之戊辰（1928）五月三日日記，見《量守廬學記》（北京市：生活・讀書・新知三聯書店，1985 年）。

《文選》竟超過十遍，確實下了苦工夫，所以章太炎稱許他為「知選學者」。所著《文選平點》，原係黃氏在胡刻本《文選》上的手批和圈點，後經其侄黃焯編輯整理，一九八五年七月由上海古籍出版社出版。黃焯在〈《文選平點》後記〉中說：「壬辰之夏，先從父寓居武昌，閱取《文選平點》一過，每卷後皆記溫尋時日，以六月廿四日啟卷，至七月六日閱畢。方盛夏苦熱，乃於是書全文及注遍施丹黃，且復籀其條例，而為時則未及半月，蓋其精勤棄疾也如此。近世治選學者，餘杭章君於先從父特加推重。顧其著紙墨者，僅存此區區之評語，是烏可不急為寫定耶！」這裡說的是《文選平點》的寫作情況。《文選平點》所用的本子是湖北崇文書局翻刻鄱陽胡氏刻本，與汪師韓、余蕭客、孫志祖、胡克家、朱珔、梁章鉅、張雲璈、薛傳均、胡紹煐諸家選學著作參校。黃侃說：「建安以前文皆經再校，楊守敬抄日本卷子，羅振玉影印日本殘卷子本已與此本校。」可以看出，黃氏在校勘上是下了很深的工夫的。

在《文選平點》中，黃侃的許多評論都是很深刻的。例如，在卷一「賦甲」〈京都上〉後云：「《文心雕龍》云：『夫京殿苑獵，述行敘志，並體國經野，義尚光大……至於草區禽族，庶品雜類，則觸興致情，因變取會。』據此，是賦之分類，昭明亦沿其前貫耳。」說明《文選》「賦」的分類受《文心雕龍》的影響。又在卷十六〈長門賦〉題後云：「此文假托，非長卿也。《南齊書》〈陸厥傳〉：〈長門〉、〈上林〉，殆非一家之賦。蓋自來疑之。」指出〈長門賦〉非司馬相如所作，是後人偽托。在卷十九宋玉〈高唐賦〉題後云：「〈高唐〉、〈神女〉實為一篇，猶〈子虛〉、〈上林〉也。」指出宋玉的〈高唐賦〉、〈神女賦〉本是一篇。在曹植〈洛神賦〉題後云：「洛神乃子建自比也。何焯解此文獨得之。」指出〈洛神賦〉中的洛神乃曹植自比。在卷二十一郭璞〈游仙詩〉題後云：「《詩品》譏其無列仙之趣。據此，是前識有非議是詩者，然景純斯篇本類咏懷之作，聊以攄其憂

生憤世之情，其於游仙道，特寄言耳。」指出郭璞〈游仙詩〉實即詠懷詩，托以抒懷。在卷三十三「騷下」屈原〈漁父〉題下云：「此設論之初祖，非果有此漁父也。」指出〈漁父〉一篇乃設論一體之始。在宋玉〈九辯〉題後云：「賦句至宋玉而極其變，後之賈生、枚、馬皆由此而得度爾。」指出宋玉〈九辯〉對後世辭賦之影響。如此等等，皆能給讀者以啟發。黃侃在評論〈文選序〉時說：「『若夫姬公之籍』一段，此序選文宗旨，選文條例皆具，宜細審繹，毋輕發難端。《金樓子》論文之語，劉彥和《文心》一書，皆其翼衛也。」指出〈文選序〉「若夫姬公之籍」一段十分重要。蕭繹《金樓子》論文之語、劉勰《文心雕龍》一書皆其「翼衛」。黃侃不是孤立地看《文選》，而是把《文選》和《金樓子》、《文心雕龍》結合起來看。這一觀點，使我們對《文選》的理解更為深刻。總而言之，《文選平點》是一部頗有學術價值的著作，值得重視。

　　《文選學》，駱鴻凱著。駱氏為黃侃弟子。他的治學門徑是「潛研經、子，博涉文、史，尤精於古文字、聲韻、訓詁及《楚辭》、《文選》之學」（《文選學》〈後記〉），顯然受了黃侃的影響。《文選學》一書寫成於一九二八年，中華書局於一九三七年六月出版。駱鴻凱在《文選學》〈敘〉中說：「今之所述，首敘《文選》之義例，以及往昔治斯學者之涂轍，明選學之源流也。末篇所述，則以文史、文體、文術諸方，析觀斯集，為研習《文選》者導之津梁也。」簡要介紹《文選學》的內容，而作者寫作此書之目的，則是為研習選學者指示門徑。一九八九年十一月《文選學》增訂出版，增加〈文選分體研究舉例〉（書箋、史記、對問、記論），〈文選專家研究舉例〉（顏延年、任彥升、賈誼），為駱氏女婿馬積高根據駱氏在湖南大學任教時的講義增補的。馬積高在《文選學》〈後記〉中說：「倘能裒集前人的論述，發明蕭統的意旨、體例，疏通、解釋書中的一些疑義，並對一些作家和作品加以評議，那對我們研治古典文學，特別是漢魏六朝文學，自

屬裨益非淺。先生這部《文選學》，我覺得就在這些方面作出了重要的貢獻。」對《文選學》在選學研究中的貢獻概括得頗為中肯。我在〈研習選學之津梁——駱鴻凱《文選學》評介〉一文說過：「駱氏《文選學》旁徵博引，立論矜慎，可謂《文選》研究的總結性著作。」我認為，此書即使在今天看來，也仍有不少優點。這些優點，概括起來有十條：一、論述全面；二、糾正謬誤；三、彙輯體例；四、追溯源流；五、詮釋文體；六、考證切實；七、資料豐富；八、指導閱讀；九、指導研究；十、提供書目。[5]，因此，直到今天，此書仍是研究《文選》和六朝文學的重要參考書。

　　《文選李注義疏》八卷，高步瀛著。有一九二九年北平文化學社版，一九三五年北平和平印書局版，一九八五年曹道衡、沈玉成點校本的中華書局版。以中華書局的點校本最便使用。《文選》注本以李善最佳。高氏對《文選》李善注加以義疏。高氏義疏，注釋詳贍，校勘細緻，考證精確，內容十分豐富。高氏校勘，不僅校以李善注的各種版本和六臣注，而且還利用了故宮博物館藏的古鈔本《文選》以及敦煌唐寫本殘卷《文選》，其校勘成果超過了清人。高氏的注釋吸收了清代汪師韓、孫志祖、余蕭客、胡克家、梁章鉅、胡紹煐、朱珔、張雲璈等人的成果，並提出自己的見解，其見解往往精湛可信。高氏學問淵博，他在考證方面的功力很深。如在〈文選序〉的注釋中糾正了明人楊慎《升庵外集》中的錯誤。楊氏認為高齋十學士集《文選》。高氏指出楊氏誤信了《襄沔記》、《雍州記》[6]和王象之《輿地紀勝》的記載，其實「高齋學士乃簡文遺跡，而無關昭明選文也」。又如在司馬相如〈子虛賦〉的開頭，列舉了《西京雜記》卷上、王觀國《學林》卷七、王若虛《滹南集》卷三十四、焦竑《筆乘》卷三、顧炎武

5　參閱本書〈研習選學之律樂——駱鴻凱《文選學》評介〉。

6　《太平御覽》〈居處部〉十三引。

《日知錄》卷二十七、閻若璩《潛邱札記》卷五、何焯《義門讀書記》〈文選〉一、孫志祖《讀書脞錄》卷七，以及張雲璈、吳汝綸說法，詳細論證了司馬相如〈子虛賦〉和〈上林賦〉原為一篇，很有說服力。凡此等等，舉不勝舉。我們完全可以肯定，這是一部集大成之作。令人遺憾的是，此書僅完成了八卷。雖如此，此書對於《文選》研究者來說，仍是彌足珍貴的。

　　這一段時間的《文選》研究論文，據《中外學者文選學論著索引》[7]收錄，共七十四篇。其中比較重要的有朱自清的〈〈文選序〉「事出於沉思，義歸乎翰藻」說〉、何融的〈文選編撰時期及編者考略〉等。朱氏論文提出「事出於沉思，義歸乎翰藻」是《文選》的選錄標準，並作了詮釋。他認為：「『事出於沉思』的事，實當解作『事義』、『事類』的事，專指引事引言，並非泛說。『沉思』就是深思」，「『翰藻』昭明借為『辭采』、『辭藻』之意。『翰藻』當以比類為主」，「而合上下兩句渾言之，不外『善於用事，善於用比』之意」。可備一說。何氏論文考出《文選》的編選年代。宋人晁公武《郡齋讀書志》（衢本）卷二十「李善注《文選》」條云：「竇常謂統著《文選》，以何遜在世不錄其文。蓋其人既往，而後其文克定，然則所錄皆前人作也。」[8]至於說其人在世，不錄其文，其人既往，其文克定，故所錄皆前人之文，是可信的。鍾嶸也說：「其人既往，其文克定。今所寓言，不錄存者。」[9]何氏根據竇常說，以《梁書》、《南史》、《文選李善注》所提供的資料，作了詳細的論證，認為「《文選》之編成，應不早於普通七年（526）。……頗疑其在普通七年以前，即普通三年至六年東宮學士最稱繁盛時期，業已著手編撰矣」。何氏推測《文選》的編選年代「不早於普通七年」是有道理的。應該

7　以下簡稱《索引》，鄭州大學古籍所編：（北京市：中華書局，1998 年）。

8　按何遜卒於天監十七年（518），說「何遜在世」不確。

9　〈詩品序〉鍾嶸與蕭統先後同時，其說可信。

說，在考證《文選》編選年代方面，何氏是有貢獻的。

　　一九四九年以後至一九七六年以前，《文選》的研究論文不多。一九四九年至一九六五年，《索引》無論文收錄。一九六六年至一九七六年，《索引》收錄的論文僅六篇。其中值得注意的有祝廉先的〈《文選》六臣注訂訛〉，程毅中、白化文的〈略談李善注《文選》的尤刻本〉等。祝文不是論文，而是訓詁學著作。它對《文選》李善注和五臣注的錯誤加以訂正。如例：第十九卷宋玉〈高唐賦〉「高丘之岨」。李善注：「土高曰丘。」非。按〈離騷〉「哀高丘之無女」，王逸注：「楚有高丘之山。」又東方朔《七諫》〈哀命篇〉、劉向《九嘆》〈逢紛篇〉，均謂高丘為楚山名。這是糾正李善注的錯誤。又如：第十四卷沈休文〈奏彈王源〉「涇渭無舛」。五臣注：「涇水清，渭水濁。」非是。按《詩》〈邶風〉：「涇以渭濁」，《毛傳》：「涇渭相入而清濁。」《鄭箋》：「涇，濁水；渭，清水。」故潘岳〈西征賦〉云：「北有清渭濁涇。」這是糾正五臣注的錯誤，全文三百四十六條，每條皆有所得。此文章於抗日戰爭時期，曾發表於《浙江大學文學院集刊》第四集（1944 年 8 月），一九四九年後又加以補充，發表於中華書局出版的《文史》第一輯（1962 年 10 月）。據作者在文後的〈跋語〉中說，「先後費時十年」，下了很深的工夫，成績亦頗為可觀。程、白二氏的論文，主要論證《文選》李善注自北宋以後，仍有單行本流傳，尤刻本《文選》就是單行本。不像清人所說，南宋以來《文選》李善注都是從《六臣注文選》中摘出來的。清人所見《文選》版本少，故判斷失誤。此說漸為學者所接受。

　　一九七七年以後，《文選》的研究論文多了起來。截止到一九九三年，僅《索引》收錄的論文就有一百五十四篇（包括港、臺二十四篇），可能還有失收的。一九七七年以後的二十年間，我認為值得注意的是三次《昭明文選》國際學術研討會。第一次研討會於一九八八年八月在長春舉行。此次研討會收到論文三十二篇，彙集成《昭明文選

研究論文集》[10]。第二次研討會於一九九二年八月在長春舉行。此次
研討會收到論文二十九篇，結集為《文選學論集》[11]。第三次研討會
於一九九五年八月在鄭州舉行。此次研討會收到論文五十餘篇，由會
議選取三十七篇，匯編成論文集《文選學新論》[12]。三次文選學國際
研討會討論的問題十分廣泛，有新文選學問題，《文選》的李善注和
五臣注問題，《文選》的評價問題，《文選》的編選年代問題，《文
選》的文體分類問題，《文選》的選錄標準問題，《文選》的編者問
題，等等。三部論文集顯示了建國以後文選學研究的實績，推動了文
選學的發展，在文選學史上具有重要的意義。

　　一九四九年以後，文選學研究的專著不是很多，且都產生於八十
年代以後。我見到的有屈守元的《昭明文選雜述及選講》[13]和《文選導
讀》[14]。前者為研究生學位課程《文選》之講義，分上、下編。上編
為《文選》雜述，分蕭統傳略、《文選》編輯綴聞、文選學概略、《文
選》傳本舉要等四章。下編為《文選》李善注選講、選《文選》詩文
十四篇。此書是文選學的啟蒙讀物，大都介紹一些有關《文選》的知
識，「作為啟發學者治《選》途徑的教材」。後者是「中華文化要籍導
讀叢書」之一種，內容亦可分為兩部分。上半部是導言，分關於《文
選》產生時代的文化氛圍、《文選》的編輯、文選學史略述、清儒文
選學著述舉要、《文選》流傳諸本述略、怎樣閱讀《文選》等六章，
較《昭明文選雜述及選講》上編的內容詳細。下半部是《文選》選
讀，選《文選》詩文三十四篇，注釋以李善注為主，並加以補充。這
是一部研習《文選》的入門書。屈氏對文選學深有研究，其論述頗值

10　《昭明文選研究論集》（長春市：吉林文史出版社，1988 年 6 月）。

11　《文選論集》（長春市：時代文藝出版社，1992 年 6 月）。

12　《文選新論》（鄭州市：中州古籍出版社，1997 年 10 月）。

13　屈守元：《昭明文選雜述及選講》（天津市：天津古籍出版社，1988 年）。

14　屈守元：《文選導讀》（成都市：巴蜀書社，1993 年）。

得重視。此外，還有穆克宏的《昭明文選研究》[15]、《昭明文選》[16]和
《文選旁證》點校本[17]。《昭明文選研究》原是給研究生講授《文選》
課程的講義，於一九八五年至一九九五年間陸續寫成，內容包括蕭統
的生平及著作、蕭統的文學思想、《文選》產生的時代、《文選》的內
容、《文選》研究述略、《文選》研究的幾個問題、《文選》的文學價
值、《文選》與文學理論批評、《文選》對後世的影響等。作者對《文
選》研究中的一些重要問題，提出了個人的見解，如《文選》的編選
年代、《文選》的文體分類等。《昭明文選》是《昭明文選研究》的簡
本，是作為普及讀物供初學者閱讀的。《文選旁證》，清人梁章鉅著，
為清代文選學名著。阮元謂此書「沉博美富，又為此書（《文選》）之
淵海」[18]。朱珔稱此書「體制最善」，「斯真於是書能集大成者矣」[19]。

　　值得注意的是，最近兩年在文選學研究領域中一些中青年學者的
崛起。他們研究文選學的著作有：羅國威的《敦煌本《文選注》箋
證》、《敦煌本《昭明文選》研究》，傅剛的《昭明文選研究》、《文選
版本研究》等。

　　羅國威的《敦煌本《文選注》箋證》[20]，內容分三部分：一是
〈天津藝術博物館藏敦煌本《文選注》箋證〉，對趙景真〈與嵇茂齊
書〉、丘希范〈與陳伯之書〉、劉孝標〈重答劉秣陵沼書〉、孔德璋
〈北山移文〉進行了箋證；二是譯日本岡村繁教授對司馬長卿〈喻巴
蜀檄〉、陳孔璋〈為袁紹檄豫州〉、鍾士季〈檄蜀文〉、司馬長卿〈難
蜀父老〉的箋訂；三是對岡村繁箋訂的補箋。其考訂箋證認真細緻，

15 穆克宏：《昭明文選研究》（北京市：人民文學出版社，1998 年）。

16 穆克宏：《昭明文選》（瀋陽市：春風文藝出版社，1999 年）。

17 《文選旁證》，收入「八閩文獻叢刊」（福州市：福建人民出版社，2000 年）。

18 《文選旁證》〈序〉。

19 《文選旁證》〈序〉。

20 羅國威：《敦煌本《文選注》箋證》（哈爾濱：黑龍江教育出版社，1999 年）。

具有較高的文獻價值。《敦煌本《昭明文選》研究》[21]，主要內容有二：前為〈敦煌本《昭明文選》校釋〉，後為〈敦煌本《昭明文選》研究〉，校勘精細，對研究文選學頗有參考價值。傅剛的《昭明文選研究》[22]是作者的博士學位論文，分上、下編。上編為《文選》編纂背景研究，下編為《文選》編纂及文本研究。資料豐富，論證詳細，是一部文選學研究的新著。《文選版本研究》[23]，對歷代《文選》版本進行了比較系統的研究。該書作者見到的《文選》版本之多、論述之詳是超越前人的。作為研究《文選》版本的專著，此書具有開拓意義。

應該指出，著名的中古文學研究專家曹道衡、王運熙，雖無文選學研究專著出版，但是在他們的論文集中，都有多篇研究文選學的論文，如曹道衡的〈從文學角度看《文選》所收齊梁應用文〉，曹道衡、沈玉成合作的〈有關《文選》編纂中幾個問題的擬測〉，王運熙的〈蕭統的文學思想和《文選》〉、〈《文選》選錄的範圍與標準〉等。他們都為文選學的研究作出了重要貢獻。

值得一提的是二十世紀《文選》的出版情況。「五四」以後，雖然文選學衰落，但是《文選》和《文選》類的書仍在不斷地出版發行。如商務印書館出版的《六臣注文選》[24]，《文選》[25]，清趙晉撰《文選叩音》，清汪師韓撰《文選理學權輿》，清孫志祖輯《文選理學權輿補》、《文選李注補正》、《文選考異》，清徐攀鳳纂《選注規李》、《選學

---

21 羅國威：《敦煌本《昭明文選》研究》（成都市：巴蜀書社，2000 年）。

22 傅剛：《昭明文選研究》（北京市：中國社會科學出版社，2000 年）。

23 傅剛：《文選版本研究》（北京市：北京大學出版社，2000 年）。

24 〔梁〕蕭統撰，〔唐〕李善注：《六臣注文選》，收入《四部叢刊本》（臺北市：臺灣商務印書館，1979 年），正編，冊 92。

25 〔梁〕蕭統撰，〔唐〕李善注：《文選》，收入《國學基本叢書》（臺北市：臺灣商務印書館，1968 年）。

糾何》²⁶；中華書局出版的《文選》²⁷；世界書局出版的《文選》²⁸等。一九四九年以後，中華書局出版的尤本《文選》²⁹，胡本《文選》³⁰，《六臣注文選》³¹，丁福保編《文選類詁》³²；商務印書館出版的《文選》³³，以及重印《叢書集成初編》所收的《文選理學權輿》等八種《文選》類的著作；上海古籍出版社出版的《文選》³⁴、《六臣注文選》³⁵、白文標點本《文選》³⁶；江蘇廣陵古籍刻印社出版的清胡紹瑛《昭明文選箋證》³⁷；中州古籍出版社出版的《文選》³⁸；浙江古籍出版社出版的《六臣注文選》³⁹等。這些版本的《文選》和《文選》類著作，對《文選》的流傳、文選學的研究都起了積極的作用。此外，吉林文史出版社出版的《昭明文選譯注》⁴⁰，貴州人民出版社出版的《文選全譯》⁴¹，亦先後問世。譯注《文選》工程巨大，

26　〔清〕徐攀鳳：《選學糾何》，收入《叢書集成》（上海市：商務印書館，1935 年）。

27　〔梁〕蕭統撰，〔唐〕李善注：《文選》，收入《四部備要》（上海市：中華書局，1936 年），集部，冊 22。

28　胡刻影印本，1935。

29　〔梁〕蕭統撰，〔唐〕李善注：《文選》（北京市：中華書局，1974 年影印尤刻本）。

30　〔梁〕蕭統撰，〔唐〕李善注：《文選》（北京市：中華書局，1977 年影印胡刻本）。

31　〔梁〕蕭統撰，〔唐〕李善注：《六臣注文選》，收入《四部叢刊》（臺北市：臺灣商務印書館，1979 年）正編，冊 92。

32　〔清〕丁福保：《文選類詁》（北京市：中華書局，1991 年）。

33　〔梁〕蕭統撰，〔唐〕李善注：《文選》（北京市：商務印書館，1959 年）。

34　〔清〕丁福保編：《文選》（上海市：上海古籍出版社，1986 年）。

35　〔梁〕蕭統撰，〔唐〕李善注：《六臣注文選》，收入《四庫文學總集選刊》，（上海市：上海古籍出版社，1993 年）。

36　〔清〕丁福保編：《文選》（上海市：上海古籍出版社，1998 年）。

37　〔清〕胡紹瑛：《昭明文選箋證》（揚州市：江蘇廣陵刻印社，1990 年影印本）。

38　〔清〕丁福保編：《文選》（杭州市：浙江古籍出版社，1990 年影印胡刻本）

39　〔梁〕蕭統撰，〔唐〕李善注：《六臣注文選》（杭州市：浙江古籍出版社，1999 年影印《四部叢刊》本）。

40　陳宏天、趙福興、陳復興主編：《昭明文選譯注》六卷本（長春市：吉林文史出版社，1987-1994 年）。

41　張啟成、徐達主編：《文選全譯》五卷本（貴陽市：貴州人民出版社，1994 年）。

難度很高。譯注本的出版，對初學者閱讀《文選》以及《文選》的傳播，起了良好的作用。

最後，要特別提到由鄭州大學古籍研究所編、中華書局出版的《中外學者文選學論集》（1998）和《中外文選學論著索引》（1998）。可以說，這兩部書為二十世紀的文選學研究作了一個總結。《論集》選錄一九一一年至一九九三年間海內外公開發表的《文選》研究論文五十七篇，其中中國大陸三十六篇，中國港臺地區十篇，日本八篇，韓國一篇，歐美二篇。所選論文皆各具學術價值，可供研究者參考。書後附錄中國大陸、中國港臺地區、日本、韓國和歐美文選學的研究概述，雖不全面，卻也提供了許多信息，對文選學研究頗有幫助。《索引》所收錄之論著，始於一九一一年一月，迄於一九九三年六月。全書分四個部分，即中國（包括港臺地區）、日本、韓國和歐美文選學論著索引。每個部分都包括概述、論文索引、專著索引三項內容。概述自然是比較概括的介紹，而《日本《文選》學研究概述》後附錄日本學者佐竹保子的〈日本研究《文選》的歷史和現狀〉一文，介紹日本文選學研究的歷史和現狀頗詳，可供研究者參考。這是一部比較完備的文選學研究論著索引，按圖索驥，為《文選》研究者提供了很大的方便。

二十世紀文選學研究，從長時期的低潮逐步走向高潮。在漫長的歲月裡，前輩學者為建造文選學研究的大廈辛勤勞動，作出了不可磨滅的貢獻。黃侃的《文選平點》、高步瀛的《文選李注義疏》和駱鴻凱的《文選學》，是建造這座大廈的三大柱石，二百多篇研究論文給大廈添磚加瓦。先後舉行的三次文選學國際學術研究會，既檢閱了文選學研究者的隊伍，展示了文選學研究的實績，同時也動員了廣大文選學研究者積極行動起來，投入文選學的研究工作，推動了文選學研究的發展。回顧百年來文選學的研究，我們一面感到欣慰，一面感到不足。感到欣慰的是我國文選學研究已取得可觀的成就，感到不足的

是我國文選學研究的深度和廣度還不夠，有待進一步的開拓和發展。

在此新舊世紀交替，萬象更新之際，我想對未來文選學研究提出幾點期望：一是加強對《文選》產生時代的研究。這個時代曾經產生過兩部著名總集：《文選》和《玉臺新詠》，兩部文學理論批評名著：《文心雕龍》和《詩品》。二是加強對《文選》主編蕭統的研究。在中國文學史上，前有曹氏父子，後有蕭氏父子，他們前後輝映。這個文學現象值得深入探討。三是加強對《文選》本身的研究。《文選》作為一部古代詩文總集，為什麼在隋唐之際就形成了一種專門的學問——文選學？為什麼其影響如此深遠？這絕不是偶然的現象。四是加強對《文選》注的研究。《文選》李善注是《文選》注的集大成之作，值得進一步研究。「五臣注」等也值得探討。清代的文選學應引起足夠的重視，值得進行專門研究。五是加強對《文選》版本的研究。對於《文選》的版本，已有一些研究成果，但是還很不夠。我認為，應將版本和校勘結合起來研究。這個校勘不是零星的，而是完整的、全面的。這樣，我們可以看出版本的差異，對文選學的研究大有好處。六是開展文選學史的研究。駱鴻凱、屈守元等先生都曾對文選學史進行了一些研究，但過於簡略。我們需要像劉起釪先生《尚書學史》那樣的文選學史。這需要付出長期的艱苦勞動。七是開展文選學辭典的編纂工作。專門辭典是專門研究的工具書，對研究者很有幫助。《文選》研究者十分需要一部內容豐富、解說精詳、學術水準上乘的專門辭典。

展望未來，我們充滿了信心和希望。我希望，只要文選學研究者孜孜以求，鍥而不捨，《文選》研究的新成果一定會不斷地湧現，具有高度學術價值的論著一定會誕生，文選學的前途充滿了光明。讓我們共同努力，創造文選學研究的美好未來。

二○○二年八月

何焯與《文選》學研究

　　何焯，字屺瞻，晚字茶仙，元代元統年間（1333-1335），其祖以義行旌門，何焯取其事名書塾，因此人稱義門先生。江蘇長洲（今蘇州市）人。生於清順治十八年（1661）。據其門人沈彤〈翰林院編修贈侍讀學士義門先生行狀〉記載，他才思橫溢，博學強識。二十三歲，由崇明縣學生拔貢國子監。後因譏切徐乾學、翁叔元二尚書所為不符義理，遂潦倒場屋。康熙四十一年，清帝南巡，直隸巡撫李光地保薦，遂召直南書房。後賜進士，改任庶吉士。不久，侍讀皇八子貝勒府，兼武英殿纂修。後因丁外艱，返鄉，服闋，家居五六年。康熙五十二年，再以李光地推薦，仍直武英殿，明年，授編修。後因人構飛語，何焯被收繫。出獄後，仍直武英殿。康熙六十一年（1722）六月九日病卒，享年六十二。何焯天性耿介，為官廉潔，遭遇坎坷，一生窮困。康熙帝聞其去世，說：「何焯修書勤，學問好，朕正欲用之，不意驟歿，深可憫惜。」特贈侍讀學士。其著作當時未有刻本，至道光年間（1821-1850），吳雲、翁大年輯其詩文、雜著為《義門先生集》十二卷。清宣統年間（1909-1911），吳蔭培輯其家書四卷，與《義門先生集》合刻於嶺南。還有《義門讀書記》五十八卷，蔣維鈞等輯錄。《四庫全書總目》〈義門讀書記提要〉云：「國（清）朝蔣維鈞編。……焯文章負盛名，而無所著作傳於世。沒後，其從子堂哀其點校諸書之語為六卷。維鈞益為蒐輯，編為此書。凡《四書》六卷、《詩》二卷、《左傳》二卷、《公羊》《穀梁》各一卷、《史記》二卷、《漢書》六卷、《後漢書》五卷、《三國志》二卷、《五代史》一卷、

《韓愈集》五卷、《柳宗元集》三卷、《歐陽修集》二卷、《曾鞏集》五卷、蕭統《文選》五卷、《陶潛詩》一卷、《杜甫集》六卷、《李商隱集》二卷，考證皆極精密。」其中「蕭統《文選》五卷」與我們的論述有關。今人駱鴻凱說：「今按《讀書記》中《文選》編為五卷，悉評文之言，而校注之語，缺焉不錄，未免賣櫝還珠。」[1]駱氏的批評是正確的。何氏擅長校書，而《讀書記》的《文選》五卷卻刪去其校注成果，顯然是錯誤的做法。好在清余蕭客《文選音義》八卷、清孫志祖《文選考異》四卷、清胡克家《文選考異》十卷、清梁章鉅《文選旁證》四十六卷等援引何焯有關《文選》的校注較多，可供我們研究之參考。

　　清代《文選》學昌盛，研究專著有數十種之多，[2]駱氏所述，尚多遺漏。黃侃說：「清世為《文選》之學，精該簡要，未有超於義門者也。」[3]可見何焯在清代《文選》學研究中的地位。茲據《義門讀書記》、梁章鉅《文選旁證》和胡克家《文選考異》、孫志祖《文選考異》、《文選李注補正》等提供的資料，對何氏的《文選》學研究狀況，進行一次比較全面的考察。

一

　　何焯對《文選》學的研究，大約有四個方面，即校勘、釋義、考證和評論。

1　駱鴻凱：〈三、清代文選學家述略〉，〈源流第三〉，《文選學》（北京市：中華書局，1941 年）。

2　同注 1。

3　黃侃著，黃延祖重輯：《文選評點》，（北京市：中華書局，2006 年）。

（一）先說校勘

　　校勘，又稱校讎。古已有之。《呂氏春秋》〈察傳〉云：「子夏之晉，過衛，有讀史記者曰：晉師三豕涉河。子夏曰：非也，是己亥也。夫己與三相近，豕與亥相似。至於晉而問之，則曰：晉師己亥涉河也。」子夏改正史記的錯誤，正說明了校勘工作的重要。

　　何焯是清初校勘學的名家，他一生校書，成果很多，這裡論及的是他對《文選》的校勘。校勘的方法，清葉德輝《藏書十約》云：

> 書不校勘，不如不讀。今試言其法：曰死校。曰活校。死校者，據此本以校彼本，一行幾字，鈎乙如其書，一點一畫，照錄而不改；雖有誤字，必存原本。顧千里廣圻，黃堯圃丕烈所刻之書是也。活校者，以群書所引改其誤字，補其闕文。又或錯舉他刻，擇善而從，別為叢書，板歸一式，盧抱經文弨，孫淵如星衍所刻之書是也。斯二者，非國朝校勘家刻書之秘傳，實兩漢經師解經之家法。

所論甚為簡明，但是並不全面。陳垣《校勘學釋例》中有〈校法四例〉，對歷代的校勘方法作了總結。他把校勘方法歸納為四種：一、對校法。二、本校法。三、他校法。四、理校法。將葉德輝所論的校勘方法和陳垣所論的校勘方法加以比較，葉氏所謂「死校」，即陳氏所謂「對校」，葉氏所謂「活校」，即陳氏所謂「他校」，至於陳氏所謂「本校」和「理校」，葉氏則未論及。

　　何焯校勘《文選》使用的底本是毛晉汲古閣所刻《文選》。清孫志祖〈《文選考異》序〉云：

　　毛氏汲古閣所刻《文選》，世稱善本。然李善與五臣所據本，
各不同，既載李善一家，而本文又間從五臣，未免踦駁。且字
句訛誤脫衍，不可枚舉。國朝潘稼堂及何義門兩先生，並嘗讎
校是書，而義門先生丹黃點勘，閱數十年，其致力尤勤。

何焯校勘《文選》，用了數十年的時間，成績卓著。

　　何焯校勘《文選》所使用的方法，對校、本校、他校、理校都
有，內容十分豐富。

1　對校法

　　陳垣說：「即以同書之祖本或別本對讀，遇不同之處，則注於其
旁。」這是常用的校勘方法。陳垣又說：「凡校一書，必須先用對校
法，然後再用其他校法。」何焯校勘《文選》，運用此校法的例子頗
多。如：

《文選》卷一　班固〈西都賦〉：

　　「仿太紫之圜方。」何云「圜，宋本作圓。」《後漢書》注：
　　「太微方而紫宮圓。」

《文選》卷十一　鮑照〈蕪城賦〉：

　　「南國麗人。」何云：「麗，宋本作佳。正與注引陳王詩
　　合。」

《文選》卷十五　張衡〈思玄賦〉：

　　「回志朅來從玄謀。」何云：「謀，宋本作諆，音基。」

《文選》卷十九　束晳〈補亡詩〉六首：

　　「五緯不逆。」何云：「緯，宋本作是。」

《文選》卷四十四　鍾會〈檄蜀文〉：

　　「興兵新野。」何校：「從五臣新改朔。」

又，揚雄〈劇秦美新〉：

　　「豈知新室委心積意。」何云：「豈知，當如五臣本作豈如。」

《文選》卷四十九　干寶〈晉紀總論〉：

　　「世宗承基，太祖繼業。」何校：「從六臣本，此二句移於
　　『玄豐亂內』之上。」

似何焯根據宋元刻本，或其他舊本，糾正今本的錯誤。這對研究《文
選》是有貢獻的。有時校出的即使不是錯字，而是異文，對《文選》
研究也提供了新的資料。

2　本校法

　　陳垣說：「以本書前後互證，而抉摘其異同，則知其中之謬
誤。」胡克家《文選考異》引用何焯此類校例也有一些，如：
《文選》卷一　班固〈西都賦〉：

　　「注：『在彼空谷』。」何校「空」改「穹」，陳同，是也。各

　　本皆訛。案：陸機〈苦寒行〉注引正作「穹」。

校記中「陳」指陳景雲，案是胡克家的按語。下同。
《文選》卷三　張衡〈東京賦〉：

　　「區宇乂寧。」何校「宇」改「寓」。案：所改是也。此薛注
　　字作「寓」，下文「威振八寓」、「德寓天覆」，正文皆作
　　「寓」。

《文選》卷六　左思〈魏都賦〉：

　　「豐肴衍衍。」何云「衍衍」，據善注當作「衎衎」。陳同。
　　案：所說是也。

《文選》卷十　潘岳〈西征賦〉：

　　「感徵名於桃園。」何云「園」疑作「原」。按：何校據善注
　　「其西名桃原」而云然。

《文選》卷二十六　謝靈運〈入彭蠡湖口〉：

　　「注『《廣雅》曰』。」何校三字改入下「狻猊也」上。陳云
　　〈長楊賦〉注可據。

《文選》卷二十八　陸士衡〈吳趨行〉：

　　「泠泠祥風過。」何校「祥」改「鮮」，云江淹〈擬許徵君自

序詩〉「曲檻激鮮飆」注中引此句作「鮮」。按：所校是也。

《文選》卷三十　謝靈運〈擬魏太子鄴中集詩八首〉：

「永夜繫白日。」何校云，以注觀之，「繫」當為「繼」。

《文選》卷五十七　潘岳〈馬汧督誄〉：

注「太尉應劭等議。」何校「尉」下增「掾」字。陳云脫「掾」字，見後〈安陸昭王碑〉，是也。各本皆脫。

此皆本書前後互證之例。

3 他校法

此法是「以他書校本書」。此種校法常常要翻閱多種相關書籍，費時較多。如：
《文選》卷二　張衡〈西京賦〉：

「仰福帝居」。何校「福」改「福」，云顏氏《匡謬正俗》云：副貳之字本為「福」，從衣，畐聲。〈西京賦〉「仰福帝居」傳寫訛舛，轉「衣」為「示」，讀者便呼為「福祿」之「福」，失之遠矣。

《文選》卷十五　張衡〈思玄賦〉：

「咨姤嫮之難並兮。」何云：姤，當從《後漢書》作「妒」。

《文選》卷二十　顏延之〈應詔讌曲水作詩〉：

「君彼東朝」。何云：君，《藝文類聚》作「居」。

《文選》卷二十六　潘岳〈在懷縣作〉：

「初伏啟新節。」何云：伏，《初學記》作「秋」。孫志祖按：
以上下文及注引四民月令觀之，《初學記》誤。張銑注：初
伏，謂三伏之初也。則五臣亦不作「秋」。（按語見《文選考
異》卷二）

《文選》卷四十四　揚雄〈解嘲〉：

「時雄方草創太玄。」何云：《漢書》無「創」字。

又，〈解嘲〉：

「後椒涂。」何云：椒，《漢書》作「陶」。師古注有作「椒」
者，流俗所改。陳同。今案：何、陳所校非也。顏本作
「陶」，具見本注。善此引「應劭曰：在漁陽之北界」，與顏義
迥別，蓋應氏《漢書》作「椒」，顏所不取，而善意從之也。
若以顏改善，是所未安。凡選中諸文，謂與他書必異亦非，必
同亦非，其為例也如此。（按語見胡克家《文選考異》）

以上各例中，何氏有誤校二例。校書甚難，此類錯誤，雖校勘名家何
氏亦難以避免。

4 理校法

　　陳垣曰：「段玉裁曰：『校書之難，非照本改字不訛不漏之難，定其是非之難。』所謂理校法也。遇無古本可據，或數本互異，而無所適從之時，則須用此法。」理校較難，為之者必須具有豐富的古籍知識和較高的學術素養。下列何焯理校之例：
《文選》卷一　班固〈東都賦〉：

　　　　注：「左氏傳曰子曰。」何校「子」上添「晏」字，陳同。

又，〈東都賦〉：

　　　「注，蘇秦說孟嘗君曰。」何校「孟嘗君」改「秦惠王」。案：何校誤也。章懷注所引亦是「孟嘗君」。按〈齊策〉〈孟嘗君將入秦章〉文。今本高注具存。姚宏跋《戰國策》，曾指此條為今本所無，其失檢與何正同，附訂正之。穆按，何氏校勘有誤，胡克家《文選考異》予以指出。

《文選》卷二　張衡〈西京賦〉：

　　　「注：蒼頡曰。」何校「頡」下添「篇」字，陳同，是也。

又，〈西京賦〉：

　　　「注：賈逵國語曰。」何校「語」下添「注」字，陳同，是也。

又,〈西京賦〉:

> 「注,同制也。」何校「同」改「周」,陳同,是也。

《文選》卷三　張衡〈東京賦〉:

> 「注:魏相上封曰。」何校「封」下添「事」字,是也。

又,〈東京賦〉:

> 「注,善曰萬邦黎獻。」何校「曰」下添「尚書曰」三字,陳
> 同,各本皆脫。

《文選》卷四　左思〈蜀都賦〉:

> 「注:武帝樂府。」何校「帝」下添「立」字,陳同,是也。

又,〈蜀都賦〉:

> 「注:殖貨志曰。」何校「殖」改「食」,陳同。

以上各例皆錄自胡克家的《文選考異》,故在何焯校語後,都有胡氏
按語。

　　最後談談宋玉〈神女賦〉的校勘問題。茲據韓國奎章閣本《文
選》,將〈神女賦〉開頭一段話抄錄如下:

> 楚襄王與宋玉游於雲夢之浦,使玉賦高唐之事。其夜王寢,果

夢與神女遇，其狀甚麗。王異之，明日以白玉。玉曰：「其夢若何？」王對曰：「晡夕之後，精神恍惚，若有所喜。紛紛擾擾，未知何意。目色彷彿，乍若有記。見一婦人，狀甚奇異。寐而夢之，寤不自識。罔兮不樂，悵爾失志。於是撫心定氣，復見所夢。」玉曰：「狀如何也？」王曰：「茂矣美矣，諸好備矣。盛矣麗矣，難測究矣。上古既無，世所未見，瑰姿瑋態，不可勝贊。其始來也，耀乎若白日初出照屋梁。其少進也，皎若明月舒其光。須臾之間，美貌橫生。曄兮如花，溫乎如瑩，五色並馳，不可殫形。詳而視之，奪人目精。其盛飾也，則羅紈綺績盛文章，極服妙采照萬方。振繡衣，披袿裳。襛不短，纖不長。步裔裔兮曜殿堂。忽兮改容，婉若游龍乘雲翔。嫷被眠，倪薄裝。沐蘭澤，含若芳。性和適，宜侍旁。順序卑，調心腸。」王曰：「若此盛矣！試為寡人賦之。」玉曰：「唯唯。」

奎章閣本《文選》底本是秀州州學本《文選》。此本原文用的是北宋國子監本《文選》。應是比較可靠的本子。這裡說的是夢神女的是楚襄王。可是北宋的沈括卻說：

自古言「楚襄王夢與神女遇」，以《楚辭》考之，似未然。〈高唐賦〉序云：「昔者先王嘗游高唐，怠而晝寢，夢見一婦人，曰：『妾巫山之女也，為高唐之客，朝為行雲，暮為行雨。』故立廟號為『朝雲』。」其曰「先王嘗游高唐，則夢神女者，懷王也，非襄王也。」又，〈神女賦〉序曰：楚襄王與宋玉游於雲游之浦，使玉賦高唐之事。其夜王寢，夢與神女遇，王異之，明日以白玉。玉曰：「其夢若何？」王對曰：「晡夕之後，精神恍惚，若有所憙。見一婦人，狀甚奇異。」玉曰：「狀如何也？」王曰：「茂矣美矣，諸好備矣。盛矣麗矣，難測究

矣。瑰姿瑋態，不可勝贊。」王曰：「若此盛矣，試為寡人賦
之。」以文考之，所云：「茂矣」至「不可勝贊」云云，皆王
之言也，宋玉稱嘆之可也，不當卻云「王曰：若此盛矣，試為
寡人賦之。」又曰「明日以白玉」，人君與其臣語，不當稱
「白」。又其賦曰：「他人莫睹，王覽其狀。」「望余帷而延視
兮，若流波之將瀾。」若宋玉代賦之若王之自言者，則不當自
云「他人莫睹，王覽其狀」。既稱「王覽其狀」，即宋玉之言
也。又不知稱「余」者誰也。以此考之，則「其夜王寢，夢與
神女遇」者，「王」字乃「玉」字耳。「明日以白玉者」，以白
王也。「王」與「玉」誤書之耳。前日夢神女者，懷王也。其
夜夢神女者，宋玉也。襄王無預焉，從來枉受其名耳。[4]

這裡，以理校的方法，將「其夜王寢」中的「王」改為「玉」，又將
「明日以白玉者」中的「玉」改為「王」。這樣，夢神女的不是楚襄
王，而是宋玉。沈括之說，南宋初的姚寬（1105-1162）表示贊同，
他說：

昔楚襄王與宋玉游高唐之上，見雲氣之異，問宋玉，玉曰：
「昔先王夢游高唐，與神女遇，玉為〈高唐〉之賦。」先王謂
懷王也。宋玉是夜夢見神女，寤而白王，王令玉言其狀，使為
〈神女賦〉。後人遂云襄王夢神女，非也。古樂府詩有之：「本
自巫山來，無人睹容色。惟有楚懷王，曾言夢相識。」李義山
亦云：「襄王枕上元無夢，莫枉陽臺一片雲。」今《文選》本
「玉」「王」字差誤。[5]

4　《夢溪筆談》〈補筆談〉，卷一〈辨證〉。
5　《西溪叢語》卷上。

這裡暗襲沈括之說，並引李商隱詩作為旁證。明代張鳳翼的《文選纂注》中的〈神女賦〉，通過理校的方法直接改動原文。

一、其夜王寢。「王」改「玉」。

二、王異之。「王」改「玉」。

三、明日以白玉。「玉」改「王」。

四、玉曰其夢，「玉」改「王」。

五、王對曰：「王」改「玉」。

六、玉曰狀如何也。「玉」改「王」。

七、王曰茂矣。「王」改「玉」。

到了清代，何焯說：

> （〈神女賦〉）張鳳翼改定為玉夢，於文義自當。不可因其寡學而並非之，姚寬《西溪叢語》云：「楚襄王與宋玉游高唐之上，見靈氣之異，問宋玉，玉曰：『昔先王夢游高唐，與神女遇。玉為〈高唐〉之賦。』先王謂懷王也。宋玉是夜夢見神女，寤而白王，王令玉言其狀，使為〈神女賦〉。後人遂謂襄王夢神女，非也。今《文選》本玉、王字差誤。」然則張氏特攘令威（姚寬）昔言，矜為獨得耳。令威語又本沈存中（沈括）《補筆談》。

何焯贊同沈括、姚寬的見解，也贊同張鳳翼的做法。清《文選》學家余蕭客（《文選音義》）、許巽行（《文選筆記》）、汪師韓（《文選理學權輿》）、胡克家（《文選考異》）、胡紹煐（《文選箋證》）、張雲璈（《選學膠言》）、朱珔（《文選集釋》）、梁章鉅（《文選旁證》）等皆贊同沈括、姚寬之說。

是襄王夢神女，還是宋玉夢神女，是一個千年聚訟的學術問題。這個問題至今尚無一致的結論。我認為，理校只是一種假設，在沒有

版本根據之前，難以證實。似不應更改原文。而北宋國子監本《文選》，作為一種古老的《文選》版本，應該是可信的。

（二）次說釋義

何焯對《文選》的釋義方面也做出了自己的貢獻。

眾所知皆，《文選》李善注是古代著名的注本。雖是名注，由於此書篇幅巨大，詞語眾多，也難免存在一些問題。對《文選》李善注中的一些問題，歷代《文選》學家多有補正。何焯也做了一些補正工作。如：

《文選》卷一　班固〈東都賦〉：

「乘時龍。」注：《周易》曰：時乘六龍。何曰：《後漢書》注云：《爾雅翼》曰：馬八尺以上曰龍。〈月令〉：春駕蒼龍。各隨四時之色，故曰時也。李注引《周易》，恐非本義。

《文選》卷七　揚雄〈甘泉賦〉題注：

「桓譚《新論》曰：雄作〈甘泉賦〉一首始成，夢腸出，收而納之，明日遂卒。」何曰：據班書似《新論》為誣。〈甘泉〉作於成帝時，安得有腸出遂卒之事。揚子雲桓君山同時，不應作此語。然則為妄人附益者多矣，非《新論》本書然也。

又，〈甘泉賦〉：

「子子孫孫，永無極兮。」何云：有事甘泉以求繼嗣，故如此結。穆按：此為補注。

《文選》卷七　　潘岳〈籍田賦〉：

「青壇蔚其岳立兮。」何云：漢晉皆耕於東，故曰岳立青壇。
穆按：此為補注。

《文選》卷八　　司馬相如〈上林賦〉：

「東注太湖。」注：郭璞曰：太湖在吳縣，《尚書》所謂震澤
也。何云：太湖恐當闕疑，不必如郭璞所謂震澤也。齊召南
《漢書考證》云：此大湖（《漢書》作「太湖」）自指關中巨澤
言之。凡巨澤瀦水俱可稱大湖，不必震澤。

《文選》卷八　　揚雄〈羽獵賦〉：

「宏仁惠之虞。注：虞與娛，古字通。」何云：虞字對上囿
字，乃虞人之義。顏、李皆云通娛，非也。

《文選》卷十一　　鮑照〈蕪城賦〉：

「寒鴟嚇雛。」何云：《莊子》：鴟得腐鼠，鵷雛過之，仰而視
之，曰：嚇。穆按：此為補注。

《文選》卷十七　　陸機〈文賦〉：

「漱六藝之芳潤。注：《周禮》：禮、樂、射、御、書、數
也。」何曰：六藝謂易、詩、書、禮、樂、春秋也。太史公
曰：學者載籍極博，猶考信於六藝。又孔子弟子身通六藝者七

十二人。以上下文義求之，不當引《周禮》。

《文選》卷二十　顏延之〈皇太子釋奠會作詩〉：

「巾卷充街。注：巾，巾箱也，所以盛書。」何云：《宋書》
〈禮樂志〉：國子太學生冠葛巾，服單衣，以為朝服，執一卷
經以代手板，所謂巾卷也。注未審。

《文選》卷二十五　謝宣遠〈於安城答靈運〉：

「窈窕承明內。注：靈運為秘書監，故云承明內也。」何云：
靈運為秘書監，在元嘉中，義熙時乃秘書丞也。

以上各條錄自孫志祖《文選李注補正》，有兩方面內容，一是糾正李
善注的錯誤，一是補充李善注。正誤和補注大大豐富了李善注的內
容。由於何焯學問淵博，心細慮周，他的正誤和補注對《文選》學的
研究頗有幫助。

（三）再次說考證

何焯不長於考證，因此他的考證文字很少。在《義門讀書記》中
有一些小考證。如：
《文選》卷二　張衡〈西京賦〉：

「薛綜注。」何焯曰：「此注謂出於薛綜，疑其假托。綜是赤烏
六年卒，安得見王肅《易注》而引用之耶。綜傳有述二京解之
語，恐亦不謂此賦也。又孫叔然始造反切，未必遂行於吳。」

又，〈西京賦〉：

　　　「建元弋。」何焯曰：「杜牧詩：已建元弋收相土，應回翠帽
　　　過離宮。疑即用此。今刻元弋者，恐非。《史記》〈天官書〉：
　　　杓端有兩星，一內為矛招搖，一外為盾天鋒。晉灼曰：外遠北
　　　斗也，一名元戈。」

《文選》卷三　　張衡〈東京賦〉：

　　　「趙建叢臺於後。」何焯曰：「趙世家無武靈王起叢臺故事。
　　　《漢書》〈鄒陽傳〉注以為趙幽王友所建」。

《文選》卷二十五　　盧諶〈答魏子悌〉：

　　　「俱涉晉昌艱。」何焯曰：「注引王隱《晉書》曰：惠帝以敦
　　　煌土界闊遠，分立晉昌郡。又曰：晉昌護匈奴中郎將，別領
　　　戶。然時匹磾為此職。諶在匹磾所，難斥言之，故曰晉昌也。
　　　按：晉昌艱即指越石晉陽之敗。越石父母為令狐泥所害，諶父
　　　母兄弟亦為劉聰所害。陽與昌音相近，傳寫誤也。晉雖設晉昌
　　　護匈奴中郎將，考匹磾生平未為此職，安得而附會之。況晉昌
　　　乃敦煌所分，還在隴右，而匹磾方為幽州刺史，尤如風馬牛之
　　　不相及也。」

以上各條，一、疑薛綜〈西京賦〉注為假托；二、考出「元弋」應作
「元戈」。三、考出叢臺趙幽王友所建；四、考出「晉昌」為「晉
陽」之誤。這些小小的考證，論證簡單，有一定的參考價值。

（四）最後說評論

何焯對文學作品的評論主要形式是評點。中國古代文學批評中的評點，出現於宋代，劉辰翁即有許多評點著作傳世。明代的小說戲曲評點盛行，如李贄就評點過《水滸傳》、《西廂記》等名著，清代的金聖歎評點的六部「才子書」就更流行了。從《義門讀書記》看，何焯評點的著作也不少。評點的形式比較自由，便於閱讀，讀者容易接受。何焯對《文選》詩文的評點，不乏精彩片段和高明見解。如：
《文選》卷二十一　左思〈詠史八首〉：

> 何曰：題云〈詠史〉，其實乃詠懷也。八首一氣揮灑，激昂頓挫，真是大手。

《文選》卷二十二　謝靈運〈登池上樓〉：

> 何曰：只似自寫懷抱，然刊置別處不得。循諷再四，乃覺巧不可階。「池塘」一聯兼寓比托，合首尾咀之，文外重旨隱躍。「祁祁」二句，亦傷不及公子同歸也。「池塘」一聯驚心節物，乃而清綺，惟病起即目，故千載常新。

《文選》卷二十二　沈約〈游沈道士館〉：

> 何曰：休文五言詩，此篇是其壓卷。

《文選》卷二十三　劉楨〈贈從弟三首〉：

何曰：此教以修身俟時。首章致其潔也。次章屬其節也。三章擇其幾也。峻骨凌霜，高風跨俗，要唯此等足當之。

《文選》卷二十七　曹操〈短歌行〉：

何曰：猶是漢音。

《文選》卷二十七　曹丕〈燕歌行〉：

何曰：秋風之變，七言之祖。

《文選》卷三十七　曹植〈求通親親表〉：

何曰：此文可匹〈出師表〉，而文彩辭條更為蔚然。世以令伯表仰希葛相者，非知音之選。

《文選》卷五十一　賈誼〈過秦論〉：

何曰：自首至尾，光焰動蕩，如鯨魚暴鱗於皎日之中，燭天耀海。

　　以上評曹操〈短歌行〉、曹丕〈燕歌行〉、沈約〈游沈道士館〉、皆一語破的。評左思〈詠史八首〉「實乃詠懷」，謝靈運〈登池上樓〉「自寫懷抱」，劉楨〈贈從第三首〉「峻首凌霜，高風跨俗」，曹植〈求通親親表〉「可匹〈出師表〉」，賈誼〈過秦論〉「光焰動蕩」，皆深中肯綮。由於何焯具有較高的文學批評和鑑賞的能力，常常以簡短的評論，擊中作品的要害，能給人以啟迪，值得重視。

二

　　此外，在《文選》學的研究中，還有一些有爭議的問題，何焯都發表了自己的意見。下面我們對何焯的有關論述進行一些探討。

（一）《文選》卷十六　司馬相如〈長門賦〉

　　何焯曰：「此文乃後人所擬，非相如作也。其詞細麗，蓋平子之流也。」何氏認為，司馬相如〈長門賦〉乃後人偽托。

　　梁代陸厥〈與沈約書〉云：「〈長門〉〈上林〉，殆非一家之賦。」何焯可能受到此說之影響。顧炎武曰：「古人為賦，多假設之辭……而〈長門賦〉所云，陳皇后復得幸者，亦本無其事，俳諧之文不當與之莊論矣。原注：〈長門賦〉乃後人托名之作，相如以元狩五年卒，安得言孝武皇帝哉！」何焯亦可能受到此說影響。按：〈長門賦序〉云：「孝武皇帝陳皇后時得幸，頗妒。別在長門宮，愁悶悲思。聞蜀郡成都司馬相如天下工為文，奉黃金百斤為相如文君取酒，因於解悲愁之辭。而相如為文以悟主上，陳皇后復得親幸。」此序的來源不明，是〈長門賦〉原有的，還是《文選》加上的，說不清。因此，不能以此為根據，否定〈長門賦〉為司馬相如所作。

　　陸厥〈與沈約書〉說到「〈長門〉〈上林〉，殆非一家之賦」，下文還說到：「〈洛神〉〈池雁〉，便成二體之作。……一人之思，遲速天懸；一家之文，工拙壞隔。」因此，馬積高認為，「其意蓋謂一人之作而遲速、工拙不同，幾如兩人。則陸厥之語，不惟不足以否定此賦為相如之作，反可證明陸氏認為它與〈上林〉同屬相如之所為。」[6]

6　馬積高：〈二、先秦兩漢辭賦的興盛、存佚與研究〉，《歷代辭賦研究史料概述》上

當代辭賦研究者大都認為〈長門賦〉是司馬相如所作。

（二）《文選》卷十七　陸機〈文賦〉

　　何焯曰：「注：臧榮緒《晉書》曰：機少襲領父兵為牙門將軍。年二十而吳滅，退臨舊里，與弟雲勤學。積十一年。被徵為太子洗馬，與弟雲俱入洛。按此則此賦殆入洛之前所作。老杜云：二十作〈文賦〉。於臧書稍疏。」[7]

　　杜甫〈醉歌行〉云：陸機二十作〈文賦〉。《晉書》本傳並無「陸機二十作〈文賦〉」的記載，不知杜甫有何根據。何焯認為〈文賦〉是陸機入洛之前所作。史載太康末（289），陸機與弟雲俱入洛。此時，陸機二十九歲，陸雲二十八歲。何焯認為〈文賦〉是陸機二十歲至二十九歲之間的作品。這是猜測。

　　今人逯欽立認為〈文賦〉是陸機四十歲時所作。他的根據主要是陸雲〈與兄平原書〉第八書。書云：

> 雲再拜：省諸賦，皆有高言絕典，不可復言。頃有事，復不大快，凡得再三視耳。其未精，倉卒未能為之次第。省〈述思賦〉，流深情至言，實為清妙：恐故復未得為兄賦之最。兄文自為雄，非累日精拔，卒不可得言。〈文賦〉甚有辭，綺語頗多；文適多體，便欲不清。不審兄呼爾不？〈詠德頌〉甚復盡美，省之惻然。然〈扇賦〉腹中愈首尾，髮頭一而不快。言烏雲龍見，如有不體。〈感逝賦〉愈前，恐故當小不，然一至不覆滅，〈漏賦〉可謂清工。兄頓作爾多文，而新奇乃爾，真令人怖，不當復道作文。謹啟。

篇（北京市：中華書局，2001 年）。

7　〔清〕何焯：《義門讀書記》卷 45（北京市：中華書局，1987 年）。

書中說到〈述思賦〉、〈文賦〉、〈詠德頌〉、〈扇賦〉、〈感逝賦〉、〈漏賦〉，都是陸機同時之作，故云「兄頓作爾多文」。按〈感逝賦〉當即〈嘆逝賦〉[8]。此賦序云：

> 昔每聞長老追計平生同時親故，或凋落已盡，或僅有存者。余年方四十，而懿親戚屬亡多存寡，昵交密友亦不半在。或所曾共遊一途，同宴一室，十年之外，索然已盡，以是思哀，哀可知矣。

〈嘆逝賦〉作於陸機四十歲時，可以斷定〈文賦〉亦當作於此年。逯氏的論斷頗有說服力。逯氏所論，見〈〈文賦〉撰出年代考〉，《漢魏六朝文學論集》，陝西人民出版社一九八四年出版。

（三）《文選》卷十九　曹植〈洛神賦〉

李善注云：「《記》曰：魏東阿王，漢末求甄逸女，既不遂。太祖回與五官中郎將，植殊不平，晝思夜想，廢寢忘食。黃初中入朝，帝示植甄后玉鏤金帶枕，植見之，不覺泣。時已為郭后讒死，帝意亦尋悟。因令太子留飲，仍以枕賚植。植還，度轘轅，少許時，將息洛水上，思甄后，忽見女來。自云：『我本托心君王，其心不遂，此枕是我在家時從嫁前與五官中郎將，今與君王。遂用薦枕席，歡情交集，豈常辭能具。為郭后以糠塞口，今披髮，羞將此形貌重睹君王爾！』言迄，遂不復見所在。遣人獻珠於王，王答以玉佩，悲喜不能自勝，遂作〈感甄賦〉。後明帝見之，改為〈洛神賦〉。」

何焯曰：「植既不得於君，因濟洛川作為此賦，托詞宓妃以寄心

文帝，其亦屈子之志也。自好事者造為感甄無稽之說，蕭統遂類分入於情賦，於是植為名教罪人。而後世大儒如朱子者，亦不加察於眾惡之餘，以附之楚人之詞之後，為尤可悲也已。不揆狂簡，稍為發明其意，蓋孤臣孽子所以操心而慮患者，猶若接於目而聞於耳也。蕭粹可注太白詩云：〈高唐〉、〈神女〉二賦，乃宋玉寓言，〈洛神〉則子建儗之而作。惟太白知其托詞而譏其不雅，可謂識見高遠者矣。是前人已有與予同者，自喜愈於無稽也。」何焯認為〈洛神賦〉是曹植「托詞處妃以寄心文帝」，頗有見地。

　　胡克家《文選考異》云：「此二百七字袁本、茶陵本無。案二本是也。此因世傳小說有〈感甄記〉，或以載於簡中，而尤延之誤取之耳。何（焯）嘗駁此說之妄，今據袁、茶陵本考之，蓋實非善注。」按二百七字指李善注引之〈感甄記〉。胡氏認為此記為尤延之誤取。

　　張雲璈《選學膠言》云：「賦中子建自序本只說是洛神，何由見其為甄后？既托辭洛神，決不明言感甄，其附會之謬，可不辯自明。」此謂〈洛神賦〉與〈感甄記〉無關，不辯自明。

　　丁晏《曹集詮評》云：「序明云擬宋玉〈神女〉為賦，寄心君王，托之宓妃，〈洛神〉猶屈、宋之志也。而俗說乃誣為『感甄』，豈不謬哉。」駁斥「感甄」謬說，認為〈洛神賦〉是曹植「擬宋玉〈神女〉為賦，寄心君王」。丁晏又云：「感甄妄說，本於李善注引《記》曰云云，蓋當時記事媒孽之詞。如郭頒《魏晉世語》、劉延明《三國略記》之類小說、短書，善本書麓無識而妄引之耳。五臣注不言『感甄』，視李注為勝。」指出感甄妄說是媒孽之詞。

　　丁晏《曹集詮評》引潘四農之說。潘曰：「純是愛君戀主之詞。賦以朝京師還濟洛川入手，以『潛處太陰，寄心君王』收場，情詞亦易見矣。不解注此者何以闌入？感甄一事，致使忠愛之苦心誣為禽獸之惡行，千古奇冤，莫大於此。近人張若需詩云：『〈白馬〉詩篇悲逐客，『涼鴻』詞賦比〈湘君〉。』卓識鴻議，瞽論一空，極快事也。」

認為〈洛神賦〉純是愛君戀主之詞，感甄事為千古奇冤。

　　李善注《文選》引「《記》曰」一段，遭到後人的反對。首先反對的是何焯，何氏指出此賦托詞宓妃以寄心文帝。此說對後世有深遠的影響。

（四）《文選》卷四十一　李陵〈答蘇武書〉

　　何焯曰：「（〈答蘇武書〉）似亦建安才人之作。若西京斷乎無是。即自從初降一段便似子卿從未悉其降北後事者。其為儗托何疑。」[9]何氏認為，〈答蘇武書〉非李陵所作，可能是建安文人所作。

　　唐代劉知幾的《史通》〈雜說下〉云：「《李陵集》有〈答蘇武書〉，詞采壯麗，音句流靡。觀其文體，不類西漢人，殆後來所為，假稱陵作也。遷《史》缺而不載，良有以焉。編於李集中，斯為謬矣。」劉氏斷定〈答蘇武書〉不類西漢人的作品，乃是後世偽托。何焯的論斷顯然受到劉知幾的影響。

　　宋代蘇軾〈答劉沔都曹書〉[10]云：「及陵與武書，詞句儇淺，正齊、梁間小兒所擬作，決非西漢文。而統不悟，劉子玄獨知之。」蘇氏認為〈答蘇武書〉乃齊、梁文人所作，非西漢文。這也是受了劉知幾的啟發。

　　清章學誠《文史通義》〈言公下〉云：「李陵〈答蘇武書〉，自劉知幾以後，眾口一辭，以為偽作。以理推之，偽者何所取乎？當是南北朝時，有南人羈北，而事類李陵，不忍明言者，擬此書以見志耳。」章氏想像〈答蘇武書〉為南北朝人所作。我認為，此書文風與南北朝時不同，當是建安時的作品。

　　劉知幾以後，歷代學者都認是偽作，但亦有認為係李陵所作者，

9　〔清〕何焯：《義門讀書記》卷 49（北京市：中華書局，1987 年）。

10　〔宋〕蘇軾：《蘇軾文集》卷 49（北京市：中華書局，1996 年）。

如清金聖歎說：「相其筆墨之際，真是蓋世英傑之士。身被至痛，銜之甚深，一旦更不能自含忍，於是開喉放聲，平吐一場。看其段段精神，筆筆飛舞，除少卿自己，實乃更無餘人可以代筆。昔人或疑其偽作，此大非也。」[11]金氏認為，這樣的文章，除李陵自己所作之外，是無人能夠代筆的。又清吳楚材、吳調侯說：「文情感憤壯烈，幾於動風雨而泣鬼神。除子卿自己，更無餘人可以代作。蘇子瞻謂齊、梁小兒為之，未免大言欺人。」[12]金、吳等人認為〈答蘇武書〉出自李陵之手，並無根據，想像而已。

（五）《文選》卷五十二　曹冏〈六代論〉

李善注引《魏氏春秋》曰：「曹冏，字元首，少帝族祖也。是時，天子幼稚，冏冀以此論感悟曹爽，爽不能納，為弘農太守。少帝，齊王芳也。」這是認為〈六代論〉是曹冏所作。

何焯《義門讀書記》云：「段成式〈語資篇〉載元魏尉瑾曰：『〈九錫〉或稱王粲，〈六代〉亦言曹植。』按，元首不以文章名世，安得宏偉至此。意者，陳王感愴孤立，常著論欲上，以身屬親藩，嫌為己地，至身沒而元首以貽曹爽歟。」（卷四十九）這是認為〈六代論〉是曹植所作。《晉書》〈曹志傳〉云：「帝嘗閱〈六代論〉，問志曰：『是卿先王所作邪？』志對曰：『先王有手所作目錄，請歸尋按。』還奏曰：『按錄無此。』帝曰：『誰作？』志曰：『以臣所聞，是臣族父冏所作。以先王文高名著，欲令書傳於後，是以假托。』帝曰：『古來亦多有是。』顧謂公卿曰：『父子證明，足以為審。自今以後，可無復疑。』」何焯按：允恭最稱好學，豈有先王所作，必待尋按目錄乃定是非！且素知元首假托，何不即相證明？待帝再問耶！或

11　〔清〕金聖歎：《天下才子必讀書》卷5。
12　《古文觀止》卷6（北京市：中華書局，1958年）。

緣此論於司馬氏後事有若燭照。方身立其廷，恐以先王遺訓致招猜忌，故遜詞詭對耳。觀其累吏郡職，不以政事為意，游獵聲色自娛，示無當世之用，可知其晦跡遠禍非一事矣。至異日爭齊王攸不當出藩，則又依然淵源此論，而為晉效忠者也。反覆痛切，其才力亦當不減〈過秦〉。」（《義門讀書記》卷四十九）何氏進一步論證，仍堅持〈六代論〉為曹植所作。

　　清李兆洛曰：「一氣奔放，尚是西漢之遺。往復過多，則利害切身，不覺言之灌灌耳。義門辨此為陳思之文，信然。」[13]李氏贊成何焯之說，亦認為〈六代論〉是曹植的作品。

　　高步瀛曰：「此文是否陳思所為，殊難斷定，故仍從元首之名。」[14]高氏不同意何焯之說，說得比較委婉。

　　《三國志》〈魏志〉〈武文世王公傳〉注引《魏氏春秋》載此論，前有上書云：「臣聞古之王者，必建同姓以明親親，必樹異姓以明賢賢。故《傳》曰『庸勛親親，昵近尊賢』；《書》曰『克明俊德，以親九族』；《詩》云『懷德維寧，宗子維城』。由是觀之，非賢無與興功，非親無與輔治。夫親親之道，專用則其漸也微弱；賢賢之道，偏任則其弊也劫奪。先聖知其然也，故博求親疏而並用之；近則有宗盟藩衛之固，遠則有仁賢輔弼之助，盛則有與共其治，衰則有與守其土，安則有與享其福，危則有與同其禍。夫然，故能有其國家，保其社稷，歷紀長久，本枝百世也。今魏尊尊之法雖明，親親之道未備。《詩》不云乎，『鶺鴒在原，兄弟急難』。以斯言之，明兄弟相救於喪亂之際，同心於憂禍之間，雖有鬩牆之忿，不忘禦侮之事。何則？憂患同也。今則不然，或任而不重，或釋而不任，一旦疆場稱警，關門反抗，股肱不扶，胸心無衛，臣竊惟此，寢不安席，思獻丹誠，貢策朱闕。謹撰合所聞，敘論成敗。論曰……」上書表明曹冏撰寫〈六代

13　《駢體文鈔》卷 20。

14　曹元首：〈六代論〉篇後，《魏晉文舉要》（北京市：中華書局，1989 年）。

論〉之用意。

從上述看來，何焯之說僅為推測，並無根據。李善注應當可信，

（六）《文選》卷五十九　王簡棲〈頭陀寺碑文〉

李善注引《姓氏英賢錄》云：「王巾，字簡棲，琅瑯臨沂人也。有學業。為〈頭陀寺碑〉，文詞巧麗，為世所重。出家郢州從事，徵南記室。天監四年卒。碑在鄂州，題云：齊國錄事參軍琅邪王巾制。」記載王巾事蹟頗詳。

宋王應麟《困學紀聞》云：「王巾，字簡棲，作〈頭陀寺碑〉。《說文通釋》以為『王巾』。」[15]這裡提到〈頭陀寺碑〉的作者，徐楚金《說文通釋》以為是「王巾」。

何焯《義門讀書記》云：「王簡棲〈頭陀寺碑文〉，簡棲之名當作『中』。古文左字也。」[16]何氏採用《說文通釋》說，以為「簡棲之名當作『中』」。

胡克家《文選考異》：「王簡棲〈頭陀寺碑文〉注『王巾』。何校『巾』改『中』，下同。陳云『巾』，『中』誤。案《說文通釋》『王巾音徹，俗作巾，非。』何、陳所據也。各本作皆『巾』。」何焯、陳景雲認為王巾之巾應作中。

梁章鉅《文選旁證》：「（王簡棲〈頭陀寺碑文〉）王簡棲，注：王巾。……或云『巾，閒居服』，故字簡棲。吳氏省欽曰：中，即左字。〈簡兮〉詩『左手執籥』，其名與字或取此。」又「按《梁高僧傳》載王曼碩〈與慧皎法師書〉云：唯釋法進所造，王巾有著，意存該綜，可擅一家，然進名博而未廣，巾體立而不就。又梁釋慧皎〈高僧傳序〉云：琅邪王巾所撰僧史，意似該綜，而文體未足，云云。據

---

15 〔宋〕王應麟：《困學紀聞》卷 20。
16 何焯：《義門讀書記》卷 49。

此則簡棲於宗教究心已久，宜此作之精詣也。」梁氏據《高僧傳》，認為王巾之「中」作「巾」。

　　胡紹煐《昭明文選箋證》云：「紹煐按：〈神仙寺碑序〉亦王巾作，字作『巾』。」[17]

　　綜上所述，李善、梁章鉅、胡紹煐諸說是正確的，何焯、陳景雲之說是錯誤的。

　　以上對何焯與《文選》學研究進行了比較全面的評述，可以看出，何焯對《文選》學是有貢獻的。但是，清代是一個樸學盛行的時代，評論何氏的人，常常以他的成就與樸學家相比，例如，史學家張舜徽說：「何氏所做的工夫，畢竟還是文士評點的道路，不是做學問的功力，更談不到考證的精審了。」[18]這是受到清代樸學家的影響。清代史學家錢大昕說：

> 近世吳中言實學，必曰何先生義門。義門固好讀書，所見宋元槧本，皆一一記其異同。又工於楷法，蠅頭朱字，粲然盈帙。好事者得其手校本，不惜重金購之。至於援引史傳，持摭古人，有絕可笑者。[19]

錢氏是清代的樸學大師，他對何焯表現出輕視的思想。即近代的梁啟超也有這種思想。他說：

> 何焯……他早年便有文名，因為性情伉直，屢遭時忌，所以終身潦倒。他本是翁叔元門生，叔元承明珠意旨參劾湯斌而奪其

17　胡紹煐：《昭明文選箋證》卷32。
18　張舜徽：《中國文獻學》（鄭州市：中州書畫社，1982年），頁125。
19　錢大昕：〈跋義門讀書記〉，《潛研堂文集》卷30。

位，他到叔元家裡大罵，把門生帖子取回。他喜歡校書，生平
所校極多，因為中間曾下獄一次，家人怕惹禍，把他所有著作
稿都毀了。現存的只有《困學紀聞箋》、《義門讀書記》兩種。
他所校多半是小節，又並未用後來校勘家家法。全謝山說他不
脫帖括氣，誠然。但清代校勘學，總不能不推他為創始人。[20]

梁氏對何焯有批評，也有肯定。評價是比較公允的。

清代沈彤說：

> 先生蓄書數萬卷。凡經傳子史、詩文集、雜說、小學，多參稽
> 互證，以得指歸。於其真偽、是非、密疏、工拙、源流，皆各
> 有題識，如別黑白。及刊本之訛闕同異，字體之正俗，亦分辨
> 而補正之。其校定兩《漢書》、《三國志》，最有名。乾隆五
> 年，從禮部侍郎方苞請，令寫其本付國子監，為新刊本所取
> 正。而凡題識中有論人者，必蹟其世，徹其表裡；論事者，必
> 通其首尾，盡其變；論經時大略者，必本其國勢民俗，以悉其
> 利病，尤軼軼數百年評者之林。蓋先生才氣豪邁，而心細慮
> 周，每讀書論古，輒思為天下之具，故詳審絕倫若此。[21]

沈彤是何氏門人，張舜徽說：「其學根柢深厚，通貫群經，實非焯所
能及。當時博洽如全祖望，專精如惠棟，均嘆服之。」[22]可見此人學
問高於何焯。由於他對何焯有深入的了解。他寫作行狀是為了「以補
獻史館，備文苑傳之採擇」。因此他對何氏的評論應是真實的，也公

20 梁啟超：〈清初學海波瀾餘錄〉，《中國近三百年學術史》（北京市：東方出版社，
　　1996 年）。
21 〔清〕沈彤：〈翰林院編修贈侍讀學士義門何先生行狀〉，《果堂集》卷 10。
22 張舜徽：《果堂集》，收入《清人文集別錄》卷 5（北京市：中華書局，1980 年）。

正的。

　　《四庫總目提要》稱何氏學問彌洽，何焯對《文選》學的研究，受到後世的重視。其校勘、釋義、考證、評論的成果，也被廣泛引用，特別是校勘成果，受到後世《文選》學家高度評價。我們不能因為清代一些樸學家的輕視而加以否定。他對《文選》學的貢獻是有目共睹。直到今天，何焯關於《文選》學研究的成果，對我們研究《文選》學仍有很高的參考價值。

二〇〇八年一月

顧廣圻與《文選》學研究

　　研究《文選》學的人，沒有人不知道胡刻本《文選》的。這是一部流行很廣的《文選》，也是一種重要的《文選》版本。是誰主持此書的校勘和刻印的？書的署名是胡克家。胡克家是什麼人呢？《清史稿》無專傳。據《清史列傳》卷三十三，知此人字占蒙，號果泉，鄱陽人。生於乾隆二十二年（1757），卒於嘉慶二十二年（1817）。歷任布政使、巡撫等職。他主持的《文選》的校勘和刻印，是他在蘇州任江南蘇松常鎮太等處承宣布政使司布政使期間。清代布政使是一省掌管民政、財稅的官員，官階從二品，屬高級官員。胡刻本《文選》的校勘和刻印署名是他，具體經辦人是顧廣圻和彭兆蓀。胡刻本《文選》開頭有〈重刻宋淳熙本文選序〉，署名胡克家，而顧廣圻《思適齋集》卷十收有此文，題下注明「代胡果泉，己巳二月」。胡果泉，即胡克家。己巳為嘉慶十四年（1809）。這是說，此序是顧廣圻代胡克家作的。胡刻本《文選》後附《文選考異》，此書開頭有〈《文選考異》序〉，署名亦為胡克家。序云：「又訪於知交之通此學者元和顧君廣圻、鎮洋彭君兆蓀，深相剖析，僉謂無疑，逐乃條舉件繫，編為十卷。」看起來作者確是胡克家。而顧廣圻《思適齋集》卷十亦收有此文，題下注明「代胡果泉，己巳。」可見此序也是顧廣圻代胡克家作的。至於《文選考異》，是顧廣圻和彭兆蓀合作的，而主要出自顧廣圻之手。

　　顧廣圻，字千里，號澗薲，江蘇吳縣人。生於乾隆三十一年（1766），卒於道光十五年（1835）。《清史稿》卷四百八十一〈顧廣圻傳〉云：

廣圻天質過人，經、史、訓詁、天算、輿地靡不貫通，至於目錄
之學，尤為專門，時人方之王仲寶、阮孝緒。兼工校讎，同時
孫星衍、張敦仁、黃丕烈、胡克家延校宋本《說文》、《禮記》、
《儀禮》、《國語》、《國策》、《文選》諸書，皆為之札記，考定
文字，有益後學。乾、嘉間以校讎名家，文弨及廣圻最著云。

　　可見顧廣圻是當時學問淵博的校勘名家。他校勘過的書，李詳
說：「宋于庭〈鐵琴銅劍樓書目序〉稱顧澗薲為人校刻之書，舉鄱陽
胡氏《文選》《資治通鑑》、陽城張氏《禮記鄭注》、陽胡孫氏《說文
解字》、《唐律疏義》、全椒吳氏《韓非子》，最後吳門汪氏《單疏儀
禮》。據李申耆先生顧君墓誌，知于庭所舉尚有遺，如張氏之《鹽鐵
論》、孫氏之《古文苑》、吳氏之《晏子》、秦氏之《揚子法言》、《駱
賓王集》、《呂衡州集》，宋俱失載。又據《思適齋集》，如《列女
傳》、《焦氏易林》、《抱朴子內篇》、《華陽國志》、《李元賓集》、《皇帝
本行經》、《軒轅皇帝傳》、《宋名臣言行錄》、吳元恭本《爾雅》，皆為
澗薲校刊之書。合之宋、李所言，澗薲校行之書，亦大略可睹矣。」[1]
其實，李詳所說的顧氏校刊之書，遠不是他的全部，只是他校刊之書
的一小部分。他所校勘的書，據李慶《顧廣圻研究》〈顧千里校書
考〉統計，經部有《毛詩正義》、《周禮注》等三十五種，史部有《漢
書》、《資治通鑑》等五十四種，子部有《荀子注》、《鹽鐵論》等四十
三種，集部有《蔡中郎集》、《李太白集》等三十五種，合計一百六十
七種，可謂成就卓著。

　　顧廣圻、彭兆蓀對李善注《文選》的校勘刻印，在《文選》學史
上是劃時代的重大貢獻，值得我們注意。

　　早在嘉慶元年（1796），顧廣圻已經開始了《文選》的校勘工

1　〔清〕李詳：《愧生叢錄》卷2。

作，這一年八月，顧廣圻囑托黃丕烈以重金購買馮武、陸貽典手校之《文選》，自己細加校勘。他在此書的跋中說：「此《文選》朱校出汲古閣主人同時馮竇伯手，其前二十卷又有藍筆，則陸敕先所復校也。今年秋八月，余屬蕘圃以重價購之，復借藝嚴周氏所藏殘宋尤袤槧本，即馮、陸所據者，重為細勘，閱時之久，幾倍馮、陸，補其漏略，正其傳訛，頗有裨益，惜宋槧之尚非全豹也。」顧氏校這部《文選》，花了很多時間，「補其漏略，正其傳訛」，做了許多有益的工作。可惜供校勘之尤袤刊本為殘本，不免為此次校勘留下了一些遺憾。此跋又說：「唯詞章之士，掇其字句以供聲悅，至其為經史之鼓吹，聲韻訓詁之鍵鈕，諸子百家之檢度，遺文墜簡之淵藪，莫或及之。」可見顧氏對《文選》的價值有深刻的認識。他不僅認為《文選》是一部普通的詩文總集，供文士鉏釘辭藻之用，而且還認識到這部遺文墜簡的淵藪，對我們了解經、史、聲韻訓詁、諸子百家所起的作用。這種認識，在當時比一般文士是更進一步。正因為顧氏充分認識到《文選》的重要性，所以，他有進一步研究《文選》的願望，跋中還說：「廣圻由宋本而知近本之謬，兼由勘宋本而即知宋本亦不能無謬，意欲準古今通借以指歸文字，參累代聲韻以區別句逗，經史互載者考其異，專集尚存著證其同，而又旁綜四部，雜涉九流。援引者沿流而溯源，已佚者藉彼以訂此，未必非此學之功臣也。」如何進一步研究《文選》，顧氏提出了自己的一些設想。從這些設想看來，他後來完成的名著《文選考異》已在醞釀之中了。

顧氏這次校勘的《文選》是李善注本，還是六臣注本，他在題跋中沒有說明，根據跋中所說「五臣混淆善本音注，牴牾正文」的話，可以斷定是李善注《文選》。《中國古籍善本書目》〈集部〉〈總集類〉著錄：「《文選》六十卷，梁蕭統輯，唐李善注，明末毛氏汲古閣刻、清乾隆二十七年楊氏儒纓堂重修本，清阮元跋，並錄清陸貽典、馮武、顧廣圻校跋。」從這部李善注《文選》中，我們正可以看到顧廣

圻的校勘成果。我們認為，顧氏撰寫《文選考異》的準備工作正是從這時開始的。

　　王文進《文祿堂訪書記》卷五著錄《增補六臣注文選》六十卷，此條之下錄有顧廣圻的〈跋〉云：「嘉慶丁巳（1797），元和顧廣圻重閱一過。」按，《增補六臣注文選》，即元大德二年陳仁子古迂書院刻本。陳仁子，字同命俌，號古愚，茶陵人。他生活在宋末元初，是一個理學家，宋亡不仕。他對蕭統《文選》不滿，認為它去取失當。其友趙文在為《文選補遺》寫的序上說：「（陳仁子）以為存《封禪書》，何如存〈天人三策〉？存〈劇秦美新〉，何如存更生〈封事〉？存〈魏公九錫文〉，何如存蕃、固諸賢論列？〈出師表〉不當刪去〈後表〉，〈九歌〉不當止存〈少司命〉、〈山鬼〉，〈九章〉不當止存〈涉江〉，漢詔令載武帝不載高、文，史論贊取班、范不取司馬遷，淵明詩家冠冕，十不存一二。又以為詔令人主播告之典章，奏疏人臣經濟之方略，不當以詩賦先奏疏，矧詔令是君臣失位，質文先後失宜。遂作《文選補遺》，亦起先秦迄梁，間以先儒之說，及其所以去取之意，附於下方，凡四十卷。」陳仁子站在理學家的立場上選輯《文選補遺》，其價值自然不能與蕭統《文選》相比。但是，他刻印了一部《增補六臣注文選》，被稱為「茶陵本」。因為這是宋末元初的本子，有一定的版本價值。此書是顧廣圻校勘《文選》的校本之一，所以顧氏反覆閱讀它。

　　嘉慶九年（1804）冬，顧廣圻應邀赴廬洲張太守府授徒，於巢湖舟次閱讀孫志祖的《文選考異》。此書引用何焯、潘耒、錢陸燦三家《文選》校本，糾正汲古閣《文選》謬誤，頗有貢獻。而顧廣圻對此書的批評十分嚴厲。如〈吳都賦〉「長殺短兵」條云：「《廣韻箋》何書也？大奇！好抄《音義》而不知其不可據也。」又如張景陽《雜詩》「有渰與南岑」條云：「全剿襲陳少章，欺無知者耳。」又如〈東皇太一〉「吉日兮辰良」條云：「《李注》例，但取義同，不拘語倒。

如引『子孫』注『孫子』；引『蠻荆』注『荆蠻』；引『瑟琴』注『琴
瑟』；隨舉可證。引『辰良』注『良辰』亦其例。〈蜀都賦〉等自作良
辰，〈九歌〉自作辰良。侍御讀《李注》不熟，遂據誤本矜獨得之秘
耳。如此著書，恐《夢溪筆談》笑人。」顧廣圻學問淵博，對《文
選》有深入的研究，但是，對孫志祖如此肆意譏彈，盛氣凌人是不可
取的。特別是在孫氏逝世三年之後，這樣做，尤不可取。顧氏如此盛
詆他人，也受到前賢的批評，李詳指出：「（孫志祖）侍御所著《文選
考異》，余見千里批本（即《讀畫齋叢書》本）鈎乙滿紙。一則曰：
『不知《文選》，又不知《繫傳》，此之謂俗學。』又云：『不知《文
選》，又不知《後漢》，火棗兒糕，是名俗學。』又云：『五臣荒陋，
侍御所見略與五臣等耳。』如此凡數十處。侍御選學，不及千里之
精，平心論之，既考異，廣列諸說，存而不論，未為不可。千里詆之
過甚，非也。」[2]李詳的意見是完全正確的。

　　嘉慶十一年，阮元於《增補六臣注文選》上跋云：「馮寶伯
（武）據晉府諸本校本，陸敕先（貽典）據錢遵王宋本校本，顧澗薲
校周氏藏宋尤袤槧本校本，又顧另有按語用墨筆，皆著名，今以墨筆
臨寫。」[3]阮元在這裡說到他「以墨筆臨寫」顧氏「校周氏藏宋尤袤
槧本校本」。這說明顧氏對《文選》的校勘已取得了相當的成就。

　　顧廣圻代胡克家撰寫的〈文選序〉云：「往歲，顧千里、彭甘亭
見語，以吳下有尤刊者，因屬兩君遞手影摹，校刊行世。踰年工
成。」往歲，大約是指嘉慶十二年。吳下有尤刊者，指黃丕烈。尤
刊，指《文選》尤袤刊本。踰年，指嘉慶十四年，《文選》校刊行
世。黃丕烈對此事亦曾述及，他說：「會鄱陽胡果泉先生典藩吳郡，
敷政之餘，留心《選》學，聞吳下有藏尤刊者，有人以余對，遂向寒

2　《愧生叢錄》卷3。

3　〔清〕王文進：《文祿堂訪書記》卷5。

齋以百金借鈔。」[4]原來《文選》尤袤刻本是胡克家以百金向黃丕烈借來影摹的，負責此項工作的是顧廣圻和彭兆蓀。

顧廣圻在校刊尤刻本《文選》過程中，曾兩次校閱孫志祖的《文選李注補正》，作為自己校刊尤刻本《文選》之參考。顧氏在校閱《補正》時，指出孫志祖的錯誤不少，如《補正》卷一〈上林賦〉「留落胥邪。注：郭璞曰：留，未詳」條，《補正》曰：「許云，留落，即〈吳都賦〉扶留也。藤每絡石而生，故扶留亦名留落耳。落即『絡』字。下胥邪、仁頻、並閭、皆一物，不應留落獨分為二。或以《爾雅》劉杙當之，亦非。留落、胥邪、仁頻、並閭皆南方草木，以類相次。」廣圻校曰：「廣圻謂留落即〈南都賦〉『南榴之木也』。張載注：『南榴木之盤結者。其盤結文尤好，可以作器。建安所出最大長也。』扶留，列於艸不得當此。」又卷一〈西征賦〉「名三敗而不黜。注：言三，未詳」條，《補正》曰：「許云：案彭衙之敗在文二年春。是年冬，晉及宋、鄭、陳伐秦，取汪及彭衙而還。是亦晉勝秦敗，並前殽之役為三敗。」廣圻曰：「考其役，秦未嘗及晉師戰，其非孟明將而敗不待言。何得強取以足『三敗』邪！」應該承認，顧廣圻確實指出了孫氏《補正》的一些錯誤，但是，《補正》自有其長處。駱鴻凱說：「《李注補正》中引趙曦明、葉樹藩、許慶宗、徐鯤、顧仲恭諸家，皆於《選》文《選》注有所發明」[5]這正是可以參考之處。所以，顧廣圻在校刊尤刻本《文選》時，先後兩次校閱《補正》，不是沒有原因的。直到嘉慶十四年（1809）三月，顧廣圻還在校閱汪師韓的《文選理學權輿》；其目的也是供校刊《文選》、撰寫《文選考異》之參考。

嘉慶十四年，顧廣圻、彭兆蓀校勘的尤刻本《文選》和《文選考

4　〈重雕曝書亭藏宋刻本輿地廣記緣起〉。

5　《文選學》〈原流第三〉。

異》問世。這是我國古代《文選》學史上的一件大事。此後，翻刻此書者很多，流傳十分廣泛，學習和研究《文選》的人幾乎人手一冊。著名學者李詳詩云：「當時嘆賞殊，海內流傳遍。」[6]這裡所歌詠的應是當時的事實。胡刻本《文選》為何如此受到讀者的重視和喜愛？此書的校勘品質高，成為《文選》中的善本，因此，張之洞的《書目答問》著錄的《文選》類著作，首先推薦的此書。中華書局影印出版的胡刻本《文選》〈出版說明〉說：「我們把尤刻本和胡刻本相校，證明胡刻本較好，胡克家改正了尤刻本明顯的錯誤多達七百餘處（《考異》中指出的尚未計算在內）……可見胡克家的校訂工作做得比較嚴肅認真。他所著的《考異》也遠遠超過了尤袤所著的《李善與五臣同異》。」這個評價是公允的。應當指出的是，這裡提到的胡克家，說得準確一些應是顧廣圻，參與工作的還有彭兆蓀。

顧廣圻和彭兆蓀共校《文選》，並且一起商榷《文選考異》。彭兆蓀在〈與劉芙初書〉中說：「淳熙《文選》全帙已刊。近與澗薲商榷《考異》。渠精力學識十倍於蒙。探索研求，匪朝伊夕。凡諸義例，半出創裁。」[7]可見《文選考異》主要出自顧廣圻之手。范希曾《書目答問補正》著錄：「胡本《考異》十卷，顧廣圻撰。」此說無疑是正確的。

顧廣圻的《文選考異》近二十萬字，其內容是十分豐富的。茲列舉數條，以見一斑。如〈兩都賦〉二首注：「自光武至和帝都洛陽」下至「和帝大悅也」。何焯瞻焞校曰：「案《後漢書》〈班固傳〉，則〈兩都賦〉明帝世所上，注和帝誤。」陳少章景雲校曰：「賦作於明帝之世，注中『故上此以諫，和帝大悅』語，未詳所據。」今案：此一節，非善注也。善下引《後漢書》「顯宗時除蘭臺令史，遷為郎，乃上〈兩都賦〉」，不得有此注甚明。即五臣銑注亦言明帝云云，然則非並五臣注

6　〈江寧書肆有初印胡刻《文選》，索價過鉅，未購，書此記恨〉。

7　《小謨觴館文續集》卷1。

也。且此是卷首所列子目，其下本不應有注，決是後來竄入。[8]

這是在何焯、陳景雲校勘的基礎上，指出「自光武至和帝都洛陽……和帝大悅也」這一段注釋不是李善注，是後來竄入的。

又如：〈兩都賦序〉注「亦皆依違尊者，都舉朝廷以言之」。吳郡袁氏翻雕六臣本，茶陵陳氏刻增補六臣本，「都」上有「所」字，「舉」上有「連」字。案：此尤延之校改之也。袁本五臣居前、善次後，茶陵本善居前、五臣次後，皆取六家以意合並如此。凡各本所見善注，初不甚相懸，逮尤延之多所校改，遂致迥異，說見每條下。[9]

這是指出「亦皆」句中「都」上脫「所」字，「舉」上脫「連」字。據袁本、茶陵本補上。為什麼會脫「所」、「連」二字？是尤袤校改的。穆按：「亦皆」，句出自蔡邕《獨斷》。經查《獨斷》卷上，原文作「亦依違尊者所都，連舉朝廷以言之也。」「皆」字衍。

又如：於是乘鑾輿。按：「鑾」字衍也。注引《獨斷》以解乘輿，中間不得有「鑾」字甚明。考《後漢書》，章懷注引《獨斷》與此同，亦不得有「鑾」字。今本皆衍耳。〈上林賦〉曰：「於是乘輿弭節徘徊。」〈甘泉賦〉曰：「於是乘輿乃登夫鳳凰兮。」句例相似，孟堅之所出也。袁、茶陵二本「鑾」作「鸞」，詳五臣濟注，仍言「乘輿」，是其本初無「鸞」字，各本之衍，當在其後。讀者罕察，今特訂正。又〈東都賦〉「乘輿乃出」注云：「乘輿，已見上文。」指謂此，可借證。[10]

這裡校出「於是乘鑾輿」中「鑾」字衍。注文中引《獨斷》可以證明，〈上林賦〉、〈甘泉賦〉及〈東都賦〉可作為旁證，辨析有力。

又如：注「田肯曰秦帶河山」。袁本、茶陵本「田肯」作「婁敬」。案：二本非也，此所引〈高帝紀〉文，非〈婁敬傳〉之「秦地

8　《昭明文選》卷 1。

9　《昭明文選》卷 1。

10　〈西都賦〉卷 1。

被山帶河」也。下注所云：「婁敬已見上文」者，謂見〈西都〉「奉春
建策」注。二本蓋因下注致誤。何、陳皆據之改為「婁敬」，殊失之
矣。凡二本有誤，及何、陳校之非者，多不復出。附辨一二，以為舉
例，餘準是求之。[11]。

　　這是糾正何焯、陳景雲校勘的錯誤。按照校勘的慣例，校本錯
誤，底本無誤，不必出校。所以顧氏聲明，附辨一二，僅為舉例，多
不復出。

　　又如：正雅樂。案：「雅」當作「予」。《後漢書》作「予」。章懷
注「正予樂」。謂依讖文改「太樂」為「太予樂」也。《困學紀聞》
曰：《文選》李善注亦引「太予」，五臣乃解為「正樂」。今本作「雅
樂」，誤，蓋五臣改為「雅」。王伯厚此說最是。善既引「太予」，則
作「予」自甚明。袁本、茶陵本所載五臣銑注云：「雅樂，正樂
也。」其作「雅」亦甚明。各本所見正文，皆以五臣亂善而失著校語
耳。凡如此例者，全書不少，詳見每條下。

　　注：作樂名雅。案：「雅」當作「予」。各本皆誤。此因誤改正文，
又並誤改注也。《後漢書》〈明帝紀〉章懷注所引正是「予」字。[12]。

　　「雅」當作「予」，這是糾正尤刻本《文選》的錯誤。顧氏以
《後漢書》章懷注、《困學紀聞》和李善注證明「雅」當作「予」。尤
刻本《文選》所以作「雅」，是「五臣亂善」的結果。論證周詳。

　　又如：奮隼歸鳧。袁本「奮」作「集」，校語云善作「奮」。茶陵
本校語云五臣作「集」。案：各本所見，皆非也。薛自作「集」，「集
隼」與「歸鳧」對文，承上四句而言，獨揚子雲以「雁集」與「鳧
飛」對文也。善必與薛同，則與五臣亦無異，傳寫為「奮」耳。二本
校語，但據所見而為之。凡如此例者，全書不少，詳見每條下。[13]

11　《昭明文選》卷 1〈東都賦〉。

12　《昭明文選》卷 1〈東都賦〉。

13　《昭明文選》卷 2〈西京賦〉。

　　這條校記指出傳寫錯誤。顧氏認為，袁本「奮」作「集」是正確的，證以茶陵本校語，薛綜注和揚子雲文。證據確鑿，可以判定。

　　從以上所舉的例子看，有的校出後來竄入的注釋，有的校出脫文，有的校出衍文，有的糾正前人校勘的錯誤，有的校出尤刻本的錯誤，有的校出傳寫的錯誤，如此等等，不勝枚舉。亦可見《考異》內容之豐富。如此詳細的校勘，在《文選》學研究史上是前所未有的。顧氏的校勘，既吸收了前人的校勘成果，又有自己的創見，既有集大成的性質，又有新的發展，十分值得我們珍視。

　　近代著名學者，版本目錄學家傅增湘說：

　　　　余嘗謂，有清一代，以校勘名家者，如何義門、盧召弓，皆博
　　　　極群書，撰述流傳，沾溉後學。至中葉以後，澗薲崛起，持音
　　　　韻文字之原，以通經史百家之義，其訂正精謹，考辨詳明，與
　　　　錢竹汀詹事、高郵王氏父子齊驅並駕。余曩時從楊惺吾假得日
　　　　本古鈔《文選》三十卷本，以胡刻手加對勘，其中古本之異可
　　　　以證今本之訛者凡數百事。因取所附《考異》觀之，凡奪誤疑
　　　　難之文，或旁引曲證以得其真，或比附參勘以知其失。而取視
　　　　六朝原本，則所推斷者宛然符合。夫以叢殘蠹朽之書，沿訛襲
　　　　謬已久，乃能冥搜苦索，匡誤正俗，如目見千年以上之本，而
　　　　發其疑滯，斯其術亦奇矣。余披覽之餘，未嘗不嘆其精思玄解
　　　　為不可幾及也。[14]

傅增湘對顧廣圻、胡刻本《文選》和《文選考異》作了很高的評價。傅氏精版本、目錄、校勘之學，自己校書達一萬六千餘卷，撰寫題跋五百餘篇，是近代頗有影響的學者。他對顧廣圻、胡刻本《文選》和

14　〈思適齋書跋序〉。

《文選考異》的評價，正是代表了當時學者的看法，值得我們重視。

顧廣圻在校勘學上取得如此突出的成績，首先是與他的國學素養和學術水準分不開的。江藩說：「（廣圻）天資過人，無書不讀。經、史、小學、天文、曆算、輿地之學，靡不貫通。又能為詩、古文辭、駢體文字。當今海內學者，莫之或先也。」[15]這是說，顧氏博覽群書，無不貫通，當時海內學者無人趕得上他。李慈銘說：「先生綜核群書，實事求是，校勘之學，尤號專門。並世高郵王氏父子，通儒冠代，石臞先生，尤精考校，而極推先生，獨以為絕。」[16]這是說，顧氏對校勘之學尤為精通，著名學者王念孫極為推重。又說：「（廣圻）深於漢魏六朝之學，熟於周秦諸子之言，故其為文或散或整，皆不假繩削而自合。」[17]這是說，顧氏熟悉周秦諸子，對漢魏六朝之學有高深的造詣。傅增湘說：「至於澗薲先生者，受業於江艮庭傳惠氏遺學，為當時名賢大師，皆得奉辭承教，故於經學訓故，咸所通曉。其校勘之精嚴，考訂之翔實，一時推為宗匠，即蕘圃亦自愧弗如。」[18]這是說，顧氏通曉經學訓故，精於校勘考訂之學。又說：「澗薲之詳核精能，當出義門、繁齋以上，若蕘圃者，見聞雖博，而學問殊淺，差與遵王、斧季相伯仲耳。」[19]這是說，顧氏校勘之學詳核精能，在何焯、盧文弨之上，黃丕烈遠不如他。

從清代和近代著名學者江藩、李慈銘、傅增湘的評論，我們可以看出顧廣圻在當時的學術地位和聲譽。正是由於他的學術水準高，所以他的校勘成果常常能勝人一等。

其次，與他嚴肅認真的工作態度分不開。從《文選考異》中，我

---

15 《漢學師承記》卷2。

16 〈題《思適齋集》〉。

17 《越縵堂讀書記》。

18 《思適齋書跋》。

19 《思適齋書跋》。

們完全可以看出他嚴肅認真的工作態度。只要是他感到有問題的地方，一個字，一句話都不會放過，有時還詳加辨析。所以，經過他校勘的古籍，如《文選》、《資治通鑑》，被認為是「稀世之寶」[20]。李兆洛〈潤賾顧君墓誌銘〉曰：「君嘗從容論古書舛誤處，細若毛髮，棼如亂絲，一經剖析，豁然心開而目明，嘆君慧業，一時無匹。」此絕非溢美之詞。顧廣圻提出「不校校之」的校勘方法，亦可見其嚴肅認真的工作態度。他說：「書必以不校校之。毋改易其本來，不校之謂也。能知其是非得失之所以然，校之之謂也。」[21]他所謂「不校校之」的方法，就是校勘古籍，發現有誤而不改動，保持古籍原貌，謂之「不校」。於古籍後附校記或札記，辨析書中文字之是非，謂之「校之」。這是一種慎重的態度，也是一種嚴肅認真的態度，直到今天還是值得我們學習的。有的人校勘古籍，隨意改動，這是一種不負責任的行為。

　　再次，與他的勤奮刻苦的工作精神分不開。顧廣圻淡泊名利，絕意仕進，一生為他人校書，過著比較窮困的生活。他校書勤奮，一生校書百餘種；他校書刻苦，幫助產生了許多有價值的校本。嘉慶十四年，在胡刻本《文選》即將完成之時，顧廣圻的工作伙伴彭兆蓀作〈校刊淳熙本《文選》將畢，戲占二絕句示顧潤賾〉（時寓吳門玉清道院），詩云：

　　　　落葉風前掃百回，江都絕學此重開。
　　　　白雲洗出廬山面，祇問何人展齒來。

　　　　爛熟空夸選理精，淒風蕭寺剔寒檠。
　　　　防他太學諸生笑，相對依然吃菜羹。

---

20 〈題《思適齋集》〉。

21 《《禮記考異》跋〉。

前一首是說，顧氏校書如掃落葉百回，此乃江都實事求是之學也。為
了還回《文選》之真面目，寂寞的校書生活日復一日，何曾有人來探
望？後一首詩說，顧氏精熟《文選》之理，校書夜以繼日，苦守寒
燈。為防太學的後生譏笑，校書嚴肅認真，而吃的依然是菜羹。二詩
反映顧廣圻和彭兆蓀二人專心校勘《文選》，過著清苦寂寞的生活。
二人校書之情景，躍然紙上。顧、彭二人校書如此嚴肅認真，而生活
如此艱苦，這種競業精神，實在令人感到欽佩。

　　應該指出，我們認為顧氏《文選考異》雖然取得較高的學術成
就，並不是說它是完美無缺的。當時段玉裁就曾批評《文選考異》的
錯誤，參閱段氏《經韻樓集》卷十二〈與陳仲魚書〉。在學術上，從
來沒有，也不可能有無瑕的白玉。

　　今人對顧氏《文選考異》有一些批評，歸納起來，大約有兩條：
其一，認為顧廣圻、彭兆蓀見到《文選》版本太少，只有袁本、茶陵
本，未免孤陋寡聞。今天能見到的古鈔本、文選集注本、天聖明道
本、韓國奎章閣本、尤袤初刻本、明州本、贛州本等《文選》，他們
都沒有見到，給校勘帶來很大的侷限性。其二，還存在一些疏漏之
處。如卷十二〈海賦〉「朱燄綠煙，眇眇蟬娟」下，尤袤刻本原有
「珊瑚琥珀，群產連接，車渠馬瑙，會積如山」四句十六字，胡刻本
脫漏。又十三卷〈鸚鵡賦〉「含火德之明輝」，胡刻本誤「含」為
「合」。[22]我認為，當時，以胡克家之權勢和顧廣圻的學術水準，所見
到的《文選》版本只有袁本、茶陵本，這是時代的侷限。其實在他們
手上還有當時流行的汲古閣本《文選》，因為此書源自尤刻本《文
選》，似無需再校，所以沒有取校。再說，袁本、茶陵本在當時都是
比較好的本子，作為主要校本亦無不可。應該指出的是，他們吸收了
何義門、陳景雲校勘《文選》的成果，大大豐富了《文選考異》的內

---

22 參閱屈守元《文選導讀》第四〈清儒《文選》學著述舉要·《文選考異》〉。

容。特別是何義門，著名學者黃侃說過：「清世為《文選》之學，精核簡要，未有超於義門者也。」[23]這個評價是很高的，其《文選》校記足供參考。陳景雲是何義門的學生，其《文選舉正》辨正是非，頗多發明，亦應參閱。雖然顧廣圻校勘《文選》，手中的校本較少。但是，由於他們學術水準高，工作嚴肅認真，具有勤奮刻苦的治學精神，仍然作出了劃時代的貢獻。至於校書有脫漏，這是常有的事。古人云：「校書如掃塵，一面掃，一面生，故有一書三四校，猶有脫謬。」[24]顧氏校書有疏忽之處，我們應該指出，但不必譏彈。因為校勘古籍是一件難度較高的工作，顏之推說：「校定書籍，亦何容易，自揚雄、劉向，方稱此職耳。觀天下書未遍，不得妄下雌黃。」[25]說得雖有些過分，卻也道出校勘古籍之難。我常常思考一個問題。在胡刻本《文選》刊出之前，華亭（今松江）人許巽行校勘《文選》凡十三次，歷時數十年而始得定本，書名《文選筆記》，後來由其玄孫嘉德刊行，其影響遠不如《文選考異》，何以故？水準不同，成就各異也。近幾年，學術界一些《文選》學研究者輕易否定胡刻本《文選》和《文選考異》，這種態度缺乏歷史觀點，缺乏具體分析，是不夠慎重的。我認為，我們應該歷史地、科學地、全面地評價前人的學術研究成果，給予正確的評價。著名學者余嘉錫在〈黃顧遺書序〉說：

　　蓋千里讀書極博，凡經、史、小學、天算、輿地、九流百家、詩文詞曲之學，無所不通。於古今制度沿革名物變遷，以及著述體例，文章利病，莫不心知其意。故能窮其旨要，觀其匯通。每校一書，先衡之以本書之詞例，次徵之於他書所引用，復決之以考證之是非。一事也，數書同見，此書誤，參之他

23　《文選平點》卷1。
24　宋綬語，見《夢溪筆談》卷25〈雜志二〉。
25　《顏氏家訓》〈勉學〉。

書，而得其不誤焉。文字音韻訓詁，則求之於經。典章官制地理，則考之於史。於是近刻本之誤，宋元刊本之誤，以及從來傳寫本之誤，罔不軒豁呈露，了然於心目，躍然紙上。從來臚舉義證，殺青繕寫，定則定矣。

這裡對顧氏校勘方法的分析，我是完全同意的。如此校書，所以他所校之書受到廣大讀者和學者的歡迎。清代馮桂芬說：「書經先生付刊者，藝林輒寶之。」[26]確實如此。我認為，顧氏校勘《文選》所取得的成就是十分可觀的，可以說是《文選》學史上的一座里程碑，輕易地否定它，是不符合歷史的實際的。

今天我們學習《文選》，首先選擇的仍然是胡刻本《文選》，因此，中華書局一九七七年影印出版了胡刻本《文選》，上海古籍出版社一九八六年出版了標點本胡刻本《文選》，岳麓書社二○○二年出版了標點本胡刻本《文選》。這說明胡刻本《文選》，不僅在清嘉慶十四年以後流行，直到今天仍然適應廣大士子學習《文選》的需要。胡刻本《文選》具有如此強大的生命力，不能不歸功於顧廣圻。是的，政治家為人民做了好事，人民是不會忘記他的，同樣，學者為人民撰寫了好書，人民也是不會忘記他的。

二○○四年二月

26　〈《思適齋文集》序〉。

阮元與《文選》學研究

　　阮元（1764-1849），字伯元，號雲臺，江蘇儀徵人。乾隆五十四年，考中進士。次年，翰林院編修大考，乾隆親擢第一，召對時，乾隆十分高興，說：「不意朕八旬外，又得一人。」此後歷任內閣學士、戶部、禮部、兵部、工部等侍郎，山東、浙江學政、浙江、河南、江西巡撫、漕運、兩湖、兩廣、雲貴總督，太子少保，體仁閣大學士。阮元在仕途上一帆風順。以他的地位和權勢，吸收人才，組織學術活動，條件是完全具備的。在他幕府中前後有學人一百二十餘人，著名的有程瑤田、段玉裁、孫星衍、凌廷堪、江藩、焦循、嚴杰、顧廣圻、臧庸、周中孚、李銳、陳壽祺、方東樹等人。阮元一方面在朝廷任職，一方面提倡學術研究，組織學術文化活動。他在任浙江學政時，主持編纂《經籍纂詁》；他在任浙江巡撫時，立詁經精舍；他在任江西巡撫時，主持刻印《十三經注疏》；他在任兩廣總督時，立學海堂，主持刻印《皇清經解》。他在推動學術文化活動、傳播我國優秀傳統文化方面起了巨大的作用。阮元是一個淵博的學者，著作頗豐，主要有《揅經室集》等。他的學術，屬於「揚州學派」。他是「揚州學派」的巨子。

　　阮元是經學家，也是駢文家。當時桐城派的古文家反對駢文，輕視《文選》，提倡本學派的古文。而阮元提倡駢文，推崇《文選》，反對桐城派古文，與之對峙。

　　桐城派古文家姚鼐編選的《古文辭類纂》，一直被桐城派的人奉為經典。此書選文七百餘篇，其中六朝文章僅有八篇。其〈序目〉

云：「古文不取六朝人，惡其靡也。獨辭賦則晉、宋人猶有古人韻格存焉。惟齊、梁以下，則辭益俳而氣益卑，故不錄耳。」認為齊、梁文章辭俳氣卑而不加選錄。《文選》是駢文家推崇的一部詩文總集。姚鼐說：「至於文章之事，諸君亦了未解，凌仲子（廷堪）至以《文選》為文家之正派，其可笑如此。」[1]（按：凌廷堪長於駢文，喜作選體，江藩說他「雅善屬文，尤工駢體，得魏晉之醇粹，有六朝之流美，在胡惟威、孔顨軒之上」[2]。作為駢文家，凌廷堪如此立論，並無不妥之處。而姚氏認為「可笑」。於此可見雙方觀點的對立。）姚鼐編選《古文辭類纂》固然是提供古文的典範，也是借以建立桐城派的文章正統。此書所選以唐宋八大家文為主，其上為先秦兩漢文，其下為歸有光、方苞、劉大櫆文，揭示了桐城派文章正統之所在。桐城派古文家方東樹說：「往者姚姬傳先生纂輯古文辭，八家後於明錄熙甫，於國朝錄望溪、海峰，以為古文傳統在是也。」[3]這裡已說得很清楚了。當然駢文學派是不會同意這一觀點的。

六朝時，盛行文筆之說，劉勰說：「今之常言，有文有筆，以為無韻者筆也，有韻者文也。」[4]蕭繹說：「至如不便為詩如閻纂，善為章奏如伯松，若此之流，泛謂之筆；吟詠風謠，流連哀思者謂之文。」又說：「筆，退則非謂成篇，進則不云取義，神其巧惠，筆端而已。至如文者，惟須綺縠紛披，宮徵靡曼，唇吻遒會，情靈搖蕩。」[5]劉師培加以歸納說：「是偶語韻詞謂之文，凡非偶語韻詞謂之筆。」[6]語至明確。阮氏繼承了六朝之文筆說，作〈文言說〉、〈文韻說〉等文，詳細地闡明了什麼是「文」，他說：

1　〔清〕姚鼐：〈與石甫姪孫〉，《惜抱軒全集》（北京市：中國書店，1991 年）。

2　〔清〕江藩：《漢學師承記》（北京市：中華書局，1983 年），卷 7。

3　方東樹：〈答葉溥求論古文書〉，《儀衛軒文集》，清同治七年刻本。

4　〔梁〕劉勰：〈總術〉，《文心雕龍注》（北京市：人民文學出版社，1962 年）。

5　〔梁〕蕭繹：《金樓子》〈立言〉，《百子全書》（杭州市：浙江人民出版社，1984 年）。

6　劉師培：〈文學辨體〉，《中國中古文學史》（北京市：人民文學出版社，1984 年）。

> 孔子於〈乾〉〈坤〉之言，自名曰「文」，此千古文章之祖也。
> 為文章者，不務協音以成韻，修詞以達遠，使人易誦易記，而
> 惟以單行之語，縱橫恣肆，動輒千言萬字，不知此乃古人所謂
> 直言之言，論難之語，非言之有文者也，非孔子之所謂文也。[7]

　　在阮元看來，那些協音成韻，修詞達遠，易誦易記的文章才是「文」。相傳孔子所撰《易傳》分列〈乾〉、〈坤〉兩卦中的〈文言〉是文章之祖。這裡既道出「文」的特徵，又追溯「文」的宗祖是孔子。如此之文，自然勝過桐城派的古文，如此宗祖，自然壓倒桐城派的文統。阮氏認為桐城派之古文只是直言之言，論難之語。許慎《說文解字》云：「直言曰言，論難曰語。」這是說桐城派的古文是「言」是「語」而不是「文」。阮元又說：

> 福問曰：《文心雕龍》云：「今之常言，有文有筆。以為無韻者
> 筆也，有韻者文也。」據此則梁時恒言，有韻者乃可謂之文，
> 而《昭明文選》所選之文，不押韻腳者甚多，何也？曰：梁時
> 恒言，所謂韻者，固指押腳韻，亦兼謂章句之音韻，即古人所
> 言之宮羽，今人所言之平仄也……八代不押韻之文，其中奇偶
> 相生，頓挫抑揚，詠嘆聲情，皆有合乎音韻宮羽者……昭明所
> 選不押腳韻之文，本皆奇偶相生，有聲音者，所謂韻也……吾
> 固曰：韻者即聲音也，聲者即文也。然則今人所便單行之文，
> 極其奧折奔放者，乃古之筆，非古之文也[8]。

　　《文心雕龍》〈總術〉篇云：「無韻者筆也，有韻者文也。」而《文選》所選頗多不押韻腳之文，為何？阮福不理解，問其父阮元。

7　〔清〕阮元：〈文言說〉，《揅經堂集》（北京市：中華書局，1995 年）。
8　〔清〕阮元：〈文韻說〉，《揅經堂集》（北京市：中華書局，1995 年）。

阮元的回答是，韻固指腳韻，亦謂章句之音韻。昭明所選不押腳韻之文，皆奇偶相生，有聲音者，即韻也。阮氏的解答，說明了「文」的特點，也說明了《文選》中不押腳韻之文的特點。以這些特點衡量桐城派古文，這些古文只是「筆」，而不是「文」。此篇所論與〈文言說〉所論相輔相成。在這種思想指導下，阮氏褒揚了駢體文，褒揚了《文選》，貶低了桐城派的古文，自然也貶低了《古文辭類纂》。其目的是為駢體文、《文選》爭取正統的地位。阮元的思想如此，他對《文選》喜愛、推崇是很自然的。下面我們來了解阮元對《文選》的研究情況。

一　〈文選序〉之研究

蕭統〈文選序〉云：

> 若夫姬公之籍，孔父之書，與日月俱懸，鬼神爭奧，孝敬之準式，人倫之師友；豈可重以芟夷，加之剪截！老、莊之作，管、孟之流，蓋以立意為宗，不以能文為本；今之所撰，又以略諸。若賢人之美辭，忠臣之抗直，謀夫之話，辨士之端，冰釋泉湧，金相玉振。所謂坐狙丘，議稷下，仲連之卻秦軍，食其之下齊國，留侯之發八難，曲逆之吐六奇。蓋乃事美一時，語流千載，概見墳籍，旁出左氏，若斯之流，又亦繁博；雖傳之簡牘，而事異篇章；今之所集，亦所不取。至於記事之史、繫年之書，所以褒貶是非，紀別異同；方之篇翰，亦已不同。若其贊論之綜緝辭采，序述之錯比文華，事出於沉思，義歸乎翰藻。故與夫篇什，雜而集之。遠自周室，迄於聖代，都為三十卷，名曰《文選》云耳。

什麼是「文」？「必沉思翰藻始名為文。」但是，阮氏的論述，其意
並非闡明《文選》的選錄標準，而是為了論述什麼是「文」，借以確定
「文」的概念。阮氏在〈文言說〉、〈文韻說〉、〈與友人論古文書〉等
文中反覆論述什麼是「文」，在本文又三次強調「以沉思翰藻為文」，
其目的是為了貶低桐城派古文的地位，為駢體文張目，為《文選》叫
好。文章最後說到「今人所作之古文，當名之為何」，顯然指的是桐
城派的古文。「惟沉思翰藻乃可名之為文」，這種古文不是「文」，「言
之無文，子派雜家而已」，對桐城派古文進行嚴厲的批評。

　　阮氏對〈文選序〉的研究，並非意在〈文選序〉，而是借以論證
其「文」的觀點，為其文學觀服務。

二　李善注《文選》尤刻本之研究

　　李善注《文選》尤袤刻本是今存最早最完整的宋刻本。通行的胡
刻本《文選》就是以此書為底本。阮元在〈南宋淳熙貴池尤氏本文選
序〉中說：

> 按是冊宋孝宗淳熙八月辛丑無錫尤延之在貴池學宮所刻，世謂
> 之淳熙本。每半葉十行，每行大字廿一二，小字廿一、二、
> 三、四不一。惜原板間有漫漶，其修板至理宗景定止。卷二八
> 葉及卷九十九葉書口並有壬戌重刊木記可見。

這是介紹阮氏所藏尤刻本的一般情況。這個印本因板有漫漶，其板是
經過修補的，修補的時間直至宋理宗景定三年（1262）。阮氏還說：
「惜是冊缺第四十一、四十二兩卷，近人即以正卿本補入，雖非完
書，實亦希世珍也。」可見這是一個殘缺的本子，經人以張伯顏本補
缺之後，方為完書。即使如此，阮氏亦視為稀世珍寶。

　　阮元又說：「元幼為《文選》學，而壯未能精熟其理，然訛文脫字，時時校及之。」這說明阮氏做過《文選》的校勘之作。在此篇序中附有阮氏的校勘記。阮氏先以毛氏汲古閣本李善注《文選》與尤刻本相校，發現毛本的脫文有：

> 如〈東京賦〉「上下通情」注，毛本脫「言君情通於下臣情達於上故能國家安而君臣歡樂也」廿二字。又「重舌之人九譯」注，毛本脫「韓詩外傳」至「獻白雉於周公」廿三字。〈秋興賦〉「天晃朗以彌高兮」注，毛本脫「杜篤」至「高明」廿字。〈思玄賦〉「行頗僻而獲志兮」注，毛本脫「蕭該音」至「《廣雅》曰陂邪也」卅五字。陸士衡〈答賈長淵詩〉「我求明德」注下，毛本脫正文「魯侯戾止」卅五字。〈七發〉「客見太子有悅色」下，毛本脫數百字。諸如此類，不勝枚舉。

上述諸例可見尤刻本之佳處，亦可見毛本之脫漏。如此刻本貽誤後人，為害非淺。於此益可見善本之可貴。

　　阮元又以翻張本、晉府本、毛本諸《文選》與尤刻本相較，發現諸本之異文有：

> 如〈蜀都賦〉「千廡萬室」，晉府本，毛本「室」改「屋」，則與上下文「出」「術」等字不韻矣。〈羽獵賦〉「群娭乎其中」。翻張本、晉府本、毛本「娭」改「嬉」，則與《漢書》〈揚子雲傳〉不合矣。《宋書》〈謝靈運論傳〉「莫不寄言上德」注引老子《德經》。翻張本、晉府本、毛本並作「道德經」，不知「德經」二字見陸氏《經典釋文》及《禮記正義》也。〈吳都賦〉「趫材悍壯」注引《胡非子》。胡本「胡」改「韓」，不知胡非乃墨子弟子，見漢、隋史志也。〈騷〉下〈山鬼篇〉「采三秀兮

於山間」，注文「三秀」上晉府本、毛本增「逸曰」二字，此沿六臣本之舊，崇賢本不當有也。〈永明九年策秀才文〉「自萌俗淺弛」及〈齊故安樂昭王碑文〉「緝熙萌庶」，翻張本、晉府本、毛本「萌」改「氓」，然古書多作「萌」也。

阮氏從上述諸例看出，尤刻本「非他本之所可及」。

校勘記往往起到補缺補漏、是正文字的作用。別小看寥寥數十條勘記，其中包含校勘者大量的勞動。校勘工作既費時又費力。但是，一部好的古籍校本，對讀者學習和研究工作皆有大裨益。

三　關於「文選樓」

揚州有文選樓，阮元作〈揚州隋文選樓記〉。此篇所敘二事：一為唐代《文選》學研究之盛況。一為文選樓中栗主之更換。

唐代《文選》學之研究始於隋唐之際的曹憲。阮元引用新、舊《唐書》云：

> 曹憲，江都人，仕隋為秘書學士，聚徒教授，凡數百人，公卿多從之游。於小學尤邃……貞觀中，以弘文館學士召，不至，即家拜朝散大夫。卒，年百五歲。憲始於梁昭明《文選》授諸生，而同郡魏模、公孫羅、江都李善相繼傳授，於是其學大興。

據新、舊《唐書》記載，曹憲撰有《文選音義》，公孫羅撰有《文選音義》十卷，李善撰有《文選注》六十卷。曹憲的同郡人魏模及其子景倩，皆以《文選》相傳授。還有曹憲門人許淹，撰有《文選音》十卷。於此可見當時《文選》學之盛況。

阮元引《新唐書》〈李邕傳〉云：「善又嘗命子邕……補益《文選

注》，與善書並行。」此說不可信。唐人李濟翁《資暇集》云：「李氏
《文選》有初注成者，覆注者，有三注四注者，當時旋被傳寫。其絕
筆之本，皆釋音訓義，注解甚多，余家幸而有焉。」並無李邕補益
《文選注》之事。至《四庫全書總目》〈文選李善注提要〉詳加駁
正，令人信服。近人高步瀛《文選李注義疏》中的〈唐李崇賢上文選
注表〉注，反駁更為有力。對此有興趣的讀者，皆可參閱。

　　揚州有文選樓，樓中供奉的是昭明栗主。阮元不以為然。他說：
「元以為昭明不在揚州，揚州選樓因曹氏得名，當祀曹憲主，以魏
模、公孫羅、李善、魏景倩、李邕配之。」阮氏所說有其道理。但
是，昭明作為《文選》的編者，其栗主供奉在文選樓上也是名正言順
的事，只是因為他「不在揚州」，將他拿掉，未免有些不近情理。

　　阮元對《文選》學的研究僅此而已。但是，他重視駢文，推崇
《文選》的思想對後世的影響頗為深遠。顯然，劉師培重視駢文，推
崇《文選》的思想就是受了阮元的影響。阮元作〈文言說〉，劉師培
作〈廣文言說〉，阮元有〈學海堂文筆策問〉，劉師培以其主要內容作
為《中國古代文學史講義》的第二課〈文學辨體〉中的內容。在劉師
培的文學思想中可以看到阮元文學思想的痕跡。錢基博的《現代中國
文學史》論劉師培云：

　　　　凡所持論，見〈文說〉、〈廣文言說〉、〈文筆詩筆詞筆考〉。蓋
　　　融合昭明《文選》、子玄《史通》以迄阮元、章學誠，兼縱博
　　　涉，而以自成一家言者也。於是儀徵阮氏之《文言》學，得師
　　　培而門戶益張，壁壘益固。論小學為文章之始基，以駢文實文
　　　體之正宗，本於阮元者也。論文章流別同於諸子，推詩賦根源
　　　本於縱橫，出之章學誠者也。阮氏之學，本衍《文選》。章氏
　　　薪向，乃在《史通》，而師培融裁蕭、劉，出入章、阮，旁推
　　　交勘以觀會通；此其祗也。

於此可見劉師培的學術淵源與阮元之關係。

　　阮元的文學思想直接影響到《文選》學的研究。駱鴻凱的《文選學》，其中〈義例第二〉在援引阮元〈書梁昭明太子文選序後〉之後云：「阮氏此篇推闡昭明沉思翰藻之旨，與不選經史子之故，可謂明暢。」又云「阮氏又有〈文言說〉、〈文韻說〉二篇，以推闡文之義界。又命其子福作〈文筆對〉，以為文取乎沉思翰藻，吟詠哀思，故以有情辭聲韻者為文，直言無文采者為筆。繁徵博引，反覆證明，〈文筆對〉太長，今錄〈文言〉、〈文韻〉二篇。合而觀之，於昭明選文之封域，更無疑義矣。」在〈源流第三〉中說：「清嘉慶中儀徵阮氏表章選學，因於揚州舊祀昭明太子之文選樓，特改題隋文選樓，崇祀曹憲以下七人，並為之記云。」下引〈揚州隋文選樓記〉。上述皆可說明阮元的文學思想與《文選》學之關係。

　　阮元與劉師培的關係，阮元的文學思想與駱鴻凱《文選學》的關係，歸納起來，主要是阮元與《文選》學的關係。從這種關係中，我們可以看出阮元對《文選》學研究的深刻影響。筆者認為，在中國《文選》學史上，阮元是一個關鍵人物，應引起我們的注意。

　　　　　　　　　　　　　　　　　　　　　　二○○六年三月

梁章鉅與《文選》學研究

一

　　梁章鉅是清代文學家和著名的《文選》學研究家。他的《文選旁證》是《文選》學研究的重要著作，應當引起足夠的重視。

　　梁章鉅（1775-1849），字閎中，一字茝林，晚號退庵。原籍福建長樂。清初，其祖遷居福州。父梁贊圖，字斯志（又字翼齋），乾隆三十三年（1768）舉人，曾任汀州府寧化縣教諭。章鉅在父親影響下，遍讀群書，為日後著述打下堅實的基礎。乾隆五十九年（1794），中本省鄉試成舉人，時年二十。嘉慶七年（1802），登進士第，年二十八。歷任禮部員外郎、荊州知府、山東按察使兼布政使、廣西巡撫、江蘇巡撫、兩江總督等職。

　　梁章鉅任地方官多年，為官清廉，具有愛國愛民的思想。道光十六年（1836），他任廣西巡撫，道光二十年（1840），鴉片戰爭爆發，他曾率領大軍抵禦英國侵略軍。道光二十一年（1841），任江蘇巡撫，正值英國侵略軍進犯江浙，他到任數日，即赴上海組織防禦，訓練士兵，嚴陣以待，使英軍避去。後英軍攻陷浙江定海，兩江總督裕謙兵敗自殺。他繼任兩江總督，因軍務繁忙，日夜操勞，舊疾復發，遂回歸田里。

　　梁章鉅任江蘇巡撫時，他所面臨的，一方面是英軍的入侵，另一方面是自然災害。道光二十一年，江淮大水泛濫成災，難民紛紛渡江南下，日以萬計。他率領所屬官員捐錢救災，一邊用船運送難民，一邊設廠留養難民。從初秋到孟冬三個多月，運送出境者六十餘萬人，

自孟冬至次年春在廠留養的達四萬多人。他還捐助棉衣萬件，發給廠
中難民禦寒。三月後，繼續運送難民北返，受到當地人民的稱讚。林
則徐詩云：「悱惻救世心，卓犖經世務。不辭一身瘁，殘黎活無
數。」[1]這應是寫實。

　　梁章鉅入仕後，在公務之暇，勤於著述，著作頗豐。據林則徐所
作〈墓誌銘〉記載，有《論語集注旁證》二十卷、《孟子集注旁證》
十四卷、《三國志旁證》三十卷、《文選旁證》四十六卷、《夏小正經
傳通釋》四卷、《倉頡篇校證》三卷、《稱謂錄》十卷、《退庵隨筆》
二十四卷、《楹聯叢話》十二卷、《浪跡叢談》十一卷、《浪跡續談》
八卷、《浪跡三談》六卷、《歸田瑣記》十卷、《藤花吟館詩抄》十二
卷等六十餘種，其中《三國志旁證》、《文選旁證》，為其心力所萃，
具有較高的學術價值。

　　問題是有人認為《文選旁證》非梁章鉅所著。例如清代學者李慈
銘說：

　　　　閱梁氏章鉅《文選旁證》，考核精博，多存古義，誠選學之淵
　　　　藪也。閩人言此書出其鄉之一老儒，而梁氏購得之。或云是陳
　　　　恭甫氏稿本，梁氏集眾手稍增益者。其詳雖不可知，要以中丞
　　　　他所著書觀之，恐不能辦此。[2]

近代學者李詳說：

　　　　梁章鉅《文選旁證》，為程春盧同文稿本。沈子培（即沈曾
　　　　植）提學親為余說。[3]

1　〈題芭林方伯《目送歸鴻圖》〉。
2　〔清〕李慈銘著，由雲龍輯：《越縵堂讀書記》（上海市：上海書店，2000 年）。
3　李詳：《愧生叢錄》，見《李審言文集》上冊（南京市：江蘇古籍出版社，1989 年）。

當代學者袁行雲說：

> 此書（《文選旁證》）即使真是經他（梁章鉅）改過八遍，也不
> 能認為出於自著。考定本書作者，梁氏固應算一員，更重要的
> 還應看助理者的作用……姜皋入梁幕最晚而對此書出力最多，
> 所以《文選旁證》當是由姜皋最後完成的。[4]

顯然，李慈銘、李審言二說是根據傳聞，袁行雲說則為猜測，查無實
據，不可憑信。

　　我認為《文選旁證》為梁章鉅所撰。所以，我在《文選旁證》一
書的〈點校說明〉中，一開頭就明確指出：「《文選旁證》的作者是清
代梁章鉅。」為什麼這樣說呢？我的根據有五：

1　目錄書的著錄

　　清代張之洞《書目答問》及現代范希曾《補正》著錄：「《文選旁
證》四十六卷，梁章鉅。榕風樓刻本。《補正》：光緒間重刻本。」近
代葉德輝《書目答問斠補》著錄：「《文選旁證》四十六卷，梁章鉅。
道光甲午（即道光十四年，1834）榕風樓刻本。」又《清史稿》〈藝
文志四〉著錄：「《文選旁證》四十六卷，梁章鉅撰。」現代孫殿起
《販書偶記》著錄：「《文選旁證》四十六卷，長樂梁章鉅撰。道光十
八年（1838）刊。光緒八年壬午（1882）吳下重刊。」以上目錄書著
錄同，皆認為《文選旁證》是梁章鉅所作。

2　本人和友人的著述

　　梁章鉅《歸田瑣記》卷六有〈已刻未刻書目〉一則，著錄已刻書

4　袁行雲：〈梁章鉅著述多非自撰〉，《文史》第 19 輯（北京市：中華書局，1983 年）。

二十二種，未刻書十九種，其中提及「《文選旁證》四十六卷，阮雲臺師序，朱蘭坡佳講序，自序。已刻。」梁章鉅去世後，同鄉好友林則徐為他作〈墓誌銘〉，提及梁章鉅著作六十七種，其中有：「《文選旁證》四十六卷」。這些出自本人和同鄉好友的記載，自然可信。

3 年譜的記載

　　中華書局出版的《歷代史料筆記叢刊》之《歸田瑣記》（1997年），後附〈退庵自訂年譜〉，其中說：

> 甲戌，四十歲……是歲由運河北上，滯居漕艘中百餘日，取舊讀《昭明文選》筆記之作，編錄而增益之，是為《文選旁證》之權輿。自是每年趨公之暇，輒涉筆焉。

按甲戌年為清嘉慶十九年（1814）。這一年梁章鉅把舊時讀《昭明文選》的筆記加以增益編錄，是為《文選旁證》著述的開始。此後每於公務之暇則撰寫若干，日積月累終於完成。福建師範大學圖書館藏有一部梁章鉅批校之《文選》，為明末毛氏汲古閣刻本。在這部書的天頭上寫滿了密密麻麻的批校之語，可見梁章鉅對《文選》用力之勤和研究之深。〈退庵自訂年譜〉又說：

> 戊戌，六十四歲……校梓《文選旁證》四十六卷，阮雲臺師、朱蘭坡同年各為之序。蓋二十年精力所萃，至是始成書云。

按戊戌年為清道光十八年（1838）。從嘉慶十九年至道光十八年，前後二十四年。榕風樓原刊本《文選旁證》注明為「道光甲午榕風樓刻本」。甲午年為清道光十四年（1834），當是《文選旁證》付梓之年，至道光十八年始刻畢印行。從嘉慶十九年至道光十四年，前後正好二

十年。而從梁章鉅「舊讀《昭明文選》筆記之作」來看，他研究《文選》的時間又大大提前了。梁章鉅在〈《文選旁證》自序〉中說：「伏念束髮愛書，即好蕭《選》。仰承庭訓，長更明師，南來北往，鑽研不廢。」「束髮」為成童之年，即十五歲。從十五歲至六十四歲，前後為五十年。所以他的第三子梁恭辰說：「先中丞公著作甚多，於蕭《選》一書致力者五十年。」（〈重刊文選旁證跋〉）此說是符合實際的。

4 專家的評論

《文選旁證》刊行以後，學術界人士紛紛給予好評。清代著名學者阮元在〈《文選旁證》序〉中說：

> 閩中梁茝林中丞乃博采唐宋元明以來各家之說，計書一千三百餘種，旁搜繁引，考證折衷，若有獨見，復下己意，精心銳力，舍易為難，著《文選旁證》一書四十六卷，沉博美富，又為此書之淵海矣。

清代著名文選家朱珔在〈《文選旁證》序〉中說：

> 同年梁茝林方伯揚歷中外，勤職之暇，撰《文選旁證》，蓋取唐李善之注而加參核焉。……君獨博綜審諦，梳櫛疑滯，並校勘諸家，一一臚列。……斯真於是書能集大成者矣。

阮元認為「沉博美富，又為此書之淵海矣」，朱珔認為「斯真於是書能集大成者矣」，都充分肯定了《文選旁證》的學術成就，同致優評。他們都認為《文選旁證》是梁章鉅所作。

5 〈凡例〉的說明

　　梁章鉅在撰寫《文選旁證》過程中，曾得到同行友人的幫助。這一點梁氏在《文選旁證》〈凡例〉中已有說明。他說：

> 是編創始於嘉慶甲子，丹黃矻矻已三十餘年，中間凡八易稿，而糾互漏略之處，愈勘愈多。外宦以來，趨公鮮暇，每延知交之通此學者，助我旁搜，如元和顧澗薲明經千里、孫子和茂才義鈞、朱酉生孝廉綬、吳縣鈕匪石布衣樹玉、歙縣朱蘭坡侍講珔、華亭姜小枚明經臯，皆於各條詳列姓名，亦不敢掠美云爾。

按嘉慶甲子年為嘉慶九年（1804）。梁氏撰寫《文選旁證》的時間，較之《年譜》所載，則提前了十年。其書於道光十四年（1834）付梓，道光十八年（1838）印行，故云「丹黃矻矻已三十餘年」。

　　〈凡例〉說到梁章鉅在撰寫《文選旁證》過程中，曾得到顧千里、孫義鈞、朱綬、鈕樹玉、朱珔、姜臯等六人的幫助。梁氏「皆於各條詳列姓名，亦不敢掠美」，吸收了別人的研究成果而加以說明，這種態度無疑是正確的。經查原書也確實如此。可是，袁行雲先生在否認梁章鉅對《文選旁證》著作權的同時，竟說「細審全書各條下所列都是已有成說的歷代『選學家』，並沒有顧千里等人姓名，也看不出他們對本書到底起多少作用」[5]。此說使我感到十分詫異。在《文選旁證》一書中，顧千里等六人之說，歷歷在目，他們在書中起了多少作用是一清二楚的，為何袁先生經過「細審」仍未見到，令人不解。我想這可能是一時的疏忽。

　　基於以上各條之理由，我認為《文選旁證》為梁章鉅所撰當確信

5　〈梁章鉅著述多非自撰〉。

無疑。至於吸收顧千里等人的研究成果，這是十分正常的事。根據猜測或傳聞就否認了梁章鉅的著作權，這樣做是輕率的，也是不公平的。

二

　　應當指出，梁章鉅的《文選旁證》，旁徵博引，訂正闕失，成就卓越。著名的文選學家阮元和朱珔都給予很高的評價。阮元的評價已見前。

朱珔的評價亦已見前。這裡稍作補充。朱珔說：

> 余觀李氏書，體制最善，纖文軼事，反覆曲暢。遇字差互，必曰某與某通，深得六書同音假借之旨，雖裴駰等弗逮。……君獨博綜審締，梳櫛疑滯，並校勘諸家，一一臚列。且李氏偶存不知蓋闕之義，閱代綿邈，措手倍艱。……斯真於是書能集大成者矣。（〈《文選旁證》序〉）

此外，清代學者汪鳴鑾說：「長樂梁茝林中丞復薈萃諸家，折衷己見，纂《文選旁證》四十六卷，……是書鉤校異同。意在扞城崇賢。凡所引申，足為功臣。間有抵梧，比於爭友。昔王伯厚淹貫古今。然舉善注疵瘉，惟《楊荊州誄》二爭，即矜創獲，況什伯於此。同時阮文達公、朱宮詹珔皆服膺是書，即其精審為可知矣。」（重刊《文選旁證》跋）。於此可見梁章鉅的《文選旁證》在《文選》研究史上的貢獻。

　　從《文選旁證》本身看，其特點簡而言之，約有四端：

1 校勘認真、細緻

關於校勘，梁章鉅說：

> 校列文字異同，亦以李本為主。次及五臣注，次及六臣本，又
> 次及近人所校，及他書所引。(〈《文選旁證》凡例〉)

這是說明本書的校勘情況。梁氏所校之書，除李善本、五臣本、六臣
本外，引用何焯、陳景雲、余蕭客、段玉裁和胡克家五家之說最多，
還吸收了林茂春、翁方綱、紀曉嵐、阮元、顧千里、孫義均、朱綬、
鈕樹玉、朱珔、姜皋等人的成果。段玉裁評校《文選》和林茂春《文
選補注》，未見傳本，皆借此傳世。梁氏吸收了各家成果，其校勘是
十分認真細緻的。例如宋玉的〈神女賦〉，是楚王夢見神女，還是宋
玉夢見神女，因《文選》〈神女賦〉王、玉互誤，引起後世的誤解。
沈括的《補筆談》、姚寬的《西溪叢語》已揭其秘，梁氏則做了細緻
的校勘。他校曰：「按《六臣》本無『果』字。第一『王曰』，作『王
對曰』。此處存『對』字，已可尋『王』與『玉』互誤之跡矣。第二
『王曰』，六臣本校云：善作『玉』。然則李與五臣『王』、『玉』互
換，此又其明驗也。今尤本『王曰：狀何如也？玉曰：茂矣美矣。』
二處尚不誤。」這樣校勘，明確告訴讀者夢見神女的是宋玉而非楚
王，使歷來誤解得到徹底的糾正。又如陶淵明的〈飲酒〉詩云：「采
菊東籬下，悠然望南山。」望，《文選》、《藝文類聚》皆作「望」，本
集作「見」。梁氏不再糾纏於作「望」還是作「見」，而是加上一段按
語：「按《冷齋夜話》引東坡云：『望』字非，淵明意本自採菊，無意
望山，適舉首而見之，故悠然忘情，趣閑而景逸，此未可於文字間求
之。《苕溪漁隱叢話》引蔡寬夫云：俗本多以『見』字為『望』字，
唯《遯齋閒覽》云：予觀樂天效淵明詩，有『時傾一樽酒，坐望東南
山』，然則流俗之失久矣。」如此校勘，使讀者深受啟發。梁氏吸收

各家校勘成果極為豐富，所以許應鑅說：「國朝校勘者十有餘家，而博贍精核集其大成，無逾乎此。」[6]這一評論是完全符合實際的。

2 注釋確切、詳贍

關於注釋，梁章鉅說：

> 注義以李為主，五臣有可與李相證者入之。其史傳各注為李所未採而小有異同，及他書所論，足以補李之不及者，亦附焉。間有鄙見折衷，則加按字以別之。（〈《文選旁證》凡例〉）

這是說明本書的注釋情況。《文選》李善注、五臣注是比較詳贍的，本書注釋再加上「史傳各注」、「他書」及「鄙見」，就更加詳贍了。從書中注釋看，大約有三種情況：

其一，李善、五臣未注者，詳加注釋。如謝朓〈暫使下都夜發新林至京邑贈西府同僚〉詩中「西府」一詞，李善、五臣雖有注釋，皆未釋及「西府」，本書注釋云：「張氏雲璈曰：《六朝事蹟》〈宮殿門〉云：東府，宰相之所居也。西州，諸王之所宅也。西府，疑即因西州而名。又《南史》〈宋諸子傳〉：始興王濬在西州府，則所謂西府者，正指西州之府也。時子隆雖在荊州，非西州之地，蓋以為諸王之通稱耳。」這裡不僅注明「西府」的含義，同時指出此「西府」乃諸王之通稱。十分確切。

其二，糾正舊注之錯訛。如屈原〈離騷〉「余以蘭為可恃兮」句，王逸原注云：「懷王少弟司馬子蘭也。」本書注云：「洪引《史記》：懷王稚子子蘭。林先生曰：《史記》：頃襄王立，以其弟子蘭為令尹。然則子蘭乃懷王少子，頃襄王之弟也。王注誤。」糾正了王逸

注的錯誤。又如孔稚圭〈北山移文〉，呂向注云：「鍾山在都北，其先周彥倫隱於此山。後應詔出為海鹽縣令，欲卻過此山，孔生乃假山靈之意移之，使不許得至。」本書注云：「張氏雲璈曰：按《南齊書》〈周彥倫傳〉：解褐海陵國侍郎，出為剡令，草堂乃在。官國子博士著作郎時，于鍾山筑隱舍，休沐則歸之，未嘗有隱而復出之事。」此等例子甚多，不一一枚舉。

其三，不知者闕疑。如枚乘〈七發〉，李善注云：「溷章，鳥名，未詳。」本書注云：「俟考。」有時指出舊注不可信從，如嵇康〈雜詩〉「與爾剖符」句，何焯注云：「剖符乃同樂之意，不謂仕也。」本書云：「按此亦望文生義，別無所據。」又傅玄〈雜詩〉「繁星依青天」句，舊注云：「五臣『依』作『衣』。翰注：繁星布於天，如人身著衣也。」本書云：「義殊迂曲，不可從。」皆有實事求是之意，應該受到稱讚。當然，本書偶爾亦有注錯的地方，例如孔融〈論盛孝章書〉「妻孥湮沒」句，李善注云：「樂爾妻孥。」這原是對的，而本書云：「《詩》〈常棣〉、《禮》〈中庸〉皆作『帑帑妻子』也。」顯然錯了。智者千慮，難免一失。

3 考證細密、審慎

注釋古書，常離不開考證。本書考證條目頗多，試舉一二例，以窺一斑。如王粲〈登樓賦〉，其中涉及一個問題，王粲所登之樓是在襄陽還是在當陽？梁章鉅說：「予考之，當陽為的。賦云：挾清漳，倚曲沮。按漳水出於南漳，沮水出於房陵，而當陽適漳、沮之會。又西接昭丘，即楚昭王墓。康熙初，土人曾掘得之，有碣可考。距昭丘二十里有山名玉陽，一名仲宣臺，謂即當年登臨處也。」梁氏經過細密考證，得出審慎的結論在當陽。又如陶淵明〈辛丑歲七月赴假還江陵夜行塗口〉一詩，李善注引沈約《宋書》，說陶淵明作品義熙以前書東晉之年號，永初以來唯甲子。本書云：「何曰：當云『自永初以

來，不書甲子』。按吳氏師道《禮部詩話》云：陶詩題甲子者，始庚子，距丙辰十七年間，只有九首耳，皆晉安帝時所作。中有〈乙巳歲三月為建威參軍使都經錢溪〉作，此年乃為彭澤令，在官八十餘日即歸。後十六年庚申，晉禪宋恭帝，元熙二年也。又《宋濂集》〈跋淵明像〉云：詩中甲子，始庚子，終丙辰，凡十有七年，皆晉安帝時。初不聞題隆安、義熙之號，至其〈閒居〉詩有『空視時運傾』，〈擬古〉九章有『忽值山河改』，必宋受禪之後，乃反不書甲子。今按陶集中，〈祭程氏妹文〉書義熙三年，〈祭從弟敬遠文〉則云歲在辛亥，〈自祭文〉則云歲在丁卯。在宋元嘉四年，辛亥亦在安帝時，則所謂一時偶記者得之。王氏士禎云：傅佔衡作〈陶詩甲子辨〉，以入宋以後唯書甲子之說，起於沈約《宋書》，而李延壽《南史》、五臣《文選注》皆因之。有識如黃庭堅、秦觀、李燾、真德秀亦踵其謬。」這裡以陶淵明的作品為例，證明沈約、李善之說是錯誤的，很有說服力。

4 評論深刻、精湛

本書重在校勘、訓詁，評論較少，但是，評論雖少卻十分深刻、精湛。如劉琨〈重贈盧諶〉，在「白登幸曲逆，鴻門賴留侯」二句下，本書評云：「《晉書》：琨為匹磾所拘，自知必死，神色怡如也，為五言詩贈其別駕戶諶云云。琨詩托意非常，攄暢幽憤，遠想張、陳、感鴻門、白登之事，用以激諶，諶素無奇略，以常詞酬和，殊乖琨心。」梁氏看出了劉琨的「幽憤」，批評盧諶「以常詞酬和，殊乖琨心」，十分深刻。又如王粲〈登樓賦〉，於「氣交憤於胸臆」句下評曰：「林先生曰：項平甫〈信美樓記〉謂此賦非但思歸之曲，仲宣少依天室，世受國恩，遯身南夏，繫志西周，冀王路之一開，憂日月之逾邁，故以是為不可久留云云。愚謂劉表本漢室遺胄。時劉豫州亦依荊州，曹操軍襄陽，仲宣不能勸琮與備並力拒操，乃說琮以荊州降，因遂歸操，仕至侍中。其專為身謀，不識大義可知。茲賦之作，蓋緣

不得忠於劉表，藉以發其羈愁憤悶焉耳。論者謂其乃心漢室，恐未必然。」這一段評論引用林氏之說，甚為精湛。這類例子還有一些，茲不多舉。於此可見，本書評論並非泛泛之論，頗有一些真知灼見。

　　許應鑅在《重刊文選旁證》〈跋〉中說：「余惟中丞博綜審諦，字櫛句梳，辨異同以訂其訛，衷群說以歸於是，網羅富有，掇墜搜遺，淵乎浩乎，奧窔盡闢。學者欲窺蕭統之彙規，暢崇賢之繁緒，以覃研訓詁，上逮群經，非是書莫由階梯而渡筏也。」對本書特點做了總的概括，也對本書做出了總的評價。這一評價，我們是同意的。

　　最後，附帶談談《文選旁證》的版本。

　　梁章鉅的《文選旁證》有兩種刻本，即清道光甲午（1834）刊本和清光緒八年（1882）覆刊本。前為梁章鉅榕風樓原刻本，後為章鉅子梁恭辰覆刊本。覆刊本與原刻本款式全同，但改正了原刻本一千多處錯誤，較原刻本為佳。本書無排印本，流傳不廣。我在研究《文選》學的過程中，認為《文選旁證》有較高的學術價值，於是用了兩年時間做了點校，作為八閩文獻叢刊之一，由福建人民出版社出版，為讀者閱讀此書提供一些方便，也為研究文選學和六朝文學者提供有關資料，同時也了卻自己在文選學研究中的一個宿願。

一九九六年十月

李詳與《文選》學研究

一

　　李詳是駢文家，也是選學家，著有《選學拾瀋》、《韓詩證選》、《杜詩證選》、《文選萃精說義》、《李善文選注例》等，近代著名學者嘉興沈曾植謂其「選學大師」，說他「大叩大鳴，小叩小鳴」[1]，極為推重。

　　據尹炎武《李審言先生傳》記載，李詳（1859-1931），字慎言，一字審言，揚州興化人。其父務農。其年十七，始受《春秋左氏傳》。家貧無力購書，後至鹽城姨母家，才見到《十三經注疏》、《十七史》、《文選》等書，他求知若渴，日夜披覽。對《昭明文選》，嗜之不厭，日課十葉，每於昏燈之夜，雞鳴之時，繞案長吟，如僧徒之唱唄。年三十，完成《選學拾瀋》一書。此書對《文選》李善注，在校勘和訓詁方面作了新的補正。補其不足，正其訛誤。如：

　　　　顏延之〈贈王太常詩〉注：「蕭子顯《齊書》曰：王僧達除太
　　　　常。」詳按：沈約《宋書》〈王僧達傳〉：「孝建三年，除太
　　　　常。」僧達死宋代，善引《齊書》，有誤。

這是糾正李善注的錯誤。王僧達為宋人，引《南齊書》，顯然不當。又如：

1　李詳：《李審言文集》〈附錄三〉，李稚甫，《二研堂全集敘錄》〈選學拾瀋一卷〉引（南京市：江蘇古籍出版社，1989 年）。

屈原《九歌》〈湘夫人〉：遺余褋兮澧浦。王逸注：「褋，襜襦也。」詳案：揚雄《方言》四：「禪衣，江淮南楚之間謂之褋。」郭璞注：「《楚辭》曰：遺余褋兮澧浦。」錢繹箋疏：《說文》：「褋，薄也。」又云：「南楚謂禪衣曰褋。」《玉篇》：「褋，禪衣也。」注引《楚辭》及《九歌》。諸書皆以褋為禪衣之異名，惟王逸以為襜襦，殆非也。

這是糾正王逸注的錯誤。李詳引用《方言》、《說文》、《玉篇》證明王逸注非是。又如：

左思〈吳都賦〉：雙則比目，片則王餘。窮陸飲木，極沈水居。泉室潛織而卷綃，淵客慷慨而泣珠。李善注：「王餘，泉客，皆見《博物志》。」詳案：《博物志》卷二（士禮居本）：「吳王江行，食膾有餘，棄於中流。今魚中有名吳王膾餘者，長數寸，大者如箸，猶有膾形。」卷五：「南海外有鮫人，水居如魚，不廢織績，其眼能泣珠。」

李善原注過於簡略，一般讀者難於理解。這裡李詳補充了《博物志》的有關內容。又如：

左思〈吳都賦〉：「高門鼎貴。」劉逵注：「《漢書》〈賈捐之傳〉」：「『石顯方鼎貴。』應劭曰：『鼎，始也。』」詳案：今《漢書》〈賈捐之傳〉作「顯鼎貴。」如淳注：「言方且欲貴矣。」〈賈誼傳〉：「天子春秋鼎盛。」應劭注：「鼎，方也。」〈匡衡傳〉：「匡鼎來。」應劭注：「鼎，方也。」是鼎即訓方。劉注方字，顯係衍文。應劭注亦當據二賈傳改正。

這是校出衍文「方」字，證據充足，令人信服。

　　李詳對《文選》李善注的校訂補正，下了很深的工夫，做出了自己的貢獻。清光緒十四年（1888），在《選學拾瀋》書稿完成之後，李詳請求著名學者王先謙批評指正。王氏閱後，寫下的批語中說：「閱生所撰各條，並皆佳妙，無可訾議，只恨少耳。……生所注兼能搜討古人之文字從出之原，與鄙意符合，不專從徵典用意，目光尤為遠大。如能一意探討，俾成巨帙，允為不朽事業。」[2]給予很高的評價。此後，李詳就以《文選》學家而著稱於世。

　　《文選萃精說義》是與《選學拾瀋》性質相近的著作。一九二四年和一九二六年，李詳先後兩次至南京，任東南大學教授，講授《文選》、《杜詩》等課程。《文選萃精說義》就是當時的講稿。因病歸故里而中途輟筆，現在看到的只是殘稿。殘稿只有班固〈兩都賦〉部分，篇幅很小。統觀殘稿，使人感到不如《選學拾瀋》之精審。這可能與他年邁體弱、精力不濟有關，因為從一九二七年起，他由於身體的原因而閉門不出了。一九二八年，當時的大學院長蔡元培先生為大學院聘李詳為特約著述員。李詳於次年至南京一次。以後就在家鄉整理自己的著作，直到一九三一年五月病逝家鄉，享年七十三歲。

　　細讀《文選萃精說義》，我認為這本講義仍有其長處。首先是糾正了《選學拾瀋》中的錯誤。《選學拾瀋》云：

> 班固〈兩都賦序〉：「班孟堅」注：「范曄《後漢書》：『班固，北地人也。』」詳案：梁章鉅《文選旁證》一：「《後漢書》以班彪為扶風安陵人。又《敘傳》歷敘班氏之先，無居北地事。班固本傳，亦無『北地人也』四字。注引范書，未知何本？」（以上梁語。）考本書班彪〈北征賦〉：「紛吾去此舊都。」

2　李詳：《選學拾沉》，《李審言文集》（南京市：江蘇古籍出版社，1989 年）。

（注：舊都，北地郡也。）又「過泥陽而太息，悲祖廟之不修。」（注：《漢書》北部郡有泥陽縣。班壹，始皇之末，避地於樓煩，故泥陽有班氏之廟）玩賦及善注，班氏之先，或由樓煩遷居北地。叔皮自詠，理無乖舛。善引《後漢書》，疑非范蔚宗本。

李詳考證班固為北地人是錯誤的，應為扶風安陵人。王先謙《後漢書集解》卷四十上〈校補〉對此有專門論述：

〈班彪傳〉上：扶風安陵人。《集解》：錢大昕曰：〈班超傳〉云：扶風平陵人。當有一誤。案：《文選》班彪〈北征賦〉注引《漢書》亦云：「扶風安陵人」，而載彪事略，與本傳同。曹大家〈東征賦〉注則明引范書云：「扶風曹世叔妻者，同郡班彪之女也。」亦與今范書合。獨於固〈兩都賦〉注引范書云：「北地人。」無論安陵、平陵，均屬扶風。范不云北地，即據班書《敘傳》。其先班壹避地樓煩，則為雁門人。班況徙昌陵，陵罷，佔數長安，則為京兆人。雖其卒為扶風人，已不詳何時，初無居北地郡事，斯誠大謬也。

王先謙的論述詳細有力，完全否定了李詳的結論。按：李詳《選論拾瀋》刊於一八九四年，而王先謙《後漢書集解》刊於一九一五年。事在二十年後，一九二四年至一九二六年，李詳在南京東南大學講授《文選》，編寫《文選萃精說義》，對過去的錯誤已作了糾正，他寫道：

〈兩都賦序〉：班孟堅。注：「范曄《後漢書》：『班固，字孟堅，北地人也。』」案：因傳附父彪傳，彪扶風安陵人。今本

　　范書，無「北地人也」四字。此或為別本《後漢》之訛。

李詳沒有提及《選學拾瀋》中的錯誤結論，卻委婉地糾正了自己的錯誤。這體現了李詳實事求是的學風。

　　其次，這本講義比較注意吸收胡克家《文選考異》、胡紹煐《文選旁證》和王念孫《讀書雜志》等書的研究結果，充實了講義的內容。如：

　　班固〈西都賦〉：於是乘鸞輿。《考異》云：「注引《獨斷》，以解乘輿，中間不得有寫鸞字甚明。〈東都賦〉『乘輿乃出』」，注：「已見上文」，當即指此。《考異》又舉〈上林賦〉「於是乘輿彌命」，〈甘泉賦〉「於是乘輿乃登夫鳳凰兮」，句例相似，孟堅之所出也。其說甚是。善例言祖述者，此類是也。

這裡吸收《文選考異》成果，標明《考異》，讀者一看便知。又如：

　　班固〈東都賦〉：保界河山。《箋證》云：「《後漢書》注：保，守也。謂守河山之險以為界。」王氏念孫曰：「界，讀為介。保、介，皆恃也。」

此條注釋，引自胡紹煐《文選箋證》卷一中的〈東都賦〉箋證。「皆恃也」下原箋中有「言恃河山以為固也」一句，有此句，語意較為完整，不當刪去。

　　李詳在《文選萃精說義》校釋班固〈兩都賦〉，並沒有完成。《李審言文集》的編者在殘稿後加了按語，云：「右為在東南大學講授的殘稿，因病歸里而輟筆。」

　　李詳在編寫《文選萃精說義》時，由於身體情況不佳，力不從

心，影響了這本講義的品質。但是，李詳國學根底深厚，對《文選》學有深入的研究，此講義可供《文選》學研究之參考。

二

　　李詳的《韓詩證選》、《杜詩證選》是《文選》學的重要著作。它以具體的例證，說明《文選》對唐代文學的影響。

　　唐代以詩賦試士，唐洋州刺史趙匡〈舉選議〉曰：「主司褒貶，實在詩賦，務求巧麗，以此為賢。」[3]唐禮部員外郎沈既濟〈詞科論〉曰：「自顯慶以來，高宗聖躬多不康，而武太后任事，參決大政，與天子並。太后頗涉文史，好雕蟲之氣。永隆中，始以文章選士，及永淳之後，太后君天下二十餘年，當時公卿百辟，無不以文章達。因循日久，寖以成風。以至開元天寶之中……五尺童子恥不言文墨焉。是以進士為士林華選，四方觀聽，希其風采，每歲得第之人，不浹辰而周聞天下。」[4]《通典》等著作中類似的議論還有一些，這裡不多援引了。在這種社會風氣之下，「事出於沉思，義歸乎翰藻」的《文選》，自然適應廣大士子的需要了。於是，唐高宗顯慶三年（658），李善注《文選》六十卷問世了。與他先後同時的許淹《文選音義》十卷，公孫羅撰的《文選》六十卷和《文選音》十卷產生了。至唐玄宗開元六年（718），呂延濟、劉良、張銑、呂向、李周翰五人合注之《文選》，即五臣注《文選》三十卷也問世了。各種注本的《文選》在社會上廣泛地流傳，對唐代文學產生了深刻的影響。

　　應該指出，唐代《文選》的各種注本，以李善注《文選》最佳。此書精深淵博，蜚聲士林，實乃選學之瑰寶，成為唐代和以後學習《文選》必讀的注本。唐代士子從中學習文理，學習《文選》注中的

3　《通典》第 17〈選舉五〉（北京市：中華書局，1988 年）。

4　《文苑英華》卷 759〈雜論中〉（北京市：中華書局，1966 年）。

豐富資料，提高自己的學術素養和創作水準，直接影響了唐代文學的繁榮和發展。

　　由於《文選》適應科舉考試的需要，《文選》成為唐代士子必備之書。唐武宗時的宰相李德裕，曾對武宗說：「臣無名第，不當非進士。然臣祖天寶末以仕進無他歧，勉強隨計，一舉登第。自後家不置《文選》，蓋惡其不根藝實。」[5]李德裕家不藏《文選》，作為一個特殊的例子加以說明。這件事的本身正好可以說明唐代士子學習《文選》應是人手一冊了。唐代民間文學作品《秋胡變文》寫到秋胡外出遊學，隨身攜帶了十部書，即《孝經》、《論語》、《尚書》、《左傳》、《公羊》、《穀梁》、《毛詩》、《禮記》、《莊子》、《文選》。秋胡對《文選》的重視，反映了當時士子的普遍情況。民間如此，官方亦復如此。《舊唐書》〈吐蕃傳〉載，開元十八年，：「時吐蕃使奏云：『公主請《毛詩》、《禮記》、《左傳》、《文選》各一部。』制令秘書省寫與之。」這裡，我們可以看到，不僅金城公主重視《文選》，而且《文選》在當時的地位幾乎與儒家經書並列。以上事例說明，《文選》在唐代受到普遍的重視，其影響就可想而知了。

　　李詳〈《韓詩證選》序〉云：「唐以詩賦試士，無不熟精《文選》，杜陵特最著耳。韓公之詩，引用《文選》亦伙，惟宋樊汝霖窺得此旨，於〈秋懷詩〉下云：『公以六經之文，為諸儒倡，《文選》弗論也。獨於〈李邟墓誌〉曰：「能暗記《論語》、《毛詩》、《左氏》、《文選》。」故此詩往往有其體』。余據樊氏之言，推尋公詩，不僅如樊氏所舉，因條而列之，名曰《韓詩證選》。」這是說，由於唐代以詩賦試士，所以唐代士子無不學習《文選》。杜甫如此，韓愈亦復如此。韓愈〈李邟墓誌〉中說自己能暗記《文選》，說明他亦熟精《文選》。李詳受樊汝霖的啟發，著《韓詩證選》。樊氏注文見魏仲舉刊五

5　《新唐書》卷44〈選舉志上〉（北京市：中華書局：1975年）。

百家注《韓昌黎集》卷一〈秋懷詩〉十一首題下。

　　樊汝霖曰：〈秋懷詩〉十一首，《文選》詩體也。穆按：《朱子語類》常言選詩，如云「鮑明遠才健，其詩乃《選》之變體。」「蘇子由愛《選》詩『亭皋木葉下，隴首秋雲飛』。」「李太白終始學《選》詩，所以好。杜子美詩好者亦多是效《選》詩。」（《朱子語類》卷一百四十〈論文〉下）此即所謂《選》體。《選》體之概念比較寬泛，大概是指仿《文選》所選之詩作的詩為《選》體。

　　又方世舉《韓昌黎詩集編年箋注》曰：昌黎短篇，以此十一首為最。……蓋學《選》而自有本色者也。《文選》之學，終唐不廢，但名手皆有本色。如李如杜，多取材取法其中，而豪宕不踐其跡。韓何必不如是耶！

　　關於韓愈詩與《文選》之關係，李詳作了具體的論證，現以〈秋懷詩〉為例，附上李詳的例證。

愁憂無端來。
　　詳曰：魏文帝〈善哉行〉：「憂來無方。」

白露下百草，蕭蘭共彫悴。
　　詳曰：宋玉〈九辯〉：「白露既下百草兮。」劉孝標〈廣絕交論〉：「蕭艾與芝蘭共盡。」

彼時何卒卒。
　　詳曰：司馬遷〈報任少卿書〉：「卒卒無須臾之間。」

賤嗜非貴獻。
　　舊注：「負日之暄，而欲獻君，食芹之美，而欲進御，貴賤固有差矣。」詳按：舊注雖用《列子》，其實本之嵇康〈與山巨

源絕交書〉：「野人有快炙背而美芹子者，欲獻之至尊。雖有區區之意，亦已疏矣。」此所云「賤嗜非貴獻」也。

戚戚抱虛警。

　　詳曰：陸機〈嘆逝賦〉：「節循虛而警立。」此本顧氏炎武說。

露泫秋樹高。

　　詳曰：謝惠連〈詠懷詩〉：「花上露猶泫。」

即此是幽屏。

　　舊注引張衡曰：「雜插幽屏。」詳按：此左思〈吳都賦〉，非張衡。

月吐窗冏冏。

　　詳曰：江淹《雜體》〈擬張廷尉〉：「冏冏秋月明，喪懷若迷方。」

喪懷若迷方。

　　詳曰：鮑照〈擬古詩〉：「迷方獨淪誤。」

西風蟄龍蛇。

　　詳曰：張協〈雜詩〉：「龍蟄喧氣凝。」

疊疊抱秋明。

　　詳曰：宋玉〈九辯〉：「時亹亹而過中。」

以上論斷，說明韓愈詩受到《文選》的影響是肯定的，事實俱在，令

人信服。初讀這些例證，使人感到十分詫異。韓愈是唐代古文運動的領袖。他反對駢文，提倡古文。他說自己「非三代兩漢之書不敢視，非聖人之志不敢存」⁶。在〈進學解〉中說，他「沈浸醲郁，含英咀華」的書有《尚書》、《春秋》、《左傳》、《周易》、《毛詩》、《莊子》、《楚辭》、《太史公書》，以及司馬相如、揚雄等人的文章。這樣的古文大家，竟然暗記《文選》，令人不解。可是，想到那個以詩賦試士的時代，我們就不會感到奇怪了。韓愈是一個讀書人，他和其他的讀書人一樣，都有功名利祿的思想，《文選》作為獲得功名利祿的階梯，他自然要熟讀了。宋人說：「《文選》爛，秀才半。」⁷在唐代何嘗不是這樣呢。

　　李詳的《杜詩證選》，亦以實例證明杜詩與《文選》的關係。他在〈《杜詩證選》序〉中說：「杜少陵〈宗武生日詩〉，『熟精《文選》理』，又〈簡雲安嚴明府詩〉『續兒誦《文選》』，後世遂據此為杜陵精通《文選》之證。」誠然，杜甫熟精《文選》，但是，李詳從杜詩中推尋其與《文選》的關係，洵非易事。這必須熟悉《文選》。李詳作為著名的《文選》專家，這個條件是具備的。所以他在寫完《韓詩證選》後，又作《杜詩證選》。看起來，他的《杜詩證選》，用力更多。茲以〈自京赴奉先縣詠懷〉為例，稍加說明。

　　竊比稷與契。

　　　　詳曰：揚雄〈解嘲〉：「家家自以為稷契。」

　　葵藿傾太陽，物性固莫奪。

　　　　詳曰：曹植〈求通親親表〉：「若葵藿之傾葉太陽，雖不為之回光，然終向之者，誠也。」

6　〔唐〕韓愈：〈答李翊書〉，《韓昌黎文集校注》卷 3（上海市：上海古籍出版社，1986 年）。

7　〔宋〕陸游：《老學庵筆記》卷 8（北京市：中華書局，1979 年）。

胡為慕大鯨，輒擬偃溟渤。
　　詳曰：木華〈海賦〉：「橫海之鯨，戛岩嶅，偃高濤。」

沈欽聊自述。
　　詳曰：「顏延之〈五君詠〉〈劉伶〉：韜精日沈欽。」

客子中夜發。
　　詳曰：鮑照〈東門行〉：「行子夜中飯。」

蚩尤塞寒空。
　　詳曰：揚雄〈羽獵賦〉：「蚩尤並轂。」

滛池氣鬱律。
　　詳曰：郭璞〈江賦〉：「氣滃渤以霧杳，時鬱律其如煙。」

樂動殷膠葛。
　　詳曰：司馬相如〈上林賦〉：「張樂乎膠葛之寓。」
　　張衡〈南都賦〉：「其山則崆峋嶔崟。」

賜浴皆長纓，與宴非短褐。
　　詳曰：陸機〈長安有狹邪行〉：「鳴玉豈樸儒，憑式皆俊民。」

煙霧蒙玉質。
　　詳曰：江淹《雜體詩》〈班婕妤〉：「化作秦王女，乘鸞向煙
　　霧。」

這是列舉杜甫的詩句，從《文選》中探尋其來歷。杜甫詩受《文選》

的影響，證據眾多，毋庸諱言。李詳〈《杜詩證選》序〉云：「恒恐末學耳食，謂引《選》語，已見注中，而怪余為剽襲，比之重臺累僕。然安知不有深通其意者，復相賞邪？余於是銳然為之，漸得數卷，覽之多有可喜，因為寫定如左。」因為杜詩的注本很多，有人說李詳所抄錄的《文選》中的句子，已見杜詩注中。為避「剽襲」之嫌，李詳下了更深的工夫，才成此數卷。辛苦不負有心人，《杜詩證選》，常為後人所徵引，正是杜甫「熟精《文選》理」的有力證據。

三

最後說說李詳對《文選》李善注注釋體例的彙輯和他有關《文選》的其他議論。

其一，李詳對《文選》李善注注釋體例的彙輯。

駱鴻凱先生認為，《文選》李善注的注釋例分散於各篇，源於《春秋左氏傳》，左氏作傳，立凡例五十，散在各篇，以發明《春秋》之例。

關於《左傳》的「凡例」，杜預在〈《春秋左氏傳》序〉中說：

> 其發凡以言例，皆經國之常制，周公之垂法，史書之舊章。仲尼從而修之，以成一經之通體。其微顯闡幽，裁成義類者，皆據舊例而發義，指行事以正褒貶。諸稱「書」、「不書」、「先書」、「故書」、「不言」、「不稱」、「書曰」之類，皆所以起新舊，發大義，謂之交例。然亦有史所不書，即以為義者，此蓋《春秋》新意，故傳不言凡，曲而暢之也。其經無義例，因行事而言，則傳直言其舊趣而已，非例也。

從杜預的闡述中，我們可以看出《左傳》的「凡例」與李善注的體例
是不同的，《左傳》的「凡例」包含了微言大義，而李善注的體例只
是行文的需要而產生的。下面援引幾條《文選》李善注的體例，看看
其內容。

> 班固〈兩都賦序〉：「賦者，古詩之流也。」注：〈毛詩序〉：
> 「詩有六義焉，二曰賦。」故賦為古詩之流。諸引文徵，皆舉
> 先以明後，以示作者必有所祖述也。他皆類此。
> 以興廢繼絕。注：《論語》：「子曰：興廢國，繼絕世。」然文
> 雖出彼，而意微殊，不可以文害意。他皆類此。
> 朝廷無事。注：蔡邕〈獨斷〉：「或曰：朝廷亦皆依違尊者，都
> 舉朝廷以言之。」諸釋或引後以明前，示臣之任不敢專。他皆
> 類此。
> 〈西都賦〉注：石渠，已見上文。然同卷再見者，並云已見上
> 文，務從省也。他皆類此。
> 〈東都賦〉注：婁敬，已見上文。凡人姓名皆不重見，餘皆類
> 此。
> 注：其異篇再見者，並云已見某篇。他皆類此。
> 張衡〈西京賦〉薛綜注。注曰：舊注是者，因而留之，並於篇
> 首題其姓名。其有乖繆，臣乃具釋，並稱臣善以別之。他皆類
> 此。

以上各條體例，其本身已說得很清楚了，無需再作解釋。在我看來，
這些注釋體例在注釋中至少有三個作用：一是指導讀者閱讀注釋，二
是節省注釋的篇幅，三是說明本書的注釋，不只是分散的注釋，同時
也是一項系統工程，其間是存在一定的內在聯繫的。

　　彙輯《文選》李善注注釋體例者，李詳之前有清人錢泰吉，見其

《曝書雜記》卷下，所輯較略；李詳之後有今人駱鴻凱，見其《文選學》〈源流第三〉，所輯較詳，然皆不如李氏彙輯之完備。

其二，關於《文選旁證》的作者問題。

李詳說：「梁氏章鉅《文選旁證》，為程春廬同文稿本。沈子培提學親為余說。」[8]沈子培，即沈增植（1850-1922），清代嘉興人。他的學問淵博，善治史、精佛學，能詩詞，工書畫。為當時著名學者。程同文，字春廬，清浙江桐鄉人。嘉慶四年進士，長於地志。著有《密齋文集》。據我所知，程同文與《文選》毫無關係。沈氏所言，恐是誤傳。我有〈《文選旁證》作者考辨〉，見於〈讀《文選》偶記〉[9]，拙作從各方論證《文選旁證》的作者是梁章鉅。這裡就不再重複了。

其三，關於清代《文選》學家的議論。

李詳說：「《書目答問》所列《文選》學家，如錢陸燦、潘耒、余蕭客、嚴長明、葉樹藩、陳壽祺，或詩文略摹選體，或涉獵僅窺一孔，未足名家，余為汰去之。而補入段懋堂、王懷祖、顧千里、阮文達，此四君子乃真治《文選》學者。若徐攀鳳、梁章鉅亦褂食廡下也。」[10]按：張之洞《書目答問》附二〈國朝著述諸家姓名略〉開列的《文選》學家有錢陸燦、潘耒、何焯、陳景雲、余蕭客、汪師韓、嚴長明、孫志祖、葉樹藩、彭兆蓀、張雲璈、張惠言、陳壽祺、朱珔、薛傳均。現在我們考察一下張之洞所開列的十五位《文選》學家研究《文選》的情況：

　　錢陸燦，字湘靈，號圓沙，江蘇常熟人。有《文選》校本。
　　潘耒，字次耕，號稼堂，江蘇吳江人。有《文選》校本。

8　李詳：《愧生叢錄》，《李審言文集》卷5（南京市：江蘇古籍出版社，1989年）。

9　穆克宏：〈讀《文選》偶記〉，《福建師範大學學報》（哲社版）2003年第3期。

10　李詳：《愧生叢錄》，《李審言文集》卷6（南京市：江蘇古籍出版社，1989年）。

　　以上二種校本，未見單行本，孫志祖《文選考異》皆有引用。孫
志祖〈《文選考異》序〉云：「國朝潘稼堂及何義門兩先生並嘗讎是
書……又有圓沙閱本，不著題跋，而徵引顧仲恭，馮鈍吟評語居多。」

　　何焯，初字潤千，後字屺嶙，晚號茶仙。人稱義門先生，江蘇長
洲（今蘇州市）人。《義門讀書記》中有《文選》評論文字五卷。胡克
家《文選考異》、梁章鉅《文選旁證》引其校勘之語頗詳，可供參考。

　　陳景雲，字少章，江蘇吳縣人。有《文選舉正》六卷。胡克家《文
　　　　選考異》時有引用。又，有清咸豐七年周鎮抄本，不分卷。

　　余蕭客，字仲林，號古農，江蘇長洲（今蘇州市人）。有《文選音
　　　　義》八卷，《文選紀聞》三十卷。

　　汪師韓，字抒懷，號韓門，浙江錢塘（今杭州市）人。有《文選理
　　　　學權輿》八卷。

　　嚴長明，字冬友，一字道甫，江蘇江寧（今南京市）人。有《文選
　　　　聲類》、《文選課讀》。

　　孫志祖，字詒谷，號約齋，浙江仁和（今杭州市）人。有《文選考
　　　　異》四卷、《文選李注補正》四卷、《文選理學權輿補》一卷。

　　葉樹藩，字星衛，江蘇長洲（今蘇州市）人。有《文選補注》，見
　　　　海錄軒本《文選》。

　　彭兆蓀，字湘涵，又字甘亭，江蘇鎮洋（今太倉）人。有《文選考
　　　　異》十卷，與顧廣圻合作。

　　張雲璈，字仲雅，浙江錢塘（今杭州市）人。有《選學膠言》二十
　　　　卷。

　　張惠言，字皋文，江蘇武進（今常州市）人。其有關《文選》著作
　　　　未詳。有《七十家賦鈔》六卷。

　　陳壽祺，字恭甫，號左海，晚號隱屏山人，福建侯官（今福州市）
　　　　人。其有關《文選》著作未詳。有《左海駢體文》二卷。

　　朱珔，字玉存，一字蘭坡，安徽涇縣人。有《文選集釋》二十四

卷。

薛傳均，字子韻，江蘇甘泉（今揚州市）人。有《文選古字通疏證》六卷。

李詳不完全同意張之洞的看法，認為其中錢陸燦、潘耒、余蕭客、嚴長明、葉樹藩、陳壽祺七人非《文選》學家，理應汰去。我基本上同意李氏的意見。但是，余蕭客是《文選》學家，不應否認。李詳主張補入段懋堂（玉裁）、王懷祖（念孫）、顧千里（廣圻）、阮文達（元），還有徐攀鳳和梁章鉅。我認為，李氏主張自有其道理，但尚可商榷。梁章鉅著有《文選旁證》四十六卷，完全可以列入《文選》學家。徐攀鳳著有《選注規李》、《選學糾何》，亦可列入《文選》學家。顧廣圻代胡克家作《文選考異》十卷，功力深厚，影響巨大，自然可稱之為《文選》學家，但是，他的主要成就在校勘，是清代著名的校勘學家。段玉裁著有《說文解字注》，是清代著名的文字學家。其評校《文選》的成果，見梁章鉅《文選旁證》。王念孫著有《讀書雜志》、《廣雅疏證》，是清代著名的訓詁學家。其有關《文選》的著作，見《讀書雜志餘編下》。阮元主編《經籍纂詁》，校刊《十三經注疏》，是清代著名的經學家。他特重選學，但未見有關選學之專著，有選學文章數篇，見《揅經室集》。因此，我主張段玉裁、王念孫、顧廣圻、阮元四人，不必列入《文選》學家，實際上，我們一般也不把他們看作《文選》學家。

近代學者，被稱為「選學大師」的，只有李詳一人而已。李詳幼時喜愛《文選》，年輕時「特別喜誦《文選》中諸篇。盛夏時，庭中荷花盛開，先父（指李詳）繞甕狂走，以背誦蕭《選》為樂，階石為之陷落」[11]，繼而撰寫選學研究著作，李詳確實對《文選》下過很深的工夫。總結李詳一生關於選學之研究，簡言之，其主要貢獻有二：

---

11 李稚甫：〈李詳傳略〉，《李審言文集》附錄4（南京市：江蘇古籍出版社，1989年）。

一、他對《文選》的注釋,在李善注的基礎上有新的進展。這就是王先謙所說的「生所注兼能搜討古人文字從出之原……不專從徵典用意,目光尤為遠大。」[12]二、李詳著《韓詩證選》、《杜詩證選》,在研究《文選》與唐代詩歌之關係方面更為具體,更為深入。也可以說,向前邁進了一步。作為中國《文選》學史上的過客,李詳留下了自己的足跡。作為新時代的選學研究者,我們應該完成歷史賦予我們的任務,在學術上不斷進行新的開拓,推動選學研究的繁榮與發展。

二〇〇五年九月

12　〈王先謙先生批評〉《文選拾瀋》,(《李審言文集》,南京市:江蘇古籍出版社,1989年)。

高步瀛與《文選》學研究

　　高步瀛（1873-1940），字閬仙，河北霸縣人。他曾受業於清末桐城派古文家吳汝綸（1840-1903）。後任北平師範大學、女子師範大學等校的教授。著作有《古文辭類纂箋證》、《文選李注義疏》、《先秦文舉要》、《兩漢文舉要》、《魏晉文舉要》、《南北朝文舉要》、《唐宋文舉要》、《唐宋詩舉要》等，是近代著名的選家。

　　高步瀛學問淵博，國學根柢深厚，著作豐富。本文擬僅就其有關《文選》學的研究進行一些評述。高氏關於《文選》學的著作，除了《文選李注義疏》八卷之外，還有收入《兩漢文舉要》、《魏晉文舉要》、《南北朝文舉要》三書中《文選》文的校注。這些著作的成就，主要表現在以下四個方面：

一　注釋

　　《文選》李善注是我國古代的名注。李善從事此項工作是十分認真的。唐代李匡乂《資暇集》說：

> 李氏《文選》，有初注成者，有復注者，有三注、四注者，當時旋被傳寫之。其絕筆之本皆釋音、訓義，注解甚多，余家幸而有焉。嘗將數本並校，不唯注之贍略有異，至於科段，互相不同，無似余家之本該備也。

李匡乂是唐昭宗（西元 889-904 年在位）宗正少卿，曾官南漳守，是唐代末年人。其說當可信。正因為李善注《文選》下了很深的工夫，故能沉博富美，斐聲士林，傳之久遠。清程先甲〈選雅自序〉云：

> 《昭明文選》者，總集之鼻祖而文章之巨匯也；上自周秦，下迄齊梁，其間作者，類皆湛深訓故……而崇賢又承其師曹氏訓故之學，作為注釋，凡失先師解說，傳記古訓，眾家舊注，咸著於篇。群言肴亂，折其衷；通用假借，貫其旨。匪惟《爾雅》，采至四家，小學之屬，蒐至三十六而已。至於未審古音，沿稱「協韻」，乃千慮之失，未為一眚之累……是故崇賢之注，一訓故之奇書也。

清俞樾〈《選雅》序〉云：

> 余嘗謂《文選》一書，不過總集之權輿，訓章之管轄；而李注則包羅群籍，羽翼六藝。言經學者取焉，言小學者取焉，非徒詞章家視為潭奧而已。

程先甲、俞樾對李善注都作了很高的評價。但是，《文選》李善注是比較艱深的。其注徵引群書竟達一千六百八十九種之多，[1]一般讀者閱讀有困難。所以高步瀛先生做了「義疏」工作。所謂「義疏」，就是疏通李善注的含義。如：

> 班固〈兩都賦序〉：「或曰：賦者，古詩之流也。」李善注曰：「〈毛詩序〉曰：詩有六義焉，二曰賦。故賦為古詩之流也。

1　詳見駱鴻凱《文學選》〈源流第三〉。

諸引文證，皆舉先以明後，以示作者必有祖述也。他皆類此。」高步瀛疏曰：〈毛詩序〉見本書卷四十五。陸德明《釋文》曰：「舊說云『后妃之德也』至『用之邦國焉』，名〈關雎序〉，謂之〈小序〉，自『風，風也』訖末，名為〈大序〉。則本注所引皆在〈大序〉中。然《釋文》又曰：今謂此序止是〈關雎〉之序，總是詩之綱領，無大小之異。」「諸文引證」以下，李氏自述注例也。張雲璈《選學膠言》有注例說，錢泰吉《曝書雜記》有〈文選注義例〉，所輯皆未備。步瀛嘗自為訂補，具《別錄》中，今不復述。

義疏先解釋〈毛詩序〉有「大序」、「小序」之分，李善注出自「大序」。然後解釋《文選》李善注體例。這樣的義疏用語不多，比較簡明地將李善注疏通清楚。此類義疏頗多，又如：

班固〈兩都賦序〉：「蓋奏御者千有餘篇，而後大漢之文章，炳焉與三代同風。」李善注曰：《蒼頡篇》曰：炳，著明也。彼皿切。《論語》：子曰：三代之所以直道而行。馬融曰：三代，夏、商、周。高步瀛疏曰：慧苑《華嚴經音義》下，慧琳《一切經音義》三十二引《蒼頡篇》與此注同。《華嚴音義》上引作「明著也」。《一切經音義》二十二、慧苑《音義》引作「著也，明也。」《論語》，見〈衛靈公篇〉。《集解》引馬融與此注引同。《漢書》〈藝文志〉曰：成帝時，詔光祿大夫劉向校經傳諸子詩賦，每一書已，向輒條其篇目，撮其指意，錄而奏之。又云：凡詩賦百六家，千三百一十八篇。何焯謂七十八家，一千零四篇，則專計賦家，除去歌詩二十八家，三百一十四篇，故云一千零四篇也。

高氏義疏分三段，先指出慧苑《華嚴經音義》下等與此注同。次指出《論語集解》引馬融說與此注所引相同。最後引《漢書》〈藝文志〉，指出詩賦家數與篇數。

　　高步瀛先生國學素養深厚，熟悉經、史、子、集的主要內容。他的義疏旁徵博引，左右逢源，既能疏通原注，又提供了豐富的資源，可供《文選》學研究參考。高氏的義疏十分詳細，有時不免使人感到繁瑣。如：

　　　班固〈西都賦〉曰：「左據函谷、二崤之阻，表以太華、終南之山。」李善注曰：《戰國策》；蘇秦曰：秦東有殽函之固。《鹽鐵論》曰：秦左殽函。《漢書音義》：韋昭曰：函谷關。《左氏傳》曰：崤有二陵，其南陵，夏后皋之墓，其北陵，文王所避風雨也。表，標也。《山海經》曰：華首之山西六十里曰太華之山。《毛詩》曰：終南何有，有條有梅。毛萇曰：終南，周之名山中南也。高步瀛疏：略（約三千字）

　　　又曰：「右界褒斜隴首之險，帶以洪河涇渭之川。」李善注曰：〈長楊賦〉曰：命右扶風發人，西自褒斜。〈梁州記〉曰：萬石城，沂漢上七里，有褒谷。南口曰褒，北口曰斜。長四百七十里。《鹽鐵論》曰：秦右隴阺。《漢書》：幸雍。〈白麟歌〉曰：朝隴首，覽西垠。《尚書》曰：導河自積石，南至於華陰。《山海經》曰：涇水出長城北。《尚書》曰：導渭自鳥鼠同穴。高步瀛疏曰：略（約三千五百多字）

一條義疏長達三千字以上，這樣的義疏，內容固然豐富，解釋也很詳細，但是過於繁瑣，終是一病。

　　應該指出，高氏義疏，亦偶有錯誤。如：

〈兩都賦序〉：李善注曰：范曄《後漢書》曰：班固，字孟堅，北地人也……高步瀛疏曰：范書〈班固傳〉無「北地人也」四字。梁章鉅《文選旁證》謂《後漢書》以班彪為扶風安陵人。固附父彪傳，則固傳無此四字是也。許巽行亦謂四字為後人妄增，皆未詳考。姚鼐《惜抱軒筆記》八曰：《漢書》〈敘傳〉言：班壹避地於樓煩，壹子儒，儒子長，長子回。回生況，女為倢伃，徙昌陵，昌陵罷，大臣名家皆佔數於長安。然而班氏本籍樓煩，而卒居長安。今《後漢書》〈班彪傳〉以為扶風安陵人。《文選》注引范書，乃曰班固北地人，〈班超傳〉又云扶風平陵人，何互異如此？據〈北征賦〉「朝發軔於長都」，是班氏長安人。又云：過泥陽而太息，悲祖廟之不修，泥陽屬北地，則其祖固北地人。《文選》注所引，或他人之《後漢書》，校者誤增范名耳。李詳《選學拾瀋》曰：本書〈北征賦〉「紛吾去此舊都兮」，注：舊都，北地郡也。又「過泥陽而太息，悲祖廟之不修」，注：《漢書》北地郡有泥陽縣。班壹始皇之末，避地樓煩，故泥陽有班氏之廟。叔皮自詠，理無乖舛。善引《後漢書》，疑是別本。步瀛案：姚、李說是。但李云別本，當即他人《後漢書》。若范書別本，則〈彪傳〉異文，不在〈固傳〉矣。

高氏贊同姚、李的論斷，認為班固是北地人。這個認識是錯誤的。按班固是扶風安陵人，這一點李詳在《文選萃精說義》中已加以糾正。參閱拙作〈李詳與《文選》學研究〉。[2]關於這一問題的具體論述，可參閱王先謙《後漢書集解》卷四十上〈校補〉。智者千慮，偶有一失，這是完全可以理解的。

2　穆克宏：〈李詳與《文選》學研究〉，《中國文選學》（北京市：學苑出版社，2007年）。

曹道衡、沈玉成在《文選李注義疏》〈序〉中說：「在本書中，凡涉及古代典章制度的問題，他都能標舉眾說，擇善而從。對於一些有不同說法，而限於史料尚難判定是非的問題，他也原原本本，加以辨析，尤其難得的是，李注所引的許多古書，往往僅舉書名，而《義疏》則對現存的典籍都一一覆核，說明見某書某篇或某卷。凡已佚的古書，也多能從類書或其他典籍中徵引佚文加以印證或考定原委。凡李注引文與今本或類書所引文字有所出入，也一一作了校勘，並加按斷。」這些確實是《義疏》的優點，也是讀者有目共睹的事實。

二　校勘

研究古籍，校勘工作十分重要。清代史學家王鳴盛說：「嘗謂好著書不如多讀書，欲讀書必先精校書，校之未精而遽讀，恐讀亦多誤矣。」（《十七史商榷》〈自序〉）可見古籍校勘工作的重要性。北齊學者顏之推說：「校定書籍亦何容易，自揚雄、劉向方稱此職爾。觀天下書未遍，不得妄下雌黃。」（《顏氏家訓》〈書證〉）可見古籍校勘的艱難。高步瀛在《文選》校勘工作中取得很好的成績。茲以〈文選序〉為例，以窺其一斑：

> 荀、宋表之於前，賈、馬繼之於後。校云：《文選》古鈔本「繼」作「系」。
>
> 述邑居則有憑虛、亡是之作，戒畋游則有〈長楊〉、〈羽獵〉之制。校云：古鈔本「亡」作「無」，「戒」作「誡」。
>
> 耿介之意既傷，壹鬱之懷靡愬。校云：《昭明集》「壹」作「抑」。
>
> 美終則誄發，圖像則贊興。校云：《集》「像」作「象」。
>
> 答客指事之制，三言八字之文。校云：古鈔本「制」作「製」。下「眾制」同。

余臨撫餘閑，居多暇日。校云：六臣本「閑」作「閒」，閑，閒之通借
字。

詞人才子，則名溢於縹囊。飛文染翰，則卷盈乎緗帙。校云：
《集》「詞」作「辭」。

蓋以立意為宗，不以能文為本。今之所撰，又以略諸。校云：古
鈔本、六臣本「又以」作「又亦」。《集》同。

謀夫之話，辯士之端。校云：古鈔本「話」上有「美」字，「端」上有
「舌」字。

所謂坐狙丘，議稷下。校云：古鈔本「狙」作「徂」。

雖傳之簡牘，而事異篇章，今之所集，亦所不取。校云：古鈔本
「異」作「殊」，「不」作「弗」。

至於記事之史，繫年之書，所以褒貶是非，紀別同異。校云：各
本「同異」作「異同」。今依古鈔本。

都為三十卷，名曰《文選》云耳。校云：古鈔本「曰」作「之」。六臣
本「耳」作「爾」。《集》同。

凡次文之體，各以匯聚。校云：古鈔本「各」作「略」。《集》「匯」作
「類」。

　　清代學者在《文選》的校勘方面下了很深的工夫，其中何焯、顧
廣圻的成就最為突出。特別是署名胡克家著的《文選考異》（實為顧
廣圻所作）[3]是我國古代《文選》校勘的總結性成果，對《文選》學
研究做出了重要的貢獻。但是，由於時代的侷限，他們都沒有見過日
本所傳的古鈔無注三十卷本《文選》。也沒有見過敦煌石室本《文
選》四卷，所以，猶存在不足之處。

　　古鈔無注三十卷本《文選》，清楊守敬《日本訪書志》著錄二

3　參閱本書〈顧廣圻與文選學研究〉。

種：（一）《古鈔文選》一卷（卷子本）。楊守敬說：此即日本森立之《訪古志》（即《經籍訪古志》）所載溫故堂藏本也。後為立之所得，余復從立之得之。《訪古志》云：「現存第一卷一軸。首有顯慶三年李善〈上文選注表〉（今善本、六臣本皆以昭明太子序居首，李善及五臣〈表〉次之，皆非也。），次梁昭明太子撰〈文選序〉。序後接本文，題『《文選》卷第一賦甲』，次行京師上，班孟堅〈兩都賦〉二首並序，張平子〈西京賦〉一首。界長七寸五分，幅一寸，每行十三字。卷末隔一行題：『《文選》卷第一。』（〈西京賦〉即接〈東京賦〉之後，不別為卷。）不記書寫年月，卷中朱墨點校頗密，標記旁注及背記所引有陸善經、善本、五臣本、《音決鈔》、《集注》諸書及『今按』云云。考其字體墨光，當是五百許年前鈔本，此本無注文，而首冠李善序，蓋即就李本錄出者。」楊守敬不同意《訪古志》的觀點，認為不是從李本單錄出的。「固原於未注本」。（二）古鈔《文選》殘本二十卷。楊守敬說：古鈔無注《文選》三十卷，缺一、二、三、四、十一、十二、十三、十四、十七、十八十卷，存二十卷……此無注三十卷本，蓋從古鈔卷子本出，並非從五臣、善注本略出……可以深信其為六朝之遺。

　　楊守敬的觀點得到後世《文選》學研究者的認可。但是，我始終有些懷疑。向宗魯先生曾對古鈔無注本《文選》作了詳細的校勘，其《識語》云：「今細核之，固多異於李本，而同於五臣者，旁注亦時引李本，以校異同，則非全用李本可知。」這樣看來，古鈔無注本《文選》有可能從五臣本《文選》錄出。

　　近代蔣斧〈鳴沙石室古籍叢殘影印本題記〉曰：「石室本《文選》四卷：其一，張平子〈西京賦〉。其二，東方曼倩〈答客難〉及揚子云〈解嘲〉二篇，皆李善注。其三，〈王文憲文集序〉。其四，起〈恩幸傳論〉訖〈光武紀贊〉，皆無注。」按四卷皆為殘卷，高步瀛用於校勘者唯張衡〈西京賦〉而已。此篇見於《文選》李善注本第二

卷三百五十三行，由〈西京賦〉「井乾疊而百增」起，至賦末李注
止。此卷注明「永隆年二月十九日弘濟寺寫」，即唐高宗（西元 650-
684 年在位）時寫，有很高的校勘價值。

　　高步瀛的《文選李注義疏》的校勘，使用了古鈔無注本《文選》
和敦煌石室唐鈔本《文選》，故較之清人的校勘進了一步。

三　考證

　　高氏《文選李注義疏》在「義疏」中常有一些考證文字，由於高
氏對我國古代文、史、哲各門學科都有深厚的功力，所以，他的考證
成果亦頗值得我們重視。

（一）關於「高齋十學士」

　　楊慎《升庵外集》卷五十二曰：「梁昭明太子統，聚文士劉孝威、
庾肩吾、徐防、江伯搖、孔敬通、惠子悅、徐陵、王囿、孔爍、鮑至
十人，謂之高齋十學士，集《文選》。」高氏在〈文選序〉義疏中曰：
「王象之《輿地紀勝》：京西南路襄陽府古跡，有文選樓。引舊《圖
經》云：梁昭明太子所立，以撰《文選》。聚人才賢士劉孝威、庾肩
吾、徐防、江伯操、孔敬通、惠子悅、徐陵、王筠、孔爍、鮑至等十
餘人，號曰高齋十學士。升庵之說，殆本此，而改王筠為王囿是也。
然此說乃傳聞之誤……《南史》〈庾肩吾傳〉曰：初為晉安王國常侍，
王每徙鎮，肩吾常隨府。在雍州，被命與劉孝威、江伯操、孔敬通、
申子悅、徐防、徐摛、王囿、孔爍、鮑至等十人，抄撰眾籍，豐其果
饌，號高齋學士。是高齋學士乃簡文遺跡，而無關昭明選文也。」
　　這裡以確鑿有力的證據，糾正了楊慎的謬誤。

（二）關於江夏李善

　　高氏曰：「新、舊《唐書》李善及其子邕傳皆云：江都人。而《新唐書》〈儒學〉〈曹憲傳〉稱『江夏李善』，蓋其郡望。《廣韻》〈六止〉李字下載李姓十二望有江夏，可證也。」

　　這裡指出，李善父子江都人，江夏，其郡望也。

（三）關於李邕補益《文選》李善注說

　　《新唐書》〈文藝〉〈李邕傳〉：「李邕字太和，揚州江都人。父善有雅行，淹貫古今，不能屬辭，故人號書簏。顯慶中，累擢崇賢館直學士，兼沛王侍讀，為《文選注》，敷析淵洽。表上之，賜賚頗渥……坐與賀蘭敏之善，流姚州。遇赦還，居汴、鄭間講授，諸子四遠至，傳其業，號『文選學』。邕少知名，始善注《文選》，釋事而忘義。書成以問邕，邕不敢對。善詰之，邕意欲有所更。善曰：試為我補益之。邕附事見義，善以其不可奪，故兩書並行。」《新唐書》認為李邕曾補益《文選》李善注，高氏引用《四庫總目提要》〈文選注〉說：

　　今本事義兼釋，似為邕所改定。然傳稱善注《文選》在顯慶中，與今本所載進表題顯慶三年者合。而《舊唐書》〈邕傳〉稱天寶五載，坐柳勣事杖殺，年七十餘。上距顯慶三年，凡八十九年。是時邕尚未生，安得有助善注書之事。且自天寶五載上推七十餘年，當在高宗總章、咸亨間。而《舊書》稱善《文選》之學受之曹憲，計在隋末，年已弱冠。至生邕之時，當七十餘歲，亦決無伏生之壽，待其長而著書。考李匡乂《資暇集》曰：李氏《文選》有初注成者，有復注者，有三注、四注者，當時旋被傳寫之。其絕筆之本，皆釋音訓義，注解甚多。

是善之定本，本事義兼釋，不由於邕。匡乂唐人，時代相近，
其言當必有徵。知《新唐書》喜采小說，未詳考也。

高氏在引用《提要》後加上按語，申述己見。按語云：「《四庫書目》
從李濟翁說，以今本事義兼釋者為李善定本，其說甚是，足正《新
傳》之誣。然顯慶三年之本，必非其絕筆之本。書目既以今本為定
本，則雖冠以顯慶三年上表，其書為晚年定本固無妨也。」高氏贊同
《四庫提要》之說，確定無李邕補益《文選》李善注之事。

（四）關於「《文選》學」

　　《新唐書》〈文藝〉〈李邕傳〉云：「（李善）遇赦還，居汴、鄭間
講授。諸生四遠至，傳其業，號『《文選》學』。」高氏說：「李善
《文選》學出自曹憲……《文選》學開始之功，自推曹憲。從憲受學
者，李善外有魏模、公孫羅、許淹等。《舊唐書》〈儒林傳〉云：『曹
憲，揚州江都人也。仕隋為秘書學士。每聚徒講授，諸生數百人。公
卿以下，亦多從之受業。貞觀中，揚州長史李襲譽表薦之，太宗徵為
弘文館學士，以年老不仕。乃遣使就家拜朝散大夫，年一百五歲卒。
所撰《文選音義》，甚為當時所重。初，江淮間為《文選》學者，本
之於憲。又有許淹、李善、公孫羅，復相繼以《文選》教授，由是其
學大興於代。』」高氏對唐代「《文選》學」的記述，頗為簡明扼要。
但是，他只看到新、舊《唐書》的記載，是不夠的。在唐代元和年間
（806-820），劉肅的《大唐新語》已記述此事：

　　　江淮間，為《文選》學者起自江都曹憲。貞觀初，揚州長史李
　　襲譽薦之，徵為弘文館學士。憲以年老不起，遣使就拜朝散大
　　夫，賜帛三百尺，憲以仕隋為秘書，學徒數百人，公卿亦多從
　　之學。撰《文選音義》十卷。相繼以《文選》教授。（卷九
　　〈著述〉）

「《文選》學」的記載當以此為最早，新、舊《唐書》的記載，大概都源於此。

（五）關於〈天子游獵賦〉

高氏在《文選李注義疏》〈子虛賦〉開頭，遍引《西京雜記》、王觀國《學林》、王若虛《滹南集》、焦竑《筆乘》、顧炎武《日知錄》、閻若璩《潛邱札記》、何焯《義門讀書記》〈文選〉、孫志祖《讀書脞錄》、張雲璈《選學膠言》諸書對〈天子游獵賦〉的論述，然後按曰：「諸家謂兩篇為一篇。是也。非獨〈子虛〉、〈上林〉，即〈兩都〉、〈二京〉、〈三都〉皆然。然王觀國、閻百詩疑別有〈子虛賦〉，則非是……焦弱侯之說，與王、閻所見略同……孫氏，張氏據〈西都賦〉注引〈子虛賦〉注稱為〈上林〉，疑唐初二賦猶作一篇，亦非是……至王從之、顧亭林說較為切實，然亦免為長卿所欺。吳摯甫先生曰：〈子虛〉、〈上林〉，一篇耳。下言故空藉此三人為詞，則亦為一篇矣。而前文〈子虛賦〉乃游梁時作，及見天子，乃為〈天子游獵賦〉。疑皆相如自為賦序，設此寓言，非實事。楊得意為狗監，及天子讀賦，恨不同時，皆假設之詞也。」案：先生此說，可以解諸家之惑。

高氏對司馬相如〈天子游獵賦〉之論述，引用諸家議論，至為周詳，十分可信。

四　評論

高氏對《文選》文章的評論，主要有兩種類型：一是文章的段落分析；一是文章的總評。

茲以蕭統〈文選序〉為例，借以了解高氏評論的特點。

高氏對〈文選序〉全篇的段落分析是：

（一）「式觀元始」至「文之時義遠矣哉」。以上文章之由來。

（二）「若夫椎輪為大輅之始」至「難可詳悉」。以上文之隨時變改。

（三）「嘗試論之曰」至「蓋云備矣」。皆論文章體制之繁。

　　1. 「嘗試論曰」至「不可勝載矣」。以上賦。

　　2. 「又楚人屈原」至「自茲而作」。以上騷。

　　3. 「詩者」至「分鑣並驅」。以上詩。

　　4. 「頌者」至「又亦若此」。以上頌。

　　5. 「次則箴興於補闕」至「蓋云備矣」。以上各體及總束。

（四）「余監撫餘閒」至「難矣」。以上選文之意。

（五）「若夫姬公之籍」至「名之《文選》云耳」。皆言選文之例。

　　1. 「若夫姬公之籍」至「加之剪截」。以上言不選經之意。

　　2. 「老莊之作」至「又以略諸」。以上言不選子書之意。

　　3. 「若賢人之美辭」至「亦所不取」。以上諸書所載謀臣策士之言亦不選。

　　4. 「至於記事之史」至「亦已不同」。以上言史之記事繫年，如傳記之類，亦不選。

　　5. 「若其贊論之綜緝辭采」至「故與夫篇什雜而集之」。以上言史之論述贊入選。

（六）「凡次文之體」至「各以時代相次」。此附言分體類之例。

全篇總評：詞旨淵懿，於文章遷變之源流，實確有所見。至以藻采為文，故經子大文轉不選錄，自是六朝風習，當分別觀之。（《南北朝文舉要》〈文選序〉）

對文章進行段落分析，這是我國傳統的分析方法。高氏對全篇的段落

分析十分細緻，由此可以了解文章的結構與層次，從而可以看出全文的思想內容。有助於讀者閱讀原文，也有助於讀者了解《文選》的內容。高氏的全篇總評主要抓住兩點：一是指出序言論及文章的由來和文章隨時代的變化而改變。一是指出《文選》「以藻采為文」，此即《文選》的選錄標準。《文選》的選錄標準是「事出於沉思，義歸乎翰藻」，不選經、子之文，於此可見六朝文風的變化。高氏的段落分析，簡明扼要，準確地概括了全篇的內容。其全篇總評，抓住重點，要言不繁，指出文章的精闢見解和六朝文風，皆深中肯綮。

又如曹丕的《典論》〈論文〉：[4]

> 其全篇總評曰：以氣論文，為文家一大發明，遂為古今所不能易。養氣之說，始於孟子，然非為為文計也，而其文滂薄充沛，未始非養氣之功。王仲任《論衡》〈自紀篇〉亦有養氣自守之言，文雖不工，亦能達其所見。自魏文帝發此論，後人祖之，劉彥和《文心雕龍》〈養氣篇〉、《顏氏家訓》〈文章篇〉，以迄至韓退之〈答李翊書〉、蘇子由〈上樞密韓太尉書〉，皆各有發明。後來論文者，皆出其所得，要必以子桓為開山也。

高氏的總評，抓住了《典論》〈論文〉的重要觀點——以氣論文。以氣論文對後世的文學評論有深遠的影響。高氏看到了這一點，作了簡短精要的論述，體現了他的卓越見解。

此外，高氏還論及《文選》李善注。他對《文選》李善注作了很高的評價。在《義疏》序中說：「至於唐代，集《文選》學大成者，斷推李氏矣。」同時指出，李善注經過「四厄」。「一厄於五臣之代篡，再厄於馮光震之攻摘，三厄於六臣本之羼亂，四厄於尤袤諸本之

4　高步瀛：《魏晉文舉要》（北京市：中華書局，1989 年）。

改竄。」高氏指出：「夫馮書未成，姑不論。五臣雖有書，而決非李匹，前人已有定議，則厄焉猶非其極。獨至屬亂之，改竄之，使其精神面目皆失其真。而綴學之士，雖力為把梳，終不能復其本元，斯則可為太息者也。」誠然。唐玄宗開元年間，「馮光震奉敕入院校《文選》，上疏以李注不精，請改注。」[5]馮書未成，無損於李善注；五臣注不如李善注，雖然呂延祚在〈上集注文選表〉中攻擊李善注「忽發章句，是徵載籍，述作之由，何嘗措翰」，自己吹噓其注「目無全牛，心無留義，作者為志，森乎可觀」，並未對李善注造成實質性的損害。問題是六臣注對李善注多有刪節，尤袤本對李善注多有改竄。這二者危害極大。現在要恢復李善注的原貌，已十分困難了，可為嘆息！

高氏〈文選李注義疏敘〉說：「民國初元，注姚氏《古文辭類纂》，所注諸篇，互見《文選》頗多，然猶未專事於李注。近年承乏北平師範學院，任有《文選》科目，始有講義之作。今夏無事，復取講義損益之，以付剞劂。」這說明高氏先注《古文辭類纂》，後著《文選李注義疏》，《古文辭類纂》注釋完畢，而《文選李注義疏》僅完成八卷，注賦十二篇。高氏義疏未竟全書，給《文選》學留下了深深的遺憾。好在高氏的《兩漢文舉要》收《文選》文十一篇，《魏晉文舉要》收《文選》文二十一篇，《南北朝文舉要》收《文選》二十三篇，這五十五篇文章都有詳細的注釋和簡評，足供《文選》學者參考。

高氏《義疏》大量引用了歷代《文選》學研究著作，特別是清代的著作，如何焯《義門讀書記》、余蕭客《文選音義》、汪師韓《文選理學權輿》、孫志祖《文選考異》、《文選李注補正》、胡克家《文選考異》、張雲璈《選學膠言》、梁章鉅《文選旁證》、朱珔《文選集釋》、薛傳均《文選古字通疏證》、胡紹煐《文選箋證》、許巽行《文選筆記》等。清代《文選》學昌盛，這些著作體現了清代《文選》學的新

5　〈集賢注記〉，《玉海》五十四引。

發展。高氏引用這些研究成果，加上他的精湛見解，充實了《義疏》
的內容。高氏十分熟悉我國古籍，他在《義疏》中大量引用了經、
史、子，集中多種著作有關訓故的資料，極大地豐富了《義疏》的內
容。旁徵博引，資料豐富，是本書的一大特點。這一特點，體現了本
書集大成的性質。我們認為，高氏的《義疏》，為《文選》學的研究
作出了重要的貢獻。這個貢獻將永載史冊，彪炳千秋。

二○○九年五月

劉師培與《文選》學研究

劉師培出生在一個研究經學的世家。《清史稿》〈儒林傳三〉云：

> 文淇治《左氏春秋長編》，晚年編輯成疏，甫得一卷，而文淇
> 沒。毓崧思卒其業，未果。壽曾乃發憤以繼志述事為任，嚴立
> 課程，至襄公四年而卒。

劉文淇是劉師培的曾祖父，劉毓崧是其祖父，劉壽曾是其伯父，他們
三代研究《春秋左氏傳》，享有盛名，但是並未完成。其實，劉師培
之父劉貴曾亦研究《左傳》，著有《春秋左傳歷譜》，這是《清史稿》
所未提到的。劉師培亦以經學自許，汪東〈劉師培傳〉云：

> （劉師培）為北京大學教授。夙有肺疾，至是，日益深，慮終
> 不久，一日謂其友黃侃曰：「僕自謂經學遹絕，惜無傳者。」
> 侃曰：「聽講者數百人，胡為無傳也？」師培笑曰：「必得如足
> 下者，乃可。」侃曰：「審若是，請北面為弟子矣。」遽下
> 坐，拜，師培泰然受之。

黃侃這樣傑出的學者能拜他為師，說明劉師培的經學素養是令人信服
的。儀徵劉氏之經學，代代相傳。

劉師培生於一八八四年，卒於一九二〇年，享年三十六歲。劉氏
短促的一生，卻為後世留下七十四種著作，亦可見其治學之勤奮。

　　劉師培的著作涉及到小學、經學、史學、諸子學和文學各個方面，內容十分廣泛。這裡試就其與《文選》學的關係進行一些探索。

　　劉師培論及《文選》的內容有：

一　論〈文選序〉

　　劉師培曰：「昭明《文選》，惟以沉思翰藻為宗，故贊論序述之屬，亦兼采輯。然所收之文，雖不以有韻為限，實以有藻采者為範圍，蓋以無藻韻者不得稱文也。」這裡指出，蕭氏《文選》以「沉思」「翰藻」為選錄標準，不以有韻為限。劉師培又曰：「昭明此序，別篇章於經、史、子書而外，所以明文學別為一部，乃後世選文家之準的也。」[1]這是說明《文選》選錄的範圍。不選經、史、子三類作品，只選集部詩文。這種做法，為後世選家所繼承。應該指出，劉師培的論述，只是舉出〈文選序〉的要點，並無新見。清代阮元曰：「昭明所選，名之曰『文』。蓋必文而後選也，非文則不選也。經也，子也，史也，皆不可專名之為文也，故昭明〈文選序〉後三段特明不選之故。必沉思翰藻，始名為文，始以入選也。」[2]阮氏早已言之在前。引起我們注意的是，在〈文選序〉之外，劉師培對《文選》名稱的詮釋。他說：「或者曰：彥和既區文筆為二體，何所著之書，總以『文心』為名？不知當時世論，雖區分文筆，然筆不該文，文可該筆；故對言則筆與文別，散言別筆亦稱文。……而《昭明文選》其所選錄，不限有韻之詞。此均文可該筆之證也。」[3]《文心雕龍》文體論部分，大致來說，從第六篇到第十五篇，即〈明詩〉、〈樂府〉、〈詮賦〉、〈頌贊〉、〈祝盟〉、〈銘箴〉、〈誄碑〉、〈哀弔〉、〈雜文〉、〈諧

1　見《中國中古文學史》〈丑、文學之區別〉。

2　見〈書梁昭明太子文選序〉後。

3　見《中國中古文學史》〈丑、文學之區別〉。

謢〉十篇，所論為有韻之文。從第十六篇到第二十五篇，即〈史傳〉、〈諸子〉、〈論說〉、〈詔策〉、〈檄移〉、〈封禪〉、〈章表〉、〈奏啟〉、〈議對〉、〈書記〉十篇，所論為無韻之筆。為何統稱「文心」，原因是「筆不該文，文可該筆」。《文選》中有文有筆，而名為《文選》，也是同樣的道理。劉師培「文可該筆」之說，為前人所未道，值得重視。

二　論《文選》之文

羅常培在北京大學讀書時，從劉師培研究文學，記錄口義四種，即群經諸子、中古文學史、《文心雕龍》及《文選》、漢魏六朝專家文研究。其中有《文心雕龍》講錄二種，〈頌贊〉篇和〈誄碑〉篇。〈誄碑〉篇口義中附有《文選》誄類和碑類作品的講解，足供《文選》研究者參考。

《文選》「誄」類選錄曹子建〈王仲宣誄〉、潘安仁〈楊荊州誄〉、〈楊仲武誄〉、〈夏侯常侍誄〉、〈馬汧督誄〉、顏延年〈陽給事誄〉、〈陶徵士誄〉、謝希逸〈宋孝武宣貴妃誄〉，共八篇。劉師培論曰：「蕭嗣所選曹子建〈王仲宣誄〉及潘安仁〈楊荊州誄〉、〈楊仲武誄〉、〈夏侯常侍誄〉、〈馬汧督誄〉各篇，皆可為茲體之圭臬。」這裡對曹植和潘岳所作之誄作了很高的評價。

（一）曹植〈王仲宣誄〉

王粲，字仲宣，「建安七子」之一。曾任魏丞相掾，官至侍中。與曹丕、曹植兄弟交誼深厚。建安二十二年（217）病卒。曹植悼念王粲而作此誄。誄云：

吾與夫子，義貫丹青。好和琴瑟，分過友生。庶幾遐年，攜手

同征。如何奄忽,棄我凤零!

　　劉師培曰:子建自敘與仲宣交誼及其哀傷。彥和譏之云:「陳思
叨名,體實繁緩,〈文皇誄〉末,百言自陳,其乘甚矣。」按此篇與
潘安仁諸誄皆敘自己對死者之交誼以表達其哀傷。良以纏綿悱惻之情
必資交誼篤厚而發,誄主述哀,與銘頌不同,故無妨率涉自己也。

　　曹植〈誄〉敘述自己與王粲深厚的情誼,流露了自己的哀傷。情
感纏綿悱惻,真切自然,感人至深。這裡劉氏糾正了《文心雕龍》
〈誄碑〉篇的看法,認為誄與銘、頌不同。寫誄,不妨表達自己對死
者的哀傷。寫銘、頌則不可。

　　又云:

　　　　感昔宴會,志各高屬。予戲夫子,金石難弊。人命靡常,吉凶
　　　　異制。此驩之人,熟先隕越?何寤夫子,果乃先逝!又論死
　　　　生,存亡數度。子猶懷疑,求之明據。儻獨有靈,游魂泰素。
　　　　我將假翼,飄飄高舉。超登景云,要子天路。

　　劉師培曰:「以仲宣平生論生死之語插入誄中,文甚警策,且有
無限之哀情寓於言外。」「喪柩既臻,將反魏京」文極為哀痛。可知
誄之警策在後半不在前半。前半敘功德,無妨稍平;後半表哀,必須
情文相生,以引起讀者悲悼之同情。

　　作者在誄中插入王粲論生死之語,表達了言外之哀情。如此寫
來,情文相生,極為動人。劉氏的分析,鞭辟入裡,自是卓見。

(二)潘岳〈楊荊州誄〉

　　楊荊州名楊肇,曾任荊州刺史,故潘岳尊稱為楊荊州。楊肇是潘
岳的岳父,於晉武帝咸寧元年(275)四月九日去世。潘岳十分悲

痛，寫此誄以寄託哀思。誄云：

> 子囊佐楚，遺言城郢。史魚諫衛，以尸顯政。伊君臨終，不忘
> 忠敬，寢伏床蓐，念在朝廷。朝達厥辭，夕隕其命。

劉師培曰：就楊荊州臨終所上奏章補敘一段，似為餘意而實文之
警策。但與〈王仲宣誄〉較則為變體。蓋〈王仲宣誄〉敘子建與仲宣
之交誼至篤，故情文相生之處甚多。而此篇以楊肇為安仁之長親，只
能敘普通之哀情，不可過於纏綿悱惻，因補敘此段以為文之波瀾。文
章中如有一段能提起，則全篇皆精彩矣。

劉氏認為「補敘」一段，為文章之警策，為文章之波瀾。文章有
此提起，則全篇精彩。這裡強調了警策的作用。此意陸機在〈文賦〉
中已言及：「立片言而居要，乃一篇之警策。雖眾辭之有條，必待茲
而效績。」警策在文章中的作用是十分重要的。劉氏對「補敘」的分
析，真有識之言也。

（三）潘岳〈楊仲武誄〉

楊經，字仲武，潘岳之妻侄。不幸短命，二十九歲去世。潘岳與
他情同父子，極為悲痛，乃寫作此誄。誄云：

> 潘楊之穆，有自來矣。矧乃今日，慎終如始。爾休爾戚，如實
> 在己。視予猶父，不得猶子。敬亦既篤，愛亦既深。雖殊其
> 年，實同厥心。日晷景西，望子朝陰。如何短折，背世湮沉。

劉師培曰：敘自己對仲武之關係。「視予猶父，不得猶子」二
句，可見安仁用書如己出之致。此篇作法與〈王仲宣誄〉及〈楊荊州
誄〉均異。前兩篇皆先敘死者之生平以及其死，此篇則先敘自己對死

者之戚誼，後及其死。惟自仲武之德行學問轉至潘楊之關係，更自潘楊之關係轉至仲武之死，轉折之處甚難。而此篇兩段之轉筆皆可資楷式，如「舊文新藝，罔不必肆」以上敘仲武之德行學問，其下直接「潘楊之穆，有自來矣」二句即轉至潘楊之關係，除兩漢魏晉人外無此筆法。又自潘楊之戚誼轉至仲武之死，而用「雖殊其年」八句潛運以意，曲折轉過，尤為轉法之上乘。凡有韻之轉筆，應如蜻蜓點水，春風飄絮，若用重筆便似後代之作。故直接曲轉與潛氣內轉二法，實兩漢魏晉文章之特出處。

誄文運用轉折手法，得到劉氏的肯定，認為是轉法之上乘。劉氏就此加以論述，頗能抓住文章的特點。文章如同山水景色，平平淡淡，豈能吸引遊客。文章必須善於轉折，使文情曲折多變，方可引起讀者的興趣。劉氏抓住轉折加以論述，正是抓住了文章的關鍵。

（四）潘岳〈夏侯常侍誄〉

夏侯湛，字孝若，官至散騎常侍，故潘岳尊稱為夏侯常侍。晉惠帝元康元年卒，享年四十九歲。夏侯與潘岳為至交。《晉書》〈夏侯湛傳〉云：「湛幼有盛才，文章宏富，善構新詞，而美容觀，與潘岳友善，每行止同輿接茵，京都謂之『連璧』。」夏侯氏卒後，潘岳深感悲痛，為撰誄文。劉師培曰：「此篇就自己與孝若之關係插敘事實而毫不遺漏，其貫串之法更難，此亦安仁文章之特出處。」這裡指出，運用貫串之法是本篇的特點。例如：

> 英英夫子，灼灼其俊，飛辯擒藻，華繁玉振。如彼隨和，發彩流潤；如彼錦繢，列素點絢。人見其表，莫測其裡，徒謂吾生，文勝則史。

劉師培曰：敘其文學。「人見其表，莫測其裡」二句甚難作，言

外見孝若不僅以文章擅長，特時人莫之知，知之者惟安仁耳。下接
「心照神交，惟我與子，且歷少長，逮觀終始」四句，見自己與其關
係深，故知之切。下文因歷敘其事蹟，其貫串之法可謂天衣無縫。且
此八句之轉折亦毫無跡象，此最堪玩味者也。

　　劉氏認為本篇運用貫串之法天衣無縫，毫無痕跡，值得玩味。所
謂「貫串」，實指文章之脈絡。人體的脈絡是貫串全身的，文章的脈
絡是貫串全篇的。林紓在《文微》中說：「文中有此，雖千波百折，
必能自成條理。」確實如此。劉氏常常能抓住文章的特點進行藝術技
巧的剖析，往往三言兩語，擊中要害。

（五）潘岳〈馬汧督誄〉

　　臧榮緒《晉書》曰：「汧督馬敦，立功孤城，為州司所枉，死於
圄圄。岳誄之。」[4]這裡概括了誄文的內容。劉師培曰：「馬敦與安仁
毫無交誼，以其為奇士，且有奇冤，故為之誄以表揚之。首段無須敘
其家世，並品評其學行，但應就特異之處直起，以其功業及冤枉為
主。顏延之〈陽給事誄〉專就殉節言，〈陶徵士誄〉專就隱逸及特立
獨行之處言，與此做法並同。」這裡說的是寫作方法，著重在寫作技
巧。但是對全篇的思想和藝術並無深入的分析。〈馬汧督誄〉是一篇
優秀的誄文，情文並茂，生動感人。譚獻曰：「此敘槃互紆軫，拔奇
於漢魏之外。」又曰：「瑰瑋絕特，奇作也。」[5]孫執升曰：「氐羌之
橫，守御之奇，憸人之毒，烈士之憤，曲曲寫出，卻是一氣呵成，騰
驤磊落，其筋骨自不同。」[6]這些評論雖然籠統，卻也能道出誄文的
一些妙處。

4　李善注引。
5　《駢體文鈔》卷26。
6　《重訂文選集評》。

（六）顏延之〈陽給事誄〉

　　此誄是為了悼念宋寧遠司馬陽瓚而作。陽瓚是抗擊北魏拓跋嗣入侵滑臺的英雄。誄文表彰他在抗敵中臨危不懼、視死如歸的高尚精神，伸張了民族的正氣。這是顏延之的佳作。劉師培以為此篇與潘岳的《馬汧督誄》的作法相同，但是，用筆不同。他說：「〈馬汧督誄〉精彩甚多，有非顏延年所可及者：一、安仁用古書如己出，延年則有跡象。二、安仁文氣疏朗，筆姿淡雅，而愈淡愈悲，無意為文而自得天然之美。雖累數百言而意思貫串如出一句，與說話無異。延年之文雖亦生動而用筆甚重，如『朔馬東驚，胡風南埃』等句甚不自然，遜安仁遠矣。」經過比較，劉氏認為，顏不如潘，這個結論是可信的。《晉書》〈潘岳傳〉云：「潘岳構意，專師孝山，巧於敘悲，易入新切，所以隔代相望，能徵厥聲者也。」對潘岳誄文都作了較高的評價。

（七）顏延之〈陶徵士誄〉

　　陶徵士，即陶淵明，一名陶潛。東晉末年的大詩人。顏延之與之友善。據李善注引《中興晉書》記載：「（延之）為始安郡太守，經潯陽，常飲淵明舍，自晨達昏。」淵明卒，延之撰〈陶徵士誄〉，盛讚其高尚人格，表示哀悼之意。徵士，學行並美而不就朝廷徵召之士。

　　劉師培論〈陶徵士誄〉曰：

> 此篇之序甚長，而「初辭州府三命」數句即與誄文「度量難鈞，進退可限」一段相犯，為兩漢魏晉誄中所少見。其作法兼采〈馬汧督誄〉及〈王仲宣誄〉二體。蓋以淵明既有特立獨行處，而與延年交誼又篤。可知作法應因題而異也。起首「物尚孤生，人固介立。豈伊時遘，曷云世及」四句，就淵明之特異之處立言，憑空突起。

這裡談到三點：一、指出序與誄文有牴觸之處。序云「道不偶物，棄官從好」。誄云「長卿棄官，稚賓自免，子之悟之，何悟之辨？」前云與世不合，棄官歸隱。後云淵明領悟到司馬相如稱病辭官、邴稚賓自動免職，才回歸田園。前後不一。二、本篇作法兼採〈馬汧督誄〉和〈王仲宣誄〉，這是由陶淵明的具體情況決定。三、誄文開頭「憑空突起」，頗有特色。這些論述僅就作法而言，劉氏又曰：

> 「深心追往，遠情逐化」以下敘自己與淵明之交誼，與〈王仲宣誄〉作法相同。自「獨正者危」至「吾規子佩」，為延年勸淵明之語；「違眾速尤，迕風先蹶，身才非實，榮聲有歇」四句，為淵明對延年之語；插問答之詞於誄中，模擬子建立跡尤顯。此篇為延年刻意學安仁之作。蓋安仁各篇情文相生，變化甚多，筆姿疏朗，毫不板滯，實為誄之正宗。凡欲學安仁者，可先就此篇研究筆姿如何能疏朗，用書如何能淡雅，自可逐漸升堂入室矣。

劉氏認為，篇中插入問答之詞，是摹仿曹植的〈王仲宣誄〉。但是全篇是刻意學潘岳的。他認為潘岳誄高度的藝術成就使它成為誄之正宗。《文心雕龍》〈誄碑〉篇云：「詳夫誄之為制，蓋選言錄行，傳體而頌文，榮始而哀終。論其人也，曖乎若可覿；道其哀也，淒焉如可傷。此其旨也。」劉勰總結了前人誄文創作的經驗，提出了誄文的寫作要領，也是概括了誄體的特點。潘岳深通這個要領，在誄文創作中大都能體現這些特點，取得了很高的成就。

（八）謝莊〈宋孝武宣貴妃誄〉

謝莊，字希逸，劉宋時文學家。宋孝武帝宣貴妃姓殷，原為宋孝帝淑儀，為帝所寵，死後追贈為貴妃，諡曰宣，故稱宣貴妃。劉師培

論曰：

> 此篇與哀策文之體為近。蓋古人誄文以四言為正宗，其變體間
> 亦有用七言者。然非必用長句始足以表哀也。希逸此文大體仍
> 為四言，但自「移氣朔兮變羅紈」至「怨〈凱風〉之徒攀」，
> 自「慟皇情於容物」至「望樂地而顧慕」，又自「重扃闃兮燈
> 已暗」至「德有遠兮聲無窮」，均參用六言或七言。此實後代
> 之變體，非誄文之正宗。

劉氏認為此篇與哀策文相近。按誄文，稱頌人之德行於死後；哀策
文，又名哀辭，抒發其哀痛之情。二者不同。此篇誄文既稱頌了宣貴
妃的美德，又抒發了哀痛的感情，故劉氏謂與哀策文相近。此誄初選
入《文選》，後選入《駢體文鈔》、《六朝文絜》等書，歷來受到人們
的重視。《南史》〈后妃傳〉云：「謝莊作哀策文奏之，帝臥覽讀，起
坐流涕曰：『不謂當今復有此才。』都下傳寫，紙墨為之貴。」《駢體
文鈔》譚獻評云：「工絕。」又云：「殊有宕逸之氣。」《六朝文絜》
許槤評云：「陡起絕奇。」「敘述死後情形，語語淒絕。」「詞逸思
哀。」「由生而卒，由卒而葬，敘次不紊，綜核有法。而一句一詞，
於嚴峻中仍有逸氣，所以不可及。」大都是讚美之辭。但在寫法上受
到後人的批評。李兆洛曰：「此與文通〈齊武帝誄〉，之後俱不作四
言，與哀策之體相亂矣。不當援陳思為辭也。」[7]劉氏沿襲了李兆洛
的說法，認為此誄是「變體」。其實唐代李延壽《南史》〈后妃傳〉中
已將〈宋孝武宣貴妃誄〉稱為哀策文了，說明當時二者的界限並不是
很清楚。此篇雖然在語言形式上有些變化，即除四言句外，還有六言
句、七言句，但是不能因此而稱為「變體」而非「正宗」。因為文學

7　《駢體文鈔》卷5。

形式總是不斷發展變化的，已經發展變化的「誄」仍然是「誄體」。

劉師培論及的《文選》碑類作品有：

（一）蔡邕〈郭有道碑文〉

蔡邕，字伯喈，東漢末著名學者、文學家。郭有道，即郭泰，字林宗，家世貧賤，博通墳籍，與河南尹友善。朝廷當權者屢徵不就。或問汝南范滂曰：「郭林宗何如人？」滂曰：「隱不違親，貞不絕俗，天子不得臣，諸侯不得友，吾不知其他。」年四十二，卒於家。蔡邕為撰碑文，寫畢謂涿郡盧植曰：「吾為碑銘多矣，皆有慚德，唯郭有道無愧色耳。」[8]

劉師培曰：「此篇為墓碑，篇中有『樹碑墓表』之明文；其有韻之文為銘，篇中有『爰勒茲銘』、『昭銘景行』之明文。案碑之體例，起首應記死者姓名，亦有變體起法開始即作『某年某日某人死』者。六朝碑文起首或少作空論，如王儉〈褚淵碑〉是，但不可過長。作碑全用散文固為乖體，空論太多亦品之下者。又碑文應據當時之制度，凡地名官名均應以現行者為準。清人多違斯例，往往稱杭州曰武林，稱道尹為觀察，強古以名今，蓋不知碑銘公式之過也。」這裡論述碑文之體例，比較具體。《文心雕龍》〈誄碑〉篇云：「夫屬碑之體，資乎史才。其序則傳，其文則銘。標序盛德，必見清風之華；昭紀鴻懿，必見峻偉之烈：此碑之制也。」這裡提出碑體的寫作要求。二者合觀，對碑文一體的了解則更為全面。

碑文云：「將蹈鴻涯之遐跡，紹巢許之絕軌，翔區外以舒翼，超天衢以高峙。」劉師培曰：「四句鍾煉甚工，而音節和雅。蔡中郎碑銘之佳處不僅在字句典雅，蓋字句典雅為普通漢碑所同有，惟氣貫、變調乃伯喈所獨擅耳。」伯喈碑文以氣貫之，文調常變，文辭鍾鍊，

8　《後漢書》〈郭太傳〉。按范曄父名泰，故改泰為太。

音節和雅，讀起來朗朗上口，使人感到意味深長。劉氏指出伯喈碑文藝術上的特點，可謂要言不繁，深中肯綮。

（二）蔡邕〈陳太丘碑文〉

陳太丘，即陳寔，字仲弓，東漢名士。因曾任太丘長，故尊稱之為陳太丘。事見《後漢書》本傳。

本篇是蔡邕為陳寔所作的碑文，與〈郭有道碑文〉同為蔡邕碑文中的名作。劉師培曰：「此篇銘文不長而頗能傳神，句句氣清，而善於含蓄。」劉氏認為，碑銘之文，句宜典重而用筆宜清，而此篇「句句氣清」，寫得傳神而含蓄，故為上乘。吳汝論曰：「（此篇）純用虛敘，神氣雋逸，此中郎諸碑之冠。」[9]評價極高。譚獻曰：「陳、郭兩賢，如見其人，中郎諸碑皆在此後。」李兆洛曰：「中郎為表墓正宗，此二篇尤上品也。」[10]皆備致優評。

劉師培綜論蔡邕碑文云：

> 綜觀伯喈之文，有全敘事實者，如〈胡廣碑〉；有就大節立言者，如〈范丹碑〉；有敘古人之事者，如〈王子喬碑〉；有敘《尚書》經義，並摹擬《尚書》文調者，如〈楊賜碑〉；千變萬化，層出不窮。有重複之字句，而無重複之音調，無重複之筆法：洵非當時及後世所能企及也。

這裡對蔡邕所作諸碑作了很高的評價。《文心雕龍》〈誄碑〉篇云：「自後漢以來，碑碣雲起，才鋒所斷，莫高蔡邕。觀〈楊賜〉之碑，骨鯁訓典，〈陳〉、〈郭〉二文，詞無擇言，〈周〉、〈胡〉眾碑，莫非精允。其敘事也該而要，其綴采也雅而澤；清詞轉而不窮，巧義出而卓

9　見《兩漢文舉要》。

10　見《駢體文鈔》卷24。

立；察其為才，自然而至矣。」劉勰所論，十分精闢。劉師培顯然受了他的影響。

（三）王儉〈褚淵碑文〉

王儉，字仲寶，南朝宋、齊時代的文學家。齊永明時，任侍中、尚書令，官至中書監。卒時年僅三十八歲。褚淵，字彥回，宋文帝女婿，曾任中書令。入齊后，齊高帝封其為南康郡公，任尚書令。

劉師培曰：「此篇銘文作法亦與漢碑相同，文體雖不甚高，而能句句妥貼……此篇序高於銘，序中無一句不妥貼，無一句不典雅，敘事密而周，用典清而切，在齊梁文中自屬上乘。碑銘之體，自齊梁以後皆以密見長，與漢碑不同，研究齊梁文章者應於密處注意。然文之密者往往不能貫串。此篇首尾相稱，密而能貫，氣足舉詞，轉折無跡。從茲研尋，於齊梁碑銘思過半矣。」劉氏認為，此篇序高於銘。序文妥貼、典雅、周密、親切，是齊梁文中的上乘。也有不同意見，譚獻曰：「逐事鋪敘中僅堪摘句，文章至是，不能無待於起衰。」李兆洛曰：「逐節敷敘。中郎遺矩，羌無鎔裁，但苦詞費。仲寶、休文尚疏雋可觀。」[11]都指出了此篇之不足。據《南史》〈袁粲傳〉、〈褚彥回傳〉，宋明帝臨終，袁粲與褚淵同為顧命大臣。後蕭道成陰謀篡權，袁以不願屈從，在鎮守石頭城時，父子被殺。褚淵為蕭道成效勞，入齊後，進位司徒，侍中、中書監如故。於時民謠曰：「可憐石頭城，寧為袁粲死，不作褚淵生。」民謠讚揚袁粲的名節，譏刺褚淵的變節，反映了當時百姓的思想。《梁書》〈何點傳〉云：「初，褚淵、王儉為宰相，點謂人曰：『我作〈齊書贊〉云：淵既世族，儉亦國華；不賴舅氏，遑恤國家。』」對褚淵、王儉進行了批評。凡此，碑文皆以曲筆隱之。今日讀此碑文，當與民謠、〈齊書贊〉並讀。

---

11 見《駢體文鈔》卷24。

（四）王巾〈頭陀寺碑文〉

　　王簡棲，據李善注引《姓氏英賢錄》曰：「王巾，字簡棲，琅邪臨沂人也。有學業。為〈頭陀寺碑文〉，文詞巧麗，為世所重。起家郢州從事，征南記室。天監四年卒。碑在鄂州，題云：齊國錄事參軍琅邪王巾制。」

　　劉師培曰：「此篇亦為六朝上乘文字……此篇行文雋妙，說理明晰，敘事細密，句句妥適。蓋佛典人人能用，而有雋妙不雋妙之分；敘事人人優為，而有密與不密之判。用佛典而能雋妙，敘事密而妥貼，此其所以難能可貴也。」劉氏指出本篇有雋永、明晰、細密、妥適等優點，認為難能可貴，是上乘之作。在劉氏之前，譚獻曰：「辭不汎濫，漢魏義法未淪。」又曰：「名理之言，出於回薄；紀敘之體，貫以玄遠。此為南朝有數名篇，沾漑唐初，何能青勝？」又曰：「銘詞秀出。」[12]在劉氏之後，錢鍾書曰：「按余所見六朝及初唐人為釋氏所撰文字，驅遣佛典禪藻，無如此碑之妥適瑩潔者。」[13]都給此碑文以很高的評價。但亦有持異議者，如陸游曰：「南齊王簡棲碑……駢麗卑弱，初無過人，世徒以載於《文選》，故貴之耳。……如此篇者，今人讀不能終篇，已坐睡矣，而況效之乎？」[14]日本學者清水凱夫曰：「（〈頭陀寺碑〉）文體冗長、過分講究修飾，大部分內容不值得一讀、沒有個性的文章。……平淡無味……」[15]都認為並非佳作，是因為收入《文選》才流傳後世的。錢鍾書對陸游進行了批評，云：「然其論詩、文好為大言，正如其論政事焉。」其鄙夷齊梁初唐文若此，亦猶其論詩所謂「元白才倚門，溫李真自鄶」，「陵遲至元

12　見《駢體文鈔》卷23。

13　錢鍾書：《管錐編》第4冊，頁1442。

14　陸游：《入蜀記》第四。

15　〔日〕清水凱夫：〈文選中梁代作品的撰（選）錄問題〉，《六朝文學論文集》。

白，固已可憤疾，及觀晚唐作，令人欲焚筆」；皆不特快口揚己，亦似違心阿世。「不終篇而坐睡」，渠儂殆「渴睡漢」耳。[16]真是快人快語，痛快淋漓。至於清水氏認為劉孝綽選此碑文入《文選》，並不是因為文章出色，而是由於碑中所寫的劉誼與劉孝綽同為彭城人，劉孝綽之母與作者王巾同為琅邪人起了作用。清水氏的豐富想像，令人佩服。但是想像不能代替實證，難以解決問題。要解決問題，只有深入了解碑文的語言、藝術成就，承認它是上乘之作，別無良法。

（五）沈約〈齊故安陸昭王碑文〉

沈約，字休文，齊梁時文學家。入梁後，官至尚書令。齊安陸昭王，即蕭緬，字景業，南蘭陵人。齊明帝蕭鸞之弟。永明九年卒。享年三十七。

劉師培曰：

> 此篇與〈褚淵碑〉作法相同，唯筆法各異。其好處在妥貼自然。凡文章能妥貼自然者，上也；妥貼而欠自然者，次也；既不妥貼，又不自然，品斯下矣。

劉氏指出，本篇的好處在妥貼自然。文章妥貼自然者，自可入上品。否則，只能列入中品、下品。

劉師培又曰：

> 此篇銘文甚清爽，無一句不可解。凡作有韻之文，第一須求可解。若可補字成句，補句成段，則此句此段即在可解不可解之間。第二須會貫串，如二句不貫，前後段不貫，則意指所在不

---

16 錢鍾書：《管錐編》第 4 冊，頁 1442-1443。

能明了，文章次序亦難劃然矣。

劉氏認為銘文清爽，具有可解和貫串的特點。所謂可解是指不艱深難懂，所謂貫串是指脈絡清楚。如銘文一不可解，二不貫串，則不能了解其意旨。這只是對銘文寫作的起碼要求。《文心雕龍》〈誄碑〉篇云：「夫屬碑之體，資乎史才，其序則傳，其文則銘。標序盛德，必見清風之華；昭紀鴻懿，必見峻偉之烈：此碑之制也。」這才是對碑文的基本要求。此碑是達到這個要求的。譚獻曰：「似健於仲寶。前後諛頌已甚。敘歷仕措注有勢。銘詞復述，則昌黎以前通病。」[17]指出其優點，同時又指出其缺點，比較客觀。此碑雖有缺點，仍然是沈約碑文中的佳作。

（六）任昉〈劉先生夫人墓誌銘〉

任昉，字彥升，南齊時為「竟陵八友」之一，梁時，歷任黃門侍郎、御史中丞等職。齊梁時的文學家。劉先生，即劉瓛，齊梁時人，是當時的大儒。劉之夫人是王法施的女兒，乃漢丞相王遵之後代。

墓誌云：

> 既稱蔡婦，亦曰鴻妻，復有令德，一與之齊。實佐君子，簪蒿杖藜；欣欣負載，在冀之畦。居室有行，亟聞義讓，稟訓丹陽，弘風丞相。籍甚二門，風流遠尚。肇允才淑，閫德斯諒。蕪沒鄭鄉，寂寞揚冢，參差孔樹，毫末成拱。暫啟荒塋，長扃幽隴。夫貴妻尊，匪爵而重。

這就是墓誌的全文，共九十六字。劉師培曰：「觀漢魏刻石之出土者

---

17 《駢體文鈔》卷24。

並無墓誌，亦足證此體之始於六朝也……此篇有銘無序，為六朝墓誌之正格。彥升此文雖非精詣之作，而詞令妥貼雅淡，亦不失任文之本色。」

一般墓誌應有誌有銘，此篇墓誌有銘而無誌，當是別體，而劉氏謂之「正格」，令人不解。

《南齊書》〈劉瓛傳〉云：「建元中，太祖與司徒褚淵為瓛娶王氏女，王氏椓壁掛履，土落孔氏（瓛母）床上，孔氏不悅，瓛即出其妻。」而本篇云：「暫啟荒埏，長扃幽隴。」即王氏與劉瓛合葬。梁章鉅《文選旁證》引林先生曰：「《齊志》言王氏被出，今此志乃合葬之文，疑《齊志》有誤。」按，任昉、蕭子顯與劉瓛都是同時代的人，不應有誤。李善注云：「蕭子顯《齊書》曰：王氏被出，今云合葬，蓋瓛卒之後，王氏宗合之。」也有可能。

劉師培在《文心雕龍》〈誄碑篇口義〉中對《文選》「誄」類和「碑」類全部作品進行了比較詳細、具體的分析。這些分析具有以下特點：

（1）把《文心雕龍》研究與《文選》研究結合起來

《文心雕龍》是文學理論批評著作，《文選》是詩文總集。二者結合起來研究，可以了解《文心雕龍》的文學理論批評之精闢，也可以看出《文選》選錄詩文作品的精審，起到相輔相成的作用。《文選》學家駱鴻凱說：「《雕龍》論文之言，又若為《文選》印證，笙磬同音。是豈不謀而合，抑嘗共討論，故宗旨如一耶。」[18]我有同感。

（2）分析作品常常採用評點的方法

茲以蔡邕〈陳太丘碑文〉為例，稍加說明：

---

18 駱鴻凱《文選學》〈纂集第一〉。

「不徼訐以干時，不遷貳以臨下」二句形容甚佳。所用之書不出《論語》、《孝經》，而如自己出，天然淵懿。

「交不諂上，愛不瀆下」二句蘊蓄甚佳。

「見機而作，不俟終日」二句如天造地設，是最善於用經說者。

「如何昊穹，既喪斯文」二句，言外之意甚深。此篇銘文不長而頗能傳神，句句氣清，而善於含蓄。

對詩文的評點，明、清時比較盛行。「五四」以後，漸漸少見。這種傳統的文學批評形式，也是人們所喜聞樂見的。精彩的評點，常常只有三言兩語，就能點出文章的妙處。在作品分析中起到畫龍點睛的作用。在劉師培對《文選》「誄」、「碑」兩類作品的評點中，我們往往可以見到這種評語。

（3）注重文章作法

劉師培是經學家，也是駢文家，他深通駢文的寫作規律。因此，他在分析作品時，比較重視文章作法。例如蔡邕〈郭有道碑文〉解說云：

> 案碑之體例，起首應記死者姓名，亦有變體起法開始即作「某年某日某人死」者。六朝碑文起首或少作空論，如王儉〈褚淵碑〉是，但不可過長。作碑全用散文固為乖體，空論太多亦品之下者。又碑文應據當時之制度，凡地名官名均應以現行者為準。

這裡說的是碑文的寫作體例。又任昉〈劉先生夫人墓誌〉解說云：

> 故凡作碑文，第一須辨體裁，第二須暢文氣，第三用典須妥貼，不可輾轉比附，致有痕跡。大致用經典成篇者可以蔡中郎

　　　　為法，用雜典成篇者可以六朝人為法。不拘長短，皆有一定之
　　　　格式。

這是說寫作碑文皆有一定的格式。

　　此外，劉氏在「誄」、「碑」兩類作品的講解中還常常講到「氣
貫」、「變調」、「筆清」、「轉筆」、「警策」等，都是講的文章作法。

　　劉氏結合具體作品講文章作法，實際上是對文章進行剖析，這
樣，有助於讀者對文章寫作技巧的深入了解和對思想內容全面的把
握，可以有效地提高讀者的分析能力和鑑賞水準。

　　劉師培的《《文心雕龍》講錄二種》，包括〈頌贊〉、〈誄碑〉兩篇
講錄。〈誄碑〉篇口義中又附了《文選》「誄」、「碑」全部作品的講
解。劉氏的講解方法與黃侃的《文心雕龍札記》迥異。劉氏重在評
點，黃氏重在詮釋，各有所長。學習兩位前輩學者的研究成果，對於
深入研究《文心雕龍》與《文選》將是十分有益的。

　　一八九九年，敦煌石窟所藏古籍被發現之後，引起人們的注意。
羅振玉、王國維、劉師培等學者都對敦煌古籍進行了研究。一九一二
年，劉師培的〈敦煌新出唐寫本提要〉發表在《國粹學報》第七卷
內。後王重民的〈敦煌古籍敍錄〉收入劉師培所撰《文選》古鈔本殘
卷提要三則。這三則是：

（1）《文選》寫本卷二　李善注　伯二五二八卷

　　劉師培曰：「《文選》李善注卷第二，三百五十三字，由〈西京
賦〉『井幹疊而百增』起，至賦末李注止。末標『文選卷第二』五
字。別有『永隆年二月十九日弘濟寺寫』一行。……此乃李注未經紊
亂之本也。」又曰：「茶陵多從李本，間注五臣異文，袁以五臣本為
主，間注李本異文。近汲古閣毛氏所刊宋本，鄱陽胡氏所刊南宋尤延
之本，均僅李注，然李與五臣亦相羼雜，近儒勘校已詳。今以此卷證

之……」下附校勘記。認為「由是而言，足證後世所傳李注本，已失唐本之真」。

劉氏指出，此《文選》殘卷是永隆寫本。永隆是唐高宗年號（680-681）。這是李善注《文選》的早期寫本，當是李善注之原本。用這個本子與後世所傳《文選》比較，可以證明後世所傳李善注本，已失唐本之真。

此殘卷之影印件，見饒宗頤編《敦煌吐魯番本文選》，中華書局二○○○年版，第二至二十頁，可參閱。

（2）《文選》寫本殘卷　伯二五二七卷

劉師培曰：「《文選》李注一百二十二行，由東方曼倩〈答客難〉『不可勝數』起，至揚子雲〈解嘲〉『或釋褐而傅』止，乃李注本之第四十五卷也。……『世』字『治』字『虎』字各缺末筆，此亦李注未經常亂之本也。」又曰：「此卷之例，李氏自注，均冠『臣善曰』三字，所引《漢書》舊注，則各冠姓名在李注前。」

這一寫本《文選》殘卷，是李善注本。根據避諱學，可以推定此卷為唐寫本。劉師培在此卷提要中附有校勘記，說明古寫本在校勘古籍和鑑別版本方面起著重要作用。這樣的唐寫本對《文選》學的研究來說是極為珍貴的。

此殘卷影印件，見饒宗頤編《敦煌吐魯番本文選》，中華書局二○○○年版，第五十四至六十頁，可參閱。

（3）《文選》寫本殘卷　伯二五二五卷

劉師培曰：「《文選》白文六十七行，從沈休文《恩幸傳論》『屠釣卑事也』句『事也』起，至范蔚宗〈光武紀贊〉之末止，末題『《文選》卷第二十五』，此即《梁書》、《隋志》所云三十卷之本也。……蓋三十卷為昭明舊本，六十卷為李氏所分。……則此卷所據

之本，與李注之本不同。訛文俗字，雖亦附見於其中，然視宋本經後賢改竄者，故弗同矣。」

　　這是《文選》白文寫本殘卷，係三十卷本，即昭明舊本。與李善注本不同，與經竄改過的宋本《文選》亦不同。提要中附校勘記，說明與各本不同。昭明舊本宋以後散失，今日得此殘卷，亦彌足珍視。

　　此殘卷影印件，見饒宗頤編《敦煌吐魯番本文選》，中華書局二○○○年版，第七十四至七十七頁，可參閱。

　　從劉師培撰寫的提要，可以看出他對敦煌石窟所藏的《文選》寫本殘卷有濃厚的興趣，也可以看出他對《文選》學有深入的研究。這些提要，直到今天，對我們研究《文選》學仍有很高的參考價值。

　　除上述之外，劉師培的《中國中古文學史》和《漢魏六朝專家文研究》對《文選》中的詩文作家論述頗多，由於這兩部著作並非專門研究《文選》學的，這裡就不再涉及了。

　　關於劉師培，張舜徽的《清代揚州學記》將他列入揚州學派，說他是經學家；錢基博的《現代中國文學史》將他列入駢文學派，說他是駢文家；有的學者將他列入《文選》學派，說他是《文選》學家。這些說法都是有根據的。劉師培既是經學家，也是駢文家和《文選》學家。就《文選》學而言，他深受江蘇儀徵同鄉阮元的影響。阮元作〈文言說〉，他作〈廣文言說〉，阮元重視駢體文，他主張「駢文之一體，實為文類之正宗」（《文說》〈耀采篇〉）。在這種思想基礎上，他重視《文選》，研究《文選》學，並取得新的成就。這是值得我們重視的，今天，我們要學習前輩學者的研究成果，總結歷史經驗，做好當代的《文選》學研究工作，把我們的《文選》學研究提高到一個新的水準。

二○○七年九月

黃侃與《文選》學研究

　　黃侃（1886-1935），字季剛，晚自號量守廬居士，湖北蘄春人。現代著名的音韻訓詁學家、文學家。曾師事章太炎，習音韻訓詁之學，又從師劉師培，受其家傳經學。故其長於小學、文學與經學。歷任武昌高等師範、北京大學、東北大學、金陵大學和中央大學教授。著有《文心雕龍札記》、《黃侃論學雜著》、《說文箋識》、《廣韻校錄》、《爾雅音訓》、《文字聲韻訓詁筆記》、《文選平點》等。

　　黃侃讀書治學十分勤奮、認真。汪東〈蘄春黃君墓表〉說他「為學，嚴定日程，貫徹條理。所治經、史、小學諸書，皆反覆數十過，精博孰習，能舉其篇葉行數，十九無差忒者」。黃侃讀書有計畫、定日程，重要的經、史、小學著作大都反覆閱讀多次，對自己的要求極其嚴格。汪東所述，皆為事實。黃侃《閱嚴輯全文日記》卷二「戊辰五月三日辛卯」說：「余觀書之捷，不讓先師劉君，平生手加點識書，如《文選》蓋已十過，《漢書》亦三過。注疏圈識，丹黃爛然。《新唐書》先讀，後以朱點，復以墨點，亦是三過。《說文》、《爾雅》、《廣韻》三書，殆不能計遍數。」正證明汪東所言不虛。其侄兒黃焯說：「焯竊觀先生圈點之書，數當以千計，經史子文諸專籍無論已，即以《四庫全書總目提要》、《清史稿》兩書論之，即達七百餘卷。至於能背誦之書，不止如先生所述《說文》、《文選》數部而已，如杜工部、李義山全集，幾皆上口，即詞曲中能吟諷者亦多，博聞強

記，蓋兼具所長。」[1]黃焯受業黃侃，其所述自然可靠。黃侃天資聰
慧，讀書刻苦，故其著作大都具有較高的學術水準，是我們今天進行
學術研究常常需要參考的重要著作。

　　黃侃的學術研究是多方面的，本文論述的是黃侃對《文選》學的
研究。

　　黃侃學習和研究《文選》多年，有多次《文選》批注本，未見有
《文選》研究專著問世。我所見到的黃侃《文選》批注本有：一、其
長女黃念容整理的《文選黃氏學》，臺灣文史哲出版社一九七七年出
版。二、其侄黃焯整理的《文選平點》，上海古籍出版社一九八五年
出版。三、其子黃延祖整理的《文選平點》（重輯本），中華書局二〇
〇六年出版。黃念容的丈夫是黃侃門人潘重規教授，潘氏迻錄本時間
是庚午（1930），此後黃侃可能時有批注，潘氏則不斷迻錄，故內容
較為豐富。黃焯是古典文學專家，武漢大學教授，他曾親聆黃侃之講
授，多年整理黃侃遺稿，其所錄批注當真實可靠。黃延祖是工科教
授，對《文選》並無研究，他的貢獻是將黃念容的《文選黃氏學》與
黃焯的《文選平點》重輯為一，力求保存黃侃批點《文選》之全貌。
本文的論述主要以黃延祖重輯本為依據。

　　黃侃對《文選》有深湛之研究，其《文選平點》值得我們注意的
有兩個方面。

一　校勘

　　古書在傳抄、翻刻的過程中常常會產生一些錯誤。所以，古書需
要校勘。葉德輝說：「書不校勘，不如不讀。」[2]話雖說得過分一些，

1　《藏書十約》。

2　〈季剛先生生平及其著述〉，《量守廬學記》（北京市：生活・讀書・新知三聯書店，
　　1985 年）。

卻也有道理，因此，前人十分重視校勘工作。

　　黃侃對《文選》的校勘十分仔細。他首先吸收的是何焯的校勘成果，因為他認為：「清世為《文選》之學，精該簡要，未有超於義門者也。」[3]至於汪師韓《文選理學權輿》、余蕭客《文選音義》、《文選紀聞》、孫志祖《文選理學權輿補》、《文選考異》、《文選李注補正》、胡克家《文選考異》、朱珔《文選集釋》、梁章鉅《文選旁證》、張雲璈《選學膠言》、薛傳均《文選古字通疏》、胡紹煐《文選箋證》等都用來參校。以上各家有關《文選》的著作，在清代都是有代表性的。黃侃校勘《文選》吸收了他們的成果，說明黃侃對《文選》的校勘是帶有總結性的特點，值得我們重視。他說：「建安以前文皆經再校。楊守敬抄日本卷子本，羅振玉影印日本殘卷子本已與此本校，又五臣、六臣皆宜對校。」[4]這是說，《文選》中建安以前的詩文已校過兩次。楊守敬抄日本卷子本、羅振玉影印的日本殘卷子本已與此本校過。楊守敬抄日本卷子皆古鈔《文選》三十卷本，今殘存二十一卷，無注。羅振玉影印的日本殘卷子本指《文選集注》一百二十卷本，羅振玉一九一八年影印十六卷，今存二十四卷，二〇〇〇年，上海古籍出版社影印出版，書名《唐鈔文選集注匯存》。黃侃認為，五臣、六臣皆宜對校。五臣本我國今存完整的只有陳八郎本，與黃氏所持底本湖北崇文書局翻刻鄱陽胡氏刻本《文選》對校，比較簡單。如果以胡刻本《文選》與六臣注《文選》對校就比較複雜了。因為六臣注《文選》有明州本、贛州本之別，對校起來，工作任務繁重。所以只是說「宜對校」，而自己未能完全做到。

　　黃侃熟讀《說文》、《爾雅》、《廣韻》，精通文字、音韻、訓詁之學，所以他的校勘，質量很高。現在請看下面的例子：

3　《文選平點》〈敘〉。

4　《文選平點》〈敘〉。

《文選》卷四十三，孔稚圭〈北山移文〉：「馳煙驛路。」《文選平點》云：「先叔父嘗語焯云：路或霧之訛，蓋霧先訛作露，再訛作路，而驛路又屬常語，遂莫知改正也。檢《王子安集》，驛字每作動詞用，則驛霧與馳煙對文，非與山庭為對文也。王勃《乾元殿頌》，『尋出緬阭，驛路馳煙。』疑即本孔文，驛與馳為對舉字，如馳魂思是也。」

　　昔日讀《文選》李善注，「馳煙驛路」，無注。查梁章鉅《文選旁證》、朱珔《文選集釋》、胡紹煐《文選箋證》等，皆無注。後來翻閱一些當代注本，如北京大學中國文學史教研室選注《魏晉南北朝文學史參考資料》注云：「驛路，猶言馬路、大路。此指周顒所經過的路。」[5]朱東潤主編《中國歷代文學作品選》注云：「驛路，通驛使的大路。」[6]袁行霈、許逸民主編《中國文學作品選注》（第二冊）注云：「驛路，大路。」[7]各本所注皆相同，似可成為確解。但是，以上編者都忽略了黃侃於一九二二年提出的新解。這個新解是正確的，黃侃門人徐復教授說：「閱影宋本《太平御覽》卷四十一引《金陵地記》所舉孔文首四句，正作『馳煙驛霧』，知宋人所見本，尚有不誤者，可以證成師說，而洵屬快事。」[8]我要補充的是，《六臣注文選》卷四十三劉良注云：「驛，傳也。謂山之英靈驅馳煙霧，刻移文於山庭也。」這個理解是正確的，黃侃提出新解，可能受到劉良的啟發。

　　又《文選》卷四十一，司馬遷〈報任少卿書〉：「然陵一呼勞，軍士無不起，躬自流涕，沫血飲泣，更張空拳，冒白刃，北向爭死敵

5　北京大學中國文學史教研室選注：《魏晉南北朝文學史參考資料》（北京市：中華書局，1962 年）。

6　朱東潤主編：《中國歷代文學作品選》（上海市：上海古籍出版社，1979 年）。

7　袁行霈、許逸民主編：《中國文學作品選注》（第二冊）（北京市：中華書局，2007 年）。

8　徐復：《後讀書雜誌》（上海市：上海古籍出版社，1996 年）。

者。」黃侃云：「『起躬』猶起身也。『躬自流涕』則不詞。『自』蓋衍文。舊以『士無不起』為句，則自『沫血飲泣』以下四句均無主格，末句『者』字獨立不住，宜以『士無不起躬流涕』為句，直冠下四句，『自』為衍文，當由一本『躬』作『身』，或將『身』字注『躬』字下，後遂誤為正文，故衍耳。《漢書》〈司馬遷傳〉無『自』字可證。」這裡，黃侃用理校的方法，校出「自」字為衍文。在校勘的四種方法中，理校最難。校書者必須具有很高的語言和文學素養，才能做出正確的判斷。著名史學家陳垣說：「此法須通識為之，否則鹵莽滅裂，以不誤為誤，而糾紛愈甚矣。故最高妙者此法，最危險者此法。」確實如此。黃侃在理校之後，又以他校的方法，引用《漢書》〈司馬遷傳〉加以證實。校勘的結果更是確鑿無疑了。上一例，黃侃校出「路」當作「霧」，也是用的理校方法。其門人徐復教授，引用《太平御覽》所引《金陵地記》，加以證明，這也是以他校的方法加以肯定。其結果也是十分可靠的。以上二例可以看出黃侃的校勘具有很高的水準。

又《文選》卷十二，木華〈海賦〉：「瞾眇蟬蜎。」黃侃云：「下抄本有『珊瑚琥珀，群產相連，硨磲馬碯，淵積如山』十六字。」日本所藏古鈔無注三十卷本《文選》，今存二十一卷，是珍貴的校勘資料。黃侃校出比現存〈海賦〉多出十六字，這是對《文選》校勘的一大貢獻。黃侃曾在古鈔無注三十卷本《文選》卷六末有〈題記〉云：

〈海賦〉多出十六字，不但六臣所無，何、余、孫、顧所未見，而楊翁藏此卷子於篋衍數十年，殆亦未發見矣。豈徒〈神女〉玉王互訛，證存中之妙解；〈西京〉戈弋不混，驗屺瞻之善饟乎？且崇賢書在，北海解亡，此編原校引書，獨有臣君之說，是則子避父諱，其為北海之作，焯爾無疑。陸善經見之，此卷子引之，逸珠盈椷，何珍如是。行可能藏，侃能校，皆書生之幸事也。季子侃題記。

按卷子本《文選》，為武昌徐行可（徐恕）所藏。以上題記是從屈守元《文選導讀》轉引的。此則題記涉及四個問題：

（1）〈海賦〉多出十六字問題

這十六字，胡刻本〈文選〉沒有，六臣本、五臣本《文選》沒有，何焯、余蕭客、孫志祖、顧千里等選學家從未見過，藏有此卷子的楊守敬亦未發見。韓國奎章閣本六家《文選》，其李善注底本為宋天聖年間國子監本，其五臣注底本為平昌孟氏刻本，皆為較早的刻本，亦未見「十六字」的蹤影。今存各種版本的《文選》只有尤刻早期印本（如中華書局一九七四年影印出版的尤刻本《文選》）有這十六字，後期遞修本如胡刻本《文選》所據之尤刻本就沒有這十六字，這說明尤刻初版《文選》與後來的遞修本是有文字出入的。胡刻本《文選》所據的尤刻本是後來的刊本，所以無此十六字。既然各本《文選》皆無此十六字，只有尤刻初版《文選》有此十六字，那麼這十六字是〈海賦〉原有，還是從他書竄入的就說不清楚了。

（2）宋玉〈神女賦〉玉、王互訛問題

〈神女賦〉寫的是楚襄王夢見神女，還是宋玉夢見神女，這是宋代以來長期爭論的問題。北宋沈括用理校的方法將〈神女賦〉中的一些「王」字改為「玉」字，如〈神女賦〉序云：「楚襄王與宋玉遊於雲夢之浦，使玉賦高唐之事。其夜王寢，夢與神女遇，王異之，明日以白玉……」沈括認為：「『其夜王寢，夢與神女遇』者，『王』字乃『玉』字耳。『明日以白玉者』，以白王也。『王』與『玉』誤書之耳。」[9]這樣校改以後，夢見神女的是宋玉，而不是楚襄王。此說得到南宋姚寬（《西溪叢語》卷上）、明代張鳳翼（《文選纂注》）、清代

9　《夢溪筆談》〈補筆談〉〈辨證〉。

何焯（《義門讀書記》卷四十五）、余蕭客（《文選音義》）、許巽行（《文選筆記》）、汪師韓（《文選理學權輿》）、胡克家（《文選考異》）、胡紹煐（《文選箋證》）、張雲璈（《選學膠言》）、朱珔（《文選集釋》）、梁章鉅（《文選旁證》）等的贊同。所以黃侃說「證存中之妙解」，是贊同沈括此說。

應當指出，《文選平點》中的批語與此說迥異。黃侃在〈神女賦〉「其夜王寢，果夢與神遇，其狀甚麗，王異之，明日以白玉」下批道：

> 或云當作玉寢，然則夢神女者，其玉也耶。下云「他人莫睹，王覽其狀」，正承此王言而說。若以先王所幸，襄王不當應夢，則宋玉應夢之耶，不知昔者先王，宋玉固未嘗實指其為懷王，然則朝雲之廟，蓋已遠矣。上告下亦可稱白，白猶報也。沈存中、姚寬之誤，皆由不解此白字耳。

又在「王曰若此盛矣，試為寡人賦之」下批道：

> 此王曰乃更端之辭，惟上「王」、「玉」二字互倒耳。蓋夢與神遇者王也，以狀告玉者，亦王也，玉賦乃承王之命，因王之辭而賦之，諸校勘家皆於此未能照了，故所說多誤。若作玉夢神女，則「試為寡人賦之」及王覽狀二語不可通。侃所說竟與趙曦明同，今夜覽孫志祖《文選考異》見之，為之一快。壬戌七夕記。

以上二則批語顯然不贊同沈括的校改。批語寫於壬戌，即一九二二年。〈題記〉可能寫於此後。黃侃對沈括之說又有了新的看法。

（3）張衡〈西京賦〉「建玄弋」的校勘問題

「建玄弋」，黃侃云：「『玄弋』，何焯改為『玄戈』。今見日本鈔本，竟與之同。」何焯云：「杜牧詩：『已建元戈收相土，應回翠帽過離宮。』疑即用此。今刻『元弋』者，恐非。《史記》〈天官書〉：『杓端有兩星：一內為矛，招搖；一外為盾，天鋒。』晉灼曰：『外，遠北斗也……一名元戈。』」何焯以他校的方法，校出「元弋」應作「元戈」，黃侃以古鈔無注三十卷本《文選》加以證實。

（4）黃侃說：「崇賢書在，北海解亡」。非關校勘

這裡附帶論及。崇賢，李善；北海，指善子李邕。

《新唐書》〈文藝傳〉：「邕少知名。始善注《文選》，釋事而忘意。書成以問邕，邕不敢對，善詰之，邕意欲有所更，善曰：『試為我補益之。』邕附事見義，善以其不可奪，故兩書並行。」此說不可信。高步瀛說：

> 又謂善注《文選》，釋事忘意，與子邕所更者，兩書並行。晁公武《郡齋讀書志》亦取其說，實亦誣枉。清《四庫全書總目》曰：「今本事義兼釋，似為邕所改定。然傳稱善注《文選》在顯慶中，與今本所載進表題顯慶三年者合。而《舊唐書》〈邕傳〉稱天寶五年，坐柳勣事杖殺，年七十餘。上距顯慶三年，凡八十九年。是時邕尚未生，安得助善注書之事。且自天寶五載上推七十餘年，當在高宗總章、咸亨間。而《舊書》稱善《文選》之學受之曹憲，計在隋末，年已弱冠。至生邕之時，當七十餘歲，亦決無伏生之壽，待其長而著書。考李匡乂《資暇集》曰：李氏《文選》有初注成者，有復注者，有三注、四注者。當時旋被傳寫之，其絕筆之本，皆釋音訓義，

注解甚多。是善之定本，本事義兼釋，不由於邑。匡乂唐人，
時代相近，其言當必有徵。知《新唐書》喜采小說，未詳考也」

《四庫全書總目》的反駁十分有力，足以證明《新唐書》之誣枉，證
明黃侃依據《新唐書》所立之說不可信。

二　批注

批即批語，注即注釋。批注是《文選平點》的兩個組成部分。先
說批。

古人讀書常施以批注，這是一種傳統讀書方法。黃侃喜用此法，
也善用此法。他在《文選平點》的批語，常常表達他精湛的見解。如：

〈文選序〉。黃侃批云：「此序，選文宗旨、選文條例皆具。宜
細審繹，毋經發難端，《金樓子》論文之語，劉彥和《文心》
一書，皆其翼衛也。」

中國古代文學源遠流長。蕭統編選《文選》的目的是為了「略其
蕪穢，集其清英」。他擬定了選文之條例，不選經書，不選史書（其
論述贊除外），不選子書，只選文學作品。他選文的一個重要標準，
即「事出於沉思，義歸乎翰藻」。黃氏認為，〈文選序〉所表達的文學
思想，應與蕭繹《金樓子》論文之語、劉勰《文心雕龍》結合起來理
解，因為《金樓子》論文之語與《文心雕龍》是其文學思想之「翼
衛」，即輔助部分。

《金樓子》論文之語見〈立言〉篇。此篇區分文、筆，有助我們
了解當時文學作品的特徵。〈立言〉篇說「吟詠風謠，流連哀思者，謂
之文。」又說：「至如文者，惟須綺縠紛披，宮徵靡曼，唇吻遒會，

情靈搖蕩。」這是指抒情文字，其特點是辭藻繁富，音節動聽，語言精煉。蕭繹比較看重文學的形式。蕭統在〈答湘東王求文集及《詩苑英華》書〉中說：「夫文典則累野，麗亦傷浮，能麗而不浮，典而不野，文質彬彬，有君子之致。」蕭統既看重文辭的華美、典雅，也重視文章內容的充實、雅正，要求文章具有「文質彬彬」的特點。

《文心雕龍》是我國古代最重要的文學理論批評著作。其內容大致可分五個部分：一、劉勰所謂的「文之樞紐」，即導論。劉勰強調儒家思想對文學理論的指導作用。蕭統編選《文選》時，同樣具有儒家思想。不過，他不像劉勰那樣過分的強調。二、文體論。《文選》分體三十七類，《文心雕龍》分體三十三類，並有詳細的論述。《文選》的文體分類顯然受了《文心雕龍》的影響。文體論各篇對《文選》詩文的評論十分精闢，有助我們閱讀《文選》。三、創作論。可以指導讀者分析《文選》所選錄的詩文。四、批評論。讀者掌握了文學批評的標準，可以用來評價《文選》中的作品。五、序言。說明劉勰為什麼寫《文心雕龍》，並說明本書的體例，結構等。

我曾在拙著《昭明文選研究》的〈後記〉中說：

> 我認為，研究《文心雕龍》應與《文選》相結合，參閱《文選》，可以證實《文心雕龍》許多論點的精闢。同時，我也認為，研究《文選》亦應與《文心雕龍》相結合，揣摩《文心雕龍》之論斷，可以說明《文選》選錄詩文之精審。因此，將二書結合起來研究，好處很多。

確實如此，我認為，黃侃提出，仔細審繹〈文選序〉，以《金樓子》論文之語，《文心雕龍》為「翼衛」，自有道理。但是，如能加上鍾嶸《詩品》就更好了。

《文選》卷十九，曹植〈洛神賦〉。黃侃批云：「洛神」子建自比

也。何焯解此文獨得之。按何焯《義門讀書記》曰：「〈離騷〉：『我令豐隆乘之兮，求宓妃之所在。』植不得於君，因濟洛川作為此賦，托詞宓妃，以寄心文帝，其亦屈子之志也。」何氏認為，此賦意在「寄心文帝」。又尤袤《李善注文選》引〈感甄記〉說此賦是曹植思念甄后而作。何氏反駁曰：「按《魏志》，（甄）后三歲失父，後袁紹納為中子熙妻。曹操平冀州，丕納之於鄴下。安有子建嘗求為妻之事？」

　　在中華版《文選平點》後，附錄黃侃〈曹子建洛神賦識語〉，此文對〈感甄記〉逐條反駁，其結論是：「今謂〈洛神賦〉但為陳王托恨遣懷之詞，進不為思文帝，退亦不因甄后發，庶幾言情守禮，兩俱得之。」

《文選》卷二十一，郭璞〈游仙詩〉

　　黃侃批云：「謂《詩品》譏其無列仙之趣。據此，是前識有非議是詩者。然景純斯篇，本類詠懷之作，聊以攄其憂生憤世之情，其於仙道特寄言耳。故曰『雖欲騰丹溪，雲螭非我駕。』明仙不可求。又曰：『燕昭無靈氣，漢武非仙才。』明求仙皆妄也。首章俱有山林之文，然則游仙特隱遁之別目耳。」黃氏認為，郭璞〈游仙詩〉只是抒發他憂生憤世之情，「於仙道特寄言耳」。

　　清人對郭璞〈游仙詩〉的評論較多，如：

陳祚明曰：「〈游仙〉之作，明屬寄託之詞，如以『列仙之趣』求之，非其本旨矣。」[10]

何　焯　曰：「景純之〈游仙〉，即屈子之〈遠游〉也。章句之士，何足以知之。」[11]

沈德潛曰：「〈游仙詩〉本有托而言，坎壈詠懷，其本旨也。鍾嶸

---

10 《采菽堂古詩選》卷 12。
11 《義門讀書記》卷 46。

貶其少列仙之趣，謬矣。」[12]

黃侃的批語，顯然是受了前人的啟發而論述較詳。

《文選》卷五十一，賈誼〈過秦論〉。

　　黃侃批云：「此論覆燾無窮。『論』字為後人所題。《吳志》〈闞澤傳〉，澤稱此篇為〈過秦論〉則稱『論』舊矣。《文心》〈諸子〉篇有賈誼《新書》，而〈論說〉篇但云陸機〈辨亡〉，效〈過秦〉而不及。蓋無專論〈過秦〉之詞，則彥和亦不題之為論也。」黃氏認為，〈過秦論〉覆蓋無窮，影響頗大。今天見到的《新書》〈過秦〉篇皆無「論」字。《三國志》〈吳書〉〈闞澤傳〉：「（孫）權嘗問書傳篇賦，何者為美？澤欲諷喻以明治亂，因對：『賈誼〈過秦論〉最美。』」從此，〈過秦〉就加上「論」字了。但是《文心雕龍》〈諸子〉篇、〈論說〉篇提及〈過秦〉皆無「論」字。清學者汪中說：「〈過秦〉三篇，本書題下無『論』字。〈陳涉、項籍傳論〉引此，應劭注云：『賈誼書之首篇也。足明篇之非論。』《吳志》〈闞澤傳〉始自為論。左思，昭明太子並沿其文，誤也。」（《述學》〈賈誼《新書》序〉）汪氏認為，〈過秦〉後應無「論」字，有「論」字是錯誤的。可是，由於《文選》對後世的影響廣泛而深遠，一些著名的選本，如《古文辭類纂》、《駢體文鈔》、《經史百家雜鈔》、《古文觀止》等，皆稱之為〈過秦論〉。〈過秦論〉已成為此篇之通名了。

《文選》卷五十八，蔡邕〈郭有道碑文〉。

　　黃侃批云：「中郎碑頌之文，所選太少。」為什麼嫌《文選》選錄蔡邕「碑頌之文」太少呢？黃侃沒有說，劉勰說了，《文心雕龍》〈誄碑〉篇說：

12　《古詩源》卷8。

自後漢以來，碑碣雲起，才鋒所斷，莫高蔡邕。觀〈楊賜〉（〈司空文烈侯楊公碑〉）之碑，骨鯁訓典，〈陳〉（〈陳太丘碑文〉）〈郭〉（〈郭有道碑〉）二文，詞無擇言，〈周〉（〈汝南周勰碑〉）〈胡〉（〈太傅胡廣碑〉）眾碑，莫非精允。其敘事也該而要，其綴采雅而澤；清詞轉而不窮，巧義出而卓立；察其為才，自然而至矣。

同書〈才略〉篇又說：

張衡通贍，蔡邕精雅，文史彬彬，隔世相望。是則竹柏異心而同貞，金玉殊質而皆寶也。

劉勰對蔡邕文作了很高的評價，特別是他撰寫的碑文，評價尤高。劉勰指出，蔡邕文的特點是「精雅」，劉師培說：

《文心雕龍》〈才略〉篇云：「蔡邕精雅」，實為定評。研治蔡文者應自此入手。精者，謂其純粹而細緻也；雅者，謂其音節調適而和諧也。今觀其文，將普通漢碑中過於常用之句，不確切之詞，及辭采不稱，或音節不諧者，無不刮垢磨光，使之潔淨。故雖氣味相同，而文律音節有別。凡欲研究蔡文者，應觀其奏章若者較常人為細；其碑頌若者較常人為潔；音節若者較常人為和，則於彥和所稱「精雅」當可體味得之。

劉氏對「蔡邕精雅」的分析頗詳，有助於我們了解蔡文的特點。而漢代碑碣文，蔡邕的成就最高，《文選》只選錄了〈陳太丘碑文〉、〈郭有道碑〉兩篇，豈不是太少了嗎？原來黃侃的批語只是結論，其論據在《文心雕龍》中。

　　這類例子頗多，就不一一列舉了。這類批語，往往可見其獨特的觀點，體現了較高的學術水準。

　　次說注釋。

　　黃侃不是專門注釋《文選》，而是在閱讀《文選》的過程中，參考各本，邊校，邊注，邊批。其校對校、本校、他校、理校並用，爭取恢復著作原貌；其注擷各家之長，力求準確無誤；其批，或吸收古人的見解，或獨抒己見，大都可觀。其校、批之特點已見上文，現在考察其注之特點。例如：

　　　　《九歌》〈東〉〈太一〉：
　　　　瑤席兮玉瑱○瑱，猶鎮也。
　　　　〈雲中君〉：
　　　　蹇將憺兮壽宮○蹇，猶羌也。
　　　　極勞心兮忡忡○極，疲。
　　　　〈少司命〉：
　　　　與汝游兮九河，沖颮起兮水揚波○「與汝」二句王無注，蓋復
　　　　〈河伯〉章語也。
　　　　望美人兮未來○此美人，司命也。
　　　　〈山鬼〉：
　　　　余處幽篁兮終不見天○余，山鬼自余也。
　　　　留靈修兮憺忘歸○留，待也。
　　　　君思我兮然疑作○然，詞也。
　　　　思公子兮徒離憂○離憂，即離騷也。

這是黃氏在閱讀過程中，根據自己的理解加注，以通釋語義。看起來，信筆加注，十分簡單。實際上，對古籍進行恰當的注釋是不簡單的。這與他深厚的語言和文學修養是分不開的。又如：《宋書》〈謝靈

運傳論〉：

> 相如工為形似之言，二班長於情理之說○形似，摹寫事物之情
> 狀也。情理，權論是非也。
> 子建、仲宣以氣質為體○氣質專尚天姿，取其遒上也。
> 源其飆流所始，莫不同祖風騷○所謂百家騰躍，終入環內。
> 縟旨星稠，繁文綺合○以繁縟二字，標潘、陸之文，信得之矣。
> 綴平臺之逸響，采南皮之高韻○平臺指相如，南皮指曹、王，
> 雖異之而不能不有所取，貴在變通而已矣。
> 遺風餘烈，事極江右○右字極是。言潘、陸之風止於西晉，故
> 下云東晉無聞麗辭，或作左，非也。
> 遒麗之辭，無聞焉爾○遒則意健，麗則文密，文辭至此乃無遺
> 恨矣。
> 靈運之興會標舉，延年之體裁明密○興會標舉，遒之屬也。體
> 裁明密，麗之方也。然顏終遜於謝，以未遒耳。
> 欲使宮羽相變，低昂舛節，若前有浮聲，則後須切響。一簡之
> 內，音韻盡殊；兩句之中，輕重悉異。妙達此旨，始可言文○
> 聲律論作，文變無窮，其所攉拔揚抎，不可勝數也，而此數
> 語，實已總挈綱維。
> 皆暗與理合，匪由思至○暗與理合何也，音韻乃自然之物，不
> 待教而解調也。

黃氏在此篇開頭說：「此篇未易促了，侃考之至深，別具篇札。宜取
省覽。」按此篇札記已亡佚。從此篇注釋看，黃氏考慮問題，確實比
較深入，具有一定學術性。又如：

> 宋玉〈登徒子好色賦〉：愚亂之邪臣，自以為守德，謂不如彼

矣○愚亂之邪臣斥宋玉也。彼，彼登徒也。謂不如彼者，宋玉自以為不如登徒子好色也。注皆謬。

謝靈運〈述祖德詩〉：高揖七州外，拂衣五湖里○七州者，玄所都督七州也。注謬。而近世曾國藩亦承之而不考矣。此方虛谷說。

嵇康〈幽憤詩〉：曰余不敏，好善闇人○謂呂巽也。注謬。仲悌心曠而放，非不可交之人也。

陸機〈答賈謐〉：年殊志比○何焯謂機與謐款密，大謬。此詩意存譏諷，款密乃空言耳。

嵇康〈雜詩〉：執克英賢，與爾剖符○意言誰為賢者，當與之契合也。注非。（略同何焯為說）

揚雄〈解嘲〉：顧默而作〈太玄〉五千丈，枝葉扶疏，獨說數十餘萬言○王西莊以為〈法言〉，非也，據此，子雲〈太玄〉，自有說之文也。

范曄〈逸民傳論〉：士之蘊藉義憤甚矣○蘊藉，猶懷蓄也。注非。

顏延之〈陶徵士誄〉：有晉徵士，尋陽陶淵明，南岳之幽居者也○淵明為名為字，究難因此以定之。南岳，灊、霍也。何云盧山，謬。

注釋古書很難，南宋學者洪邁在《容齋隨筆》卷十五〈注書難〉說：「注書至難，雖孔安國、馬融、鄭康成、王弼之解經，杜元凱之解《左傳》，顏師古之注《漢書》，也不能無失。」因此，古書注釋的失誤是難免的。黃侃博考群籍，糾正《文選》注釋中的失誤，正體現他的學術水準。可是智者千慮，難免偶有失誤。如〈陶徵士誄〉條，何焯解「南岳」為盧山。黃侃認為錯了，應是灊山、霍山。我認為何焯解為盧山，猶有可能，因為陶淵明曾為「尋陽三隱」之一。而黃侃解為灊、霍，全無可能。按灊山，即潛山，在成安徽潛山縣，霍山，在

今安徽霍山縣，陶淵明何曾在潛山、霍山隱居，未見記載。黃侃可能
看到《漢書》〈郊祀志〉云：禮「南岳灊山於灊。」而引起誤解。於
此亦可見注釋古書之難。

　　黃侃精通訓詁之學。他曾對《說文》、《爾雅》、《小爾雅》、《方
言》、《釋名》、《廣雅》等訓詁學名著進行過深入的研究。他也曾在中
央大學等高校講授訓詁學。黃焯的聽課筆記《訓詁學講詞》今存，武
西山聽黃侃講訓詁學筆記二則，見〈追悼黃季剛師〉一文[13]。由於黃侃
的訓詁學造詣很深，所以《文選平點》中的注釋具有較高的學術價值。

　　關於《文選》的研究方法，張之洞的《輶軒語》說：「選學有徵
實、課虛兩義。考典實，求訓詁，校古書，此為學計。摹高格，獵奇
采，此為文計。」黃侃的《文選平點》有校勘，有訓詁，還有評論。
顯然，這是為研究學問而閱讀《文選》。不僅如此，黃侃還特別強
調：「讀《文選》者，必須於《文心雕龍》所說能信受奉行，持觀此
書，乃有真解。」[14]並且說：「開宗明義，吾黨省焉。」黃侃一開始就
說明了閱讀和研究《文選》的方法，並希望同行都能明白這一點。

　　把《文選》研究與《文心雕龍》研究結合起來，這是研究《文
選》學一種重要的方法。黃侃也是這樣做的。例如：《文選》卷一
〈京都上〉下，黃侃引「《文心雕龍》云：『夫京殿苑獵，述行效志，
並體國經野，義尚光大。至於草區禽族，庶品雜類，則觸興致情，因
變取會。』據此，是賦之分類，昭明亦沿前貫耳。」[15]說明《文心雕
龍》賦之分類對《文選》之影響。又如：黃侃在魏文帝〈與吳質書〉
「孔璋章表殊健，微為繁富。公幹有逸氣，但未遒耳。其五言詩之善
者，妙絕時人」下評曰：「大抵子桓論文，以遒健不弱為貴耳。《文
心》〈風骨篇〉全出於此。」指出《文心》風骨論的出處。又如：任

---

13 《量守廬學記》（北京市：三聯書店，1985 年）。

14 黃侃：《文選平點》卷 1（上海市：上海古籍出版社，1985 年）。

15 《文選平點》，頁 3。

昉〈奏彈劉整〉：「列稱出適劉氏二十許年。」黃侃曰：「列者當時文
書之稱。《文心雕龍》：『萬民達志，則狀列辭諜。』列，陳也，陳列
事情，昭然如見也。」這是說明文體，以《文心雕龍》為證。又如：
揚雄〈劇秦美新〉。黃侃曰：「《文心》云：『詭言遁辭。』得此文之真
矣。」黃侃認為，《文心雕龍》對〈劇秦美新〉的評價十分確切。黃
侃將《文選》與《文心雕龍》結合起來於此可見一斑。黃侃強調的研
究《文選》的方法，對我們是很有啟發的。

　　此外，講講《量守廬講學二記》[16]。這兩次講學涉及到《文選》
的有兩條，一是〈讀《文選》法〉，二是在《史學》一條中涉及梁章
鉅的《文選旁證》。

　　〈讀《文選》法〉說：

> 《文選》采擇殊精，都為名作。《文選》之學有二：一曰「文
> 選學」，二曰「文選注學」。吾輩可捨注學而不講求，否則有床
> 上架床，屋上架屋之弊。讀《文選》時，應擇三四十篇熟誦
> 之，餘文可分兩步工夫。（甲）記字：一曰記艱澀不常見之
> 字，二曰記最恰當之字。（乙）記句：至少須有千百句鎔裁於
> 胸，得其神髓局變。例如〈高唐〉、〈神女〉兩篇，則更為枚
> 乘、司馬相如二大家之所祖述。至於韓愈〈平淮西碑〉，亦模
> 擬〈難蜀父老〉而成也。《文選》不必拘於體例，表章亦猶書
> 疏，皆繫乎情也。〈阿房宮賦〉末段並韻而無之，頗類〈秦
> 論〉。〈赤壁〉兩賦及〈春醪賦〉、〈秋聲賦〉，皆賦中之變體，
> 與漢賦不同。讀《文選》一書，不如兼及《晉書》、《南北
> 史》。史載之文，非其佳妙，即與史事有關耳。讀《文選》，當

---

16 黃侃講，黃席群、閔孝吉記。時間是一九三四年夏。見張暉編：《量守廬學記續編》
　　（北京市：生活・讀者・新知三聯書店，2006年）。

　　　　讀《唐文粹》，以化其整滯。[17]

這裡皆從詞章立論，讀《文選》，為的是寫好文章。黃氏認為，《文選》學有《文選》學與《文選》注學之別，他不主張講求《文選》注學。他的門人駱鴻凱《文選學》，將《文選》學的內容分為注釋、辭章、廣續、讎校、評論五類。今人則認為研究《文選》及其注釋者皆為《文選》學，唯「辭章」一類除外。黃氏認為，讀《文選》，先應選擇三、四十篇詩文熟讀、背誦，其他各文則鎔裁其字、句，而得其神髓，以利其寫作。此皆從「辭章」立論。至於說，讀《文選》應兼及《晉書》、《南北史》，這是為了加深對《文選》所選詩文的理解。讀《文選》後，當讀《唐文粹》以化其整滯。《唐文粹》，宋姚鉉編。《四庫全書總目提要》說：「是編文賦唯取古體，而四六之文不錄。詩歌亦唯取古體，而五七言近體不錄。」《文選》文儷偶的成分較多，故以此書化之。此亦從「辭章」考慮。

　　這裡，黃氏論及《文選》學多辭章立論，這也許是「選學」另一義。與我們所謂的《文選》學不同。

　　關於梁章鉅的《文選旁證》，黃侃說：

　　　　梁章鉅所著書，多係從人售來者，如《文選旁證》、《三國志旁
　　　　證》，皆非自撰。其自撰者只《浪跡叢談》一書，較前二者迥
　　　　不類矣。[18]

黃侃所說源自清代李慈銘《越縵堂讀書記》和近代李詳《愧生叢

---

17 〈量守廬講學二記〉，張暉編：《量守廬學記續編》（北京市：生活·讀者·新知三聯書店，2007 年）。

18 黃席群、閔孝吉記〈量守廬講學二記〉，張暉編：《量守廬學記續編》（北京市：生活·讀者·新知三聯書店，2006 年）。

錄》。李慈銘說：

> 閱梁氏章鉅《文學旁證》，考核精博，多存古義，誠選學之淵
> 藪也。閩人言此書出其鄉之一老儒，而梁氏購得之。或云是陳
> 恭甫氏稿本，梁氏集眾手稍增益者。其詳雖不可知，要以中丞
> 他所著書觀之，恐不能辨此。[19]

李詳說：

> 梁章鉅《文選旁證》，為程春廬同文稿本。沈子培（即沈曹
> 植）提學親為余說。[20]

李慈銘和李詳都聽說《文選旁證》不是梁章鉅的著作，他們都認為梁
章鉅寫不出這種高水準的著作來。李慈銘聽說是陳恭甫（即陳壽祺）
的稿本。陳恭甫《清史稿》有傳，是經學家，其駢文為世所重，與
《文選》無關。李詳聽說是程春廬（即陳同文）稿本。程春廬，嘉慶
四年進士，長於地志，《清史列傳》有傳，亦與《文選》無涉，二位
李氏的聽說，皆不可憑信。這樣，黃侃認為《文選旁證》非梁章鉅自
撰的看法，同樣不可信。我認為，《文選旁證》乃梁章鉅的著作。理
由是：一、目錄書如《清史稿》〈藝文志〉、《書目答問》、《增訂四庫
全書簡明目錄標注》等著錄《文選旁證》，皆注明梁章鉅撰。二、梁
章鉅的同鄉好友林則徐為他寫的〈墓誌銘〉認為《文選旁證》是梁章
鉅的著作。清代著名學者阮元、朱珔為《文選旁證》寫序備加褒揚。
三、梁章鉅《退庵自訂年譜》說：「甲戌，四十歲……是歲由運河北

---

19 〔清〕李慈銘著，由雲龍輯：《越縵堂讀書記》（上海市：上海書店，2000 年）。
20 李詳：《李審言文集》上冊（南京市：江蘇古籍出版社，1989 年）。

上，滯居漕艎中百餘日，取舊讀《昭明文選》筆記之作編錄而增益之，是為《文選旁證》之權輿。」[21]又說：「戊戌，六十四歲……校梓《文選旁證》四十六卷，阮云臺師、朱蘭坡同年各為之序，蓋二十年精力所萃，至是始成書云。」[22]於此可見，《文選旁證》為梁章鉅自撰，毋庸置疑。作者有〈《文選旁證》作者考辨〉[23]可供參考。

　　黃侃喜愛《文選》，熟讀《文選》，有時他還喜歡朗誦《文選》中的詩文。黃焯在〈《文選平點》後記〉中說：「回思四十年前，先從父（黃侃）嘗取選文抗聲朗誦，焯竊聆其音節抗墜抑揚之勢，以為可由此得古人之聲響，而其妙有愈於講述者，蓋今所錄圈點之文，率先從父昔之所喜而諷誦者，雖朗誦之音節不可得傳，而其得古人文之用心處，則可於覘之矣，錄而存之，亦學文者之津筏也。」這裡記述的是黃侃朗誦《文選》詩文的情形。《文選平點》中各篇的圈圈點點，可以想像他在朗誦時音節的抑揚頓挫。清代古文家劉大櫆在《論文偶記》中說：

> 音節高則神氣必高，音節下則神氣必下，故音節為神氣之跡。一句之中，或多一字，或少一字；一字之中，或用平聲，或用仄聲；同一平字仄字，或用陰平、陽平、上聲、去聲、入聲，則音節迴異，故字句為音節之短。積字成句，積句成章，積章成篇，合而讀之，音節見矣；歌而詠之，神氣出矣。

這是強調音節在詩文中的重要性，音節現則神氣出。抗聲朗誦，方可見詩文的神氣韻味。

21　〔清〕梁章鉅：《歸田瑣記》（北京市：中華書局，1981 年）。

22　〔清〕梁章鉅：《歸田瑣記》（北京市：中華書局，1981 年）。

23　見拙著：《文選學研究》（廈門市：鷺江出版社，2008 年）。

劉大櫆又說：

> 凡行文多寡短長，抑揚高下，無一定之律，有一定之妙，可以
> 會意，而不可以言傳。學者求神氣而得之於音節，求音節而得
> 之於字句，則思過半矣：其要只在讀古人文字時，便設以此身
> 代古人說話，一吞一吐，皆由彼而不由我。爛熟後，我之神氣
> 即古人之神氣，古人之音節都在我喉吻間，合我喉吻者便是與
> 古人神氣音節相似處，久之自然鏗鏘發金石聲。

在朗誦中，朗誦者與作者合而為一，「我之神氣即古人之神氣」，「久之自然鏗鏘發金石聲」。總之，朗誦可以深入理解作品的思想感情，可以仔細玩味作品的神氣韻味。這樣，有助於鑑賞，有助於寫作，也有助於研究。

黃侃熟讀《文選》，收穫很大。他不僅寫出了具有較高學術水準的《文選平點》，同時他還寫出「文辭淡雅，上法晉宋」（章太炎語）的作品。錢基博《現代中國文學史》說：「（黃侃）詞筆高簡；初見方訝其奇字澀句，細玩又覺雋永深醇；小賦可追魏、晉；五言詩有晉、宋之遺……」我認為，這些與他熟讀《文選》有很大的關係。

章太炎〈黃季剛墓誌銘〉云：「（季剛）不肯輕著書。余數趣之，曰：『人輕著書，妄也。子重著書，吝也。妄不智，吝不仁。』答曰：『年五十當著紙筆矣。』今正五十，而遽以中酒死……」黃侃說五十歲前不著書，可是到了五十歲時遽然去世，給學術界留下深深的遺憾。可是他的著作經後人整理已出版多種，這正是可以告慰讀者的。黃侃的《文選平點》，經其女黃念容、其侄黃焯、其子黃延祖三次整理，已先後問世，很遺憾，我手頭無黃念容《文選黃氏學》一書，不敢妄評。黃焯整理《文選平點》安排合理，流傳頗廣，是一個好的本子。不足之處，此書是手寫楷體，《文選》學文與平點難以區

分，閱讀不便。黃延祖整理的《文選平點》最後出版，排版質量較高，便於閱讀。但是存在一些問題。例如：一、第四頁〈《文選平點》敘〉，敘後注明「西元一九八二年蘄春黃焯序」錯了。此〈敘〉，上海古籍出版社《文選平點》列於《文選平點》卷一。是黃侃所述，非黃焯所作。又，〈敘〉後注明「〈《文選平點》前言〉（一九八二年上海古籍出版社）」也不對。上海古籍出版的《文選平點》是一九八五年出版，並無此「前言」。二、第七頁黃延祖〈《文選平點》重輯敘〉：「門下諸生競相傳錄（見駱鴻凱著《文選學》後記及所藏迻錄本）。」按中華書局一九三七年出版的駱鴻凱《文學選》無〈後記〉，中華書局一九八九年重印的駱鴻凱《文選學》有駱氏快婿馬積高的〈後記〉，未見上述內容。至於駱氏所藏迻錄本，因未見過，無權妄議。此敘又說：「一九六一年先從兄耀先依方望溪、姚姬傳二氏《史記》、《漢書》平點之例，據此錄為《文選平點》專冊，交上海古籍出版社，至一九八六年始得出版。」按此書出版時間為一九八五年七月，不是一九八六年。又說：「駱鴻凱先生所著《文選學》一書（中華書局一九三六年版）。」按駱鴻凱《文選學》，中華書局一九三七年出版，不是一九三六年。此處記述有誤。三、第十一頁〈《文選平點》例言〉應署「黃焯」之名，否則被人誤認為重輯者「黃念祖」所作。四、黃焯整理的《文選平點》目錄後附〈校文選正文應用書目表〉，重輯本不應刪去，可供讀者參考。以上各條，希望黃延祖先生再版時改正。

　　黃侃是我國近代著名的選學家，他精研《文選》，被章太炎稱許為「知選學者」。黃侃曾對他的門人說：「學文寢饋唐以前書，方窺祕鑰。《文選》、《唐文粹》可終身誦習」[24]正因黃侃終身誦習《文選》，

---

24 章璠：〈黃先生論學別記〉，《量守廬學記》（北京市：生活・讀者・新知三聯書店，1985 年）。

其《文選》學研究，成就卓越。他的《文選平點》在校勘、訓詁、評論諸方面皆具有較高的學術水準。此書是一部研究《文選》學的重要著作，是近代《文選》學史上的一座里程碑，永遠值得我們珍視。

二〇〇九年八月

《文選》校詁三家述論

　　近日閱讀劉文典〈讀文選雜記〉、徐復〈文選雜志〉、祝廉先〈文選六臣注訂訛〉三文，深感其校勘精詳，訓詁確切，勝義疊出。閱後我獲益良多。我認為，三文皆有助於《文選》學之研究，茲分述如下：

一　劉文典

　　劉文典，字叔雅，原名文聰，安徽合肥人。一八八九年十二月出生。一九〇六年入蕪湖安徽公學學習。一九〇七年加入同盟會，一九〇九年赴日本求學。一九一二年回到上海，任《民立報》翻譯。一九一三年再次赴日本，參加中華革命黨，任孫中山秘書。一九一六年回國，經陳獨秀介紹，到北京大學任教，兼任《新青年》英文編輯。此後曾任安徽大學、清華大學、西南聯大、雲南大學等校教授。解放後，被評為一級教授，參加九三學社，曾被選為第二屆全國政協委員。一九五八年七月十五日因病逝世。劉文典的著作有《淮南鴻烈集解》、《莊子補正》、《三餘札記》等。

　　劉文典的〈讀文選雜記〉，見於《三餘札記》。此書四卷，一、二卷於一九二八年九月由商務印書館印行，三、四卷於一九三八年五月由商務印書館印行。我閱讀的《三餘札記》四卷是黃山書社一九九〇年十一月印行的。〈讀文選雜記〉見於此書卷三。其引言云：

　　　　余束髮受書，即好蕭《選》。每弄柔翰，規模其體，然奇文奧

> 義苦未通解也。年十六從儀徵劉先生游，少知塗術。二十六濫
> 竽上庠，日以《文選》授諸生，於今垂二十載矣。玩索既久，
> 疑義滋多，偶有考訂，輒書簡端。《選》學之源流，既命弟子
> 略書其梗概，《楚辭》、《選詩》及校勘記，亦別有專書。其條
> 流蹐駮，無類可歸者，會而錄之，命曰〈讀文選雜記〉云爾。

劉氏十五歲就愛好《文選》，十六歲以後在劉師培先生門下，漸知治
學之道。二十六歲在北京大學教書，以《文選》傳授給學生。劉氏對
《文選》的考訂，就寫在簡端，其《楚辭》、《選》詩及校勘記，別有
專書，其餘錄之名為〈讀文選雜記〉。

〈讀文選雜記〉的主要內容是有關《文選》的校勘、訓詁，亦涉
及其他內容，故名之為「雜記」。「雜記」共有三十八則。如：

> 〈上林賦〉：欃檀木蘭。典案：《漢書》〈司馬相如傳注〉：孟康
> 曰：「欃檀，檀別名。」郭璞曰：「欃，音讒。」後世謂之旃
> 檀，實即梵文之Chandana，又簡稱檀。

李善注云：孟康曰：「欃檀，檀別名也。欃，音讒。」劉氏為李善注
作了補充注釋，詞義更為明確。

> 〈七發〉：幾滿大宅。（善）注：「大宅，未詳。」余氏《音
> 義》云：「梁丘子《黃庭經注》：『面為靈宅，一名大宅，以眉
> 目口之所居，故為宅。』」典案：《演繁露》六所言與梁丘子
> 《黃庭經注》同。余說是也。

「大宅」，李善注未詳，劉氏作了補充注釋。劉氏補注正確無誤。

〈海賦〉：滀濊浩汗。李注：「滀濊，深廣之貌。」典案：《漢
書》〈司馬相如傳〉「雜遝膠輵」，師古注：「膠輵，猶交加
也。」最得其誼。〈揚雄傳〉「其相膠葛兮」注同。〈羽獵賦〉：
「縱橫膠葛」，〈吳都賦〉：「東西膠葛」，〈魯靈光殿賦〉：「洞轇
輵乎，其無垠也」，字並從「車」，與此文之從水，皆同意義。

這是劉氏糾正李善注的錯誤。這樣的例子還有一些，如〈江賦〉：「王
珧海月。」引姜皋說，認為「王」應作「玉」，〈舞鶴賦〉：「歲崢嶸而
愁暮。」引朱珔說，認為崢嶸非「高貌」，應訓「深也」，等等，這裡
就不一一列舉了。

〈笙賦〉：脩擳內辟，餘簫外逶。典案：「擳」疑當作「篞」。
《夢溪筆談》、《西溪叢話》引正作「篞」。馬季長〈長笛賦〉：
「裁以當篞便易持」，是也。

劉氏以他校的方法糾正《文選》的錯字。古籍常有錯字，必須經過校
勘，才方便閱讀。所以葉德輝說：「書不校勘，不如不讀。」[1]話雖說
得過分，但也不無道理。

〈蜀都賦〉：「蹲鴟所伏。」劉注：「蹲鴟，大芋也。」劉文典
引用《顏氏家訓》〈勉學〉說，有讀誤本〈蜀都賦〉者，誤
「芋」為羊。就造成了「人饋羊肉，答書云：『損惠蹲鴟』」的
笑話。劉氏又引用《大唐新語》〈著述〉說，唐代開元中，東
宮衛佐馮光震入院校《文選》，兼復注釋，解「蹲鴟」云：「今
之芋子，即是著毛蘿蔔」，造成誤釋的笑話。

1　《藏書十約》。

劉氏借以說明校勘和訓詁的重要性。在〈雜記〉中有分析文字，如：

> 〈海賦〉：劉文典案……木玄虛此賦，全用今之修辭學家所謂
> 擬聲辭Onomatopoein，以字音摹擬自然之音。文中所摹擬之波
> 濤聲水石相擊聲，無不畢肖，使讀者如聞天風海濤之聲。所用
> 之字既其茂密，又多從水讀之，自然感覺大水汪洋、滉瀁、瀰
> 漫之狀。斯實吾國文字之特徵，它國文字所罕見者也。

這是分析大海的各種聲音，此種表現方法為我國文字所特有，它國文字所罕見者。此種分析，亦頗有見地。在〈別賦〉「〈迴文詩〉兮影獨傷」條下，劉氏論述了迴文詩的起源、特點和對後世和國外的影響，為中國文字史增加了新的內容。

　　劉文典擅長古籍的校勘、訓詁，其《淮南鴻烈集解》、《莊子補正》在學術界享有盛譽。胡適在《淮南鴻烈集解》〈序〉中說：「叔雅此書，最精嚴有法……宜其成就獨多也。」陳寅恪在《莊子補正》〈序〉中說：「先生之作，可謂天下之至慎矣……蓋將一匡當世之學風，而示人以準則。」都給予很高的評價。其《三餘札記》，學習清代王念孫的《讀書雜志》，注重實證，進行比較，表現出同樣的學風，我相信，此書將與《讀書雜志》一起傳世。其中〈讀文選雜記〉，直至今日，仍可供《文選》學研究者參考。

二　徐復

　　徐復，字士復，一字漢生，號鳴謙，一九一二年一月八日生，江蘇省常州市人。一九二九年考入金陵大學，從黃侃攻讀文字、聲韻、訓詁之學，並循序研讀黃侃開列的必讀古籍二十五種，即《十三經》、《大戴禮記》、《國語》、《史記》、《漢書》、《資治通鑑》、《通

典》、《莊子》、《荀子》、《文選》、《文心雕龍》、《說文》、《廣韻》，為後來的研究工作打下了堅實的基礎。一九三五年九月，考入金陵大學國學研究班。專攻《說文》等書。次年二月，應蘇州章氏國學講習會之招，任《制言》之編校工作。歷任金陵大學、南京師範大學教授、中國訓詁學研究會名譽會長、中國音韻學研究會顧問、江蘇省語言學會名譽會長等職。二〇〇七年病逝。主要著作有《後讀書雜志》、《秦會要補訂》、《徐復語言文字學叢稿》、《訄書詳注》等。

徐復《後讀書雜志》，上海古籍出版社一九九六年出版。據作者說，此書「始稿於一九三二年，迄客歲一九九二年而全書告成」。前後長達六十年。此書收《史記》、《漢書》、《老子》、《荀子》、《楚辭》、《文選》、《文心雕龍》等二十六種，各有校釋。我們要論及的是《文選雜志》十七則。

昔日我閱讀《文選》，有些詞語，舊注或缺，或不當，查閱辭書，問題亦難以解決。如潘岳〈悼亡詩〉中云：「悵怳如或存，周遑忡驚惕。」清沈德潛說：「『周遑忡驚惕』，頗不成句法。」[2]徐氏卻作出合理的解釋。他說：

> 忡字訓憂，與驚惕不連用。因疑忡本為中字，涉下文「惕」字而誤增心旁耳。中驚惕，位心中驚懼也。宋玉〈九辯〉：「重無怨而生離兮，中結軫而增傷。」中亦謂心中。如變易本句句法，亦可說成「中周遑而驚惕」矣。又安仁撰〈西征賦〉亦云：「顧請旋於（李）傕、（郭）汜，既獲許而中惕。」中惕連文，正「中驚惕」之語省，用為本文「忡本為中字」之又一佐證，可無致疑。

自己多年難以解釋的詩句，一旦貫通，豈不快哉！

2　《古詩源》卷7。

又如孔稚圭〈北山移文〉：「鍾山之英，草堂之靈，馳煙驛路，勒移山庭。」其中「馳煙驛路」，難以詮釋。徐氏說：

> 往年黃季剛先生講授《文選》，疑驛路蓋本作驛霧。馳、驛詞性相同，驛亦馳也。謂王勃〈乾元殿賦〉：「尋出紞陰，驛霧馳煙。」即本於此。其說為前人所未發，亟錄之以俟更證。嗣在重慶時，閱影宋本《太平御覽》卷四十一引《金陵地記》，所舉孔文首四句，正作「馳烟驛霧」，知宋人所見本，尚有不誤者，可用以證成師說，洵屬快事。

一字之誤，詮釋為難，易路為霧，疑難釋然。當然，問題的解決，與黃侃先生與徐氏深厚國學根柢是分不開的。

徐氏之《文選雜志》內容不多，僅有十餘則，但是，精義紛呈，美不勝收。如：

> 左思〈魏都賦〉：「瑰材巨世，垍堮參差，枌橑復結，欒櫨疊施。」呂延濟注：「瑰，美；巨，大也。言美材大於當代。」復按：釋巨世為大於當代，於文不辭。姚范《援鶉堂筆記》首揭「世字疑訛」之說，可為妙語。此文巨世與瑰材對舉，詞性亦宜相同。仿宋胡刻本《文選》世字作「丗」，根據文義，知丗為冓字之誤，傳寫脫其下半耳。《說文》：「冓，交積材也，象對交之形。」此云巨冓，猶今稱大建築，與瑰材詞性正同。冓字通作構，《淮南子》〈泛論訓〉：「築土構木。」高誘注：「構，架也。材木相乘架也。」與冓字之義合。班固〈西都賦〉：「爾乃正殿崔嵬，層構厥高。」王延壽〈魯靈光殿賦〉：「於是詳察其棟宇，觀其結構。」東漢賦文，亦均用構字，可為證矣。

推測有據，解釋合理，不辭之辭，迎刃而解。此類例子頗多，如陸機〈文賦〉：「彼瓊敷與玉藻，若中原之有菽。」徐氏說：《爾雅》〈釋草〉：「華，荂也。」郭璞注：「今江東呼華為荂，音敷。」華，古花字。又如〈古詩十九首〉：「庭中有奇樹，綠葉發華滋。」徐氏說：滋非滋生義，當為采字的假借。華滋，即華采。又如李陵〈答蘇武書〉：「聞子之歸，賜不過二百萬，位不過典屬國，無寸土之封。加子之勤。」徐氏說：加為嘉字之通假，謂嘉美也。又如司馬遷〈報任少卿書〉：「卒卒無須臾之閒，得竭至意。」徐氏說：《漢書》〈司馬遷傳〉作指意，與至意義同。亦謂志意。又如孔稚圭〈北山移文〉：「敲撲喧囂犯其慮，牒訴倥傯裝其懷。」徐氏說：《廣韻》上聲一董：「倥，倥傯，多事，康董切。」倥傯二字疊韻。此云牒訴倥傯，正謂訟事眾多也。……以上諸例，論證從略。此類訓詁，實事求是，勇於創新，大都能給詞語以正確的解釋，讀之往往能給人以啟迪，益人神智。

　　徐復教授專攻文字、音韻、訓詁之學，長於訓詁。他的書名《後讀書雜志》，意思是此書成於王念孫《讀書雜志》之後。王念孫的《讀書雜志》是著名的讀書札記，也是訓詁學的名著。徐氏的《後讀書雜志》亦力追前賢，為我國的訓詁學做出了自己的貢獻。徐氏另有《訄書詳注》，章太炎《訄書》向稱難讀，而徐氏以傳統的文字、音韻、訓詁的方法詳注《訄書》，於此可見徐氏在訓詁學方面所取得的卓越的成就。

三　祝廉先

　　祝廉先，字文白，浙江大學文學院教授。生於一八八三年，卒年不詳。抗戰期間，祝氏逃避日寇，寄寓貴州，著〈文選六臣注訂訛〉，向張宗祥、繆鉞等人請教，張氏說：「最好將全部《文選》再校

一過，凡昔日未經選為教材者，悉予訂正，倘能將全書所有紕繆，一舉而廓清之，豈非一大快事？」祝氏「當時因本此旨，竭半年之力，復訂六十餘事，並入前書，編為四卷，載入《浙江大學文學院集刊》第四集（一九四四年八月）。」抗戰勝利後，祝氏返回浙江杭州，重新整理舊稿，又補正百餘則，完成續編兩卷。直一九五二年，祝氏退休後，以《文選》自娛，「因復修改舊稿七則，訂正二十餘事，合計三百五十餘則。」此書之成，費時十年，洵為不易。[3]祝氏其他事蹟和著作情況皆不詳。

　　祝氏〈文選六臣注訂訛〉主要是訂正五臣（呂延濟、呂向、張銑、劉良、李周翰）注和李善注的訛誤。如：

> 第一卷班孟堅〈兩都賦〉：「昭陽特盛」。五臣注：「昭陽，殿名，成帝作也。」未確。按《三輔黃圖》：「武帝後宮八區，有昭陽殿。」非成帝作可知。
>
> 第二卷張平子〈西京賦〉：「乃使中黃之士」。五臣注：「中黃，國名，其俗多勇力。」非，按中黃，人名。《尸子》：「中黃伯曰：余左執太行之獿，右搏雕虎。」
>
> 第十九卷曹子建〈洛神賦〉：托微波而通辭。五臣注云：「既無良媒，通接歡情，故假托風波以達言詞。」殊謬。按波，謂目光；微波通辭，即以目示意，如《楚辭》：「滿堂兮美人，忽獨與余兮目成」是也。
>
> 第二十一卷王仲宣〈詠史詩〉：結髮事明主：「五臣注：凡仕曰結髮。」未確。按結髮者，言少年束髮之意，如《漢書》〈李廣傳〉：「自結髮與匈奴戰」，又蘇武詩：「結髮為夫婦」，俱泛稱自少時之意，因男年二十而冠，女年十五而笄，自此始結髮也。

3　參閱祝廉先：〈文選六臣注訂訛跋語〉，《文史》第一輯，中華書局，1962 年 10 月。

第二十四卷陸士衡〈於承明作與士龍〉：寤言涕交纓。五臣注：「纓，衣領也。」非是。邱光庭曰：「纓，帶也。」亦欠精確。按《說文》：「纓，冠繫也」，用以結冠之組。

第二十七卷謝玄暉〈之宣城出新林浦向板橋〉：復協滄州趣。五臣注：「滄洲，洲名。」非。按《地理志》有「滄州」，後魏所置，非洲也。滄州，猶言水濱，《南史》〈袁粲傳〉「嘗作五言詩云，訪跡雖中宇，循寄乃滄洲」。

第三十八卷任彥昇〈為范始興作求立太宰碑表〉：故精廬妄啟。五臣注：「精廬，寺觀也。」非。按《漢書》〈姜肱傳〉：「精廬暫建」注：「精廬，講讀之所也。」本文為雙關復裝體，「精廬妄啟」，復崇師之義，下聯君長一城，復尊主之情，文義自極明顯。

第四十三卷孔德璋〈北山移文〉：今見解蘭縛塵纓。五臣注：「塵纓，世事也。」未當。按纓，為冠纓，「縛纓」，與上句「投簪」適相反，謂入仕也。

祝氏訂正五臣注的訛誤一百八十六條，以上列舉八條，可見一斑。《文選五臣注》編寫完成之後，呂延祚〈上集注文選表〉攻擊《文選李善注》說：「忽發章句，是徵載籍，述作之由，何嘗措翰，使復精核注引，則陷於末學，質訪旨趣，則歸然舊文，祇謂攪心，胡為析理。」自詡說：「相與三復乃詞，周知秘旨，一貫於理，杳測澄杯，目無全牛，心無留義，作者為志，森乎可觀。」但是，五臣注在唐代就遭到李匡乂的批評，李氏《資暇集》指出：「五臣所注，盡從李氏注中出，開元中進表，反非斥李氏，無乃欺心歟。」在比較五臣注與李善注後，李匡乂又指出：「李氏絕筆之本，懸諸日月焉，方之五臣，猶虎狗鳳雞耳。」措辭十分嚴厲。五代時丘光庭《兼明書》，在列舉五臣注的訛誤之後，認為五臣「所注《文選》，頗謂乖疏」。宋代

蘇軾〈書謝瞻詩〉說：「李善注《文選》，本未詳備，極可喜。五臣真俚儒之荒陋者也。」在讚揚了李善注之後，批評五臣之「荒陋」。《四庫全書總目》〈六臣注文選提要〉在歷舉了李匡乂《資暇集》、姚寬《西溪叢話》、王楙《野客叢書》對五臣注的批評之後指出：「今觀所注迂陋鄙俗之處，尚不止此。而以空疏臆見，輕詆通儒，殆固韓愈所謂蚍蜉撼樹者歟。然其疏通文義，亦間有可采。」持論比較公允。

祝氏〈文選六臣注訂訛〉訂正李善注的訛誤一百六十一條，例如：

> 第五卷左太沖〈吳都賦〉：勇若專諸。李善注：「《左傳》曰，吳公子光享王，鱄諸寘劍於魚中以進，抽劍刺王，遂殺闔閭。」殊誤。按王，謂吳王僚；闔閭，即公子光，鱄諸為公子光刺殺王僚，安得謂遂殺闔閭也。闔閭應作王僚。
>
> 第十七卷陸士衡〈文賦〉：漱六藝之芳潤。李善注：「《周禮》曰：六藝，禮樂射御書數也。」疑未當。按上下文義，六藝，應指六經，《史記》〈伯夷列傳〉：「夫學者載籍極博，猶考信於六藝。」又賈誼《新書》〈六術篇〉：「詩書禮易春秋樂，六者之術，謂之六藝。」
>
> 第十四卷陳琳〈答東阿王箋〉：秉青萍干將之器。李善注引《呂氏春秋》豫讓刺趙襄子之事，以青萍為人名，非是。按《博物志》「青萍，劍名。」又唐李白文：「庶青萍結緣，長價於薛卞之門」，蓋薛燭善相劍，卞和善相玉，故云。
>
> 第五十九卷王簡棲〈頭陀寺碑文〉：智刃所游。李善注引《莊子》：「庖丁為文惠君解牛」，僅釋游刃，與智刃無涉。五臣注：「明智之理，斷割之道，如刀刃之利。」亦望文生訓。按智刃，謂智慧之刃，以喻有決斷也，《維摩詰經》：「以智慧劍，破煩惱網。」蓋以智慧喻利刃，言其能斬斷萬緣也。

李善是一個謹嚴的學者，他注釋《文選》，十分嚴肅認真，唐人李匡
乂《資暇集》說：

> 李氏《文選》有初注成者，有復注者，有三注、四注者，當時
> 旋被傳寫之。其絕筆之本，皆釋音訓義，注解甚多。余家幸有
> 焉。嘗將數本並校，不唯注之贍略有異，至於科段，互相不
> 同，無似余家之本該備也。

於此可見李善的治學態度和精神。《文選》李善注徵引群書一千六百
八十九種[4]。清代學者胡紹煐〈《文選箋證》序〉說：

> 李氏注則援引賅博，經史傳注，靡不兼綜，又旁通《倉》、
> 《雅》訓詁及梵釋諸書，史家稱其淹貫古今。……李時古書尚
> 多，自經殘缺，而吉光片羽藉存什一。不特文人資為淵藪，抑
> 亦後儒考證得失之林也。

胡氏充分肯定了李善注的價值和貢獻。注釋古籍是十分困難的，清代
杭世駿《李太白集輯注》〈序〉說：

> 作者不易，箋疏家尤難。何也？作者以才為主，而輔之以學。
> 興到筆隨，第抽其平日之腹笥，而縱橫曼衍以極其所至，不必
> 沾沾獺祭也。為之箋與疏者，必語語核其指歸，而意象乃明；
> 必字字還其根據，而證佐乃確。才不必言，夫必有什倍於作者
> 之卷軸，而後可以從事焉。

4　〔清〕汪師韓：《文選理學權輿》。

杭氏因王琦注《李太白全集》而發此議論，但所說的道理是千真萬確的。李善本著實事求是的原則，知之為知之，不知為不知。對知者如實注釋，對不知者則注「未聞」、「未詳」。即使如此，其《文選注》仍有許多疏誤。後世的著作如清孫志祖《文選李注補正》、清梁章鉅《文選旁證》、清朱珔《文選集釋》、清徐攀鳳《選注規理》、清胡紹煐《文選箋證》等，對《文選》李善注都有許多補正，雖然如此，《文選》李善注仍然是一部古籍名注，其注釋博大精深，影響深遠。

此外，祝氏還訂正了《文選六臣注》一些詩文題解的訛誤，如：

> 第十一卷王仲宣〈登樓賦〉：解題。五臣注：「樓，謂江陵城樓。」非。按盛弘之〈荊州記〉曰：「當陽縣城樓，王仲宣登之而作賦。」是也。

祝氏引〈荊州記〉，見李善注。按朱珔《文選集釋》卷十二〈登樓賦〉「挾清漳之通浦兮」條下引《水經注》云：（漳水）又南逕當陽縣，又南逕麥城東，王仲宣登其東南隅，臨漳水而賦之曰：「挾清漳之通浦兮，倚曲沮之長洲」是也。可見王粲所登之樓乃麥城城樓。駱鴻凱《文選學》亦說：「按之地理，酈說為是。」[5]

> 第二十九卷李少卿〈與蘇武詩〉：解題。五臣注：「五言詩，自陵始也。」非。按劉勰《文心雕龍》〈明詩篇〉云：「成帝品錄，三百餘篇，朝章國采，亦云周備，而辭人遺翰，莫見五言，所以班婕妤李陵見疑於後代也。」厥後劉知幾《史通》〈雜說〉、東坡《志林》咸辨明其偽。

5　〈徵故〉第7。

劉勰的意見是正確的。認為李陵與蘇武詩是偽作者甚眾，除上述之外，尚有洪邁[6]、楊慎[7]、顧炎武[8]、翁方綱[9]、錢大昕[10]、梁啟超[11]等，茲不贅述。

　　　第四十三卷孔德璋〈北山移文〉：解題。五臣謂：「鍾山在都北，其先周彥倫隱於此山，後應詔出為海鹽令，欲卻過此山，孔生乃假山靈之意移之，使不許得至，故云北山移文。」似與史實不符。按顒本傳，顒早歲為益州刺史蕭憲開賞異，攜入蜀，為屬鋒前軍，帶肥鄉、成都二縣令，仍為府主簿，又「元徽中，詔為剡令，有恩惠，百姓思之。建元初，為長沙王後軍參軍山陰令。」並無為海鹽令之事。移文中有「今又促裝下邑，浪拽上京。」注：「下邑，謂山陰也。」則海鹽為山陰之誤。

清張雲璈說：周彥倫無隱而復出之事。雲璈按：《南齊書》〈周彥倫傳〉：解褐海陵國侍郎，出為剡令。草堂乃在。官國子博士著作郎時，於鍾山築隱舍，休沐則歸之，未嘗有隱而復出之事。（《選學膠言》卷十八）祝氏所訂之誤，前人早已論及。

　　　第四十五卷陶淵明〈歸去來辭〉：解題。五臣注云：「潛為彭澤令，是時郡遣督郵至縣，吏白當束帶見之。潛乃歎曰：『吾不能為五斗米，折腰向鄉里小兒。』乃自解印綬，將歸田園，因而命篇。」似與事實不甚符合。按《陶集》〈歸去來辭序〉

6　《容齋隨筆》卷 14：李陵詩。

7　《升庵詩話》卷 1：蘇李五言詩。

8　《日知錄》卷 23：巳祧不諱。

9　梁章鉅《文選旁證》卷 25 引。

10　《十駕齋養新錄》卷 16：七言在五言之前。

11　《中國美文及其歷史》。

云：「余家貧，耕植不足以自給，彭澤去家百里，故便求之。及少日，眷然有歸歟之情。何則？質性自然，非矯厲所得，饑凍雖切，違己交病，悵然慷慨，深愧平生之志。猶望一稔，當斂裳宵逝。尋程氏妹喪於武昌，情在駿奔，自免去職。在官八十餘日。」云云。固明言為妹喪而去，非關督郵也。

我認為，陶淵明回歸田園，「不為五斗米折腰」和「妹喪武昌，情在駿奔」兩個原因都有。其〈歸去來辭序〉說：「質性自然，非矯厲所得，饑凍雖切，違己交病，悵然慷慨，深愧平生之志。」這裡已表現了他對官場生活的不滿，隱含回歸田園之意。

祝氏治學顯然受了高郵王念孫、王引之父子的影響，體現了實事求是的學風。《文選六臣注訂訛》頗有新義，對讀者是很有啟發的。應當指出的是，有些問題，前人已有論述，並且已有結論。祝氏的結論與之相同，卻未提及前人的成果。這類情況，可能是手頭缺乏資料，與前人所見略同，也可能是一時疏忽，但總是令人有些美中不足之感。

劉文典、徐復、祝廉先三位先生都是老一輩學者。他們治學都受到清代乾嘉學派的影響，但是各有特點。劉氏的特點是「博」，徐氏的特點是「精」，祝氏的特點是「實」。博，淵博也；精，精細也；實，實事求是也。他們都對《文選》訓詁、校勘做出了自己的貢獻。今天我們在編寫《文選》學史時，應補上一筆，不要忘記他們的功績。

二〇〇八年五月

蘇軾論《文選》瑣議

　　蘇軾是北宋的大文學家。他在詩、詞、文等各方面都有很高的成就，在文學理論批評方面也有頗多真知灼見。他對蕭統《文選》的評論，對後世頗有影響，值得注意。

　　蘇軾對《文選》的評論，主要是《東坡題跋》中的三篇短文，即〈題文選〉、〈書謝瞻詩〉和〈書文選後〉。〈題文選〉云：

> 舟中讀《文選》，恨其編次無法，去取失當。齊梁文章衰陋，而蕭統尤為卑弱，《文選引》，斯可見矣。如李陵、蘇武五言，皆偽而不能去。觀淵明集，可喜者甚多，而獨取數首。以知其餘人忽遺者甚多矣。淵明〈閒情賦〉，正所謂〈國風〉好色而不淫，正使不及〈周南〉，與屈、宋所陳何異，而統乃譏之，此乃小兒強作解事者。

這裡，蘇軾對蕭統和《文選》大加貶斥，似乎《文選》一無是處了，其實不然。

　　蘇軾說《文選》「編次無法，去取失當」，是缺乏足夠的根據的。〈文選序〉說：「凡次文之體，各以滙聚。詩、賦體既不一，又以類分。類分之中，各以時代相次。」對文體分類和體中分類，以及詩文的排列都作了交代。對照《文選》可以看到，《文選》分文體為賦、詩、騷、七、詔、冊、令、教、策文、表、上書、啟、彈事、箋、奏記、書、檄、對問、設論、辭、序、頌、贊、符命、史論、史述贊、

論、連珠、箴、銘、誄、哀、碑文、墓誌、行狀、弔文、祭文三十七體。賦、詩篇目較多，賦又分京都、郊祀、耕藉、畋獵、紀行、游覽、宮殿、江海、物色、鳥獸、志、哀傷、論文、音樂、情十五類。詩又分補亡、述德、勸勵、獻詩、公讌、祖餞、詠史、百一、游仙、招隱、反招隱、遊覽、詠懷、哀傷、贈答、行旅、軍戎、郊廟、樂府、輓歌、雜歌、雜詩、雜擬二十三類。〈文選原〉云：

> 自「賦」至「祭文」凡三十七，而文分隸其中，所謂「各以滙聚」也。賦自「京都」至「情」凡十五類，詩自「補亡」至「雜擬」凡二十三類，所謂「又以類分」也。而每類之中，文之先後，以時代為次。詩之各類中，先後間有錯見者，李善皆訂其失。[1]

《文選》分體分類次序十分井然，怎麼能說它「編次無法」呢？

蕭統之前，文學作品的分體分類早已引起人們的重視。曹丕、陸機的文體分類[2]雖較為簡略，但對後世頗有影響。摯虞、李充的文體分類較為繁多，而因〈文章流別志論〉、〈翰林論〉已經散失，不能窺其全豹了。任昉的文體分類，因《文章緣起》亦早散失，不得而詳。但分體八十五，猶存概貌，其瑣碎繁亂大大超過《文選》。最值得注意的是劉勰的《文心雕龍》，其文體論部分分三十三體，如果加上〈辨騷〉篇的「騷」，就有三十四體了。他與蕭統生活在同一個時代，其文體分類，與蕭統頗為相近。

蕭統的文體分類，是根據社會現實的需要，在前人的基礎上發展起來的，並不是他個人的發明創造。由於蕭統《文選》的文體分類比較合理，因此對後世產生了深遠的影響。如宋李昉等人合編的《文苑

1　高步瀛：〈文選序〉注引，《南北朝文舉要》（北京市：中華書局，1998年）。

2　見《典論》〈論文〉、《文賦》。

英華》一千卷，分三十八體，宋姚鉉編的《唐文粹》一百卷，分二十三體，宋呂祖謙編的《宋文鑑》一百五十卷，分五十八體，元蘇天爵編的《元文類》七十卷，分四十三體，明程敏政編的《明文衡》九十八卷，分四十一體等等，莫不受到《文選》文體分類的影響，所以，我認為《文選》文體分類的歷史貢獻是十分巨大的。當然，其缺點也是顯而易見的，對此前人早有批評。姚鼐在《古文辭類纂》〈序〉中說：

> 昭明《文選》分體碎雜，其立名多可笑者。

章學誠的批評就更具體了，《文史通義》〈詩教下〉說：

> 賦先於詩，騷別於賦，賦有問答發端，誤為賦序，前人之議《文選》，猶其顯然者也。若夫〈封禪〉、〈美新〉、〈典引〉，皆頌也。稱符命以頌功德，而別類其體為符命，則王子淵以聖主得賢臣而頌嘉會，亦當別類其體為主臣矣。班固次韻，乃《漢書》之自序也。其云「述〈高帝紀〉第一」，「述〈陳項傳〉第一」者，所以自序撰書之本意，史遷有作於先，故已退居於述爾。今於史論之外，別出一體為史述贊，則遷書自序，所謂「作〈五帝紀〉第一」，「作〈伯夷傳〉第一」者，又當別出一體為史作贊矣。漢武詔策賢良，即策問也。今以出於帝制，遂於策問之外，別名曰詔。然則制策之對，當離諸策而別名為表矣。賈誼〈過秦〉，蓋《賈子》之篇目也。因陸機〈辨亡〉之論，規仿〈過秦〉，遂援左思「著論準〈過秦〉」之說，而標體為論矣。魏文《典論》，蓋猶桓子《新論》、王充《論衡》之以論名書耳。〈論文〉，其篇目也。今與〈六代〉、〈辨亡〉諸篇，同次於論：然則昭明〈自序〉，所謂「老、莊之作，管、孟之

流，立意為宗，不以能文為本」，其例不收諸子篇次者：豈以有取斯文，即可裁篇題論，而改子為集乎？〈七林〉之文，皆設問也。今以枚生發問有七，而遂標為七，則〈九歌〉、〈九章〉、〈九辨〉，亦可標為九乎？〈難蜀父老〉，亦設問也。今以篇題為難，而別為難體，則〈難蜀父老〉，亦設問也。今以篇題為難，而別為難體，則〈客難〉當與同編，而〈解嘲〉當別為嘲體，〈賓戲〉當別為戲體矣。《文選》者，辭章之圭臬，集部之準繩，而淆亂蕪穢，不可殫詰；則古人流別，作者意指，流覽諸集，孰是深窺而有得者乎？

　　姚、章二氏所論誠然有理，但是，應該肯定《文選》的文體分類，成績是主要的，我們不能因為《文選》的文體分類有缺點，而抹殺他在文體分類史上的巨大貢獻。

　　至於說《文選》「去取失當」，自然也有道理。我們認為，任何一個選本都不可能是完美無缺的。再說，由於仁者見仁，智者見智，對選本選目的看法不可能完全一致的。《文選》選錄賦五十七篇（包括賦序一篇）、詩四百三十二首、文二百六十二篇。按〈文選序〉所說的「略其蕪穢，集其清英」，《文選》所選詩文大都是名篇佳作。這是前人早有定評的。說《文選》「去取失當」，一般指的只是極少數的作品而言。如蘇軾認為，李陵、蘇武五言詩是偽作，不當入選；陶淵明詩「可喜者甚多」，而《文選》只選入八首；陶淵明〈閒情賦〉，是「所謂〈國風〉好色而不淫」的作品，蕭統卻以為「白璧微瑕，唯在〈閒情〉一賦」[3]，未選入《文選》。這些都是「去取失當」。其實，這是蘇軾的誤解。

　　蘇軾〈題蔡琰傳〉說：「劉子玄辨《文選》所載李陵〈答蘇武

3　《陶淵明集》序〉。

書〉，非西漢文，蓋齊、梁間文士擬作者也。予因悟陵與武贈答五言，亦後人所擬。」這種認識無疑是正確的。但是在齊梁時代，無人認為李陵〈答蘇武書〉，以及李陵與蘇武的贈答五言詩是偽托之作。劉勰《文心雕龍》〈明詩〉篇說：

> 孝武愛文，〈柏梁〉列韻，嚴馬之徒，屬辭無方。至成帝品錄，三百餘篇，朝章國采，亦云周備，而辭人遺翰，莫見五言，所以李陵、班婕妤，見疑於後代也。

這是說，後代對李陵、班婕妤之作有懷疑，但並不能斷定它是偽作。鍾嶸《詩品》說：

> 漢都尉李陵，其源出於《楚辭》，文多淒愴，怨者之流。陵，名家子，有殊才。生命不諧，聲頹身喪。使陵不遭辛苦，其文亦何能至此。

蕭子顯《南齊書》〈文學傳論〉說：

> 少卿離辭，五言才骨，難與爭鶩。

顯然都認為李陵確有五言詩。江淹《雜體詩》有擬〈李都尉從軍〉一首，說明江淹也認為五言詩為李陵所作。既然蘇、李詩在當時人看來都不認為是偽作，而且又是好作品，蕭統為什麼就不能選入《文選》呢？至於陶淵明詩，《文選》只選了八首，蘇軾認為是蕭統忽略了陶詩。其實不是蕭統忽略了陶詩，而是蘇軾忽略了《文選》的選錄標準。《文選》的選錄標準是「事出於沉思，義歸乎翰藻」，而陶詩的風格平淡自然，與《文選》的選錄標準不合，故而少選。這使我們想到

王羲之的〈蘭亭集序〉，這也是一篇傳世名作，而《文選》並未選錄。章太炎認為：

> 晉人作文，好為迅速。〈蘭亭序〉醉後之作，文不加點，即其例也。昭明《文選》則以「沉思」、「翰藻」為主，〈蘭亭〉速成，乖於沉思，文采不艷，又異翰藻，是故屏而弗錄。[4]

這裡，章氏注意到了《文選》的選錄標準，其識見顯然比蘇軾要高出一籌。此外，就是蕭統對陶淵明〈閒情賦〉的評論，遭到蘇軾的非議。蕭統認為〈閒情賦〉「白璧微瑕」，指出此賦毫無諷諫意義，不寫也就罷了。我們認為，做為封建統治階級的代表人物昭明太子蕭統，以儒家的正統思想批評〈閒情賦〉是完全可以理解的。蘇軾對蕭統的評論提出批評，也是對的。但是，蘇軾的批評「尚未脫梁昭明窠臼」[5]，對這篇愛情賦並沒有真正的認識。真正了解這篇愛情賦的思想意義，那是「五四」以後的事情了。魯迅在《且介亭雜文二集》〈題未定草（六）〉中談到要全面評價陶淵明時，就曾論及此賦，他認為詩人對愛情的追求是大膽的，給予了充分的肯定。

　　對於陶淵明，蕭統喜愛他的詩文，敬佩他的品德，輯有《陶淵明集》八卷，撰寫了〈陶淵明傳〉和〈陶淵明集序〉。他在〈陶淵明集序〉中說：

> 其文章不群，辭采精拔，跌宕昭彰，獨超眾類，抑揚爽朗，莫之與京。橫素波而傍流，干青雲而直上。語時事則指而可想，論懷抱則曠而且真。

4　章太炎：《國學講演錄》，〈文學略說〉。
5　張自烈：《箋注陶淵明集》卷5。

對陶淵明的詩文做了很高的評價。但是，他不能為個人喜好而違背《文選》的選錄標準，因此只選錄了八首陶詩，亦未選入〈閒情賦〉。

　　蘇軾認為，齊梁文章衰陋，而蕭統的文章「尤為卑弱」，說這從〈文選引〉[6]即可看出。我們知道，說齊梁文章衰陋是唐宋古文家常見的論調。唐代陳子昂說：「文章道弊五百年矣。漢魏風骨，晉、宋莫傳……」[7]，韓愈說：「建安能者七，卓犖變風操。逶迤抵晉宋，氣象日凋耗。……齊梁及陳隋，眾作等蟬噪。」[8]蘇軾自己也說：「自東漢以來，道喪文弊，異端並起。……獨韓文公起布衣，談笑而麾之，天下靡然從公，復歸於正。蓋三百年於此矣。文起八代之衰，道濟天下之溺。」[9]他們的看法是比較一致的。齊梁的文章是否衰陋，可以進一步研究，這裡暫且不論。至於說蕭統的文章「卑弱」，也是有道理的，錢鍾書說：「昭明自為文，殊苦庸懦，才藻遠輸兩弟，未足方魏文之於陳思。」[10]但是加上「尤為」二字，卻未免言之過甚。蘇軾認為從〈文選序〉可以看出蕭文，「尤為卑弱」的情形，對此我頗不以為然。〈文選序〉是中國文學理論批評史上一篇重要的文章，李兆洛《駢體文鈔》和高步瀛的《南北朝文舉要》都選入此文。高步瀛評曰：「詞旨淵懿，於文章遞變的源流，實確有所見。」持論較為公允，怎麼可以視為「卑弱」的代表作呢？此外還有〈答湘東王求《文集》及《詩苑英華》書〉，高步瀛評曰：「藻采欲流，雅飭可誦。」[11]〈陶淵明集序〉，譚復堂評曰：「深至似勝〈文選序〉。」又曰：「識度

6　「引」即「序」，蘇軾祖父諱序，故改「序」為「引」。

7　〈與東方左史虯修竹篇序〉。

8　〈薦士〉。

9　〈潮州韓文公廟碑〉。

10　《管錐篇》。

11　《南北朝文舉要》。

非常。」[12]也都是較好的文章。豈可一概以「卑弱」視之。

〈書謝瞻詩〉論《文選》李善注之詳備可喜，〈書文選後〉論《文選》五臣注之荒陋，因與《文選》無直接關係，茲從略。唯後文云：「宋玉〈高唐神女賦〉，自『玉曰唯唯』以前皆賦，而統謂之序，大可笑。相如賦首有子虛、烏有、亡是三人論難，豈亦序耶？」指出蕭統的疏誤，自不必諱言。但是，編選《文選》這樣的大書，有一二疏忽之處也是難免的。

蘇軾又有〈答劉沔都曹書〉，其中論及《文選》處，與〈題文選〉、〈書文選後〉所論大致相同。書中說：

> 梁蕭統集《文選》，世以為工。以軾觀之，拙於文而陋於識者，莫統若也。宋玉賦〈高唐〉、〈神女〉，其初略陳所夢之因，如子虛、亡是公等相與問答，皆賦矣。而統謂之敘，此與兒童之見何異？李陵、蘇武贈別長安，而詩有「江漢」之語；及陵與武書，詞句儇淺，正齊梁間小兒所擬作，決非西漢文，而統不悟。劉子玄獨知之。[13]

這裡指出三點：第一，世人皆以《文選》編選為工，而在蘇軾看來，蕭統文章笨拙、見識淺陋，天下沒有比他更為笨拙和淺陋的人了。這是從總體上對蕭統和《文選》做了否定，集中表現了蘇軾的偏見。《文選》一書，於隋唐之際即形成文選學。相傳李白三擬《文選》[14]，而杜甫「熟精《文選》理」[15]，李善以之為「後進英髦，咸資準的」[16]，

12　《駢體文鈔》卷 21。

13　《蘇軾文集》卷 49。

14　《酉陽雜俎》前集卷 12〈語資〉。

15　〈宗武生日〉。

16　〈上文選注表〉。

可見其影響之廣。《文選》的價值早為世人所公認，而蘇軾如此貶低《文選》，說明他有失持平。

　　第二，蘇軾以〈高唐賦〉、〈神女賦〉為例，說明蕭統之淺薄、疏陋，因前已論及，不再重複。蘇軾謂「此與兒童之見何異」，將蕭統貶抑過甚，缺乏實事求是的精神。

　　第三，蘇軾以李陵、蘇武之五言詩和李陵〈答蘇武書〉為例，說明蕭統的淺薄、疏陋。我們知道，指出蘇、李五言詩為偽作是唐代以後的事，齊梁時代尚無人確定這些詩是偽作。就是到了唐代，杜甫還說「李陵蘇武是吾師」[17]。元稹說：「蘇子卿李少卿之徒，尤工為五言。」[18]白居易也說：「五言始於蘇、李。」[19]這些大詩人尚且認為這些詩出自李陵、蘇武之手，一般士人更不用說了。至於蘇軾說李陵〈答蘇武書〉「詞句儇淺，正齊梁間小兒所擬作」，評論顯然失當。李陵〈答蘇武書〉詞句並不儇淺，唐代劉知幾就一面指出此書為後人偽托，一面又指出此書「辭采壯麗，音調流靡」[20]，持論比較公正。李陵〈答蘇武書〉悲憤而壯烈，幾可謂動天地，泣鬼神，蕭統做為佳作選入《文選》是完全可以理解的，何況當時並沒有人認為這是偽托之作。蘇軾說此書是「齊梁小兒」所為，未免言之過甚，不足憑信。我們認為：其一，齊梁文風與此書文風不同，不可能是齊梁間人所作；其二，偽托此書者必是士林高手，豈可斥之以「齊梁小兒」？以坡公之大才，而言之不慎，亦將貽笑後人。難怪林紓說：「蘇家文字，喻其難達之情，圓其偏執之說，往往設喻以亂人觀聽。驟讀之，無不點首稱可，及詳按事理，則又多罅漏可疑處。」[21]

17　〈解悶絕句〉。

18　〈杜工部墓誌銘〉。

19　〈與元九書〉。

20　《史通》〈雜說〉。

21　《春覺齋論文》〈述旨〉。

　　綜觀蘇軾有關《文選》的評論，有得有失。其得在於指出蕭統的一些錯誤，如〈高唐賦〉、〈神女賦〉等的本文誤以為賦序，以及《文選》選入一些偽作等；其失在於對《文選》缺乏實事求是的評價，這大概和蘇軾不喜《文選》有關。由於蘇軾不喜《文選》，感情用事，自然貶低《文選》的價值。又宋代在熙寧、元豐以後，選學衰落，加上一些政治和社會的原因，亦可能影響蘇軾對《文選》的看法。《文選》的價值如何，經過千餘年的流傳和研究，人們的認識已經比較清楚了。由於蘇軾的評論在宋代及以後都很有影響，故本文略加分析，以辨明事實之真相。我們認為，正確地評價《文選》，是今天研究文選學的一項重要任務，同時對於弘揚我國古代優良文化傳統也有一定的意義，自不可等閒視之。

二○○一年一月

曾國藩與《文選》

　　清代張之洞《輶軒語》〈語學第二〉注七云:「選學有徵實、課虛兩義。考典實,求訓詁,校古書,此為學計。摹高格,獵奇采,此為文計。」[1]這是說,學《文選》有兩種方法:一種從事考證、訓詁、校勘工作,這是研究學問。一是摹其格調,獵其采藻,這是為了寫文章。曾國藩是清代桐城派古文大家,在文學上卓有成就。他自己喜愛《文選》,熟讀《文選》,並且親自指導兒子學習《文選》,目的都是為了寫好章。在〈曾文正公家訓〉中,他多次強調學習《文選》的重要性。

　　咸豐六年十一月初五日給兒子紀澤的信中說:

> 余生平好讀《史記》、《漢書》、《莊子》、《韓文》四書。爾能看《漢書》……看《漢書》有兩種難處:必先通於小學訓詁之書,而後能識其假借奇字;必先習於古文辭章,而後能讀其奇篇奧句……欲通小學,須略看段氏《說文》、《經籍纂詁》二書。王懷祖(名念孫,高郵州人)先生《讀書雜志》中,於《漢書》之訓詁極為精博,為魏晉以來釋《漢書》者所不能及。欲明古文,須略看《文選》及姚姬傳之《古文辭類纂》二書。……凡文之為昭明暨姚氏所選者,則細心讀之。

1　張之洞:《書目答問二種》(北京市:生活・讀書・新知三聯書店,1998年)。

曾氏從自己學古文的心得講到要懂得古文必須略看《文選》、《古文辭類纂》二書，教導兒子對二書都選錄的文章則應細心閱讀。這說明二書所選多為佳作。至於《文選》，李善說：「後進英髦，咸資準的。」[2]其選文之精，更是人們所熟知的了。

　　咸豐八年七月二十一日給紀澤的信中說：

> 讀書之法，看、讀、寫、作四者，每日不可缺一。⋯⋯讀者，如《四書》、《詩》、《書》、《易經》、《左傳》諸經，《昭明文選》，李、杜、韓、蘇之詩，韓、歐、曾、王之文，非高聲朗誦則不能得其雄偉之概，非密詠恬吟則不能探其深遠之韻。

讀書和看書的效果是不一樣的。對古代經典詩文，如高聲朗誦，則可體味雄偉的氣概；如低聲吟詠，則可探得深遠的韻味。而默默看書，往往難以進入此種境界。清代李鴻章在家書中說：「讀文之法，可擇愛熟誦之。每季必以能背誦者若干篇為目的，則字句之如何聯合，篇段之如何布置；行思坐思，便可取像於收視反聽之間。精神之研習既深，行文自極熟而流利。故高聲朗誦與俯察沉吟種種工夫，萬不可少也。」所論與曾氏完全一致。黃焯在《文選平點》〈後記〉中說：「回思四十年前，先從父嘗取《選》文抗聲朗誦，焯竊聆其音節抗隊抑揚之勢，以為可由此得古人文之聲響，而其妙有愈於講說者。」為朗誦之效果提供一佐證。

　　咸豐八年十二月二十三日給紀澤的信中說：

> 爾明春將胡刻《文選》細看一遍，一則含英咀華，可醫爾筆下枯澀之弊，一則吾熟讀此書，可常常教爾也。

2　〈上文選注表〉。

這裡曾氏要求兒子紀澤細看《文選》。在閱讀過程中「含英咀華」，可
以醫治辭藻貧乏和文辭不暢的毛病。曾氏熟讀《文選》，可以指導兒
子學習《文選》。曾氏為何要反覆叮囑兒子學習《文選》，因為學習
《文選》，寫好文章，可以直通仕途也。唐代社會重《文選》，《秋胡
變文》說，士子外出求學常攜帶「十袟文書」，即《孝經》、《論語》、
《尚書》、《左傳》、《公羊》、《穀梁》、《毛詩》、《禮記》、《莊子》、《文
選》。《文選》是其中一種，誦習《文選》，當與科舉考試有關。

　　咸豐九年四月二十一日給紀澤的信中說：

> 余於四書五經以外，最好《史記》、《漢書》、《莊子》、《韓文》
> 四種，好之十餘年，惜不能熟讀精考；又好《通鑑》、《文選》
> 及姚惜抱所選《古文辭類纂》，余所選《十八家詩鈔》四種，
> 共不過十餘種。早歲篤志為學，恆思將此十餘書貫串精通，略
> 作札記，仿顧亭林、王懷祖之法。今年齒衰老，時事日艱，所
> 志不克成就，中夜思之，每用愧悔。

反覆強調他所愛讀的幾部書，其中就包括《文選》。早年曾想篤志為
學，摹仿顧炎武寫《日知錄》、王念孫寫《讀書雜志》的辦法寫讀書
札記，怎奈官務繁忙，無暇他顧，宿願難償，常常感到愧怍和悔恨。
從曾氏的學問、才力看，如果他專心致志地讀書治學，自然可以成
功。但是，由於仕途生活使他不能潛心治學，轉而從事寫作，亦取得
很大成就。梁啟超稱他集「桐城派之大成」[3]。錢基博說：「桐城諸老
汲其流，乃能平易而不能奇崛；則才氣薄弱，勢不能復自振起，此其
失也。曾國藩出而矯之，以漢賦之氣運之，故能卓然為一大家。」[4]
皆給予很高的評價。

3　《國學入門書要目及其讀法》。

4　《現代文學史》。

咸豐十年閏三月初四日給紀澤的信中說：

> 爾所論看《文選》之法，不為無見。吾觀漢魏文人，有二端最
> 不可及，一曰訓詁精確，二曰聲調鏗鏘。《說文》訓詁之學，
> 自中唐以後，人多不講，宋以後說經，尤不明故訓。乃至我朝
> 巨儒，始通小學，段茂堂、王懷祖兩家，遂精研乎古人文字聲
> 音之本。乃知《文選》中古賦所用之字，無不典雅精當。爾若
> 能熟讀段、王兩家之書，則知眼前常見之字，凡唐宋文人誤用
> 者，唯六經不誤，《文選》中漢賦亦不誤也。即以爾稟中所論
> 〈三都賦〉言之，如「蔚若相如，皭若君平」，以一「蔚」字
> 該括相如之文章，以一「皭」字該括君平之道德，此雖不盡關
> 乎訓詁，亦足見其下字之不苟矣。至聲調之鏗鏘，如「開高軒
> 以臨山，列綺窗而瞰江」、「碧出萇弘之血，鳥生杜宇之魂」、
> 「洗兵海島，刷寫江洲」、「數軍實乎桂林之苑，饗戎旅乎落星
> 之樓」等句，音響節奏，皆後世所不能及。爾看《文選》，能
> 從此二者用心，則漸有入理處矣。

曾氏強調看《文選》之法有二：一是了解訓詁之精確；二是體味聲音
之鏗鏘。唯恐兒子不能理解，舉出具體例證加以說明。曾氏熟讀《文
選》，對「訓詁精確」、「聲調鏗鏘」皆有深入的體會。如讀者能了解
和體味到這些，對寫作能力的提高自有裨益。提高鑑賞能力，提高寫
作水準，是曾氏指導兒子學習《文選》的主要目的。

同治元年五月十四日給紀澤的信中說：

> 爾《說文》將看畢，擬先看各經注疏，再從事於辭章之學。余
> 觀漢人詞章，未有不精於小學訓詁者，如相如、子雲、孟堅，
> 於小學皆專著一書；《文選》於此三人之文，著錄最多。余於

古文，志在效法此三人並司馬遷、韓愈五家，以此五家之文，
精於小學訓詁，不妄下一字也。爾於小學既粗有所見，正好從
詞章上用功。《說文》看畢之後，可將《文選》細讀一過，一
面細讀，一面鈔記，一面作文以仿效之。凡奇僻之字，雅故之
訓，不手鈔則不能記，不摹仿則不慣用。……爾之天分，長於
看書，短於作文……目下宜從短處下工夫，專肆力於《文
選》，手鈔及摹仿二者皆不可少。待文筆稍有長進，則以後詁
經讀史，事事易於著手矣。

曾氏認為，讀書必須具有小學訓詁的根柢，所以必須先讀《說文》，
看各經注疏，然後才能從事詞章之學。《文選》選錄相如、子雲、孟
堅文章最多，他們的文章，訓詁精確，聲調鏗鏘，應仔細閱讀。一面
讀，一面抄，一面仿效，融會貫通，對寫作自然有幫助。曾氏強調學
習《文選》的目的，仍然是為寫好文章。

同治元年十一月初四日給紀澤的信中說：

爾詩胎息近古，用字亦皆的當。唯四言詩最難有聲響，有光
芒，雖《文選》章孟以後諸作，亦復爾雅有餘，精光不足。揚
子雲之〈州箴〉、〈百言箴〉諸四言，刻意摹古，亦乏作作之
光、淵淵之聲。

中國古代四言詩在周代有很大的發展，今天在《詩經》中仍可看出當
時四言詩的基本面貌。到了漢代以後，四言詩式微，雖然曹操、嵇康、
陶淵明都有四言詩佳作，但是正如鍾嶸所說：「（四言詩）每苦文繁而
意少，故世罕習焉。」[5]四言詩發展到此時，已經成了強弩之末。曾

5　〈詩品序〉。

國藩批評《文選》四言詩，「爾雅有餘，精光不足」，頗為中肯。

同治二年三月初四日給紀澤的信中說：

> 爾閱看書籍頗多，然成誦者太少，亦是一短。嗣後宜將《文選》最愜意者熟讀，以能背誦為斷。如〈兩都賦〉、〈西征賦〉、〈蕪城賦〉及〈九辯〉、〈解嘲〉之類，皆宜熟讀。《選》後之文，如〈與楊遵彥書〉（徐）、〈哀江南賦〉（庾），亦直熟讀。

古人讀書，強調熟讀成誦。這樣做容易增強記憶，也便於學習語言。宋代陳鵠《耆舊續聞》云：「朱司有載上謁坡（蘇軾），乞觀其書，坡云：『足下試舉題一字』，公如其言，坡應聲輒誦數百言，無一字差缺。」蘇東坡尚且如此，何況他人！曾氏要求兒子選擇《文選》中「最愜意者」熟讀成誦，這樣既可以欣賞名作，又可以提高閱讀和寫作能力。

對於《文選》，曾氏沒有做過訓詁、校勘和考證的工作，沒有提出過什麼值得注意的獨到見解，可以說他在文選學研究方面並無建樹。他重視《文選》，是著眼鑑賞與寫作。他指導兒子學習《文選》，是為了提高兒子的文學素養和寫作能力。曾氏的論述，對於學習古文寫作的人是很有啟發的。應該看到，《文選》的流傳與歷代科舉考試制度有關。「文選爛、秀才半」的俗諺深刻地揭示了這種關係。歷代士子讀《文選》，學習寫作技巧，吸收瑰麗的采藻，運用其豐富的語言和巧妙的表現方法，寫好文章，登上仕途。正因為如此，自唐代以後，歷代讀書人學習《文選》就從來沒有間斷過。

二〇〇三年五月

研習選學之津梁
──駱鴻凱《文選學》評介

　　一九三六年，中華書局出版的《文選學》（駱鴻凱著），是一部對研習《文選》和六朝文學的人很有用的學術專著。但是，建國以後，此書甚為罕見。一九八九年，中華書局又出版了《文選學》的增補本，受到學術界的歡迎。

　　在中國古典文學作品中，以一部書而形成一種專門學問的，前有蕭統的《文選》，後有曹雪芹的《紅樓夢》。研究《文選》的學問謂之「選學」（即「文選學」），「文選學」的名稱始於唐初。隋唐之間有著名《文選》學者曹憲。《舊唐書》〈儒學傳〉說：「（曹憲）所撰《文選音義》，甚為當時所重，初江淮間為《文選》學者，本之於憲。」這是史籍中最早出現的「文選學」名稱。

　　隋唐以來，特別是唐代和清代，選學有巨大的發展。《文選》學家輩出，成績斐然。「五四」後，選學衰落，但是也出現了像黃侃《文選平點》、高步瀛《文選李注義疏》、駱鴻凱《文選學》這樣的《文選》評點、注釋和研究的重要著作。駱氏《文選學》旁徵博引，立論矜慎，可謂《文選》研究總結性的著作。最近我重溫此書，深感在今天看來這部專著仍有不少優點：

　　一、論述全面。清代汪師韓的《文選理學權輿》分撰人、書目、舊注、訂誤、補闕、辨論、未詳、評論以及質疑九類輯錄有關《文選》的資料，歷來被看作研習《文選》的入門書。駱氏

《文選學》在前人的基礎上，分為纂集、義例、源流、體式、撰
人、撰人事蹟生卒著述考、徵故，評騭、讀選導言、餘論十章，
對《文選》進行了全面系統的論述。另有附編一〈文選分體研究
舉例〉〈論〉、附編二〈文選專家研究舉例〉〈陸士衡〉，是對《文
選》的專題研究。前為文體研究示例，後為作家研究示例。最後
的〈選學書著錄〉，分全注本、刪注本、校訂補正之屬、音義訓詁
之屬、評文之屬、摘類之屬、選賦選詩之屬、補遺廣續之屬八類
開列《文選》書目，足供參考。新版《文選學》對附編部分有所
增補，〈文選分體研究舉例〉增書箋、史論、對問、設問四體；
〈文選專家研究舉例〉增顏延年、任彥升、賈誼三家，都是對附
編的補充。在我國歷史上，對《文選》作如此全面、系統論述
的，這是第一次，所以此書是帶有總結性的《文選》研究專著。
駱氏《文選學》〈敘〉說：「今之所述，首敘《文選》之義例，以
及往昔治斯學者之塗轍，明選學之源流也。末篇所述，則以文
史、文體、文術諸方，析觀斯集，為研習選學者導之津梁也。」
誠然。

　　二、糾正謬誤。在《文選》研究中存在一些謬誤，歷代相
傳，貽害後人。《文選學》則一一予以糾正。例如，王象之《輿地
紀勝》卷八十二〈記襄陽府古跡有文選樓〉，引舊《圖經》說：
「梁昭明太子所立，以撰《文選》，聚才人賢士劉孝威、庾肩吾、
徐防、江伯操、孔敬通、惠子悅、徐陵、王筠、孔爍、鮑至等十
餘人，號曰『高齋學士』。」這裡所說昭明太子蕭統在襄陽撰《文
選》，是錯誤的；說蕭統聚才人賢士「高齋十學士」，也是錯誤
的，明人楊慎沿王氏之誤，於《升庵外集》卷五十二說：「梁昭明
太子統，聚文士劉孝威、庾肩吾、徐防、江伯操、孔敬通、惠子
悅、徐陵、王囿、孔爍、鮑至十人，謂之『高齋十學士』，集《文
選》。今襄陽有文選樓，池州有文選臺，未知何地為的。但十人姓

名，人多不知，故特著之。」這一謬說影響甚大，連清代著名學
者汪中也受騙，汪氏在其《述學》〈補遺〉的〈自序〉中，也說
《文選》為「高齋十學士之選」，犯了張冠李戴的錯誤，《文選
學》引高步瀛《文選李注義疏》說加以駁正。高氏指出，楊說乃
傳聞之誤。昭明為太子，當居建業，不應遠出襄陽。考襄陽於梁
為雍州襄陽郡，蕭綱曾任雍州刺史。《南史》〈庾肩吾傳〉曰：「初
為晉安王（蕭綱）國常侍，王每徙鎮，肩吾帶隨府。在雍州，被
命與劉孝威、江伯操、孔敬通、申子悅、徐防、徐摛、王囿、孔
爍、鮑至等十人，抄撰眾籍，豐其果撰，號高齋學士。」是高齋
學士乃簡文遺跡，而無關昭明選文也。[1]這樣辨明是非，澄清事
實，對讀者大有裨益。

　　三、彙輯體例。《文選》選錄詩文的體例，已見於〈文選序〉，無
須贅述。而李善注之體例，卻未見說明，原來已散在李善的注釋之
中。如〈兩都賦序〉注云：「諸引文證，皆舉先以明後，以示作者必
有所祖述也。他皆類此。」〈西都賦〉注云：「石渠已見上文。同卷再
見者，並云已見上，務從省也。他皆類此。」〈東都賦〉注云：「婁敬
已見上文。凡人姓名皆不重見。餘皆類此。」又云：「諸夏已見〈兩
都賦〉，其異篇再見者，並云已見某篇。他皆類此。」〈西京賦〉薛綜
注中李善曰：「舊注是者因而留之，並於篇首題其姓名。其有乖謬
者，臣乃具釋，並稱臣善以別之。他皆類此。」等等。李善注徵引群
書多達一千七百餘種，如此繁富的注釋，若無注釋體例說明，對於讀
者頗多不便。駱氏將這些分散的體例說明彙輯在一起，有的還加上按
語，對於我們了解李善注釋的體例特點，很有幫助。

　　四、追溯源流。《文選學》〈源流〉一章論述了歷代《文選》研究
的情況，特別是對唐代和清代的論述尤詳。唐代是選學的興盛時期，

1　參閱駱鴻凱：《文選學》（北京市：中華書局，1985 年），頁 5-6。

李善繼承了曹憲之選學，注《文選》，取得了很高的成就。開元中，
呂延濟、劉良、張銑、呂向、李周翰五人注《文選》，稱為《五臣
注》。《五臣注》顯然不如李善注，「然其疏通文意，亦間有可采。」[2]
二書流傳千古，至今仍為研究《文選》最重要的參考書。宋元明三
代，宋初尚有「《文選》爛，秀才半」的諺語。但是，此後，選學荒
廢，有價值的《文選》研究著作很少見。至清代選學復興。《文選》
研究專家輩出。張之洞《書目答問》開列的《文選》學家有錢陸燦、
潘耒、何焯、陳景雲、余蕭客、汪師韓、嚴長明、孫志祖、葉樹藩、
彭兆蓀、張雲璈、張惠言、陳壽祺、朱珔、薛傳均十五人，說：「國
（清）朝漢學、小學、駢文家皆深選學，此舉其有論著校勘者。」[3]
可見，實際人數還會更多一些。其著作如何焯《義門讀書記》〈文
選〉五卷、余蕭客《文選音義》八卷、汪師韓《文選理學權輿》八
卷、孫志祖《文選理學權輿補》一卷、《文選考異》四卷、《文選李注
補正》四卷、張雲璈《選學膠言》二十卷、朱珔《文選集釋》一十四
卷，此外，如胡克家《文選考異》十卷、梁章鉅《文選旁證》四十六
卷、胡紹煐《文選箋證》三十卷、李詳《文選拾瀋》二卷等皆為《文
選》研究的重要成果。《文選學》〈源流〉一章好像一部《文選》研究
小史，能給人以清晰的選學發展的歷史輪廓。

　　五、詮釋文體。《文選》析文體為三十七類。《文選》的文體分類
在我國古代文體發展史上佔有重要的地位。與蕭統先後同時的劉勰，
其《文心雕龍》對文體的論述十分精詳。駱氏說：「《文心》權論文
體，凡有四義：一曰原始以表末，二曰釋名以章義，三曰選文以定
篇，四曰敷理以舉統。體制區分，源流昭晰，熟精選理。津逮在
斯。」（〈體式〉第四）所以，駱氏常常引用劉勰關於文體的論述來詮
釋《文選》的文體。雖然蕭統〈文選序〉中也有一些關於文體的論

2　《四庫全書總目》《六臣注文選》〈提要〉。

3　附二：〈國（清）朝著述諸家姓名略〉。

述，但是論述過於簡單，不能給讀者以清晰的印象。而《文心雕龍》中文體論的內容十分豐富、精湛，駱氏引用這些論述來詮釋《文選》的文體，使讀者對這些文體的理解更清楚、更深入了。

六、考證切實。《文選》收作家一百三十餘人，作品七百五十餘首，是我國古代一部大型的詩文選集。作為《文選》的研究著作，研習其中的作品，自然要知人論世。由於「撰人名字爵里及著作之意，李注已詳。事實、著述，則諸史傳志具在」[4]，駱氏只編了有關資料目錄，供讀者參考。例如：

> 司馬長卿　相如　見《史記》、《漢書》本傳（蜀郡成都人，漢文帝初年生，武帝元狩五癸亥卒，年六十餘）。〈凡將〉一篇，賦二十九篇（《漢志》）、集二卷（《隋志》）。
>
> 王仲宣　粲　見《三國》〈魏志〉本傳（山陽高平人，漢靈帝熹平六丁巳生，獻帝建安二十二丁酉卒，年四十一）。《去伐論集》三卷、《漢末英雄記》十卷，集十一卷。
>
> 曹子建　植　見〈魏志〉本傳（沛國譙人，漢獻帝初平三壬申生，魏明帝太和六壬子卒，年四十一）。
>
> 《列女傳頌》一卷，集三十卷。

這裡有的也包含了對作家生卒著作的考證。只是十分簡略。這樣的資料目錄為讀者提供了檢索資料的方便。

研習作品還需要辨明作品的真偽，這就必須對一些作品下一番考證工夫。例如，李陵〈答蘇武書〉，自唐代劉知幾以後，都認為是偽作。駱氏歷引劉知幾、蘇軾、梅鼎祚、儲欣、章學誠、翁方綱諸人的論述，證明是偽作，頗有說服力。駱氏的考證比較實事求是，多切實可信。

4　駱鴻凱：《文選學》〈撰人事蹟生卒著述考第六〉。

　　七、資料豐富。這是駱氏《文選學》最明顯特點。其中〈徵故〉一章，分賦、詩、雜文三類輯錄「時流品藻、史臣論斷」，「藝苑珍談，選樓故實」，對讀者理解有關作品有一定的幫助。〈評騭〉一章，輯錄「評文之言」，駱氏批評方成珪《文選集成》、于光華《文選集評》「泛采雜徵……大都以時文之科臼，繩墨古人，塵穢簡編，謬以千里。」自許所輯評論資料「甄擇頗嚴」。駱氏所謂「嚴」，只是「詮賦惟取茗柯（張惠言），明詩折衷夫湘綺（王闓運），雜文以下，兼采李（李兆洛）、譚（譚獻）。」張惠言評賦，王闓運評詩，李兆洛、譚獻評雜文，固有真知灼見，但這並不能排除四家之外有精闢的見解。駱氏如此輯錄評論資料，不免有些狹隘。雖然如此，駱氏所輯評論，對讀者研習作品還是有啟發的。

　　八、指導閱讀。《文選》所選錄的作品，上下千年，包羅宏富，研習此書，洵非易事，駱氏有〈讀選導言〉一章，指導閱讀，昭示門徑。導言共十六則，開宗明義第一則，指出研習《文選》應具備的基礎知識是：一、訓詁；二、聲韻；三、名物；四、句讀；五、文律；六、史實；七、地理；八、文體；九、文史；十、玄學與內典。所舉似乎過於繁瑣，但是，統而言之，中國古代文學史知識和古代漢語知識卻是十分必要的。至於玄學和佛學知識，懂一些當然更好，如果不懂，對研習《文選》似乎也沒有太大的妨礙。導言的其他部分還論及文體、風格、駢文、作家才思、作家品德、通變、五言詩之流變、作家比較研究等，這些論述對研習《文選》的讀者都有指導作用。值得注意的是，駱氏的論述多與《文心雕龍》結合起來，這就使我們想起黃侃的話：「讀《文選》者，必須於《文心雕龍》所說能信受奉行，持觀此書，乃有真解。」[5]駱鴻凱是黃先生門下的高足，這大約是他信奉師說的表現。駱氏快婿和門人馬積高先生在新版《文選學》〈後

5　《文選平點》卷1。

記〉中說：「（駱）先生治學門徑，大抵本黃季剛先生。」所言極是。

　　九、指導研究。駱氏《文選學》在〈讀選導言〉〈十一〉中擬定「《文選》分體研究綱領」，其內容是：「一、區一體所苞之時序與作家；二、考一體文章之源流正變；三、辨一體所苞眾篇之體性；四、析觀眾篇作法；五、比觀眾篇作法異同。」在〈讀選導言〉〈十三〉中擬定「《文選》專家研究綱領」，其內容是：「一、考史傳以詳其略歷；二、彙評論以識其辜較；（《文心》、《詩品》又《北史》以上關於評論本人文章之言，並宜研核。）三、溯其淵源，探其影響；四、考其文體之因與創及所優長；五、核其文之作法（謀篇造句練字諸端。）」這是駱氏自己的專題研究提綱，並以金針度人，指導後學。由於提綱過於簡略，學子不免感到茫然。駱氏又在〈附編〉中撰有〈《文選》分析研究舉例〉〈論〉、〈《文選》專家研究舉例〉〈陸士衡〉，具體而微，作為示範。新版又對〈附編〉有所增補。〈《文選》分析研究舉例〉增補了書箋、史論、對問、設論四體。〈《文選》專家研究舉例》〉增補了顏延年、任彥升、賈誼三家。對有志於選學者皆有一定幫助。不過，應該指出，駱氏由於受到時代的侷限，只舉出兩種研究方式，其研究方法也與今天有很大的差異。雖然這些研究舉例對今天的研究者仍有啟發，但是，已不能適應學術研究發展的新形勢了。在今天看來，研究方式方法應是多種多樣的，既可以進行宏觀的、整體的研究，也可以進行微觀的、不同角度、不同層次的研究。這樣才能有利於選學的發展。

　　十、提供書目。《文選學》的最後是〈選學書著錄〉。這是駱氏為研習《文選》者開列的書目。駱氏在書目後指出：「已上著錄，皆舉見存而可求者。其史志已佚失及存目《四庫》不易見之本，不錄。」可見這是一份比較齊全的《文選》書目。前人治學多從目錄學入手。清代經學家江藩說：「目錄之學，讀書入門之學也。」[6]清代史學家王

6　《師鄭堂集》。

鳴盛在《十七史商榷》中也說：「目錄之學，學中第一緊要事，必從
此問途，方能得其門而入。」（卷一）又說：「凡讀書最切要者，目錄
之學。目錄明，方可讀書，不明，終是亂讀。」（卷七）所以，駱氏
開列的《文選》書目，對研習《文選》的人是很有用處的。

　　駱氏《文選學》的優點是顯而易見的。直到今天，此書仍可供
《文選》和六朝文學研究者參考。但是，由於這部學術專著已出版五
十多年，時代起了巨大的變化，學術事業有了很大的發展，不必諱
言，此書已不能完全適應今天讀者的需要了。我們一方面把《文選
學》列為研究生學習《文選》的參考書，另一方面也期待著嶄新的
《文選學》專著問世。

　　最後，我們要指出的是，新版《文選學》對於舊版中錯漏的文字
並未補正。第二十四頁說：「《文選》次文之體凡三十八。」而下列文
體只有三十七類，漏排「序」體。第一六三頁，謝惠連詩文目錄後漏
排謝靈運詩目錄四十二首，等等。是為美中不足，希望再版之時予以
補正。

　　　　　　　　　　　　　　　　　　　　　　　一九九〇年八月

《文選學研究》後記

　　我的《文選》研究，應從《文心雕龍》的研究談起。

　　我從事《文心雕龍》研究，是受了先師羅根澤先生的啟發。此項工作是二十世紀六十年代開始的。當時主要是精讀原著，搜集資料，撰寫讀書札記。到一九七七年以後，才開始撰寫文章，陸陸續續發表了研究論文三十餘篇。在《文心雕龍》研究中，我反覆考慮的是如何形成自己的研究特點。八十年代以後，研究《文心雕龍》的人漸漸多了，如果千人一面，千口一腔，這樣的研究還有什麼意義。我想起黃侃先生的話「讀《文選》者，必須於《文心雕龍》所說能信受奉行，持觀此書，乃有真解。」[1] 讀《文選》如此，讀《文心雕龍》又何嘗不要參考《文選》。受黃先生的啟發，我決定將《文心雕龍》與《文選》結合起來研究，以形成自己的研究特點。我試著這樣去做，結果如何呢，只能由讀者來評判了。在精讀《文心雕龍》過程中，我編選了一本《文心雕龍選》，於一九八五年出版。後來，我將一些研究《文心雕龍》的論文有系統地組織起來，輯成一部研究專著，這便是一九九一年出版的《文心雕龍研究》。一九九五年，我在編著《魏晉南北朝文論全編》時，對《文心雕龍》全書作了簡明的注釋，並為各篇撰寫了解題。二〇〇二年，《文心雕龍研究》出版了新的增訂本。至此，我的《文心雕龍》研究工作始告一段落。

　　我的《文選》研究工作，應該說是與《文心雕龍》研究同時開始

1　黃侃：《文選平點》。

的，從上世紀六十年代，我在研究《文心雕龍》的過程中，時時翻閱《文選》。因為《文心雕龍》論及的詩文名篇，有許多在《文選》中可以找到。翻閱時間長了，對《文選》也漸漸熟悉了。一九八五年以後，我為研究生開設《昭明文選》研究課程，邊講課邊寫論文。一九九八年，我在人民文學出版社出版了《昭明文選研究》。這是在論文基礎上整理而成的一部研究專著。在此書〈後記〉中，我說過：「我認為，研究《文心雕龍》應與《文選》相結合，參閱《文選》，可以證實《文心雕龍》許多論點的精闢。同時，我也認為，研究《文選》亦應與《文心雕龍》相結合，揣摩《文心雕龍》之論斷，可以說明《文選》選錄詩文之精審，因此，將二書結合起來研究，好處很多。」將《文選》與《文心雕龍》結合起來研究，並非黃侃先生的創見，黃侃以前，清人孫梅就說過：「彥和則探幽索隱，窮形盡狀。五十篇之內，百代之精華備矣。其時昭明太子纂輯《文選》，為詞宗標準。彥和此書，其實總括大凡，妙抉人心；二書宜相輔而行者也。」[2]黃侃以後，駱鴻凱說：「《雕龍》論文之言，又若為《文選》印證，笙磬同音，豈不謀而合，抑嘗共討論，故宗旨如一耶。」[3]范文瀾說：「《文心雕龍》是文學方法論，是文學批評書，是西周以來文學的大總結。此書與蕭統《文學》相輔而行，可以引導後人順利地了解齊梁以前文學的全貌。」[4]諸位前賢的論述，使我深受啟發。

　　文選學是一門古老的學科。這門學科形成於唐初，至今已有千餘年的歷史，對歷代文學發展有著深遠的影響。研究文選學，大有可為。《昭明文選研究補編》大都是《昭明文選研究》出版以後撰寫的論文，有補缺補漏的意思。文選學可研究的內容極為豐富，補是補不完的。這些零磚碎瓦，不過是為文選學這座大廈增添一些建築材料而

2　《四六叢話》卷31。

3　《文選學》。

4　《中國通史簡編》修訂本第二編。

已。應該說明的是，〈《文選》文體述論〉與〈《文選》詩文作者生平、著作考略〉（先秦兩漢），屬於資料性的文字，但對文選學的研究不無裨益。〈考略〉只寫到東漢末，因為有關魏晉南北朝的部分，作者另有《魏晉南北朝文學史料述略》可供參考。《補編》附錄一是兩篇有關徐陵和《玉臺新詠》的論文。徐陵是《玉臺新詠》的編者，《玉臺新詠》產生在南朝梁代，可以與同時代產生的蕭統《文選》進行比較研究。附錄二是有關文選學研究的參考書目，是在一九九八年書目的基礎上補充而成，藉此可以了解近幾年文選學著作的出版情況。附錄三是我的主要論著目錄，雪泥鴻爪，為個人的學術生涯留一絲痕跡。生命有限，學術無窮，我的一生的學術研究，僅此而已。

　　我在將《昭明文選研究》與《昭明文選研究補編》合成一書出版時，曾對《昭明文選研究》做過一些必要的修訂。《文選學研究》全書主要由論文輯成，從整體構成來看，這是一部自成體系的文選學研究專著；但就單篇論文而言，它們又具有相對的獨立性。因此，少數論文在論述問題時容或有個別重複之處，現在也就一仍其舊，不做刪改了。

　　《昭明文選研究》在初版時，承蒙著名的魏晉南北朝文學專家、摯友曹道衡兄賜序。曹兄一生治學勤奮，著作等身，為魏晉南北朝文學研究做出巨大貢獻。他於二〇〇五年五月九日不幸逝世，相知二十多年的同行老友驟然離去，使我不勝思念。現仍將曹兄的序冠於書首，以寄託我的思念之情。

　　著名學者、我最尊敬的朋友、復旦大學王運熙教授一直關心我的《文選》研究工作。拙著出版，年逾八旬的王先生親自題寫書名並賜序，對他的深情厚意，我表示衷心的感謝。

　　拙著的出版，得到鷺江出版社鄭宣陶先生的大力支持，於此一並致謝。

二〇〇七年七月

《文心雕龍》研究

劉勰與《文心雕龍》

　　劉勰是我國南朝齊梁時代的傑出的文學批評家。他的《文心雕龍》，比較全面的總結了南齊以前中國文學理論和文學批評的經驗，提出了許多精闢的見解，在中國文學批評史上，是一部十分重要的文學批評著作。

　　關於劉勰的生平事蹟，資料極其缺乏。只有《梁書》、《南史》本傳上有些簡略的記載，皆語焉不詳。這裡，根據史書所載作一簡單的介紹。

　　劉勰（456?-520?）字彥和，東莞莒（今山東省莒縣）人，世居京口（今江蘇省鎮江市）。早年喪父，家貧，篤志好學，依當時著名和尚僧祐為生，讀了不少儒家經書和佛教典籍以及諸子百家、各種詩文等。南朝梁時，他官至仁威南康王記室兼東宮通事舍人，深得昭明太子蕭統的喜愛。他的《文心雕龍》大約完成於齊明帝永泰元年（498）和齊和帝中興二年（502）之間。劉勰很重視這一著作，為了取得當時身居要職的著名文學家沈約的評定，他想去拜見沈約，但又無法見到，於是他只好背著書，等候沈約出來。沈約讀了之後，給予很高的評價，說它「深得文理」，並且常常放在案頭。劉勰晚年，奉梁武帝之詔，與慧震和尚於定林寺修纂佛經。修纂既畢，就出家為僧，改名慧地。出家後不到一年就逝世了。他的著作最負盛名的是《文心雕龍》。除此以外，僅存〈梁建安王造剡山石城寺石像碑〉[1]和

1　見《會稽掇英總集》卷 16。

〈滅惑論〉[2]兩篇。至於文集，則久已失傳。

《文心雕龍》十卷，分上、下編，共五十篇（其中〈隱秀〉一篇殘缺）。其內容大致可分為五個部分。

首先是劉勰所謂的「文之樞紐」，即總論，包括〈原道〉、〈徵聖〉、〈宗經〉、〈正緯〉、〈辨騷〉五篇。這五篇，表達了《文心雕龍》的基本思想。〈序志〉篇說：「蓋《文心》之作也，本乎道，師乎聖，體乎經，酌乎緯，變乎騷，文之樞紐，亦云極矣。」意思是說，他的《文心雕龍》寫作的基本原則是，以道為本，以「聖人」為師，以儒家經書為楷模，參酌緯書的文辭和《楚辭》寫作上的發展變化。他認為文章的關鍵問題，也不過是這些了。這是劉勰對《文心雕龍》基本思想的概括，也是全書的總綱。

〈原道〉篇指出，天之「文」如日月，地之「文」如山川，都是「道」的表現。作為「五行之秀」、「天地之心」的人，「言立而文明」，那是很自然的事情。而「道沿聖以垂文，聖因文而明道」，道通過「聖人」表達在文章裡，「聖人」通過文章來闡明道。這個「道」，顯然是指儒家思想。〈徵聖〉篇主張寫作文章以「聖人」為師。它說：「徵之周、孔，則文有師矣。」他認為文章能以周公、孔子為準則，就有了老師了。〈宗經〉篇說：「經也者，恒久之至道，不刊之鴻教也。」他把儒家的經書看作永恆的真理，不可磨滅的偉大教言。所以他認為文章能以儒家經書為楷模，則從思想內容到藝術形式都有種種優點。以上三篇，劉勰對《文心雕龍》的原道、徵聖、宗經的基本思想的表達已十分清楚了。在〈正緯〉和〈辨騷〉兩篇中，他對「緯」和「騷」加以辨正。這是因為「緯」「無益經典而有助文章」、「前代配經，故詳論矣。」而「騷」是「奇文鬱起」，它「軒翥詩人之後，奮飛辭家之前」。其特點是：「雖取熔經意，亦自鑄偉辭」。並

2　見《弘明集》卷8。

且對後世影響很大：「其衣被詞人，非一代也」。所以，劉勰把「緯」與「騷」也列為「文之樞紐」。

「文之樞紐」五篇所表達的思想，基本上是儒家思想。這種思想是貫串全書的。

其次，是關於文體的論述。《文心雕龍》上半部，除總論五篇之外，都是關於文體的論述。

在中國文學史上，魏晉以後，文學觀念逐漸明確，文學開始有別於「經」、「史」、「子」。人們注意區分文學作品與非文學作品的界限，因此，也比較注意文體問題的探討。魏曹丕的《典論》〈論文〉、西晉陸機的《文賦》以及摯虞《文章流別論》、李充的《翰林論》都有關於文體的論述，不過今天能見到的有的殘缺嚴重，有的很簡略。而《文心雕龍》文體分類繁密，探討各種文體的性質、源流和寫作特點，系統完整，十分細緻。

《文心雕龍》專論文體的文章達二十篇，論及當時的文體三十三類，即：詩、樂府、賦、頌、贊、祝、盟、銘、箴、誄、碑、哀、弔、雜文、諧、隱、史傳、諸子、論、說、詔、策、檄、移、封禪、章、表、奏、啟、議、對、書、記。如果加上〈辨騷〉篇中的「騷」體，則為三十四類。各體之中，往往子類繁多。這裡就不再列舉了。

《文心雕龍》論文體，又分為「文」、「筆」兩部分。〈序志〉篇說：「論文敘筆，則囿別區分。」說的就是這個意思。文體論二十篇〈諧讔〉之前為「文」，〈史傳〉之後為「筆」。什麼叫做「文」、「筆」呢？劉勰說：「無韻者『筆』也，有韻者『文』也。」（〈總述〉）文筆之說是作家們對文學作品的性質和體制的探討，提高了人們對文學特點的認識。

《文心雕龍》論文體各篇的內容，包括四項，即「原始以表末，釋名以章義，選文以定篇，敷理以舉統。」[3]意思是，他論文體的各

3　〈序志〉。

篇要做到：一、敘述各體文章的起源和演變情況；二、說明各種體裁名稱的含意；三、評述各體文章的代表作家和代表作品；四、論述各體文章的寫作理論和特點。

《文心雕龍》關於文體的論述詳細、完整，如〈明詩〉、〈樂府〉、〈詮賦〉等篇類似分體文學簡史，其中對各體作家作品多有比較中肯的評論。但是，也存在蕪雜、瑣碎和對文學的範圍認識不明確的毛病，例如，把諸子、史傳看作文學作品，甚至與文學毫無關係的符、契、券、疏、譜、籍、簿、錄之類，也加以論列，這都是不足之處。

第三，關於文學創作及有關問題的論述。包括從第二十六篇〈神思〉到第四十六篇〈物色〉共二十篇（〈指瑕〉篇除外）。這是全書精華部分。

劉勰論創作涉及的問題較多，他對文學與現實的關係、文學的繼承與革新、文學作品的內容和形式、藝術構思、創作過程、文學風格與寫作方法等問題，都進行了詳細、深入的論述。

文學與現實的關係問題是文藝理論中的一個根本問題，唯物主義者認為一定時代的文學是一定時代的社會生活反映，即文學是「一定的社會生活在人類頭腦中的反映的產物」。唯心主義者認為文學是作家天才的創造。劉勰認識到政治、社會環境對文學的影響，在〈時序〉篇中，他論述了歷代文學之後，指出：「文變染乎世情，興廢繫乎時序。」即作品變化受社會情況的影響，文學的盛衰決定於時代的變換。這一觀點具有樸素唯物主義精神，在當時歷史條件下是十分可貴的。在〈物色〉篇中，他還論述了文學與自然景色的關係。他認為：「情以物遷，辭以情發。」這是說：四時景色的變化，影響到人的感情而產生了文辭。這一看法同樣是值得我們珍視的。

〈通變〉篇是論述文學發展中的繼承和創新問題的。從文學發展看，就其不變的實質而言為「通」，即指繼承方面；就其日新月異的現象而言為「變」，即指創新方面。〈通變〉篇「贊」說：「文律運

周，日新其業。變則其久，通則不乏。趨時必果，乘機無怯。望今制奇，參古定法。」這裡肯定文學的發展是日新月異的，指出善於創新則能持久，善於繼承則不貧乏，適應時代要果斷，抓住機會不要膽怯，要求看到文學發展的趨勢而創造出優秀的作品，參考古代的傑作確定寫作的法則。這些意見在今天仍有借鑑意義。

文學作品的內容與形式的問題是文藝理論中的一個重要問題。劉勰主張內容與形式並重，他說：「夫水性虛而淪漪結，本體實而花萼振，文附質也。虎豹無文則鞟同犬羊，犀兕有皮，而色資丹漆，質待文也。」[4]所謂「質」，指思想內容；所謂「文」，指語言形式。「文附質」、「質待文」都是指內容和形式的緊密接合。當然，內容和形式並不是並列的，而是有主從之分的。劉勰認為內容是主導的，是決定形式的。「情者文之經，辭者理之緯，經正而後緯成，理定而後辭暢。」有了充實的內容，然後確定適合的形式，做到內容和形式和諧地完美結合在一起，這是文章的最高境界。

〈神思〉篇專論藝術構思。劉勰說：「文之思也，其神遠矣。故寂然凝慮，思接千載；悄焉動容，視通萬里。吟詠之間，吐納珠玉之聲；眉睫之前，卷舒風雲之色。其思理之致乎。……夫神思方遠，萬塗竟萌，規矩虛位，刻鏤無形，登山則情滿於山，觀海則意溢於海，我才之多少，將與風雲而並驅矣。」這裡對想像作了生動的描寫。在藝術構思中，想像是十分重要的，通過它可以把具體的生活熔鑄成生動的文學作品。想像可以補充作家經驗和感受的不足，使作品更加豐富多彩，鮮明動人。劉勰所論「神思」的某些特點，與今人所說的「形象思維」頗為相近。

關於創作的方法步驟，在〈鎔裁〉篇中，劉勰提出了「三準」說。他說：「是以草創鴻筆，先標三準：履端於始，則設情以位體；

4　〈情采〉。

舉正於中，則酌事以取類；歸餘於終，則撮辭以取要。」意思是，動筆寫文章前先注意三項準則：首先，根據內容，確定體裁；其次，選擇事例，斟酌用典；最後，選用文辭，突出重點。這是對創作方法步驟的分析，反映了劉勰對創作規律的一些認識，值得我們重視。

文學風格，劉勰在〈體性〉篇中分為典雅、遠奧、精約、顯附、繁縟、壯麗、新奇、輕靡八體。並對各體的特點加以概括：「典雅者，熔式經誥，方軌儒門者也；遠奧者，馥采典文，經理玄宗者也；精約者，核字省句，剖析毫釐者也；顯附者，辭直義暢，切理厭心者也；繁縟者，博喻釀采，煒燁枝派者也；壯麗者，高論宏裁，卓爍異采者也；新奇者，擯古競今，危側趣詭者也；輕靡者，浮文弱植，縹緲附俗者也。」意思是說，所謂「典雅」，就是取法儒家經書，遵循儒家軌道的；所謂「遠奧」，就是藻采深隱，文辭曲折含蓄，以道家思想為主的；所謂「精約」，就是詞句簡練，分析細緻的；所謂「顯附」，就是文辭質直，意旨曉暢，切合事理，使人滿意的；所謂「繁縟」，就是比喻廣博，文采繁富，善於鋪陳，光彩照人的；所謂「壯麗」，就是議論高超，體裁宏偉，辭采不凡的；所謂「新奇」，就是拋棄陳舊，追求新穎，冷僻奇險，趨於詭異的；所謂「輕靡」，就是文辭浮華，根底淺薄，內容空虛，投合時俗的。這是劉勰在論述作家個性與文學風格問題時概括的八種風格特點。在〈風骨〉中，劉勰對文學作品提出更高的要求，要求作品「風清骨峻」，即具有明朗健康，遒勁有力的風格特點。劉勰這一主張，是總結了中國齊梁以前文學，特別是建安文學的優良傳統提出的。它對唐代文學有很大的影響。

除了上述內容之外，劉勰還以若干專篇論述了寫作方法（〈總術〉）、聲律（〈聲律〉）、對偶（〈麗辭〉）、用典（〈事類〉）、誇張（〈夸飾〉）、比興手法（〈比興〉）、用詞（〈練字〉）、字、句、章的安排（〈章句〉）等問題。這是由於當時文學的發展，促使他對文學形式作進一步的研究。

　　第四，關於文學批評的論述。〈指瑕〉、〈才略〉、〈知音〉、〈程器〉等篇都是文學批評的專篇論文，其中以〈知音〉篇最為重要。

　　〈知音〉篇主要論述文學批評的態度和方法問題。關於文學批評，劉勰認為歷來存在三種錯誤態度，即「貴古賤今」、「崇己抑人」和「信偽迷真」。這些問題都是應該解決的。如何解決呢？他認為只有「博觀」，即廣泛地觀察。「操千曲而後曉聲，觀千劍而後認器」，見聞廣了，又能「無私於輕重，不偏於憎愛」，自然能對作品作出比較全面、正確的評價。

　　關於文學批評的方法，劉勰提出「六觀」，即六種分析作品的方法：一、觀位體，即看作品體裁的安排；二、觀置辭，即看作品的語言運用；三、觀通變，即看作品的繼承和創新；四、觀奇正，即看作品的奇和正的兩種表現手法；五、觀事義，即看作品的用典；六、觀宮商，即看作品的聲律。這六點，大都是從形式著眼，但「綴文者情動而辭發，觀文者披文以入情」，只有「披文」，才能「入情」，即只有全面地觀察、分析作品的形式才能深入地剖析作品的內容。

　　什麼是劉勰的文學批評的標準呢？我們聯繫劉勰所謂「文之樞紐」五篇及〈序志〉等篇來考察，可以斷言，儒家思想就是他衡量文學作品內容的標準。〈序志〉篇說：「唯文章之用，實經典枝條，五禮資之以成，六典因之致用，君臣所以炳煥，軍國所以昭明……」這裡，雖然說的是文章的用途，實際上可以說是劉勰文學批評的政治標準的具體內容。〈宗經〉篇還講到：「文能宗經，體有六義：一則情深而不詭，二則風清而不雜，三則事信而不誕，四則義直而不回，五則體約而不蕪，六則文麗而不淫。」對於劉勰提出的「六義」，研究者有不同的看法。我們認為，「六義」是劉勰對文學創作在藝術方面所提出的基本要求。前四條是從作品的內容、教育作用、題材等方面提出其在藝術表現上的要求，後兩條是對作品的風格和文辭方面的藝術要求。「六義」是創作的標準，也是他的文學批評的藝術標準。但

是，說「五經」有這些優點，不免有溢美之處，同樣表現了劉勰的崇儒尊經的思想。

劉勰在中國文學批評史上首先提出了比較系統的批評論，為我國古代的文藝批評奠定了堅實的基礎。

最後一篇〈序志〉是全書的序言，說明作者為什麼寫這部書以及本書的結構、體例等。劉勰為什麼寫這部書呢？主要是：

一、為了反對當時文學的形式主義傾向。〈序志〉篇指出：「而去聖久遠，文體解散，辭人愛奇，言貴浮詭，飾羽尚畫，文繡鞶帨，離本彌甚，將遂訛濫。」當時有些作家愛好新奇，其詩文都講求詞藻、聲律、用典而忽視思想內容，表現出形式主義傾向。劉勰對這種不良傾向提出了嚴肅的批評。

二、對魏晉以來的文論不滿。〈序志〉篇指出：「魏典密而不周，陳書辯而無當，應論華而疏略，陸賦巧而碎亂，《流別》精而少巧，《翰林》淺而寡要。」這是對曹丕的《典論》〈論文〉、曹植的〈與楊德祖書〉、應瑒的〈文質論〉、陸機的《文賦》、摯虞的《文章流別論》、李充的《翰林論》的批評。劉勰並指出他們「各照隅隙，鮮觀衢路」，並未能「振葉以尋根，觀瀾而索源，不述先哲之誥，無益後生之慮」。意思是說，魏晉以來的文論，都只看到一角一孔，很少看到康莊大道。他們未能尋究儒家學說內容，不依據經書立論，所以對後人是沒有什麼益處的。

三、劉勰要「樹德建言」，留名後世。〈序志〉篇說：「歲月飄忽，性靈不居，騰聲飛實，製作而已」。劉勰想通過寫作，使自己的聲名留傳後世。

基於以上三個原因，劉勰寫下了《文心雕龍》。

《文心雕龍》的內容是十分豐富的、複雜的，這樣分類介紹，不一定很科學，但是，大致可以概括這部書的主要內容。

　　《文心雕龍》是我國古代文學理論的傑作，它「體大而慮周」[5]，在中國文學批評史上佔有十分重要的地位。但是，也應該看到，劉勰的原道、徵聖、宗經的思想，給他的《文心雕龍》帶來了明顯的侷限性，這也是不必諱言的。

　　劉勰批判地繼承了他的前輩關於文學理論和批評的遺產，提出了不少「新的東西」，做出了自己的貢獻。這個歷史的功績是應該充分肯定的。魯迅先生對《文心雕龍》作了很高的評價，他說：「篇章既富，評騭自生，東則有劉彥和之《文心雕龍》，西則有亞里斯多德之《詩學》，解析神質，包舉洪纖，開源發流，為世楷式。」[6]這個評價是十分中肯的。

一九八二年一月

5　章學誠：《文史通義》〈詩話〉。

6　魯迅：《詩論題記》。

劉勰生平述略

　　劉勰，字彥和。約生於宋明帝泰始元年，即西元四六五年。《梁書》〈劉勰傳〉說他是東莞莒（今山東省莒縣）人。其實這只是劉勰的祖籍，他的父輩、祖父輩和他自己都是出生在南徐州東莞郡的京口（今江蘇省鎮江市）。劉勰的祖父劉靈真，生平事蹟不詳。我們只知道他是南朝宋司空劉秀之的弟弟。劉勰的父親劉尚，生平事蹟亦不詳。史稱他曾任越騎校尉。這是掌管越人來降，然後編為騎兵的武官。一說，「取其材力超越。」[1]似以後說為是，因為越人本來不善於騎馬。

　　劉勰早年喪父，家境貧寒。他少年時期就意志堅強，好學不倦，認真閱讀了大量的儒家經典和其他著作，這為後來寫作《文心雕龍》奠定了思想基礎。

　　《梁書》〈劉勰傳〉說他因為家裡窮，以致不能結婚。這一說法是值得商榷的。第一，劉勰的父親劉尚，官至越騎校尉，俸祿約二千石。他即使在劉勰的幼年就去世，劉勰也不至於一貧如洗。第二，劉勰如果真的窮到無法維持生活，如何「篤志好學」。第三，退一步說，即使劉勰在南朝齊，因為貧窮無法結婚，而在他入梁以後，即步入官場，又為何不結婚呢？因此，可以斷言，《梁書》此說不可信。又有人認為，劉勰不結婚是因為居母喪。請問，居母喪三年之後，又為何不結婚呢？顯然不能自圓其說。那麼，劉勰究竟為什麼不結婚

1　《宋書》〈百官志下〉。

呢？有人認為，最大的可能是因為信仰佛教。這類情況在當時是有的，僧祐避婚[2]就是因為信仰佛教而不肯結婚的例子。由此，我們可以理解劉勰不婚娶的原因。但是，當時的劉勰和僧祐不同，他並不完全信仰佛教。他在《文心雕龍》〈程器〉篇中說：「窮則獨善以垂文，達則奉時以騁績。」他希望能有「達」時，以施展才能，而在那「上品無寒門」的社會裡，出身寒門的劉勰是不可能得到重用的。如果想得到重用，得為統治者創業出大力、立大功。當時沒有這樣的機會，那麼，只有與士族聯姻，通過婚姻關係改變自己的地位。可是當時士庶區別很嚴，並不是每個人都有這樣的機會。也許劉勰沒有這種機會，所以就不結婚了。總之，對於劉勰「不婚娶」有各種不同的解釋，直到現在，還沒有一種解釋是大家感到滿意的。

　　齊武帝永明年間（483-493），高僧僧祐奉皇帝之命到江南講學。僧祐（444-518），建業（今江蘇省南京市）人，精通佛學。入梁後，他出入宮廷，備受朝廷禮遇。著有《釋迦譜》五卷、《世界記》五卷、《出三藏記集》十卷、《薩婆多部相承傳》五卷、《法苑集》十卷、《弘明集》十卷等。他是當時著名的佛學大師。大約在這時，劉勰投靠僧祐，在南京城外鍾山定林寺，和他一起生活了十多年。當時的寺廟，富於藏書。這一段時間，劉勰閱讀大量的經、史、子、集著作，這從《文心雕龍》所論述的內容可以看出來。同時，根據《梁書》〈劉勰傳〉的記載，他在這時「遂博通經論，因區別部類，錄而序之，今定林寺經藏，勰所定也。」可見劉勰從事佛經的整理工作，必然會涉覽很多佛教經典。劉勰在寺廟中生活了十多年，又從事佛經的整理工作，可是，他並沒有落髮為僧。這是因為此時他的儒家思想仍佔主導地位。

2　《高僧傳》〈僧祐集傳〉。

　　《文心雕龍》〈序志〉篇說，劉勰在剛過三十歲的時候，曾經在夜裡夢到自己捧紅漆的禮器，跟著孔子向南走。早晨醒來，感到很高興。劉勰對孔子充滿了無限崇拜的感情。他想闡揚聖人的思想，注釋儒家經典，因為考慮到馬融、鄭玄諸人，發揮聖人的意旨很精闢，自己即使有很深刻的見解，也不足以自成一家。想到文章與儒家經典的關係，猶如樹根與樹枝，其作用也是很大的，又看到晉、宋以來的文學，作家愛好新奇，偏重語言的浮靡詭異，離開根本越來越遠，將要造成乖謬和浮濫。於是，劉勰決定寫作《文心雕龍》。

　　《文心雕龍》一書完成於何時？據清人劉毓崧〈書《文心雕龍》後〉[3] 一文的考證，完成於「南齊之末」。劉氏的根據主要是《文心雕龍》〈時序〉篇中的這一段話：「暨皇齊馭寶，運集休明；太祖以聖武膺籙，世（高）祖以睿文纂業，文帝以貳離含章，高（中）宗以上哲興運，並文明自天，緝遐（熙）景祚。」這一段話有三點是值得我們注意的：第一，〈時序〉篇所述，自唐虞到劉宋，歷代皆只舉代名，而特別在「齊」字上面加上一「皇」字。第二，〈時序〉篇對魏晉皇帝，只稱諡號而不稱廟號，到齊代四帝，除和帝因身後追尊，只稱為帝，其餘皆稱祖稱宗。第三，〈時序〉篇對歷代文章，皆有褒有貶，唯對齊代竭力頌美，絕無批評。據此，《文心雕龍》一書當完成於南齊末年。此外，我們可以補充一條旁證：即〈明詩〉、〈通變〉、〈才略〉等篇所論述的朝代皆到南朝宋為止，齊代作者全未涉及。這也從旁證明《文心雕龍》完成於齊代。至於完成的具體年代，劉毓崧說：「東昏上高宗之廟號，係永泰元年八月事，據高宗興運之語，則成書必在是月之後。梁武帝受和帝之禪位，係中興二年四月事，據『皇齊馭寶』之語，則成書必在是月之前，其間首尾相距，將及四載。」這條論斷也是可信的。按齊明帝永泰元年是西元四九八年，齊和帝中興

3　《通誼堂文集》卷 14。

二年是西元五〇二年，即《文心雕龍》完成於西元四九八年至五〇二年之間，《文心雕龍》〈時序〉篇說：「今聖歷方興，文思廣被，海岳降神，才英秀發，馭飛龍於天衢，駕騏驥於萬里，經典禮章，跨周轢漢，唐虞之文，其鼎盛乎！」這是《文心雕龍》的寫作進入尾聲，劉勰對當時皇帝歌功頌德的話。劉毓崧認為「今聖」是指齊和帝蕭寶融。我們結合《文心雕龍》完成時間來考察，是有道理的。

劉勰《文心雕龍》既完成於齊代，為什麼《隋書》〈經籍志〉等史志、《直齋書錄解題》等目錄和各種版本的《文心雕龍》多署為「梁劉勰撰」呢？這是因為劉勰是在梁代去世的，按史家慣例，署以所終之朝代，並不是說《文心雕龍》完成於梁代。

劉勰完成《文心雕龍》之後，雖然自己很珍視，但是，並沒有得到社會的承認，自己仍是無名之輩。為了取得聲譽和地位，他想取得當時著名文學家沈約的評定。而沈約在齊和帝時，官至梁臺散騎常侍、吏部尚書兼右僕射。地位顯赫，不是一般人所能見到的。為了見到沈約，他扮作賣貨郎的樣子，背著《文心雕龍》一書的手稿，站在街頭，等沈約出來，等沈約出來後，他在車前求見，沈約命人接過手稿，回去閱讀，閱後十分重視，認為此書深入地闡發了文章的原理。並常常放在案頭，以便取讀。因此，劉勰也就出了名。

西元五〇二年，蕭衍命人殺死齊和帝蕭寶融，在建康自立為皇帝，建立梁王朝。到了梁朝，劉勰開始步上作官的道路。在梁武帝天監元年，做奉朝請。奉朝請這樣的官，實在無「官」可做，只是「奉朝會請召而已」[4]。但是，劉勰獲得此官，也很不容易，可能是沈約在讀過《文心雕龍》之後推薦的。為什麼劉勰謀取一官半職，如此艱難？這是當時的門閥制度造成的。《梁書》〈武帝紀〉云：「甲族（士族）以二十登仕，後門（寒門）以過立試吏。」這是南朝的法規。在

4　《宋書》〈百官志下〉。

這樣的法規下，受壓抑的何止劉勰。

天監三年（504），劉勰兼任中軍將軍、臨川靜惠王蕭宏的記室。蕭宏，字宣達，是蕭衍的弟弟。據《高僧傳》〈僧祐傳〉記載，他和僧祐有往來，蕭宏對僧祐，「崇其戒範，盡師資之敬」。可能這時與劉勰相識。了解到劉勰擅長辭章，所以引兼記室。當時人們對記室是比較看重的，認為是清要之職，「非文行秀敏，莫或居之」。「須通才敏思，加性情勤密者」，方可勝任。[5]顯然，這是蕭宏對劉勰的重視。

天監七年（508），蕭衍認為佛經浩如煙海，一般人難以尋索，就命令莊嚴寺和尚僧旻編纂《眾經要抄》八十八卷。於是僧旻挑選了僧智、僧晃、臨川王記室劉勰等三十人，聚集在鍾山定林寺，節抄佛經，分類編成《眾經要抄》，由僧旻總其成。這項工作從天監七年十一月開始，到天監八年四月結束。這段時間，劉勰仍兼臨川王記室。

天監八年（509）四月以後，劉勰遷任車騎倉曹參軍。這是臨川王府中掌管車騎倉庫的官員。大約在天監九年（510），劉勰出任太末（今浙江省衢縣）縣令。當時大縣置縣令，小縣置縣長。看來太末是大縣。《文心雕龍》〈程器〉篇說：「窮則獨善以垂文，達則奉時以騁績。」劉勰本有「達則奉時以騁績」的想法，這次出令太末，正可以大展宏圖，做出成績。史書說他「政有清績」，而具體事蹟，因史書失載，我們已不得而知了。

天監十一年（512），劉勰出任仁威將軍、南康簡王蕭績的記室。蕭績，字世謹，是蕭衍的第四子。他進號仁威將軍在天監十年，劉勰擔任他的記室則可能在天監十一年。當時他還兼任昭明太子蕭統的通事舍人，掌管文書的進呈工作。梁朝十分重視通事舍人一職，常選拔士族中一些有才能的人充任，而不限資歷。如庾肩吾、何思澄等皆兼任東宮通事舍人。於此可見，蕭衍父子對劉勰的器重。

5　《宋書》〈孔顗傳〉。

　　蕭統，字德施，是蕭衍的長子。齊和帝中興元年（501）生，梁武帝天監元年（502）十月立為皇太子。劉勰任東宮通事舍人時，昭明太子蕭統只有十一歲。

　　自天監十六年（517）十月起，皇帝七座祖廟中的祭祀供品都改用蔬果，而祭天地、祭社稷還有用犧牲的。劉勰於天監十七年（518）上表，建議祭天地、社稷，應與皇帝七座祖廟的祭祀一樣，不用犧牲，只用蔬果。梁武帝命令將劉勰的建議交尚書省討論，最後決定同意劉勰的建議。劉勰因為上表有功，遷任步兵校尉，掌管皇帝林園上林苑的警衛軍。同時還兼任東宮通事舍人。應該指出的是，當時授予步兵校尉官銜的，多為士林名流。劉勰能獲得這樣的銜頭，本是一種特殊的待遇。《梁書》〈劉杳傳〉有這麼一段記載：劉杳任王府記室，於大同元年，遷任步兵校尉，因為愛酒的正始詩人阮籍曾任此職，所以昭明太子對他說，酒不是你愛好的，卻擔任了廚房中多酒的步兵校尉的職務，正是因為你無愧於古人啊！可見擔任此職是一種非同尋常的榮譽。

　　劉勰兼任東宮通事舍人達六、七年之久，自然和昭明太子蕭統接觸較多。而蕭統愛好文學，喜歡與文人學士交往。《梁書》〈昭明太子傳〉說他「引納才學之士，賞愛無倦。恒自討論篇籍，或與學士商榷古今，閒則繼以文章著述，率以為常。於時東宮有書近三萬卷，名才並集。文學之盛，晉宋以來，未之有也。」由於昭明太子是這樣的人物，所以，當時的文人如劉孝綽、殷芸、陸倕、王筠、到洽等，都受到禮遇。作為東宮通事舍人的劉勰更是太子喜歡接觸的人。《梁書》〈劉勰傳〉說蕭統對劉勰「深愛接之」。遺憾的是，除此以外，史書並無其他記載。根據我們分析，昭明太子喜歡接觸劉勰的原因，固然由於劉勰是東宮通事舍人，更主要的則是由於劉勰是一個傑出的文藝理論家，可與他賞奇析疑，共同討論文學上的問題。從《昭明文選》看來，蕭統在文體分類和詩文的選擇上，顯然受到劉勰的影響。同

時，我們還應看到劉勰是一個佛教徒，而「太子亦從崇信三寶，遍覽
眾經，乃於宮內別立慧義殿，專為法集之所。招引名僧，談論不
絕」[6]，也是一個信仰佛教的人。他們有談話的共同基礎，彼此之
間，喜歡接觸交往，本是極為自然的事情。

　　天監十七年五月二十六日，高僧僧祐卒於建初寺，享年七十四。
僧祐弟子正度立碑頌德，劉勰為制碑文。《梁書》〈劉勰傳〉云：「勰
為文長於佛理，京師寺塔及名僧碑誌，必請勰制文。」由於劉勰善為
文章，長於佛理，當時南京許多寺廟、僧人都請劉勰寫作碑誌。其所
撰碑誌，僧祐《出三藏記集》卷十二〈法集記銘目錄〉所著錄的有
〈鍾山定林上寺碑銘〉、〈建初寺初創碑銘〉、〈僧柔法師碑銘〉（又見
《高僧傳》），《高僧傳》提到的有釋僧柔、釋僧祐、釋超辯三碑，皆
僅存其目，其文已佚。宋孔延之《會稽掇英總集》卷十六載有〈梁建
安王造剡山石城寺像碑〉一篇。劉勰所撰碑誌現存者，唯此而已。至
於佛學論文，現存者也只有〈滅惑論〉一篇。最令人感到慶幸的是
《文心雕龍》全書都保存下來，雖略有殘缺，但基本完整。它為中國
文學理論批評史增添了光輝的一頁。

　　大約是在僧祐去世以後，梁武帝又命劉勰與和尚慧震於南京鍾山
定林寺整理佛經。這是劉勰第三次參與佛經整理工作。第一次是齊永
明年間，劉勰依僧祐於定林寺造立經藏，搜校卷軸；第二次是梁天監
七年，他與僧旻編纂《眾經要抄》。這一次可能是佛教著作在前兩次
整理以後，又有所增加，需要繼續整理。劉勰在完成這一次佛教經卷
的整理任務之後，就上表要求出家。武帝同意，於是劉勰就在定林寺
變服為僧，改名慧地。劉勰出家後，不到一年，就與世長辭了。假定
劉勰參與第三次佛經整理工作是在天監十八年（519），而此次整理工
作又一、二年即可完成，那麼，劉勰當於普通元年（520）出家為

6　《梁書》〈昭明太子傳〉。

僧，其去世時間可以定為普通二年（521）。

　　關於劉勰的卒年，有的研究者根據《興隆佛教編年通論》（南宋釋祖琇撰）、《佛祖統紀》（南宋釋志磐撰）、《釋氏通鑒》（南宋釋本覺撰），《佛教歷代通載》（元釋念常撰）、《釋氏稽古錄》（元釋覺岸撰）等佛教史籍的記載，或推斷為大同四年或五年（538或539），或推斷為中大通四年（532），我們認為都難以成立。這五部佛教史籍，以《興隆佛教編年通論》成書最早，是西元一一六三至一一六四年編成的。後四部書或抄襲或參考此書編成。現在我將《興隆佛教編年通論》中的有關記載抄錄如下：

　　　　（大同）三年四月，昭明太子薨。……名士劉勰者。雅無（當
　　　　作「為」）太子所重。撰《文心雕龍》五十篇。……累官通事
　　　　舍人。表求出家，先燔須自誓。帝嘉之，賜法名惠（通
　　　　「慧」）地。

這裡，把昭明太子蕭統的卒年定於大同三年，顯然是錯的。蕭統卒於中大通三年。這段記載是先述蕭統的去世，然後旁及東宮通事舍人劉勰，並不是劉勰的變服出家是在蕭統卒後。由於有的研究者對這段記載的誤解，引起了許多討論，實難以令人信服。再說，這段記載只是在《梁書》〈劉勰傳〉的基礎上編寫成的，編者並沒有掌握任何新的資料，怎麼能夠提供劉勰卒年的新證據呢？沒有新證據，又怎麼能夠得出新的結論呢？因此，關於劉勰的卒年，我仍然採用范文瀾先生的說法。如果一旦出現更有說服力的新結論，我們再作修正。

附錄　劉勰年譜

宋明帝泰始元年（465），劉勰生，一歲。

正月，宋前廢帝劉子業改元永光。八月，宋尚書令柳元景謀立江夏王
義恭，事洩，皆死。宋帝改元景和。十一月，宋湘東王彧主衣阮佃夫
殺帝。十二月，擁彧即位，改元泰始，是為太宗明皇帝。

孔稚圭十九歲。王儉十四歲。謝朓二歲。蕭子良六歲。沈約二十五
歲。江淹二十二歲。任昉六歲。劉峻四歲。丘遲二歲。蕭衍二歲。王
僧孺一歲。柳惲一歲。

《梁書》〈劉勰傳〉：「劉勰，字彥和，東莞莒（今山東莒縣）人。祖靈
真，宋司空秀之弟也。父尚，越騎校尉。」按：劉勰一族，永嘉亂
後，即世居京口（今江蘇鎮江）。莒縣是其祖籍，實江蘇鎮江人。

泰始二年（466），劉勰二歲。

正月，宋晉安王子勛即皇帝位於尋陽，改元義嘉。八月，宋將沈攸之
人尋陽，殺晉安王子勛，大亂粗平。十月，宋盡殺孝武帝諸子。鮑照
卒，時年五十五歲（？）。謝莊卒，時年四十六歲。

泰始三年（467），劉勰三歲。

八月，魏鑄大佛，高四十三尺，用銅十萬斤，黃金六百斤。
顧歡作《夷夏論》。
王融生。

泰始四年（468），劉勰四歲。

宋道士陸修靜至建康。

泰始五年（469），劉勰五歲。

二月，宋柳欣慰等謀立廬江王禕，事洩，欣慰等被殺，禕旋亦死。

昊均生，裴子野生。

泰始六年（470），劉勰六歲。

九月，宋立總明觀，置祭酒一人，分儒、玄、文、史四科，科置學士各十人。

陸倕生。

泰始七年（471），劉勰七歲。

八月，魏獻文帝傳位於子弘，改元延興，是為高祖孝文皇帝。

宋道士陸修靜上《三洞道經目錄》。

殷芸生。

劉勰夢見錦緞似的彩雲。《文心雕龍》〈序志〉：「予生七齡，乃夢彩雲若錦，則攀而采之。」

宋明帝泰豫元年（472），劉勰八歲。

正月，宋改元泰豫。四月，宋明帝卒，皇太子昱嗣。

陸厥生。徐摛生。

宋蒼梧王元徽元年（473），劉勰九歲。

正月，宋改元元徽，四月，魏以孔子後代為崇聖大夫，給十戶供灑掃。

元徽二年（474），劉勰十歲。

五月，宋桂陽王休範以清君側為名起兵尋陽，建康大震。用右衛將軍蕭道成議，堅守以待。道成使越騎校尉張敬兒詐降，殺休範，破其餘黨。六月，宋以蕭道成為中領軍，參決朝政。

元徽三年（475），劉勰十一歲。

張率生。

元徽四年（476），劉勰十二歲。

六月，魏馮太后鴆太上皇，改元承明，以太皇太后復臨朝稱制。

七月，宋平王景素據京口起兵，旋敗死。

元徽五年，宋順帝升明元年（477），劉勰十三歲。

三月，宋道士陸修靜卒，年七十二歲。四月，宋阮佃夫等謀廢立，事洩被殺。七月，蕭道成使人殺宋帝，貶蒼梧王。立安王準，改元升明，道成錄尚書事。十二月，宋荊州刺史沈攸之起兵反蕭道成。宋司徒袁粲等據石頭城反蕭道成，敗死。

升明二年（478），劉勰十四歲。

正月，沈攸之敗死。二月，宋進蕭道成為太尉，都督南徐等十六州諸軍事。四月，蕭道成殺南兗州刺史黃回。九月，宋以蕭道成假黃鉞、大都督中外諸軍事、太傅、揚州牧。

升明三年，齊高帝建元元年（479），劉勰十五歲。

三月，宋以蕭道成為相國，總百揆，封齊公，加九錫。四月，蕭道成晉爵齊王。蕭道成稱皇帝，改元建元，是為齊太祖皇帝。以宋帝為汝陽王，繼殺之，追諡順帝，宋亡。

建元二年（480），劉勰十六歲。

齊以司徒右長史檀超與驃騎記室江淹為史官。

建元三年（481），劉勰十七歲。

齊司徒褚淵上臧榮緒所作《晉書》。

劉孝綽生。

建元四年（482），劉勰十八歲。

正月，齊置國子學生二百人。三月，齊高帝卒，皇太子賾嗣，是為世祖武皇帝。

九月，齊罷國子學。十一月，魏以古制祠七廟。

劉勰幼年喪父，他意志堅強，努力學習。《梁書》本傳說他因家窮不能結婚。《梁書》〈劉勰傳〉：「勰早孤，篤志好學。家貧不婚娶。」

齊武帝永明元年（483），劉勰十九歲。

正月，齊改元永明。

永明二年（484），劉勰二十歲。

劉勰投靠高僧僧祐，在定林寺幫助僧祐搜集、整理佛經。

《高僧傳》〈僧祐傳〉：「僧祐：永明中，敕入吳，試簡五眾，並宣講《十誦》，更伸受戒之法。凡獲信施，悉以治定林、建初及修繕諸寺，並建無遮大集舍身齋等。及造立經藏，抽校卷軸。……初，祐集經藏既成，使人抄撰要事，為《三藏記》、《法苑記》、《世界記》、《釋迦譜》及《弘明集》等，皆行於世」。

《梁書》〈劉勰傳〉：劉勰「依沙門僧祐。與之居處積十餘年，遂博誦經論，因區別部類，錄而序之。今定林寺經藏，勰所定也」。

永明三年（485），劉勰二十一歲。

正月，齊復立國學，釋奠孔子用上公禮。五月，齊省總明觀。

永明四年（486），劉勰二十二歲。

魏改中書學曰國子學。

永明五年（487），劉勰二十三歲。

正月，魏定樂章，除非雅者。十二月，魏重修國書，改編年為紀傳、表、志。

春。沈約受敕撰《宋書》。

齊竟陵王子良集學士抄五經百家，為《四部要略》千卷。

子良開西邸，招文學之士，門下有「八友」。《梁書》〈武帝本記〉：「竟陵王子良開西邸、招文學，高祖（蕭衍）與沈約、謝朓、王融、蕭琛、范雲、任昉、陸倕等並游焉，號曰，『八友』。」

永明六年（488），劉勰二十四歲。

二月，齊沈約上《宋書》。

齊王儉、賈淵撰《百家譜》。

永明七年（489），劉勰二十五歲。

齊使何胤續撰《新禮》。

齊儒者劉瓛卒，時年五十六歲。王儉卒，時年三十八歲。

永明八年（490），劉勰二十六歲。

永明九年（491），劉勰二十七歲。

永明十年（492），劉勰二十八歲。

五月，奉朝請陶弘景上表辭祿，歸隱茅山。齊裴子野撰《宋略》二十卷。

高僧超辯卒。僧祐為造碑墓所，劉勰為制文。（《高僧傳》〈釋超辯傳〉）

永明十一年（493），劉勰二十九歲。

七月，齊世祖武皇帝卒，孫昭業嗣，後被廢，是為郁林王，九月，魏遷都洛陽。

齊陸厥、沈約論四聲。

永明末，詩歌創作形成永明體。《南齊書》〈陸厥傳〉，「永明末盛為文章，吳興沈約、陳郡謝朓、琅邪王融，以氣類相推轂：汝南周顒，善

識聲韻。約等文皆用宮商，以平上去入為四聲，以此制韻，不可增減，世呼為永明體。」

王融卒，時年二十七歲。

郁林王隆昌元年，海陵王延興元年，齊明帝建武元年（494），劉勰三十歲。

正月，齊改元隆昌。七月，齊西昌侯蕭鸞殺齊帝，貶號郁林王，立新安王昭文，改元延興，鸞錄尚書事，晉爵宣城公。九月，蕭鸞大殺齊諸王。十月，蕭鸞晉爵為宣城王，旋廢齊帝為海陵王，自為皇帝，改元建武，是為高宗明皇帝。

蕭子良卒，時年三十五歲。

建武二年（495），劉勰三十一歲。

四月，魏帝往魯，親祀孔子，封孔子後代為崇聖侯。八月，魏立國子、太學、四門、小學於洛陽。九月，魏六宮百官遷於洛陽。溫子昇生。

劉勰夜夢手捧紅漆禮器，隨孔子向南走，決定撰寫《文心雕龍》。

《文心雕龍》〈序志〉：「齒在逾立，則嘗夜夢執丹漆之禮器，隨仲尼而南行；旦而寤，乃怡然而喜，大哉聖人之難見哉，乃小子之垂夢歟！自生人以來，未有如夫子者也。敷贊聖旨，莫若注經，而馬鄭諸儒，弘之已精，就有深解，未足立家。唯文章之用，實經典枝條，五禮資之以成，六典因之致用，君臣所以炳煥，軍國所以昭明，詳其本源，莫非經典。而去聖久遠，文體解散，辭人愛奇，言貴浮詭，飾羽尚畫，文繡鞶帨，離本彌甚，將遂訛濫。蓋《周書》論辭，貴乎體要，尼父陳訓，惡乎異端。辭訓之異，宜體於要。於是搦筆和墨，乃始論文。」

建武三年（496），劉勰三十二歲。

邢邵生。

建武四年（497），劉勰三十三歲。

建武五年，永泰元年（498），劉勰三十四歲。

四月，齊改元永泰。齊大司馬王敬則起兵會稽，五月，敗死。七月，齊高宗明皇帝卒，皇太子寶卷嗣。後廢，稱東昏侯。

蘇綽生。

東昏侯永元元年（499），劉勰三十五歲。

正月，齊改元永元。四月，魏孝文皇帝卒，子洛嗣，是為世宗宣武皇帝，八月，齊始安王遙光起事，敗死。齊帝因大殺大臣。

謝朓卒，時年三十六歲。陸厥卒，時年二十八歲

永元二年（500），劉勰三十六歲。

三月，齊平西將軍崔慧景起兵圍建康，四月，敗死。十月，齊帝鴆死蕭衍之弟尚書令蕭懿。十一月，齊雍州刺史蕭衍起兵襄陽。十二月，齊西中郎長史蕭穎胄起兵江陵，奉南康王寶融為主。魏於洛陽伊闕山造石窟佛像。

齊和帝中興元年（501），劉勰三十七歲。

正月，齊南康王寶融稱相國。三月，即皇帝位於江陵，改元中興，是為和帝。六月，齊巴陵王昭胄謀自立，事洩，死。七月，雍州刺史張欣泰等謀立建康王寶寅，敗死。九月，蕭衍督師至建康，十月，圍宮城。十二月。齊雍州刺史王珍國殺齊帝，迎蕭衍，以宣德太后令廢齊帝為東昏侯，衍為中書監、大司馬、錄尚書事。

孔稚圭卒，時年五十五歲。蕭統生。

《文心雕龍》寫完。此書得到沈約的好評。《梁書》〈劉勰傳〉，「勰撰《文心雕龍》五十篇，論古今文體，引而次之……既成，未為時流所稱。勰自重其文，欲取定於沈約；約時貴盛，無由自達。乃負其書候

約出，干之於車前，狀若貨鬻者。約便命取讀，大重之，謂深得文理，常陳諸几案。」

中興二年，梁武帝天監元年（502年），劉勰三十八歲。

正月，大司馬蕭衍都督中外諸軍事，加殊禮；旋為相國，封梁公，加九錫。二月，蕭衍晉爵梁王，大殺齊明帝子弟，迎和帝於江陵。四月，蕭衍稱皇帝，改元天監，是為梁高祖武皇帝。以齊帝為巴陵王，翌日殺之，齊亡。十一月，立蕭統為皇太子。劉勰「起家奉朝請」《梁書》〈劉勰傳〉，可能是沈約的引薦。

天監二年（503），劉勰三十九歲。

蕭綱生。

天監三年（504），劉勰四十歲。

劉勰任中軍臨川王蕭宏記室。《梁書》〈劉勰傳〉：「中軍臨川王宏引兼記室。」《梁書》〈臨川王宏傳〉：「臨川靜惠王宏，字宣達，太祖第六子也……天監元年，封臨川郡王……三年，加侍中，進號中軍將軍，據此劉勰任蕭宏記室，當在天監三年以後。

天監四年（505），劉勰四十一歲。

正月，梁置五經博士各一人，弟子員通明者除吏；又於州郡立學。六月，梁立孔子廟。

江淹卒，時年六十二歲。

天監五年（506），劉勰四十二歲。

天監六年（507），劉勰四十三歲

范縝從廣州召還，為中書郎。發表〈神滅論〉，與曹思文等六十四人，展開辯論。

徐陵生。

天監七年（508），劉勰四十四歲。

任昉卒，時年四十九歲，丘遲卒，時年四十五歲。蕭繹生。

梁武命僧旻於定林寺編《眾經要抄》，劉勰與其事。《續高僧傳》〈釋寶唱傳〉：「天監七年，帝以法海浩汗。淺識難尋，敕莊嚴僧旻，於定林寺續《眾經要抄》八十八卷。」又《釋僧旻傳》：「乃選才學道俗釋僧智、僧晃、臨川王記室東莞劉勰等三十人，同集上林寺鈔一切經論，以類相從，凡八十卷，皆令取衷於旻。」

天監八年（509），劉勰四十五歲。

五月，梁詔試通經之士，不限門第授官。十一月，魏帝為諸僧及朝臣講佛經，於是佛教大盛，州郡共有一萬三千餘寺，僧至二百萬。

劉勰任車騎倉曹參軍。（《梁書》〈劉勰傳〉）

天監九年（510），劉勰四十六歲。

三月，梁武親臨講肄於國子學，令皇太子及王侯之子入學受業。十月，梁行祖沖之大明曆。

劉勰「出為太末令，政有清績」。（《梁書》〈劉勰傳〉）

天監十年（511），劉勰四十七歲。

天監十一年（512），劉勰四十八歲。

十一月，梁修五禮成。

劉勰任仁威南康王記室。（《梁書》〈劉勰傳〉）

《梁書》〈南康王績傳〉：「南康簡王績，字世謹，高祖第四子。天監八（七）年，封南康郡王……十年，遷使持節都督南徐州諸軍事，南徐州刺史，進號仁威將軍。」據此，劉勰任仁威南康王記室，當在天監十一年前後。劉勰兼東宮通事舍人。（《梁書》〈劉勰傳〉）

天監十二年（513），劉勰四十九歲。

閏三月，沈約卒，時年七十三歲。

庾信生。王褒生。

天監十三年（514），劉勰五十歲。

劉晝生。

天監十四年（515），劉勰五十一歲。

正月，魏世宗宣武皇帝卒，子詡嗣，是為肅宗孝明皇帝，九月，魏胡
太后臨朝稱制。

天監十五年（516），劉勰五十二歲。

十一月，胡太后作永寧寺，又開鑿伊闕。菩提達摩至洛陽，見永寧寺
建築，嘆未曾有。

　　剡山石城寺大石佛像，僧祐於天監十二年始建，至十五年春竣
工。劉勰為作〈梁建安王造剡山石城寺石像碑〉文。（據《高僧傳》
〈釋僧護傳〉）

天監十六年（517），劉勰五十三歲。

柳惲卒，時年五十三歲。

天監十七年（518），劉勰五十四歲。

八月，魏補刻熹平石經。十月，魏遣宋雲與惠生赴西域求佛經。

鍾嶸卒（？）。何遜卒（？）。

五月，僧祐卒，劉勰為作碑文，《高僧傳》〈釋僧祐傳〉：「祐以天監十
七年五月二十六日，卒於建初寺，春秋七十有四。因窆於開善路西。
定林之舊墓也。弟子正度立碑頌德，東莞劉勰制文。」

八月，劉勰因上表言二郊饗薦與七廟同應改用蔬果，有功，遷任步兵
校尉，仍兼東宮通事舍人。《梁書》〈劉勰傳〉：「時七廟饗薦，已用蔬

果。而二郊農社，猶有犧牲。勰乃表言二郊宜與七廟同改。詔付尚書議，依勰所陳，遷步兵校尉，兼舍人如故。」

昭明太子蕭統愛好文學，很喜歡與劉勰交往（據《梁書》〈劉勰傳〉）。《梁書》〈昭明太子傳〉；「昭明太子統，字德施。高祖長子也，引納才學之士，賞愛無倦。恒自討論篇籍，或與學士商榷古今。閑則繼以文章著述，率以為常。於時東宮有書幾三萬卷，名才並集。文學之盛，晉宋以來，未之有也。」

天監十八年（519），劉勰五十五歲。

沙門慧皎著《高僧傳》，始於漢永平，終於天監十八年。凡四百五十餘載，傳二百五十七人。

江總生。

劉勰奉梁武帝之命，與沙門慧震於定林寺修纂佛經。（據《梁書》〈劉勰傳〉）

梁武帝普通元年（520），劉勰五十六歲。

正月，梁改元普通。七月，魏侍中元乂殺清河王懌，幽胡太后。

魏改元正光。

吳均卒，時年五十二歲。

劉勰完成佛經整理任務，上表要求出家，梁武帝批准。於是在定林寺變服為僧，改名慧地。（據《梁書》〈劉勰傳〉）

普通二年（521），劉勰五十七歲。

劉峻卒，時年六十歲。

劉勰卒，《梁書》〈劉勰傳〉：劉勰出家後，「未期而卒」。

一九八五年九月

劉勰的文體論初探

　　隨著文學創作的發展，人們對文學各種形式的特點的認識逐步明確，文學作品體裁的分類問題就引起了文藝理論家的關心和重視。研究文學體裁的分類及其特點，對我們深入了解文學的內容和形式的關係，恰當地運用某種體裁都是有幫助的。

　　在中國文學批評史上，首先區分文章體裁並對後世有一定影響的是三國時代的曹丕。他在《典論》〈論文〉中把文章的體裁分為奏議、書記、銘誄、詩賦四科八類。在他之前，東漢末年的蔡邕，在〈獨斷〉裡把天子令群臣的文章分為策書、制書、詔書、戒書四類。把群臣上天子的文章也分為章、奏、表、駁議四類，所論只是詔令和奏議之類的應用文。在他之後，晉代陸機的《文賦》進了一步，把文體分為詩、賦、碑、誄、銘、箴、頌、論、奏、說十類。至於摯虞的《文章流別志論》和李充的《翰林論》都是辨析文體的著作，可惜均已散亡。雖有佚文輯存，也無法窺其全貌。直到南朝齊代。劉勰的《文心雕龍》文體論部分，總結了前人關於文體的研究經驗，對各種文體作了比較全面、詳細的論述，成為文體論的集大成之作。本文試就《文心雕龍》文體論部分進行一些初步的探討。

一

　　兩漢魏晉以來的文學以及其他文章都有巨大的發展。從南朝齊代以前所遺留下的作品看，其體裁是多種多樣的。劉勰根據各體文章的

性質和特點，把它們分為三十三類，即詩、樂府、賦、頌、贊、祝、盟、銘、箴、誄、碑、哀、弔、雜文、諧、讔、史傳、諸子、論、說、詔、策、檄、移、封禪、章、表、奏、啟、議、對、書、記。如果再加上〈辨騷〉篇所論述的「騷」體，則為三十四類。各體之中，子類繁多，例如詩則有四言、五言、三六雜言、離合、回文、聯句之分，雜文亦有對問、七發、連珠、典、誥、誓、問、覽、略、篇、章、曲、操、弄、引、吟、諷、謠、訴之別。這裡就不再一一列舉了。

　　文學體裁的產生、發展和變化，是由一定的社會生活決定的。它必須適應一定的社會生活的需要。例如詩歌，劉勰在〈明詩〉篇中引用了《尚書》〈舜典〉中的話：「詩言志」。這是說，詩是表達思想感情的。古代的勞動人民在生產勞動中，為了表達自己的思想、感情和願望，就逐漸產生了詩歌。詩歌產生之後，就必然產生一定的社會作用。「詩者，持也。」詩歌起著培植人的思想感情的作用。賦也是如此，中國文學史上最早的賦是荀子的〈賦篇〉。《漢書》〈藝文志〉著錄孫卿（荀子）賦十篇，今僅存〈禮〉、〈智〉、〈雲〉、〈蠶〉、〈箴〉五篇和〈佹詩〉一首。荀子的賦，從表面看是詠物的，其實是借物以說理。他作賦的原因，按照班固的說法是：「大儒孫卿及楚臣屈原，離讒憂國，皆作賦以風，咸有惻隱古詩之義」[1]至於漢賦的興盛完全是適應當時宮廷的需要。例如司馬相如，他的代表作〈子虛〉、〈上林〉寫諸侯、天子游獵之事，漢武帝看了，不僅大加讚賞，而且命他為郎。劉勰說：漢賦「繁積於宣時，校閱於成世，進御之賦，千有餘首」。[2]這種盛況和當時統治者的需要是聯繫在一起的。至於詔、策、檄、移之類的應用文，與現實的關係更為明顯。劉勰指出：詔策在漢代有四種，「一曰策書、二曰制書、三曰詔書、四曰戒敕。」它們的

1　《漢書》〈藝文志〉。

2　《文心雕龍》〈詮賦〉。

用途是：「敕戒州郡，詔誥百姓，制施赦命，策封王侯。」[3]這是說，戒敕是告戒地方官的，詔書是用來曉喻百姓的，制書是用來頒發大赦令和其他命令的，策書是用來封王侯的。檄，劉勰的解釋是：「檄者，皦也。宣露於外，皦然明白也。」[4]它又稱露布，其用途是「播諸視聽也」。即讓它在大眾中傳播。移，劉勰的解釋是：「移者，易也。移風易俗，令往而民隨者也。」[5]移又有文移、武移之分，大概文移用於文官，武移用於武將。以上例子證明，隨著社會生活的發展，逐漸產生了一些新的體裁，以滿足社會生活的需要。社會生活對體裁的產生、發展和變化是起決定性作用的。

　　體裁的產生、發展和變化，除了決定於社會生活而外，它還會受到自己傳統的制約。這就是歷史發展過程中的繼承和革新的問題。《文心雕龍》〈通變〉篇就是討論這個問題的。在這篇文章中，劉勰強調「望今制奇，參古定法。」每一種文學體裁產生之後，在歷史發展中逐步形成自己的傳統，後代作家在創作時，一定是在繼承過去傳統的基礎上，適應社會的需要，進行新的創造的。以詩歌為例，在中國文學史上，最早的詩歌總集是《詩經》，它基本上是四言詩。兩漢出現了五言詩，五言詩發展至建安時期始告成熟。建安時期又出現了完整的七言詩。七言詩經過南北朝的發展，至唐代而完成。永明時期，聲律說興起，這種學說應用到詩歌上來，即有「四聲八病」之說，從而產生了「五字之中，音韻悉異；兩句之內，角徵不同」[6]的「永明體」。從此，格律詩逐漸發展，至唐代而鼎盛。各體詩歌的發展形成了詩歌創作的豐富多采的傳統。〈明詩〉篇在歷述了南朝齊代以前的詩歌發展之後，指出：「故鋪觀列代，而情變之數可監，撮舉

3　《文心雕龍》〈詔策〉。

4　《文心雕龍》〈檄移〉。

5　《文心雕龍》〈檄移〉。

6　沈約：《宋書》〈謝靈運傳論〉。

同異，而綱領之要可明矣。若夫四言正體，則雅潤為本；五言流調，則清麗居宗；華實異用，唯才所安。故平子得其雅，叔夜含其潤，茂先凝其清，景陽振其麗。兼善則子建仲宣，偏美則太沖公幹。」從詩歌的發展變化中，既可以了解其變化的情況，也可以明白詩歌創作的要領。如四言詩以「雅潤為本」，五言詩以「清麗居宗」。後世詩人學習詩歌的優良傳統，培育自己的創作才能，使自己的詩歌各具特點。如張衡的四言詩具有「雅」的特色。嵇康的四言詩具有「潤」的特色。張華的五言詩具有「清」的特色。張協的五言詩具有「麗」的特色。當然，他們有繼承有創新，他們詩歌的特色並不限於這一方面。這些例子說明歷代作家都是在繼承傳統的基礎上創作具有自己風格特點的各種體裁的作品。

　　文章體裁的產生如此，劉勰關於文體分類的研究亦復如此。他的文體分類固然是從當時的實際情況出發，同時也受了前人的影響。文學發展到南朝齊代，體裁類別已十分豐富。劉勰分為三十四體，稍後於劉勰的梁昭明太子蕭統則分為三十七體，[7]分體日趨繁密。在此以前，前面說到的蔡邕、曹丕、陸機等人的文體分類都比較簡單。摯虞的《文章流別志論》分體較繁，從今天殘存的十幾條佚文看，它論到的文體就有頌、賦、詩、七、箴、銘、誄、哀辭、哀策、對問、碑誄等十餘種之多。又據范曄的《後漢書》所載，馮衍「所著賦、誄、銘、說，〈問交〉、〈德誥〉、〈慎情〉、書記說、自序、官錄說、策五十篇。」[8]崔駰「所著詩、賦、銘、頌、書、記、表、〈七依〉、〈婚禮結言〉、〈達旨〉、〈酒警〉合二十一篇。」[9]張衡「所著詩、賦、銘、七

7　即賦、詩、騷、七、詔、冊、令、教、文（策文）、表、上書、啟、彈事、箋、奏記、書、檄、對問、設論、辭、序、頌、贊、符命、史論、史述贊、論、連珠、箴、銘、誄、哀、碑文、墓誌、行狀、弔文、祭文。見《昭明文選》。

8　《後漢書》〈馮衍傳〉。

9　《後漢書》〈崔駰傳〉。

言、〈靈憲〉、〈應間〉、〈七辯〉、〈巡誥〉、〈懸圖〉，凡三十二篇。」[10]
蔡邕「所著詩、賦、碑、誄、銘、贊、連珠、箴、弔、〈論議〉、〈獨斷〉、〈勸學〉、〈釋誨〉、〈敘樂〉、〈女訓〉、〈篆勢〉、祝文、章表、書記，凡四百篇，傳於世，」[11]這裡講的不是文體分類，其中有文體的名稱，也有文章的題目，但是，也可以從側面看出當時文體的繁富。劉勰在文章體裁的分類方面顯然受了他們的影響。

蕭統《文選》的體裁分類，曾受到清人章學誠的批評，認為它「淆亂蕪穢，不可殫詰」。[12]劉勰關於文學體裁的分類，也不免存在繁瑣、重複、不當的毛病。《文選》的文體分為三十七類，而《文心雕龍》亦分為三十四類，過於繁瑣蕪雜；諸子散文大都為論說文章，而劉勰把「諸子」與「論說」別為兩類，當然是重複；在文學概念已經比較明確的齊梁時代，劉勰仍把諸子、史傳看作文學作品，甚至與文學毫無關係的注疏、譜籍、簿錄之類也加以論列，這些都是不恰當的。雖然如此，劉勰對文體分類的探討，成績是主要的。他對文體論的發展做出了重要貢獻。

二

由於文學的發展，文學概念的逐漸明確，南朝時代，人們不僅注意到文體的分類，而且重視文筆之說的探討。

在〈總術〉篇中，劉勰說：「今之常言，有文有筆，以為無韻者筆也，有韻者文也。」區分文筆，把有韻的叫文，無韻的叫筆，這是當時一般人常說的，也是劉勰自己的認識。文筆之分，證之史乘，晉代已經開始，所以劉勰說：「夫文以足言，理兼詩書，別目兩名，自

10　《後漢書》〈張衡傳〉。
11　《後漢書》〈蔡邕傳〉。
12　《文史通義》〈詩教下〉。

近代耳。」據《晉書》記載：蔡謨「文筆論議，有集行於世。」[13]習
鑿齒「以文筆著稱。」[14]曹毗「所著文筆十五卷，傳於世。」[15]張翰
「文筆數十篇，行於世。」[16]《晉書》雖是唐人所修，但是它載錄的
應是晉代的史實。這裡文筆並提，可見晉人對文筆的區分已十分清
楚。南朝宋代顏延之說：「竣得臣筆，測得臣文。」[17]范曄認為「手筆
差異，文不拘韻故也」至於〈循吏〉以下及六夷諸序論，筆勢縱放，
實天下之奇作。「贊自是吾文之傑思，殆無一字空設。」[18]他們對文筆
的認識更為明晰。特別是范曄，他明確地指出，《後漢書》中無韻和
序論，稱之為筆；有韻的贊，稱之為文。劉勰正是接受了這種看法。
劉勰以後，梁元帝蕭繹在《金樓子》〈立言篇〉中說：「至如不便為詩
如閻纂，善為奏章如伯松，若此之流，泛謂之筆。吟詠風謠，流連哀
思者，謂之文。」「筆退則非謂成篇，進則不云取義，神其巧惠，筆
端而已。至如文者，惟須綺縠紛披，宮徵靡曼，唇吻遒會，情靈搖
蕩。」蕭繹認為章奏之類的文章叫做「筆」。這類文章，下與抒情作
品相比，它並無文學價值，上與經史著相比，它又無儒者的義理。它
也可以表現出作者的智慧，但只是在語言方面而已。「文」就不同
了，它抒寫情感，文采繁富，音節動聽，扣人心弦。蕭繹從聲律、語
言、文采等幾個方面指出「文」的特點，其認識更為具體、深入了。
但也表現出他重「文」輕「筆」的傾向。他片面地強調作品的表現形
式，助長了當時的形式主義文風，對文藝創作產生了不良影響。

　　在〈總術〉篇中，劉勰還提到顏延之對「筆」的一種看法：「顏
延之以為筆之為體，言之文也；經典則言而非筆，傳記則筆而非

13　《晉書》〈蔡謨傳〉。
14　《晉書》〈習鑿齒傳〉。
15　《晉書》〈曹毗傳〉。
16　《晉書》〈張翰傳〉。
17　《南史》〈顏延之傳〉。
18　〈獄中與諸甥姪書〉。

言。」顏延之認為有文采的叫做筆，無文采的叫做言，如《尚書》之類儒家經典是「言」而不「筆」，《左傳》之類傳記是「筆」而不是「言」。劉勰不同意此說，進行了反駁。他說：「請奪彼矛，還攻其盾矣。何者？《易》之〈文言〉，豈非言文，若筆不（果）言文，不得云經典非筆矣。」《易》〈文言〉是經典，但它有文采，如果說筆有文采，就不能說經典不是筆了。至於「經典」《詩經》既有文采又有韻，應當不是筆而是文了。可見顏說是有毛病的。

　　黃侃根據「若筆不言文」以下幾句，認為劉勰是不堅守文筆之辨的[19]。但是，他是重視文筆區分的。他在〈序志〉篇中說：「若乃論文敘筆，則囿別區分。」劉勰在《文心雕龍》中所論述的三十三種文體都是按照文筆依次安排的，劉師培指出：「《雕龍》篇次言之，由第六迄於第十五，以〈明詩〉、〈樂府〉、〈詮賦〉、〈頌贊〉、〈祝盟〉、〈銘箴〉、〈誄碑〉、〈哀弔〉、〈雜文〉、〈諧讔〉諸篇相次，是均有韻之文也，由第十六迄於第二十五，以〈史傳〉、〈諸子〉、〈論說〉、〈詔策〉、〈檄移〉、〈封禪〉、〈章表〉、〈奏啟〉、〈議對〉、〈書記〉諸篇相次，是均無韻之筆也；此非《雕龍》隱區文筆二體之驗乎？」[20]這個分析當然是正確的。在某些文體如〈雜文〉、〈諧讔〉的具體區分上，還略有不同的看法。如范文瀾先生認為〈雜文〉、〈諧讔〉，「或韻或不韻，故置於中。」[21]但是在劉勰將所論文體分為文筆二類看法上是完全一致的。

　　在《文心雕龍》中，文筆分言和並舉的地方甚多，如〈體性〉篇：「是以筆區雲譎，文苑波詭者矣。」〈風骨〉篇：「唯藻耀而高翔，固文筆之鳴鳳也。」〈章句〉篇：「斯固情趣之指歸，文筆之同致也。」〈總術〉篇：「文場筆苑，有術有門。」〈時序〉篇：「庾（亮）

19　《文心雕龍札記》〈總術第四十四〉。
20　劉師培：《中國中古文學史》（北京市：人民文學出版社，1962 年），頁 102。
21　范文瀾注：《文心雕龍注》〈序志〉注釋（十九）。

以筆才逾親，溫（嶠）以文思益厚。」〈才略〉篇：「孔融氣盛於為筆，張衡思銳於為文。」還說明劉勰不僅在文體分類上注意到它們的區別，在具體論述中也注意到它們的差異。從對文學的特徵的認識上來說，這是向前跨進了一步。

　　既然劉勰將文體區分為文筆兩大類，在具體論述中又注意到文筆的不同，為什麼他的著作名為《文心雕龍》呢？對此，劉師培、黃侃根據當時對「文」、「筆」兩詞使用的情況，都做出判斷。劉師培認為：「筆不該文，文可該筆；故對言則筆與文別，散言則筆亦稱文」。[22]黃侃認為：「散言有別，通言則文可兼筆，亦可兼文」。[23]且不論「筆」是否可以包括「文」，「文」可以包括「筆」，劉、黃兩家看法則是完全相同的。《文心雕龍》文體論部分「論文敘筆」，作者注意到「囿別區分」而統名《文心》便足以說明問題。

　　區分文筆和文體分類的研究是密切地聯繫在一起的，當時，從事文藝理論和批評研究的劉勰，不可能不討論到文體問題，而討論文體必然會辨析文筆。因為文筆之分實際上是文學批評家對各種文體從形式、性質上加以歸納辨析的結果。文筆的辨析在今天的文體研究中已無甚意義，但是在當時卻是相當重要的問題。

三

　　曹丕、陸機的文體分類，只是區分類別，簡單地指出各體文章的風格特點。摯虞的《文章流別志論》就不同了，它不只是簡單的文體分類，而且還有評論。在評論中往往說明文體的性質、起源和發展變化，並列舉了這一文體的某些作品加以褒貶。《晉書》〈摯虞傳〉說：「虞撰《文章志》四卷，……又撰古文章，類聚區分為三十卷，各曰

---

22 劉師培：《中國中古文學史》（北京市：人民文學出版社，1962 年），頁 102。

23 《文心雕龍札記》〈總術第四十四〉。

《流別集》，各為之論，辭理愜當，為世所重。」所謂「類聚區分」，指對所選作品的文體加以分類，所謂「各為之論」是對各種文體的作品加以評論。鍾嶸的《詩品》〈序〉也說：「摯虞《文志》，詳而博贍，頗曰知言。」今天摯虞的《文章流別志論》雖已亡佚，但當時它對劉勰的文體論有明顯影響。

劉勰關於文體論的論述，不僅全面地總結了前人的經驗，而且有了新的巨大的發展。他的文體論的內容有四項，即「原始以表末，釋名以章義，選文以定篇，敷理以舉統。」[24]這四項，按文體論各篇所表現的層次是：

一、「釋名以章義」，即說明各種體裁的含義。例如：「詩者，持也，持人情性。」[25]「樂府者，聲依永，律和聲也。」[26]「賦者，鋪也，鋪采摛文，體物寫志也[27]。」「銘者，名也，觀器必也正名，審用貴乎盛德[28]。」「箴者，所以攻疾防患，喻針石也。」[29]「誄者，累也，累其德行，旌之不朽也。」[30]這實際上是給各種體裁下一個定義。給體裁下一個切確的定義，並非易事。比如說，「詩者，持也。」「銘者，名也。」「誄者，累也。」這種用聲訓的辦法來解釋，仍然令人感到不可捉摸。必須在聲訓之後，加上補充說明，如釋詩，在「持也」之後，說明是「持人情理」：釋誄，在「累也」之後，說明「累其德行，旌之不朽也」，其含義才較為清晰。至於「樂府」和「箴」這兩種體裁，從其特徵和作用上加以解釋，含義比較明確。但是讀者只有在全部了解四項內容之後，方可了解某一種體裁的確切含義。

---

24 《文心雕龍》〈序志〉。
25 《文心雕龍》〈明詩〉。
26 《文心雕龍》〈樂府〉。
27 《文心雕龍》〈詮賦〉。
28 《文心雕龍》〈銘箴〉。
29 《文心雕龍》〈銘箴〉。
30 《文心雕龍》〈誄碑〉。

　　二、「原始以表末」，即敘述各種文章的起源和演變情況。現以〈明詩〉篇為例稍作說明。劉勰認為：「人稟七情，應物斯感，感物吟志，莫非自然。」富於感情的人，受了客觀事物的刺激，有所感而抒發情志，這是很自然的事。這裡指出了詩的起源。至於中國古代詩歌的演變情況，劉勰也作了簡要的敘述。他說，葛天氏時有〈玄鳥歌〉，黃帝時有〈雲門舞〉，唐堯有〈大唐歌〉，虞舜有〈南風歌〉，夏太康時代有《五子之歌》。從商朝到周朝出現了詩歌總集《詩經》。戰國時代，楚國產生了屈原的〈離騷〉。秦朝雖然大量焚書，但也有〈仙真人詩〉之作。漢初四言詩有韋孟的諷諫詩，七言詩有漢武帝與群臣的聯句〈柏梁詩〉。五言詩產生於漢代，古詩有人認為是枚乘之作，而〈冉冉孤生行〉一首則是傳毅的作品。張衡的〈怨詩〉和〈仙詩緩歌〉都有新的特點。建安是五言詩創作旺盛的時期，曹丕、曹植兄弟和王粲、徐幹、應瑒、劉楨等人的詩歌都具有「慷慨以任氣，磊落以使才」的特色。正始時期，嵇康詩情志清高，阮籍詩意旨遙深，頗為突出。西晉時代，三張、二陶、兩潘、一左並駕齊驅於詩壇，但他們的詩歌「采縟於正始，力柔於建安」。東晉詩歌沉溺在玄學的風氣之中，唯有郭璞和〈游仙詩〉，甚是挺拔。南朝宋代，山水詩興起，盛行「儷采百字之偶，爭價一句之奇；情必極貌以寫物，辭必窮力而追新」的講求形式的詩風。齊代是劉勰所處的時代，他就略而不談了。劉勰對古代詩歌演變情況的敘述有本有末，並且能抓住各個時代詩歌的特點，所以能給人以簡明扼要的印象。

　　三、「選文以定篇」，即評述各體文章的代表作家和代表作品。這一項內容常常和第二項內容合併敘述。上面列舉的〈明詩〉篇的「原始以表末」部分，實亦「選文以定篇」部分。這裡再以〈詮賦〉篇為例，略加詮釋，〈詮賦〉篇舉出荀卿、宋玉、枚乘、司馬相如、賈誼、王褒、班固、張衡、揚雄、王延壽十家。認為他們是「辭賦之英傑」。這裡，劉勰特別列出枚乘的〈梁王菟園賦〉、司馬相如的〈上

林賦〉、賈誼的〈鵬鳥賦〉、王褒的〈洞簫賦〉、班固的〈兩都賦〉、張
衡的〈二京賦〉、揚雄的〈甘泉賦〉、王延壽的〈魯靈光殿賦〉等文學
史上的著名辭賦，並指明它們的特色。魏晉賦家，他列舉的有王粲、
徐幹、左思、潘岳、陸機、成公綏、郭璞、袁宏等人，認為他們是
「魏晉之賦首」。劉勰所評論的兩漢魏晉賦的作家作品在當時都具有
代表性的，這些論述對於我們今天研究賦的發展及其流變都有很大的
參考價值。

　　四、「敷理以舉統」，即論述各體文章寫作的道理和特色。例
如，〈誄碑〉篇關於「誄」，劉勰指出：「詳夫誄之為制，蓋選言錄
行，傳體而頌文，榮始而哀終。論其人也，曖乎若可覿；道其哀也，
淒焉如可傷。此其旨也。」這是提出：「誄」的寫作方法和要求。「論
其」四句，是對「誄」的寫作的最高要求，倘能如此，即為此中上
乘。〈哀弔〉篇談到「哀」體，劉勰說：「原夫哀辭大體，情主於痛
傷，而辭窮乎愛惜。幼未成德，故譽止於察惠；弱不勝務，故悼加乎
膚色。隱心而結文則事愜，觀文而屬心則體奢。奢體為辭，則雖麗不
哀；必使情往會悲，文來引泣，乃其貴耳。」劉勰對於哀辭寫作的總
要求是：「情主於痛傷，而辭窮乎愛惜。」他反對「觀文而屬心」，主
張「隱心而結文」，這和他反對「為文而造情」，主張「為情而造文」
的看法是一致的[31]。他要求哀辭一定要做到「情往會悲，文來引泣」，
即具有哀痛感人的力量。他認為「哀」體當以此為貴。劉勰對各體文
章寫作方法和特點的論述，不僅使我們對這一體裁有進一步認識，而
且更重要的是他總結的各體文章的創作法則，對文藝創作的繁榮和文
藝理論的發展都是有意義的。

　　劉勰關於文體論各篇的四項內容的論述，較之前人都有新的發
展。郭紹虞先生對此有一段評論。他說，一、四兩項「同於陸機《文

31　《文心雕龍》〈情采〉。

賦》而疏解較詳」，二項「同於摯虞《流別》而論述較備」，三項「又略同魏文《典論》，李允《翰林》而評斷較充」。所以即就文體之研究而言，《文心雕龍》亦集以前之大成矣[32]。我們同意這一看法。

四

劉勰的文體論和前人比較，有幾個明顯的特點。這就是：

一、清人章學誠認為《文心雕龍》的特點是「體大而慮周」。[33]劉勰的文體論同樣也具有這樣的特點。文體論所論文體達三十三類，撰成專門論文二十篇（如果把〈辨騷〉篇也包括在內，則文體達三十四類，專門論文為二十一篇），幾佔全書的二分之一，其規模不可謂不大。文體論的每篇論文都包括「釋名以章義」等四項內容，從對文體名稱的解釋，文體的起源、演變、代表作家作品，到寫作要點和方法都作了全面的論述，並且時有精闢的見解，其考慮不可謂不精。因此，可以說，這是比較全面、系統、完整的文體論。它是劉勰以前所沒有的。

二、劉勰的文體論實際上包括創作理論、文學批評和文學史三種成分。它是這三種成分的結合。例如，前面提到的〈明詩〉篇中劉勰論詩歌的起源和演變的一大段話，既是極為簡明扼要的詩歌發展史，也是縱論作家作品的批評論，其中對建安、正始、西晉、東晉、宋初詩歌的分析都是比較深刻的，也是我們從事文學史教學和研究工作的人比較熟悉的。〈詮賦〉篇論寫賦的要點說：「原夫登高之旨，蓋睹物興情，情以物興，故義必明雅；物以情觀，故詞必巧麗，麗詞雅義，符采相勝，如組織之品朱紫，畫繪之著玄黃，文雖新而有質，色雖糅

---

32 郭紹虞：《中國文學批評史》上冊（上海市：商務印書館，1947 年），頁 132。

33 《文史通義》〈詩話〉。

而有本，此立賦之大體也。」這裡，劉勰指出，賦的內容必須「明雅」，文辭必須「巧麗」，強調「有質」、「有本」，反對「繁華損枝，膏腴害骨」的形式主義文風。這是他對賦這一文學體裁創造理論的探討。劉勰論文體熔創作理論、文學批評和文學史為一爐，這是他不同於他的前輩的地方，也是他高出他的前輩的地方。

三、劉勰寫作《文心雕龍》的動機之一，是為了反對當時「飾羽尚畫，文繡鞶帨」的文風，這種批評精神也貫串在整個文體論中，當然，這種批判是從他的文藝批評的標準出發的。他的文藝批評的標準有兩個：一個是政治標準，即儒家思想；一個是藝術標準，即〈宗經〉篇中提出來的「六義」。他就是用這兩個標準來衡量各種文體作家作品的思想性和藝術性的。例如，〈議對〉篇談到對「議」的寫作要求，他提出：「必樞紐經典；采故實於前代，觀通變於當今；理不謬搖其校，字不妄舒其藻。……然後標以顯義，約以正辭，文以辨潔為能，不繁縟為巧；事以明核為美，不以深隱為奇。」他反對「舞文弄墨，支離構辭，穿鑿會巧，空騁其華。」以他的批評標準去衡量作品，他明確地表示主張什麼，反對什麼，態度是十分明朗的。他堅持自己的批評標準，批評西晉詩歌「稍入輕綺」，反對東晉詩歌「溺乎玄風」，不滿南朝宋初山水詩講求表現形式，忽視思想內容的弊病。這些地方都體現了劉勰的反對形式主義文風的批判精神。

四、如果我們把《文心雕龍》的內容分為基本思想、文體論、創作論和批評論幾部分，那麼，文體論只是其中一個部分。這一部分論述各種文體，有相對的獨立性，但是它畢竟是全書的一部分，它和其他部分是聯繫在一起的。例如，論文體各篇的「敷理以舉統」部分論述各體文章的寫作道理及文體特點，和創作論可以相互補充，「選文以定篇」部分評論作家作品，為批評論提供了許多批評的實例，而不論哪一部分都有全書的基本思想貫串其中。這種聯繫，使文體論、創作論和批評論的論述各有重點而又相互補充，有相得益彰的效果。這

也是劉勰的文體論的不可忽略的特點。

　　劉勰的文體論常為研究者所忽略，大概是因為他分體過於繁瑣，而且在今天也沒有多少實用價值了。其實，劉勰的文體論各篇包含了他許多關於文藝創作和文藝批評方面的精湛的論述，對我們研究他的文藝思想是不可缺少的一部分。

　　劉勰的文體論是在前人的基礎上發展起來的，這一點在前面已提到。這裡要指出的是：劉勰自己也比較明確地認識到這一點。他說：「及其品列成文，有同乎舊談者，非雷同也，勢自不可異也。有異乎前論者，非苟異也，理自不可同也。同之與異，不屑古今，擘肌分理，唯務折衷。」[34]所謂「有同乎舊談者」，指繼承；所謂「有異乎前論者」，指創新。對此，章學誠說得具體了一些，他說：「劉勰氏出，本陸機氏說而昌論文心。」[35]黃侃說得更具體了，他說：「如〈頌贊〉篇大意本之《文章流別》，〈哀弔〉篇亦取於摯君。」[36]這裡講的都是《文心雕龍》的繼承與創新問題。劉勰正是在繼承前人研究成果的基礎上進行新的創造，才取得了如此卓越的成就。他在文體論方面所取得的成就，和他的創作論、批評論一樣，都是前人所沒有的。因此，它在中國文學批評史上佔有重要的地位。

　　劉勰的文體論對後世的影響甚為深遠。如明代吳訥的《文章辨體》和徐師曾的《文體明辨》，以至清代古文家姚鼐的《古文辭類纂》的文體分類無不受到它的啟發和影響。吳、徐二書都是分體選文、依體序說的。吳訥分文體為五十九類，十分繁瑣。徐師曾在吳訥的基礎上加以修訂補充，竟分文體為一百二十七類，更是繁瑣。《四庫全書總目提要》批評吳書「大抵剽掇舊文，罕能考核原委，即文體

34　《文心雕龍》〈序志〉。

35　《文史通義》〈文德〉。

36　《文心雕龍札記》〈序志第五十〉。

亦未能甚辨。」[37]批評吳書「千條萬緒，無復體例可求，所謂治絲而棼者歟。」[38]批評雖嫌太過，但也不無道理。以吳、徐二書與《文心雕龍》相比，自不可同日而語，然而，它們仍是劉勰以後，關於文體方面的總結性的著作，其各體序說有一定的參考價值。姚鼐分古文的體裁為十三類，即論辨類、序跋類、奏議類、書說類、贈序類、詔令類、傳狀類、碑誌類、雜記類、箴銘類、頌贊類、辭賦類和哀祭類。此種古文體裁分類比較適當，因此亦為人所採用。如王力先生主編的《古代漢語》，其中〈古文的文體及其特點〉一節即採用姚鼐對古文的分類方法。至於今天的文藝理論書籍對文體的分類，講的是「三分法」、「四分法」。「三分法」是根據各種文學體裁塑造形象的不同方法，分為敘事、抒情、戲劇三類。這是外國文學普遍採用的分法。「四分法」是把各種文體歸為詩歌、小說、散文、戲劇四類，這是「五四」以後，我國現代文學所普遍採用的方法。我國現代文學的分類法固然接受了外國的影響，但是，主要還是繼承了我國古代的傳統。我國古代文體分類雖然種類繁多，然而概括起來，實不出詩歌、散文二類。至於我國古代的小說、戲劇，因為成熟的時期比較晚，加上一般封建士大夫採取輕視的態度，長期以來不能作為文學的一種類別看待，直到「五四」以後才引起重視。今天的文體分類是今天的社會生活決定的，它和古代文體分類是大不相同了。但是，研究劉勰的文體論，不僅對研究劉勰的文藝思想是必要的，而且對我們今天研究文體分類仍有一定借鑑作用。

一九七九年二月

37　《四庫全書總目提要》卷 191。
38　《四庫全書總目提要》卷 192。

劉勰的風格論芻議

　　文學風格是文學作品的思想內容和藝術形式的總的特色。研究作家和作品的風格，有助於我們對作家作品進行深入的思想分析和藝術分析，可以加深我們對作家的了解。因此，在文藝理論中，關於文學風格的研究是一項重要的課題。

　　在中國文學批評史上，三國時的曹丕和西晉時的陸機都曾對文學風格問題進行過探討，但是十分簡略。直到齊梁時代劉勰的《文心雕龍》的出現，才提出了比較系統的風格論。

　　《文心雕龍》中關於風格的論述主要見於〈體性〉、〈風骨〉、〈定勢〉、〈時序〉、〈才略〉等篇，其他各篇，特別是上半部中文體論部分，多與風格問題有關，也頗值得我們注意。

　　劉勰的風格論主要論述：一、作品風格與作家的關係；二、風格與文體的關係；三、風格與時代的關係；四、風骨論。現在對以上問題作一些粗略的分析。

一

　　關於作品風格與作家關係，〈體性〉篇作了專門論述，它指出：

　　　夫情動而言形，理發而文見，蓋沿隱以至顯，因內而符外者
　　　也。然才有庸儁，氣有剛柔，學有淺深，習有雅鄭，並性情所
　　　鑠，陶染所凝，是以筆區雲譎，文苑波詭者也。故辭理庸俊，

> 莫能翻其才，風趣剛柔，寧或改其氣，事義淺深，未聞乖其
> 學；體式雅鄭，鮮有反其習；各師成心，其異如面。

人們感情激動發而為語言，有道理要發表就形成文章，外在的
「言」、「文」與內在的「情」、「理」是一致的。因此，一個作家有什
麼樣的才、氣、學、習，就表現出什麼樣的辭理、風趣、事義、體
式。「各師成心，其異如面」，作家風格就像他的面貌一樣，各個人是
不相同的。

「吐納英華，莫非情性」。在〈體性〉篇中，劉勰列舉了許多作
家，以證明作家的「情性」與作品風格的密切關係。他說：

> 是以賈生俊發，故文潔而體清；長卿傲誕，故理侈而辭溢；子
> 雲沉寂，故志隱而味深；子政簡易，故趣昭而事博；孟堅雅
> 懿，故裁密而思靡，平子淹通，故慮周而藻密；仲宣躁銳，故
> 穎出而才果；公幹氣褊，故言壯而情駭；嗣宗俶儻，故響逸而
> 調遠；叔夜儁俠，故興高而采烈；安仁輕敏。而鋒發而韻流；
> 士衡矜重，故情繁而辭隱。

從前引「然才有庸儁」六句來看，所謂「情性」，指「才」、「氣」；所
謂「陶染」，指「學」、「習」。不過，我認為這裡的「情性」也應包括
「學」、「習」，它們與「情性」也密切相關。以上論述的實質上是作
家的「才」、「氣」、「學」、「習」與作品風格的關係。

「才」、「氣」指作家先天的才能和氣質，「學」、「習」指作家後
天的學識和習染。劉勰把作品風格的形成歸之於作家的「才」、
「氣」、「學」、「習」。較之曹丕、陸機把作家風格形成的原因歸之於
作家的氣質才性是全面多了，論述也比較深刻。上面列舉了賈誼、司
馬相如等十二個作家，劉勰對他們的「情性」和作品風格都做了準確

的概括。但應該看到，劉勰僅僅把作品風格形成的原因歸結為才、氣、學、習的影響，是不夠的。我們知道，風格的形成是多種因素決定的，就主觀因素而言，與作家的階級立場、世界觀、藝術修養和才能、個性都有關係，就客觀因素言，和一定歷史時期的政治、經濟生活，民族傳統等都有關係。由於歷史和階級的侷限性，劉勰的認識當然還不可能達到這樣的高度。

　　布封說：「風格即人。」[1]人是多種多樣的，風格也是多種多樣的，千差萬別的各種風格，劉勰歸納為八種，即典雅、遠奧、精約、顯附、繁縟、壯麗、新奇和輕靡。他還對這八種風格作了解釋：

> 典雅者，鎔式經誥，方軌儒門者也；遠奧者，馥采典文，經理玄宗者也；精約者，核字省句，剖析毫釐者也；顯附者，辭直義暢，切理厭心者也；繁縟者，專喻釀采，煒燁枝派者也！壯麗者，高論宏裁，卓爍異采者也；新奇者，擯古競今，危側趣詭者也；輕靡者，浮文弱植，縹緲附俗者也。

從劉勰的解釋看，典雅與新奇是對「體式」說的，遠奧與顯附是對「事義」說的；繁縟與精約是對「辭理」說的；壯麗與清靡是對「風趣」說的。且典雅與新奇，遠奧與顯附，繁縟與精約，壯麗與清靡，皆相反而相對，次序并然，頗有系統。在這八種風格中，劉勰首肯的當然是「典雅」等風格，這和他的原道、徵聖、宗經的思想有關係。對於「新奇」和「輕靡」兩種風格，他頗有微辭，這和他反對形式主義文風的文學主張是分不開的。

　　劉勰所提出的八種風格，是根據大量的作家作品概括出來的。在形成風格理論之後，他又運用這一理論分析、評價作家作品。例如，

1　布封：〈論風格〉，《譯文》（1957 年 9 月）。

〈詔策〉篇說：「潘勖〈九錫〉，典雅逸群。」〈諸子〉篇說：「〈鬼谷〉眇眇，每環奧義。」又說：「辭約而精，〈尹文〉得其要。」〈章表〉篇說：「〈儒行〉縟說以繁辭。」〈雜文〉篇說：「陳思〈七啟〉取美於宏壯。」這些評論，指出了作品的總的特色，對我們深入地理解作品是有幫助的。

劉勰分風格為八種，當然不能包括所有的風格。因此，他在評論作家作品的具體風格時，並不拘守這八種風格，而常有變化。例如，〈辨騷〉篇說：「《離騷》、〈九章〉，朗麗以哀思。」〈詮賦〉篇說：「相如〈上林〉繁類以成豔。」〈雜文〉篇說：枚乘〈七發〉「獨拔而偉麗」。〈哀弔〉篇說：「禰衡之弔平子，縟麗而輕清。」這都不是以他歸結的八種風格去硬套，而是從作品的實際出發，指出它們的風格特徵。有的作品的風格並不是單一的，而是比較錯綜複雜的。如枚乘的〈七發〉，既「獨拔」又「偉麗」。禰衡的〈弔張衡文〉，既「縟麗」又「輕清」。劉勰皆加以如實的評論。這種實事求是的精神是值得稱許的。

前面講到，關於風格形成的原因，劉勰歸之於才、氣、學、習，即包含先天和後天兩方面的因素。但是，他是強調後天方面的因素的。他說：「夫才有天資，學慎始習，斫梓染絲，功在初化；器成采定，難可翻移。」劉勰重視「學慎始習」，認為「功在初化」，這是對的。一個初學寫作的人，如果一開始就路子不正，或誤入歧途，對他將來的發展是極為不利的。「故宜摹體以定習，因性以練才。」應該學習各種風格以養成習慣，根據自己的性格以鍛鍊才能，循此前進，才是正確的途徑。

二

風格和作品體裁的關係是十分密切的。不同體裁的作品往往具有

不同的風格。這是因為不同體裁作品對其內容和形式都有自己獨特的
要求。例如「銘」、「誄」這兩種體裁，曹丕指出「銘誄尚實」。這是
說銘、誄的內容要求真實。陸機指出：「誄纏綿而淒愴。銘博約而溫
潤。」這是規定誄、銘的風格特點。劉勰指出：「銘者，名也，觀器
必也正名，審器貴乎盛德。」「夫箴誦於官，銘題於器，名目雖異，
而警戒實同。……銘兼褒贊，故體貴弘潤；取其事也必核以辨，其摛
文也必簡而深，此其要也。」[2] 這是「銘」的特點。他又指出：「誄
者，累也。累其德行，旌之不朽也。……詳夫誄之為制，蓋選言錄
行，傳體而頌文，榮始而哀終。論其人也，曖乎若可覿；道其哀也，
淒焉如可傷。此其旨也。」[3] 這是「誄」的特點。劉勰所論比較全
面，他先對銘、誄的名稱加以解釋，然後簡明扼要地指出他們在內容
和形式上的要求。以上曹丕等人的論述，在詳略、角度上或有所不
同，但是他們有一個共同的特點，即都指出了銘、誄這兩種體裁所具
有的風格特點。

　　《文心雕龍》上半部二十五篇，除前五篇是闡明其基本思想的而
外，其他二十篇都是論述文體的。劉勰論文體的文章，其內容皆有四
項，這就是「原始以表末，釋名以章義，選文以定篇，敷理以舉
統。」[4] 其中「敷理以舉統」一項，多論及各種體裁的風格特點。例
如，他論述「論」這一文章體裁說：「原夫論之為體，所以辨正然
否，窮於有數，追於無形，跡堅求通，鈎深取極；乃百慮之筌蹄，萬
事之權衡也。故其義貴圓通，辭忌枝碎，必使心與理合，彌縫莫見其
際；辭共心密，敵人不知所乘，斯其要也。」[5] 這裡，劉勰簡要地提
出對「論」的寫作要求。他認為撰寫「論」的目的是為了辨明是非，

2　《文心雕龍》〈銘箴〉。

3　《文心雕龍》〈誄碑〉。

4　《文心雕龍》〈序志〉。

5　《文心雕龍》〈論說〉。

這就要求文章的思想內容圓滿而順當，文辭切忌支離破碎，文章的內容和作者的思想要一致，文章的語言和作者的思想要一樣的嚴密，這樣論敵就無際可尋，無機可乘了。這裡概括的也是「論」這一體裁從內容到形式的總的特點。劉勰認真地總結了前人關於創作和評論的經驗，對各種文體的特點，作了簡明的概括。這些概括，較之曹丕、陸機等人更為具體、確切。這是文體風格論的新發展。

〈定勢〉篇是論述文章體裁與風格關係的專篇論文。所謂「勢」即體勢，亦即文體風格。文體風格是怎樣形成的呢？劉勰指出：「夫情致異區，文變殊術，莫不因情立體，即體成勢也。勢者，乘利而為制也。如機發矢直，澗曲湍迴，自然之趣也。」體裁是根據內容確定的，隨著體裁的確定，自然形成一定的體勢，即風格。這好像弓弩發箭，必然是直的，又如山中澗水曲折，則水流一定湍急、迂迴。文章的體裁不同，其風格就不同。

在〈定勢〉篇中，劉勰又對《文心雕龍》上半部中記述的各體文章的風格加以歸納，他說：

> 章、表、奏、議、則準的乎典雅；賦、頌、歌、詩，則羽儀乎清麗；符、檄、書、移，則楷式於明斷；史、論、序、注則師範於核要，箴、銘、碑、誄，則體制於弘深，連珠、七辭，則從事於巧豔。

這一段話實際上是對文體論各篇關於風格問題論述的一個簡要概括。這裡指出的是某幾種文體的共同的風格特點，如：章、表、奏、議，都具有「典雅」風格。而這些同具有「典雅」風格的體裁，仍具有自己的特點。例如，章的特點是：「章式炳賁，志在典謨；使要而非

略，明而不淺。」[6]表的特點是：「表體多包，情偽屢遷，必雅義以扇
其風，清文以馳其麗。」[7]奏的特點是：「固以明允篤誠為本，辨析疏
通為首。」[8]議的特點是：「其大體所資，必樞紐經典，采故實於前
代，觀通變於當今；理不謬搖其枝，字不妄舒其藻。……然後標以顯
義，約以正辭，文以辨潔為能，不以繁縟為巧；事以明核為美，不以
深隱為奇，此綱領之大要也。」[9]這些體裁的特點，都是內容決定的。

　　〈定勢〉篇中引曹植的話說：「所習不同，所務各異。」文章的
風格因作者和體裁而異，作者眾多，而文章的體裁分類亦繁，因此，
文章的風格絢爛多姿，層出不窮。但是，約而言之，風格實只有陽剛
陰柔二類。〈鎔裁〉篇說的「剛柔以立本」，指的是作家的氣質有剛有
柔。〈定勢〉篇說的「文之任勢，勢有剛柔」。〈體性〉篇說的「風趣
剛柔，寧或改其氣」，指的才是文章風格。但劉勰所論語焉不詳。清
代古文學家姚鼐在〈復魯絜非書〉一文中，對文章的陽剛陰柔兩種不
同風格之美作了頗為具體、生動的論述，可補劉勰論述之不足。當
然，姚鼐之論追根溯源，是從劉勰的風格論來的。

　　〈定勢〉篇還談到奇、正問題。奇、正是兩種不同的文章體勢，
有時也指兩種不同的表現手法。針對「自近代辭人，率好詭巧」的情
況，劉勰反對「逐奇而失正」，主張「執正以馭奇」，是完全正確的。
追逐奇巧而失去雅正，是當時文壇上的不良傾向，只有用雅正來駕馭
奇巧，才可以糾正這種不良傾向。〈辨騷〉篇提出對待屈原作品的正
確態度是：「酌奇而不失其真，玩華而不墜其實。」其精神與這裡所
論述的頗為相近。〈知音〉篇中的「六觀」之一「觀奇正」，是看奇、
正兩種體勢結合得如何。於此可見「奇正」不僅是劉勰所主張的創作

6　《文心雕龍》〈章表〉。
7　《文心雕龍》〈章表〉。
8　《文心雕龍》〈啟奏〉。
9　《文心雕龍》〈議對〉。

原則，而且也是文學批評的方法之一，在劉勰的文學理論和批評中是相當重要的。〈定勢〉篇說：「然淵乎文者，並總群勢；奇正雖反，必兼解以俱通，剛柔雖殊，必隨時而適用」。奇、正兩種體勢雖然相反，是可以融會貫通的，剛、柔兩種體勢雖然不同，也是隨時可結合運用的，這是劉勰對奇正、剛柔的總的認識。

劉勰在論述作品風格和體裁關係的時候，特別提出了奇正、剛柔問題。我們這裡所以略加論列，是因為它對我們全面地理解劉勰的風格論是必要的。

三

作品的風格不僅與作家、體裁有著密切的關係，而且與時代也是有著密切的關係的。

社會生活是文學創作的源泉，也是文學風格的源泉。文學風格是千差萬別，豐富多彩的，但是它總不能脫離一定的社會生活，它不能不為一定的社會生活，即一定的歷史條件所制約。因此，每個時代作家作品的風格都具有他所處時代的特點。〈時序〉篇開門見山地指出：

> 時運交移，質文代變，古今情理，如可言乎！昔在陶唐，德盛化鈞，野老吐「何力」之談，郊童含「不識」之歌。有虞繼作，政阜民暇，「薰風」詩於元后，「爛雲」歌於列臣。盡其美者，何乃心樂而聲泰也。至大禹敷土，九序詠功，成湯聖敬，「猗歟」作頌。逮姬文之盛德，〈周南〉勤而不怨，大王之化淳，〈邠風〉樂而不淫。幽厲昏而〈板〉、〈蕩〉怒，平王微而〈黍離〉哀。故知歌謠文理，與世推移，風動於上，而波震於下者。

時代是不斷前進的，社會生活是不斷發展變化的。因此，文學創作也

不能不隨著時代的前進和社會生活的發展變化而發展變化。唐堯時代，由於帝堯恩德隆盛，教化普及，所以產生了〈擊壤歌〉、〈唐衢謠〉。虞舜時代，由於政治清明，百姓安閒，產生了〈南風詩〉、〈卿雲歌〉。這些作品都表現出「心樂而聲泰」的特色。到了周厲王、周幽王時代，由於厲王、幽王昏庸，產生了〈板〉、〈蕩〉等詩篇。周平王時代，王室衰落，出現了〈黍離〉等詩篇。這些詩篇或充滿了憤怒，或流露出悲哀的感情。以上事實有力地說明了文學與時代的關係。

　　時代的推移不僅造成文學創作內容的變化，同時也引起文學風格的變化。〈時序〉篇認為，建安文學「雅好慷慨」，具有「梗概而多氣」的風格特點，是由於「世積亂離，風衰俗怨」的社會情況和作家的「志深而筆長」的具體條件造成的。這一看法無疑是正確的。例如曹操的〈蒿里行〉寫地方割據勢力爭權奪利，互相殘殺，造成土地荒廢，人口大批死亡，使繁華的中原地區變成一片千里無人煙的荒涼景象，寫得淒楚悲涼。又如曹植的〈白馬篇〉塑造了一個武藝高強，不惜為國捐軀的「幽並游俠兒」形象，實際上是作者的自況，體現了他渴望統一國家的政治理想，詩歌氣勢豪壯，這些都與時代有密切的關係。

　　從這裡可以看出，時代不同了，文學作品的內容和風格都起了變化。建安文學的主要內容真實地反映了漢末動亂的社會現實，表達了作家們「建功立業」的雄心和統一國家的願望。風格上出現了「梗概而多氣」的特徵。文學史上的事實雄辯地說明了社會生活不僅是文學創作的源泉，也是文學風格的源泉。

　　從〈時序〉篇看，劉勰認為時代對文學的影響主要是政治和思想，而在政治影響中，他過分地強調了君主對文學的提倡所起的作用，是不恰當的，至於作家進步的世界觀和親身的生活實踐對文學創作及其風格的影響，由於歷史的侷限，那就不是劉勰所能理解的了。

　　在〈通變〉篇中，劉勰對歷代文學的風格特色，作了一個極為簡要的概括。他說：「權而論之，則黃唐淳而質，虞夏質而辨，商周麗

而雅，楚漢侈而豔，魏晉淺而綺，宋初訛而新……」[10]這是就歷代文
學比較說的，有可以參考之處，但是，是不夠全面、精確的。例如，
說唐堯、虞舜、夏禹時代的文學「淳而質」、「質而辨」是缺乏根據
的，因為那時還沒有見諸文字記載的文學。說商周文學「麗而雅」，
主要指儒家經書而言。劉勰認為「聖文之雅麗，固銜華而佩實者
也。」[11]其他各家顯然不能包括在內。說楚漢文學「侈而豔」，主要指
辭賦而言，因為漢代詩歌並沒有這樣的特色。至於魏晉文學「淺而
綺」，宋初文學「訛而新」，皆就其主要的傾向而言。從劉勰對商周文
學風格的評價，可以看出他崇拜儒家經書的思想。在以上這段引文之
後，他還提出「矯訛翻淺，還宗經誥。」聯繫《文心雕龍》的基本思
想來考察，劉勰的這種思想是一貫的。

四

　　在〈風骨〉篇中，劉勰倡導「風骨」論，這是他對文學風格提出
的更高的要求。

　　關於「風骨」的解釋，學術界眾說紛紜，有人認為「風即文意，
骨即文辭。」[12]有人認為「風」「以喻文之情思。」「骨」「以喻文之事
義。」[13]有人認為「風骨」是思想性和藝術性的統一體，它的基本特
徵，在於明朗健康，遒勁有力。[14]有人認為「風是氣韻」，「骨是思想
命意」[15]……迄無定論。

　　對「風骨」的解釋如此之紛歧，這固然是由於《文心雕龍》是用

10　《文心雕龍》〈通變〉。

11　《文心雕龍》〈徵聖〉。

12　《文心雕龍札記》〈風骨〉。

13　劉永濟：《文心雕龍校釋》〈風骨〉。

14　郭紹虞主編：《中國歷代論文論選》上冊，頁 201。

15　周振甫：《文心雕龍選譯》〈風骨〉，《新聞業務》1962 年 1 月號。

駢文寫的，其論文說理尚有不十分明確的地方，但主要還是因為各個研究者對〈風骨〉篇的理解角度不同，所以看法也就各異。關鍵是對〈風骨〉篇的理解。

在〈風骨〉篇中，劉勰認為，「風」是從《詩經》「六義」來的。它是詩人情志氣質的表現。由於感染力強，它是作品起教育作用的根源。所以，詩人在抒發情感時，一開始就要注意到「風」，在遣詞造句時，首先要考慮到「骨」。文辭需要「骨」，正如人體需要骸骨；情志之包含「風」正如形體之具有活動能力。只有文辭整飭、準確，文骨才能形成；只有詩人情志氣質駿利爽朗，文風才能產生。假若文章辭藻豐富而風骨柔弱，那麼，文采亦將失去色彩，聲調亦將缺乏力量。而「風骨」表現為「力」，「力」之形成在於「氣」，所以，構思謀篇，必須注意培養自己的氣質。文章剛勁有力，自然會發出新的光輝，風骨在文章中的作用，正如健飛的猛禽使用牠的翅膀一樣。所以，精通「骨」的人，選詞必然精當，深知「風」的人，抒情必然鮮明。作品用詞準確而有力，聲律和諧流暢，這都是風骨的力量。假若文章內容貧乏，語言煩冗，雜亂而無條理，這是無「骨」的表現。如果文章思想不周密，枯寂而缺乏氣勢，這是無「風」的驗證。劉勰還舉出潘勗的〈冊魏公九錫文〉和司馬相如的〈大人賦〉。認為前者「骨髓峻」，後者「風力遒」，並且認為，能明白這些關鍵所在，就可以從事寫作；如果違背這種方法，就無需追求文采了。

如果這樣理解不錯的話，我們認為「風」，指內容之充實、純正和感染力。「骨」，指文辭之準確、精煉、遒勁和表現力。「風」與「骨」既有明顯的區別，又有密切的聯繫，「風」離不開文辭的準確、精煉、遒勁和表現力，沒有這些，就無法表達充實、純正的思想內容，就不可能具有感染力。「骨」更離不開思想內容，沒有充實、純正的思想內容，就談不上文辭的準確、精煉、遒勁和豐富表現力。這二者是統一的。「風骨」是劉勰從寫作角度對作品的思想內容和表

現形式提出的最高的要求，他要求作品「風清骨峻」，即具有昂揚爽
朗、剛勁有力的風格特色。

　　劉勰還論到「風骨」和「采」的關係。他說：「翬翟備色，而翾
翥百步，肌豐而力沉也，鷹隼乏采，而翰飛戾天，骨勁而氣猛也，文
章才力，有似於此。若風骨乏采，則鷙集翰林；采乏風骨，則雉竄文
囿。唯藻耀而高翔，固文筆之鳴鳳也。」[16]采，指文采。這裡，劉勰
以「風骨」與「采」對舉，認為不論是「采乏風骨」，還是「風骨乏
采」，都不是理想的作品。只有「藻耀而高翔」。即既有文采，又有風
骨的作品，才是佳作。這裡的意思和前引之「若豐藻克贍，風骨不
飛，則振采失鮮，負聲無力」的意思是相同的。這就是說，劉勰對作
品的要求，首先強調的是「風骨」，但也不忽略「采」。只有「風骨」
配上適當的「采」，才是作品中的完璧。

　　劉勰所倡導的「風骨」論是對中國古代文學優良傳統的繼承和發
展。〈風骨〉篇一開頭就說到「風」是從《詩經》來的。對於「六
義」之一的「風」，〈毛詩序〉作了解釋：「風也，教也；風以動之，
教以化之。……上以風化下，下以風刺上，主文而譎諫，言之者無
罪，聞之者足以戒，故曰風。」這裡指出了詩歌的巨大的教育作用。
劉勰之所謂「風」和《詩經》之「風」有著淵源關係。「風」和
「氣」是相通的，《廣雅》〈釋言〉說：「風，氣也。」《莊子》〈齊物
論〉也說：「大塊噫氣，其名為風。」所以，〈風骨〉篇中多論及
「氣」。在中國文學批史上，首先主張養「氣」的是孟子，孟子說：
「我善養吾浩然之氣。」這個「氣」指的是一種內心道德修養工夫，
並非直接評論作家作品。後來，曹丕的《典論》〈論文〉以氣論建安
作家，這是「氣」成為文學批評中的一個專門名詞。劉勰指出建安文
學「梗概而多氣」，「慷慨以任氣」[17]，這是建安文學的特色，也是中

16　《文心雕龍》〈風骨〉。

17　《文心雕龍》〈明詩〉。

國古代文學的優良傳統，劉勰特別是繼承和發展了這一傳統而倡導「風骨」論的。當然，東漢末年以後，社會上的封建士大夫以「風」、「骨」品評人物、繪畫、書法的風氣流行，毫無疑義，劉勰會受到啟發和影響。

更重要的是，「風骨」論的產生和當時社會中的文學狀況有著密切的關係。中國古代文學在太康以後存在著一種形式主義傾向。劉勰在〈明詩〉篇中指出：「晉世群才，……采縟於正始，力柔於建安。……江左篇制，溺乎玄風，……宋初文詠，……儷采百字之偶，爭價一句之奇。情必極貌以寫物，辭必窮力而追新，此近世之所競也」。這個分析是符合實際的。劉勰提出「風骨」論是力圖用它來矯正時弊，引導當時文學沿著健康的道路向前發展。因此，「風骨」論的提出，在當時是有戰鬥作用和積極意義的。

綜上所述，我認為劉勰對文學風格的論述，是比較全面、系統的。在中國文學批評史上，如此詳細地論述風格問題，還是首次。因此，在文學風格的研究上，劉勰做出了重要的貢獻。

劉勰的風格論對後世的影響是十分深遠的。以「風骨」而言，初唐陳子昂就深受其影響，他說：「文章道弊五百年矣！漢魏風骨，晉宋莫傳，然而文獻有可徵者。僕嘗暇時觀齊梁間詩，彩麗競繁，而興寄都絕，每以永歎，思古人常恐逶迤頹靡，風雅不作，以耿耿也。」[18] 針對齊梁間「彩麗競繁，而興寄都絕」的形式主義詩風，他高舉「漢魏風骨」的旗幟，倡導詩歌革新。偉大的浪漫主義詩人李白繼承了陳子昂的思想，說：「梁陳以來，豔薄斯極，沈休文又尚以聲律，將復古道，非我而誰歟？」[19] 他所謂復古，實際上是革新。李白完成了唐代詩歌的革新，取得了偉大的成就，可見劉勰的「風骨」論在中國文學史上是起著積極作用的。

---

18 〈與東方左史虬修竹篇序〉。

19 孟棨：《本事詩》〈高逸〉篇引。

　　就風格分類而論，劉把風格概括成八體，至唐代，李嶠《評詩格》把詩分形似、質氣、情理、直置、雕藻、影帶、宛轉、飛動、清切、精華十體。皎然《詩式》〈辨體有一十九字〉把詩分為高、逸、貞、忠、節、志、氣、情、思、德、誠、閑、達、悲、怨、意、力、靜、遠十九體，這些多指風格。司空圖《詩品》把詩分為雄渾、沖淡、纖穠、沉著、高古、典雅、洗煉、勁健、綺麗、自然、含蓄、豪放、精神、縝密、疏野、清奇、委曲、實境、悲慨、形容、超詣、飄逸、曠達、流動二十四品，專論風格，更為細密。我們雖然不能說，這些詩歌風格的研究源自劉勰。但是，受到劉勰風格的啟發和影響是無庸置疑的。

　　劉勰的風格論是他的整個創作論的一個重要組成部分。他關於這方面的論述是遠遠超過前人的，並且對後世有深遠的影響。這裡我們對他的風格論進行了一些粗淺的研討，因為我們認為，它對我們探討文藝理論中的風格問題與創作絢麗多姿、豐富多彩的各種風格的文學作品，都是有一定的借鑑作用的。

一九七九年一月

志深而筆長　梗概而多氣

——劉勰論「建安七子」

　　「建安七子」，最早見於曹丕的《典論》〈論文〉，是指生活在漢獻帝建安（196-220）時代的七位著名作家。他們是孔融、陳琳、王粲、徐幹、阮瑀、應瑒、劉楨。劉勰對他們都有評論。劉勰對作家的評論，往往三兩言語，抓住要害，十分精彩。這樣的例子很多，他對「建安七子」評論就是其中一例。

一　孔融氣盛於為筆

　　孔融是「建安七子」之一。但是，他與其他六人不同，他既不是曹氏父子的僚屬，也沒有參加鄴下文人集團，關係比較疏遠。所以，曹丕在〈與吳質書〉中評論建安諸子，只有徐幹、應瑒、陳琳、劉楨、阮瑀、王粲六家。曹植在〈與楊德祖書〉中提及建安諸子，也只有王粲、陳琳、徐幹、劉楨、應瑒、楊修六家。《三國志》〈王粲傳〉說：「始文帝為五官將，及平原侯植皆好文學。粲與北海徐幹字偉長、廣陵陳琳字孔璋、陳留阮瑀字元瑜、汝南應瑒字德璉、東平劉楨字公幹，並見友善。」皆未提到孔融，為什麼又把他列入「七子」呢？我認為這是由於：一、孔融的散文成就。曹丕《典論》〈論文〉說：「孔融體氣高妙，有過人者，然不能持論，理不勝辭，以至乎雜以嘲戲；及其所善，揚、班儔也。」認為孔融的佳作，只有揚雄、班

固能夠與他相匹敵。李充《翰林論》說:「或問曰『何如斯可謂之文?』答曰:『孔文舉之書,陸士衡之議,斯可謂成文也。』」認為孔融的書信,才可以說是文章。評價都是相當高的。二、曹丕對他的作品喜愛。《後漢書》〈孔融傳〉說:「魏文帝深好融文辭,歎曰:『揚、班儔也。』募天下有上融文章者,輒賞以金帛。」所以,在《典論》〈論文〉中,他被列「七子」之一。

劉勰《文心雕龍》論及「建安七子」主要有三處:

> 〈明詩〉:「暨建安之初,五言騰踴。文帝、陳思,縱轡以騁節;王、徐、應、劉,望路而爭驅。」
> 〈時序〉:「建安之末……仲宣委質於漢南,孔璋歸命於河北;偉長從宦於青土,公幹徇質於海隅;德璉綜其斐然之思,元瑜展其翩翩之樂……」
> 〈才略〉:「仲宣溢才,捷而能密;文多兼善,辭少瑕累;摘其詩賦,則七子之冠冕乎!琳、瑀以符檄擅聲;徐幹以賦論標美。劉楨情高以會采;應瑒學優以得文。」

〈明詩〉篇,由於論述的是詩歌,只是提到王粲、徐幹、應瑒、劉楨。〈時序〉篇提到王粲等六人,沒有提到孔融。〈才略〉篇論述有魏一代作家,先論述曹丕曹植兄弟,然後品評王粲等六人,也沒有論及孔融,只是在論述漢代作家時說:「孔融氣盛於為筆,禰衡思銳於為文,有偏美焉。」但是,〈才略〉篇提到「七子」,根據《典論》〈論文〉的提法,劉勰自然也認為孔融是「七子」之一。

孔融的作品,《後漢書》〈孔融傳〉說:「所著詩、頌、碑文、論議、六言、策文、表、檄、教令、書記凡二十五篇。」《隋書》〈經籍志〉載「後漢少府《孔融集》九卷。梁十卷,錄一卷」。至宋始散失。明人有輯本流傳。孔融詩今存七首。明胡應麟說:「漢名士

若⋯⋯孔融⋯⋯輩詩，存者皆不工。」又說：「北海不長於詩。」[1]孔融詩歌成就不高，劉勰沒有論及。孔融文學成就主要表現在散文方面。這方面劉勰的論述較詳。

《文心雕龍》〈誄碑〉篇說：「自後漢以來，碑碣雲起。⋯⋯孔融所創，有慕伯喈。張、陳兩文，辨給足采，亦其亞也。」意思是說，東漢以來，碑文盛行，蔡邕的碑文十分著名。孔融寫作碑文就是摹仿蔡邕的。他的〈衛尉張儉碑銘〉和陳碑語言巧捷而富於文采，僅次於蔡邕。這個評價是比較高的。可惜〈衛尉張儉碑銘〉殘缺，陳碑失傳，今天已無法清楚地看出其「辨給足采」的特點了。

〈論說〉篇說：「至如張衡〈譏世〉、韻似俳說：孔融〈孝廉〉，但談嘲戲；曹植〈辨道〉，體同書抄；言不持正，論如其已。」這是說，孔融的〈孝廉〉，只說一些開玩笑的話，言論不保持正道，還不如不寫。對孔融的〈孝廉〉作了嚴肅的批評。〈孝廉〉一文今已散失，我們無從了解劉勰的批評正確與否，不過，聯繫曹丕說孔融「⋯⋯不能持論，理不勝辭，以至雜以嘲戲」的話，劉勰對孔融〈孝廉〉的批評是可以理解的。

〈詔策〉篇說：「教者，效也，出言而民效也。⋯⋯孔融之守北海，文教麗而罕於理，乃治體乖也。」「於理」，《太平御覽》作「施」，是。劉勰認為，教就是效法，說出話來老百姓照著做。孔融做北海相，他的教令文辭雅麗，卻很少能夠實行，是他的治理方法不合。范文瀾先生不同意劉勰此說，認為「本傳謂融為北海相，到郡收合士民，起兵講武，表顯儒術，薦賢舉良，在郡六年，日以抗群賊輯吏民為事，似非『罕於理』者」[2]。其實司馬彪《九州島春秋》中已經說到孔融「高談教令，盈溢官曹，辭氣溫雅，可玩而誦。論事考

1　《詩薮》外編卷1。

2　《文心雕龍注》〈詔策〉注38。

實，難可悉行，但能張礫網羅，其自理甚疏。」[3]葛洪也說:「孔融邊讓，文學遨俗，而並不達治務，所在敗績。」[4]可見劉勰的說法是很有根據的。如再稽之史傳，更可以證明劉勰的論述是合實際的。應該指出，孔融在北海時寫給僚屬的教令今存八篇，多以禮賢愛士為內容，文辭雅雋。這樣的內容似不存在「罕施」問題。

〈章表〉篇說:「至於文舉之〈薦禰衡〉，氣揚采飛;孔明之〈辭後主〉，志盡文暢:雖華實異旨，並表之英也。」諸葛亮的〈出師表〉，與本文無關，茲不置論。劉勰認為，孔融的〈薦禰衡表〉，氣勢高昂，文采飛揚，和諸葛亮的〈出師表〉同是傑出的表文。禰衡，漢末文學家，少有才辯。孔融在〈薦禰衡表〉中是這樣介紹他的:

> 竊見處士平原禰衡，年二十四，字正平，淑質貞亮，英才卓躒。初涉藝文，升堂睹奧。目所一見，輒誦於口;耳所暫聞，不忘於心;性與道合，思若有神。弘羊潛計，安世默識，以衡準之，誠不足怪。忠果正直，志懷霜雪，見善若驚，疾惡如仇。任座抗行，史魚屬節，殆無以過也。

於此可見禰衡的品質、才能，亦可看出文章「氣揚采飛」的特點。確是一篇好文章，無怪乎昭明選入《文選》。

〈書記〉篇說:「逮後漢書記，則崔瑗尤善。魏之元瑜，號稱翩翩;文舉屬章，半簡必錄;休璉好事，留意詞翰，抑其次也。」劉勰指出，後漢時的書信，崔瑗的最好。魏之阮瑀，曹丕稱他「書記翩翩」;孔融的書信，雖是殘篇亦必抄錄;應璩好事，留心書信的寫作，都差一點。其中說到孔融書信「半簡必錄」。這是指魏文帝曹丕喜愛孔融的作品，搜集他的文章，有獻孔融文章者賞以金帛。見前引

3　《三國志》〈崔琰傳〉注引。

4　《抱朴子》〈外篇〉〈清鑒〉。

之《後漢書》〈孔融傳〉。孔融的書信以《文選》選錄的〈論盛孝章書〉最著名。這是孔融向曹操推薦盛孝章的一封信。盛孝章名憲，吳會稽人，曾任吳郡太守。氣量宏偉，愛重士人，聲名為孫策所忌，藉故投入監獄。正當孔融請求曹操援救他時，為策弟孫權所害。這封信抒寫作者愛才之心，情辭迫切，有豪邁之氣，為後人所推重。這樣的書信「半簡必錄」，自然是有價值的。

　　〈風骨〉篇說：「故魏文稱：『文以氣為主，氣之清濁有體，不可力強而致。』故其論孔融，則云『體氣高妙』；論徐幹，則云『時有齊氣』；論劉楨，則云『有逸氣』。公幹亦云：『孔氏卓卓，信含異氣，筆墨之性，殆不可勝』。並重氣之旨也。」這是劉勰論「氣」時引用曹丕和劉楨的兩段話。恰好這兩段話裡都論到孔融。曹丕說孔融「體氣高妙」，劉楨說孔融「信含異氣」，都說明了孔融文章富於氣勢的特點。《文心雕龍》〈才略〉篇說：「孔融氣盛於為筆。」劉勰認為，無韻者為「筆」，有韻者為「文」[5]。這裡的「筆」，當指散文。這是說孔融的書表等散文富於氣勢。這一論斷和曹丕、劉楨的看法是一致的。

二　王粲──七子之冠冕

　　曹丕在《典論》〈論文〉中說：「今之文人，魯國孔融文舉，廣陵陳琳孔璋，山陽王粲仲宣，北海徐幹偉長，陳留阮瑀元瑜，汝南應瑒德璉，東平劉楨公幹。斯七子者，於學無所遺，於辭無所假，咸以自騁驥騄於千里，仰齊足而並馳，以此相服，亦良難矣。」這是說「七子」皆如良駿，並馳千里，不相上下。曹植在〈與楊德祖書〉中也說：「昔仲宣獨步於漢南，孔璋鷹揚於河朔，偉長擅名於青土，公幹

5　見《文心雕龍》〈總術〉。

振藻於海隅，德璉發跡於此魏，足下高視於上京。當此之時，人人自謂握靈蛇之珠，家家自謂抱荊山之玉。」這是說，王粲、陳琳等人，個個自恃其才，各不相讓。如此說來，他們在當時是不分高下的。在歷史上首先指出他們有高下之分的是劉勰。《文心雕龍》〈才略〉篇說：「仲宣溢才，捷而能密，文多兼善，辭少瑕累，摘其詩賦，則七子之冠冕乎！」這是認為王粲的文學成就超過「建安七子」中的其他六人。這個論斷是符合實際的。

劉勰認為，標誌王粲文學成就的是詩賦。先說賦。曹丕說：「王粲長於辭賦，……如粲之〈初征〉、〈登樓〉、〈槐賦〉、〈征思〉……雖張、蔡不過也。」[6]又說：「仲宣獨自善於辭賦，惜其體弱，不足起其文，至於所善，古人無以遠過。」[7]對王粲的辭賦評價較高。《文心雕龍》〈詮賦〉篇說：「及仲宣靡密，發端必遒……亦魏晉之賦首也。」端，唐寫本《文心雕龍》作「篇」，是。這裡的意思是，王粲賦細膩周密，篇章遒勁有力，是「魏晉之賦首」八家之一。劉勰所謂的「魏晉之賦首」八家是指王粲、徐幹、左思、潘岳、陸機、成公綏、郭璞和袁宏。其中魏代辭賦家只有王粲、徐幹二人。徐幹後文將要論及，這裡先說王粲。王粲的賦今存二十六篇（包括殘篇），以《文選》收錄的〈登樓賦〉最有名，也最有代表性。〈登樓賦〉寫王粲流落荊州，不為劉表所重視，他懷才不遇，因而產生思鄉之情。登樓原為消憂，而觸景生情，思鄉更甚，全賦表達了他的濃郁的思鄉之情。這篇抒情小賦，先寫登樓所見，次寫詩人眷眷懷歸之情，最後寫時光飛逝，壯志難酬的苦悶。從登樓寫到下樓，以白天寫到傍晚，以時間和遊覽活動為順序，段落分明，脈絡清晰，並注意前後照應，充分表現本篇結構緊密、寫情細膩的特點，這大概就是劉勰所說的「靡密」吧！在表現手法上，詩人善於把寫景和抒情緊密地結合起來，如：

6　《典論》〈論文〉。

7　〈與吳質書〉。

步棲遲以徒倚兮，白日忽其將匿。風蕭瑟而並興兮，天慘慘而
無色。獸狂顧以求群兮，鳥相鳴而舉翼。原野闃其無人兮，征
夫行而未息。

這裡描寫傍晚的景色，景中有情，情景交融，字裡行間流露出來的強
烈的感情，使人感到作品充沛有力。這也許就是劉勰所說的「發篇必
遒」。王粲的其他賦作如〈羽獵賦〉、〈游海賦〉、〈浮淮賦〉等都在不
同程度上表現出王粲辭賦描寫細膩，風格遒勁的特點。劉勰對王粲的
評論確能一語破的。

　　王粲的詩歌創作成就很高，鍾嶸《詩品》列於上品。《文心雕龍》
〈明詩〉篇說：「暨建安之初，五言騰踴：文帝、陳思，縱轡以騁
節，王、徐、應、劉，望路而爭驅；並憐風月，狎池苑；述恩榮，敘
酣宴，慷慨以任氣，磊落以使才；造懷指事，不求纖密之巧，驅辭逐
貌，唯取昭晰之能：此其所同也。」這一段話總論建安詩歌。劉勰認
為建安時期是五言詩的繁榮時期。在當時詩壇上，曹丕、曹植兄弟和
王粲、徐幹、應瑒、劉楨等人都具有「慷慨以任氣，磊落以使才」的
特徵。〈時序〉篇論述建安文學說：「觀其時文，雅好慷慨。良由世積
亂離，風衰俗怨；並志深而筆長，故梗概而多氣也。」這個分析深刻
地道出了建安文學的特色，是極為精湛的。作為建安時期著名作家的
王粲，他的詩篇具有建安文學的共同特色。王粲詩今存二十七首。這
些詩歌的主要內容和建安時期的其他作家一樣，反映了東漢末年動亂
的社會現實，表現了詩人渴望統一祖國的理想和建功立業的雄心。如
〈七哀詩〉三首中為人們所熟知的第一首：

西京亂無象，豺虎方構患。復棄中國去，遠身適草蠻。親戚對
我悲，朋友相追攀。出門無所見，白骨蔽平原。路有飢婦人，
抱子棄草間。顧聞號泣聲，揮涕獨不還。「未知身死處。何能

　　兩相完？」驅馬棄之去，不忍聽此言。南登霸陵岸，回首望長
　　安。悟彼下泉人，喟然傷心肝！

這首詩描寫了他在董卓部將李傕、郭汜的變亂中離開長安所見的情
景。詩歌一開始就點出李傕、郭汜之亂，正是在這次變亂中，他被迫
離開長安的。一走出長安城的大門，他所見到的是什麼呢？只有「白
骨蔽平原」的淒慘景象。他還見到路旁的「飢婦人」，棄子草間，揮
淚離去的慘絕人寰的事實。「未知」二句，令人耳不忍聞，深刻地揭
露了當時的戰亂給人民帶來的災難和痛苦。「南登」四句，透露了詩
人生活在亂世而思念賢明的君主，渴望政治清明的思想。這首詩寫得
悲涼沉痛，真切動人，是建安詩歌中的名作。〈七哀詩〉三首的第二
首是寫詩人寄居荊州思念故鄉的詩篇，第三首是寫邊地寒冷，荒漠的
慘景，都生動地體現了建安詩歌的特色。

　　劉勰論述四言詩和五言詩的特點時，又論及王粲，他說：「若夫
四言正體，則雅潤為本；五言流調，則清麗居宗；華實異用，惟才所
安。故平子得其雅，叔夜含其潤，茂先凝其清，景陽振其麗。兼善則
子建、仲宣，偏美則太沖、公幹。」[8]劉勰認為，詩歌的特點，四言
詩以雅正、潤澤為主；五言詩以清新、華麗為主。張衡、嵇康、張
華、張協各具其中一種特點，而王粲兼善四言、五言，具備上述各種
特點。這裡對王粲的評價是很高的。

　　王粲的四言詩今存只有四首。《文選》收入〈贈蔡子篤〉、〈贈士
孫文始〉、〈贈文叔良〉三首。這三首詩都是贈別之作，主要是寫離情
別緒，有的流露出對「悠悠世路，亂離多阻」的感嘆，有的表現了真
摯的友情，有的是對奉使友人的勸戒，都是較好的詩篇，具有雅正、
潤澤的特點。王粲的五言詩標誌著他詩歌創作的主要成就，如〈七哀

8　《文心雕龍》〈明詩〉。

詩〉、〈從軍行〉、〈雜詩〉等，其語言風格都表現了清新、華麗的特點。這就是劉勰所說的「兼善則子建、仲宣」。

除了詩賦之外，劉勰對王粲的弔、七、論等其他作品也有所評述，因為無關緊要，這裡就不再論列了。

三　琳、瑀以符檄擅聲

陳琳、阮瑀以章表書記享有盛名。所以，劉勰說：「琳、瑀以符檄擅聲。」[9]其實，遠在陳琳、阮瑀生活的建安時代，曹丕在《典論》〈論文〉中已指出了這一點，他們對陳琳、阮瑀的章表書檄給予較高的評價。

陳琳，初為何進主簿。何進被害後，北依袁紹。紹敗，歸附曹操，任司空軍謀祭酒，管記室。當時軍國書檄多是他和阮瑀草擬的。《典略》說：「琳作諸書及檄，草成呈太祖。太祖先苦頭風，是日疾發，臥讀琳所作，翕然而起曰：『此愈我病。』數加厚賜。」[10]可見曹操對陳琳所擬書檄的喜愛。陳琳所作檄文名篇是〈為袁紹檄豫州〉。此文選入《文選》，李善注云：「《魏志》：琳避難冀州，袁本初使典文章，作此檄以告劉備，言曹公失德，不堪依附，宜歸本初也。後紹敗，琳歸曹公。曹公曰：『卿昔為本初移書，但可罪狀孤而已，惡惡止其身，何乃上及父祖邪？』琳謝罪曰：『矢在弦上，不可不發。』曹公愛其才而不責之。」豫州在河南，袁紹要往河南進攻曹操，命陳琳草此檄文。這篇檄文是寫給豫州刺史劉備和豫州地方官的，其中對曹操的醜行多有揭露。可是在陳琳歸附曹操之後，曹操因為愛惜人才而不咎既往，並加官重用。劉勰對這篇檄文也發表了意見，他說：「陳琳之檄豫州，壯有骨鯁，雖姦閹攜養，章實太甚，發丘摸金，誣

9　《文心雕龍》〈才略〉。
10　《三國志》〈王粲傳〉注引。

過其虐；然抗辭書釁，曒然露骨矣。敢矣攖曹公之鋒，幸哉免袁黨之戮也。」[11]劉勰認為，陳琳的〈為袁紹檄豫州〉，寫得理直氣壯，雖然其中罵曹操的父親曹嵩是奸臣太監的養子，揭露私事太過分，又說曹操挖墳盜墓，誣蔑超過了他的暴虐，但是，他能用直率的文辭寫下曹操的罪惡，寫得十分明白。他敢於觸犯曹操的鋒芒，幸而免於作為袁紹的黨羽而被殺。劉勰對文章是讚賞的，只是認為所揭露的事，或「章實太甚」，或「誣過其虐」，稍有不滿，而對他免為曹操所殺感到慶幸。

劉勰還論到陳琳的〈諫何進召外兵〉，他說：「至於陳琳諫辭，稱掩目捕雀；潘岳哀辭，稱掌珠伉儷：並引俗說而為文辭者也。」[12]這是說陳琳諫辭中引用民間諺語「掩目捕雀」。而劉勰認為「夫文辭鄙俚，莫過於諺」，即文辭的鄙俗，沒有超過諺語的，對陳琳提出批評。陳琳的諫辭見於《三國志》〈王粲傳〉。其文開頭就說：「《易》稱，『即鹿無虞』。諺有『掩目捕雀』。夫微物尚不可欺以得志，況國之大事，其可以詐立乎？」這裡以諺語「掩目捕雀」比喻不可自欺欺人，增強了文辭的形象性和說服力，用得很好，為什麼劉勰對此提出批評呢？這是因為他具有封建士大夫的正統思想，輕視民間文學和語言，認為這些不登大雅之堂。

〈章表〉篇說：「琳、瑀章表，有譽當時，孔璋稱健，則其標也。」劉勰的這一看法，完全繼承了曹丕的觀點。曹丕《典論》〈論文〉說「琳、瑀之章表書記，今之儁也。」〈與吳質書〉說：「孔璋章表殊健。」是為劉勰所本。陳琳章表筆力殊健的例子頗多，何焯認為〈為曹洪與魏文帝書〉就是一例[13]。上文提及的〈諫何進召外兵〉，亦是一例：

11　〈檄移〉。

12　〈書記〉。

13　《義門讀書記》〈文選〉卷五。

今將軍總皇威，握兵要，龍驤虎步，高下在心；以此行事，無
異於鼓洪爐以燎毛髮。但速發雷霆，行權立斷，違經合道，天
人順之；而反釋其利器，更征於他。大兵合聚，強者為雄，所
謂倒持干戈，授人以柄；功必不成，祗為亂階。

陳琳諫何進的這一番話，闡明事理，語言確實矯健有力。惜何進不接
受他的讜言，終於僨事。

　　〈知音〉篇在論述「文人相輕」時，說到「及陳思論才，亦深排
孔璋」。認為這是「文人相輕」的一種表現。曹植〈與楊德祖書〉
說：「以孔璋之才，不閑於辭賦，而多自謂能與司馬長卿同風。譬畫
虎不成，反為狗者也。」這是劉勰立論的根據。陳琳辭賦，成就不
高。只有〈武軍賦〉，受到葛洪的推崇[14]。但今已殘缺，無由窺其全
豹。張溥說：「孔璋賦詩，非時所推，〈武軍〉之賦，久乃見許於葛稚
川，今亦不全，他賦絕無空群之目。」[15]此說甚是。我認為，曹植對
陳琳批評是正確的，只是語含譏刺，盛氣凌人，流露出「文人相輕」
的惡習，因此，受到劉勰的批評。

　　〈時序〉篇又說：「孔璋歸命於河北。」這是指袁紹敗亡後陳琳
歸順曹操。〈程器〉篇又說：「孔璋傯恫以粗疏。」說陳琳草率而粗
魯，魚豢《魏略》中引韋誕的話已經說到：「孔璋實自粗疏。」[16]但
是，確指什麼？我們已不得而知。張溥說：「（陳琳）棲身冀州，為袁
本初草檄，詆操，心誠輕之，奮其怒氣，詞若江河，及窮窘歸操，預
管記室，移書吳會，即盛稱北方，無異《劇秦美新》。文人何常，唯
所用之，茂惡爾矛，夷懌相釀，固恒態也。」[17]這一段話也許有助於

14　《抱朴子》〈鈞世〉。
15　《漢魏六朝百三家集》〈陳記室集〉題辭。
16　《三國志》〈王粲傳〉注引。
17　《漢魏六朝百三家集》〈陳記室集〉題辭。

我們理解陳琳立身傯悀和粗疏的缺點。

　　阮瑀在建安中歸附曹操，和陳琳同為司空軍謀祭酒，管記室。善作章表書記，與陳琳齊名。劉勰對阮瑀亦有所論述。

　　《文心雕龍》〈時序〉篇論述建安諸子時說：「元瑜展其翩翩之樂。」〈書記〉篇又說：「魏之元瑜，號稱翩翩。」翩翩，形容文辭之美好。曹丕〈與吳質書〉說：「元瑜書記翩翩，致足樂也。」是為劉勰所本。這是說，阮瑀的書記之類文章，文采斐然，教人讀了十分愉快。阮瑀的書記之類文章今存三篇，即〈謝太祖箋〉、〈為魏武與劉備書〉和〈為曹公作書與孫權〉。前兩篇只殘存隻言片語。〈謝太祖箋〉殘文是：「一得披玄雲，望白日，唯力是視，敢有二心。」這不過是表示對曹操的忠心。〈為魏武與劉備書〉殘文是：「披懷解帶，投分托意。」只是表達知己之意。全篇內容已不可詳。後一篇是完整的，蕭統選入《文選》，是陳琳的代表作。此書中說：「離絕以來，於今三年。」又說：「昔赤壁之役，燒舡自還，以避惡地。」當作於赤壁之戰三年之後。赤壁之戰發生於建安十三年（208），此書當作於建安十六年。次年，阮瑀卒。這封書信是阮瑀代曹操寫給孫權的。此時孫權據有江東，西連蜀漢，與劉備和親。曹操作書與孫權，望他同來事漢。其實，建安十三年後，曹操任丞相，總攬了軍政大權，漢獻帝只是一個傀儡，這時漢王朝已是名存實亡了。這封信的開頭是這樣寫的：

　　　　離絕以來，於今三年，無一日而忘前好。亦猶姻媾之義，恩情已深；違異之恨，中間尚淺也。孤懷此心，君豈同哉！每覽古今所由改趣，因緣侵辱，或起瑕釁，心忿意危，用成大變。若韓信傷心於失楚，彭寵積望於無異，盧綰嫌畏於己隙，英布憂迫於情漏，此事之緣也。孤與將軍，恩如骨肉，割授江南，不屬本州，豈若淮陰捐歸之恨。抑遏劉馥，相厚益隆，寧放朱浮顯露之奏，無匿張勝貸故之變，匪有陰構貴赫之告，固非燕王淮南之釁也。而忍絕王命，明棄碩交，實為佞人所構會也。

　　阮瑀以此書說服孫權事漢，動之以情，曉之以理，引古證今，出之駢比，果真文辭翩翩。張溥說：「阮瑀為曹操遺書孫權，文詞英拔，見重魏朝。」[18]確實如此。

　　〈神思〉篇說：「人之稟才，遲速異分；文之制體，大小殊功：相如含筆而腐毫，揚雄輟翰而驚夢，桓譚疾感於苦思，王充氣竭於思慮，張衡研京以十年，左思練都以一紀，雖有巨文，亦思之緩也。淮南崇朝而賦騷，枚皋應詔而成賦，子建援牘如口誦，仲宣舉筆似宿構，阮瑀據案而制書，禰衡當食而草奏，雖有短篇，亦思之速也。」這裡論構思的遲速所舉諸例，其中有阮瑀，說「阮瑀據案而制書」。案，當作鞍。這是說阮瑀靠在馬鞍上作文書，很快寫成了。《典略》說：「太祖嘗使瑀作書與韓遂。時太祖適近出，瑀隨從，因於馬上具草。書成，呈之。太祖攬筆欲有所定，而竟不能增損。」[19]曹操與韓遂書已失傳，而阮瑀構思敏捷的故事卻傳下來了。阮瑀不但構思敏捷，而且文書寫得十分周密，連曹操這樣的文章高手竟也不能增刪一字。此亦可見其善作文書。蕭繹《金樓子》說：「劉備叛走，曹操使阮瑀為書與備，馬上立成。」[20]此為構思敏捷之又一例。

　　〈哀弔〉篇說：「胡、阮之弔夷齊，褒而無聞（間），仲宣所制，譏呵實工，然則胡、阮嘉其清，王子傷其隘，各〔其〕志也。」意思是，胡、阮的〈弔夷齊文〉，只有讚揚沒有批評，王粲的〈弔夷齊文〉，譏刺指斥得確實巧妙。但是，胡廣、阮瑀是讚美他們的清高，王粲是不滿他們的狹隘，各有其用意。胡廣等三篇〈弔夷齊文〉，今皆殘存。胡廣文說夷齊「恥降志於汙君，溺雷同於榮勢，抗浮雲之妙志，遂蟬蛻以偕逝」，阮瑀文說夷齊「重德輕身，隱景潛暉；求仁得仁，報之仲尼；沒而不朽，身沉名飛」，都是讚美夷齊的清高。唯有

18　《漢魏六朝百三家集》〈阮元瑜集〉題辭。

19　《三國志》〈王粲傳〉注引。

20　《太平御覽》六百引。

王粲文有讚美，也有批評，讚美夷齊「守齊人之清概，要既死而不渝。厲清風於貪士，立果志於懦夫」；批評夷齊「知養老之可歸，忘除暴之為念；挈己躬以聘志，愆聖哲之大倫」，似較全面。劉勰指出「王子傷其隘」，只看到一方面，不免有些片面。

　　陳琳和阮瑀的詩，劉勰均未論及，說明他們都不長於作詩。但是，他們都有佳篇，如陳琳的〈飲馬長城窟行〉，阮瑀的〈駕出北郭門行〉，都是我國古代文學史上的名作。〈飲馬長城窟行〉寫秦築長城給人民帶來的深重苦難，格調蒼勁悲涼。陳祚明評曰：「可與漢人競爽。辭氣俊爽，如孤鶴唳空，翩埴凌霄，聲聞於天。」[21]〈駕出北郭門行〉寫一個受後母虐待的孤兒的悲慘遭遇，富有漢樂府民歌風味，與漢樂府〈孤兒行〉是一類作品。陳祚明評曰：「質直悲酸，猶近漢調。」[22]這些都是比較傳誦的篇什。鍾嶸的《詩品》沒有評到陳琳，將阮瑀列入下品，評曰：「平典不失古體」。雖然品評過簡，卻道出這兩首詩的主要特色。張溥論陳琳詩時說：「詩則〈飲馬〉、〈游覽〉諸篇，稍見寄託，然在建安諸子中篇最寥寂。」[23]陳琳詩在建安七子中為數較少，今存只有五首，除〈飲馬長城窟行〉外，張溥提到〈遊覽〉二首。其一云：

> 高會時不娛，羈客難為心。慇懷從中發，悲感激清音。投觴罷歡坐，逍遙步長林。蕭蕭山谷風，黯黯天路陰。惆悵忘旋反，歔欷涕沾襟。

這首詩寫遊子羈旅在外，滿懷悲愁。是遊子思念故鄉，還是仕途失意？就難以斷定。不過詩中自有寄託。其二寫秋風清涼，詩人閑居不

21　《采菽堂古詩選》卷七。
22　《采菽堂古詩選》卷七。
23　《漢魏六朝百三家集》〈陳記室集〉題辭。

娛，驅車訪友，見花木凋零，深感「騁哉日月逝，年命將西傾。建功不及時，鐘鼎何所銘？」表現了「立德垂功名」的思想，都是較有內容的作品。張溥論阮瑀詩時說：「悲風涼日，明月三星，讀其諸詩，每使人愁。」[24]「悲風」二句化用阮瑀詩句。其〈七哀詩〉云：「臨川多悲風，秋日苦清涼。」又云：「三星守故次，明月未收光。」川多悲風，秋日清涼，參星在位，明月當空。此時此景，易生悲愁。所以阮瑀諸詩，如〈七哀詩〉感歎「良時忽一過，身體為土灰」。寫客子「還坐長歎息，憂憂難可忘」。〈雜詩〉寫詩人歸來又離別，「思慮益惆悵，淚下沾裳衣」。〈苦雨〉寫「客行易感悴，我心摧已傷」。〈失題詩〉寫「自知百年後，堂上生旅葵」。皆為愁苦之音，確是讀之「每使人愁」。陳琳，特別是阮瑀詩，流露了人生無常的悲傷，表現了詩人對人生強烈的追求和留戀，顯示了人的覺醒，值得一提，故而補上一筆。

四　徐幹以賦論標美

　　劉勰認為徐幹因為他善於寫作辭賦和論說文章而享有美名。其實曹丕早已說過：「王粲長於詞賦，徐幹時有齊氣，然粲之匹也。如粲之〈初征〉，〈登樓〉、〈槐賦〉、〈征思〉，幹之〈玄猿〉、〈漏卮〉、〈圓扇〉、〈桔賦〉，雖張、蔡不過也。」[25]又說：「觀古今文人，類不護細行，鮮能以名節自立。而偉長獨懷文抱質，恬淡寡欲，有箕山之志，可謂彬彬君子者矣。著《中論》二十餘篇，成一家之言，辭義典雅，足傳於後，此子為不朽矣。」[26]顯然，劉勰的立論是繼承了曹丕的觀點。

　　徐幹的辭賦，曹丕提到的四篇，除〈圓扇賦〉殘留「惟合歡之奇

24　《漢魏六朝百三家集》〈陳記室集〉題辭。

25　《典論》〈論文〉。

26　〈與吳質書〉。

扇，肇伊洛之纖素。仰明月以取象，規圓體之儀度」四句[27]外，其他三篇全都散失。徐幹賦今存八篇，即〈齊都賦〉、〈西征賦〉、〈序征賦〉、〈從征賦〉、〈哀別賦〉、〈喜夢賦〉、〈圓扇賦〉和〈車渠椀賦〉，皆為殘篇。大都剩下數句，實在看不出他在辭賦方面的卓越成就。

〈齊都賦〉殘文較多，其開頭指出齊國國都是「神州之奧府」，接著寫道：

> 其川瀆則洪河洋洋，發源崑崙，九流分逝，北朝滄淵，驚波沛厲，浮沫揚奔。南望無垠，北顧無鄂，兼葭蒼蒼，莞菰沃若。駕鵝鶬鴰，鴻雁鷺鴇，連軒翬霍，覆水掩渚。瑰禽異鳥，群萃乎其間，戴華蹈縹，披紫垂丹，應節往來，翕習翩翩。靈芝生乎丹石，發翠華之煌煌。……

徐幹筆下的洋洋黃河，其景色確實氣勢雄壯，優美動人。無怪乎劉勰將他列為「魏晉之賦首」之一，說「偉長博通，時逢壯采」[28]。

此外，值得一提的是〈序征賦〉。這是建安十三年（208），徐幹跟隨曹操南下，參與赤壁之戰後寫的。賦云：「余因茲以從邁兮，聊暢目乎所經。……沿江浦以左轉，涉雲夢之無陂。從青冥以極望，上連薄乎天維。刊梗林以廣塗，填沮洳以高蹊。寧循環其萬艘，亘千里之長湄。行兼時而易節，迄玄氣之消微。」都與赤壁之戰有關。「涉雲夢」，寫曹操在赤壁敗後，至雲夢大澤。「萬艘」寫赤壁之戰中劉袁的蒙沖鬥艦數以千計，被曹操部署在沿江。「玄氣之消微」，寫赤壁之敗，時在冬末。惜此賦殘缺過甚，僅殘存百餘字，已無法見到其大部分內容了。

27　《太平御覽》七〇二、八一四引。

28　《文心雕龍》〈詮賦〉。

　　徐幹有〈七喻〉一篇，雖不以賦名篇，實屬賦體。自漢代枚乘作〈七發〉以來，歷代「七」體作品頗多。蕭統《文選》選錄枚乘〈七發〉、曹子建〈七啟〉、張景陽〈七命〉三篇。《文心雕龍》〈雜文〉篇說：「自〈七發〉以下，作者繼踵。……觀其大抵所歸，莫不高談宮館，壯語畋獵。窮瑰奇以服饌，極蠱媚之聲色。甘意搖骨體，豔詞動魂識，雖始之以淫侈，而終之以居正。然諷一勸百，勢不自反。子雲所謂先騁鄭衛之聲，曲終而奏雅者也。」這裡，劉勰對「七」體作品的內容和特點進行了概括。徐幹的〈七喻〉並沒有超出劉勰所概括的「七」體內容。〈七喻〉是寫一位逸俗先生，隱居山岩之下，「萬物不干其志，王公不易其好」。有一位「賓」勸他說：

　　　　大宛之犠，三江之魚，雲鵁水鵠，熊蹯豹胎。黼幬施於宴室，華蓐布乎象床。懸明珠於長韜，燭宵夜而為陽。玄鬢擬於雲霧，豔色過乎芙蓉。揚蛾眉而微睞，雖毛、施其當。……

以鋪陳的方法寫飲食之可口，住所之豪華，婦女之豔麗。語言誇飾而華美，是典型的「七」體作品。只是殘缺不全，無法窺其全貌了。

　　徐幹的論說文章，據曹丕說有《中論》二十餘篇。今存《中論》二十篇，當有殘缺，《群書治要》收錄其〈復三年喪〉、〈制役〉逸文二篇。《四庫全書總目》九十一說它「大都闡發義理，原本經訓，而歸之於聖賢之道，故前史皆列之儒家」，是屬於思想方面的著作。雖然如此，它仍有文學方面的論述，如：

　　　　《詩》曰：「執轡如組，兩驂如舞。」言善御者可以為國也。（〈賞罰〉）
　　　　《詩》曰：「駕彼四牡，四牡項領。我瞻四方，蹙蹙靡所騁。」傷道之不遇也。（〈爵祿〉）

　　《詩》曰:「相彼鶺鴒,載飛載鳴。我日斯邁,而月斯征。夙
興夜寐,無忝爾所生。」遷善不懈之謂也。(〈貴驗〉)

　　《詩》曰:「高山仰止,景行行止。」好學之謂也。(〈治學〉)

　　《詩》曰:「伐木丁丁,鳥鳴嚶嚶。出自幽谷,遷於喬木。」
言朋友之義,務在切直,以升於善道也。(〈貴驗〉)

　　《詩》曰:「顯顯卬卬,如珪如璋,令聞令望,愷悌君子,四
方為綱。」舉珪璋以喻其德,貴不變也。(〈修本〉)

徐幹對《詩經》的評論,充滿了濃厚的儒家思想。《中論》大約作於
建安二十一年（216）,當時儒家思想日趨衰微,像《中論》這種以儒
家思想為指導的學術著作是不多見的。在文學理論批評方面,像徐幹
這樣評論《詩經》的也是不多見的。《中論》受到劉勰的重視,這是
因為劉勰的學術思想和徐幹是完全一致的。

　　徐幹的詩歌,劉勰在《文心雕龍》〈明詩〉篇中論及。他認為建安
初年,五言詩飛躍發展。在詩歌創作的道路上,曹丕,曹植兄弟,「縱
轡以騁節」;王粲、徐幹、應瑒、劉楨,「望路而爭驅」。他們詩歌的
內容和風格基本上是相同的。這說明徐幹的詩歌創作是有成績的。鍾
嶸《詩品》將他列入「下品」,說:「……偉長與公幹往復,雖曰以莛
叩鐘,亦能閑雅矣。」意思是說,徐幹和劉楨唱和,雖然是以小草撞
巨鐘,但也能寫得頗為優雅。徐幹雖被列入「下品」,但鍾嶸說:「預
此宗流者,便稱才子。」(〈詩品序〉)也說明徐幹詩是可取的。

　　徐幹詩今存九首。其中〈為挽舡士與新娶妻別〉一首作者,《玉
臺新詠》卷二作魏文帝（曹丕）,《藝文類聚》二九作徐幹,尚有爭
議,難以斷定。徐幹詩以〈室思〉最為著名。此詩一組六首,前五首
寫女子對遠方丈夫的思念,最後一首寫女子希望對方不要忘卻舊情。
其三云:

> 浮雲何洋洋，願因通我詞。飄飆不可寄，徒倚徒相思。人離皆
> 復會，君獨無返期。自君之出矣，明鏡暗不治。思君如流水，
> 何有窮已時。

女子想請天上的浮雲把自己的思念之情帶給丈夫。但是，浮雲飄走
了，她低徊無告，空自相思。他人離別了都會再次歡聚，唯獨你沒有
歸期！自君離別後，我的明鏡已蒙上灰塵，我思念你啊好似滔滔不絕
的流水，哪有停止奔流之時。這個女子思念丈夫之情，細膩委婉，如
泣如訴。「自君」四句，親切自然，尤為傳誦。其六云：

> 人靡不有初，想君能終之。別來歷年歲，舊恩何可期？重新而
> 忘故，君子所尤譏。寄身雖在遠，豈忘君須臾？既厚不為薄，
> 想君時見思。

寫女子在痛苦的思念之中，希望丈夫不忘故人，表現了女子對被遺棄
的擔心和恐懼。寫得如見其人，如聞其聲，親切動人。語言樸素，情
感真摯，描寫細緻，有一唱三歎的情韻。沈德潛謂此詩「情極深至」[29]，
誠然。

　　除了賦、論、詩之外，劉勰還論到徐幹的哀辭。《文心雕龍》〈哀
弔〉篇說：「建安哀辭，惟偉長差善，〈行女〉一篇，時有惻怛。」說
明徐幹有〈行女哀辭〉之作。摯虞《文章流別論》說：「建安中，文
帝、臨淄侯各失稚子，命徐幹、劉楨等為之哀辭。」這樣事情就更清
楚了，是曹丕、曹植各失幼子，徐幹、劉楨奉命為他們作哀辭。但
是，徐、劉所作哀辭均已散失，我們今天已無從見到。劉勰說徐作
〈行女哀辭〉「時有惻怛」，看來，寫得還是比較感人的。

---

29 《古詩源》卷六。

　　《文心雕龍》〈程器〉篇在指出許多文士、將相的品德缺點之後，肯定了徐幹「沉默」，即沉靜淡泊的品德。並且說：「豈曰文士，必其玷歟？」難道說文人都一定有缺點嗎？不是也有徐幹等人品德高尚嗎？據〈先賢行狀〉說：「幹清玄體道，六行修備，聰識洽聞，操翰成章，輕官忽祿，不耽世榮。」[30]劉勰認為徐幹的這一品德是應受到讚揚的。

　　《徐幹集》五卷，《隋書》〈經籍志〉、《舊唐書》〈經籍志〉、《新唐書》〈藝文志〉皆著錄，唯《宋史》〈藝文志〉不見著錄。大約是宋代散失了。明代張溥輯《漢魏六朝百三名家集》，沒有《徐幹集》。直至清宣統三年（1911），丁福保輯《漢魏六朝名家集初刻》，才輯得《徐偉長集》一卷，可見建安七子中，徐幹的作品散失最為嚴重。但是，生活在齊、梁時代的劉勰，見到徐幹的作品有五卷之多，他的論斷應是比較全面的，也是比較正確的。

五　劉楨情高以會采

　　在「建安七子」中，劉楨的文學成就較高。曹丕指出：「公幹有逸氣，但未遒耳。其五言詩之善者，妙絕時人。」[31]又說：「劉楨壯而不密。」[32]曹丕認為劉楨有超逸的才氣，但是其文章勁健而不夠精密。其五言詩中的佳作，高妙超過當時人。鍾嶸繼承了曹丕的觀點。他說：「降及建安，曹公父子，篤好斯文；平原兄弟，郁為文棟；劉楨、王粲，為其羽翼。……故知陳思為建安之傑，公幹、仲宣為輔……斯皆五言之冠冕，文詞之命世也。」[33]這是說，曹操父子都酷

---

30 《三國志》〈王粲傳〉注引。

31 〈與吳質書〉。

32 《典論》〈論文〉。

33 〈詩品序〉。

愛文學，曹丕、曹植兄弟，為當時文壇上的棟樑。劉楨、王粲是他們文學集團的成員。而曹植為建安文壇上的傑出作家，劉楨、王粲次之。他們都是五言詩史上的尖子，文壇上舉世聞名的作家。這個評價是很高的。因此，《詩品》將劉楨、王粲列入「上品」。不過鍾嶸在具體評論時，似又有區別，其評劉楨說：

> 仗氣愛奇，動多振絕。真骨凌霜，高風跨俗。但氣過其文，雕潤恨少。然自陳思以下，楨稱獨步。

這裡指出，除陳思王曹植之外，劉楨是獨一無二的。其評王粲說：

> 發秋愴之詞，文秀而質羸。在曹、劉間，別構一體。方陳思不足，比魏文有餘。

這裡指出，王粲在曹植、劉楨之間，另外形成一種風格。其詩歌成就比曹植不足，比曹丕有餘。鍾嶸認為，劉楨、王粲的詩歌成就都不如曹植，但是，除曹植之外，劉楨是獨一無二的。這又說明王粲的成就較之劉楨又略遜一籌，這種看法和劉勰不同。劉勰認為王粲為「七子之冠冕」，等而次之，劉楨的文學成就自在王粲之下。不過劉勰對劉楨的詩文創作也作了充分的肯定，他說「劉楨情高以會采。」[34]這是說劉楨以高尚的情操從事詩文創作。

　　劉楨的詩歌，《文心雕龍》〈明詩〉篇說，建安初期，五言詩蓬勃湧現。曹丕、曹植在文學道路上縱馬奔馳而有節制，王粲、徐幹、應瑒、劉楨，也望著前面的路爭先恐後地驅馬趕上去。可見在建安詩壇上，劉楨也是一位重要詩人。劉楨詩今存十幾首，以〈贈從弟〉三首

---

34 〈才略〉。

比較著名。這三首詩都是用比興手法寫的，第一首寫蘋藻，比喻人品行的高潔；第二首寫松柏，比喻人操守的清正；第三首寫鳳凰，比喻人志向的高遠，藉以勉勵他的堂弟，如第二首：

> 亭亭山上松，瑟瑟谷中風。風聲一何盛，松枝一何勁。冰霜正慘淒，終歲常端正。豈不罹凝寒，松柏有本性。

這首詩以不畏風寒的松柏為喻，勉勵他的堂弟要有堅貞不屈的操守。語言樸素，氣勢勁健，頗能代表劉楨的詩歌風格。鍾嶸說他的詩「真骨凌霜，高風跨俗」，實為公評。劉勰也說：「曹、劉以下，圖狀山川，影寫云物，莫不纖綜比義，以敷其華，驚聽回視，資此效績。」[35] 大約就是指這一類詩篇。

劉楨詩也善於描寫景物，如〈公宴詩〉云：

> 月出照園中，珍木鬱蒼蒼。清川過石渠，流波為魚防。芙蓉散其華，菡萏溢金塘。靈鳥宿水裔，仁獸游飛梁。華館寄流波，豁達來風涼。……

這裡寫的是西園夜景。月照西園，園中的樹木、流水、花鳥、樓閣……是那樣清新、幽美、迷人。曹植的〈公讌〉詩頗有名，其寫西園夜景云：「清夜遊西園，飛蓋相追隨。明月澄清景，列宿正參差。秋蘭被長坂，朱華冒綠池。潛魚躍清波，好鳥鳴高枝。」較之劉楨詩，似略勝一籌，但是劉詩自具特色。

劉楨還有〈鬥雞詩〉一首，別有情趣。其寫丹雞的神態和鬥雞的情景十分生動逼真，是不可多得之作。

---

35 〈比興〉。

〈明詩〉篇說，四言詩以雅正流暢為本，五言詩以清新華麗為主。認為劉楨詩具有清麗的特點。我們結合劉楨〈公宴〉等詩來看，確實如此。

除了詩歌之外，劉勰最重視劉楨的箋記。他說：「公幹箋記，麗而規益，子桓弗論，故世所共遺：若略名取實，則有美於為詩矣。」（《文心雕龍》〈書記〉）這是說，劉楨的箋記，寫得有文采而有益於規勸。曹丕在《典論》〈論文〉中沒有論及，所以被世人遺忘了。如果拋開聲譽，只看實質，那麼，他的箋記比詩更美。劉楨的箋記今存〈諫平原侯植書〉、〈與曹植書〉、〈答曹丕借廓落帶書〉三篇。〈諫平原侯植書〉云：「家丞邢顒，北方之彥。少秉高節，玄靜澹泊，言少理多，真雅士也。楨誠不足同貫斯人，並列左右。而楨禮遇殊深，顒反疏簡，私懼觀者將謂君侯習近不肖，禮賢不足，采庶子之春華，忘家丞之秋實。為上招謗，其罪不小，以此反側。」文字簡練，最有益規勸。〈與曹植書〉，表示對曹植「哀憐」自己的感激之情。通過比喻，點破事理，寫得明白曉暢。〈答曹丕借廓落帶書〉，是因曹丕借廓落帶，寫了這封書信，作為答覆。廓落帶，即鉤落帶，是一種有鉤的皮帶。借廓落帶本是一件細微的小事，劉楨卻借此大作文章，原來事出有因。《三國志》〈王粲傳〉注引《典略》云：「文帝嘗賜楨廓落帶，其後師死，欲借取以為像，因書嘲楨云：『夫物因人為貴，故在賤者之手，不御至尊之側。今雖取之，勿嫌其不反也。』」曹丕的來信如此，劉楨的回信說，荊山之璞，隨侯之珠，南垠之金，鼲貂之尾，這四件寶物，「伏朽石之下，潛汙泥之中，而揚光千載之上，發彩疇昔之外，亦皆未能初自接於至尊也。夫尊者所服，卑者所脩也；貴者所御，賤者所先也」。曹丕與劉楨開玩笑，劉楨的回答，妙語如珠，發人深思。劉勰說劉楨的箋記「有美於為詩」，是否如此，尚可考慮。但是，應該承認，這些箋記確有可取的地方。可惜他的箋記失散過多，我們今天只能看到這些了。

　　劉楨的文論，今天能見到的只有劉勰在《文心雕龍》中轉引的幾句話了。〈風骨〉篇說：「公幹亦云：孔氏卓卓，信含異氣，筆墨之性，殆不可勝。」〈定勢〉篇說：「劉楨云：文之體勢有強弱，使其辭已盡而勢有餘，天下一人耳，不可得也。」劉勰認為：「君山公幹之徒，吉甫士龍之輩，泛議文意，往往間出，並未能振葉以尋根，觀瀾而索源。」

　　《文心雕龍》的〈風骨〉篇和〈定勢〉篇中引用劉楨的話，出處今已不詳。《南齊書》〈陸厥傳〉載陸厥與沈約書說：「劉楨奏書，大明體勢之致。」「文之」四句，是直接論文章體勢的：「孔氏」四句論「氣」，亦與體勢關係密切，可能都出自劉楨的「奏書」。「奏書」全文已散失，殘存的這兩段文字，前段專論孔融，劉楨認為，孔融很傑出，他的確具有特異的氣質，他的文章中所表現的才情，大概別人是比不上的。對孔融的評價是很高的。以氣論文，始於曹丕。曹丕《典論》〈論文〉說：「文以氣為主，氣之清濁有體，不可力強而致。」對劉楨一樣，都是重視「氣」的。後段專論文章的體勢。「文之體勢有強弱」一句有誤，研究者說法不一，楊明照認為當作「文之體勢，實有強弱」[36]。這段話的意思是說，文章的體勢，有強有弱，要是文辭已盡而體勢有餘，那是天下絕無僅有的作家，是不可多得的。文章的體勢是怎樣產生呢？文章根據內容確定體裁，隨著體裁的確定，自然形成一定的體勢，即文體風格。劉楨認為，文章能做到文辭已盡而體勢有餘的作家是不可多得的。劉勰引用劉楨的話，是為了論述「風骨」和「定勢」問題，並指出他的文論沒有能夠振葉尋根，觀瀾索源，即未能尋究儒家的學說，所以對後人沒有什麼益處。劉勰對劉楨文論的批評不一定是正確的，而由於他的引用，使我們能夠看到劉楨對一些文學問題的看法，吉光片羽，彌足珍貴。

36　《文心雕龍校注拾遺》，頁 256。

　　《文心雕龍》〈體性〉篇說：「吐納英華，莫非情性。」即作家寫出來的精彩作品，無不出自他的情性。劉勰舉出「公幹氣褊，故言壯而情駭」。即劉楨的氣量狹小，容易激動，所以作品語言雄壯而情意動人。關於「氣褊」，有不同的解釋，有人引用《三國志》〈王粲傳〉注引《典略》說：「其後太子嘗請諸文學，酒酣坐歡，命夫人甄氏出拜。坐中眾人咸伏，而楨獨平視。」認為這是「氣褊」的表現。有人以劉楨寫〈答曹丕借廓落帶書〉，是出於「氣褊」。解釋雖然不一，但我們完全可以理解劉楨「氣褊」的個性特點對他文學創作自然會有影響的。

　　劉勰對劉楨的論述主要就是這些。由於劉楨的作品散失較多，我們也不可能對他的作品進行全面的評述了。

六　應瑒學優以得文

　　應瑒，是汝南（今河南汝南東南）人。汝南應氏，人才濟濟。應瑒的祖父應奉字世叔，「才敏善諷誦，故世稱『應世叔讀書，五行俱下』。著〈後序〉十餘篇，為世儒者。」應瑒的伯父應劭「亦博學多識，尤好事。諸所撰述《風俗通》等，凡百餘篇」。[37]應瑒之弟應璩，「博學好屬文，善為書記」。應瑒之侄應貞，「少以才聞，能談論」[38]。應瑒自己曾任五官將文學，曹丕說他「常斐然有述作意，其才學足以著書，美志不遂，良可痛惜」[39]。所以劉勰說他「學優以得文」，即應瑒才學秀優善於作文，此所謂「文」，應包括詩賦。

　　應瑒的詩，〈明詩〉篇說：「王、徐、應、劉，望路而爭驅。」這是說，在建安詩壇上，應瑒和王粲、徐幹、劉楨一樣，爭先恐後。他

37　《三國志》〈王粲傳〉注引華嶠《漢書》。
38　《三國志》〈王粲傳〉注引《文章敘錄》。
39　〈與吳質書〉。

作為「建安七子」之一，是當時一名重要的詩人。應瑒詩今存六首。
〈侍五官中郎將建章臺集詩〉一首，被選入《文選》。這是一首公宴
詩，詩人以雁自喻，其中寫道：「遠行蒙霜雪，毛羽日摧頹。常恐傷
肌骨，身損沈黃泥。簡珠墮沙石，何能中自諧？欲因雲雨會，濯翼陵
高梯。良遇不可值，伸眉路何階？」無非希望曹丕提攜，使自己能身
處高位。不過表達委婉，音調悲切，不同於一般的應酬詩。此詩因選
入《文選》，流傳較廣，歷來受到人們的稱譽。陳祚明說：「德璉〈侍
集〉一詩，吞吐低佪，宛轉深至，意將宣而復頓，情欲盡而終含。務
使聽者會其無已之衷，達於不言之表，此申訴懷來之妙術也。如濟水
既出王屋，或見或伏，不可得其澎湃，然澎湃之勢畢具矣。」[40] 孫月
峰說：「寫旅雁情事絕妙，音調悲切而溜亮，即代雁為詞格尤奇。」[41]
皆言之有理。

　　應瑒另有〈別詩〉二首，寫行役之悲苦。其一云：

　　　朝雲浮四海，日暮歸故山。行役懷舊土，悲思不能言。悠悠涉
　　　千里，未知何時旋。

開端寫朝雲。朝雲浮游四海，在日暮之時終歸故山，以之興遊子遠遊
他鄉，懷念故土，不知何時方能歸去。詩短情長，動人心弦。陳祚明
說：「淺淺語，自然入情。」（同上）確實如此。其他如〈鬥雞詩〉，
雖不如曹植、劉楨的〈鬥雞詩〉，其寫二雞酣鬥，不分勝負的情景，
亦頗生動。鍾嶸《詩品》卷下謂應瑒詩「平典不失古體」[42]，乃其詩
之主要特徵。

　　應瑒的賦，《文心雕龍》〈詮賦〉篇並未論及，但是，他的辭賦創

40　《采菽堂古詩選》卷七。
41　于光華《重訂文選集評》卷五引。
42　據《吟窗雜錄》本。

作是較有成就的，所以張溥說：「德璉善賦，篇目頗多。」[43]他的賦今存十五篇，皆有殘缺。有的只殘存兩句，如〈贊德賦〉、〈西征賦〉，就是如此。這樣的賦作，我們已無法了解其具體內容。比較值得我們注意的有〈正情賦〉、〈西狩賦〉。〈正情賦〉寫求愛不遂，彷徨路側，輾轉不安，耿耿達晨。類似陶淵明的〈閑情賦〉。〈閑情賦序〉云：「初張衡作〈定情賦〉，蔡邕作〈靜情賦〉，檢逸辭而宗澹泊，始則蕩以思慮，而終歸閑正，將以抑流宕之邪心，諒有助於諷諫。綴文之士，奕代繼作，並因觸類，廣其辭義。」「奕代繼作」，就包括應瑒這篇〈正情賦〉。賦中寫一位美女云：

> 夫何媛女之殊麗兮，姿溫惠而明哲。應靈和以挺質，體蘭茂而瓊潔。方往載其鮮雙，曜來今而無列。發朝陽之鴻暉，流精涕而傾洩。既榮麗而冠時，援申女而比節。

以誇張手法描寫美女容貌之美妙，品德之無雙。形象鮮明，頗為生動。

〈西狩賦〉大約作於建安十八年（213），這一年，曹丕隨曹操出獵，命陳琳、王粲、應瑒、劉楨並作校獵之賦。《文章流別志論》云：「建安中，魏文帝從武帝出獵，賦，命陳琳、王粲、應瑒、劉楨並作。琳為〈武獵〉，粲為〈羽獵〉，瑒為〈西狩〉，楨為〈大閱〉。凡此各有所長，粲其最也。」[44]陳琳〈武獵賦〉、劉楨〈大閱賦〉已佚，無由得見。王粲〈羽獵賦〉、應瑒〈西狩賦〉，僅存殘篇，尚可窺其一斑。〈西狩賦〉云：

> 於是魏公乃乘雕輅，駟飛黃，擁簫鐙，建九幢，按轡清途，颯沓風翔。於是圍網周合，雷鼓天震。千乘長羅，萬表星陳。雙

43　《漢魏六朝百三家集》〈應德璉、休璉集〉題辭。
44　《古文苑》卷七王粲〈羽獵賦〉章樵注引。

翼伉旌，八校祖分。長燧電舉，高烟蔽雲。爾乃徒輿並輿，方
軌連質。驚飈四駭，沖禽驚溢。騁獸塞野，飛鳥蔽日。爾乃赴
玄谷，陵崇巒，俯摯奔猴，仰捷飛猿。……

這裡是寫曹操率領眾人出獵的情景，曹操乘車直奔獵場，眾人撒下了
圍捕鳥獸的羅網。鼓聲喧天，煙霧蔽雲，鳥獸四處逃散，眾人乘興追
擊，滿載而歸。場面十分壯觀。

　　在「建安七子」中，除王粲而外，應瑒的賦，數量較多，且有一
定的成就，應引起我們的重視。

　　《文心雕龍》〈序志〉篇還提到應瑒的「文論」。這篇「文論」，
清黃叔琳注云：「應瑒集有〈文質論〉。」范文瀾注引〈文質論〉全
文。因為此論論的是政治，不是文學，所以，范氏云：「此論無關於
文，姑錄之。」應瑒「文論」是不是指〈文質論〉，難以確定。我認
為〈文質論〉既非論文，應瑒「文論」當另有所指。因所指「文論」
今已不存，那麼，劉勰批評應瑒「文論」「華而疏略」，自然也無從理
解了。

　　在建安文壇上，曹氏父子是中心人物，他們愛好、提倡文學，重
視人才，對當時文學的發展起了促進作用。「建安七子」，除孔融之
外，都是曹氏父子周圍的著名文人。陳壽在王粲等傳後評曰：「昔文
帝、陳王以公子之尊，博好文采，同聲相應，才士並出，惟粲等六人
最見名目。」[45]王粲等人都對建安文學作出了自己的貢獻。《文心雕
龍》〈時序〉篇云：

自獻帝播遷，文學蓬轉，建安之末，區宇方輯。魏武以相王之
尊，雅愛詩章；文帝以副君之重，妙善辭賦；陳思以公子之

45 《三國志》卷二十一。

豪，下筆琳琅；並體貌英逸，故俊才雲蒸，仲宣委質於漢南，
孔璋歸命於河北，偉長從宦於青土，公幹徇質於海隅，德璉綜
其斐然之思，元瑜展其翩翩之樂，文蔚休伯之儔，于叔德祖之
侶，傲雅觴豆之前，雍容衽席之上；洒筆以成酣歌，和墨以籍
談笑。觀其時文，雅好慷慨，良由世積亂離，風衰俗怨，並志
深而筆長，故梗概而多氣也。

劉勰對建安文學的分析是十分精闢的。他指出建安文學的特徵是：
「志深而筆長」，「梗概而多氣」，即情志深遠，筆力允沛，文章慷慨
而富於氣勢。真是深中肯綮。這不僅是曹氏父子的特徵，也是「建安
七子」的共同特徵。

一九九〇年四月

捷而能密　文多兼善

──劉勰論王粲

　　王粲是「建安七子」中成就最高的作家，這是今天古典文學研究者所公認的。可是，當時卻不是這樣認為的。曹丕說：「今之文人，魯國孔融文舉，廣陵陳琳孔璋，山陽王粲仲宣，北海徐幹偉長，陳留阮瑀元瑜，汝南應瑒德璉，東平劉楨公幹。斯七子者，於學無所遺，於辭無所假，咸以自騁驥騄於千里，仰齊足而並馳。以此相服，亦良難矣。」[1]這是說，「建安七子」皆如良駿，並馳千里，不相上下，曹植說：「雖今古作者，可略而言也。昔仲宣獨步於漢南，孔璋鷹揚於河朔，偉長擅名於青土，公幹振藻於海隅，德璉發跡於此魏，足下（楊修）高視於上京，當此之時，人人自謂握靈蛇之珠，家家自謂抱荊山之玉。」[2]這是說，王粲、陳琳等人，個個自恃其才，各不相讓。如此說來，他們在當時是不分高下的。在歷史上首先指出王粲的文學成就超過「建安七子」中其他六人的是劉勰，他說：「仲宣溢才，捷而能密，文多兼善，辭少瑕累，摘其詩賦，則七子之冠冕乎！」[3]這個論斷，在今天看來仍是正確的。

1　《典論》〈論文〉。

2　〈與楊德祖書〉。

3　《文心雕龍》〈才略〉。

一

　　劉勰認為王粲「文多兼善」，同時又指出，標誌他的文學創作最
高成就的是詩賦，這裡先談劉勰對他的詩歌評論。

　　〈明詩〉篇說：「暨建安之初，五言騰踴，文帝、陳思，縱轡以
騁節，王、徐、應、劉，望路而爭驅，並憐風月，狎池苑；述恩榮，
敘酣宴；慷慨以任氣，磊落以使才，造懷指事，不求纖密之巧，驅辭
逐貌，唯取昭晰之能：此其所同也。」這一段話總論建安詩歌。劉勰
認為建安時期是五言詩的繁榮時期。在當時詩壇上曹丕、曹植兄弟縱
轡馳騁，王粲、徐幹、應瑒、劉楨等人也爭先恐後，他們都喜愛風花
雪月，流連清池幽苑，稱述恩寵榮耀，敘寫酣歡盛宴，慷慨激昂地表
現氣勢，光明磊落地施展才能。他們述懷敘事，不追求纖細精密的技
巧，遣詞寫景，只求取明白清晰的效用。這是他們共同的特色。劉勰
的論述基本上是符合事實的。說建安作家「慷慨以任氣，磊落以使
才」，確能抓住特徵。但是，他把他們的作品的內容概括為「憐風
月，狎池苑，述恩榮，敘酣宴」，是片面的，因為這只是他們享樂生
活的寫照。他們都有顛沛流離的生活經歷，其作品的主要內容是反映
動亂的社會現實，抒寫統一天下的理想和建功立業的壯志雄心，寫得
慷慨而富於氣勢。〈時序〉篇論述建安文學說：「觀其時文，雅好慷
慨，良由世積亂離，風衰俗怨，並志深而筆長，故梗概而多氣也。」
這裡，劉勰認為建安文學的慷慨激昂、富於氣勢，是由於長期社會動
蕩，風氣衰落，人心怨恨以及作者情志深刻、筆意深長造成的，這個
分析深刻地道出了建安文學的特色，是極為精闢的。

　　作為建安時期著名作家的王粲，他的詩篇具有建安文學的共同特
色。王粲詩今存二十七首。這些詩歌的主要內容和建安時期的其他作
家一樣，反映了東漢末年動亂的社會現實，表現了詩人渴望統一祖國

的理想和建功立業的雄心。如〈七哀詩〉三首中為人們所熟知的第一首，描寫了他在董卓部將李傕、郭汜的變亂中離開長安所見的情景。詩歌一開始就點出李傕、郭汜之亂，正是在這次變亂中，他被迫離開長安的。一走出長安城的大門，他所見到的是什麼呢？只有「白骨蔽平原」的淒慘景象。他還見到路旁的「飢婦人」，棄子草間，揮淚離去的慘絕人寰的事實。「未知身死處，何能兩相完？」令人耳不忍聞，深刻地揭露了當時的戰亂給人民帶來的災難和痛苦。「南登霸陵岸，回首望長安，悟彼下泉人，喟然傷心肝！」透露了詩人生活在亂世而思念賢明的君主。「下泉」是《詩經》的篇名。〈毛詩序〉云：「下泉，思治也，曹人……思明王賢伯也。」一說「下泉」，即九泉之下，因灞陵是漢文帝的墓地，「下泉人」，指的是漢文帝，漢文帝是西漢賢君，這裡也寄託了詩人思念明君，渴望政治清明的思想。這首詩寫得悲涼沉痛，真切動人，是建安詩歌中的名作。〈七哀詩〉三首的第二首是寫詩人寄居荊州思念故鄉的詩篇，第三首是寫邊地寒冷，荒漠的慘景，都生動地體現了建安詩歌的特色。

當然，王粲像曹植、劉楨等人一樣，也寫過「憐風月，狎池苑，敘酣宴」的作品，如〈公讌詩〉。這類詩歌除寫「佳餚」、「旨酒」、「管弦」、「杯行」之外，在結尾的地方往往加上幾句歌功頌德的話，如「願我賢主人，與天享巍巍。克符周公業，奕世不可追」之類。一般地說，這類應酬的詩篇是了無足取的。王粲的〈公讌詩〉，今僅存一首，餘皆散失，可見時間的評判是最公平，最無情的，另外，〈雜詩〉四首的第一、二首，寫流連山水，歡樂忘歸，都屬於這類作品。

在王粲為數不多的詩篇中，還有〈俞兒舞歌〉四首。《晉書》〈樂志上〉云：「……舞曲有〈矛渝本歌曲〉、〈安弩渝本歌曲〉、〈安臺本歌曲〉、〈行辭本歌曲〉，總四篇。其辭既古，莫能曉其句度。魏初，乃使軍謀祭酒王粲改創其詞。粲問巴渝帥李管、種玉歌曲意，試使歌，聽之，以考校歌曲，而為之改為〈矛渝新福歌曲〉、〈弩渝新福歌

曲〉、〈安臺新福歌曲〉、〈行辭新福歌曲〉、〈行辭〉以述魏德。」由此可知，王粲參加過曹魏的制禮作樂的工作。不過這些作品在藝術上模仿《詩經》，在思想內容上只是歌功頌德而已，並沒有什麼價值。

此外，還有一些贈答之作，下面將談及，這裡就從略了。

王粲生活在動亂的時代，他「遭亂流離，自傷情多」，所以他的詩歌主要反映動亂的時代，風格蒼涼悲慨，沉雄豪健，表現了建安詩歌的基本特色。但是，有的研究者把王粲的作品以他歸附曹操（208）為界分為前後兩期，認為他前期作品「最能體現建安文學的特色」，而「歸附曹操後，他政治地位起了變化，常與鄴下文人詩賦唱和，『憐風月，狎池苑，述恩榮，敘酣宴』，成為這一時期創作的主要內容。」[4] 我們認為，把王粲後期作品的主要內容如此概括是值得商榷的。王粲歸附曹操後，建安十三年（208）「辟為丞相掾，贈爵關內侯」，建安十六年（211）「遷軍謀祭酒」，建安十八年（213）「拜侍中」，確是官運亨通。但是，他還是多次從曹操出征，如建安十三年十二月，隨曹操自江陵征劉備，參加赤壁之戰。建安十六年七月，隨曹操西征馬超。建安十七年十月，隨曹操征孫權。建安十八年正月，隨曹操進軍濡須口。建安二十一年十月，從曹操征吳。[5] 艱苦的戰鬥生活仍然是他的詩歌創作的主要源泉。如〈七哀詩〉的第三首，寫邊城的荒涼、寒冷，戰爭給人民帶來的災難。〈從軍行〉五首寫從軍的苦樂，都寫於後期。這些詩歌是王粲後期詩歌的主要內容，表現了他的詩歌的基本特色。至於〈公讌詩〉之類的作品，的確反映了詩人生活的一個方面，不過，這仍然是次要的方面。

劉勰論述四言詩和五言詩的特點時，又論及王粲，他說：「若夫四言正體，則雅潤為本；五言流調，則清麗居宗，華實並用，惟才所安。故平子得其雅，叔夜含其潤，茂先凝其清，景陽振其麗。兼善則

4　《王粲集》〈校點說明〉。

5　均據《王粲集》附錄〈王粲年譜〉。

子建，仲宣，偏美則太沖、公幹。」[6]劉勰認為，詩歌的特點，四言詩以雅正、潤澤為主；五言詩以清新、華麗為主。張衡、嵇康、張華、張協各具其中一種特點，而王粲兼善四言、五言，具備上述各種特點。這裡對王粲詩歌的評價是很高的。

　　王粲的四言詩今存只有四首，《文選》收入〈贈蔡子篤〉、〈贈士孫文始〉、〈贈文叔良〉三首。這三首詩都是贈別之作，主要是寫離情別緒，有的流露出對「悠悠世路，亂離多阻」的感嘆，有的表現了真摯的友情，有的是對奉使友人的勸戒，都是較好的詩篇，摯虞正確地指出「王粲所與蔡子篤及文叔良、士孫文始、楊德祖詩，及所為潘文則作思親詩，其文當而整，皆近於〈雅〉矣。」[7]的確，王粲的四言詩顯然受到《詩經》「二雅」的影響，具有雅正、潤澤的特點。從《詩經》開始的四言詩，發展到建安時期，已漸趨衰落。曹操創作了一些優秀的四言詩，也無力東山再起了。曹操以後，王粲、嵇康、陶淵明等都有較好的四言詩，但已無法挽回頹勢，不得不讓位給新興的五言詩。較之四言詩，五言詩是詩歌形式的一個很大的發展和進步。五言詩比起四言詩來，雖然每句只多一個字，而實際上多出了一個天地，使詩歌更加富有表現力。劉勰看不到這一點，認為四言詩是「正體」，五言詩只是「流調」。這種看法是尊經思想的表現，顯然是落後於文學發展的形勢的。

　　王粲的五言詩標誌著他詩歌創作的主要成就。著名的〈七哀詩〉和〈從軍行〉是人們比較熟悉的，現在以〈雜詩〉為例，看看它的語言清新、華麗的特點。

　　　　日暮遊西園，冀寫憂思情。曲池揚素波，列樹敷丹榮，上有特棲鳥，懷春向我鳴，褰衽欲從之，路險不得征。徘徊不能去，

6　《文心雕龍》〈明詩〉。

7　《文章流別論》，《古文苑》卷八〈思親為潘文則作〉章樵注引。

> 佇立望爾形。風飆揚塵起，白日忽已冥。回身入空房，托夢通
> 精誠。人欲天不違，何懼不合併！

這首詩寫詩人暮遊西園，因思念友人而產生的憂思。這個友人是誰
呢？很可能是曹植。劉履說「此蓋仲宣在荊州，昔因曹子建寄贈而以
是答之。故其詞意終篇相合。所謂『棲鳥』，喻子建也。『向我鳴』
者，謂其贈詩以相勸也。風揚塵而白日冥，亦以喻天道之變革。至於
托夢通誠，此可見其羈旅憂思之際，感子建之情念，而歸魏之心已決
然矣。」[8]吳淇也說：「此詩與子建贈詩，不惟格調相同，且字句相
類，如後人擬詩然。想亦答子建之詩。」[9]劉、吳都認為王粲答曹植
之作，這是有可能的。但是，劉履斷為王粲在荊州時的作品就不對
了。因為此詩開頭就說「日暮遊西園」。按西園，即銅雀臺園。曹丕
詩云：「逍遙步西園。」[10]曹植詩云：「清夜遊西園」。[11]遊的都是銅雀
臺園。這所園林是曹丕、曹植與王粲、徐幹、應瑒、劉楨、阮瑀等人
聚會遊宴的地方。左思〈三都賦〉〈魏都賦〉張載注云：「文昌殿西有
銅雀園，園中有魚池。」[12]可見銅雀臺園在魏都鄴城之西，即遺址在
今河北臨漳西南。王粲明明說的是暮遊西園，排遣憂思。怎能說此詩
寫於荊州呢？吳淇似乎看到了這一點，他說：「舊注謂粲在荊州，子
建以詩寄之。今復細玩，乃粲已至鄴下。」[13]這個推測是對的。
　　劉、吳都以為王粲的〈雜詩〉是答曹植之作，現在我們看看曹植
的原作〈贈王粲〉：

8　《選詩補注》卷 2。

9　《六朝選詩定論》卷 6。

10　〈芙蓉池作〉。

11　〈公宴〉。

12　《文選》卷 6。

13　《六朝選詩定論》。

端坐苦愁思，攬衣起西遊。樹木發春華，清池激長流，中有孤
鴛鴦，哀鳴求匹儔，我願執此鳥，惜哉無輕舟，欲歸忘故道，
顧望但懷愁。悲風鳴我側，羲和逝不留。重陽潤萬物，何懼澤
不周？誰令君多念，遂使懷百憂。

這首詩與王粲的〈雜詩〉寫法極為相似。可以說：「重陽」二句之前
都是逐句相似的，只是最後兩句的意思為王粲〈雜詩〉所無。黃節
說：「建安諸子為詩，往往互相模擬。」[14]所以這種現象也不奇怪。問
題是究竟誰模擬誰的呢？根據劉履、吳淇的分析，自然是王粲模擬曹
植的。而黃節認為：「粲詩或為植而發，植此詩蓋擬粲詩作也。」[15]與
劉、吳的看法完全相反。我們且不論這兩首詩到底是誰模擬誰的。以
其語言風格上來看，都表現了清新、華麗的特點。這就是劉勰所說的
「兼善則子建、仲宣」。

二

其次，談劉勰對王粲辭賦的評論。
〈詮賦〉篇說：「及仲宣靡密，發篇必遒；偉長博通，時逢壯
采；太沖安仁，策勛於鴻規；士衡子安，底績於流別；景純綺巧，縟
理有餘；彥伯梗概，情韻不匱；亦魏晉之賦首也。」劉勰認為，王
粲、徐幹、左思、潘岳、陸機、成公綏、郭璞、袁宏八家是魏晉辭賦
的突出代表。有魏一代辭賦家，這裡提到的只有王粲、徐幹二人。這
一看法可以追溯到曹丕。曹丕在《典論》〈論文〉中說：「王粲長於辭
賦，徐幹時有齊氣，然粲之匹也。如粲之〈初征〉、〈登樓〉、〈槐

14　《曹子建詩注》卷1〈贈王粲〉詩注。
15　《曹子建詩注》卷1〈贈王粲〉詩注。

賦〉、〈征思〉，幹之〈玄猿〉、〈漏卮〉、〈團扇〉、〈桔賦〉，雖張蔡不過也；然於他文未能稱是。」曹丕論建安之學，提到的辭賦作家也只有王粲、徐幹兩家。這一觀點為劉勰所繼承。徐幹不屬我們討論的範圍，現在來看看王粲的辭賦作品。

　　王粲的辭賦今存二十六篇（包括殘句），其中最有代表性的是《文選》收錄的〈登樓賦〉。

　　〈登樓賦〉作於荊州。賦中說：「遭紛濁而遷逝兮，漫逾紀以迄今。」古時以十二年為一紀。王粲於初平三年（192），與王凱、士孫萌等離長安往荊州避亂，依劉表，到登樓作賦時已超過十二年，則此賦當作於建安十年（205）至十三年（208）間。王粲所登之樓在何處呢？《文選》卷十一〈登樓賦〉李善注引盛弘之《荊州記》云：「當陽城樓，王仲宣登而作賦。」這是說樓在當陽，六臣注《文選》劉良注云：「仲宣避難荊州，依劉表，遂登江陵城樓，因懷歸而有此作，述其進退危懼之狀。」這是說樓在江陵。俞紹初〈王粲年譜〉[16]根據《水經注》卷三十二「沮水」云：「沮水又東南逕驢城西、磨城東，又南逕麥城西，⋯⋯又南逕楚昭王墓，東對麥城，故王仲宣之賦〈登樓〉云：『西接昭丘，是也。沮水又南與漳水合焉。』」又「漳水」云：「漳水又南逕當陽縣，又南逕麥城東，王仲宣登其東南隅，臨漳水而賦之曰：『夾清漳之通浦，倚曲沮之長洲』是也。」確定王粲所登之樓為麥城城樓，也有根據，稽之史籍，建安十三年，劉琮投降曹操，王粲隨曹操進軍江陵，於當陽長坂擊破劉備，途經麥城，登樓作賦是有可能的。但是，仔細玩味此賦所表達的思想感情，我們感到確定此賦寫於王粲勸劉琮降曹之後，與理不合。按王粲歸曹之後，即辟為丞相掾，並賜爵關內侯，不應對曹操如此不滿，似以李善說為是。

　　〈登樓賦〉寫王粲流落荊州，不為劉表所重視。他懷才不遇，因

16　《王粲集》附錄二。

而產生思鄉之情。登樓原為消憂，而觸景生情，思鄉更甚。全賦表達了他的濃郁的思鄉之情。

這篇賦是全篇押韻的，根據用韻的不同，我們可以把它分為三個部分。

第一部分寫登樓所見。一開頭寫登樓，而登樓的目的是為了「銷憂」，緊扣主題。登樓之後，寫城樓及其周圍的景色。先總提一句，概括地寫出城樓的地勢的顯豁開闊，罕與倫比。下面詳寫，城樓下臨清澈的漳水，背靠曲折的沮水中的長洲。北邊地勢高平，是廣闊的原野，南邊低窪潮濕，是可灌溉的河流。北邊直到陶朱公范蠡的墓地。西邊與楚昭王的陵園相接。花果遮遍原野，莊稼布滿田疇。荆州的景色如此美好，物產這樣豐富，而詩人卻認為：「雖信美非吾土兮，曾何足以少留！」為什麼呢？這是因為王粲沒有受到劉表的重視，自己有才能而不能得到施展的機會，懷才不遇使他更加思念故鄉，而思鄉之情卻充滿了懷才不遇的憂愁。

第二部分寫詩人眷眷懷歸之情。王粲流落荆州已十二年以上了，思鄉之情十分殷切。他憑欄遠眺，遙望北方。當時的帝都長安，王粲的家鄉山陽高平（今山東鄒縣西南）都在北方。詩人面向北方，表示眷懷故都，思念家鄉。向著廣闊的北方平原望去，卻被荆山遮斷了視線。歸去的路啊！曲折而又漫長；途中的河流啊！長而又深。想到故鄉阻隔，不禁使人涕淚橫流，這是直接抒發思鄉之情，感情激盪，寫得真實感人。由於自己深深地思念故鄉，自然聯想到歷史上一些人物對故土的懷念。孔子在陳國，曾有「歸歟！歸歟！」的感歎。春秋時楚國人鍾儀，曾被鄭國所俘，轉獻給晉國，晉國國君讓他彈琴，他彈的是楚地的樂曲。戰國時越國人莊舃，本是出身微賤的人，在楚國做了大官，但他在病中仍操越音。這些人都懷念故土，哪裡會因為貧困和顯貴的不同而有不同的心情。王粲引用這些典故藉以說明古往今來人們的思念之情總是一樣的，以此表達他的思鄉之苦。

　　第三部分寫時光飛逝，壯志難酬的苦悶。時光消逝，而太平日子卻遙遙無期。希望天下太平，他就可以憑藉帝王的力量來施展才能。令人擔心的是，自己像瓠瓜，白白地懸著，無人食用，像井水，淘治乾淨了，無人汲取。王粲連用兩個典故說明自己的品德才能都好，擔心無人用他。這裡從正面點出王粲的思鄉實由懷才不遇引起的。此時詩人在城樓上徘徊，眼看著太陽就要西下了。只見寒風四起，天空暗淡無光。野獸慌慌張張尋找牠們的同伴，鳥兒相對悲鳴，展翅高飛。原野上一片寂靜，無人勞作，只有征夫在趕路。眼前淒涼的景象，對詩人內心的悲憤苦悶起了襯托作用。詩人內心悲傷，情懷淒慘，沿著樓梯下來，鬱悶之氣充滿胸膛。直到夜半仍不能入睡，輾轉反側，想來想去，十分惆悵。王粲登樓，本為消除憂愁，結果是觸景生情，愁上加愁。

　　這篇抒情小賦，從登樓寫到下樓，從白天寫到傍晚，以時間和遊覽活動為順序，段落分明，脈絡清晰，並注意前後照應，充分表現本篇結構緊密、寫情細膩的特點，這大概就是劉勰所說的「靡密」吧！在表現手法上，詩人把寫景和抒情緊密地結合起來，使人感到景中有情，情景交融。字裡行間流露出來的強烈的感情，使人感到作品充沛有力。這也許就是劉勰所說的「發篇必遒」，通行的本「篇」作「端」。「發端必遒」，如結合〈登樓賦〉等王粲的辭賦來看，實在看不出來。唐寫本《文心雕龍》，「端」作「篇」是正確的，以〈登樓賦〉來看，正是體現了這一特點。

　　王粲的辭賦，今存的多殘缺不全，曹丕提到的〈初征〉、〈登樓〉、〈槐賦〉、〈征思〉等賦，除〈登樓賦〉之外，均已殘缺。如〈思征賦〉（當即曹丕所說的〈征思賦〉）僅存兩句。今天，我們對這些作品分析評判是有困難的。不過，從王粲所有的辭賦來看，劉勰所說的特點還是可以看出來的。如〈羽獵賦〉寫打獵的情景：

　　相公乃乘輕軒，駕四駱，拊流星，屬繁弱。選徒命士，咸與竭
　　作，旌旗雲擾，鋒刃林錯。揚輝吐火，曜野蔽澤。山川於是乎
　　搖蕩，草木為之以摧落。禽獸振駭，魂亡氣奪。舉首觸網，搖
　　足遇撻。陷心裂胃，潰腦破顙。鷹犬競逐，奕奕霏霏，下韝窮
　　蹀，搏肉噬肌。墜者若雨，僵者若坻。清野滌原，莫不殲夷。

　　這裡，先寫曹操乘輕車，手執弓箭，帶領徒眾出獵。只見旗幟如雲，
利刃如林，發出的光輝和碰擊的火星照遍原野和沼澤。山河為之動
搖，草木為之凋零。然後寫禽獸受驚，喪魂失魄。那些飛禽走獸，有
的觸網，有的被擊，有的心碎胃裂，有的腦潰顙破。為蒼鷹所搏擊
的，墜落如雨；被擊斃的獵物，堆積如小丘。打掃獵場，禽獸全部被
殲滅。

　　這是描寫曹操出獵的情景，晉人摯虞說：「建安中，魏文帝從武
帝出獵賦，命陳琳、王粲、應瑒、劉楨並作。陳琳為〈武獵〉。粲為
〈羽獵〉，瑒為〈西狩〉，植為〈大閱〉。凡此各有所長，粲其最
也。」[17]這裡告訴我們王粲〈羽獵賦〉寫作的原因，對我們理解這篇
小賦是有幫助的。同時還可以看出摯虞對此賦的評價是比較高的。今
天看來，這也還是有道理的，一般地說，魏晉的抒情小賦，較少用鋪
敘，而這篇小賦用鋪敘的手法描寫曹操打獵的情景，極為細密，而且
表現得也比較遒勁有力。同樣的例子，如〈游海賦〉描寫海中的珍
寶，五光十色，使人眼花繚亂。〈浮淮賦〉描寫作者從曹操南征，寫
淮水行舟的情景，頗為壯觀。這些描寫都是用的鋪敘手法，都有細
密、遒勁的特點，與劉勰「靡密」「發篇必遒」的評論完全吻合。

　　魏晉時期詠物的小賦比較盛行，王粲也寫了不少詠物小賦，如
〈瑪瑙勒賦〉、〈車渠椀賦〉、〈槐樹賦〉、〈柳賦〉、〈白鶴賦〉、〈鸚賦〉、

17　《文章流別論》，《古文苑》卷七王粲〈羽獵賦〉章樵注引。

〈鸚鵡賦〉、〈鶯賦〉等，這些小賦多借物抒情，如〈車渠椀賦〉云：
「挺英才於山嶽，含陰陽之淑貞。」〈槐樹賦〉云：「稟天然之淑姿。」
〈鶡賦〉云：「信才勇而勁武。」「歷廉風與猛節，超群類而莫與。」
都有自況的意思。至於〈柳賦〉云：「人情感於舊物，心惆悵以贈
慮。」〈鸚鵡賦〉云：「噭哀鳴而舒憂。」〈鶯賦〉云：「就隅角而斂
翼，倦獨宿而宛頸。」都或多或少地寄寓作者的某種心情。這些詠物
小賦也多在不同程度上表現出王粲辭賦描寫細密和風格遒勁的特點。

三

　　最後，談劉勰對王粲其他作品評論。

　　王粲除詩賦以外，還有一些其他作品。劉勰在〈哀弔〉篇中說：
「胡阮之弔夷齊，褒而無聞（間）；仲宣所制，譏訶實工。然則胡阮
嘉其清，王子傷其隘，各志也。」這是評論王粲的〈弔夷齊文〉，劉
勰認為後漢胡廣的〈弔夷齊文〉和三國魏阮瑀的〈弔伯夷文〉，只有
褒揚而無批評。王粲的〈弔夷齊文〉云：「知養老之可歸，忘除暴之
為世（仁）；潔己躬以騁志，愆聖哲之大倫。」大意是說，伯夷、叔
齊知道周文王善於養老人就去投奔他，卻不懂得周武王討伐殷紂，為
民除暴就是「仁」，他們潔身而實現自己不食周粟的志向，卻違背了
「聖人」所倡導的君臣大倫。這是對伯夷、叔齊進行了批評。劉勰肯
定這種批評是比較好的。他認為胡廣、阮瑀讚美伯夷、叔齊的清高，
王粲不滿他們的狹隘，是各人的思想認識不同的緣故。劉勰的分析當
然是對的，不過，還應看到王粲批評伯夷、叔齊和他投奔曹操的生活
經歷有關。

　　〈雜文〉篇說：「自〈七發〉以下，作者繼踵。觀枚氏首唱，信
獨拔而偉麗矣。及傅毅〈七激〉，會清要之工；崔駰〈七依〉，入博雅
之巧；張衡〈七辨〉，結采綿靡；崔瑗〈七厲〉，植義純正；陳思〈七

啟〉，取美於宏壯；仲宣〈七釋〉，致辨於事理。自桓麟〈七說〉以下，左思〈七諷〉以上，枝附影從，十有餘家」。

這裡評論枚乘〈七發〉以後，漢魏西晉摹仿〈七發〉寫作的作品，其中包括王粲的〈七釋〉。

枚乘〈七發〉，後世仿作很多，梁卞景有〈七林〉十卷，又有〈七林〉三十卷[18]，所以蕭統《文選》列有「七」體。劉勰對枚乘的〈七發〉的評價是比較高的，他說：「及枚乘摛豔，首制〈七發〉，腴辭雲構，誇麗風駭，蓋七竅所發，發乎嗜欲，始邪末正，所以戒膏粱之子也。」[19]這是說，〈七發〉是枚乘首先創作的，它繁富的文辭如雲湧，華麗的描寫如風起。這是指〈七發〉的語言特點，〈七發〉的內容是寫音樂、飲食、車馬、宮苑、田獵、觀濤、要言妙道七件事。劉勰把它概括為「七竅所發，發乎嗜欲」是不準確的。在表現方法上是「始邪末正」，目的是為了告戒貴族子弟。枚乘〈七發〉從內容到形式的特點，已成為後來「七」體作品的模式，王粲的〈七釋〉當然也不例外。

王粲的〈七釋〉已殘缺不全，不過其基本內容還是可以看出來。文章開頭寫潛虛丈人避世隱居，無為無欲。有某大夫勸他與世人一樣「進德修業」，不要藏身深山，無所事事。並用七件事來開導他：一寫飲食之美，有「霜熊之掌，文鹿之茸」，有「黿羹蠵臛，晨鳧宿鶉，山珍海味，美不勝收」；二寫「邯鄲才女，三齊巧士」的「名唱秘舞」，使人「亂精蕩神」；三寫田獵，「僵禽連積，隕鳥若雨」，人人滿載而歸；四寫「麗才美色」。他們「豐膚曼肌，弱骨纖形。鬒髮雲鬢，修項秀頸。紅顏照曜，曄若苕榮。戴明中之羽雀，雜華鑷之葳蕤，珥照夜之雙璫，煥煠煒以垂暉。」皆傾國傾城。最後講的是「聖人在位……登俊於隴畝，舉賢方於仄微。置彼周行。列於邦畿，九德

18 《隋書》〈經籍志〉〈總集類〉。

19 〈雜文〉。

咸事，百僚師師……於是四海之內，咸變時雍……普天率土，比屋可封……是以棲林隱谷之夫，逸跡放言之士，鑒乎有道，貧賤是恥」。大意是說，當時「聖人」在位，居住於鄉野的傑出之才皆登朝為官，出身微賤的有才之士也被舉薦。賢能的人當朝，各種好事都能做到。當時四海清平，全國人民都很善良。因此隱士們也應明白這些，以貧賤為羞恥了。這一大概就是所謂「要言妙道」。由於全文殘缺，照例要說的七件事，只剩下五件，而且這五件事也都不完整。不過大致內容是可以了解的。以整篇文章來看，的確如劉勰所說的「致辨於事理」，即致力於事理的辨析。

〈論說〉篇說：「魏之初霸，術兼名、法，傅嘏、王粲、校練名理。……詳觀蘭石之〈才性〉，仲宣之〈去代（伐）〉，叔夜之〈辨聲〉，太初之〈本玄〉，輔嗣之〈兩例〉，平叔之〈二論〉，並師心獨見，鋒穎精密，蓋人倫之英也。」劉勰認為王粲能考核名實，推論事理，所以長於撰寫談論文字。《三國志》〈王粲傳〉注引《典略》云：「粲才既高，辨論應機。鍾繇、王朗等雖各為卿相，至於朝廷奏議，皆閣筆不能措手。」於此可見一斑。至於王粲的〈去代（伐）論〉，據《隋書》〈經籍志〉三載：「《去伐論集》三卷，王粲撰。」劉勰認為，王粲的〈去代（伐）論〉等篇，都有自己的見解，文筆鋒利，持論精密，是當時論文中的傑作。但是，由於王粲的〈去代（伐）〉和《去伐論集》三卷已失傳，我們無法對劉勰的評論進行評判了。

雖然劉勰對王粲的作品只是有重點地作了論述，並且也有一些較好的作品，如〈為劉荊州諫袁譚書〉、〈為劉荊州與袁尚書〉等皆未論及，但是，從以上的論述中，我們已可看出王粲「文多兼善」的才能。至於「捷而能密」，是王粲藝術構思的特點。這是說他的文思敏捷而又嚴密，《三國志》〈王粲傳〉說：「（王粲）善屬文，舉筆便成，無所改定，時人常以為宿構；然正復精意覃思，亦不能加也。」頗足以說明王粲的這一特點。還有《文心雕龍》〈體性〉篇說：「仲宣躁銳

（競），故穎出而才果。」這是說王粲急躁而爭強好勝，所以他鋒芒
畢露而才識果斷。這種性格對他作品風格的形成有一定的影響，與他
構思「捷而能密」卻是兩回事。但是，他們是一致的，相應的，劉勰
對王粲性格特徵的分析，有助於我們了解他「捷而能密」的特點。

　　王粲是建安時期的一個文思敏捷，才能出眾的作家，歷代作家和
批評家對他的評論是比較多的，如曹植說他「文若春花，思若湧泉，
發言可詠，下筆成章。」[20]謝靈運說他「遭亂流寓，自傷情多。」[21]
鍾嶸評他的詩是「發愀愴之詞，文秀而質羸。」[22]這些評論都是很中
肯的，但是比較概括，不如劉勰所論具體、深刻，劉勰不僅指出了王
粲「捷而能密」的特點，而且，知人論世，分別論述了王粲「文多兼
善」的具體的內容。劉勰對王粲的主要文學成就詩賦論述較詳，指出
他在「建安七子」中成就最高。對於王粲的其他如弔、七、論等類作
品也不忽略，可以說對王粲進行了比較全面的評價。這為我們今天研
究建安文學提供了一些珍貴的資料和有價值的見解，應該引起我們的
重視。

　　　　　　　　　　　　　　　　　　　　　一九八三年十二月

20　〈王仲宣誄〉。

21　〈擬魏太子鄴中集詩序〉。

22　《詩品》卷上。

灑筆以成酣歌　和墨以藉談笑
──劉勰論「魏氏三祖」

　　「魏氏三祖」是指魏太祖武帝曹操、魏高祖文帝曹丕、魏烈祖明帝曹睿。在《文心雕龍》中，劉勰對他們都有精湛扼要的論述。這些論述，每條雖然往往只有三言兩語，但是，綜合起來，常常是比較完整的作家論，對我們研究作家頗有啟發。應當引起我們的重視。本文擬就劉勰對「魏氏三祖」的論述，加以評論，不當之處，還望方家和讀者指正。

一　論曹操

　　曹操，字孟德，是傑出的政治家、軍事家，也是傑出的文學家。劉勰說：「魏武以相王之尊，雅愛詩章。」[1]徵之史籍，確實如此。曹操博覽群書，手不釋卷。曹丕《典論》〈自敘〉云：「上雅好詩書文籍，雖在軍旅，手不釋卷。」《三國志》〈魏書〉〈武帝紀〉注引〈魏書〉云：「（曹操）御軍三十餘年，手不捨書，晝則講武策，夜則思經傳，登高必賦，及造新詩，被之管弦，皆成樂章。」其著作，《隋書》〈經籍志〉著錄：「魏武帝集二十六卷，梁三十卷，錄一卷。梁又有武皇帝逸集十卷，亡。」「魏武帝集新撰十卷。」宋以後亡佚。明代有輯本。據中華書局一九七四年出版的《曹操集》，曹操詩今存二十

1　《文心雕龍》〈時序〉下引《文心雕龍》，只注明篇名。

六首[2]。文今存一百四十篇（包括殘篇）。

曹操的詩歌都是樂府詩。有四言的、五言的、雜言的。從詩歌的內容看，大致可分為三個方面：

一是反映當時動亂的社會現實。如他的〈薤露行〉、〈蒿里行〉都是這方面的著名作品。前詩寫董卓之亂給人民帶來的災難。西元一八九年四月，漢靈帝死，少帝即位，年十四歲。何太后臨朝，宦官專權。大將軍何進密召董卓進京誅滅宦官，謀洩，何進被殺，少帝被劫持。董卓兵到，少帝還宮，卓旋廢少帝，立陳留王劉協為帝，協年九歲，卓自任相國。關東州郡起兵討董卓。卓逼獻帝劉協遷都長安，驅民數百萬入關，沿途死傷無數。卓兵縱火焚燒洛陽，至二百里內，屋室蕩盡，滿目淒涼。此詩就是這一悲慘現實的寫照。後詩寫漢末各地軍閥討伐董卓，爭權奪利，百姓遭殃。「白骨露於野，千里無雞鳴。生民百遺一，念之斷人腸。」寫軍閥混戰給人民造成的痛苦，慘不忍睹，使人肝腸寸斷。明人鍾惺說此詩是「漢末實錄，真詩史也」[3]，洵為的評。

二是表達自己的政治抱負和政治理想。如〈短歌行〉。此詩開頭「對酒當歌，人生幾何」，雖然流露了一些消極思想。但是，其基調是高昂的。「青青子衿，悠悠我心。但為君故，沉吟至今。呦呦鹿鳴，食野之蘋。我有嘉賓，鼓瑟吹笙。」表現了詩人求賢若渴的心情。「山不厭高，水不厭深，周公吐哺，天下歸心。」表明一個君主如能像周公那樣對待賢者，天下的人自然會衷心擁護你。這樣慷慨悲涼的名篇，抒寫了自己的政治抱負，也表現了詩人橫槊賦詩的英雄氣概。清人陳祚明說：「此是孟德言志之作。」[4]確實如此。

---

2 集中〈塘上行〉一首，《樂府詩集》作魏武帝作，而其題解則認為係甄后所作。《玉臺新詠》作甄后作，而題下又曰：「一作魏武帝辭。」從內容看，當以甄后作為是。

3 《古詩歸》卷七。

4 《采菽堂古詩選》卷五。

　　曹操的〈對酒〉和〈度關山〉，都是寫自己的政治理想的。前者描繪了一幅太平盛世的圖景；後者說當政者應當勤儉、守法、愛民，二者的思想是一致的。

　　為了實現自己的政治抱負和理想，必須具有雄心壯志。〈步出夏門行〉「東臨碣石」一首是描繪自然景色的名作，借大自然的美景表現詩人壯闊的情懷。「神龜雖壽」一首中說：「老驥伏櫪，志在千里。烈士暮年，壯心不已。」形象地寫出詩人進入晚年而壯心不已。

　　三是游仙詩。詩人還寫了一些游仙詩。如〈氣出唱〉寫「駕六龍，乘風而行」，〈陌上桑〉寫「駕虹蜺，乘赤雲」，〈秋胡行〉寫「我居崑崙山」，「神人共遠遊」，〈精列〉寫「思想崑崙居」，「志意在蓬萊」，都表現了詩人追求長生的思想。這是當時社會上道教人士服食求仙行為在詩人思想上的反映。

　　以上詩歌創作表明，說曹操「雅愛詩章」，是完全符合事實的。

　　曹操的散文，大都是令、教、書、表，多為殘篇。按照魯迅的分析，他的散文具有清峻、通脫的特點。他被魯迅許為「改造文章的祖師」[5]，評價是比較高的。劉勰對曹操的散文有一些比較具體的論述。

　　〈章表〉篇云：「曹公稱為表不必三讓，又勿得浮華。所以魏初表章，指事造實，求其靡麗，則未足美矣。」曹操說為表不必三讓，當出於建安元年（196），曹操〈上書讓增封〉云：「臣雖不敏，猶知讓不過三。所以仍布腹心，至於四五，上欲陛下爵不失實，下為臣身免於苟取。」「不必三讓」與「讓不過三」，表達有異，寓意實同。又為表「勿得浮華」，出處無考。有的研究者引用《三國志》〈魏書〉〈武帝紀〉注引《魏書》曰：「（操）雅性節儉，不好華麗，後宮衣不錦繡，侍御履不二采，帷帳屏風，壞則補納，茵蓐取溫，無有繡飾。」[6]此敘曹操生活儉樸，借此說明曹操要求章表「勿得浮華」，實

<hr>

5　〈魏晉風度及文章與藥及酒之關係〉。

6　詹鍈《文心雕龍義證》〈章表〉篇注。

風馬牛不相及也。劉勰指出：「魏初表章，指事造實，求其靡麗，則未足美矣。」所論甚是。劉師培亦認為漢魏之際「奏疏之文，質直而屏華」[7]，所見略同。我認為，魏初章表質直之風，與曹操的提倡當有一定的關係。

〈詔策〉篇云：「魏武稱作敕戒當指事而語，勿得依違，曉治要矣。」意思是說，曹操說撰寫敕戒，應當根據事實說活，不得猶豫不決，這樣就懂得治術了。曹操論敕戒語無考。曹操所稱敕戒，即戒敕。〈詔策〉篇還說道：「漢初定儀則，則命有四品：一曰策書，二曰制書，三曰詔書，四曰戒敕。」而戒敕的作用是「敕戒州部」。這些論述的根據是蔡邕的《獨斷》。《獨斷》云：「漢天子正號曰皇帝，自稱曰朕……其命令一曰策書，二曰制書，三曰詔書，四曰戒書。」又云：「戒書，戒敕刺史太守及三邊營官。被敕文曰『有詔敕某官。』是為戒敕也。」從戒敕的作用看，曹操提出的寫作要求是很恰當的，故為劉勰所引用。

〈章句〉篇云：「昔魏武論賦，嫌於積韻，而善於資代。」積韻，指重複多韻。資代，《玉海》作貿代，是。貿，指變化。貿代，這裡是指換韻。曹操論賦語已不可考。賦基上是押韻的。押韻的規律常見的是隔句押韻，也有逐句押韻的。如古賦和文賦，押韻則比較自由。但是，不論怎樣押韻，韻腳皆不宜重複。韻腳重複不僅使人感到韻律單調，而且也影響文情的表達。所以，曹操關於賦作用韻的看法是完全正確的。

〈章句〉篇又云：「又詩人以兮字入於字限，《楚辭》用之，字出於句外。尋兮字成句，乃語助餘聲。舜詠〈南風〉，用之久矣。而魏武弗好，豈不以無益文義耶！」這裡講的是曹操對詩歌中兮字的態度。劉勰認為，《詩經》用的兮字在句內，《楚辭》用的兮字在句外。

7　《中國中古文學史》第三課〈論漢魏之際文學變遷〉〈附錄〉。

此說不全面，《詩經》用的兮字有在句內的，如〈蓼莪〉：「父兮生我，母兮鞠我。」也有用在句外的，如〈采葛〉：「如三月兮」，「如三秋兮」，「如三歲兮」等。《楚辭》用的兮字有在句外的，如〈離騷〉：「皇覽揆余於初度兮，肇錫余以嘉名。名余曰正則兮，字余曰靈均。」也有在句內的，如〈招魂〉：「魂兮歸來哀江南。」曹操不喜在自己的作品中用兮字，這是他的自由，無可非議。他認為兮字「無益文義」，即對作品內容沒有益處，是不恰當的。事實上兮字作為語助詞，對作品內容的表達是有一定作用的。

　　〈事類〉篇云：「故魏武稱張子之文為拙，然學問膚淺，所見不博，專拾掇崔、杜小文，所作不可悉難，難便不知所出，斯則寡聞之病也。」這一段話是說，曹操批評張子文章的拙劣。其原因是學問膚淺，見聞不廣，專門拾取崔、杜二人的小文來寫作，寫出的文章經不起追究，一追究便不知出處。這是孤陋寡聞的毛病。張子為誰？趙仲邑根據《三國志》〈邴原傳〉裴松之注引〈邴原別傳〉定為張範。見其《文心雕龍譯注》〈事類〉篇注。崔、杜為誰？楊明照疑為崔駰父子和杜篤。見其《文心雕龍校注拾遺》〈事類〉篇。趙、楊之說未必確切，亦可備一說。〈事類〉篇說：寫文章「才為盟主，學為輔佐，主佐合德，文采必霸，才學褊狹，雖美少功。」曹操批評的張子，就是「才學褊狹」的例子。

　　〈養氣〉篇云：「至如仲任置硯以綜述，叔通懷筆以專業，既宣之以歲序，又煎之以日時，是以曹公懼為文之傷命，陸雲歎用思之困神，非虛談也。」這裡講到王充、曹褒勤苦著書的事蹟，又講到曹操、陸雲對作文苦思影響身體的憂懼與慨歎。曹操的憂懼已不可考。陸雲的慨歎，見〈與兄平原書〉。劉勰的〈神思〉篇已論及藝術構思之艱苦，他說：「相如含筆而腐毫，揚雄輟翰而驚夢，桓譚疾感於苦思，王充氣竭於沉慮，張衡研〈京〉以十年，左思練〈都〉以一紀。」司馬相如、揚雄、桓譚、王充、張衡、左思苦思苦想，勤奮著

述，自然要傷害身體。所以〈神思〉篇又說：「秉心養術，無務苦慮；含章司契，不必勞情也。」〈養氣〉篇強調受精保氣，正是對〈神思〉篇的一個補充。曹操的憂懼只是這個補充的一個例證。

最後要提及的是曹操對人才的愛惜。〈檄移〉篇說：「陳琳之〈檄豫州〉，壯有骨鯁，雖奸閹攜養，章實太甚，發丘摸金，誣過其虐；然抗辭書釁，檄然露骨矣。敢指曹公之鋒，幸哉免袁黨之戮也。」這是說，陳琳的〈為袁紹檄豫州〉一文，說曹操的父親曹嵩是邪惡狡詐宦官的養子，說曹操設置發丘中郎將，摸金校尉專幹掘壙摸金的卑鄙勾當，都太過分了。但是，在袁紹失敗以後，陳琳歸順曹操，曹操並沒有把他殺掉。《三國志》〈王粲傳〉云：「陳琳，字孔璋，避難冀州，袁紹使典文章。袁氏敗，琳歸太祖。太祖謂曰：『卿昔為本初移書，但可罪狀孤而已，惡惡止其身，何乃上及父祖邪？』琳謝罪。太祖愛其才而不咎。」正是由於曹操能愛惜人才，人才才能為其所用，他開創的事業為魏國的建立奠定了基礎。

二　論曹丕

曹丕，字子桓，是三國時魏國的開國皇帝、文學家。他是曹操的次子，其兄曹昂早逝，故曹操的爵位由他繼承。建安二十五年（220），曹丕代漢，為大魏皇帝，在位五年又七個月。魏黃初七年（226），曹丕卒，享年四十。《三國志》〈魏書〉〈文帝紀〉云：「帝好文學，以著述為務，自所勒成垂百篇。」又云：「文帝天資文藻，下筆成章，博聞強識，才藝兼該。」曹丕《典論》〈自敘〉云：「上雅好詩書文籍……余是以少誦詩、論，及長而備歷五經、四部，《史》、《漢》、諸子百家之言，靡不畢覽。」其著作，《隋書》〈經籍志〉著錄《列異傳》三卷，《典論》五卷，《魏文帝集》十卷，梁二十三卷，《士操》

一卷[8]。皆已散失。現在常見的有明張溥輯《漢魏六朝百三名家集》本《魏文帝集》二卷和近人丁福保輯《漢魏六朝名家集初刻》本《魏文帝集》六卷。

曹丕的文學作品有辭賦、詩歌和散文。《文心雕龍》〈時序〉篇說：「文帝以副君之重，妙善辭賦。」曹丕賦今存二十八篇，多為殘篇。其中〈柳賦〉、〈寡婦賦〉、〈出婦賦〉是較好的作品。〈柳賦〉詠柳，實借物以抒情。〈柳賦〉〈序〉云：「昔建安五年，上與袁紹戰於官渡，時余始植斯柳，自彼迄今，十有五載矣。左右僕御已多亡，感物傷懷，乃作此賦。」賦中文云：「感遺物而懷故，俯惆悵以傷情。」曹丕作賦的目的十分明顯。但是，筆鋒一轉，賦中又寫道：「豐弘陰而博復兮，躬愷悌而弗倦。四馬望而傾蓋兮，行旅仰而回眷。秉至德而不伐，豈簡車而擇賤。」寫柳蔭廣被，似寄託了作者的政治抱負和理想，頗不同於一般賦柳感傷之作。〈寡婦賦〉，其〈序〉云：「陳留阮元瑜與余有舊，薄命早亡，每感存其遺孤，未嘗不愴然傷心，故作斯賦，以敘其妻子悲苦之情。」這裡說明了作者作賦的緣由和賦的內容。賦云：「惟生民兮艱危，在孤寡兮常悲。人皆處兮歡樂，我獨怨兮無依。撫遺孤兮太息，俯哀傷兮告誰？三辰周兮遞照，寒暑運兮代臻。歷夏日兮苦長，涉秋夜兮漫漫，微霜隕兮集庭，燕雀飛兮我前。去秋兮就冬，改節兮時寒。水凝兮成冰，雪落兮翻翻。傷薄命兮寡獨，內惆悵兮自憐。」以季節景物的變化，襯托寡婦的哀愁，如泣如訴，淒切動人。〈出婦賦〉寫一個因為無子、色衰被丈夫休棄的婦女的悲哀。賦中寫婦女出門的情景云：「被入門之初服，出登車而就路。遵長途而南邁，馬躕躇而回顧。野鳥翩而高飛，愴哀鳴而相慕。」馬兒躕躇回顧以襯托棄婦的眷戀之情。如此離別，令人黯然神傷。

8　按，「操」當作「丕」。操乃其父諱，不得名書。

　　魯迅說：「曹丕做的詩賦很好。」[9]確實如此。但是，比較起來，曹丕詩的成就高於他的賦。〈明詩〉篇云：「暨建安之初，五言騰踴：文帝、陳思，縱轡以騁節；王、徐、應、劉，望路而爭驅。」這裡將曹丕與曹植並提，說明劉勰對曹丕詩歌成就的重視。但是，從《文心雕龍》全書看，劉勰對曹植的評價還是高於曹丕的。〈明詩〉篇說，四言詩，五言詩「兼善則子建、仲宣。」〈事類〉篇說：「陳思，群才之英也。」〈指瑕〉篇說：「陳思之文，群才之俊也」凡此等等，都表明了劉勰的思想傾向。而鍾嶸《詩品》將曹植列入「上品」，將曹丕列入「中品」，就更為明確了。

　　曹丕的詩歌今存約四十首。樂府詩約佔一半。其中〈燕歌行〉（二首）其一最有名。庾信說：「〈燕歌〉遠別，悲不自勝。」（〈哀江南賦〉）可見這一樂府詩題多半寫離別之情。此詩寫一個女子在秋夜裡懷念她遠方作客的丈夫，語言清麗，情致婉轉，纏綿悱惻，淒婉動人。清人王夫之評曰：「傾情，傾度，傾色，傾聲，古今無兩。」[10]應當指出，〈燕歌行〉是中國文學史上第一首完整的七言詩，在我國詩歌發展史上佔有十分重要的地位。〈雜詩〉二首是曹丕的名作。二首皆寫遊子思鄉之情。「漫漫秋夜長」一首寫秋夜不眠，起而彷徨。白露沾裳，仰望月光。草蟲悲鳴，孤雁南翔。遊子懷鄉，斷絕中腸。「西北有浮雲」一首以浮雲比遊子，隨風漂泊，久留異地，懷念故鄉。清人陳祚明說：「二詩獨以自然為宗。言外有無窮悲感，若不止故鄉之思。寄意不言深遠獨絕，詩之上格也。」[11]〈善哉行〉是四言詩中的名作，亦寫遊子懷鄉之情。詩云：「上山采薇，薄暮苦饑。溪谷多風，霜露沾衣。野雉群雊，猿猴相追。還望故鄉，鬱何壘壘！高山有崖，林木有枝。憂來無方，人莫之知。……」陳祚明評曰：「此

9　〈魏晉風度及文章與藥及酒之關係〉。

10　《古詩評選》卷1。

11　《采菽堂古詩選》卷5。

首客行之感，言之酸楚。發端四句，情在景事中。『憂來無方』言憂始深。意中有一事可憂，便能舉以示人，憂有域也。惟不能示人之憂，戚戚自知，究乃並己亦不自知其何故，耳觸目接，無非感傷，是之謂『無方』。非『無方』二字不能寫之。『高山』二句，興語，高古。……」[12]陳氏所評頗為確切。〈芙蓉池作〉，是遊宴詩中的佳作。此詩一開始就寫道：「乘輦夜行遊，逍遙步西園。」是寫夜遊西園的詩。西園，即銅雀園。曹植〈公宴〉詩云：「公子敬愛客，終宴不知疲。清夜遊西園，飛蓋相追隨。」也是寫自己陪伴曹丕遊銅雀園的事。當時作家如王粲、劉楨、阮瑀、應瑒等人都有這一類遊宴詩。曹丕此詩主要寫園內景色，詩云：「雙渠相溉灌，嘉木繞通川。卑枝拂羽蓋，修條摩蒼天。驚風扶輪轂，飛鳥翔我前。」語言生動，寫景如繪，對後世的山水詩有直接的影響。此類詩作還有〈於玄武陂作〉，寫景亦佳。陳祚明評曰：「柳垂有色，色美在重；群鳥有聲，聲美非一。水光泛濫，與風澹蕩。佳處全在生動。」曹丕還有一些寫自己的政治理想和軍事活動的詩，也有感歎人生無常的詩，就不一一述及了。

　　〈時序〉篇講到曹操、曹丕和曹植「並體貌英逸，故俊才雲蒸」的情況，值得注意。由於曹氏父子尊重人才，所以許多文士聚集在他們周圍。如王粲、陳琳、徐幹、劉楨、應瑒、阮瑀，以及路粹、繁欽、邯鄲淳、楊修等人，他們大都屬於鄴下文人集團。「傲雅觴豆之前，雍容衽席之上，灑筆以成酺歌，和墨以藉談笑。」就是他們活動的情景。曹丕是鄴下文人集團的領袖。他在〈與朝歌令吳質書〉中回憶他們聚會的情況就更為具體了。他說：「每念昔日南皮之遊，誠不可忘。既妙思六經，逍遙百氏，彈棋閒設，終以博弈，高談娛心，哀箏順耳。馳騁北場，旅食南館，浮甘瓜於清泉，沉朱李於寒水。嗷日既沒，繼以朗月，同乘並載，以遊後園，輿輪徐動，賓從無聲，清風

---

12 《采菽堂古詩選》卷 5。

夜起，悲茄微吟，樂往哀來，淒然傷懷。余顧而言，茲樂難常，足下
之徒咸以為然。」歲月荏苒，人生無常。這種愉快的聚會，轉瞬即
逝。建安二十二年（217），瘟疫流行，王粲、徐幹、陳琳、應瑒、劉
楨，相繼去世，昔日美好的聚會成為日後傷心的回憶。不過，這一段
風流佳話卻永遠載入史冊，流傳人間。

　　在文學理論批評方面，曹丕的成就卓越。他的《典論》〈論文〉
是中國文學理論批評史上著名的文學論文。它論述了建安主要作家、
文氣說、文體分類、文學的價值等問題，體現了建安文學的時代精
神。〈序志〉篇論及此文，說：「詳觀近代之論文者多矣。至於魏文述
典，陳思序書，應瑒文論，陸機〈文賦〉，仲洽〈流別〉，弘範〈翰
林〉，各照隅隙，鮮觀衢路。……魏典密而不周，陳書辯而無當，應
論華而疏略，陸賦巧而碎亂。〈流別〉精而少巧，〈翰林〉淺而寡
要。……並未能振葉以尋根，觀瀾而索源。不述先哲之誥，無益後生
之慮。」這裡，對《典論》〈論文〉等文論都進行了批評。《典論》
〈論文〉是細密而不完備。它們共同的缺點是都不能從枝葉尋究到根
本，從觀察波瀾去追溯到源頭。它們不闡述聖人的教導，因此對後人
的寫作是沒有益處的。顯然，劉勰是以儒家思想為標準評論魏晉以來
的文論。這對於反對齊梁時代文學重形式的傾向是具有積極意義的，
但是，同時也反映了劉勰思想的侷限性。

　　劉勰有關曹丕的論述還有涉及文體論、創作論和批評論的內容。

　　〈銘箴〉篇云：「魏文〈九寶〉，器利辭鈍。」曹丕的〈九寶
銘〉，據其《典論》〈劍銘〉序云：「余好擊劍，善以短乘長。選彼良
金，命彼國工，精而煉之，至於百辟。其始成也，五色充爐，棄棄自
鼓，靈物彷彿，飛鳥翔舞。以為寶器九：劍三：一曰飛景，二曰流
采，三曰華鋒。刀三：一曰靈寶，二曰含章，三曰素質。匕首二：一
曰清剛，二曰揚文。露陌刀一：曰龍鱗。因姿定名，以銘其枘。」可
見〈九寶銘〉是三劍，三刀，二匕首，一露陌刀的銘文。這些兵器極

其銳利，而銘文比較質直，故說「器利辭鈍」。

〈諧讔〉篇云：「至魏文因俳說以著《笑書》，薛綜憑宴會而發嘲調。雖抃笑衽席，而無益時用。」曹丕著《笑書》事，未詳。曹丕同時人邯鄲淳著有《笑林》三卷。清人姚振宗曰：「按《文心》〈諧讔〉篇曰：『至魏文因俳說以著《笑書》。』或即是書。淳奉詔所撰者，或即因《笑書》別為《笑林》，亦未可知。」[13]曹丕著《笑書》事，史籍無任何記載，已不可考。

〈諧讔〉篇文云：「自魏代以來，頗非俳優；而君子嘲隱，化為謎語。謎也者，回互其辭，使昏迷也。或體目文字，或圖像品物；纖巧以弄思，淺察以炫辭；義欲婉而正，辭欲隱而顯。荀卿〈蠶賦〉，已兆其體。至魏文、陳思，約而密之。……」曹丕、曹植所作謎語，如劉勰所說是簡約而精密的。但早已失傳，故亦無可考。

〈書記〉篇云：「公幹箋記，麗而規益，子桓弗論，故世所共遺，若略名取實，則有美於為詩矣。」這是說，曹丕在《典論》〈論文〉中沒有論及劉楨的箋記，因而一般人不知道。如果不論稱譽而取其實質，劉楨的箋記比他的詩更美。按劉楨箋記蕭統《文選》未收。近人李詳《文心雕龍補注》引《三國志》〈魏書〉〈邢顒傳〉載劉楨〈諫曹植書〉和〈王粲傳〉注引《典略》劉楨〈答魏文帝書〉，認為「此皆彥和所謂麗而規益者」，誠然。以上是論述《文心雕龍》文體論中涉及曹丕及與其有關的作品。

〈風骨〉篇云：「故魏文稱『文以氣為主，氣之清濁有體，不可力強而致。』故其論孔融，則云『體氣高妙』；論徐幹，則云『時有齊氣』，論劉楨，則云『有逸氣』。公幹亦云：『孔氏卓卓，信含異氣，筆墨之性，殆不可勝。』並重氣之旨也。」曹丕在《典論》〈論文〉中認為「文以氣為主」，提出文氣說。氣原是哲學範疇，曹丕用

13 《隋書經籍志考證》〈子部九〉。

於文學領域。曹丕所謂氣，是指作家的個性、氣質，表現在文章中，即風格。氣有清有濁，即有陽剛之氣和陰柔之氣。這在文章中就形成了俊爽超邁和凝重沉鬱兩種不同的風格。我們知道，風格的形成有多種因素，曹丕僅僅看到作家的個性、氣質，是不夠全面的。但是，曹丕的文氣說對後世有深遠的影響，故受到劉勰的重視。

〈總術〉篇云：「知夫調鐘未易，張琴實難。伶人告和，不必盡窕槬之中；動用揮扇，何必窮初終之韻？魏文比篇章於音樂，蓋有徵矣。」意思是說，敲鐘彈琴都不易，樂師奏樂和諧，不一定音節高低都恰好，樂師彈曲，不一定自始至終皆合音律。曹丕把文章比作音樂，是有根據的。曹丕的比喻，見《典論》〈論文〉，他說：「文以氣為主，氣之清濁有體，不可力強而致。譬諸音樂，曲度雖均，節奏同檢，至於引氣不齊，巧拙有素，雖在父母，不能以移子弟。」文章與音樂確有相似之處，曹丕的比喻是有道理的。以上是論述《文心雕龍》創作論中涉及曹丕的理論。

〈才略〉篇云：「魏文之才，洋洋清綺，舊談抑之，謂去植千里。然子建思捷而才俊，詩麗而表逸；子桓慮詳而力緩，故不競於先鳴；而樂府清越，《典論》辯要，迭用短長，亦無懵焉。似俗情抑揚，雷同一響，遂令文帝以位尊減才，思王以勢窘益價，未為篤論也。」這是以曹丕與曹植比較。劉勰認為曹植「思捷而才俊，詩麗而表逸，」曹丕「樂府清越，《典論》辯要」，各有所長。如「文帝以位尊減才，思王以勢窘益價」，是不公平的。但是，縱觀《文心雕龍》全書，劉勰對曹植的評價仍高於曹丕。這一點前文已經論及，不再重複。這說明劉勰對作家的評價，總體上是客觀的，實事求是的。

〈知音〉篇云：「至於班固、傅毅，文在伯仲，而固嗤毅云『下筆不能自休』。及陳思論才，亦深排孔璋，敬禮請潤色，歎以為美談，季緒好詆訶，方之於田巴，意亦見矣。故魏文稱『文人相輕』，非虛談也。」這是說，班固譏嘲傅毅，曹植排斥陳琳，劉修喜愛批評

別人的文章，都是「文人相輕」的毛病。自古以來的事實證明曹丕說的「文人相輕」，並不是空話。要公正地進行文學批評，不改掉「文人相輕」的毛病是不行的。

〈程器〉篇云：「而近代辭人，務華棄實，故魏文以為『古今文人，類不護細行』。韋誕所評，又歷詆群才。後人雷同，混之一貫。吁可悲矣。」劉勰認為，近代作家力求虛名，不顧實際。所以曹丕以為古今文人都不拘小節，韋誕評論作家多所指責。後人和他們一樣，都認為文人無行。真是可悲啊！這裡，劉勰一面對認為文人都是無行的看法表示不滿；一面希望文人注意品行修養。以上是論述《文心雕龍》批評論中涉及曹丕的一些批評理論。

綜上所述，劉勰對曹丕的評價是比較全面而公允的。

三　論曹睿

曹睿，字元仲，曹丕之子。黃初七年（226），曹丕卒，睿即皇帝位，是為魏明帝，在位十三年。景初三年（239），曹睿卒，享年三十四。《三國志》〈魏書〉〈明帝紀〉注引《魏書》曰：「（睿）自在東宮，不交朝臣，不問政事，唯潛思書籍而已。」其著作，《隋書》〈經籍志〉著錄：「《魏明帝集》七卷，梁五卷，或九卷，錄一卷。」宋以後散失。嚴可均《全三國文》輯錄其文二卷，共九十一篇。逯欽立《先秦漢魏晉南北朝詩》〈魏詩〉卷五輯錄其詩十四首。

〈時序〉篇講到曹睿「制詩度曲」，但是，曹睿詩不如乃父乃祖，所以鍾嶸《詩品》將他列入「下品」，評曰：「曹公古直，甚有悲涼之句。睿不如丕，亦稱三祖。」既然合稱「三祖」，說明曹睿詩還是有一定成就的。清陳祚明說：「明帝詩雖不多，當其一往情深，克

肖乃父。如聞夜明月，長笛清亮，抑揚轉咽，聞者自悲。」[14]給予較好的評價。《采菽堂古詩選》選錄其詩五首，都是樂府詩，其中〈種瓜篇〉較為有名。此詩寫一個新婚女子，以生動的比喻表示要與丈夫一起生活的願望，擔心被丈夫遺棄。這反映了封建社會的婦女的悲慘命運，具有一定的社會意義。

從中國文學史上看，曹睿的樂府詩成就平平，而曹操、曹丕的樂府詩成就是比較高的。劉勰對「魏氏三祖」的樂府詩都持否定態度。〈樂府〉篇云：「至於魏氏三祖，氣爽才麗，宰割辭調，音節靡平。觀其〈北上〉眾引，〈秋風〉列篇，或述酣宴，或傷羈戍。志不出於淫蕩，辭不離於哀思，雖三調之正聲，實〈韶〉、〈夏〉之鄭曲也。」這是說，曹操、曹丕和曹睿三人，氣質爽朗，才情華美，他們改作的歌辭曲調，音調浮靡，節奏平淡，看曹操的〈苦寒行〉、曹丕的〈燕歌行〉等篇，有的敘述歡宴，有的感傷遠征，思想感情不免放蕩，文辭離不開悲哀。雖然他們是平調、清調、瑟調的雅正樂曲，但是與〈韶〉、〈大夏〉等古樂比較，就成了靡靡之音了。劉勰論樂強調「中和之響」，所以對「魏氏三祖」的樂府詩進行了嚴厲的批評。但是，這個批評是不公正的。反映了他保守的儒家正統思想。

〈時序〉篇云：「至明帝纂戎，制詩度曲；徵篇章之士，置崇文之觀，何、劉群才，迭相照耀。」這裡說到魏明帝曹睿即位之後，設置崇文觀，搜羅天下文士。何晏、劉劭等人文采照人。據《三國志》〈明帝紀〉記載：「（青龍四年夏四月）置崇文觀，徵善屬文者以充之。」崇文觀中有哪些文士，主要有何晏和劉劭。何晏是玄學家，《三國志》〈何晏傳〉說他「好老莊言，作《道德論》及諸文賦著述凡數十篇」。據《隋書》〈經籍志〉著錄，有魏尚書《何晏集》十一卷。宋以後散失，嚴可均《全三國文》輯錄其文〈景福殿賦〉、〈道德

---

14 《采菽堂古詩選》卷 5。

論〉、〈無名論〉、〈無為論〉等十四篇。另有《論語集解》完整地保存下來，收入《十三經注疏》中。從文學角度看，他的〈景福殿賦〉最值得重視。此賦描寫許昌景福殿，歌頌曹魏政權，文辭典麗精工，為大賦中的名篇。其詩僅存〈言志詩〉三首，鍾嶸《詩品》評曰：「平叔〈鴻鵠〉之篇，風規見矣。……雖不具美，而文采高麗，並得虯龍片甲，鳳皇一毛。事同駁聖，宜居中品。」[15]按「鴻鵠」，指〈言志詩〉，此詩首句為「鴻鵠比翼飛」。可是，劉勰對何晏詩的評價不同，他說：「及正始明道，詩雜仙心，何晏之徒，率多浮淺。」[16]劉劭是哲學家。他曾受詔編《皇覽》。《三國志》〈劉劭傳〉說：「劭嘗作〈趙都賦〉，明帝美之，詔劭作〈許都賦〉、〈洛都賦〉。時外興軍旅，內營宮室，劭作二賦，皆諷諫焉。……凡所撰述，〈法論〉、〈人物志〉之類百餘篇。」他最有名的著作是《人物志》，此書探討封建社會人才選拔問題，對魏晉玄談有很大的影響。崇文觀中還有一個重要人物是王肅。王肅是經學家。他曾兼任崇文觀祭酒。《三國志》〈王肅傳〉：「肅善賈、馬之學，而不好鄭氏，采會同異，為《尚書》、《詩》、《論語》、《三禮》、《左氏》解，及撰定父朗所作《易傳》，皆列於學官。」王肅擅長賈逵、馬融之經學，不好鄭玄的經學。鄭玄經學雜糅今古文，王肅以今文說駁鄭玄之古文，以古文說駁鄭玄之今文，偽造孔安國《尚書傳》、《論語注》、《孝經注》、《孔子家語》、《孔叢子》五書，被皮錫瑞斥為「經學之大蠹」[17]。這是今文學派的觀點，批評中不免夾雜了感情。平心而論，代表純粹古文學派王肅的經學是不應該一筆抹煞的。崇文觀中還有哪些人，由於史籍缺乏有關記載，今天我們已不得而知了。應該指出，曹睿雖然寫詩作曲，已不能與其父祖相比，雖然注意搜羅文士，與建安時亦不可同日而語了。

15　《詩品》卷中。

16　〈明詩〉。

17　《經學歷史》五〈經學中衰時代〉。

　　〈時序〉篇云：「灑筆以成酣歌，和墨以藉談笑。」頗能繪出「魏之三祖」喜愛文學，作詩制曲的情狀。曹氏一家三代之風流，成為中國文學史上光輝燦爛的篇章，令後人驚歎不已。劉勰對「魏之三祖」的論述，雖不那麼全面、系統，卻不乏精金美玉，值得我們珍視。我們認為，《文心雕龍》作家論，內容豐富，精義迭出，深入研究這些論述，對於我國齊梁以前文學史和古代文論的研究將大有裨益。

　　　　　　　　　　　　　　　　　　　　　　一九九八年五月

思捷而才俊　詩麗而表逸
──劉勰論曹植

　　曹植是建安文學的代表人物。他的詩文成就是比較高的，所以鍾嶸稱他為「建安之傑」。[1]但是，歷代對曹植的評價是不相同的。例如，謝靈運說：「天下才一石，曹子建獨佔八斗，我得一斗，天下共分一斗。」[2]鍾嶸說：「嗟呼！陳思之於文章，譬人倫之有周、孔，鱗羽之有龍鳳，音樂之有琴笙，女工之有黼黻。」[3]這些稱譽似乎太高。而清人葉燮說：「謝靈運高自位置，而推曹子建之才獨得八斗，殊不可解。植詩獨〈美女篇〉可為漢魏壓卷，〈箜篌引〉次之，餘者語意俱平，無警絕處。」[4]這種批評又貶之過甚。唯有劉勰的《文心雕龍》評論曹植，肯定他在文學上的貢獻，指出他的作品存在的缺點，立論比較持平。本文擬就劉勰對曹植的論述進行一些探討。

一

　　建安文學是中國文學史上光輝的一章。這個時期的五言詩得到了巨大的發展，代替了兩漢以來盛行的辭賦的地位。辭賦從漢代的「鋪采摛文」的大賦轉變為抒情小賦。散文由漢代渾樸自然趨向華麗。文

1　《詩品》〈總論〉。
2　《說郛》卷12。
3　《詩品》卷上。
4　《原詩》外篇下。

學批評展開，出現了文學批評的專篇論文，這些變化，使當時的文學呈現出一種嶄新的面貌。《文心雕龍》〈時序〉篇論建安文學說：「自獻帝播遷，文學蓬轉，建安之末，區宇方輯。魏武以相王之尊，雅愛詩章；文帝以副君之重，妙善辭賦；陳思以公子之豪，下筆琳琅；並體貌英逸，故俊才雲蒸。仲宣委質於漢南，孔璋歸命於河北，偉長從宦於青土，公幹徇質於海隅，德璉綜其斐然之思，元瑜展其翩翩之樂。文蔚休伯之儔，於叔德祖之侶，傲雅觴豆之前，雍容衽席之上。灑筆以成酣歌，和墨以藉談笑。觀其時文，雅好慷慨，良由世積亂離，風衰俗怨，並志深而筆長，故梗概而多氣也。」這一段著名的論述，是總論建安作家及其創作的特色。漢獻帝建安初年，戰亂頻繁，社會動盪，出現了「白骨露於野，千里無雞鳴」的淒涼悲慘的景象。在戰亂中，當時的一些著名作家飄零四方。建安十年（205），曹操基本上統一了北方，生活才比較安定，曹氏父子都愛好文學，善於創作。他們尊重文士，當時人才很多，著名作家如王粲、陳琳、徐幹、劉楨、應瑒、阮瑀以及路粹、繁欽、邯鄲淳、楊修等人紛紛來投奔。他們過著飲宴、詠詩、談藝的優閒生活，他們的許多作品，由於社會長期動亂，時代風氣衰敗，人民怨恨，作家的情志深遠，筆力充沛有力，所以寫得慷慨而富於氣勢。這是建安文學一個十分重要的特點。

　　曹植作為一個貴公子，他是建安詩壇的領袖之一。他生長在動盪的年代，他自己說：「生乎亂，長乎軍。」[5]他曾經跟隨曹操「南極赤岸，東臨滄海，西望玉門，北出玄塞」[6]這種生活經歷對他的創作是有影響的。曹植自稱「少小好為文章」[7]，《三國志》〈陳思王植傳〉說他「年十歲餘，誦讀詩論及辭賦數十萬言。善屬文」。當時朝廷「撰錄植前後所著賦頌詩銘雜論幾百餘篇」。《三國志》〈任城陳蕭王

5　〈陳審舉表〉。

6　〈求自試表〉。

7　〈與楊德祖書〉。

傳評〉說：「陳思文才富豔，足以自通後葉。」所以劉勰說他「下筆琳琅」。曹植和其父曹操、其兄曹丕一樣，都很重視人才。《三國志》〈王粲傳〉說：「始文帝為五官將，及平原侯植，皆好文學。粲與北海徐幹字偉長、廣陵陳琳字孔璋、陳留阮瑀字元瑜、汝南應瑒字德璉、東平劉楨字公幹，並見友善。」於此可見，曹丕和曹植對當時一些著名作家的重視。劉勰認為，因此出現了「俊才雲蒸」的局面。曹丕、曹植常常和這些文人在起一遊玩、賦詩；曹丕在〈與吳質書〉中回憶說：「昔日游處，行則連輿，止則接席，何曾須臾相失？每至觴酌流行，絲竹並奏，酒酣耳熱，仰而賦詩，當此之時，忽然不自知樂也。」曹植在〈箜篌引〉中寫道：「置酒高殿上，親友從我游。中廚辦豐膳，烹羊宰肥牛。秦箏何慷慨，齊瑟和且柔，陽阿奏奇舞，京洛出名謳。」記述的都是和當時的一些文人飲宴、遊樂、賦詩的生活。這也就是劉勰所說的「傲雅觴豆之前，雍容衽席之上，灑筆以成酣歌，和墨以藉談笑」。但是時代的動亂，國家的分裂，給當時的詩篇塗上了一層悲涼的色彩。作家胸懷統一國家的雄心壯志，發出了慷慨之音。這是建安詩歌「梗概而多氣」的原因。

　　曹植說：「余少而好賦，其所尚也，雅好慷慨，所著繁多。」[8]「雅好慷慨」不僅是建安文學的特點，也是曹植作品的一個重要的特點。曹植在作品中多次提到「慷慨」，例如：「弦急悲歌發，聆我慷慨言。」[9]「慷慨對嘉賓，淒愴內傷悲。」[10]「懷此王佐才，慷慨獨不群。」[11]「慷慨有悲心，興文自成篇。」[12]「慷慨有餘音，要妙悲且清。」[13]「揮袂則九野生風，慷慨則氣成虹霓。」[14]的確，曹植的詩歌充滿了

8　〈前錄自序〉。
9　〈雜詩〉其六。
10　〈情詩〉。
11　〈薤露行〉。
12　〈贈徐幹〉。
13　〈棄婦詩〉。
14　〈七啟〉。

「慷慨」的感情。

　　曹植的一生，一般以建安二十四年（220）為界限分為前後兩個時期。用謝靈運的話來說，他前期「不及世事，但美邀游」，後期「頗有憂生之嗟」[15]。但是，不論前期後期，多流露出「慷慨」的感情。這種「慷慨」，有的表現為希望及時建功立業的思想，例如〈薤露行〉。詩人認為人生是短促的，他「願得展功勤，輸力於明君」。萬一功業無成，他也希塑能夠「騁我徑寸翰，流藻垂華芬」，即馳騁文筆，垂名後世。有的表現為壯士的憂愁，例如〈鰕䱇篇〉，詩人指出，鰕䱇不知江海，燕雀安識鴻鵠。壯士「高念翼皇家，遠懷柔九州」的壯志雄心，不是庸庸碌碌之輩所能了解的。有的寫飄泊流離之苦，例如〈吁嗟篇〉，此詩以「轉蓬」為喻，寫出自己「長去本根」的痛苦，當南更北，謂東反西，飄泊者何所依託？詩人但願「與株荄連」，雖遭糜滅之痛，亦在所不惜。有的表現為慨歎自己無力援救遭難的朋友，例如〈野田黃雀行〉。詩篇寫出高樹悲風，海水揚波的險惡環境，這時候，罹雀身投羅網，詩人見雀而悲，無力援救，多麼希望有人「拔劍捎羅網」，解救自己的朋友。有的表現為「幽並游俠兒」的抱負，例如〈白馬篇〉。這個「游俠兒」武藝高強，他「控弦破左的，右發摧月支。仰手接飛猱，俯身散馬蹄」。在邊城警急，胡騎入侵的時候，他「長驅蹈匈奴，左顧陵鮮卑」，表現了「捐軀赴國難，視死忽如歸」的忘我精神。這首詩很可能是詩人借「游俠兒」的立功邊塞，抒寫自己的懷抱。有的表現為詩人對乃兄曹丕迫害的憤怒和怨恨，例如〈贈白馬王彪〉。白馬王曹彪是曹植的異母弟。黃初四年五月，曹彪和曹彰、曹植，同朝洛陽，曹彰在洛陽暴卒，七月曹植和曹彪還國，曹植要與曹彪同路東歸，遭到監國使者灌均的拒絕，曹植憤怨而作此詩。此詩抒寫了兄弟間生離死別的悲傷，流露了對死者

15　〈擬太子鄴中集詩序〉。

的悼念之情，全詩充滿了憤慨和怨恨的感情，十分真摯動人。曹植詩歌所表現出來的「慷慨」的感情，余冠英先生認為「一方面是社會不平所引起的悲憤，另一方面是立事立功的壯懷」[16]，是不錯的。

劉勰在〈明詩〉篇中指出：「暨建安之初，五言騰踊：文帝陳思，縱轡以騁節；王徐應劉，望路而爭驅。並憐風月，狎池苑，述恩榮，敘酣宴，慷慨以任氣，磊落以使才；造懷指事，不求纖密之巧；驅辭逐貌，唯取昭晰之能；此其所同也。」這是總論建安時期的五言詩。建安時期的五言詩有了巨大的發展，湧現了包括曹氏父子和建安七子在內的著名詩人。這些詩人，為五言詩的發展作出了自己的貢獻。特別是曹植，他的詩歌，顯示了當時五言詩創作的卓越成就，不過，劉勰把他們五言詩內容僅僅歸結為：「憐風月，狎池苑，述恩榮，敘酣宴」，是不夠全面的。這部分詩歌，只是他們享樂生活的反應。建安時期的五言詩的內容是十分豐富的，有的生動地描繪了動亂的社會現實，有的抒寫了詩人的壯志雄心，真實地反映了這個時代的生活和願望。「慷慨以任氣，磊落以使才。」是說當時詩人慷慨激昂地表現他們的志氣，開朗坦率地施展他們的才能。「造懷指事，不求纖密之巧；驅辭逐貌，唯取昭晰之能。」是說他們的作品抒情敘事，不追求纖細綿密的技巧，遣詞寫景，只以明白清晰為好。這是建安詩歌一個重要的藝術特點，這一特點的形成，固然是當時社會生活的孕育，但很明顯的是受到漢樂府民歌的影響。漢樂府民歌剛健、質樸而深厚的特點，在建安詩歌中也都表現出來了。所以黃侃在《詩品講疏》中論建安五言詩說：「文采繽紛而不離閭里歌謠之質。」

劉勰在〈明詩〉篇中還指出：「若夫四言正體，則雅潤為本；五言流調，則清麗居宗。華實異用，惟才所安。故平子得其雅，叔夜含其潤，茂先凝其清，景陽振其麗。兼善則子建、仲宣，偏美則太沖、

16　《漢魏六朝詩論叢》〈建安詩人代表曹植〉。

公幹。」劉勰認為，四言詩的主要特點是「雅潤」，五言詩的主要特點是「清麗」。曹植的詩歌都具有這些特點。曹植的四言詩，暫且不論，他的五言詩，確實具有清新華麗的特點。

曹丕說：「詩賦欲麗。」[17]這是建安文學的一種藝術特色。這一特色，劉勰注意到了，他指出建安五言詩清麗的詩風。沈約指出建安詩歌的特徵是：「以情緯文，以文被質。」[18]文，顯然是指文采。鍾嶸評曹植的詩歌說：「骨氣奇高，詞采華茂，情兼雅怨，體被文質。」[19]這是說，曹植的詩歌「文質」兼備。這裡的「文」也是指「詞采」。鍾嶸明確指出，曹植詩歌具有「詞采華茂」的特點。近人劉師培在《中國中古文學史》中論建安文學變遷之由，有「益尚華靡」一項，魯迅談建安黃初文學，指出「於通脫之外，更加上華麗。」[20]這些評論都注意到建安詩歌有華麗的一面。這方面表現在曹植的五言詩中最為明顯。如果用曹植的〈美女篇〉和漢樂府民歌〈陌上桑〉比較，其語言的精煉和詞采的華美是顯而易見的。無怪乎胡應麟說：「子建〈名都〉、〈白馬〉、〈美女〉諸篇，辭極贍麗，然句頗尚工，語多致飾。視西東京樂府，天然古質，殊自不同。」[21]

曹植是比較注意修詞的，他在〈前錄自序〉中說：「故君子之作也：儼乎若高山，勃乎若浮雲；質素也如秋蓬，摛藻也如春葩；氾乎洋洋，光乎皜皜，與雅頌爭流可也。」這是曹植對詩賦提出的美學要求。在詞藻方面，他要求做到「如春葩」。這方面的特色，大約有以下幾點：

第一、工於起調。清人沈德潛說：「陳思極工起調，如『驚風飄白日，忽然歸西山』，如『明月照高樓，流光正徘徊』，如『高臺多悲

17　《典論》〈論文〉。

18　《宋書》〈謝靈運傳論〉。

19　《詩品》卷上。

20　《而已集》〈魏晉風度及文章與藥及酒之關係〉。.

21　《詩藪》內編卷二。

風，朝日照北林」，皆高唱也。」[22]這是說，曹植極其擅長詩歌的開頭，他的詩歌開頭往往噴薄而出，籠罩全篇，有很強的感染力。這樣的例子甚多，例如「高樹多悲風，海水揚其波。」[23]「八方各異氣，千里殊風雨。」[24]等也都是。

第二、用字精煉。宋人嚴羽說：「漢魏古詩，氣象混沌，難以句摘。」[25]明人胡應麟不同意此說，他指出：「嚴謂建安以前，氣象渾淪，難以句摘，此但可論漢古詩，若『高臺多悲風』，『明月照高樓』，『思君如流水』，皆建安語也。子建、子桓工語甚多，如『丹霞夾明月，華星出雲間』，『秋蘭被長坡，朱華冒綠池』之類，句法字法，稍稍透露」。又說：「漢人詩不可句摘者，章法渾成，句意聯屬，通篇高妙，無一蕪蔓，不著浮靡故耳。子桓兄弟努力前規。章法句意，頓自懸殊，平調頗多，麗語錯出……嚴氏往往漢魏並稱，非篤論也。」[26]胡應麟的看法是對的。建安五言詩與漢代古詩，顯然不同，這個不同，主要表現在曹植等人已注意練字，例如：「秋蘭被長坂，朱華冒綠池。」[27]「白日曜青春，時雨靜飛塵。」[28]「輝羽邀清風，悍目發朱光。」[29]「游魚潛綠水，翔鳥薄天飛」[30]這類詩句用字精煉，表現新穎，絕非漢代古詩所能有的。

第三、對偶增多。漢代古詩對偶句較少，建安時期曹植等人的詩篇對偶句增多，例如曹植的「潛魚躍清波，好鳥鳴高枝。」[31]「凝霜

22　《說詩晬語》卷上。

23　〈野田黃雀行〉。

24　〈泰山梁甫行〉。

25　《滄浪詩話校釋》〈詩評〉。

26　《詩藪》內編卷2。

27　〈公燕〉。

28　〈侍太子坐〉。

29　〈鬥雞詩〉。

30　〈情詩〉。

31　〈公燕〉。

依玉除，清風飄飛閣。」[32]「主稱千金壽，賓奉萬年酬。」[33]「柔條紛冉冉，落葉何翩翩。」[34]對仗都比較工整，這是當時詩歌在藝術上的發展，對六朝文學的影響甚大。

第四、聲調和諧。古詩聲律，出於自然。建安詩人並不了解平仄的規律，而曹植有些詩句竟合平仄。范文瀾指出：「曹植詩中也確有運用聲律的形跡，如『孤魂翔故域，靈柩寄京師』[35]『游魚潛綠水，翔鳥薄天飛；始出嚴霜結，今來白露晞』[36]等句，平仄調諧，儼然律句，不能概指為偶合」[37]這種「平仄妥帖」的情況，黃節先生早就指出。[38]除以上所舉的例句之外，他還舉出「四海一何局，九州安所知。」[39]「鴻臚擁節旄，副使隨經營。」[40]等詩句，可見這種律句不是偶然出現的，它是「律詩最初的胚胎」[41]。

應該指出，曹植詩歌「華麗」的特色，是受到漢賦的影響的。建安詩人都愛好辭賦，曹植自己就寫過許多辭賦，清人丁晏編的《曹集詮評》就收入曹植辭賦四十餘篇。曹植寫作辭賦的豐富經驗，使他完全有能力吸收漢賦的詞藻，運用到五言詩的創作中去。

根據劉勰的論述，曹植在那動亂的年代，「慷慨以任氣，磊落以使才」，創作了許多「梗概而多氣」的詩篇，這些詩篇還具有清新華麗的特色。「慷慨」的詩風和清新華麗的詞采是建安五言詩的兩種明顯的特色。這兩種特色在曹植的詩歌中都表現出來了。

---

32 〈贈丁儀〉。

33 〈箜篌引〉。

34 〈美女篇〉。

35 〈贈白馬王彪〉。

36 〈情詩〉。

37 《中國通史簡編》第二編，第三章。

38 參閱蕭滌非《讀詩三札記》。

39 〈仙人篇〉。

40 〈聖皇篇〉。

41 范文瀾語。

　　曹植的詩歌主要是樂府詩。黃節《曹子建詩注》收詩七十一首，而樂府詩佔四十一首。劉勰論曹魏一代的樂府詩說：「至於魏之三祖，氣爽才麗，宰割辭調，音靡節平，觀其〈北上〉眾引，〈秋風〉列篇，或述酣宴，或傷羈戍，志不出於淫蕩，辭不離於哀思。雖三調之正聲，實〈韶〉〈夏〉之鄭曲也。」（〈樂府〉）這裡所論的只是曹操、曹丕和曹睿的樂府詩。按黃節《魏武帝魏文帝詩注》一書，收曹操詩二十四首，曹丕詩二十八首，附錄曹睿詩十三首，這些詩篇，除曹丕〈黎陽作〉三首、〈於清河見輓船士新婚與妻別〉一首、〈清河作〉一首共五首之外，都是樂府詩。劉勰對他們的樂府詩作了論述，這是完全應該的。但是，對曹植竟一字不提，這就不恰當了。因為曹植樂府詩，不論是數量，還是質量，總的來說，都是超過他們的。可以說，這些評論，對曹植而言，也是基本上適用的。但是，這不能不說是一個疏忽。由於劉勰封建正統思想的影響，他認為曹氏父子的樂府雖然是〈平調曲〉、〈清調曲〉、〈瑟調曲〉的正聲，而比起虞舜的〈韶樂〉和夏禹的〈大夏〉來，實在是靡靡之音，仍持貶抑的態度。

　　劉勰在論到樂府詩的「聲」與「辭」的關係時指出：「子建、士衡，咸有佳篇，並無詔伶人，故事謝絲管，俗稱乖調，蓋未思也。」[42]這是說，曹植、陸機的詩部有好作品，都沒有令樂工譜曲，所以都不能演奏。一般人說它音律不諧，大概是沒有想到這一點。按魏代樂府機關不採詩。所以魏所謂樂府都是詩人的篇什。這些詩人之作，當時入樂的很少，據《宋書》〈樂志〉，曹植詩作入樂的只有〈箜篌引〉、〈野田黃雀行〉、〈明月〉（即〈七哀〉）、〈鼙舞歌〉五篇（〈聖皇篇〉、〈靈芝篇〉、〈大魏篇〉、〈精微篇〉、〈孟冬篇〉）。因此，劉勰說「事謝絲管」。所以如此，與曹植的創作思想是分不開的。他認為「古曲甚多謬誤，異代之文，未必相襲。」[43]於是，他有時依前曲作新歌，有

42　〈樂府〉。

43　〈鼙舞歌序〉。

時一空依傍，另起爐灶，他的不入樂的樂府詩，或借古題，或創新題，或抒懷抱，或寫時事。文采繽紛，格調高雅，充分體現了魏一代樂府詩的新特點。

二

說到建安時期的文學批評，人們提到的總是曹丕及其《典論》〈論文〉，而曹植則往往為人們所忽略。這是不公平的。劉勰在論到魏晉的文學批評時說：「詳觀近代之論文者多矣，至於魏文述典，陳思序書……」[44]典，指曹丕的《典論》〈論文〉；書，指曹植的〈與楊德祖書〉這裡，丕、植並提，說明劉勰畢竟別具慧眼。但是，劉勰從「宗經」思想出發，對曹丕、曹植等人的文學批評理論的評價是不高的。他指出這些論文和著作的通病是「各照隅隙，鮮觀衢路」，具體點明曹丕的《典論》〈論文〉「密而不周」，曹植的〈與楊德祖書〉「辯而無當」。最後歸結到儒家思想，認為他們「並未能振葉以尋根，觀瀾而索源。不述先哲之誥，無益後生之慮」[45]。

《典論》〈論文〉，下文將要論及，這裡只就〈與楊德祖書〉談一些看法。

曹植的〈與楊德祖書〉是建安時期的一篇地位僅次於《典論》〈論文〉的文學批評重要論文。曹植說：「少小好為文章，迄至於今二十五年矣。」[46]這裡告訴我們：曹植自幼愛好文學，有豐富的文學藝術素養，所以他完全有條件撰寫文學批評論文。這封信是曹植二十五歲，即建安二十二年（217）寫的。這時曹植是臨淄侯，楊修有

---

44 〈序志〉。

45 〈序志〉。

46 〈與楊德祖書〉，這部分所引，除注明出處的外，皆出此篇。

〈答臨淄侯箋〉[47]，就是給曹植的回信。

　　這封信首先提到當時的著名文人：「昔仲宣獨步於漢南，孔璋鷹揚於河朔，偉長擅名於青土，公幹振藻於海隅，德璉發跡於此魏，足下高視於上京。」於此可見當時文學之盛。此文人自視甚高，互不服氣，「人人自謂握靈蛇之珠，家家自謂抱荊山之玉。」這樣必然會造成「文人相輕」的弊病。曹植對王粲等的評論不夠具體，倒是指出他們的弊病，一針見血。至於他把當時文學的繁榮歸之於曹操對人才的搜羅，是不正確的，我們知道，建安文學的繁榮，與當時的時代環境、社會思潮，漢樂府民歌的影響是分不開的。曹植在肯定王粲等人文學成就之後，指出：「然此數子，猶復不能飛軒絕跡，一舉千里。」有人說這是把「飛軒絕跡，一舉千里」的桂冠留給自己。我認為這個「莫須有」的罪名難以成立，因為曹植在讚頌王粲等人的文學成就之後，指出他們的不足是合情合理的，十分自然的事。接著，曹植具體地指出陳琳的缺點。他說：「以孔璋之才，不閑於辭賦，而多自謂能與司馬長卿同風，譬畫虎不成反為狗也，前有書嘲之，反作論盛道僕贊其文，夫鍾期不失聽，於今稱之；吾亦不能妄歎者，畏後世之嗤余也。」批評陳琳缺乏自知之明本是可以的，但是語氣激憤，含有譏刺的意味，所以遭到一些人的非難。劉勰據此判定他「崇己抑人」。[48]郭沫若說他「不以誠意待人而出之以『嘲』，使人認為真又在背地裡罵人」，稱他為「標準的『文人相輕』的才子」。[49]劉勰的批評，不是沒有道理，而郭氏的批評未免言語過激。平心而論，陳琳「不閑於辭賦」，這是事實。而陳琳「自謂能與司馬長卿同風」，這是缺乏自知之明，應該受到批評，而曹植譏之以「畫虎不成反為狗也」，似乎言之過重。曹植「前有書嘲之」，就更不應當了。至於陳琳

---

47 見《文選》卷 40。

48 〈知音〉。

49 《歷史人物》〈論曹植〉。

「反作論盛道僕贊其文」，這種不誠實的態度和欺騙行為，理應受到申斥。總的說來，曹植對陳琳的批評，精神是對的，只是態度可以誠懇一些，語言也應該加以斟酌。

曹植說：「世人之著述，不能無病」他在〈與吳季重書〉中也說：「夫文章之難，非獨今也，古之君子，猶亦病諸。」不論是今人的著作，還是古人的文章，都不可能沒有毛病。有毛病，作家就應謙虛地聽取批評，反覆修改自己的作品，以臻於盡善盡美。具有豐富創作經驗的曹植是深通其中奧秘的，他說：「僕常好人譏彈其文；有不善者，應時改定。昔丁敬禮嘗作小文，使僕潤飾之。僕自以才不過若人，辭不為也。敬禮謂僕：『卿何所疑難。文之佳惡，吾自得之。後世誰相知定吾文者邪？』吾常歎此為達言，以為美談。」曹植作為一個才華出眾，享有盛名的作家，一方面，他歡迎別人批評他作品的毛病，以及時修改；一方面，他也願意為別人的文章修改、加工。丁敬禮為其中一例。由此看來，曹植對待自己的和別人的作品的態度是正確的。這表現出一個傑出作家的高尚風格，也是他能成為一個傑出作家的原因之一。

曹植對文學批評的態度是對的，但是他對文學批評和批評家的要求是不現實的。他說：「蓋行南威之容，乃可以論其淑媛；有龍泉之劍，乃可以議其斷割。」要有古代美女南威那樣的容貌，才可以品評美女；要有古代著名寶劍龍泉那樣鋒利，才可以議論寶劍。這是說，自己的文章寫得好才能評論別人的文章。當然，這種看法也是有道理的，批評家懂得寫作的甘苦，與作家呼吸與共，精神相通，有利於進行正確的批評。但這只是一個善良的願望，因為批評與創作，批評家和作家畢竟是有區別的。如果要求批評家在文學創作上也高於作家，豈不是拒批評於千里之外？所以這種看法與曹植對待自己和別人作品的態度是矛盾的，也是不切實際的。基於以上看法，曹植對劉季緒進行了抨擊，他認為「劉季緒才不能逮於作者，而好詆訶文章，掎摭利

病」，是不對的。劉季緒，摯虞《文章志》云：「名脩，劉表子。官至安東太守，著詩賦、頌六篇。」其他事蹟不詳，他到底對還是不對，我們無從判斷。劉勰在〈指瑕〉篇中指出曹植作品中的一些毛病，他說：「陳思之文，群才之俊也；而〈武帝誄〉云：『尊靈永蟄』；明帝頌云：『聖體浮輕』。『浮輕』有似於蝴蝶，『永蟄』頗疑於昆蟲；施之尊極，豈其當乎。」劉勰的文學創作成就，由於沒有作品流傳下來，我們不清楚，但是，可以肯定，必不如曹植。而劉勰的文學批評所取得的成就，是遠遠超過曹植的，所以，他完全能夠對曹植的作品進行正確的深刻的批評，這樣的現象，曹植又作何解釋呢？

人們的愛好不同，對作品的評價也就不同。曹植說：「人各有好尚。蘭茝蓀蕙之芳，眾人所好，而海畔有逐臭之夫；咸池六莖之發，眾人所共樂，而墨翟有非之之論。豈可同哉？」如此說來，就沒有一個大致統一的文學批評標準了嗎？不是的。因為「海畔」的「逐臭之夫」和非樂的墨翟都是個別的，而好「蘭茝蓀蕙之芳」和樂「咸池六莖之發」的是「眾人」。人們的審美趣味有同有異，而同則是主要的。

人們的審美趣味不同，作家的個性和作品的風格是多樣的。曹植說：「世之作者，或好煩文博采，深沉其旨者，或好離言辨白，分毫析釐者：所習不同，所務各異。」[50]作家各有自己的愛好和追求，所以就產生了各種不同風格的文學作品。「所習不同，所務各異。」這裡強調了後天的習染，含有一些唯物論的因素。

曹植自幼愛好文學，寫了大量的詩賦。這封信中也提到「今往僕少小所著辭賦一通相與」，希望得到對方的批評，但是他是輕視文學的，他說：「辭賦小道，固未足以揄揚大義，彰示來世也。昔揚子雲先朝執戟之臣耳，猶稱壯夫不為也。吾雖德薄，位為藩侯，猶庶幾戮力上國，流惠下民，建永世之業，留金石之功。豈徒以翰墨為勳績，

---

50 出處不詳，〈定勢篇〉引。

辭賦為君子哉！若吾志未果，吾道不行，則將采庶官之實錄，辯時俗之得失，定仁義之衷，成一家之言。雖未能藏之名山，將以傳之於同好。」從這裡可以看出曹植的思想，首先是「戮力上國，流惠下民，建永世之業，留金石之功」，即希望在政治上能有所作為。其次，他希望「采庶官之實錄，辯時俗之得失，定仁義之衷，成一家之言」，即在學術上作出貢獻。第三，他是不願意「以翰墨為勛績，辭賦為君子」的，即不願意從事文學創作的。因為他認為「辭賦小道，固未足以揄揚大義，彰示來世」。受書人楊修不同意這一看法，在回信中指出：「今之賦頌，古詩之流，不更孔公，風雅無別耳。修家子雲，老不曉事，強著一書，悔其少作。若此，仲山、周旦之儔，為皆有譽邪！君侯忘聖賢之顯跡，述鄙宗之過言，竊以為未之思也。若乃不忘經國之大美，流千載之英聲，銘功景鐘，書名竹帛，斯自雅量，素所畜也，豈與文章相妨害哉？」[51]楊修的觀點和曹丕的《典論》〈論文〉中的觀點比較一致，是持平之論。這一段話實際上是對曹植的看法進行了委婉的批評。魯迅對曹植的論調有很精闢的分析。他說：「據我的意見，子建大概是違心之論。這裡有兩個原因：第一，子建的文章做得好，一個人大概總是不滿意自己所做而羨慕他人所為的，他的文章已經做好，於是他便說文章是小道；第二，子建活動的目標在於政治方面，政治方面不甚得志，遂說文章是無用了。」[52]魯迅的眼光洞察入微，揭示了曹植靈魂深處的秘密，但是，曹植輕視文學卻是事實。

劉勰十分重視文學的作用，他說：「歲月飄忽，性靈不居，騰聲飛實，制作而已，」又說：「唯文章之用，實經典枝條；五禮資之以成，六典因之致用；君臣所以炳煥，軍國所以昭明……」[53]文學事業對自己可以「騰聲飛實」，對國家。各種禮儀靠它完成，各種政治制

---

51 〈答臨淄侯箋〉。

52 《而已集》〈魏晉風度及文章與藥及酒之關係〉。

53 〈序志〉。

度靠它實施，它的作用是很大的。基於這種觀點，劉勰對曹植輕視文學的看法當然是不滿的，所以說：「陳書辯而無當。」他認為曹植有辯才，但是輕視文學的觀點未必恰當。

三

　　劉勰的《文心雕龍》論及曹植的地方很多。〈頌贊〉篇說：「及魏晉辨（雜）頌，鮮有出轍，陳思所綴，以〈皇子〉為標；陸機積篇，惟〈功臣〉最顯；其褒貶雜居，固末代之訛體也。」〈皇子〉，即〈皇太子生頌〉；〈功臣〉，即〈漢高祖功臣頌〉。這是說，魏晉時代的雜頌，很少有超越舊有程序的，只有曹植的〈皇太子生頌〉、陸機的〈漢高祖功臣頌〉，有褒有貶，這本是魏晉時代的「頌」體的變體。查〈皇太子生頌〉，只見滿篇都是吉祥和讚頌之語，並看不出貶意。劉勰所論似不確。

　　〈祝盟〉篇說：「至如黃帝有祝邪之文，東方朔有罵鬼之書，於是後之譴咒，務於善罵。惟陳思〈誥咎〉，裁以正義矣。」曹植的〈誥（詰）咎文〉，其序云：「五行致災，先史咸以為應政而作。天地之氣，自有變動，未必政治之所興致也。於時大風發屋拔木，意有感焉。聊假天帝之命，以誥咎祈福。」曹植認為，自然的變化，與政治無關。當時大風為害，曹植借天帝之命詰咎（問罪）祈福，所以劉勰認為「裁以正義」。

　　〈誄碑〉篇說：「陳思叨名而體實繁緩，〈文皇誄〉末，旨（百）言自陳，其乖甚矣。」劉勰認為，曹植虛有盛名，他所作誄文，文辭繁冗，體勢舒緩。〈文帝誄〉的末尾，用一百多字自我表白，很不合體例。顯然，劉勰對曹植的誄文是不滿的，不過，他指出〈文皇誄〉末尾的自我表白不合體例，似是枝節問題，缺乏真實感情才是這篇誄文的主要問題。

〈雜文〉篇說：「至於陳思〈客問〉，辭高而理疏。」又說：「陳思〈七啟〉，取美於宏壯。」曹植的〈客問〉已佚，我們無從判斷它是不是「辭高而理疏」。至於〈七啟〉，劉勰說它有宏偉雄壯之美，誠為的評。〈七啟〉是摹擬枚乘〈七發〉之作，它借鏡機子之口，鋪敘飲食、服飾、居室之美，游獵、聲色之樂，游俠的重義輕生，朝廷的重視賢才七層意思，說服了隱居深山的玄微子出來做官。文章末段表現了曹植願意施展才能，為國效力的思想。「七」體文章都有「腴辭雲構，夸麗風駭」[54]的特點，本篇也不例外。

〈諧讔〉篇說：「自魏代以來，頗非俳優，而君子嘲隱，化為謎語……至魏文、陳思，約而密之。」曹丕、曹植所作的謎語，劉勰認為，寫得簡約而周密，因原作散失，我們無從評判，不過，如果我們結合〈與楊德祖書〉中所說的：「街談巷說，必有可采；擊轅之歌，有應風雅。匹夫之思，未易輕棄也。」《三國志》〈王粲傳〉注引《魏略》所說的：「誦俳優小說數千言」來考察，可以看出曹植對民間文學是比較重視的。這對他的創作產生深刻的影響。

〈論說〉篇說：「曹植〈辨道〉，體同書抄；言不持正，論如其已。」劉勰指出曹植的〈辨道論〉，文章與抄書無異，認為說話不守正道，還不如不說。顯然，劉勰對〈辨道論〉是否定的。其實〈辨道論〉列舉當時方士的奇談怪論，而辨其虛妄，此不可謂「言不持正」。列舉方士的言論，怎能說是「體同書抄」。劉勰所論，未免失之偏頗。

〈封禪〉篇說：「陳思〈魏德〉，假論客主，問答迂緩，且已千言，勞深績寡，飆焰缺焉。」曹植的〈魏德論〉今存六百多字，已殘缺不全，它是模仿司馬相如的〈封禪文〉寫的，採取客主問答的形式。劉勰認為，問答迂緩，已超過一千字了，用力大而成績小，風

力、光芒都不足。似一味貶抑。清人丁晏評此文說：「全仿長卿〈封禪文〉，典密茂美，足與踵武」[55]看來比較符合實際。

〈章表〉篇說：「陳思之表，獨冠群才。觀其體贍而律調，辭清而志顯，應物製巧，隨變生趣，執轡有餘，故能緩急應節矣。」在曹植的各類作品中，劉勰對他的詩評價較高，認為他「兼善」各體，而對他的「表」，評價最高，說它「獨冠群才」。劉勰認為，曹植的「表」的特點是形貌富豔，音律和諧，文辭清越，內容顯豁，他能夠根據客觀事物之不同而予以巧妙的表現，隨著文章變化而自然產生情趣。這好比騎馬，能夠自然地握住轡繩，所以或快或慢都合節奏。曹植的「表」，以〈求自試表〉、〈求通親親表〉最為著名。

〈求自試表〉作於魏明帝太和二年（228）。《三國志》〈陳思王曹植傳〉說：「植常自憤怨，抱利器而無所施，上疏求自試。」上的就是此表，曹植是一個有政治理想的人，他渴望在政治上能有所作為。他對「位竊東藩，爵在上列，身被輕暖，口厭百味，目極華靡，耳倦絲竹」[56]，感到並不自在，因為他認為自己「無德可述，無功可紀」。無功受祿，他感到慚愧，他的志願是：「憂國忘家，捐軀濟難。」他是多麼希望實現自己的抱負，試試自己的才能啊！他說：「若使陛下出不世之詔，效臣錐刀之用，使得西屬大將軍，當一校之隊；若東屬大司馬，統偏師之任。必乘危蹈險，騁舟奮驪，突刃觸鋒，為士卒先。雖未能擒權馘亮，庶將虜其雄率，殲其醜類，必效須臾之捷，以滅終身之愧，使名掛史筆，事列朝策。雖身分蜀境，首懸吳闕，猶生之年也。」真是慷慨激昂，壯志凌雲。丁晏評曰：「危言激烈，如見忠臣之心。」但是在其兄曹丕，其侄曹睿的迫害下，他滿腔的報國熱忱，竟無法實現。他又說：「如微才弗試，沒世無聞，徒榮其軀而豐其體，生無益於事，死無損於數，虛荷上位而忝重祿，禽息鳥視，終

---

55 《曹集詮評》卷9。

56 〈求自試表〉。

於白首，此徒圈牢之養物，非臣之所志也。」如果沒有試才的機會，默默無聞，了此一生，曹植認為這樣的生活，如同「圈牢之養物」，實在不是他所想的。語言激切，流露出曹植壯志難酬的憤怨之情。

《三國志》〈陳思王曹植傳〉說：「五年，復上疏求存問親戚，因致其意。」這指的是太和五年，曹植上給魏明帝曹睿的〈求通親親表〉。當時朝廷限制曹植與兄弟、親戚之間的來往，使他「人道絕緒，禁錮明時」。他的處境是「婚媾不通，兄弟乖絕，吉凶之問塞，慶弔之禮廢，恩紀之違，甚於路人，隔閡之異，殊於胡越。」親戚不通音信，兄弟互不往來，婚喪喜慶之禮全廢，曹植一家過著孤獨寂寞的生活。他激動地說：「每四節之會，塊然獨處，左右惟僕隸，所對惟妻子，高談無所與陳，發義無所與展，未嘗不聞樂而拊心，臨觴而歎息也。」備受猜忌和壓抑的生活，使他聽到音樂即感悲痛，面對美酒，只有歎息，他悲憤地說：「臣伏以為犬馬之誠不能動人，譬人之誠不能動天。崩城、隕霜，臣初信之，以臣心況，徒虛語耳。」曹植一片誠心不能感動曹睿。過去，《列女傳》上記載的，齊杞梁殖的妻子，痛哭戰死的丈夫，因心誠而城為之崩塌。《淮南子》上說的，燕惠王因信讒而把忠於他的鄒衍投入監獄，鄒衍仰天而哭，雖在炎夏，天也降霜。這些事，曹植用自己的心去比，也感到只是騙人的空話。語意極沉痛，憤激之情溢於言表。曹植做夢也不會忘記他希望有所作為的壯志雄心。他說：「臣伏自惟省，無錐刀之用。及觀陛下之所拔授，若以臣為異姓，竊自料度，不後於朝士矣。若得辭遠游，戴武弁，解朱組，佩青紱，駙馬奉車，趣得一號，安宅京室，執鞭珥筆，出從華蓋，入侍輦轂，承答聖問，拾遺左右，乃臣丹誠之至願，不離於夢想者也。」曹植認為，曹睿所選拔的官員，才能未必如他，他多麼希望為朝廷出力，「戴武弁」，「佩青紱」，「駙馬」，「奉車」都行，可是，區區之求，也難以得到滿足。曹植就是在曹丕、曹睿的壓抑和迫害下，憤憤不平地度過一生的。

　　曹植的這兩篇作品都表現了他要為朝廷效力的思想，流露了他對迫害的憤怒和不滿，渴望自由的心情洋溢在字裡行間。它們的表現形式，駢散結合，錯落有致。丁晏贊之曰：「雅健茂美，直匹西京。」[57]所以，劉勰謂其「獨冠群才」，是有道理的。

　　曹植寫了許多辭賦。他在〈與楊德祖書〉中說：「今往僕少小所著辭賦一通相。」在〈前錄自序〉中說：「余少而好賦……所著繁多。雖觸類而作，然蕪穢者眾。故刪定別撰，為前錄七十八篇。」查清人丁晏編校的《曹集詮評》，其卷一至卷三，收辭賦四十五篇。又後附之《曹集逸文》收曹植殘賦九篇。曹植的賦作之多和成就之高在建安作家中是首屈一指的。可是《文心雕龍》〈詮賦〉篇列為「魏晉之賦首」的有王粲、徐幹、左思、潘岳、陸機、成公綏、郭璞、袁宏八人，隻字沒有提到曹植。這是什麼緣故呢？我想主要有兩點：第一，劉勰對建安作家辭賦的評價，完全根據曹丕的《典論》〈論文〉。《典論》〈論文〉說：「王粲長於辭賦，徐幹時有齊氣，然粲之匹也。如粲之〈初征〉、〈登樓〉、〈槐賦〉、〈征思〉，幹之〈玄猿〉、〈漏巵〉〈圓扇〉、〈桔賦〉，雖張蔡不過也。」曹丕對建安作家的辭賦，提到的只有王粲與徐幹，對曹植也是隻字未提。曹丕這樣做，很可能是妒忌，也可能是故意的貶抑和冷落。這是劉勰所沒有想到的。第二，劉勰可能對曹植的〈洛神賦〉等富於浪漫主義色彩的辭賦缺乏真正的了解和正確的認識。毋庸諱言，這是〈詮賦〉篇的不足之處。

　　劉勰對曹植各類作品的評價，有褒有貶，有正確的，也有錯誤的。但是，總的說來是實事求是的，為我們今天研究曹植提供了許多有價值的參考資料。

---

57 《曹集詮評》卷7。

四

　　《文心雕龍》〈才略〉篇說：「魏文之才，洋洋清綺，舊談抑之，謂去植千里。然子建思捷而才俊，詩麗而表逸；子桓慮詳而力緩，故不竟於先鳴。而樂府清越，《典論》辯要，迭用短長，亦無懵焉。但俗情抑揚，雷同一響，遂令文帝以位尊減才，思王以勢窘益價，未為篤論也。」劉勰對過去和當時抑丕揚植的論調不滿。他認為曹丕、曹植各有不同特點。就作家才性而言，曹植「思捷而才俊」，曹丕「慮詳而力緩」；就作品而言，曹植「詩麗而表逸」，曹丕「樂府清越，《典論》辯要」，各有所長。如果曹丕「以位尊減才」，曹植「以勢窘益價」，那是不公平的。與劉勰生活在同一個時代的鍾嶸，在《詩品》中就把曹植列為上品，曹丕列為中品，認為他們是有高低之分的。至於丁晏的《曹集詮評》，其《集說》部分在引用《文心雕龍》〈才略〉篇，即我們上面引用的那一段話之後，加了一小節按語：「子建忠君愛國，立德之言，即文才風骨，亦迥非子桓所及。舊說謂『去植千里』，真篤論也。彥和以丕植並稱，此文士識見之陋。」這是抑丕揚植的典型。清人王夫之則說：「曹子建鋪排整飾，立階級以賺人升堂，用此致諸趨赴之客，容易成名，伸紙揮毫，雷同一律。子桓精思逸韻，以絕人攀躋，故人不樂從，反為所掩。子建以是壓倒阿兄，奪其名譽。實則子桓天才駿發，豈子建所能壓倒耶？」[58]這是抑植揚丕的典型。至於郭沫若〈論曹植〉[59]一文中抑植揚丕的觀點更是為人們所熟知了。這個問題直到今天也沒有完全解決。當然，我們不必捲入這種抑此揚彼的爭論中去，而應對他們的優劣作出科學的分析和適當的評價。

58　《夕堂永日緒論》內編。

59　《歷史人物》。

　　應該承認，劉勰在〈才略〉篇中對曹植的評價是符合實際的。的確，曹植的才思異常敏捷，據《三國志》〈陳思王曹植傳〉載：「年十歲餘，誦讀詩、論及辭賦數十萬言，善屬文。太祖嘗視其文，謂植曰：『汝倩人邪？』植跪曰：『言出為論，下筆成章，顧當面試，奈何倩人？』時鄴銅雀臺新成，太祖悉將諸子登臺，使各為賦，植援筆立成，可觀，太祖甚異之。」曹植的好友楊修〈答臨淄侯箋〉說：「又嘗親見執事，握牘持筆，有所造作，若成誦在心，借書於手，曾不斯須，少留思慮。」這應當是事實。至於他們的詩歌清麗，章表俊逸，前面已有論述，不再重複。此外，他的辭賦和散文都有較高的成就。他的〈洛神賦〉是抒情小賦中的名作。他以浪漫主義的手法，通過夢幻的境界，塑造了洛神這個美麗的女性的形象。他是這樣描寫洛神的：「其形也，翩若驚鴻，婉若游龍。榮曜秋菊，華茂春松。彷彿兮若輕雲之蔽月，飄颻兮若流風之回雪。遠而望之，皎若太陽升朝霞；迫而察之，灼若芙蕖出淥波。穠纖得衷，修短合度。肩若削成，腰如束素。延頸秀項，皓質呈露。芳澤無加，鉛華弗禦。雲髻峨峨，修眉聯娟。丹唇外朗，皓齒內鮮。明眸善睞，靨輔承權。瑰姿豔逸，儀靜體閑。柔情綽態，媚於語言，奇服曠世，骨像應圖。披羅衣之璀燦兮，珥瑤碧之華琚。戴金翠之首飾，綴明珠以耀軀。踐遠游之文履，曳霧綃之輕裾。微幽蘭之芳藹兮，步踟躕於山隅。」這樣的描寫，顯然受到宋玉〈神女賦〉的啟發，但是，其詞采之華麗，描寫之細膩，表現之生動，卻不是〈神女賦〉所能比擬的，曹植筆下的洛神，是美的化身，是他理想的象徵。詩人對洛神的追求，終因「人神道殊」而歸於失敗。這個人神戀愛的悲劇，如果結合曹植的生平思想加以考察，我們很容易覺察，這是曹植對理想的執著和追求的寫照。這篇賦，雖有濃厚的神話色彩，但它有更多的人間情味，更富於藝術魅力。他的〈與楊德祖書〉和〈與吳季重書〉是散文名篇。前者評論當時作家，暢談他對文學的看法；後者傷離別，歎時光，抒發對友人

的思念之情。坦率自然，富於感情，生動地表現出作者的性格特點。例如：「當斯之時，願舉太山以為肉，傾東海以為酒，伐雲夢之竹以為笛，斬泗濱之梓以為箏，食若填巨壑，飲若灌漏巵，其樂固難量，豈非大丈夫之樂哉！」這裡，以誇張的手法寫宴飲之樂，形象地寫出詩人豪放飄逸的性格。語言駢散雜用，簡潔而流暢。因係書信，隨意揮灑，給人以親切之感。

劉勰在〈才略〉篇中對曹丕的評價是適當的：他認為，曹丕的特點是考慮周詳，思力遲緩。這自然與才思敏捷的曹植不同。但是，才性的差異，不能說明才能的高低。《三國志》〈文帝紀〉評曰：「文帝天資文藻，下筆成章，博文強識，才氣兼該。」當是事實。

曹丕的文學成就，劉勰認為，主要是「樂府清越，《典論》辯要」。這個判斷，在今天看來，仍然是正確的。

曹丕的樂府詩，最值得我們注意的是〈燕歌行〉二首。這是兩首七言體的樂府詩，內容是寫思婦之情。其中第一首寫得更好：「秋風蕭瑟天氣涼，草木搖落露為霜。群燕辭歸雁南翔，念君客游多思腸。慊慊思歸戀故鄉，君何淹留寄他方？賤妾煢煢守空房，憂來思君不敢忘，不覺淚下沾衣裳。援琴鳴弦發清商，短歌微吟不能長，明月皎皎照我床，星漢西流夜未央，牽牛織女遙相望，爾獨何辜限河梁！」這首詩寫在涼秋霜夜裡，一個不眠的女子思念她在遠方的丈夫。全篇逐句押韻，音節響亮，語言優美，刻畫細膩，淒清委婉，頗為動人。這是中國文學史上最早出現的一首完整的七言詩。曹丕在七言詩的形成和發展上是有很大貢獻的。所以胡應麟說：「子桓〈燕歌〉二首，開千古妙境」[60]。

曹丕的《典論》原有五卷，大部已散失，今存比較完整的只有〈自敘〉和〈論文〉兩篇，以〈論文〉最為重要。《典論》〈論文〉是

---

60 《詩藪》內編，卷3。

中國文學批評史上最早的專門論文，它涉及到文學批評和理論的幾個重要問題。

　　文章一開頭，就以班固輕視傅毅為例，慨歎：「文人相輕，自古而然。」這是文學批評的態度問題。在文學盛世的建安時代，這顯然是有所指的。所以，劉勰說：「魏文稱『文人相輕』，非虛談也。」（〈知音〉）曹丕認為，「各以所長，相輕所短」，是不可能進行正確的文學批評的。

　　曹丕以為自己能做到「審己以度人」，能免除「文人相輕」的毛病，所以寫出這篇論文。

　　「建安七子」是當時的著名作家，曹丕對他們一一進行了評論。他認為，王粲、徐幹「長於辭賦」。陳琳的章表，阮瑀的書記，都是當時的優秀作品。應瑒的文章寫得平和而不雄壯，劉楨的文寫得雄壯而不精密。孔融的才性高妙，但不善於寫作論文。他的文章長於文辭，短於說理，甚至夾雜一些嘲謔的話；好的文章，和揚雄、班固相近。這些評論都是比較公允的。

　　在評論「建安七子」之後，曹丕又指出一般人「貴遠賤近，向聲背實」的通病和一些人「闇於自見。謂己為賢」的缺點。這樣當然不可能對作家作品做出正確的評價。

　　關於文體分類，東漢蔡邕等人已有所論述。但是，開始引起人們注意的是曹丕的四科八體之說。他不僅進行了文體分類，而且指出了各體文章的特點：「奏議宜雅，書論宜理，銘誄尚實，詩賦欲麗。」這樣的文體分類，雖然簡略而不全面，然而，對後來陸機〈文賦〉、劉勰《文心雕龍》等的文體分類是有直接的影響的。

　　曹丕的文氣說是十分著名的。他說：「文以氣為主，氣之清濁有體，不可力強而致。」「氣」，指作家的氣質才性。「清濁」，指氣之剛柔。曹丕認為，作家的氣質才性有剛有柔，這猶如音樂，它的「引氣不齊，巧拙有素，雖在父兄，不能以移子弟」。這種認為作家的氣質

才性是先天決定的，是固定不變的論調，顯然是唯心論的。認為作家的氣質才性不同，形成自己不同的風格，忽略了社會實踐、藝術素養等方面的影響，也是片面的。但是，面對動亂的社會現實，曹丕提出「文以氣為主」，這是要求作家抒發慷慨悲涼的情懷，唱出時代的聲音。這不僅對「建安風骨」的形成作用很大，而且直接影響到劉勰的「風骨」論。這方面更應引起我們的注意。

　　曹丕十分重視文學的作用。他說：「蓋文章，經國之大業，不朽之盛事。」把文章看作治理國家的「大業」，傳名後世的「盛事」，這與揚雄把辭賦看作「童子雕蟲篆刻」，「壯夫不為」，與蔡邕把鴻都門下能文之士視作「俳優」[61]有天壤之別。這是一個極大的進步。曹丕，作為一個統治者和文壇的領袖人物，他的提法，對當時文學的發展，無疑起著促進作用。雖然，劉勰批評曹丕的《典論》〈論文〉「密而不周」[62]，但是，他在文學批評和理論上的成就顯然超過曹植。

　　除上述之外，劉勰論及曹丕的地方還有「魏文『九寶』，器利辭鈍」（〈銘箴〉），「魏文帝下詔，辭義多偉。」（〈詔策〉）等，皆無關緊要。曹丕的散文不多，像〈與吳質書〉、〈又與吳質書〉都是有名的作品。這兩封信，悼念亡友，懷戀昔日的遊宴生活，感情真摯，淒婉感人。劉勰皆未論及。

　　總而言之，劉勰對曹丕曹植的比較是符合實際的。他們確實各有所長，但是，這並不等於說，他們的文學成就是同等的。縱觀《文心雕龍》對曹丕、曹植的論述，我們發現，劉勰仍然認為曹植的文學成就高於曹丕。劉勰一再稱讚「陳思，群才之英也。」[63]「陳思之文，群才之俊也。」[64]「陳思之表，獨冠群才。」[65]「兼善則子

61　《後漢書》〈蔡邕傳〉。

62　〈序志〉。

63　〈事類〉。

64　〈指瑕〉。

65　〈章表〉。

建。」[66]這絕不是偶然的。

我們全面考察了劉勰對曹植的論述，深深感到劉勰的眼光是犀利的，許多論斷都是精闢的。他說曹植「思捷而才俊」，這是作家本身的特點，說曹植「詩麗而表逸」，這是作品的主要特點。劉勰抓住了曹植及其作品的主要方面。此外，在文學批評方面，他雖然對曹植的文學評論評價不高，但能在注意到曹丕的同時，也能注意到他。特別是曹丕、曹植的比較，言簡意賅，最為公允。萊辛說：「真正的批評家並不是從自己的藝術見解來推演出法則，而是根據事物本身所要求的法則來構成自己的藝術見解。」[67]劉勰的文學批評就是具有這種唯物論因素。曹植作為傑出的作家，他是時代的產物，他站在時代的高鋒上，表現了建安時代文學的特徵。劉勰對此作了充分的肯定。但劉勰作為一個封建時代的文學批評家，他必然受到時代的影響。他雖然提出了某些深刻的正確的判斷，是不可能對曹植作出美學的歷史的分析。這個歷史的任務，則有待今後在長期、深入的研究中加以完成。

一九八三年九月

66　〈明詩〉。

67　〈漢堡劇評〉，《文藝理論譯叢》1958 年第 4 期。

師心以遣論　使氣以命詩
——劉勰論阮籍、嵇康

　　《三國志》〈王粲傳〉注引《魏氏春秋》云：「（嵇康）與陳留阮籍，河內山濤，河南向秀、籍兄子咸、琅琊王戎，沛人劉伶相與友善，游於竹林，號為『七賢』。」在「竹林七賢」中，阮籍和嵇康是代表人物，也是正始時期文學成就最高的作家。他們生活在曹魏時代，對曹魏末年黑暗的政治和虛偽的禮教都作了無情的揭露和猛烈的抨擊，他們的作品，或豔逸，或壯麗，或含蓄，或顯露，或高渾，或峻切，表現出不同的特點。劉勰在《文心雕龍》中，對阮籍和嵇康作品的思想和藝術作了十分精闢的論述。

一

　　《文心雕龍》〈明詩〉篇說：「乃（及）正始明道，詩雜仙心，何晏之徒，率多浮淺。唯嵇志清峻，阮旨遙深，故能標焉。」這裡論述正始詩歌，特別指出，嵇康詩志趣清高，阮籍詩意旨深遠，成就顯著。
　　關於「嵇志清峻」，我們可參看鍾嶸《詩品》（卷中）對嵇康的評論。鍾嶸說：「頗似魏文，過為峻切，訐直露才，傷淵雅之致，然托諭清遠，良有鑒裁，亦未失高流矣。」這裡指出嵇詩志趣之表現，一為「峻切」一為「清遠」，倒是道出了劉勰所說的「清峻」一詞的內涵。現在先看「峻切」，一般認為，嵇康的〈幽憤詩〉是其「峻切」

的代表作品。《晉書》〈嵇康傳〉中有一段記載是這樣的：「東平呂安，服康高致，每一相思，輒千里命駕，康友而善之。後安為兄所枉訴，以事繫獄，辭相證引，遂復收康。康性慎言行，一旦縲紲，乃作〈幽憤詩〉曰……」這是交代此詩寫作的原因。但只是說「辭相證引，遂復收康」，很不具體。其背景在《文選》〈思舊賦〉李善注中有比較詳細的介紹：「干寶《晉書》曰：『嵇康，譙人，呂安，東平人，與阮康、山濤及兄巽友善。康有潛遁之志，不能被褐懷寶，矜才而上人，安，巽庶弟，俊才，妻美；巽使婦人醉而幸之，醜惡發露，巽病之，告安謗己。巽於鍾會有寵，太祖遂徙安邊郡，遺書與康：昔李叟入秦，及關而歎云云。太祖惡之，追收下獄。康理之，俱死。』《魏氏春秋》：『……康與東平呂昭子巽及巽弟安親善。會巽淫安妻徐氏，而誣安不孝，因之。安引康為證，義不負心，保明其事。安亦至烈，有濟世志。鍾會勸大將軍因此除之；遂殺安及康。』」有這些史料，事情就比較清楚了：呂安的族兄呂巽姦汙了呂安的妻子徐氏，反誣呂安不孝，呂安因此被徙往邊郡，呂安說嵇康可以證明他無罪，嵇康也證明他無罪。嵇康本為司馬昭、鍾會所嫌惡，他們兩人就乘機把嵇康、呂安繫獄，後竟把他們害死。

　　嵇康的〈幽憤詩〉是他在獄中的作品，抒發他鬱結心中的悲憤。這首詩有比較「峻切」的地方，如「嗟余薄祜，少遭不造。哀煢靡識，越在襁褓，」「爰及冠帶，憑寵自放。抗心希古，任其所尚。」但是，從全詩來看，並不是「峻切」的。詩中多有悔恨之詞，如「惟此褊心，顯明臧否。感悟思愆，怛若創痏。」「咨予不淑，嬰累多虞。匪降自天，實由頑疏。」「雖曰義直，神辱志沮。澡身滄浪，曷云能補？」「順時而動，得意忘憂。嗟我憤歎，曾莫能儔。事與願違。遘茲淹留。窮達有命，亦又何求！」「奉時恭默，咎悔不生。懲難思復，心焉內疚。」明代傑出的思想家李贄說：「詩中多自責之

辭，何哉！」[1]李贄欽佩嵇康高尚的品格，相信他的所作所為是對的。因此，提出疑問：「余謂叔夜何如人也，臨終奏《廣陵散》，必無此紛紜自責，錯謬幸生之賤態，或好事者增飾於其間，覽者自能辨之。」[2]李贄認為，〈幽憤詩〉中的悔恨之詞是「好事者增飾於其間」，這個懷疑是缺乏根據的。但是，詩中多「自責之詞」卻是事實。陸侃如、馮沅君的《中國詩史》、劉大杰的《中國文學發展史》、游國恩等的《中國文學史》和中國社會科學院文學研究所的《中國文學史》都在不同程度上斷定〈幽憤詩〉是「峻切」之作。看來這種看法是可以商榷的。現在《嵇康集》中找不到「峻切」的代表作品，是不是劉勰、鍾嶸的論斷失誤，倒也不是。可能的原因是嵇康詩亡佚過多，一些「峻切」之作已不可復見。據《隋書》〈經籍志〉載魏中散大夫嵇康集十三卷（梁十五卷，錄一卷），《舊唐書》〈經籍志〉、《新唐書》〈藝文志〉著錄皆為十五卷。到魯迅校本《嵇康集》和戴明揚《嵇康集校注》都釐為十卷。明人張溥說：《嵇康集》，「《唐志》猶有十五卷，今存者若此，殆百一耳。」[3]這個推測是有道理的。

　　嵇康詩中的「清遠」之作，我們不難找到例證。如〈兄秀才公穆入軍贈詩十九首〉中〈良馬〉一首云：「良馬既閑，麗服有暉。左攬繁弱，右接忘歸。風馳電逝，躡景追飛，凌厲中原，顧盻生姿。」想像其兄嵇喜的軍中生活，新穎傳神。邵長蘅評曰：「清思峻骨，別開生面，劉舍人目為清峻，信矣。」又評曰：「脫去風雅陳言，自有一種生新之致。」[4]頗中肯綮。又如〈目送〉一首云：「目送歸鴻，手揮五絃，俯仰自得，游心太玄。嘉彼釣叟，得魚忘筌。郢人逝矣，誰可盡言。」寫嵇喜軍中暇時生活。「目送」四句，托論清遠，妙在象

1　《焚書》卷五〈幽憤詩〉。

2　《焚書》卷五〈幽憤詩〉。

3　《漢魏六朝百三家集》〈嵇中散集題辭〉。

4　《文選評》，戴明揚《嵇康集校注》引。

外。陳祚明在《采菽堂古詩選》中評曰:「高致超超顧盼自得,竟不作三百篇語,然彌佳。」沈德潛在《古詩源》中評曰:「嵇叔夜四言詩,時多俊語,不摹仿三百篇,允為晉人先聲。」都道出了嵇康的四言詩與《詩經》的不同特點。至於〈述志詩〉、〈游仙詩〉等雖悲憤之情溢於言表,而「清遠」之致,顯然可見。

應該指出,劉勰所說的「清峻」,係指志趣而言,有些研究者把「清峻」看成嵇康作品的風格特徵,是不妥當的。

與嵇康並稱的阮籍,劉勰評其詩曰:「阮旨遙深。」鍾嶸也說,阮籍〈詠懷〉詩:「言在耳目之內,情寄八荒之表,……厥旨淵放,歸趣難求。顏延年注解,怯言其志。」《文選》〈詠懷〉詩李善注云:「嗣宗身仕亂朝,常恐罹謗遇禍,因茲發詠,故每有憂生之嗟,雖志在刺譏,而文多隱避,百代之下,難以情測。」都認為阮籍詩文意深,其旨難尋。

黃節認為,阮詩難理解的原因有二:其一,環境之關係;其二,用典之關係。[5]這個分析頗能抓住要害。阮籍所處的政治環境是十分險惡的,在曹魏的末年,統治階級內部的爭權奪利的鬥爭十分尖銳,血腥的屠殺時有發生,如西元二四九年,司馬懿在奪權鬥爭中戰勝曹爽,將曹爽兄弟和尚書丁謐、鄧颺、何晏、司隸校尉畢軌、荊州刺史李勝以及桓範等誅滅三族。西元二五一年,司馬懿殺揚州刺史王凌、楚王曹彪(曹操子)。西元二五四年,司馬師殺太常夏侯玄、中書令李豐、皇后父光祿大夫張緝,廢魏主曹芳,立高貴鄉公曹髦(曹丕孫)。西元二五五年,殺鎮東大將軍毌丘儉。西元二五八年,司馬昭殺征東大將軍諸葛誕,西元二六〇年,殺魏主曹髦,立曹奐(曹操孫)。經過十五年(249-264)的殘酷鬥爭,司馬炎終於自立為晉武帝,完全取得了政權。

5　蕭滌非:《讀詩三札記》〈讀阮嗣宗詩札記〉。

　　阮籍是「建安七子」之一阮瑀之子，他和嵇康一樣，生活在曹魏時代，對司馬氏奪權不滿。不同的是嵇康堅決不做司馬氏的官，而阮籍做過司馬氏家的從事中郎，還做過散騎常侍、東平相、步兵校尉等，甚至封過關內侯。更有甚者，景元四年（263），阮籍代公卿將校作勸進箋，這篇文章題為〈為鄭沖勸晉王箋〉[6]。關於此事，《晉書》〈阮籍傳〉有一段記載：「會帝（司馬昭）讓九錫，公卿將勸進，使籍為其辭。籍沉醉忘作，臨詣府，使取之，見籍方據案醉眠，使者以告，籍便書，案使寫之，無所改竄。辭甚清壯，為時所重。」我們如何理解這些現象呢？《三國志》〈王粲傳〉注引《魏氏春秋》云：「朝論以其名高，欲顯崇之，籍以世多故，祿仕而已……。」《世說新語》〈任誕〉注引《文士傳》云：「籍放誕有傲世情，不樂仕宦。」可見他是不願作官的，作官是不得已而為之。因此，他作官也不大管事的。那麼，他為什麼代擬勸進箋呢？看來是事情敷衍不過去了，不得不寫。《晉書》〈阮籍傳〉說：「籍本有濟世志，屬魏、晉之際，天下多故，名士少有全者，籍由是不與世事，遂酣飲為常。文帝初欲為武帝求婚於籍，籍醉六十日，不得言而止。鍾會數以時事問之，欲因其可否而致之罪，皆以酣醉獲免。」有些事可以因「酣醉獲免」，然而有些事，雖「酣醉」也不能「獲免」，勸進事不表態是混不過去的。在此事發生後不久，阮籍也離開了人世，他內心的矛盾終於最後的解決了。阮籍嗜酒，其意並不在酒，葉夢得說得好：「晉人多言飲酒有至於沉醉者，此未必意真在於酒。蓋時方艱難，人各懼禍，惟托於醉，可以粗遠世故。蓋自陳平曹參以來，已用此策。《漢書》記陳平於劉呂未判之際，日飲醇酒，戲婦人，是豈真好飲邪？曹參雖與此異，然方欲解秦之煩苛，付之清淨，以酒杜人，是亦一術。不然，如酈通輩無事而獻說者，且將日走其門矣。流傳至嵇、阮、劉伶之徒，

6　載《文選》卷40。

遂全欲用此為保身之計。此意惟顏延年知之,故〈五君詠〉云:『劉
伶善閉關,懷情滅聞見。韜精日沈飲,誰知非荒宴。』如是,飲者未
必劇飲,醉者未必真醉也。後世不知此,凡溺於酒者,往往以嵇、阮
為例,濡首腐脅,亦何恨於死邪!」[7]這個分析,十分透澈。

　　阮詩難解的另一原因是用典隨便。漢魏詩大都用典隨便。詩人用
典全憑記憶,信手拈來。黃節曾指出阮籍〈詠懷〉詩第四十二首云:
「園綺遁南嶽,伯陽隱西戎。」以終南山為南嶽,以流沙之西為西
戎,就是一例。[8]

　　此外,阮詩多用比興手法,也是難解的一個原因。鍾嶸說:「若
專用比興,患在意深。」[9]清人陳沆《詩比興箋》箋阮詩達三十八首
之多,他將所選〈詠懷〉詩分為三類:第一類的詩是「皆悼宗國將
亡,推本由來,非一日也。」第二類的詩是「皆刺權奸,以戒後世
也。」第三類的詩是「述己志也。或憂時,或自勵焉。」如此分類箋
證,不免牽強附會,但也說明阮詩確是難解。

　　以上分析的是阮詩難解的原因,也是「阮旨遙深」的原因。顏延
年說:「阮籍在晉文代,常慮禍患,故發此詠耳。」[10]簡明扼要地道出
阮詩意旨遙深的主要原因。明人張溥說:「『嵇志清峻,阮旨遙深』,
兩家詩文定論也。」[11]誠然。

二

　　劉勰在《文心雕龍》〈體性〉篇中指出:「吐納英華,莫非性
情。」他認為:「嗣宗倜儻,故響逸而調遠;叔夜俊俠,故興高而采

7　《石林詩話》卷下。
8　蕭滌非:《讀詩三札記》〈讀阮嗣宗詩札記〉。
9　《詩品》〈序〉。
10　《文選》〈詠懷詩十七首〉李善注引。
11　《漢魏六朝百三家集》〈嵇中散集題辭〉。

烈。」這是說，寫出的作品，沒有不是作家性情的表現。因此，劉勰認為，阮籍的性格倜儻不羈，所以他的作品聲韻超俗，格調高遠；嵇康的性格俊邁豪爽，所以他的作品情趣高超，文辭壯麗。

阮籍的性格特徵，《三國志》〈王粲傳〉說他「倜儻放蕩，行己寡欲，以莊周為模則」。與〈體性〉篇所論一致，但過於簡略。《晉書》〈阮籍傳〉則記述綦詳。《晉書》說他「容貌瓌傑，志氣宏放，傲然獨得，任性不羈，而喜怒不形於色。或閉戶讀書，累月不出，或登臨山水，經日忘歸。博覽群籍，尤好老莊。嗜酒能嘯，善彈琴。當其得意，忽忘形骸，時人多謂之癡。」這裡概括地介紹了阮籍的容貌、志氣和性格，並借用當時人的話，點出他的性格特徵是「癡」，這個「癡」字，不是一般所說的意思，而具有特殊的含義。《紅樓夢》第一回有詩云：「滿紙荒唐言，一把辛酸淚，都云作者癡，誰解其中味？」從作品的內容和形式看，曹雪芹的《紅樓夢》和阮籍的〈詠懷〉詩是截然不同的。曹雪芹的「癡」和阮籍的「癡」完全兩樣。但是，這首詩對於我們理解阮籍的「癡」，卻有一定的啟發。元好問〈論詩三十首〉云：「縱橫詩筆見高情，何物能澆塊磊平，老阮不狂誰會得，出門一笑大江橫。」這是把阮籍的思想性格歸結為「狂」。我們認為，這種「狂」與「癡」是相通的。

阮籍的「癡」與「狂」，表現在哪裡呢？《世說新語》、《晉書》〈阮籍傳〉等記載的一些事情頗能說明這一特點。例如，在他嫂子回娘家時，阮籍與她相見並話別（這在當時是違背禮法的）。有人譏笑他，他說：「禮法難道是為我們而設的嗎？」還有，阮籍的鄰居有一個年輕的婦人，長得很漂亮，她站在酒壚旁賣酒。阮籍常去飲酒，喝醉了便躺在她的旁邊，阮籍自己既不避嫌疑，年輕婦人的丈夫也不懷疑。再有一個當兵的家裡的女子，才貌雙全，未出嫁就死了。阮籍並不認識他的父兄，直接到她靈前哭了一場，哭畢才回去。這些地方都說明阮籍不願俯從封建禮法的約束，表現了倜儻不羈的性格。這是

「癡」「狂」的一種表現。阮籍有時隨意獨自駕車出遊，不從路上走，每當所駕之車無路可走時，就痛哭而歸。這種日暮途窮之感，流露了他對司馬氏黑暗統治的不滿。這是「癡」「狂」的又一種表現。阮籍嗜酒，常常喝得酩酊大醉。為拒絕晉文帝求婚，他一醉六十天；為對付鍾會的構陷，他爛醉如泥，終於獲免。這種「癡」「狂」，作為避禍的手段，用來搪塞難以對付的事情。應該指出，阮籍有時如「癡」似「狂」，有時不「癡」不「狂」。例如，他「口不臧否人物」。「能為青白眼」，就說明他很清醒。至於他登廣武山，觀覽楚漢角逐的戰場，歎息說：「當時沒有英雄，才使小子僥倖成名！」可見其抱負不凡。他的兒子阮渾，年輕時喜通脫放蕩，不拘小節。阮籍對他說：「你堂兄阮咸已如此，你不必再這樣了。」這說明阮籍佯狂裝癡，是不得已而為之。

　　阮籍有時如癡似狂，有時不「癡」不「狂」，這種複雜的性格是和他所處的時代和獨特的生活經歷有密切的關係的。

　　黃節把阮籍所作所為的一切，皆歸之為「不得已」三字，頗有道理，阮籍本是一個有雄心壯志的人，《晉書》〈阮籍傳〉上說他「本有濟世志」，他登廣武山，感歎「時無英雄，使豎子成名！」他登武牢山，望洛陽有感而賦〈豪傑詩〉，都說明了這一點。〈詠懷〉詩第三十九首寫道：「壯士何慷慨，志欲威八荒。驅車遠行役，受命念自忘。良弓挾烏號，明甲有精光，臨難不顧生，身死魂飛揚。豈為全軀士，效命爭戰場。忠為百世榮，義使令名彰。垂聲謝後世，氣節故有常。」這裡寫的是一個慷慨激昂，希望揚威域外的壯士。他願為朝廷出力，萬一遇到危難，不惜犧牲在戰場上。這樣的詩篇顯然寄託了詩人自己的願望和理想。可是，由於時代的黑暗，政治的恐怖，阮籍的壯志難酬。他滿腔的熱血，化為狂放。在這狂放中又含蘊著多少憂愁與苦悶。詩人在特殊的環境中所醞成的複雜的思想感情，都傾瀉在〈詠懷〉詩第一首云：「夜中不能寐，起坐彈鳴琴。薄帷鑒明月，清

風吹我衿。孤鴻號外野，朔鳥鳴北林。徘徊將何見？憂思獨傷心。」這裡寫出詩人的不眠、孤獨、寂寞和傷心。清人方東樹說：「此是八十一首發端，不過總言所以詠懷不此已於言之故。」[12]詩人所見到的一切景象都叫人感到憂傷，而在當時又不能痛痛快快地傾訴衷腸，不得已，他只好用隱晦曲折的方法表現出來。這就形成了「響逸而調遠」的特點。這個特點是阮籍的思想性格造成的，也是他當時所處的政治環境決定的。所以明人張溥說：「〈詠懷〉諸篇，文隱指遠，定哀之間多微詞，蓋指此也。」[13]

　　鍾嶸《詩品》對阮籍的評論，和劉勰的看法是一致的。說阮詩「言在耳目之內，情寄八荒之表」，正道出了它的「響逸而調遠」的原因，說阮詩「厥旨淵放，歸趣難求」，說明了它的特點及其所造成的後果。

　　嵇康的性格特點與阮籍不同，《三國志》〈王粲傳〉說他「好老莊，而尚奇任俠。」其兄嵇喜所作《嵇康傳》說他「家世儒學，少有俊才，曠邁不群，高亮任性，不修名譽，寬簡有大量」。《晉書》〈嵇康傳〉說他「有奇才，遠邁不群。身長七尺八寸，美詞氣，有風儀，而土木形骸，不自藻飾，人以為龍章鳳姿，天質自然。恬靜寡欲，含垢匿瑕，寬簡有大量。」又說「其高情遠趣，率然玄遠」。被鍾會稱「臥龍」。有一次嵇康到山上去採藥，見到孫登。孫登說：「君性烈而才俊，其能免乎？」《世說新語》〈文學〉篇云：「鍾會撰《四本論》始畢，甚欲使嵇公一見，置懷中，既定，畏其難，懷不敢出。於戶外遙擲，便回急走。」〈簡傲〉篇云：「鍾士季精有才理，先不識嵇康，鍾要於時賢俊之士，俱往尋康，康方大樹下鍛，向子期為佐鼓排。康揚槌不輟，傍若無人。移時不交一言。鍾起去，康曰：『何所聞而來，何所見而去。』鍾曰：『聞所聞而來，見所見而去』。」〈容止〉

---

12 《昭昧詹言》卷3。

13 《漢魏六朝百三家集》〈阮步兵集題辭〉。

篇云:「嵇康身長七尺八寸,風姿特秀。見者歎曰:『蕭蕭肅肅,爽朗
清舉。』或云:『蕭蕭如松下風,高而徐引。』山公曰:『嵇叔夜之為
人也,岩岩若孤松之獨立;其醉也,傀俄若玉山之將崩。』」又云:
「有人語王戎曰:『嵇延祖卓卓如野鶴之在雞群。』答曰:『君未見其
父耳。』」關於嵇康的氣質才性、為人行事,一些詩文中涉及甚多,
如李充〈九賢頌〉〈嵇中散頌〉云:「蕭蕭中散,俊明宣哲,籠罩宇
宙,高蹈玄轍。」[14]他的〈弔嵇中散文〉說:「先生挺邈世之風,資高
明之質,神蕭蕭以宏達,志落落以迢逸。」[15]顏延年〈五君詠〉〈嵇中
散〉詩云:「中散不偶世,本是餐霞人。形解驗默仙,吐論知凝神。
立俗迕流議,尋山洽隱論。鸞翮有時鎩,龍性誰能馴。」沈約說他
「神才高傑,故為世道所莫容。風貌挺時,蔭映於天下,言理吐論,
一時莫能參。」[16]江淹詠道:「……潛志去世塵,遠想出宏域,高步超
常倫,靈風振羽儀……」[17]這些詩文都道出了嵇康「俊俠」性格的某
些特點。

　　劉勰認為,因為嵇康的性格「俊俠」,所以他的作品「興高而采
烈」。《三國志》〈王粲傳〉說:「嵇康文辭壯麗。」按,「采烈」與
「文辭壯麗」含義略同,所以劉師培說:「彥和以興高采烈評康文,
亦與《魏志》『文辭壯麗』說合。蓋嵇文之麗,麗而壯者也,與徒事
藻采之文不同。」[18]「興高采烈」的作品以〈與山巨源絕交書〉最有
代表性。《世說新語》〈棲逸〉篇云:「山公(濤)將去選曹,欲舉嵇
康,康與書告絕。」劉孝標注引〈嵇康別傳〉曰:「山臣源為吏部
郎,遷散騎常侍,舉康,康辭之,並與山絕。豈不識山之不以一官遇
己情邪?亦欲標不屈之節,以杜舉者之口耳,乃答濤書,自說不堪流

---

14 《初學記》十七引。
15 《太平御覽》五百九十六引。
16 《藝文類聚》〈七賢論〉,三十七引。
17 《江文通文集》卷3,〈擬嵇中散言率〉。
18 《中國中古文學史》第四課〈魏晉文學之變遷〉。

俗，而非薄湯、武。大將軍聞而惡之。」這裡交代了〈絕交書〉產生的前因後果以及作者本人的意圖。又據《三國志》〈王粲傳〉裴松之注引《魏氏春秋》的記載，山濤舉嵇康，實為大將軍司馬昭的意思，嵇康既嚴詞拒絕，所以不久入獄，很快就遇害了。遇害前，嵇康對他兒子嵇紹（年方十歲）說：「山公尚在，汝不孤矣。」[19]於此可見，嵇康雖寫了〈絕交書〉，但並未與山濤絕交。看來他寫〈絕交書〉的主要目的，是反抗當時黑暗的統治，公開宣告拒絕與司馬氏合作，所以全篇充滿憤激之情。司馬懿父子以禮法為名，陰謀奪取了曹魏政權。他們殘酷地迫害和屠殺異己，造成政治上的恐怖局面。這篇書信，深刻地揭露了禮法的虛偽，批判司馬氏政權的恐怖與黑暗，表現了作者崇尚自然的本性。嵇康鄙視官場，不願同流合污，喜歡過自由放縱的生活。這實際上是對當時權貴的輕蔑。這些大概就是劉勰所說的「興高」。至於文章的語言，不僅峻切，而且壯麗。例如：「老子、莊周，吾之師也，親居賤職；柳下惠、東方朔，達人也，安乎卑位。」「又仲尼兼愛，不羞執鞭；子文無欲卿相，而三登令尹。」「所謂達能兼善而不渝，窮則自得而無悶。」「故堯舜之君世，許由之岩棲，子房之佐漢，接輿之行歌，其揆一也。」「故有處朝廷而不出，入山林而不反之論。」「且延陵高子臧之風，長卿慕相如之節，志氣所托，不可奪也。」全篇之中，這類似對非對，似排非排的整齊句式頗多，它們不僅激動地表達了堅不出仕的思想，而且顯示了語言壯麗的風格。所以劉勰說：「嵇康〈絕交〉，實志高而文偉。」[20]一語破的，極其精練地道出〈絕交書〉的思想和藝術的特點。

應該指出，劉勰所說的「俊俠」，只是嵇康性格的一面。另一面，如《晉書》〈嵇康傳〉所記載的，嵇康「好老、莊」。他深受老莊思想的影響。他的〈兄秀才公穆入軍贈詩十九首〉寫道：「人生壽

19　《白氏六帖事類集》，《嵇康集校注》引。
20　《文心雕龍》〈書記〉。

促，天地長久。百年之期，孰云其壽，思欲登仙，以濟不朽。……」
〈游仙詩〉云：「王喬棄我去，乘雲駕六龍。飄飆戲玄圃，黃老路相
逢。授我自然道，曠若發童蒙，采藥鍾山隅，服食改姿容。……」又
〈重作四言詩七首〉云：「絕智棄學，游心於玄默。」「思與王子喬，
乘雲游八極。」嵇康感到人生短促，妄想用服藥來追求長生以至成
仙。這種荒誕的想法，對他「清遠」的詩風有一定的影響，但是也為
他的作品帶來了明顯的消極思想，我們也是不應該忽視的。

三

　　《文心雕龍》〈才略〉篇說：「嵇康師心以遣論，阮籍使氣以命
詩，殊聲而合響，異翮而同飛。」這是說，嵇康以心為師，獨立創
造，寫作論文，阮籍憑其志氣創作詩歌，都獲得高度的成就。但是不
是說嵇康只長於作文，阮籍僅善於寫詩呢？不是的。劉師培曾經指
出：「此節以論推嵇，以詩推阮。實則嵇亦工詩，阮亦工論，彥和特
互言見意耳。」[21]這一看法是符合事實的。然而，比較起來，嵇康稍
長於散文，阮籍的詩歌成就較為突出。這是今天大家所公認的。

　　劉勰認為，嵇康的詩文具有「師心」的特點。我們結合嵇康的詩
文來考察，感到很有道理。例如，他的〈與山巨源絕交書〉，把自己
的思想性格表露無遺，特別「有必不堪者七。甚不可者二」一段，他
說：「臥喜晚起，而當關呼之不置，一不堪也。抱琴行吟，弋釣草
野，而吏卒守之，不得妄動，二不堪也。危坐一時，痺不得搖，性復
多蝨，把搔無已，而當裹以章服，揖拜上官，三不堪也。素不便書，
又不喜作書，而人間多事，堆案盈几，不相酬答，則犯教傷義，欲自
勉強，則不能久，四不堪也。不喜弔喪，而人道以此為重，已為未見

---

21 《中國中古文學史》第四課〈魏晉文學之變遷〉。

恕者所怨，至欲見中傷者；雖瞿然自責，然性不可化，欲降心順俗，則詭故不情，亦終不能獲無咎無譽，如此五不堪也。不喜俗人。而當與之共事，或賓客盈坐，鳴聲聒耳，囂塵臭處，千變百伎，在人目前，六不堪也，心不耐煩，而官事鞅掌，機務纏其心，世故繁其慮，七不堪也。又每非湯、武而薄周、孔，在人間不止此事，會顯世教所不容，此甚不可一也。剛腸疾惡，輕肆直言，遇事便發，此甚不可二也。」在「七不堪」中，嵇康以他自由放縱的生活和官場生活對照，表現了他對官場生活的厭惡，流露了他對司馬氏政權的不滿。「二不可」，說明剛直的嵇康常對司馬氏的統治進行指責和嘲諷，甚至非難商湯、周武王，鄙薄周公、孔子，戳穿了司馬氏篡奪政權的所謂根據。這種寫法生動而自然地表現了嵇康鮮明的思想性格，可謂別開生面。無怪乎方廷珪評曰：「行文無所承襲，杼軸予懷，自成片斷。予友畹村云：『有真性情，則有真格律，遂為千古絕調。』信然！」[22]

　　劉師培說：「嵇氏之文傳於今者，以〈琴賦〉〈太師箴〉為最著，別有〈卜疑〉（文仿〈卜居〉）、〈家誡〉〈與山巨源絕交書〉〈與呂長悌絕交書〉。其文體均變漢人之舊。論文自〈養生論〉外，有〈答向子期難養生論〉、〈無私論〉、〈管蔡論〉、〈明膽論〉、〈難宅無吉凶攝生論〉〈答某氏難宅無吉凶攝生論〉（本集作〈答張遼叔〉），析理綿密，亦為漢人所未有。」[23]所謂「變漢人之舊」「為漢人所未有」，都說明了嵇康作品師心遣論，敢於創新的特點。例如〈管蔡論〉是評論管叔蔡叔的。管叔蔡叔是周武王的兩個兄弟，周武王讓它們監視商紂的兒子武庚統治殷商的遺民。周武王死後，因成王年幼，他的另一個兄弟周公（旦）攝政，管叔蔡叔懷疑周公將對成王不利，可能會篡位。於是挾恃武庚反叛朝廷，發兵攻擊周公。周公奉成王之命，討伐武庚他們，結果誅殺了武庚、管叔，流放了蔡叔。歷來都認為管叔、蔡叔是

---

22 《嵇康集校注》卷 2 引。

23 《中國中古文學史》第四課〈魏晉文學之變遷〉。

謀反的壞人，而嵇康卻認為他們兩人是忠臣。嵇康立論極力擺脫前人的窠臼，而對自己所提出的論點進行了層層論證，頗有說服力。劉師培說：「嵇文長於辯難，文如剝繭，無不盡之意，亦阮氏不及也。」[24] 我們很有同感。

　　嵇康的〈聲無哀樂論〉是一篇著名的音樂論文。文中的基本論點是「聲無哀樂」，就是說，音樂與人的悲哀和快樂無關。他認為「心之與聲，明為二物」。論文對此進行反覆的論辯。我們知道，先秦以來的音樂思想傳統是《樂記》所說的「治世之音安以樂，亡國之音哀以思」，「移風易俗，莫善於樂。」嵇康對此提出異議。在今天看來，嵇康提出的論點顯然是錯誤的。但是，他的不為傳統思想束縛、敢於獨立思考的精神也不是完全不可取的，劉勰對這篇論文評價極高，他說：「叔夜之辨聲……，師心獨見，鋒穎精密，蓋人倫之英也。」[25]魯迅也說：「嵇康的論文，比阮籍的好，思想新穎，往往與古時舊說反對。」[26]這些評論都道出了嵇文「師心」的特點。不僅如此，李充還說：「研求名理而論生焉。論貴於允理，不求支離。若嵇康之論，成文矣。」[27]這是認為嵇康的論文取得巨大的成就。

　　此外，嵇康的詩歌也有「師心」的特點。這從上文引用的「良馬既閑」、「目送歸鴻」二首已可看出。現在再舉〈酒會詩〉七首之三為例：「婉彼鴛鴦，戢翼而游。俯唼綠藻，托身洪流。朝翔素瀨，夕棲靈洲。搖盪清波，與之沉浮。」這首詩寫一對鴛鴦比翼而游，詩風清遠，與《詩經》中的四言詩絕不相類。所以陳祚明說：「每能於風雅體外，別造新聲，淡宕有致。」[28]這種詩歌雖然用的是舊形式，但是確實表現了嵇康自己的獨創的風格。

24　《中國中古文學史》第四課〈魏晉文學之變遷〉
25　《文心雕龍》〈論說〉。
26　《而已集》〈魏晉風度及文章與藥及酒之關係〉。
27　〈翰林論〉，《太平御覽》五百九十五引。
28　《嵇康集校注》卷一引。

　　阮籍的詩歌，前面說到，因為他常用比興手法，所以表現得比較委婉、曲折，令人感到隱晦難懂，這是一方面。另一方而，他作詩又具有「使氣」的特點，他把自己宏放的志氣，不羈的性格表現在詩裡。同時，他的歡樂與悲傷，憂愁和憤怒，也情不自禁地流露在詩裡。例如〈詠懷〉第六十一首：「少年學擊刺，妙伎過曲城。英風截雲霓，超世發奇聲。揮劍臨沙漠，飲馬九野坰。旗幟何翩翩，但聞金鼓鳴。軍旅令人悲，烈烈有哀情。念我平常時，悔恨從此生。」詩人回憶自己少年時期，那時是劍技奇妙、英風蓋世。他抱著為國家立功沙場的雄心，奔赴沙漠、邊陲。但並無參加戰鬥的機會，英雄無用武之地，使詩人感到悲哀。即使是後來回想起，也不免感到悔恨。這個少年的形象寄託了詩人壯闊的情懷。又如〈詠懷〉詩第三首是用比興手法寫的。「嘉樹下成蹊，東園桃與李。」寫曹魏統治全盛之時。「秋風吹飛藿，零落從此始。」寫司馬氏竊權，群賢或退避，或凋零。「繁華有憔悴，堂上生荊杞。」說繁華衰落，殿堂之上也長滿荊杞，其混亂的情況於此可見。「驅馬舍之去，去上西山址。一身不自保，何況戀妻子。」詩人感到自己都保不住了，還能眷戀妻子？於是詩人決定離開亂世，驅馬西山。「凝霜被野草，歲暮亦雲已。」寫霜被野草，歲已暮矣。暗示「世運垂窮，朝廷終將變革」。[29]可以看出詩人的憂慮和恐懼。余冠英認為這首詩「情詞危切，似有亡國的恐懼。」[30]比較切合此詩的內容。又如〈詠懷〉詩第十一首，借用楚國的景物和事情來諷刺魏高貴鄉公曹芳，寄託了自己的感慨。〈詠懷〉詩三十一首，以戰國時的魏王喻當時的魏明帝，借古諷今，與第十一首寓意略同。

　　阮籍生活在魏晉易代之際，那時統治階級內部矛盾劇烈，政治恐怖，環境險惡，他心中充滿了痛苦的感情。〈詠懷〉詩第三十三首云：「一日復一夕。一夕復一朝。顏色改平常，精神自損消。胸中懷

29　《阮步兵詠懷詩注》其三引。

30　《漢魏六朝詩選》，頁147。

湯火，變化故相招。萬事無窮極，知謀若不饒。但恐須臾間，魂魄隨風飄。終身履薄冰，誰知我心焦。」《世說新語》〈德行〉篇說：「晉文王（司馬師）稱阮嗣宗至慎，每與之言，言皆玄遠，未嘗臧否人物。」此詩說：「終身履薄冰」，也說明阮籍處世極為謹慎，但是他「胸中懷湯火」，內心是十分痛苦的。為了擺脫痛苦，消除「心焦」，他有時羨慕平民的生活，如〈詠懷〉詩第六首，他由漢代邵平的事，想到「布衣可終身，寵祿豈足賴」。按邵平在秦朝為東陵侯，秦亡以後，他成為平民。在長安城東種瓜為生，他種的瓜，其味很美，當時人稱為「東陵瓜」。他有時要出世隱居，如〈詠懷〉詩第三十一首說：「願登太華山，上與松子游，漁父知世患，乘流泛輕舟。」這是要與仙人赤松子同遊，或是學漁父泛舟避世。但是，他既不能過平民生活，也不能像漁父那樣泛舟避世，更不能與仙人赤松子同遊，他終於在各種矛盾之中，度過了自己孤獨、寂寞、彷徨、苦悶的一生。

　　阮籍「使氣」的特點還可以從他的文章看出來。例如〈大人先生傳〉。大人先生是子虛烏有之類的人物，但作者用他寄託了自己的理想。這篇用賦體寫成的傳記，對當時的封建禮法進行了激烈的批判。文章假托有人寫信給大人先生說：「天下之貴，莫貴於君子。服有常色，貌有常則，言有常度，行有常式。立則磬折，拱若抱鼓，動靜有節，趨步商羽，進退周旋，咸有規矩。心若懷冰，戰戰慄慄；束身修行，日慎一日，擇地而行，唯恐遺失。誦周、孔之遺訓，歎唐、虞之道德。唯法是修，唯禮是克。手執珪璧，足履繩墨。行欲為目前檢，言欲為無窮則。少稱鄉閭，長聞邦國。上欲三公，下不失九州牧。故挾金玉，垂文組，享尊位，取茅土，揚聲名於後世，齊功德於往古。奉事君上，牧養百性，退營私家，育長妻子。卜吉而宅，慮乃億祉；遠禍近福，永堅固已。此誠君子之高致，古今不易之美行也。」來信對「君子」的「高致」「美行」，以讚美的口吻作了比較全面的介紹（實則無情地嘲笑君子的虛偽、迂腐），認為大人先生「身處困苦之

地，而行為世俗之所笑，吾為先生不取也」。大人先生對此逐條進行駁斥。其中有一小段把「君子」比作虱子，最為精彩：「且汝獨不見夫虱之處於褌之中乎！逃於深縫，匿乎壞絮，自以為吉宅也。行不敢離縫際，動不能出褌襠，自以為得繩墨也。饑則嚙人，自以無窮食也。然炎丘火流，焦邑滅都，群虱死於褌中而不能出。汝君子之處寰區之內，亦何異夫虱之處褌中乎？」這裡，語言辛辣，比喻生動，諷刺尖銳，寫得淋漓盡致，對「君子」的揭露是十分深刻的，洋溢著作者憤世嫉俗的感情，充分表現了「使氣」的特點。

　　無獨有偶，阮籍的〈詠懷〉詩第六十七首的內容，甚為類似。詩云：「洪生資制度，被服正有常。尊卑設次序，事物齊紀綱。容飾整顏色，磬折執圭璋。堂上置玄酒，室中盛稻粱。外厲貞素談，戶內滅芬芳。放口從衷出，復說道義方。委曲周旋儀，姿態愁我腸。」此詩諷刺的是「洪生」，即大儒。他們拘守禮法，注重容飾，言論高尚，行為卑劣，裝模作樣，實在令人生厭。阮籍對禮法之士如此深厭痛絕，當時「禮法之士，疾之如仇」[31]，也是當然的事了。

　　魯迅指出：「劉勰說：『嵇康師心以遣論，阮籍使氣以命詩。』這『師心』和『使氣』，便是魏末晉初文章的特色。」[32]這個論斷，在劉勰的基礎上推進了一步，是十分深刻的。

　　劉勰的《文心雕龍》關於阮籍、嵇康的論述不多，而且比較零碎。但是其中包含了一些相當精闢的見解。這從上面的論述已可以看出。這些見解歸納起來有三條：一、嵇志清峻，阮旨遙深。二、嗣宗倜儻，故響逸而調遠；叔夜俊俠，故興高而采烈。三、嵇康師心以遣論，阮籍使氣以命詩。第一條，是就作品的思想內容說的；第二條，是就作家個性和作品風格的關係而說的；第三條，是就作家的創作特點而說的。劉勰從三個不同方面對阮籍、嵇康作了精當的評論，其中

31　《晉書》〈阮籍傳〉。
32　《而已集》〈魏晉風度及文章與藥及酒之關係〉。

論嵇、阮創作特點，尤為深刻。這在中國文學史上是第一次。列寧說：「判斷歷史的功績，不是根據歷史活動家沒有提供現代所要求的東西，而是根據他們比他們的前輩提供了新的東西。」[33]劉勰對阮籍、嵇康的評論，提出了新的見解，他的歷史功績是應該充分肯定的。但是，從今天看來，劉勰認為作品的風格決定於作家的個性，持論未免片面。此外，他的評論過於概括，只有簡要的結論，缺乏具體的分析，也是美中不足之處，雖然如此，劉勰有關阮籍、嵇康的評論，對於我們今天研究這兩位作家和魏晉文學仍有很高的參考價值，應引起我們的重視。

　　　　　　　　　　　　　　　　　　　　　　　一九八四年十月

33　〔俄〕列寧：〈評經濟浪漫主義〉，《列寧全集》第 2 卷，頁 150。

義多規鏡　搖筆落珠

──劉勰論傅玄、張華

　　《文心雕龍》作家論是劉勰文學理論與批評的重要組成部分，其內容是十分豐富的。僅〈才略〉一篇，論及的作家就將近百人。這是珍貴的文學理論與批評遺產，值得我們重視。本文擬對劉勰論述傅玄和張華進行一些評論和探討。

　　傅玄，字休弈，是西晉初年著名的文學家。他歷任侍中、御史中丞、司隸校尉等官。《晉書》本傳說他「性剛勁亮直，不能容人之短」。為人剛直，性格峻急，所以，「傅玄剛隘而詈臺」[1]的事就發生了。《晉書》本傳說：

> 獻皇后崩於弘訓宮，設喪位。舊制，司隸於端門外坐，在諸卿上，絕席。其入殿，按本品秩在諸卿下，以次座，不絕席。而謁者以弘訓宮為殿內，制玄位在卿下。玄恚怒，屬聲色而責謁者。謁者妄稱尚書所處，玄對百僚而罵尚書以下。御史中丞庾純奏玄不敬。玄又自表不以實，坐免官。

這裡記載的就是「詈臺」之事。他的性格如此，又任監察之要職，故常常上書言事，對朝廷政務多有匡正。劉勰說：「傅玄篇章，義多規鏡。」[2]這是說傅玄的文章，內容多鑑戒之語，這樣的例子是比較多

1　〈程器〉。

2　〈才略〉。

的，如《晉書》本傳引用傅玄三次上疏，多屬此類內容。如晉武帝泰始元年（265），傅玄任諫官，上疏云：

> 臣聞先王之臨天下也，明其大教，長其義節；道化隆於上，清議行於下，上下相奉，人懷義心。亡秦蕩滅先王之制，以法術相御，而義心亡矣。近者魏武好法術，而天下貴刑名；魏文慕通達，而天下賤守節。其後綱維不攝，而虛無放誕之論盈於朝野，使天下無復清議，而亡秦之病復發於今。陛下聖德，龍興受禪，弘堯舜之化，開正直之路，體夏禹之至儉，綜殷周之典文，臣詠嘆而已，將又奚言！惟未舉清遠有禮之臣，以敦風節；未退虛鄙，以懲不恪，臣是以猶敢有言。

這是一篇著名的上疏，見於《晉書》本傳，又見於《通典》十四。此疏從儒家思想出發，批評了曹操、曹丕以後政治、思想的巨大變化，提倡「道化」「清議」，舉賢臣，退虛鄙，以振興司馬王朝。在今天看來，傅玄的議論未必正確，但是體現了他剛直的性格和文章「義多規鏡」的特點。

　　傅玄的性格特點，還表現在學術批評上。劉勰說：「故張衡摘史、班之舛濫，傅玄譏《後漢》之尤煩。」[3]張衡所摘《史記》《漢書》之錯亂，間或可考；傅玄譏評《後漢》之繁瑣，已不可見。《晉書》〈傅玄傳〉云：「（傅玄）撰論經國九流及三史故事，評斷得失，各為品例，名為《傅子》……」這裡所謂「三史」應指《史記》《漢書》和《東觀後記》。傅玄對「三史」皆有評論，唯今本《傅子》並無評論「三史」之語，其評斷已不可考。唐劉知幾《史通》〈核才〉篇引傅玄語云：「觀孟堅《漢書》，實命代奇作。及與陳宗、伊敏、杜

3　〈史傳〉。

撫、馬嚴撰《中興紀傳》，其文曾不足觀。豈拘於時乎？不然，何不類之甚者也！是後劉珍、朱穆、盧植、楊彪之徒，又繼而成之，豈亦各拘於時而不得自盡乎！何其益陋也。」這裡對班固的《漢書》和陳宗、尹敏、劉珍、朱穆、盧植、楊彪等人先後編寫的《後漢》，即《東觀漢記》進行了評論。這一評論不知是否劉勰所指的內容。傅玄曾撰集《魏書》，他對史學深有研究，我相信他的評論是有根據的。

　　《晉書》本傳說傅玄「博學善屬文，解鐘律」，所以他在文學上擅長樂府。《文心雕龍》〈樂府〉篇說：

　　　　逮於晉世，則傅玄曉音，創定雅歌，以詠祖宗。

這是說傅玄通曉音律，製作雅歌，用來歌頌祖宗。《晉書》〈樂志〉云：

　　　　及武帝受禪，乃令傅玄制為二十二篇，亦述以功德代魏。改〈朱鷺〉為〈靈之祥〉，言宣帝之佐魏，猶虞舜之事堯，既有石瑞之征，又能用武以誅孟達之逆命也。改〈思悲翁〉為〈宣受命〉，言宣帝禦諸葛亮，養威重，運神兵，亮震怖而死也。改〈艾如張〉為〈征遼東〉，言宣帝陵大海之表，討滅公孫氏而梟其首也。改〈上之回〉為〈宣輔政〉，言宣帝聖道深遠，撥亂反正，網羅文武之才，以定二儀之序也。改〈雍離〉為〈時運多難〉，言宣帝致討吳方。有征無戰也。改〈戰城南〉為〈景龍飛〉，言景帝克明威教，賞順夷逆，隆無疆，崇洪基也。改〈巫山高〉為〈平玉衡〉，言景帝一萬國之殊風，齊四海之乖心，禮賢養士，而纂洪業也。改〈上陵〉為〈文皇統百揆〉，言文帝始統百揆，用人有序，以敷太平之化也。

這就是傅玄「創定雅樂，以詠祖宗」的具體內容。茲援引〈宣受命〉

一首如下：

> 宣受命，應天機。風雲時動，神龍飛。禦諸葛，鎮雍梁。邊境
> 安，夷夏康。務節事，勤定傾。攬英雄，保持盈。深穆穆，赫明
> 明。沖而泰，天之經。養威重，運神兵。亮乃震斃，天下安寧。

這首頌歌是寫司馬懿抵禦諸葛亮，諸葛亮震怖而死，而天下太平，贊
頌司馬懿的文武功德。這類歌功頌德的詩章，語言質樸，缺乏情感，
全無感人的力量。這可能與其受命而作有關。這樣的詩本不足道，援
引此首，以見一斑。

傅玄的樂府詩，值得我們注意的不是這些歌功頌德的歌辭，而是
那些歌詠歷史題材和反映社會現實的詩篇。

傅玄歌詠歷史題材的詩篇頗多，其中〈秋胡行〉、〈秦女休行〉[4]
等都比較著名。〈秋胡行〉云：

> 秋胡納令室，三日宦他鄉。皎皎潔婦姿，泠泠守空房。燕婉不
> 終夕，別如參與商。憂來猶四海，易感難可防。人言生日短，
> 愁者苦夜長。百草揚春華，攘腕采柔桑。素手尋繁枝，落葉不
> 盈筐。羅衣翳玉體，回目流采章。君子倦仕歸，車馬如龍驤。
> 精誠馳萬里，既至兩相忘。行人悅令顏，借息此樹旁。誘以逢
> 卿喻，遂下黃金裝。烈烈貞女忿，言辭屬秋霜。長驅及居室，
> 奉金升北堂。母立呼婦來，歡樂情未央。秋胡見此婦，愓然懷
> 探湯。負心豈不慚，永誓非所望。清濁必異源，鳧鳳不並翔。
> 引身赴長流，果哉潔婦腸。彼夫既不淑，此婦亦太剛。

4　「龐氏有烈婦」。

〈秋胡行〉屬相和歌清調曲，古辭已亡。秋胡妻的故事感人，《樂府解題》說：「後人哀而賦之，為〈秋胡行〉。」傅玄這首詩是寫秋胡戲妻的故事。這個故事最早見於劉向的《列女傳》，題為〈秋胡潔婦〉。其後《西京雜記》卷六亦有記載，文字有差異，情節基本相同。故事的內容是說，魯國秋胡娶妻五日，就離家外出作官去了，三年後才回來。未到家，看到路旁有婦人採桑，秋胡已認不出是自己的妻子，看到她，很喜歡，贈她黃金二十兩。婦人說：「我有丈夫在外做官還未回來，我獨守閨房已有三載，從未受到像今天這樣的侮辱。」一心採桑，看也不看一眼。秋胡羞愧退去。回到家中，問妻子到哪裡去了，家中人說：「在野外採桑，還未回來。」妻子回來了，原來就是秋胡剛剛挑逗的婦人。夫妻兩人都感到羞愧，妻子投沂水而死。詩歌寫的就是這個內容，突出秋胡妻的形象，歌頌她的貞節。此詩的最後兩句是：「彼夫既不淑，此婦亦太剛。」直接批評了秋胡，對秋胡妻之死表示惋惜。

〈秦女休行〉是寫龐氏烈婦為父母復仇的故事。故事最早見於《三國志》〈魏志〉卷十八〈龐淯傳〉，後見於《後漢書》卷一百四十《列女傳》〈龐淯母〉。故事內容是說，酒泉人龐娥親，是龐子夏的妻子，趙君安的女兒。君安為同縣人李壽所殺，娥親有弟弟三人，都想報仇，正好染上流行病，三人都去世了。李壽聽說此事，十分高興，說趙家強壯的男子都死完了，只剩下一個弱女子，有什麼可憂慮的，於是防備就鬆懈了。娥親的兒子龐淯，在外面聽了李壽的話，回來就稟告娥親，娥親十分激動，傷心地流下眼淚，說：「李壽，你不要高興，我最後不會饒過你！」於是到街上買了好刀。終於在光和二年（179）二月上旬，與李壽相遇，娥親奮力砍殺，殺了李壽，割下了李壽的頭，去見縣官和刑部官員請罪。這些官員不僅不懲辦她，而且上表朝廷，稱讚她為父復仇的精神。所以，她的事蹟載入史冊，得到傅玄的讚揚，這首詩寫的就是這個故事。這裡塑造了龐娥親堅強勇敢

的英雄形象，贊頌了她為父復仇的孝義精神。龐娥親的復仇行為受到當時社會廣泛的讚揚，這個社會風氣可能與當時提倡的孝道有關。在今天看來，殺人應繩之以法，私人復仇的行為是不足取的。

傅玄是西晉初年寫故事樂府的大家，明人陸時雍說他「古貌綺心，微情遠境，漢後未睹其儔。樂府淋漓排蕩，位置三曹，材情妙麗，似又過之。」[5]絕非溢美之辭。像〈秋胡行〉〈秦女休行〉，都是他故事樂府中的名篇，傳誦千古。

傅玄反映社會現實的詩篇有〈豫章行〉〈苦相篇〉、〈明月篇〉等。〈豫章行〉〈苦相篇〉屬相和歌清調曲，「苦相」即苦命。這首詩寫封建社會重男輕女和婦女的悲慘命運，詩人猛烈地抨擊這種不平等的現象，對婦女的不幸遭遇深表同情。此詩以男女對比的方法寫婦女的痛苦：婚前男的是「男兒當門戶，墜地自生神。雄心志四海，萬里望風塵」。女的是「女育無欣愛，不為家所珍。長大逃深室，藏頭羞見人」。婚後，先是「情合同雲漢，葵藿仰陽春」，後是「心乖甚水火，百惡集其身」。最後的結局是「昔為形與影，今為胡與秦。胡秦時相見，一絕逾參辰」。如此對比地寫婦女之苦，如泣如訴，娓娓動人。

〈明月篇〉屬雜曲歌辭。此詩寫一個女子擔心年老色衰為丈夫所遺棄。詩云：「玉顏盛有時，秀色隨年衰。常恐新間舊，變故興細微。浮萍本無根，非水將何依？」細緻的心理描寫揭示了女子的內心世界，也反映了當時男女不平等的現象，具有深刻的社會意義。此類詩還有一些，這裡就不再列舉了。

西晉初年，詩壇上模擬之風甚盛，傅玄樂府詩頗多模擬之作，如〈艷歌行〉是模擬漢樂府〈陌上桑〉的，〈西長安行〉是模擬漢鐃歌〈有所思〉的。在這些樂府詩中雖也有較好的作品，但是從總體來看，價值不高。

5　《古詩鏡》卷 8。

　　傅玄擅長樂府詩。而他的古詩亦頗有佳作。如〈雜詩〉（「志士惜日短」），寫愁人不寐，散步前庭，看到夜中種種景象。末了寫道：「常恐寒節至，凝氣結為霜。落葉隨風吹，一絕如流光。」反映了詩人對所處時代的憂懼，寄寓了「憂生之嗟」。〈雜言〉詩僅有「雷隱隱，感妾心。傾耳聽，非車音」四句，寫一女子的相思之情，詩短情長，耐人尋味。

　　《晉書》〈樂志〉云：「及武帝受命之初，百度草創。泰始二年，詔郊祀明堂，禮樂權用魏儀，遵周肇稱殷禮之義，但改樂章而已，使傅玄為之詞云。」據《晉書》〈樂志〉記載，傅玄所作歌詞有〈祀天地五郊迎送神歌〉〈饗天地五郊歌〉〈明堂饗神歌〉〈祠廟迎送神歌〉〈祠宣皇帝登歌〉〈祠景皇帝登歌〉〈祠文皇帝登歌〉等十餘首。其中有祭天地的，有祭神靈的，也有祭祖宗的。劉勰說傅玄「創定雅樂，以詠祖宗」，是不準確的。由於劉勰處於封建統治之下，他重視那些所謂「雅歌」是正常的，但忽略了〈秋胡行〉、〈秦女休行〉、〈豫章行〉〈苦相篇〉等較有價值的篇章就不對了。這自然與他的指導思想──儒家思想有關係。我們一方面不必苛求古人，一方面也不得不指出他在思想認識上的侷限。

　　張華，字茂先，也是西晉初年著名的文學家，年輩較傅玄略晚。《晉書》〈張華傳〉說：「華學業優博，辭藻溫麗，朗贍多通，圖緯方伎之書莫不詳覽。」《隋書》〈經籍志〉著錄其著作有「《晉司空張華集》十卷，錄一卷」，宋代散佚，今存明人輯本。又有「《博物志》十卷」，此書亦散佚，今日所見已非原本。從張華的詩文看，他是一個卓有成就的詩人、作家；從《博物志》看，他又是一個淵博的學者。

　　張華的長相如何，《晉書》本傳不見記載。劉勰說：「魏晉滑稽，盛相驅扇。……張華之形，比乎握春杵。」這是說魏晉時的滑稽之文，將張華的形狀比做臼中春搗的木棒。詹鍈《文心雕龍義證》認為

此語出自《世說新語》〈排調〉[6]。〈排調〉云：

> 頭責秦子羽云：「子曾不如太原溫顒、穎川荀寓、范陽張華、
> 士卿劉許、義陽鄒湛、河南鄭詡。此數子者，或謇喫無宮商，
> 或尪陋希言語，或淹伊多姿態，或歡嘩少智諝，或口如含膠
> 飴，或頭如巾虀杵。而猶以文采可觀，意思詳序，攀龍附鳳，
> 並登天府。」

其實這一段話出自西晉張敏的〈頭責子羽〉文，《世說新語》不過引
用此文而已，所以劉勰說「魏晉滑稽」是對的。

　　如果我們再仔細地閱讀張敏的〈頭責子羽〉文和劉勰說的「張華
之形，比乎握舂杵」，就會發現劉勰說的並不妥。張敏文中所說的六
個「或」字句，是分指六人。依次序張華應是「或淹伊多姿態」。這
一點，《世說新語》注中引用《文士傳》說：「華為人少威儀，多姿
態。」這已足以說明問題了。劉勰說張華「比乎握舂杵」，是錯解了
張敏文，顯然是不對的。

　　張華歷任太子少傅、侍中、中書監，後進封壯武郡公，官至司
空，是晉初重臣。他又是著名的文學家，在當時地位頗高，具有很大
的權威性。他十分重視人才，獎掖後進。劉勰說：「唯陳壽《三志》，
文質辨洽，荀、張比之於遷、固，非妄譽也。」[7]這裡說到張華稱讚
陳壽《三國志》的事，據《晉書》〈陳壽傳〉記載：

> 司空張華愛其才……舉為孝廉，除佐著作郎，出補陽平令。撰
> 《蜀相諸葛亮集》，奏之。除著作郎，領本郡中正。撰魏吳蜀

6　〔梁〕劉勰：〈諧讔〉注 3，《文心雕龍》（上海市：上海古籍出版社，1994 年），頁
　　537。

7　〈史傳〉。

《三國志》，凡六十五篇。時人稱其善敘事，有良史之才。……張華深善之，謂壽曰：「當以《晉書》相付耳。」其為時所重如此。

受到張華提攜、獎掖的人甚多，其中有著名的文學家左思、陸機陸雲兄弟等人。如左思，作〈三都賦〉成，「司空張華見而嘆曰：『班、張之流也。使讀之者盡而有餘，久而更新。』於是豪貴之家競相傳寫，洛陽為之紙貴。」（《晉書》〈左思傳〉）又如陸機陸雲兄弟，《晉書》〈陸機傳〉說：「至太康末，與弟雲俱入洛，造太常張華。華素重其名，如舊相識，曰：『伐吳之役，利獲二俊。』……張華薦之諸公。後太傅楊駿辟為祭酒。」張華稱陸氏兄弟為「二俊」，亦是中國文學史上的佳話，後人輯陸氏兄弟詩文集即稱《二俊集》。《晉書》〈張華〉說：「華性好人物，誘進不倦，至於窮賤侯門之士有一介之善者，便咨嗟稱詠，為之延譽。」應是實錄。

張華的詩歌成就是比較高的。鍾嶸《詩品》列入「中品」，評曰：「其源出於王粲。其體華艷，興托不奇。巧用文字，務為妍冶。雖名高曩代，而疏亮之士，猶恨其兒女情多，風雲氣少。謝康樂云：『張公雖復千篇，猶一體耳。』今置之甲科疑弱；抑之中品恨少，在季孟之間耳。」按「甲科」原作「中品」，「中品」原作「下科」。曹旭《詩品集注》據《詩人玉屑》、《竹莊詩話》校改。我認為這樣校改比較符合張華詩歌創作的實際情況。

劉勰對張華的論述不多，但評價甚高。他說：「張華新篇，亦充庭《萬》。」這是說張華所作之新歌，也充作宮廷之舞曲。《宋書》〈樂志〉云：「晉武泰始五年，尚書奏使太僕傅玄、中書監荀勖、黃門侍郎張華各造正旦行禮及王公上壽酒食舉樂歌詩。」據《宋書》〈樂志〉載，張華這類詩歌有〈晉四箱樂歌〉十六篇、〈晉正德大豫二舞歌〉二篇，自然都是歌功頌德的作品。在當時頗為重要，現在已

經沒有什麼意義了。

張華樂府詩，值得我們重視的有〈輕薄篇〉、〈壯士篇〉、〈游俠篇〉、〈游獵篇〉、〈博陵王宮俠曲〉等。

〈輕薄篇〉，郭茂倩《樂府詩集》云：「〈輕薄篇〉言乘肥馬，衣輕裘，馳逐經過為樂。」此詩寫西晉初年王公貴族驕奢荒淫、醉生夢死的生活：

> 被服極纖麗，餚膳盡柔嘉。僮僕餘梁肉，婢妾蹈綾羅。文軒樹羽蓋，乘馬鳴玉珂。橫簪刻玳瑁，長鞭錯象牙。足下金鑮履，手中雙莫邪。賓從煥絡繹，傳御何芬葩！朝與金張期，暮宿許史家。甲第面長街，朱門赫嵯峨。蒼梧竹葉清，宜城九醞醝。浮醪隨觴轉，素蟻自跳波。

寫王公貴族的奢侈生活，他們的衣、食、住、行，皆備極豪華，而交往的是像漢代金日磾、張安世那樣的大官，或是像漢代許伯和史高那樣豪貴的外戚。

> 盤案互交錯，坐席咸喧嘩。簪珥或墮落，冠冕皆傾邪。酣飲終日夜，明燈繼朝霞。絕纓尚不尤，安能復顧他？

寫他們荒淫放蕩的生活，這是晉初社會生活的反應。《晉書》〈王導傳〉說：「自魏氏以來，迄於太康之際，公卿世族，豪侈相高，政教陵遲，不遵法變。群公卿士皆饜於安息。」王導指出的就是此種不良的社會風氣。《世說新語》〈汰侈〉篇記載許多奢侈的事蹟。如「石崇每要客燕集」、「石崇廁」、「武嘗降王武子家」、「王君夫以飴糒澳釜」「石崇與王愷爭豪」等，舉不勝舉。這樣的事例，在《晉書》竟陵王楙、何曾、夏侯湛、任愷、賈謐、賈模等人傳記中亦屢見不鮮。《宋

書》〈五行志〉云：「晉惠帝元康中，貴游子弟相與為散髮保身之飲，對弄婢妾。逆之者傷好，非之者負譏。」記述的就是這種侈靡之風。張華的〈輕薄篇〉則形象生動地揭露了這種窮奢極欲的生活。

〈游獵篇〉寫貴族子弟在山林野外遊樂打獵的情景：

> 鼓噪山淵動，沖塵雲霧連。輕繒拂素霓，纖網蔭長川。游魚未暇竄，歸雁不得還。由基控繁弱，公差操黃間。機發應弦倒，一縱連雙肩。僵禽正狼藉，落羽何翩翩。積獲被山阜，流血丹中原。

寫獵場的活動真是驚心動魄。此詩從另一角度表現那些封建貴族豪奢的生活。蕭統《文選》所選之賦有「畋獵」一類，選有司馬相如的〈子虛賦〉、〈上林賦〉，揚雄的〈羽獵賦〉、〈長揚賦〉等。張華的〈游獵篇〉在藝術手法上顯然受了他們的影響。

至於〈游俠篇〉〈博陵王宮俠曲〉，則是寫游俠活動。《史記》〈游俠列傳序〉說：「今游俠，其行雖不軌於正義，然其言必信，其行必果，已諾必誠，不愛其軀，赴士之阨困。」這是說的漢代的游俠，西晉的游俠亦復如此。〈游俠篇〉歌頌戰國時期孟嘗君、信陵君、平原君、春申君四公子，讚揚他們或親自出馬，或利用游俠為國效力。《漢書》〈游俠傳〉說：「戰國……列國公子，魏有信陵，趙有平原，齊有孟嘗，楚有春申，皆借王公之勢，競為游俠……以取重諸侯，顯名天下。搤掔而游談者，以四豪為稱首。」張華對四公子是讚頌的，而對當時的游俠則是否定的。他說：

> 美哉游俠士，何以尚四卿？我則異於是，好古師老彭。

意思說，你們這些游俠之士何必推崇四公子，我和你們不同，我則學

習老彭，信仰儒家思想。〈博陵王宮俠曲〉二首皆寫游俠。其一寫俠客幽居山林，歲暮饑寒交迫，所以他們「自在法令外，縱逸常不禁」。其二寫雄兒「借友行報怨，殺人租市旁」，以武犯禁，身雖死而心不懲。這裡指出游俠的不法行為是貧困的生活和俠義的精神驅使的，對當政者隱隱約約地有所批評，也流露了詩人對「俠客」「雄兒」的同情。可見詩人對游俠的認識是矛盾的。看起來，詩人對游俠現象是批評還是同情，得視具體情況而定。

這裡特別要提到的是〈壯士篇〉：

> 天地相震盪，回薄不知窮。人物稟常格，有始必有終。年時俯仰過，功名宜速崇。壯士懷憤激，安能守虛沖。乘我大宛馬，撫我繁弱弓。長劍橫九野，高冠拂玄穹。慷慨成素霓，嘯吒起清風。震響駭八荒，奮威曜四戎。濯鱗滄海畔，馳騁大漠中。獨步聖明世，四海稱英雄。

這首寫一位壯士追求功名，決心報效朝廷的雄心壯志。詩歌慷慨激昂，顯然抒發詩人的情懷，表現詩人積極進取的精神面貌，是一首洋溢著英雄豪邁之氣的詩作。

張華的五言詩，最值得注意的還是〈情詩〉。鍾嶸評張華說：「猶恨其兒女情多，風雲氣少。」就是指他的〈情詩〉而言。從數量上看，張華的情詩並不多，由於成就突出，引起人們的注意。在張華的〈情詩〉五首中，最有名的是蕭統《文選》選錄的兩首，即「清風動帷簾」一首，「游目四野外」一首。前者寫閨中思婦思念在遙遠地方的丈夫，從清風、晨月寫到思婦獨守空床，又寫思婦埋怨夜長，撫床嘆息，感慨傷心，寫得纏綿悱惻，哀怨動人。後者寫遊子別後對妻子的思念：「蘭蕙緣清渠，繁華蔭綠渚。佳人不在茲，取此欲誰與？」使人很自然地聯想到《古詩十九首》「涉江采芙蓉」所說的「涉江采

芙蓉，蘭澤多芳草。采之欲遺誰？所思在遠道」。這種詩風，與鍾嶸所說的「巧用文字，務為妍冶」迥然不同；與劉勰所說的「茂先凝其清」[8]頗為相類。

《文心雕龍》〈明詩〉篇說：

> 故平子得其雅，叔夜含其潤，茂先凝其清，景陽振其麗。兼善則子建、仲宣，偏美則太沖、公幹。

這裡，劉勰將張華與張衡、嵇康、張協並提，說明張華在中國詩歌史上佔有重要的地位。沈德潛說：「茂先詩，《詩品》誚其『兒女情多，風雲氣少』，此亦不盡然。總之，筆力不高，少凌空矯捷之致。」[9]沈氏指出張華詩的不足之處，自是的評。

附帶提到，劉勰的文學批評持論甚嚴，雖是小毛病也不放過。他說：「張華詩稱『游雁比翼翔，歸鴻知接翮』；劉琨詩言『宣尼悲獲麟，西狩泣孔丘』；若斯重出，即對句之駢枝也。」（〈麗辭〉）張華〈雜詩〉三首（其三）詩中「游雁」二句內容是重複的。劉勰認為，這樣的對句是對句中的駢拇和枝指，是有毛病的。

還有，劉勰對詩歌的用韻亦有嚴格之要求。〈聲律〉篇說：

> 及張華論韻，謂士衡多楚。〈文賦〉亦稱取足不易，可謂銜靈均之聲餘，失黃鐘之正響也。

這是借用張華批評陸機的話來表達自己的觀點。張華論押韻，認為陸機押韻多用楚聲。〈文賦〉說：「亮功多而累寡，故取足而不易。」陸機認為這樣做功多弊少，無須改變。劉勰認為這是採用楚聲叶韻之

8　〈明詩〉。

9　《古詩源》卷7。

法，是失去《詩經》的正響，對陸機的用韻持批評態度。

除了詩歌之外，劉勰還論及張華的散文。〈才略〉篇說：

> 張華短章，弈弈清暢，其〈鷦鷯〉寓意，即韓非之〈說難〉也。

張華〈鷦鷯賦〉，見《文選》卷十三。此賦作者以鷦鷯自況。鷦鷯是一種體長約三寸的小鳥，牠「生於蒿萊之間，長於藩籬之下」，在草木叢中飛來飛去，自由自在，孳生不息，萬物皆不傷害牠。那些鳩、鶚、鷗雞、大雁、孔雀、翡翠就不同了，牠們高飛可以沖天，嘴爪足以自衛，結果大都慘遭箭射，羽毛進貢。作者嚮往像鷦鷯那樣的生活，無災無害，「不懷寶以賈害，不飾表以招累」，流露了明哲保身的思想。這種思想可能受了莊子「鷦鷯巢於深林不過一枝」[10]的啟發。值得注意的是，此賦傳出之後，被阮籍看到，讚嘆曰：「王佐之才也。」[11]張華由是聲名始著，經郡守鮮于嗣的推薦，他開始步上仕途，以後位至公侯，終不免殺身之禍。此賦成了他一生經歷的諷刺，劉勰認為此賦之寓意如韓非之〈說難〉。按韓非〈說難〉是說向君主進說之困難及遭遇之險惡。假如劉勰的理解是正確的話，那是他看出了張華在朝為官之前的憂懼心理。

張華賦今存六篇（包括殘篇），除〈鷦鷯賦〉外，餘皆不足道。

張華的散文，誥策之文比較重要。〈詔策〉篇說：

> 自魏晉誥策，職在中書，劉放、張華，互管斯任，施命發號，洋洋盈耳。

這是說，自魏晉以來，草擬詔策，由中書監負責，魏之劉放、晉之張

---

10 《莊子》〈人世間〉。

11 《晉書》〈張華傳〉。

華皆曾任此職，發號施令，聲滿人耳。劉放且不提。《晉書》〈張華傳〉說張華「名重一時，眾所推服，晉史及儀禮憲章並屬於華，多所損益，當時詔誥皆所草定，聲譽益盛」。但今天所見到的張華作品，已不見詔誥、冊書。他的詔策之文如何？已不得而知。〈章表〉篇又說：

> 逮晉初筆札，則張華為俊，其三讓公封，理周辭要，引義比事，必得其偶，世珍〈鷦鷯〉，莫顧章表。

這是說，西晉初年的章表以張華最為出眾。他多次辭讓封公，所上之表，說理周密，文辭扼要，引用事義，排比事實，必用對偶。世人只看重他的〈鷦鷯賦〉，沒有人看重他的章表。劉勰對張華的章表之文作了很高的評價。據《晉書》〈張華傳〉載：「張華……封關內侯，進封為廣武縣侯……久之，論前後忠勛，進壯武郡公。華十餘讓，中詔敦譽，乃受。」這說明張華確實辭讓封公多次，而他的「三讓公封」之表已佚。其他章表，除〈王公上壽酒食舉樂歌詩表〉外，亦皆亡佚。而此表不足二百字，劉勰所分析的張華章表之特點，在此表中表現得並不明顯，無從評論。

　　總之，張華的散文由於散失太多，所以劉勰有關其散文的論述，我們已無法了解具體情況，使人感到有些美中不足。

　　《文心雕龍》〈時序〉篇說：

> 逮晉宣始基，景文克構，並跡沉儒雅，而務深方術。至武帝惟新，承乎受命，而膠序篇章，弗簡皇慮。降及懷、愍，綴旒而已。然晉雖不文，人才實盛：茂先搖筆而散珠，太沖動墨而橫錦，岳、湛曜聯璧之華，機、雲標二俊之采，應、傅、三張之徒，孫、摯、成公之屬，並結藻清英，流韻綺靡。前史以為運涉季世，人未盡才，誠哉斯談，可為嘆息！

這是劉勰對西晉文學的評論。首先說到西晉時期歷代統治者並不重視文學；其次論及西晉雖不重視文學，而當時人才很多，這裡提到的有張華、左思、潘岳、夏侯湛、陸機、陸雲、應貞、傅玄、三張（張載、張協、張亢）、孫楚、摯虞、成公綏等人，他們文學創作的特點是「結藻清英，流韻綺靡」，即文辭清新，韻調華美；最後對身處亂世的文士如張華、潘岳和陸機、陸雲兄弟的先後被殺，為之嘆息。劉勰認為這些文士未能很好地發揮其才能，十分可惜。

在西晉時期的作家群中，我們評論的是劉勰對傅玄和張華的論述。傅玄和張華雖不如潘岳、陸機著名，但也都是西晉初年的重要作家。劉勰對他們都有簡明扼要的論述。劉勰認為傅玄的特點是「義多規鏡」，張華的特點是「搖筆而散珠」。所謂「義多規鏡」，是說傅玄文多鑑戒；所謂「搖筆而散珠」，是說張華搖動筆桿好像會落下珍珠，這是比喻他的文章辭藻華麗。這裡道出了傅玄和張華的不同特點。劉勰具有很高的藝術鑑賞能力，他的評論往往重點突出，三言兩語，便深中肯綮。這些評論不僅提供了作家的評論資料，而且在方法上對於我們今天評論作家也有所啟發。

二〇〇〇年二月

鍾美於〈西征〉　賈餘於哀誄
──劉勰論潘岳

　　潘岳是西晉太康時期的重要作家，他在當時文壇上聲名頗高。沈約《宋書》〈謝靈運傳論〉說：「降及元康，潘、陸特秀。」鍾嶸《詩品》說：「太康中，三張二陸兩潘一左勃爾復興，踵武前王，風流未沫，亦文章之中興也。」這裡可以看出他在文學史上的地位。劉勰以前，一些文人對潘岳已有評論，如孫綽說：「潘文淺而淨。」[1]李充「嘆其翩翩然如翔禽之有羽毛，衣服之有綃縠。」謝混說：「潘詩爛若舒錦，無處不佳。」[2]都是零星的印象批評，而劉勰對潘岳進行了比較全面的論述。

一

　　潘岳賦的成就較高。《文心雕龍》〈詮賦〉篇將他列為「魏晉之賦首」八家之一。蕭統《文選》選錄他的賦竟達八篇之多，而與他同時的著名作家陸機的賦僅選錄兩篇。於此可見蕭統和劉勰一樣，對潘岳賦是十分重視的。

　　潘岳賦的特點，劉勰概括為「策勛於鴻規」，這是說潘岳在大賦創作上建立了功績，這一評價顯然是不全面的。這裡劉勰所指當是〈籍田〉、〈西征〉等賦作。〈籍田賦〉作於晉武帝泰始四年（268）。

1　《世說新語》〈文學〉引。

2　鍾嶸《詩品》上引

《晉書》〈潘岳傳〉云:「泰始中,武帝躬耕籍田,岳作賦以美其事。」籍田是指古代帝王於春耕前親自耕於農田,以奉祀宗廟,也包含勸農的意思。泰始四年正月晉武帝裝模作樣去「籍田」,潘岳寫了這篇歌頌的賦。今天看來,除了有助於我們了解當時「籍田」盛況之外,了無足取。但是此賦顯示了潘岳的才華。《晉書》〈潘岳傳〉引用全文之後說:「岳才名冠世,為眾所疾,遂棲遲十年。」潘岳竟因才華出眾,遭到妒嫉,至咸寧二年(276)才遷任太尉掾,官場失意將近十年。〈西征賦〉是魏晉時期一篇著名的大賦。《文選》李善注云:「晉惠元康二年,岳為長安令,因行役之感而作此賦。」可見此賦作於晉惠帝元康二年(292)。據《晉書》〈潘岳傳〉記載,潘岳作為楊駿的主簿,在楊駿被賈后殺害之後,依法他當受到牽連,幸而有楚王瑋的長史公孫宏的解救,才免於一死,不久他又被選為長安縣令。正是在赴長安時「作〈西征賦〉述行歷,論所經人物山水」。這篇賦,固然是敘述潘岳從洛陽到長安赴任的經歷,但是,由於遭遇的不幸,賦中頗多感慨,一開頭就「喟然歎道:生有脩短之命,位有通塞之遇。鬼神莫能要,聖智弗能豫。」這是有所感而發的。因為他碰上了楊駿被賈后所殺的事,而他是依附楊駿的。為此他險遭不測。「危素卵之累殼,甚玄燕之巢幕。心戰懼以兢悚,如臨深而履薄。」說明他的境遇危險,心中充滿了恐懼。他有幸得到皇帝的赦免,並被任命為長安縣令。事情總算有了一個較好的了結。可是由於自己有那樣切身的政治遭遇,在赴任途中,幼子夭折,他沿途看到一些山水古蹟,不免感慨萬千。例如「經澠池而長想」一節歌頌戰國時趙國賢相藺相如對秦王的英勇鬥爭和對廉頗老將的謙讓精神,稱他為蓋世英才。「美哉邈乎」一節歌頌周朝初年攝政的周公、召公,舉出《詩經》〈周南〉、〈召南〉中的詩歌,讚美那太平盛世。「觀夫漢高之興也」一節歌頌漢高祖劉邦,稱頌劉邦不僅「聰明神武,豁達大度」,而且關懷人的生死,不忘舊情,誠懇愛人,其恩澤沒有沾不到的。「掩細柳而

撫劍」一節歌頌漢文帝時的將軍周亞夫。周亞夫的兵營在長安附近的
細柳，漢文帝去慰勞兵士，卻在兵營門口被擋住了。這裡歌頌了明君
賢相良將。潘岳還批評了歷史上一些昏君、霸王和亂臣。例如項羽，
潘岳說他「虐項氏之肆暴，坑降卒之無辜」。項羽暴虐已極，坑殺二
十餘萬無辜的降卒。潘岳指出董卓之亂，為當時帶來了滔天大禍，皇
帝被迫放棄洛陽遷都長安。董卓死後，他的部將李傕、郭汜繼續作
亂，生靈塗炭，人民遭受了沉重的災難。潘岳還批評周幽王為了博得
他所寵愛的褒姒一粲，竟無事而屢舉烽火，騙得諸侯來救援。後來犬
戎真的打來，諸侯的救兵也都不來了。周幽王終於「軍敗戲水之上，
身死驪山之北」，得到的是可悲的下場。潘岳所詠嘆的雖然是歷史上
的人物和事件，是「發思古之幽情」，但也彷彿寄寓了他對國事的憂
愁和現實的不滿。基調始終是比較低沉的，憂鬱的。

　　〈西征賦〉辭采富麗，也講究鋪陳。這固然是受了漢賦「鋪采摛
文」的影響，也是當時文壇重視辭采的風氣的表現。例如，他寫昆明
池的景色和水產：

　　　　其池則湯湯汗汗，澒瀁瀰漫，浩如河漢；日月麗天，出入乎東
　　　　西；旦似湯谷，夕類虞淵。昔豫章之名宇，披玄流而特起。儀
　　　　景星於天漢，列牛女以雙峙。圖萬載而不傾，奄摧落於十紀；
　　　　擢百尋之層觀，今數仞之餘趾，振鷺於飛。鳧躍鴻漸，乘雲頡
　　　　頏，隨波瀺淡，瀺灂驚波，唼喋菱芡。華蓮爛於淥沼，青蕃蔚
　　　　乎翠激。
　　　　而菜疏芼實，水物惟錯……灑鈎投網，垂餌出入，挺叉來往。
　　　　纖經連白。鳴榔屬響，貫鰓芼尾，掣三牽兩。於是馳青鯤於網
　　　　鉅，解頳鯉於黏徽，華魴躍鱗。素鱮揚鬐。饔人縷切，鸞刀若
　　　　飛，應刀落俎，霍霍霏霏……

顯然不同於漢賦，漢賦描寫宮苑、都城、物產、田獵等，皆辭藻華麗。大肆鋪排，如司馬相如〈子虛賦〉描寫雲夢：「雲夢者方九百里。其中有山焉。其山……其土……其石……其南……其高……其卑……其西……其中……其北……其上……其下……」這樣的作品，只是客觀地描寫景物，形式板滯，堆砌辭藻，缺乏感情。潘岳的〈西征賦〉描寫景物雖然也運用鋪陳的手法，而表現自然，含蘊著詩人的感情。這是大賦創作中明顯的進步。所以劉勰認為潘岳「鍾美於〈西征〉」。[3]

　　潘岳的〈西征賦〉固然是名作，但是真正能代表潘岳辭賦風格特點的是〈秋興賦〉、〈閒居賦〉、〈懷舊賦〉和〈寡婦賦〉。因此，我們認為潘岳鍾美的不僅是〈西征〉，而應包括其他辭賦佳作。

　　〈秋興賦〉寫於西晉武帝咸寧四年（278）。這一年，潘岳三十二歲。〈秋興賦序〉云：「晉十有四年，余春秋三十二。始見二毛，以太尉掾兼虎賁中郎將，寓直於散騎之省。」此時他任太尉掾兼虎賁中郎將，係中級武官。潘岳追逐名利的思想嚴重，自負其才，自然感到鬱鬱不得志。他說：「攝官承乏，猥廁朝列。夙興夜寢，匪遑底寧。譬猶池魚籠鳥，有江湖山藪之思。於是染翰操紙，慨然有賦。」他想歸隱田間，並非厭惡官場的汙濁，而是對自己的職位不滿。這與陶淵明是很不相同的。賦的正文開始就引用宋玉〈九辯〉中的名句：「悲哉秋之為氣也，蕭瑟兮草木搖落而變衰。憭慄兮若在遠行，登山臨水送將歸。」這為此賦定下了悲秋的基調。所以，他在賦中說：「嗟秋之可哀兮，諒無愁而不盡。」他也想像歸隱田園以後的閒適生活：

> 耕東皋之沃壤兮，輸泰稷之餘稅。泉湧湍於石間兮，菊揚芳於崖藻。嗽秋水之涓涓兮，玩游儵之潎潎。逍遙乎山川之阿，放曠乎人間之世。優哉游哉，聊以卒歲。

3　《文心雕龍》〈才略〉。

但是，對於這個「身在江湖，心懷魏闕」的假隱士來說，平靜的田園生活，並不是他的樂土。這種脫離實際的想像，只是一時的空想，不過，它從另一方面表現了潘岳對現實不滿的情緒。

　　〈秋興賦〉是潘岳賦中名篇。〈閒居賦〉也是他的名篇，《晉書》〈潘岳傳〉全文引用。並且指出：「（潘岳）既仕宦不達，乃作〈閒居賦〉。」按潘岳寫作此賦已是「知命之年」。他回憶三十年來的官場生涯是「八徙官而一進階，再免，一除名，一不拜職，遷者三而已矣」。[4] 道路是很不平坦的，而「岳性輕躁，趨世利……其母數誚之曰：『爾當知足，而乾沒不已乎？』而岳終不能改」。[5] 因此，他充滿了「仕宦不達」的苦悶，為了從現實的苦悶中解脫出來，他想「覽止足之分，庶浮雲之志」，[6] 陶醉在悠閑安適的田園生活中。但這只是一時的願望。由於他具有「乾沒不已」的思想性格特點，他是不可能永遠做到這一點的，但是一時做到，我們也很難排除。元好問《論詩絕句》云：「心畫心聲總失真，文章寧復見為人，高情千古〈閒居賦〉，爭信安仁拜路塵。」這是認為潘岳〈閒居賦〉中所表現出來的千古高情，與他「諂事賈謐」的行為是完全對立的。議論未免過於絕對化。這是把人的思想性格看作單一的緣故，其實人的思想性格是極其複雜的。絕不是一個單一的尺度所能衡量的。劉勰曾論及「文士之疵」。他說：「相如竊妻而受金，揚雄嗜酒而少算，敬通不循廉隅，杜篤之請求無厭，班固諂竇以作威馬融黨，染而鬻貨，文舉傲誕以速誅，正平狂憨以致戮，仲宣輕脆以躁競，孔璋惚恫以麤疏，丁儀貪婪以乞貨，路粹餔啜而無恥，潘岳詭譸於愍懷，陸機傾仄於賈郭，傅玄剛隘而詈臺，孫楚狠愎而訟府。」[7] 這是指出作家們思想品德上的缺點。

4　〈閒居賦序〉。

5　《晉書》〈潘岳傳〉。

6　〈閒居賦序〉。

7　《文心雕龍》〈程器〉篇。

當然，這只是作家的一個方面。從《文心雕龍》全書看，劉勰評論作家，不僅論述他們文學成就的高低，也論述他們的思想品德的優劣，其評論是比較全面的。像潘岳這樣的作家，既有較高的文學成就，又有明顯的思想品德的缺點，如何評價？還可以進一步研究。魯迅先生在論述陶淵明時說：「倘有取捨，即非全人，再加柳楊，更離真實。」這個分析很有道理，對我們是頗有啟發的。

潘岳所嚮往的田園生活是：「築室種樹，逍遙自得。池沼足以漁釣，春稅足以代耕。灌園鬻蔬，以供朝夕之膳；牧羊酤酪，以俟伏臘之費。孝乎惟孝，友於兄弟。……」[8]在賦中，他對自己居處的田園景色和家庭生活都有優美、生動的描寫。語言整飭，刻畫自然，有奪人心魂的藝術魅力。

〈懷舊賦〉大約作於太康五年（248）。這是潘岳為懷念其岳父楊肇而作。潘岳十二歲時，得到楊肇的賞識把女兒嫁給他，對於這個知遇之恩，潘岳是很感激的。因此也寫得比較有感情：「今九載而一來，空館閴其無人。陳荄被於堂除，舊圃化而為薪。步庭廡以徘徊，涕泫流而沾巾。宵展轉而不寐，驟長嘆以達晨。獨鬱結其誰語，聊綴思於斯文。」人去館空，庭園荒蕪，終宵不寐，淚沾巾袖，確實感人。〈寡婦賦〉，大約作於咸寧二年（276）。《文選》李善注云：「寡婦者，任子咸之妻也。子咸死，安仁序其寡孤之意，故有賦焉。」這是作賦的緣起。按任護，字子咸，是潘岳的好友。其妻是潘岳妻楊氏之妹，任護「不幸弱冠而終」、「孤女藐焉始孩」，護妻生計十分艱難、悲苦。潘岳很同情她，因此寫了這篇賦「以敘其孤寡之心焉」[9]。賦中寫任護死後，其妻的悲哀：「靜闔門以窮居兮，塊煢獨而靡依。易錦茵以苦席兮，代羅幬以素帷。命阿保而就列兮，覽巾笥以舒悲。口鳴咽以失聲兮，淚橫進而沾衣。煩冤其誰告兮，提孤孩於坐側。時曖

8　〈閒居賦序〉。

9　〈寡婦賦序〉。

曖而向昏兮，日杳杳而西匿。雀群飛而赴楹兮，雞登棲而斂翼。歸空
館而自憐兮，撫衾裯以嘆息。思纏綿以瞀亂兮，心摧傷以愴惻。」寫
其放聲痛哭，涕泗滂沱，手攜弱子，憂愁無告。並以黃昏的景物加以
襯托，讀之令人黯然神傷。

　　以上論述證明，劉勰將潘岳推為「魏晉賦首」之一，不只是因為
他有〈西征賦〉。同時也是因為他有〈秋興〉、〈閒居〉、〈寡婦〉等賦。
這些賦以語言和暢，辭藻華美，富於情韻的特點，顯示了他的創作實
績。潘岳抒情小賦的藝術成就，在有晉一代賦家中是十分突出的。

二

　　《晉書》〈潘岳傳〉說潘岳「尤善為哀誄之文」，這是不錯的。
《全晉文》收潘岳哀辭、誄文近二十篇，為數不少。所以《文心雕
龍》〈才略〉篇說他「賈餘於哀誄」。

　　《文心雕龍》〈誄碑〉篇論潘岳的誄文說：「潘岳構意，專師孝
山，巧於序悲，易入新切，所以隔代相望，能徵厥聲者也。」劉勰認
為，潘岳的誄文在構思上專學蘇順。據《後漢書》〈蘇順傳〉載，蘇
順，字孝山。「所著賦、論、誄、哀辭、雜文凡十六篇。」《全後漢
文》收集誄文三篇。只有〈和帝誄〉一篇比較完整，其他兩篇僅有殘
句。劉勰對蘇順所作誄文的評論是：「辨潔相參。觀其序事如傳，辭
靡律調，固誄之才也。[10]」意思是，蘇順所作的誄文明白而又簡潔，
看起來敘事如同史傳。文辭美好，音律和諧，確是寫誄的能手，潘岳
學習蘇順的構思，善於敘述悲哀的事情，很容易表現得清新而貼切。
這是他和蘇順隔代相望，而享有美譽的原因。

　　蕭統《文選》選錄潘岳誄文四篇：〈楊荊州誄〉、〈楊仲武誄〉、

---

10 《文心雕龍》〈誄碑〉。

〈夏侯常侍誄〉和〈馬汧督誄〉。其中以〈馬汧督誄〉最為著名。

〈馬汧督誄〉，作於元康七年（297）。《文選》李善注引臧榮緒《晉書》曰：「汧督馬敦，立功孤城，為州司所枉，死於囹圄，岳誄之。」這是潘岳作誄的緣故。汧督馬敦是一個名不見史傳的小人物。在抗擊氐人齊萬年的爭戰中，他固守汧城，以少禦眾，保全了孤城，立下了卓著的功勞，但也招來雍州從事的忌妒，馬敦竟因小事而被誣陷投入監獄，憤憤而死。〈馬汧督誄〉的序，重在敘事，如寫雙方爭戰激烈，馬敦堅守孤城的情況：

> 子以眇爾之身，介乎重圍之里，率寡弱之眾，據十雉之城。群氐如蝟毛而起，四面雨射城中，城中鑿穴而處，負戶而汲。木石將盡，樵蘇乏竭。芻蕘罄絕，於是乎發梁棟而用之，骂以鐵鑠機關，既縱礌而又升焉。釁陳焦之麥，柿枑桷之松，用能薪芻不匱，人畜取給，青烟傍起，歷馬長鳴。凶醜駭而疑懼，乃闞地而攻，子命穴浚塹，寘壺鑷瓶甀以偵之，將穿響作，因焚穢火薰之，潛氐殲焉。

馬敦用各種辦法抵抗攻城者，終於保住了城池，擊退了敵人，出生入死，可歌可泣。作者以史筆補舊史之闕文。誄文則對馬敦作了熱情的歌頌。《文心雕龍》〈誄碑〉篇云：「誄者，累也。累其德行，旌之不朽也。」可知誄的作用就是列舉死者的德行，表彰他，使他不朽。因此，潘岳在誄文中一再以贊頌的語言寫馬敦：

> 子以眇身，而裁其守。兵無加衛，墉不增築。
> 馬生爰發，在險彌亮。精冠白日，猛烈秋霜。稜威可厲，懦夫克壯。
> 惟此馬生，才博智贍。

實賴夫子，思薈彌長。咸使有勇，致命知方。

慨慨馬生，琅琅高致。

讀完〈馬汧督誄〉，我們不能不為馬敦悲壯的事蹟所感動。所以明人張溥說：「予讀安仁〈馬汧督誄〉，惻然思古義士，猶班孟堅之傳蘇子卿也。」[11]

〈夏侯常侍誄〉，作於元康二年（291），是潘岳為哀弔夏侯湛而作。

夏侯湛，字孝若，西晉文學家。他是潘岳的好友。《晉書》〈夏侯湛傳〉云：「湛幼有盛才，文章宏富，善構新詞，而美容觀，與潘岳友善，每行止同輿接茵，京都謂之『連璧』。」潘岳在這篇誄中，懷著哀弔摯友的深情，對夏侯湛的德行、功業作了如實的敘述和頌揚。文章從夏侯湛的先祖寫起，然後寫到夏侯湛：「英英夫子，灼灼其俊，飛辯摛藻，華繁玉振。如彼隨和，發彩流潤；如彼錦繢，列素點絢。」接著寫夏侯湛的「承親」「友悌」「事君」及與朋友的交往。最後，作者抒發自己哀痛的感情：「望子舊車，覽爾遺衣，愊抑失聲，迸涕交揮⋯⋯適子素館，撫孤相泣，前思未弭，後感仍集。積悲滿懷，逝矣安及。」這篇誄文誠如《文心雕龍》〈誄碑〉篇所說：「傳體而頌文，榮始而哀終。」即誄文的寫作特點是，用傳的體制，頌的文辭；開頭寫榮耀，結尾述哀痛。至於〈楊荊州誄〉是哀弔其岳父楊肇的，〈楊仲武誄〉是悼念楊肇的孫兒，他的內侄的，都是他所寫誄文中較好的作品。《文心雕龍》〈誄碑〉篇說：「論其人也，曖乎若可覿；道其哀也，淒焉如可傷。」正道出了這些誄文的藝術效果。

潘岳的哀辭也是出色的。《文心雕龍》〈哀弔〉篇論他的哀辭說：「及潘岳繼作，實踵其美。觀其慮善辭變，情洞悲苦，敘事如傳，結

---

11 《漢魏六朝百三家集》〈潘黃門集題辭〉。

言摹《詩》，促節四言，鮮有緩句；故能義直而文婉，體舊而趣新，
〈金鹿〉、〈澤蘭〉，莫之或繼也。」劉勰認為，後來潘岳所作，確實
繼承了徐幹哀辭的優點。看它構思完善，措辭多變，感情深厚悲苦，
敘事如同傳記，組織語言，摹仿《詩經》，都是音節短促的四言句，
很少有音舒緩的句子，所以能夠做到意義正直而文辭委婉，其體制是
舊的，而趨向卻是新的。如〈金鹿哀辭〉、〈澤蘭哀辭〉，是沒有人能
繼續寫出這樣作品來的，這裡對潘岳的哀辭作了很高的評價。現在我
們來看看〈金鹿哀辭〉：

> 嗟我金鹿，天資特挺，鬒髮凝膚，蛾眉蠐領。柔情和泰，朗心
> 聰警。鳴呼上天，胡忍我門。良嬪短世，令子夭昏。既披我
> 幹，又剪我根。塊如瘣木，枯荄獨存。捐子中野，遵我歸路；
> 將反如疑，迴首長顧。

這是潘岳為哀弔其幼女的夭折而作。據「良嬪短世，令子夭昏」二句
推測，金鹿之死似與其母先後同時。在愛妻病逝之後，幼兒接著夭
折，潘岳的心情是十分哀痛的。他將滿腔的悲哀和痛苦傾瀉在哀辭
中，今天讀來仍然淒楚動人。特別是「捐子」四句，寫父親對女兒深
切真摯的愛，尤其扣人心弦。

　　〈為任子咸妻作孤女澤蘭哀辭〉，是潘岳為任子咸妻所作的孤女
澤蘭哀辭。澤蘭三歲夭折，子咸早逝，因此任妻是十分悲苦的。哀辭
中寫道：「彼蒼者天，哀此矜人，胡寧不惠，忍予眇身。俾爾嬰孺，
微命弗振，俯覽衾襚，仰訴穹旻。弱子在懷，既生不遂，存靡託躬，
沒無遺類。耳存遺響，目想余顏，寢席伏枕，摧心剖肝。」確實寫得
很沉痛。《文心雕龍》〈哀弔〉篇說：「原夫哀辭大體，情主於傷痛，
而辭窮乎愛惜。」以上兩篇哀辭都具有這樣的特點，同時也具有「情
往會悲，文來引泣」的效果。但是，說「莫之或繼也」，未免有些過

甚其詞了。

　　此外，潘岳還有一些哀祭之類的文章，如流傳頗廣的〈哀永逝文〉，是為哀悼其妻楊氏而作。潘岳的〈悼亡賦〉說：「伊良嬪之初降，幾二紀以迄茲。」可知楊氏與潘岳結婚二十四年方逝世，此時潘岳年逾五十。從此文的內容看，似是潘岳送葬後作，文章以事件為順序，從送葬寫到返回居處，邊敘事邊抒情，實悲痛欲絕。「想孤魂兮眷舊宇。視倏忽兮若彷彿。徒彷彿兮在慮，靡耳目兮一遇。」作者想像到楊氏的魂靈一定會眷念故居，不忍離去，可是只能想像其彷彿。耳朵聽不見，眼睛看不到，怎不叫人嘆息流淚？「謂原隰兮無畔，謂川流兮無岸，望山兮寥廓，臨水兮浩汗，視天日兮蒼茫，而邑里兮蕭散，匪外物兮或改，因歡哀兮情換。」由於自己傷心，感到生活環境和周圍的景色都變了。這種「移情作用」，表現了潘岳深沉的悲哀。此種文字，以哀情動人，讀之令人愴然淚下。

　　《文心雕龍》〈祝盟〉篇提到潘岳的哀祭之文尚有〈為諸婦祭庾新婦文〉，劉勰說：「潘岳之祭庾婦，奠祭之恭哀也。舉匯而求，昭然可鑒矣。」劉勰認為，舉行祭奠的儀式，要又恭敬又悲哀。潘岳的祭庾婦文便是如此。在這類作品中探求其文體特點，就可以看得很清楚，〈為諸婦祭庾新婦文〉，見嚴可均《全晉文》。因文已殘缺，我們已無法清楚地看到劉勰所說的文體特點了。

　　劉勰還指出了潘岳一些哀祭文的特點。《文心雕龍》〈指瑕〉篇說：「潘岳為才，善於哀文，然悲內兄，則云感口澤；傷弱子，則云心如疑。《禮》文在尊極，而施之下流，辭雖足哀，義斯替矣。」這是說，潘岳〈悲內兄〉一文用「口澤」，〈金鹿哀辭〉一文用「如疑」這一類詞語是不恰當的。因為在《禮記》裡，這些詞皆用於父母，現在用於晚輩。雖然是夠悲哀的，但是失去了原義。今天看來，如果說這是缺點的話，也是微不足道的，並不足以影響潘岳的藝術成就。

三

　　潘岳長於賦誄，所以劉勰說他「鍾美於〈西征〉，賈餘於哀誄」。他的詩作不多，據逯欽立《先秦漢魏晉南北朝詩》所收，除殘句外，僅有十八首。劉勰《文心雕龍》對潘岳的詩並沒有具體的評論，只是在〈明詩〉篇中提到「晉世群才，稍入輕綺。張、潘、左、陸、比肩詩衢。采縟於正始，力柔於建安。或析文以為妙，或流靡以自妍。此其大略也。」這是劉勰對西晉太康詩歌的總的評論，當然其中也包括潘岳。

　　潘岳的詩作雖然不多，但也有一些佳篇。例如〈悼亡詩〉三首。這三首詩都是為悼念他的亡妻而作。元康八年（298）冬，潘妻楊氏卒於洛陽。潘岳服喪畢。作〈悼亡詩〉第一首。

> 荏苒冬春樹謝，寒暑忽流易。之子歸窮泉，重壤永幽隔。私懷誰克從？淹留亦何益。僶俛恭朝命，迴心返初役。望廬思其人，入室想所歷。幃屏無彷彿，翰墨有餘跡。流芳未及歇，遺掛猶在壁。悵怳如或存，回惶忡驚惕。如彼翰林鳥，雙棲一朝隻；如彼游川魚，比目中路析。春風緣隙來，晨溜承檐滴。寢息何時忘，沈憂日盈積，庶幾有時衰，莊缶猶可擊。

　　這首詩寫詩人安葬了亡妻，又服喪完畢，就要離家赴任的心情。「望廬」八句，寫他思念亡妻，徘徊空房，追憶往昔，觸目驚心的情形，感情真摯，非常感人。「如彼翰林鳥」「如彼游川魚」，連用兩個比喻，比喻通俗而形象，有力地表現了他的極為沉痛的心情。「春風」二句，從表面看是寫景，實則其中含有豐富的感情。正是「枕前淚共階前雨，隔個窗兒滴到明」也。同時點明此詩寫作的季節是春天。第

二首作於秋季。詩中寫道：「清商應秋至，溽暑隨節闌。」可證。「悲哉秋之為氣也」，蕭瑟的秋天最容易引起傷心人的悲哀。這首詩從「皎皎窗中月」寫起，寫到主人翁「凜凜涼風升，始覺夏衾單。豈曰無重纊，誰與同餐寒？歲寒無與同，朗月何朧朧。」以皎潔明朗的秋月與傷心人對照，寫出詩人淒涼的心境。當其視線轉到枕席上時，只見人去床空，長簟塵滿。楊氏沒有漢武帝李夫人的靈驗，人既死去，欲見不能，撫胸長嘆，不覺淚下沾裳，夫妻之情，纏綿悱惻。生死永訣，倍加哀痛。第三首有「誰知已卒歲」的話，當作於冬天。主人翁徘徊墓側，不忍離去。但是有公務在身，又不能不登車而去，詩人並不因為時間的流逝而眷念亡妻之情有所淡薄。這三首詩感情深厚，抒發委婉，頗有感人的力量。

潘岳的〈悼亡詩〉，是中國古典詩歌中的名篇，受到歷代人們的讚譽。

潘岳悼念亡妻楊氏的作品，除了〈悼亡詩〉和前面提到的〈哀永逝文〉之外，還有〈悼亡賦〉。〈悼亡賦〉抒寫「物未改兮人已化」的悲哀，可以與〈悼亡詩〉並讀，以進一步了解潘岳夫婦之間的真摯感情。張溥說：「及〈悼亡〉詩賦、〈哀永逝文〉，則又傷其閨房辛苦，有古〈落葉哀蟬〉之嘆。」充分肯定了這些悼亡詩文的藝術感染力。又〈楊氏七哀詩〉一首，抒發詩人思念其亡妻楊氏的誠摯感情：「漼如葉落樹，邈若雨絕天，雨絕有歸雲。葉落何時連？」表現出生離死別的痛苦。楊氏去世以後，他的家是「堂虛」、「室暗」。他自己是「晝愁」、「夜思」。他想到人生的無常，情不自禁地發出了「人居天地間，飄若遠行客。先後詎有幾，誰能弊金石」的悲嘆。

至於〈內顧詩〉二首，陸侃如認為，是太康七年（286），潘岳出任懷縣令時所作[12]。那麼，這是潘岳在懷縣思念家中妻子的詩。第一

---

12 《中古文學繫年》下冊，頁715。

首詩中說：「夜愁極清晨，朝悲終日夕。」「引領訊歸云，沉思不可釋。」主要抒寫思念妻子的愁苦。第二首詩中，除了抒發思念之情外，還以山上松、澗邊柏隆冬不凋謝勉勵妻子。希望她「無謂希見疏，在遠分彌固」。雖然相見稀少，但願夫妻之情彌加堅固。

思念和哀悼亡妻楊氏，是潘岳詩歌的主要內容。從這些作品看，潘岳雖然熱衷於功名利祿，但是對妻子的愛情還是真摯深厚的。這些作品寫得淒惻感人，後來的悼亡詩莫不受其影響。

潘岳的紀述行旅的詩篇，如〈河陽縣作〉二首、〈在懷縣作〉二首，也都有一些值得我們注意的地方。

〈河陽縣作〉二首，潘岳作於出任河陽縣令時，因此詩中有「雖無君人德，視民庶不恌」，「豈敢陋微官，但恐忝所荷」之類的話。又據《晉書》〈潘岳傳〉載：「（岳）出為河陽令，負其才而鬱鬱不得志。」所以詩作中又有「人生天地間，百歲孰能要。潁如槁石火，瞥若截道颮」一類感傷詩句。但是，引起我們注意的倒不是這些，而是一些寫景的詩句。如：

> 長嘯歸東山，擁耒耡時苗。幽谷茂纖葛，峻岩敷榮條，落英隕林趾，飛莖秀陵喬。（其一）
> 川氣冒山嶺，驚湍激岩阿。歸雁映蘭畤，游魚動圓波。鳴蟬厲寒音。時菊耀秋華。（其二）

前一段寫詩人歸隱東山的自然環境，寥寥數語，就寫出山居的靜謐和幽美。後一段寫詩人登城眺望洪河，只見水氣冒岑，驚濤拍岩，水上有歸雁，水中有游魚，水邊有斷斷續續鳴叫的寒蟬和盛開的秋菊。詩人筆下的景物並不罕見，卻構成一幅美麗的山水畫，於此可見其嫻熟的藝術技巧。

〈在懷縣作〉二首，詩中有「自我違京輦，四載迄於斯」的句

子，當作於太康七年（286）。即潘岳離京後的第四年，詩中又說：
「我來冰未泮，時暑忽隆熾。」時間是在炎熱的夏天。詩中寫盛夏苦
熱，詩人登城臨池納涼。只見：「靈圃耀華果，通衢列高梧，瓜瓞蔓
長苞，薑芋紛廣畦，稻栽肅芊芊，黎苗何離離。」這裡寫景雖用對
句，但是寫夏日的道路、田野，亦頗真實自然。詩人出任地方官實非
其所願，不免流露出牢騷不平感情：「器非廊廟姿，屢出固其宜。」
因此，常有懷歸之志：「信美非吾土，祇攪懷歸志。」可是，朝遷差
遣，身不由己，不得不「祇奉社稷守，恪居處職司」。這類作品的內
容是比較一般的。然而，其中對自然景色的描寫，有可取之處。

　　〈金谷集作詩〉一首，《文選》歸入「祖餞」類，是寫宴飲的詩
篇。元康六年（296）。石崇「出為征虜將軍，假節、監徐州諸軍事，
鎮下邳」，離家前，在其別館金谷園舉行盛大宴會。赴宴者大多有詩
作，潘岳應邀參加了這次宴會，並寫了這首詩。金谷園是一個風景美
麗的地方，石崇曾經這樣描繪這所別館：「卻阻長堤，前臨清渠。百
木幾於萬株，流水周於舍下。有觀閣池沼，多養魚鳥……」在這裡舉
辦宴會，展現在我們面前的自然是一幅歡宴行樂的情景。我認為，這
首詩值得我們注意的並不是那些花天酒地生活的勾畫，而是它對自然
景色的描寫：

> 回谿縈曲阻。峻阪路威夷，綠池泛淡淡，青柳何依依。濫泉龍
> 鱗，激波連珠揮。前庭樹沙棠，後園植烏椑。靈圃繁若榴，茂
> 林列芳梨。

寫園中山水樹木，雖鋪排辭藻，刻意雕琢。然而看來似隨意拈來，不
費力氣，詩人筆下清幽的景色，使人感到歷歷在目。潘岳對自然山水
的描繪，對後世山水詩的興起和發展有一定的影響，值得我們重視。

　　潘岳還有一些贈答詩，如〈為賈謐作贈陸機〉等詩，雖然寫得典

雅潤澤，也被選入《文選》。但是，只是一般的應酬之作，就不多說了。

　　最後要提到的是〈關中詩〉。這首詩共十六章，作於元康九年（299）。這一年正月，氐帥齊萬年被擒，當時潘岳任黃門侍郎，奉詔作這首詩。西晉初年以來，西北地區不時發生戰亂。據《晉書》〈惠帝紀〉載：「（永平）四年，夏五月……匈奴郝散反，攻上黨，殺長吏。秋八月，郝散率眾降，馮翊都尉殺之。……六年，……五月……匈奴郝散弟度元帥馮翊、北地馬蘭羌、盧水胡反，攻北地，太守張損死之。馮翊太守歐陽建與度元戰，建敗績。徵征西大將軍、趙王倫為車騎將軍，以太子少保、梁王肜為征西大將軍，都督雍梁二州諸軍事，鎮關中。秋八月，雍州刺史解系又為度元所破。秦雍氐、羌悉叛，推氐帥齊萬年僭號稱帝，圍涇陽。……十一月丙子，遣安西將軍夏侯駿、建威將軍周處等討萬年。……七年春正月癸丑，周處及齊萬年戰於六陌，王師敗績，處死之。……九年春正月，左積弩將軍孟觀伐氐，戰於中亭，大破之，獲齊萬年。」〈關中詩〉所反映的正是這一段史實。出於此詩是潘岳奉詔而作，所以將產生戰亂的原因歸諸西北少數民族，實際上是與西晉王所實行的殘暴的壓迫和剝削政策有關。傅暢說：趙王司馬倫都督雍梁晉諸軍事時，「誅羌大酋數十人，胡遂反。」[13]就部分地揭出了事情的真相。

　　〈關中詩〉記述了關中戰亂及西晉將士平定戰亂的經過，有本有末。詩中贊頌周處說：「周殉師令，身膏氐斧。人之云亡，貞節克舉。」周處是一個剛直忠勇的將軍，他任御史中丞時，因執法不避權貴，曾得罪過梁王司馬肜。這時作為統帥的司馬肜乘機報復，命他以五千兵力迎戰齊萬年七萬人馬，終於戰死在沙場上。「盧播違命，投畀朔土」，則揭露了武將盧播欺詐冒功被免為庶人。

13　《晉諸公贊》。

　　連年爭戰，給廣大的西北人民帶來了痛苦和災難：「哀此黎元，無罪無辜。肝腦塗地，白骨交衢。夫行妻寡，父出子孤。俾我晉民，化為狄俘。」無辜的人民，死去的白骨蔽野，活著的妻寡子孤，面對著悲慘的現實，詩人不禁流露出自己的哀憐和同情：「徒愍斯民，我心傷悲。」

　　詩末讚美西晉統治者關心人民病苦，說什麼「明明天子，視民如傷。……惸惸寡弱，如熙春陽」，很自然地表現出詩人的用意和立場。

　　這首詩應與《馬汧督誄》並讀，可以使我們了解關中戰亂的全過程和一些英雄人物如周處、馬敦的壯烈事蹟，可以補正史之不足。

　　從以上論述的詩歌中，我們可以看出潘岳詩歌清綺的文辭，繁富的采藻，淒婉的感情和柔弱的基調。潘岳獨有的藝術特色，使他與太康諸著名詩人並肩詩壇而毫無愧色，無怪乎鍾嶸《詩品》將他列為上品。這一看法，雖然後來有許多異議，但是與劉勰的看法基本上是一致的。

　　劉勰關於潘岳的論述，主要內容上面已經談到。至於〈諧讔〉篇提到「潘岳〈醜婦〉之屬」，因作品亡佚，無從評論。〈比興〉篇論及「安仁〈螢賦〉云『流金在沙』」，只是指出潘岳所用比的手法，無需辭費。最後，我們擬就劉勰的論述，對潘岳的思想性格和作品的文學風格略加分析。

　　《文心雕龍》〈體性〉篇說：「安仁輕敏，故鋒發而韻流。」這是劉勰分析作家性格與作品風格的關係時論及潘岳。劉勰認為，潘岳的性格輕佻而敏慧，所以他的作品才華外露，音調圓轉。〈聲律〉篇說潘岳的作品「吹籥之調也」，這是說明他的作品和諧協調。〈才略〉篇說：「潘岳敏給，辭自和暢。」是認為潘岳才思敏捷，文辭和順暢達。〈明詩〉篇將太康詩歌的藝術特色概括為「輕綺」，這是時代風格，當然也包括潘岳等人詩歌的風格。但是，各個詩人作品的風格皆因人而異。所謂「各師成心，其異如面」。例如，陸機詩歌的風格，

臧榮緒《晉書》[14]評為「綺練」，潘岳詩歌的風格，《世說新語》〈文學〉篇劉孝標注引《晉陽秋》和《續文章志》評為「清綺」，都是他們不同的風格特徵。這些風格特徵與「輕綺」相比，有相同一面，也有不同的一面，相同的一面是指時代風格，不同的一面就是詩人自己的獨特的風格。蘭恩・庫柏說：「個人風格是當我們從作家身上剝去所有那些不屬於他本人的東西，所有那些為他和別人所共有的東西之後所獲得的剩餘或內核。」[15]潘岳身上的「剩餘或內核」，即個人風格，是與眾不同的。這正如潘岳與別人不同一樣。布封說：「風格即人。」確實如此。

劉勰認為潘岳的性格特點是「輕敏」，這在《晉書》〈潘岳傳〉中可以得到證明：「岳少以才穎見稱鄉邑。號為奇童。」「岳性輕躁，趨世利。與石崇等諂事諂賈謐。每候其出，與崇輒望塵而拜。」可見劉勰對潘岳性格的評定是有根據的。但是，正如我們前面已經論及的，人的性格不是單一的，而是極端錯綜複雜的，勇敢的人有時也會表現為怯弱，溫和的人難免也發脾氣。誠然潘岳的性格有「輕敏」的一面，然而在〈馬汧督誄〉中表現出他的義憤和感慨，在〈閒居賦〉中表現出他的嚮往清靜閒適的高雅情懷，這是另一面。我們並不能說，前者是真實的，後者是虛假的，只有將這些特點統一在潘岳身上，才是潘岳所獨有的思想性格。

由於潘岳的輕佻敏慧，好趨世利，所以他有可能「詭禱於愍懷」。[16]即陰謀暗害愍懷太子。《晉書》〈愍懷太子傳〉云：「賈后將廢太子，詐稱上不和，呼太子入朝。既至，后不見，置於別室，遣婢陳舞賜以酒棗，逼飲醉之。使黃門侍郎潘岳作書草，若禱神之文，有如太子素意，因醉而書之，令小婢承福以紙筆及書草使太子書之。文

14　《文選》〈文賦〉李善注引。

15　歌德等著：《文學風格論》（上海市：上海譯文出版社，1982 年），頁 28。

16　《文心雕龍》〈程器〉。

曰：『陛下宜自了；不自了，吾當入了之。中宮又宜速自了；不了，吾當手了之。並謝妃共要剋期而兩發，勿疑猶橡，致後患。茹毛飲血於三辰之下，皇天許當掃除患害，立道文為王，蔣為內王。願成，當三牲祀北君，大赦天下。要疏如作令。』太子醉迷不覺，遂依而寫之……」這種事，對於一個利祿薰心的人來說，是有可能幹得出來的。有的論者為潘岳辯護，否定這件事，我們認為是不必要的。

　　劉勰認為，正是因為潘岳具有「輕敏」的性格特點。所以他的作品有才華外露、文辭和暢、音調圓轉的藝術特色。這一看法，當然是有道理的。關於作家的性格對作品風格的影響，劉勰在〈體性〉篇中論述甚詳[17]。但是，我們應該指出，一個作家風格的形成是有著多方面原因，僅僅歸於作家的性格，未免片面。

　　總的看來，劉勰對潘岳的辭賦、哀誄、詩歌等都有精湛的見解：在辭賦創作上，將他列為「魏晉之賦首」之一；在哀誄創作上，指出他「巧於序悲」，「善為哀文」；在詩歌創作上，將潘岳與三張、二陸、一左等人並列，都是有價值的見解，值得我們今天參考的。

　　劉勰關於潘岳的論述，文字不多，而且比較零碎分散。但是，論述還是比較全面的，而且言簡意賅，語語中的。今天我們對這些論述進行系統的形究，總結其文學理論批評的經驗，對於我們深入研究魏晉南北朝文學，開展正確的文學批評，不是沒有啟發的。

　　　　　　　　　　　　　　　　　　　　　　　　一九八六年二月

---

17 參閱本書〈劉勰的風格論芻議〉。

才深辭隱　思巧文繁
──劉勰論陸機

　　陸機是西晉重要作家，也是傑出的文學理論家。當時對他的評價
很高，如《世說新語》〈文學〉注引《文章傳》說：「（陸）機善屬
文，司空張華見其文章，篇篇稱善。」他的弟弟陸雲在給他的信中
說：「君苗見兄文，輒欲燒其筆硯。」葛洪曾說：「機文猶玄圃之積
玉，無非夜光焉，五河之吐流，泉源如一焉，其弘麗妍贍，英銳漂
逸，亦一代之絕乎！」[1]我們現在看到的都是一片頌揚的話。後來，
齊梁時的沈約說：「降及元康，潘、陸特秀。」[2]鍾嶸說：「陸機為太康
之英。」[3]也是稱讚不絕。在這一連串的讚揚聲中，劉勰在《文心雕
龍》中對陸機進行了冷靜地客觀地分析，一方面充分肯定他在文學創
作上和理論上的成就，一方面正確地指出了他的缺點，做出了比較實
事求是的評價。

一

　　陸機在古代文學理論上是有傑出貢獻的。他的《文賦》是中國文
學批評史上「第一篇完整而系統的文學理論作品。」[4]劉勰對《文

1　《晉書》〈陸機傳〉。
2　《宋書》〈謝靈運傳論〉。
3　〈詩品序〉。
4　郭紹虞主編：《中國歷代文論選》第 1 冊，頁 185。

賦》很重視，他在《文心雕龍》中主要有兩次談到它。在〈總術〉篇中說：「昔陸氏《文賦》，號為曲盡，然泛論纖悉，而實體未該。」在〈序志〉篇中評論魏晉以來文學批評理論時又說：「……魏文述《典》，陳思序《書》，應瑒《文論》，陸機《文賦》，仲洽《流別》，弘范《翰林》，各照隅隙，鮮觀衢路……魏《典》密而不周，陳《書》辯而無當，應《論》華而疏略，陸《賦》巧而碎亂，《流別》精而少巧，《翰林》淺而寡要……並未能振葉以尋根，觀瀾而索源，不述先哲之誥，無益後生之慮。」這裡明確地指出了《文賦》的優點和缺點。《文賦》的優點是「曲盡」、「巧」。即詳盡、巧妙。缺點歸納起來有三條：一是「泛論纖悉」、「碎亂」，即所論瑣碎，雜亂；二是「實體未該」。關於「實體」，研究者有不同看法，有的認為指文體，有的認為指根本性問題，實質問題，主體，要點。我們認為後者的理解氏對的。意思是說，《文賦》論述根本性問題不完備。三是「各照隅隙，鮮觀衢路」。這是說，這些論文和著作，只注意到作家作品的某些方面，很少從大處著眼。他還說：「並未能振葉以尋根，觀瀾而索源。不述先哲之誥，無益後生之慮。」這裡「葉」、「瀾」，比喻作品的文辭，「根」、「源」，比喻作品的思想，即儒家學說，「先哲之誥」，指儒家經書。劉勰認為，《文賦》等文學批評理論著作和論文，都未能尋究儒家學說。不能依據經書立論，所以，對後人是沒有什麼益處的，如果我們把「實體」「衢路」「根」「源」聯繫起來看，劉勰指出了《文賦》等文論思想方面的不足，也表現出他自己的侷限性。

　　劉勰對《文賦》的評論，既談到優點，又指出了缺點，看起來似乎比較全面了。其實不然，這只是劉勰對《文賦》的直接評價。另外，從《文心雕龍》和《文賦》的繼承關係上，還可以看出劉勰對《文賦》的間接評價。我們認為這方面的評價更重要，因為這是用事實來說明問題。

　　《文心雕龍》和《文賦》的關係十分密切，特別是《文心雕龍》

創作論部分受《文賦》的影響極為明顯。例如：

論創作構思。陸機《文賦》說：「其始也，皆收視反聽，耽思旁訊，精騖八極，心遊萬仞。其致也，情曈曨而彌鮮，物昭晰而互進；傾群言之瀝液，漱六藝之芳潤；浮天淵以安流，濯下泉而潛浸。於是沈辭怫悅，若游魚銜鉤而出重淵之深；浮藻聯翩，若翰鳥纓繳而墜曾雲之峻。收百世之闕文，采千載之遺韻；謝朝華於已披，啟夕秀於未振；觀古今於須臾，撫四海於一瞬。」這裡論述藝術構思的全部過程。先是集中思想，專心致志，展開想像的翅膀在四面八方、天上地下自由地飛翔。然後描繪情、物、言三者在想像中的活動，最後寫成文章。如此細緻地論述藝術構思，在中國文學批評史上是第一次，我們不能不承認這是一個卓越的貢獻。劉勰的《文心雕龍》〈神思〉篇，在陸機論述的基礎上，對藝術構思問題，進行了更為全面、深刻的論述。他說：「文之思也，其神遠矣。故寂然凝慮，思接千載；悄焉動容，視通萬里；吟詠之間，吐納珠玉之聲；眉睫之前，卷舒風雲之色，其思理之致乎……夫神思方運，萬塗競萌，規矩虛位，刻鏤無形，登山則情滿於山，觀海則意溢於海，我才之多少，將與風雲而並驅矣。」這是描述想像活動的情景。不僅如此，劉勰還深刻地指出：「思理為妙，神與物游。」這裡道出了藝術構思的一個極為重要的特徵，與今天所說的形象思維頗為相近。對這種思維形式，〈物色〉篇則說得更為具體：「是以詩人感物，聯類不窮，流連萬象之際，沈吟視聽之區；寫氣圖貌，既隨物以宛轉，屬采附聲，亦與心而徘徊。」這可以看作是劉勰對「神與物游」的詮釋。一千四百多年前的劉勰，雖然沒有提出「形象思維」這一文藝學術語，但是，他在探索構思過程中，已經發現「神與物游」這種思維形式，確實彌足珍貴。劉勰論述藝術構思，強調「虛靜」，並且認為進行藝術構思必須具備四個條件：一、「積學以儲寶」，即積蓄學識以儲存珍寶。二、「酌理以富才」，即明辨事理以豐富才能。三、「研閱以窮照」，即研究閱歷以進

行徹底的觀察。四、「馴致以懌辭」，順著文思引出文辭。這些地方較之《文賦》，顯然是前進了一大步。

論文字表達。陸機在《文賦》中慨嘆道：「恒患意不稱物，文不逮意。」這是寫出自己在創作過程中的深切感受。而劉勰在〈神思〉篇中說，「方其搦翰，氣倍辭前，暨乎成篇，半折心始。何則？意翻空而易奇，言徵實而難巧也。」這裡不僅寫出了感受，而且分析了原因，更進了一層。

論文學作品的內容和形式。《文賦》說：「理扶質以立幹，文垂條而結繁。」「辭程才以效伎，意司契而為匠。」陸機對文學作品的內容和形式關係的理解無疑是正確的，只是所論過簡。《文心雕龍》〈情采〉篇是專論文學作品內容和形式的論文。這篇論文以具體事物為例，生動地說明文學作品的內容和形式的關係是「文附質」、「質待文」，即文學作品的形式依附內容，而內容需要形式。劉勰正確指出：「故情者文之經，辭者理之緯，經正而後緯成，理定而後辭暢：此立文之本源也。」這些意見都是很精闢的。在這個基礎上針對當時浮靡文風盛行情況，他提出要「為情而造文」，反對「為文而造情」，這在當時具有積極意義。

論文學風格，陸機在曹丕《典論》〈論文〉的基礎上有發展。他說：「夸目者尚奢，愜心者貴當，言窮者無隘，論達者唯曠。」這是講作家的個性和風格的關係。至於說：「詩緣情而綺靡，賦體物而瀏亮，碑披文以相質，誄纏綿而淒愴，銘博約而溫潤，箴頓挫而清壯，頌優游以彬蔚，論精微而朗暢，奏平徹以閒雅，說煒曄而譎誑。」是講各種文體具有的風格特徵。劉勰的風格論十分豐富。在《文心雕龍》中，〈體性〉篇是論述文學風格和作家個性的關係。劉勰認為作家的文學風格是「各師其心，其異如面」。他把風格分為典雅、遠奧、精約、顯附、繁縟、壯麗、新奇、輕靡八體。「吐納英華，莫非性情。」他列舉了一些作家個性和文學風格特點。借以說明作家的文

學風格是由他的個性決定的。所論比較詳細。關於文體風格，在《文心雕龍》文體論二十篇中都有論述。在〈定勢〉篇中，他總結道：「章表奏議，則準的乎典雅；賦頌歌詩，則羽儀乎清麗；符檄書移，則楷式乎明斷；史論序注，則師範於核要；箴銘碑誄，則體制於弘深；連珠七辭，則從事於巧艷，此循體而成勢，隨變而立功者也。」劉勰還論述了文學風格和時代的關係。而特別值得我們注意的是他對「風骨」的論述。他所謂的「風骨」實質上是他倡導的一種風格。[5]

　　論作家對文學遺產的繼承和創新問題。《文賦》說：「收百世之闕文，采千載之遺韻，謝朝華於已披，啟夕秀於未振。」《文心雕龍》〈通變〉篇是專門論述文學的繼承和創新問題的。這篇文章的最後「贊曰」中指出：「文律運周，日新其業。變則其久，通則不乏。」意思是文學事業不斷發展，每天都有新的創造。凡善於創新者則能持久，善於繼承者則不貧乏。「望今制奇，參古定法。」他要求作家依據當時的需要創作優秀作品，參考古代作品制定創作法則。這些意見對於今天我們研究文學遺產的繼承問題都是可以參考的。

　　《文賦》還論及文學和現實的關係問題。他說：「遵四時以嘆逝，瞻萬物而思紛；悲落葉於勁秋，喜柔條於芳春。」這裡論述的只是文學與自然的關係。《文心雕龍》〈物色〉篇專論文學與自然的關係。文章一開始就說：「春秋代序，陰陽慘舒，物色之動，心亦搖焉……若夫珪璋挺其惠心，英華秀其清氣，物色相召，人誰獲安？是以獻歲發春，悅豫之情暢；滔滔孟夏，鬱陶之心凝；天高氣清，陰沉之志遠；霰雪無垠，矜肅之慮深。歲有其物，物有其容；情以物遷，辭以情發。」這是論述人的感情隨著自然景色而變化，文辭由於感情的抒發而產生。所論顯然較陸機細緻、深入。但是，它們之間的關係還是可以看出來的。文學和時代的關係，《文心雕龍》〈時序〉篇有系

5　參考本書〈劉勰的風格論芻議〉。

統的論證。劉勰一再指出：「時運交移，質文代變。」「歌謠文理，與世推移。」「文變雜乎世情，興廢繫乎時序。」有力地闡明了文學的變化與時代的密切關係。這是陸機所未論及的，也是劉勰比陸機高明的地方。

　　以上例證說明劉勰的創作是在陸機《文賦》的基礎上發展起來的。所以章學誠說：「劉勰氏出，本陸機說而倡論文心。」[6]從這方面也可以看出劉勰對陸機《文賦》的重視。

二

　　陸機詩歌的成就是比較高的。鍾嶸在《詩品》〈序〉中把曹植、謝靈運和他都稱為「五言之冠冕，文詞之命世」。在《詩品》中又把他列為「上品」，指出「其源出於陳思，才高詞贍，舉體華美。氣少於公幹，文劣於仲宣，尚規矩，不貴綺錯，有傷直致之奇。然其咀嚼英華，厭飫膏澤，文章之淵泉也。張公嘆其大才，信矣！」可見他是當時詩壇上頗有地位的詩人。而劉勰的《文心雕龍》對他的詩歌論述很少，且頗有微辭。〈明詩〉篇說：「晉世群才，稍入輕綺，張潘左陸，比肩詩衢，采縟於正始，力柔於建安，或析文以為妙，或流靡以自妍，此其大略也。」這是說，西晉許多詩人的作品有些輕浮綺麗。當時的重要詩人如三張（張載與弟張協、張亢）、二陸（陸機、陸雲兄弟）、兩潘（潘岳及其侄潘尼）、一左（左思）都並駕齊驅在詩壇上。他們的詩歌，文采比正始詩歌繁富，感染力比建安詩歌柔弱；有的雕琢字句以為精妙，有的講究音節以為美好。這裡論述的是西晉詩歌的概況，其中提到陸機，劉勰認為「輕綺」是西晉詩歌創作的基本傾向。這樣，作為西晉的代表詩人陸機、潘岳應是這種傾向的代表。

6　《文史通義》〈文德〉。

潘岳將於另文論述，這裡暫且不談。至於陸機，說他的詩「輕綺」，顯然包含了不滿的意思。我們仔細玩味陸機的詩作，覺得其詩「舉體華美」，「翩翩藻秀」[7]，所以「綺」則有之；而其文辭深隱，謂其詩「輕」，似乎未必。這可能是劉勰總論西晉文學，統而言之，所論不可能完全符合每個詩人的情況。我們認為，還是臧榮緒《晉書》以「綺練」評陸機，較為貼切。劉師培認為「所論至精」是有道理的。

　　太康詩風和建安、正始詩風是不相同的。這是劉勰、鍾嶸等人早已指出的。宋人嚴羽將魏晉南北朝詩歌分為「建安體」、「正始體」、「太康體」等，可見這是許多文學批評家的共同認識。陸機作為太康詩人的代表，他的詩風和建安、正始詩人的詩風當然不同。例如，陸機曾寫過一首〈短歌行〉：「置酒高堂，悲歌臨觴。人壽幾何？逝如朝霜。時無重至，華不再陽。蘋以春暉，蘭以秋芳。來日苦短，去日苦長。今我不樂，蟋蟀在房。樂以會興，悲以別章。豈曰無感，憂為子忘。我酒既旨，我餚既臧。短歌有詠，長夜無荒。」這首詩和建安詩人曹操的〈短歌行〉一樣，都是及時行樂的意思，在形式上也並無雕琢現象。但是這兩首詩卻有大不一樣的地方，那就是曹詩的「雄氣逸響」在陸詩中已「杳不可尋」[8]了。這大概就是劉勰所說的「力柔於建安」吧！陸機另有〈贈弟士龍〉一首，詩云：「行矣怨路長，怒焉傷別促。指途悲有餘，臨觴歡不足。我若西流水，子為東峙嶽，慷慨逝言感，徘徊居情育。安得攜手俱，契闊成騑服。」正始詩人嵇康有〈兄秀才公穆入軍贈詩十九首〉，其十五云：「息徒蘭圃，秣馬華山。流磻平皋，垂綸長川。目送歸鴻，手揮五絃。俯仰自得，心游太玄。嘉彼釣叟，得魚忘筌。郢人逝矣，誰可盡言。」這兩首詩同是贈兄弟之作，嵇詩贈兄，陸詩贈弟，但二詩情趣風格迥異。就語言形式而

7　王世貞：《藝苑巵言》卷3。
8　沈德潛：《古詩源》卷7。

言，嵇詩雖然語言優美，但都是「會心語」[9]；陸詩除最後兩句之外，全部對仗，矯揉造作，一看便知。這也許就是劉勰所說的「采縟於正始」吧！陸機說：「詩緣情而綺靡。」「綺」，指詞藻之美；「靡」，指韻律之美。追求詩歌語言的「綺靡」，是西晉太康詩歌的一個重要特點。劉勰說：「或析文以為妙，或流靡以自妍。」也是說太康詩歌講究詞藻之美和韻律之美，與陸機所論相同。不同的是，劉勰對此頗為不滿。我們認為，這種不滿是對當時詩壇的不良傾向而發的。他的心情是完全可以理解的。今天，如果我們科學地加以分析，就會發現「綺靡」的詩風固然表現出一定的形式主義傾向。但是，我們也應該看到，講究詞藻和韻律之美，對詩歌的發展也起了積極的作用。

〈時序〉篇論西晉文學說：「茂先搖筆而散珠，太沖動墨而橫錦，岳、湛曜聯璧之華，機、雲標二俊之采，應、傅、三張之徒，孫、摯、成公之屬，並結藻清英，流韻綺靡。」這裡與〈明詩〉篇所論不同，〈明詩〉篇主要是論述西晉文學的基本傾向，是總論一代文學，這裡是分論西晉作家，肯定他們的文學成就，慨嘆「運涉季世，人未盡才」。二者相比，似各有側重。乍看起來〈明詩〉篇批評多一些，這裡肯定多一些，似乎有些矛盾。其實不然。只有將這兩篇文章合起來看，才能全面地了解劉勰對西晉文學的看法。

《文心雕龍》〈樂府〉篇說：「子建、士衡，咸有佳篇，並無詔伶人，故事謝絲管，俗稱乖調，蓋未思也。」這是說，陸機的樂府詩有好作品，但是都不入樂，一般人說它不合曲調，大概是未經思考的緣故吧。看起來，劉勰對陸機的樂府詩是基本肯定的，並且對一般人的誤會，還加以辯解。陸機的樂府詩今存四十八首。有許多平庸之作，如〈短歌行〉、〈苦寒行〉、〈燕歌行〉等模仿漢魏樂府，多就前人原意，敷衍成篇，文學價值較低。但是，也有「佳篇」，如〈猛虎行〉，

9　于光華《文選評》，戴明揚《嵇康集校注》卷1引。

抒寫詩人功業未建，壯志難酬的感慨。詩的開頭寫道：「渴不飲盜泉水，熱不息惡木陰。」這兩句雖是模仿漢樂府「饑不從猛虎食，暮不從野雀棲」的，然而「最見奇峭」[10]。又如〈飲馬長城窟行〉，寫將士遠征陰山，歷盡艱辛，表現了「獫狁亮未夷，征人豈徒旋」的英雄氣概。〈門有車馬客行〉通過思鄉之情表現亡國之痛，都有一定的社會內容。

　　善於模擬是陸機詩歌創作的一個重要的特點，如〈擬古〉十二首，鍾嶸把它與曹植的〈贈白馬王彪〉、王粲的〈七哀〉、阮籍的〈詠懷〉等名作並提，認為都是「五言之警策」[11]。今天研究者對這些擬古之作，一般都持否定態度，認為「他的〈擬古〉十二篇等多數是因襲原作的意思，不過更換一些詞句。」[12]這種看法是不夠全面的。這些〈擬古〉詩確實多數是因襲原作，變換詞句。但是，也有一些較好的作品，例如〈擬明月何皎皎〉這首詩，其「清和平遠」[13]，自不如原作，而「照之有餘輝，攬之不盈手」這樣的警句，不是原作所能有的。中國古代詩人喜愛月亮，他們善於描寫月光。《詩經》〈陳風〉〈月出〉云：「月出皎兮」，寫月色的潔白光明。《古詩十九首》云：「明月皎夜光」、「明月何皎皎」，均從《詩經》化出。曹植〈七哀〉詩云：「明月照高樓，流光正徘徊。」寫皎月流輝，文外傍情，更進一層。至於陸機的寫月名句，從感覺出發描繪看得見、抓不著的月光，尤為傳神。詩人用月光比喻思婦所懷念的遠方未歸的丈夫，這個丈夫空有其名而不能相見。想像豐富，形象生動，藝術成就超過前人。劉勰沒有論及這些擬古詩，特別沒有論及一些藝術上有創新的篇什，不能不說是他的一個疏忽。

10　沈德潛：《古詩源》卷 7。

11　〈詩品序〉。

12　中國社會科學院研究所編：《中國文學史》第 1 冊，頁 216。

13　沈德潛：《古詩源》卷 4。

劉勰論述陸機詩歌的創作成就，只是在〈明詩〉、〈時序〉兩篇中論西晉詩歌時提到，語焉不詳，而在論述陸機詩歌的缺點時卻很具體。〈事類〉篇說：「陸機〈園葵〉詩云：『庇足同一智，生理合（各）異（萬）端。』夫葵能衛足，事譏鮑莊，葛藟庇根，辭自樂豫；若譬葛為葵，則引事為謬；若謂庇勝衛，則改事失真；斯又不精之患。」這是說，陸機〈園葵〉詩「庇足」二句用典有錯。「葵能衛足」，原是孔子嘲諷鮑牽用的比喻；「葛藟庇根」，原是樂豫勸說宋昭公用的比喻。這是兩件事。如把比葛換作比葵，典故就弄錯了；如認為「庇」字勝過「衛」字，這樣改變事實就失真了。劉勰認為：「引事乖謬，雖千載而為瑕。」但是，這樣的小毛病在今天看起來，實在無傷大雅。

陸機是西晉最重要的詩人之一，蕭統《文選》選錄他的詩歌達五十二首之多，可見對他是很看重的。而劉勰對陸機詩歌的直接論述極少，這種態度也寄寓了劉勰對陸機詩歌的評價。

三

漢代以後，魏晉作賦的風氣仍然盛行。《文心雕龍》〈詮賦〉篇說：「及仲宣靡密，發端必遒；偉長博通，時逢壯采；太沖、安仁，策勳於鴻規；士衡、子安，底績於流制；景純綺巧，縟理有餘；彥伯梗概，情韻不匱，亦魏晉之賦首也。」這裡舉出「魏晉之賦首」八人，其中魏代二人，晉代六人。晉代賦家，左思〈三都賦〉，雖使洛陽為之紙貴，但是，仍應以潘岳、陸機為代表。劉勰論陸機賦作只有一句話：「底（底）績於流制。」意思是陸機的賦在論文章的流品制作方面做出了成績。如果這樣理解不錯的話，這裡顯然是指《文賦》。關於《文賦》的卓越成就和歷史貢獻，我們在前文已有所論述，這裡不再重複。劉勰對陸機的論述，只是論及某個方面，並未能

做出總的評價。陸機賦今存二十五篇,《文選》所選,除《文賦》外,尚有〈嘆逝賦〉,此賦哀嘆逝者,情調感傷。又有〈豪士賦並序〉,《晉書》〈陸機傳〉云:「冏即矜功自伐,受爵不讓,機惡之,作〈豪士賦〉以刺焉。」可見是諷刺齊王司馬冏的。序甚出色,而賦實平庸。《文選》錄序而棄賦,是頗有眼光的。劉勰重視《文賦》,與蕭統的看法是一致的。

　　陸機的駢文成就頗高,劉勰多有論及。如〈哀弔〉篇說:「陸機之弔魏武,序巧而文繁。」這是說,陸機的〈弔魏武帝文並序〉,序文巧妙,弔詞繁蕪。此篇序文敘述晉惠帝元康八年(298),陸機任著作郎,他和宮中藏書和秘閣見到魏武帝曹操的遺令,認為像曹操這樣的「一世之雄」,「夫以回天倒日之力,而不能振形骸之內,濟世夷難之智,而受困魏闕之下。已而格乎上下者,藏於區區之木,光於四表者,翳乎蕞爾之土。雄心摧於弱情,壯圖終於哀志,長算屈於短日,遠跡頓於促路。」不禁感慨嘆息,寫了這篇弔文。序文以客主問答的形式寫出,邊轉述遺令內容,邊抒發感情,表現確實比較巧妙。弔詞內容與序文大致相同,而表現各有側重。弔詞從魏武創業寫起。想當年,曹操「摧群雄而電擊,舉勍敵其如遺。指八級以遠略,必剪焉而後綏。鰲三才之闢典,啟天地之禁闥。舉修綱之絕紀,紐大音之解徽。掃雲物以貞觀,要萬途而來歸。丕大德以宏覆,援日月而齊暉。濟元功於九有,固舉世之所推。」繼而寫曹操歸自關中,病死洛陽。然後寫他臨終之前,「執姬女以嚬瘁,指季豹而濡焉。氣沖襟以嗚咽,涕垂睫而汍瀾。」「紆廣念於履組,塵清慮於餘香。」前後對照起來,使人感到曹操這樣一個不可一世的英雄,在臨終之前,竟如此之糊塗。誠如黃侃所說:「此文誚辱魏武亦云酷矣,特托之傷懷耳。」[14]弔詞不長,頗為淒惋動人,而文辭深隱,不免繁蕪。這是劉

---

14 駱鴻凱:《文選學》〈文選專家文舉例〉引。

勰已經指出的。

　　〈頌贊〉篇說：「陸機積篇，惟〈功臣〉最顯。其褒貶雜居，固末代之訛體也。」〈功臣〉，即陸機的〈漢高祖功臣頌〉。劉勰認為，陸機的許多作品，以〈漢高祖功臣頌〉最為有名，其中有褒有貶，這是當時的變體。〈漢高祖功臣頌〉歌頌功臣三十一人，他們都是「與定天下安社稷者也」。如歌頌張良云：「文成作師，通幽洞冥。永言配命，因心則靈。窮神觀化，望影揣情。鬼無隱謀，物無遁形。武關是辟，鴻門是寧。隨難滎陽，即謀下邑。銷印惎廢，推齊勸立。運籌固陵，定策東襲。三王從風，五侯允集。霸楚實喪，皇漢凱入。怡顏高覽，弭翼鳳戢。托跡黃老，辭世卻粒。」先介紹張良正確的觀察力和料事如神的本領，然後概括其歷次功績，最後寫張良棄絕人世，學導引輕身。確實做到「美盛德而述形容」[15]是比較好的頌體文章。至於歌頌韓信、彭越、英布，指出他們「謀之不藏，捨福取禍」；歌頌張耳，指出「士也罔極，自詒伊愧」；歌頌盧綰，指出「人之貪禍，寧為亂亡」；皆有所貶。歌頌英雄人物功績、美德，指出他們的缺點，這本是正常的事情，而劉勰認為「褒貶雜居」是「頌」中的「訛體」，未免過於拘泥「頌」的原意。

　　〈論說〉篇說：「陸機〈辨亡〉，效〈過秦〉而不及；然亦其美矣。」劉勰認為，陸機的〈辨亡論〉是模仿賈誼〈過秦論〉的，雖然比不上〈過秦論〉，但也是優秀作品。劉勰的評判，無疑是正確的。〈辨亡論〉是分析三國時吳國興亡原因的論文。所以孫盛說：「陸機著〈辨亡論〉，言吳之所以亡也。」[16]它模仿賈誼的〈過秦論〉是顯而易見的。如〈辨亡論〉上篇「吳武烈皇帝慷慨下國」一段是模仿〈過秦論〉，「秦孝公據殽、函之固」一段；〈辨亡論〉上篇「故豪彥尋聲而響臻」一段是模仿〈過秦論〉「不愛珍器重寶肥饒之地，以致天下

15　《文心雕龍》〈頌贊〉。

16　《文選》卷 53，陸機〈辨亡論〉李善注引。

之士」一段。現以〈辨亡論〉上篇「夫曹、劉之將非一世之選，向時之師無曩日之眾，戰守之道抑有前符，險阻之利俄然未改，而成敗貿理，古今詭趣，何哉？彼此之化殊，授任之才異也」一段與〈過秦論〉「且夫天下非小弱也；雍州之地，殽、函之固自若也；陳涉之位，非尊於齊、楚、燕、趙、韓、魏、宋、衛、中山之君也；鉏耰棘矜，非銛於鉤戟長鎩也；謫戍之眾，非抗於九國之師，深謀遠慮，行軍用兵之進，非及曩時之士也；然而成敗異變，功業相反也……一夫作難而七廟墮，身死人手，為天下笑者，何也？仁義不施而攻守之勢異也」一段對比，前者模仿後者，一看便知。這方面，范文瀾在《文心雕龍》〈論說〉篇注二十四中談得很詳細，這裡就不多談了。應該指出的是〈辨亡論〉的模仿，只是在佈局和寫法上，其內容是大不相同的，瑕不掩瑜，〈辨亡論〉仍是優秀作品。

　〈雜文〉篇在論及「連珠」一體時，批評了杜篤、賈逵、劉珍、潘勗等人，認為他們的「連珠」之作「欲穿明珠，多貫魚目」。對於陸機的〈演連珠〉則說：「唯士衡運思，理新文敏，而裁章置句，廣於舊篇。」作了肯定的評價。什麼是「連珠」？傅玄〈連珠序〉說：「所謂連珠者，興於漢章之世。班固、賈逵、傅毅三子受詔作之。蔡邕、張華之徒又廣焉。其文體，辭麗而言約，不指說事情，必假喻以達其旨，而賢（覽）者微悟，合於古詩勸（諷）興之義，欲使歷歷如貫珠，易觀而可悅，故謂之連珠。」[17]這裡把「連珠」的文體特徵已說得很清楚。如果我們將陸機的〈演連珠〉與傅玄所說的特徵加以對照，就可以看出〈演連珠〉正是這樣的作品。除此之外，劉勰認為，陸機的〈演連珠〉還具有自己的特點：其一「理新文敏」，即道理新穎，文思敏捷。「連珠」體的作品一般總是通過某一社會或自然現象，闡述政治或人生中的一個道理。例如：「臣聞髦俊之才，世所希

---

17 嚴可均編：《上古三代秦漢三國六朝文》，卷46。

乏；丘園之秀，因時則揚。是以大人基命，不擢才於后土；明主聿興，不降佐於昊蒼。」這是說，賢才雖然少，但無時不有，一個明主興起，不是天地特別為他產生賢才，而在他善於任用賢才。陸機的〈演連珠〉每一首都說明一個新穎的道理，啟發人們去思考。這樣的作品，確實如劉勰所說的：「文小易周，思閒可贍。足使義明而詞淨，事圓而音澤，磊磊自轉，可稱珠耳。」[18]其二，「廣於舊篇」，即篇幅擴大了。我們查閱了現存的揚雄、班固、蔡邕等人「連珠」體的斷簡殘篇，證實陸機的〈演連珠〉各首的篇幅並未擴大。而「連珠」之作，歷來一組都包括若干首，陸機所作竟多達五十首，因此它的總體篇幅是明顯地擴大了。在中國古代文學中，「連珠」體的作品大都散佚。陸機的〈演連珠〉五十首是保存得最完整、藝術成就最高的作品，它像中國古代文學寶庫中的一顆璀璨的明珠，受到劉勰的重視是理所當然的。

　　此外，劉勰論述到陸機的有些駢文作品已經散失了。例如〈檄移〉篇說：「陸機之移百官，言約而事顯，武移之要者也。」按陸機的〈移百官文〉已經失傳，又〈議對〉篇說：「及陸機斷議，亦有鋒穎，而諛（腴）辭弗剪，頗累文骨，亦各有美，風格存焉。」這是論述陸機的〈《晉書》斷限議〉，劉勰認為這篇文章也有鋒芒，而繁蕪的文辭不加刪削，頗傷文章骨力。但也各具優點，有自己的特色。按陸機〈《晉書》限斷議〉僅存以下數句：「三祖實終為臣故書為臣之事，不可不如傳。此實錄之謂也。而名同帝王，故自帝王之籍，不可以不稱紀，則追王之義。」這段議論和西晉王朝討論《晉書》斷限問題有關，一部《晉書》應該從晉宣帝司馬懿起始，還是從晉武帝司馬炎起始呢？當時有爭議。賈謐主張從晉宣帝司馬懿起始，荀勖等人主張從晉武帝司馬炎起始。陸機則調和二說，採取兩可的辦法。陸機的主張

18　《文心雕龍》〈雜文〉。

得到很多人的贊同。因為陸機的〈《晉書》斷限議〉僅存殘篇，劉勰的評論正確與否？我們也無從判斷。又〈書記〉篇說：「陸機自理，情周而巧，箋之為善者也」自理，指自我表白的文章。《晉書》〈陸機傳〉說：「（趙王）倫將篡位，以為中書郎。倫之誅也，齊王冏以機職在中書，九錫文及禪詔疑機與焉，遂收機等九人付廷尉。賴成都王穎。吳王晏並救理之，得減死徙邊，遇赦而止。」按陸機先有「自理」之文。《全晉文》收有陸機〈與吳王表〉佚文二條：「臣以職在中書，詔命所出，臣本以筆札見知。」「禪文本章，今見在中書，一字一跡，自可分別。」顯然是為草擬「九錫文」及「禪詔」事自我表白，因為全文散失，我們對劉勰的論斷，無法置評。

　　總的看來，劉勰對陸機的駢文論述既多，評價也比較好，這固然是由於陸機的駢文藝術成就卓越，也與劉勰重視駢文有關。

　　以上是分析劉勰對陸機的文學理論、詩歌和駢文的論述。劉勰在全面地考察了陸機的詩文之後指出：「陸機才欲窺深，辭務索廣，故思能入巧，而不制繁。」[19]這是說，陸機的才力要求觀察深入，文辭務求繁富，所以他的文思巧妙，卻不能遏制繁蕪。這裡，劉勰肯定陸機文思巧妙，富於才力，指出他的作品文辭繁富，不能克服繁蕪的毛病。陸機富於才力，文辭繁富，這是當時的共同看法，例如，張華說：「人之作文，患於不才，至子為文，乃患太多也」，[20]其弟陸雲說：「雲今意視義，乃好清省」「兄文章高遠絕異，不可復稱言，然猶皆欲微多，但清新相接，不以此為病耳。」[21]所以，《文心雕龍》〈鎔裁〉篇說：「至如士衡才優，而綴辭尤繁；士龍思劣，而雅好清省。及雲之論機，亟恨其多，而稱清新相接，不以是為病；蓋崇友於耳。夫美錦制衣，修短有度，雖玩其采，不倍領袖，巧猶難繁，況在乎

19　《文心雕龍》〈才略〉。

20　《世說新語》〈文學〉注引《文章傳》。

21　〈與兄平原書〉。

拙。而《文賦》以為榛楛勿剪，庸音足曲，其識非不鑒，乃情苦芟繁也。」可見，文辭過繁，確實是陸機詩文的一個通病。

劉勰又說：「士衡矜重，故情繁而辭隱。」[22]這是論述陸機的性格和作品風格的關係。說陸機的性格莊重，所以他的作品內容繁雜而文辭深隱。陸機莊重的性格，是不是造成他的作品內容繁雜而文辭深隱的決定性原因，茲不置論，其作品文辭深隱，卻是事實。孫綽說：「陸文深而蕪。」正道出了陸文深隱和繁蕪兩個特徵。這兩個特徵的形成，一方面是受辭賦和文學作品駢儷化的影響；另一方面則是陸機十分重視文辭修飾的結果。沈德潛批評陸機「但工塗澤。」[23]我們認為，說陸機「工塗澤」是對的。而加上一個「但」字，未免失之偏頗。

歷代文人學者對陸機評論有褒有貶，褒之者如王夫之，他說：「陸以不秀之秀，是云夕秀。乃其不為繁聲，不為切句。如此作者，風骨自拔，固不許兩潘腐氣所染。」[24]劉熙載也說：「劉彥和謂『士衡矜重』，而近世論陸詩者，或以累句訾之。然有累句，無輕句，便是大家品位。」[25]評價頗高。貶之者如沈德潛則說：「士衡詩亦推大家，然意欲逞博，而胸少慧珠，筆又不足以舉之，遂開出排偶一家，西京以來，空靈矯健之氣，不復存矣。降自梁、陳，專攻隊仗，邊幅復狹，今閱者白日欲臥，未必非士衡為之濫觴也。」[26]雖然也推士衡詩為大家，但說他「意欲逞博，而胸少慧珠」，「開出排偶一家」、「令閱者白日欲臥」，皆責之過於激切。說好說壞，各執一端，都不免片面。我們統觀劉勰對陸機的論述，覺得他能從作者和作品的實際出發，結合時代的風氣、文體的特點、作家的個性和文學創作的要求等

22　《文心雕龍》〈體性〉。

23　沈德潛：《古詩源》，卷7。

24　《古詩評選》卷4。

25　《藝概》〈詩概〉。

26　沈德潛：《古詩源》，卷7。

因素，作了比較符合實際的評論，總的說來，評論是公允的。今天，我們研究劉勰對陸機詩文的論述，對於研究和正確評價陸機和西晉文學，將有一定的借鑑作用。

一九八五年三月

盡銳於〈三都〉 拔萃於〈詠史〉

──劉勰論左思

　　左思是西晉太康時期的傑出作家。他的作品今存的很少，只有賦二篇，詩十四首[1]。在中國文學史上有一種值得人們注意的現象，就是有的作家，傳下來的作品很少，卻能傳名千載，甚至聲名赫然。左思就是一例，這自然由作家高度的思想藝術成就決定的。

　　左思的詩文在當時就得到一些著名文人學士的崇高評價。他的〈三都賦〉剛完成，請張華看，張華說：「此〈二京〉可三。」皇甫謐見到，亦為之「嗟嘆」[2]。後來謝靈運說：「左太沖詩，潘安仁詩，古今難比。」[3]鍾嶸將其詩列為「上品」。劉勰關於左思的論述不多，而且散見《文心雕龍》各篇，但綜合起來看，比較全面，亦頗精當，顯然超過前人。

一

　　西晉太康時期，作家眾多，文學比較繁榮。〈詩品序〉云：「迄於有晉、太康中，三張、二陸、兩潘、一左，勃爾復興。踵武前王，風流未沫，亦文章之中興也。」《文心雕龍》〈明詩〉篇云：「晉世群才，稍入輕綺，張潘左陸，比肩詩衢，采縟於正始，力柔於建安，或

1　據嚴可均《全晉文》卷 74 和逯欽立《先秦漢魏晉南北朝詩》〈晉詩〉卷 7。
2　〔劉宋〕劉義慶：《世說新語》〈文學〉。
3　〔梁〕鍾嶸：《詩品》，卷上。

析文以為妙，或流靡以自妍，此其大略也。」鍾嶸指出太康詩歌「中興」的盛況，劉勰揭示了太康詩歌的特點。他們都認為當時的重要作家是張載、張協、張亢、陸機、陸雲、潘岳、潘尼、左思。在這些作家中，鍾嶸認為：「陸機為太康之英，安仁、景陽為輔。」而劉勰卻認為他們「比肩詩衢」，似乎不同。其實，我們細繹劉勰關於陸機、潘岳和左思的論述，他們仍是有主次之分的。在劉勰的眼中，陸機、潘岳自然比左思重要。這是六朝文人共同的認識。現在則認為太康詩歌，以左思的成就最高。

　　的確，左思詩歌的成就是比較高的。其中以〈詠史〉詩為代表作。所以劉勰說：「拔萃於〈詠史〉。」

　　〈詠史〉詩一共八首。從內容看，顯然不是一時之作。其寫作年代，研究者多根據第一首中「長嘯激清風，志若無東吳」，「左眄澄江湘，右盼定羌胡」諸句確定。《晉書》〈武帝紀〉云：「（咸寧五年）春正月，虜帥樹機能攻陷涼州。乙丑，使討虜護軍武威太守馬隆擊之。十二月，馬隆擊叛虜樹機能，大破，斬之，涼州平。」又云：「（太康元年）三月壬寅，王浚以舟師至於建業之石頭，孫皓大懼，而面輿櫬，降於軍門。」因此，清人何焯《義門讀書記》說：「詩作於武帝時，故但曰『東吳』。涼州屢擾，故下文又云：『定羌胡』。」這是認為〈詠史〉八首寫於晉武帝咸寧五年（279）和太康元年（300）之前。從詩中的描寫來看，此詩寫於洛陽。根據《晉書》〈左芬傳〉記載：左思之妹左芬於泰始八年（272），「拜修儀」，而左思是「會妹芬入宮，移家京師」（《晉書》〈左思傳〉）的。因此，可以斷言，這組詩是寫於泰始八年（272）以後，咸寧五年（279）之前。此說言之有據，比較可信。至於研究者，有的認為「必作於咸寧五年十一月」。[4] 有的「係於二七五年」。[5] 雖然都有一定的道理，這樣過分肯定終嫌證據不

4　程千帆：《古詩考察》〈左太沖詠史詩三論〉。

5　陸侃如：《中古文學繫年》下冊，頁 6666。

足。近年來又有研究者，或推測：「〈詠史〉之一，寫作時間最早，其他各首，多數為中晚年之作，最晚的可能寫於三〇〇年之後。」[6]或認為：「〈詠史〉八首內容連貫、前呼後應，風格一致，當是詩人晚年回首往事、總結一生之作。」[7]都是從內容上推測〈詠史〉詩的寫作時間，雖然也有某些理由，終難令人信服。

〈詠史〉詩，並不始於左思，遠在東漢初年，班固已有〈詠史〉，這才是開創之作。但是，由於這首詩「質木無文」，沒有選入《文選》，《文選》選入「詠史」類詩歌二十一首，作者有王粲、曹植、張協、左思、顏延之、鮑照等著名作家九人，其中以左思的〈詠史〉八首最為有名。

班固的〈詠史〉的寫法只是「概括本傳，不加藻飾」。而左思的〈詠史〉詩，並不是概括某些歷史事件和人物，而是藉以詠懷。所以何焯說：「題云〈詠史〉，其實乃詠懷也。」又說：「詠史者，不過美其事而詠嘆之，概括本傳，不加藻飾，此正體也。太沖多攄胸臆，此又其變。」[8]何氏認為左思〈詠史〉是「詠史」類詩歌的變體，其實這是「詠史」詩的新發展。

左思〈詠史〉詩，抒寫詩人自己的雄心壯志。但是，由於門閥制度的限制，當時出身寒門的有才能的人，壯志難酬，不得已，只好退而獨善其身，做一個安貧知足的「達士」。這組詩表現了詩人從積極入世到消極避世的變化過程，這是封建社會中一個鬱鬱不得志的有理想有才能的知識分子的不平之鳴。

第一首詩寫自己的理想和願望：

　　　　弱冠弄柔翰，卓犖觀群書。著論準過秦，作賦擬子虛。邊城苦

6　劉文忠：〈左思和他的詠史詩〉，《文學評論叢刊》第 7 輯。
7　韋鳳娟：〈論左思及文學創作〉，《中國古典文學論叢》第 2 輯。
8　〔清〕何焯：《義門讀書記》第 2 卷，〈文選〉。

鳴鏑，羽檄飛京都。雖非甲冑士，疇昔覽穰苴。長嘯激清風，
志若無東吳。鉛刀貴一割，夢想騁良圖。左眄澄江湘，右盼定
羌胡，功成不受爵，長揖歸田廬。

詩人說自己能文善武，胸懷壯志，希望能為國立功，實現自己的抱
負，而在大功告成之後，並不要求爵賞，只是希望返回園田，過著原
來的生活。詩中說到「志若無東吳」。又說：「左眄澄江湘，右盼定羌
胡。」我們可以據以考定這組詩的寫作年代，因前也論及，不再重
複。唯晉武帝於咸寧五年（279）發佈的〈伐吳詔〉說：「吳賊失信，
比犯王略；胡虜狡動，寇害邊陲。……自宣皇帝以來，以吳、蜀為
憂，邊事為念。今孫皓犯境，夷虜擾邊，此乃祖考之遺慮，朕身之大
恥也。故繕甲修兵，大興戎政，內外勞心，上下戮力，以南夷句吳，
北威戎狄。」[9]適可與本詩參照。

　　此詩意氣豪邁，情感昂揚，很容易使人想起曹植。曹植詩云：
「捐軀赴國難，視死忽如歸。」[10]「閒居非吾志，甘心赴國憂。」[11]
曹植為國赴難、建功立業的志願，都被曹丕父子扼殺了，他鬱鬱不得
志地度過自己不幸的一生，左思「左眄澄江湘，右盼定羌胡」的壯志
雄心，被當時的門閥制度斷送了。詩人憤怒地向門閥制度提出控訴：

鬱鬱澗底松，離離山上苗，以彼徑寸莖，蔭此百尺條。世胄躡
高位，英俊沉下僚，地勢使之然，由來非一朝。金張藉舊業，
七葉珥漢貂。馮公豈不偉，白首不見招。

在門閥制度盛行時期，有才能的人，因為出身寒微而受到壓抑，不管

9　《全晉文》卷5。
10　〈白馬篇〉。
11　〈雜詩〉其五。

有無才能的世家大族子弟佔據要位，造成「上品無寒門，下品無勢族」[12]的不平現象。所以詩人憤怒地揭露：「世胄躡高位，英雄沉下僚，地勢使之然，由來非一朝」。給不合理制度以有力的鞭撻，他還借用漢文帝時的馮唐被埋沒的史實，為有才能的人鳴不平，表現了對門閥制度的強烈不滿。所以何焯《義門讀書記》說：「左太沖〈詠史〉，「鬱鬱」首，良圖莫騁，職由困於資地。托前代以自鳴所不平也。」

詩中以「澗底松」比喻出身寒微的知識分子，以「山上苗」比喻世家大族子弟，運用比興手法，形象十分鮮明。全詩以對比的方法來表現，增強詩歌的藝術感染力。中國古典詩歌常以松喻人，在此詩之前，如劉楨的〈贈從弟〉；在此詩之後，如吳均的〈贈王桂陽〉，皆以松喻人的高尚品格，其內涵是十分豐富的。

應該指出，門閥制度在東漢末年已經有所發展，至曹魏推行「九品中正制」，對門閥統治起了鞏固作用。西晉時期，由於「九品中正制」的繼續實行，門閥統治有進一步加強，其弊病也日益明顯。段灼說：「今臺閣選舉，塗塞耳目；九品訪人，唯問中正。故據上品者，非公侯之子孫，即當塗之昆弟也。二者苟然，則華門蓬戶之俊，安得不有陸沉者哉！」[13]當時朝廷用人，只據中正品第，結果，上品皆顯貴之子弟，寒門貧士仕途堵塞。劉毅有名的〈八損疏〉，則嚴厲地譴責中正不公：「今之中正不精才實，務依黨利；不均稱尺，務隨愛憎。所欲與者，獲虛以成譽，所欲下者，吹毛以求疵，高下逐強弱，是非由愛憎。隨世興衰，不顧才實，衰則削下，興則扶上，一人之身，旬日異狀。或以貨賂自通，或以計協登進，附托者必達，守道者困悴。無報於身，必見割奪；有私於己，必得其欲。是以上品無寒門，下品無勢族。暨時有之，皆曲有故。慢主罔時，實為亂源，損政

---

12 《晉書》〈劉毅傳〉。

13 《晉書》〈段灼傳〉。

之道一也。」[14]這些言論都反映了當時用人方面的腐敗現象。左思此詩從自身的遭遇出發，對時弊進行猛烈的抨擊，具有重要的政治意義。

出身寒門的左思，由於門閥制度的限制，想當高官是不可能了。但是，他的壯心不已，仍想為國家做貢獻：

> 吾希段干木，偃息藩魏君。吾慕魯仲連，談笑卻秦軍。當世貴不羈，遭難能解紛。功成恥受賞，高節卓不群。臨組不肯緤，對珪寧肯分？連璽耀前庭，比之猶浮雲。

詩人仰慕段干木、魯仲連。段干木，戰國時魏人。隱居不仕，魏文侯尊他為師。當時秦國要攻魏，司馬唐諫秦王說：「段干木賢者也，而魏禮之，天下莫不聞，無乃不可加兵乎！」秦王為之罷兵。事見《呂氏春秋》〈期賢〉篇。魯仲連，戰國時齊國人。一次秦兵圍趙國的邯鄲城，這時魯仲連正好在趙國。魯仲連說服了魏國派往趙國勸趙尊秦為帝的辛垣衍，秦將聞知此事，退兵五十里。事見《戰國策》卷二十。左思渴望像段干木、魯仲連一樣，為國家效力。一旦大功告成，他一不受賞賜，二不要官爵，視高官厚祿猶如浮雲，表現了他的高風亮節。我們並不否認左思具有這種高尚的思想，但是，一個人的思想是極其複雜的。據《左思別傳》記載，他：「頗以椒房自矜」，又據《晉書》〈賈謐傳〉，左思是賈謐的「二十四友」之一。賈謐因為賈后的關係，權過人主，作威作福，自負驕寵，奢侈逾度。而「二十四友」皆「貴遊豪戚及浮竟之徒」，這些人「或者文章稱美謐，以方賈誼」。這說明左思並不是不看重榮華富貴，沒有功名利祿之心，只是在仕途迍邅時，才發此高論。有的研究者認為這是詩人的「情意綜」[15]，不是沒有道理的。

14　《晉書》〈劉毅傳〉。

15　程千帆：《古詩考察》，〈左太沖詠史詩三論〉。

左思仕途無望，將榮華富貴視作浮雲。這時，他想起了揚雄：

> 濟濟京城內，赫赫王侯居。冠蓋蔭四術，朱輪竟長衢。朝集金
> 張館，暮宿許史廬。南鄰擊鐘磬，北里吹笙竽。寂寂揚子宅，
> 門無卿相輿。寥寥空宇中，所講在玄虛。言論準宣尼，辭賦擬
> 相如。悠悠百世後，英名擅八區。

揚雄是西漢著名的辭賦家和學者。在辭賦創作方面，他模仿司馬相如
的〈子虛〉、〈上林〉等賦，寫出〈長楊〉、〈甘泉〉、〈羽獵〉等賦，獲
得了較高的成就。在哲學方面，他模仿《論語》作《法言》，模仿
《周易》作《太玄》，具有唯物主義傾向，在語言研究方而，他著有
《方言》，為後世研究古代語言提供了重要的資科。又著有〈訓纂
篇〉，對文字的研究也有自己的貢獻。這首詩前半寫繁榮的長安城中
權貴們的豪華的生活；後半首寫揚雄寂寞的著書生活。二者對照，詩
人鄙棄前者，肯定後者，熱情地歌頌了揚雄關門著書，甘於寂寞的精
神。似乎有以他為楷模，退而著書立說，傳名後世的意思。所以何焯
《義門讀書記》說：「『濟濟』首，謂王愷、羊琇之屬，言地勢既非，
立功難覬，則柔翰故在，潛於篇籍，以章厥身者，乃吾師也。」
　　左思要學揚雄關門著書立說，但並沒有能夠使他超脫現實社會。
由於他對門閥統治下黑暗現實的憤激，他要摒棄現實，隱居高蹈：

> 皓天舒白日，靈景耀神洲，列宅紫宮裡，飛宇若雲浮。峨峨高
> 門內，藹藹皆王侯。自非攀龍客，何為欻來游？被褐出閶闔，
> 高步追許由。振衣千仞岡，濯足萬里流。

這首詩的前半首寫洛陽的高大建築和高門大院內的「藹藹王侯」。上
一首詩的前半首寫長安，實際上隱寫洛陽「赫赫王侯」的來往、聚會

和他們的享樂生活。這不是一般地描寫景物和人物活動，而是當時門
閥統治的象徵。在這樣的社會中生活，詩人因出身卑賤而壯志難酬，
備受壓抑，所以他要和門閥社會作最後的決裂。「自非」二句，涵蘊
著無限悔恨情緒：自己不是攀龍附鳳之人，為什麼到洛陽這種地方來
呢？他決心穿著粗布衣服，追隨高士許由過隱居高蹈的生活。許由何
許人也？據說是堯要將天下讓給他，他拒不接受，逃到潁水之濱，箕
山之下隱居[16]。左思要像許由那樣隱居高蹈，雖然只是一時的排憂解
悶之辭，但也是對門閥統治的強烈反抗。「振衣」二句，寫的是左思
所想像的隱居生活，表示他要滌除世俗的塵汙，寫得豪邁高亢，雄健
勁挺。所以沈德潛評曰：「俯視千古」。[17]

　　此外，還需要提及的是，這首詩的前半首關於洛陽的描寫，固然
有詩人自己的用意，但是也可以從側面看出，左思寫作〈詠史〉詩之
地，當在洛陽。大概左思隨其妹移居洛陽之後，仕宦途中，屢遭壓
抑，故鬱悶不平之氣溢於言表。

　　這是左思〈詠史〉詩中最有代表性的一首。它不僅表現了詩人憤
懣的感情，同時也表現了詩人高尚的情操，是西晉五言詩的扛鼎之作。

　　作為一個詩人，他想徹底超脫是永遠不可能的。所以他不得不回
到現實中來，讚頌「賤者」荊軻：

> 荊軻飲燕市，酒酣氣益震。哀歌和漸離，謂若傍無人，雖無壯
> 士節，與世亦殊倫。高眄邈四海，豪右何足陳！貴者雖自貴，
> 視之若埃塵。賤者雖自賤，重之若千鈞。

據《史記》〈荊軻傳〉記載，荊軻，戰國時齊人，喜歡讀書擊劍，他
游於燕國，與燕國的狗屠和善擊筑的高漸離友善。「荊軻嗜酒，日與

---

16 〔晉〕皇甫謐：《高士傳》上。

17 《古源詩》卷 11。

狗屠及高漸離飲於燕市，洒酣以往，高漸離擊筑。荊軻和而歌於市中，相樂也，已而相泣，旁若無人者。」後為燕太子丹刺秦王，失敗被殺。荊軻刺秦王是為了除暴安民，但是刺客的行為是並不足取的，只是他的事蹟確有感人之處。左思讚頌荊軻，固然是佩服荊軻的為人，而更主要的是藉以詠懷，表示對豪門勢族的藐視。「高眄」二句，是寫荊軻的高視不凡，四海尚且以為小，那豪門勢族豈值得一提。左思滿懷壯志，希望能施展自己的才能，為國家出力。但是在門閥統治的壓抑下，英雄無用武之地，仕途蹭蹬，壯志難酬，他對自己的不公平遭遇充滿了憤懣不平的感情。所以假借荊軻，表現了他對豪門勢族的藐視。「貴者」四句，是詩人直接陳述自己對「貴者」和「賤者」的評價。他一反世俗的看法，將「貴者」視若塵埃，「賤者」看得重若千鈞，進一步抒發了自己憤懣的感情。左思的貴賤觀確實和世俗不同，如在《詠史》第四首中讚美揚雄，說揚雄「悠悠百世後，英名擅八區」，以反襯豪門勢族的生命短暫，如過眼雲煙，迅速從世界上消失。其意思和這裡是一致的。字裡行間，都洋溢著詩人的英風豪氣。

　　詩人雖然對門閥制度進行激烈的批判，但是，並不能改變他的被壓抑的處境。所以他慨嘆人才的埋沒：

　　　　主父宦不達，骨肉還相薄，買臣困采樵，伉儷不安宅。陳平無產業，歸來翳負郭。長卿還成都，壁立何寥廓。四賢豈不偉，遺烈光篇籍。當其未遇時，憂在填溝壑。英雄有迍邅，由來自古昔。何世無奇才，遺之在草澤。

這裡提到的歷史人物有主父偃、朱買臣、陳平和司馬相如四人，據《史記》、《漢書》記載，主父偃，早年窮困未做官時，父母不認他為兒子，兄弟不收留他，朋友鄙棄他。後任中大夫。朱買臣，早年家

貧，以賣柴為生，妻子離去，漢武帝時任會稽太守。陳平，少時家貧，住的是背靠城牆的破房子，用破席當門。後任漢惠帝、呂后、漢文帝丞相，封曲逆侯。司馬相如，早年家徒四壁。漢景帝時為武騎常侍，漢武帝時為郎，後為孝文園令。這四位歷史名人，功業光耀史冊，聲名傳於後世，難道不偉大嗎？可是在他們未做官時，皆窮困而不得志，可見英雄人物多遭困阨，自古以來，莫不如此。比較起來，主父偃等人的遭遇還是比較幸運的，因為他們終有入朝做官的一天。而在歷史上，哪一個朝代沒有奇才被埋沒呢？詩末寄託了詩人自己深沉的感慨。詩人借詠史以抒發自己被埋沒的憤慨和不平。

在門閥制度森嚴的社會中，左思到處碰壁，在憤慨和不平之中，他實在感到無路可走。社會的黑暗和官場的無常，他終於退卻了，只想過著安貧知足的生活，做一個「達士」：

> 習習籠中鳥，舉翮觸四隅，落落窮巷士，抱影守空廬。出門無通路，枳棘塞中塗，計策棄不收，塊若枯池魚，外望無寸祿，內顧無斗儲。親戚還相蔑，朋友日夜疏，蘇秦北游說，李斯西上書。俯仰生榮華，咄嗟後雕枯，飲河期滿腹，貴足不願餘。巢林棲一枝，可為達士模。

詩中貧士深居僻巷，落落寡合，獨守窮廬，形影相弔。他好像籠中的小鳥，一展翅就會碰到籠子的四角。他的仕進之路充滿枳棘，無路可通。他向當權者獻上的計策不被採用，他塊然獨處，境遇困窘，像是水已乾枯的池中魚。家外，沒有絲毫俸祿，家內，竟無一斗糧食的儲備，生活實在貧苦。所以，親戚看不起，朋友也疏遠了。這個貧士是誰呢？就是詩人自己，左思移居洛陽之後，仕途受阻，有志難伸，過著官場失意的生活。貧士生活正是左思初去洛陽生活的寫照。左思是有強烈功名欲的人，他希望能夠得意官場，一展宏圖。但是事與願違，

終身失意。即使如此，他也不願意像蘇秦那樣北上遊說，也不願像李斯那樣西行說秦。他們在俯仰之間，尊榮無比，然而隨之而至的卻是殺身之禍。那實在是不值得羨慕的，《莊子》〈逍遙遊〉上說：「鷦鷯巢於深林，不過一枝。偃鼠飲河，不過滿腹。」他要向偃鼠、鷦鷯學習，安貧知足，了此一生。然而，我們從左思一生的立身行事考察，並不如他所說的那樣，左思晚年混跡官場，甚至成為賈謐的「二十四友」之一。確如有的研究者所斷言的「太沖功名之心，至老不衰。」[18]

　　〈詠史〉八首提到的歷史人物有馮唐、段干木、魯仲連、揚雄、許由、荊軻、主父偃、朱買臣、陳平、司馬相如、蘇秦、李斯。提到他們並不是意在歌詠他們，而是藉以詠懷，抒發自己憤懣不平的感情。在性質上，與阮籍的〈詠懷〉詩，陶淵明的〈飲酒〉詩頗為相類。鍾嶸評其詩曰：「文典以怨，頗為精切，得諷諭之致。」「典」指借用史事，「怨」指詩中所表現的不平之鳴。張玉谷說：「太沖〈詠史〉，初非呆衍史事，特借史事以詠己之懷抱也。或先抒己意，而以史事證之；或先述史事，而以己意斷之；或止述己意，而史事暗合：或止述史事，而己意默寓。」[19]亦足見其表現之「精切」。〈詠史〉詩借古以諷今，所以說有「諷諭」的旨趣，所評十分恰當。但是又說：「雖野於陸機，而深於潘岳。」說左思詩比潘岳詩深沉，可以成立。而認為左思詩「野」，即質樸而少文采，值得商榷。陳祚明說：「太沖一代偉人，胸次浩落，灑然流詠。似孟德而加以流麗，仿子建而獨能簡貴。創成一體，垂式千秋。其雄在才，而其高在志，有其才而無其志，語必虛憍；有其志而無其才，音難頓挫。鍾嶸以為『野於陸機』悲哉！彼安知太沖之陶乎漢、魏，化乎矩度哉？」[20]分析深刻，很有道理。

---

18 程千帆：《古詩考察》，〈左太沖詠史詩三論〉。
19 《古詩賞析》卷11。
20 《采菽覺古詩選》卷11。

　　除〈詠史〉八首之外，左思還有〈嬌女詩〉一首，〈招隱〉詩二首，〈雜詩〉一首等五言詩及〈悼離贈妹詩〉四言詩二首。〈嬌女詩〉寫詩人的兩個小女兒，姐姐蕙芳、妹妹紈素的一些活動。寫其天真活潑，嬌憨可愛。細節描寫，十分生動，在左思詩中別具一格，〈招隱〉詩二首，其一，寫詩人入山尋訪隱士，決定歸隱。其二，寫隱居的樂趣，可與〈詠史〉詩第五首參照。其中關於山水的描寫，顯示了詩人描寫自然景物的卓越才能。〈雜詩〉寫自己秋夜不寐，壯志難伸，也是表達詩人憤慨不平的心情。這些都是太康詩歌的佳篇。

　　《文心雕龍》〈明詩〉篇說：「若夫四言正體，則雅潤為本；五言流調，則清麗居宗。……兼善則子建、仲宣，偏美則太沖、公幹。」這是說曹植、王粲的詩具有雅潤、清麗的特點，而左思、劉楨的詩則雅潤、清麗各得一偏。左思詩風格高亢雄邁，語言精切清新，形象生動鮮明，標誌著太康詩歌的最高成就。

二

　　左思在辭賦創作上的成就也是比較高的。《文心雕龍》〈詮賦〉篇列舉魏晉賦家八人，稱為「魏晉之賦首」。左思是其中之一。左思賦的特點，劉勰認為是「策勳於鴻規」，即在大賦創作上建立了功勳。左思賦今存的只有〈三都賦〉、〈白髮賦〉二篇。〈三都賦〉是其賦中的傑作，也是魏晉大賦的代表作，所以劉勰說左思「盡銳於〈三都〉」。

　　〈三都賦〉的寫作年代，說法不一，主要有三說：

　　一、《晉書》〈左思傳〉說：「造〈齊都賦〉，一年乃成。復欲賦三都，會妹芬入宮，移家京師，乃詣著作郎張載訪岷、邛之事。遂構思十年，門庭藩溷皆著筆紙，遇得一句，即便疏之。自以所見不博，求為秘書郎。及賦成，時人未之重。思自以其作不謝班、張，恐以人廢言，安定皇甫謐有高譽，思造而示之，謐稱善，為其賦序、張載為

注〈魏都〉，劉逵注吳、蜀而序之……陳留衛權又為思賦作《略解》，序曰……自是以後，盛重於時……司空張華見而嘆曰：『班、張之流也。使讀之者盡而有餘，久而更新。』於豪貴之家竟相傳寫，洛陽為之紙貴。」按左芬於泰始八年（272）入宮，皇甫謐卒於太康三年（282），恰與「構思十年」相符。當然，這裡所說的十年，並非確切的數字，只是說時間很長，所以，《文心雕龍》〈神思〉篇說：「左思練〈都〉以一紀」似不必拘泥。

二、《晉書》〈左思傳〉又說：「初，陸機入洛，欲為此賦，聞思作之，撫掌而笑，與弟雲書曰：『此間有傖父，欲作〈三都賦〉，須其成，當以覆酒瓮耳。』及思賦出，機絕嘆伏，以為不能加也，遂輟筆焉。」按陸機入洛在太康十年（289）。據此〈三都賦〉當成於此年之後。

三、《世說新語》〈文學〉梁劉孝標注引《左思別傳》云：「賈謐誅，歸鄉里，專思著述。齊王囧請為記室參軍，不起。時為〈三都賦〉未成也，後數年疾終。其〈三都賦〉改定，至終仍上，」又云：「思造張載，問岷、蜀事，交接亦疏。皇甫謐西州高士，摯仲洽宿儒知名，非思倫匹。劉淵林，衛伯輿並蚤終，皆不為思賦序注也。凡諸注解，皆思自為。欲重其文，故假時人名姓也。」按賈謐死於永康元年（300）四月，據此間〈三都賦〉則成於永康元年以後。

〈三都賦〉究竟寫作於何時？現還沒有一致的看法。我基本上同意第一說，因為此說較符合史實。

〈三都賦〉包括〈三都賦序〉、〈蜀都賦〉、〈吳都賦〉和〈魏都賦〉。首先值得我們注意的是序。序中表達了左思對賦的看法。左思認為作賦應反映實際情況，給讀者以真實的知識。他說：「見『綠竹猗猗』，則知衛地淇澳之產；見『在其版屋』，則知秦野西戎之宅；故能居然而辨八方。」不僅如此，「先王采焉，以觀土風」，還為封建統治者了解各地風俗民情服務，有一定的政治作用。對司馬相如的〈上

林〉、揚雄的〈甘泉〉、班固的〈西都〉、張衡的〈西京〉等賦「假稱珍怪，以為潤色」，「考之果木，則生非其壤；校之神物，則出非其所。於辭則易為藻飾，於義則虛而無徵」，進行了比較嚴厲的批評。他摹仿張衡的〈二京賦〉而作〈三都賦〉，努力做到「其山川城邑，則稽之地圖；鳥獸草木，則驗之方志；風謠歌舞，各附其俗；魁梧長者，莫非其舊」。強調「美物者貴依其本，贊事者宜本其實」。左思主張「依其本」和「本其實」，給讀者以豐富的知識，當然有一定的意義，但是他混淆了文學創作和學術著作的界限，顯然是不正確的。

皇甫謐曾為〈三都賦〉寫序[21]，多半附和左思的觀點。他指出作賦要「因物造端，敷弘體理」，「文必極美」，「辭必盡麗」，但是，「非苟尚辭而已，將以紐之王教，本乎勸戒也」，反映了兩漢以來大賦創作的實際情況。左思的〈三都賦〉當然也不例外。

〈蜀都賦〉、〈吳都賦〉、〈魏都賦〉都是以虛構人物的爭論鋪陳文章內容的。〈蜀都賦〉是寫西蜀公子向東吳王孫介紹蜀國的自然形勢，都城、宴飲、田獵、舟遊等。〈吳都賦〉一開始，是東吳王孫，聽了西蜀公子的一番話，哈哈大笑起來，指出蜀國「土壤不足以攝生，山川不足以周衛，公孫國之而破，諸葛家之而滅。茲乃喪亂之丘墟，顛覆之軌轍。」然後介紹吳國的開國和地理環境，豐富的物產，繁華的都城以及打獵、宴饗、吳國人物等。〈魏都賦〉中的魏國先生則指出：「劍閣雖嶤，憑之者蹶，非所以深根固蒂也；洞庭雖浚，負之者北，非所以愛人治國也。」以折服西蜀公子和東吳王孫。然後介紹魏國的自然形勢，國家的建立，宮殿建築、城郊景色、城內街衢、文治武功以及宴饗、音樂、典禮、祥瑞等。最後斥責吳蜀之人，指出蜀人持險而亡國，而吳國亦勢必滅亡，終使二客折服。其內容仍然是描寫宮苑、都城、物產、田獵等，形式上結構宏大、詞彙豐富、常用

21　見《文選》卷 45。

誇張手法。與漢賦如班固〈西都賦〉、張衡〈二京賦〉比較實無明顯的差別。然而,〈三都賦〉在思想上有超越他的前輩的地方,即要求統一全國的思想。這種思想是符合歷史發展的潮流的,值得我們珍視。左思在〈魏都賦〉中指出:「由重山之束阨,因長川之裾勢,距遠關以窺闚,時高樔而陛制。薄戍綿冪,無異蛛蝥之網,絲卒瑣甲,無異螳螂之衛。與先世而常然,雖信險而剿絕,揆既往之前跡,即將來之後轍,成都迄已傾覆,建鄴則亦顛沛。顧非累卵於疊棊,焉至觀形而懷怛,權假日以餘榮,比朝華而庵藹。覽麥秀與黍離,可作謠於吳會。」當時蜀國已亡,吳國尚存。但是作者相信,不久「麥秀」之歌、「黍離」之詩將作於吳會。所以,在賦的結尾,作者說:「日不雙麗,世不兩帝,天經地緯,理有大歸。」表達了他渴望全國統一的理想。

〈三都賦〉在寫景是頗有特色的。如〈蜀都賦〉云:「流漢湯湯,驚浪雷奔,望之天迴,即之雲昏。水物殊品,鱗介異族;或藏蛟螭,或隱碧玉。嘉魚出於丙穴,良木攢於褒谷,其樹則有木蘭梫桂,杞櫹椅桐,椶枒楔樅。楩楠幽藹於谷底,松柏蓊鬱於山峰。擢修幹,竦長條。扇飛雲,拂輕霄。羲和假道於峻岐,陽烏回翼乎高標。巢居棲翔,羣兼鄧林。穴宅奇獸。窠宿異禽。熊羆咆其陽,雕鶚鴞其陰。猨狖騰希而競捷,虎豹長嘯而永吟。」很自然地使我們想起李白〈蜀道難〉中所描寫的奇險景色。比較起來,李白詩有豐富的想像和大膽的誇張,左思賦不乏誇張筆墨,更多的是如實的描寫。除「其樹」三句顯得形式呆板之外。亦寫得驚心動魄,作者藝術地再現了蜀地山水之美,頗能給人以美的享受。

左思還有〈白髮賦〉[22]。這篇抒情小賦,通過白髮和拔髮人的對話,以寓言形式,含蓄地表現了作者生不逢時的牢騷和不平。拔髮人認為白髮妨礙了自己仕途的升遷,說:「策名觀國,以此為疵。」因

<hr />

22 見《藝文類聚》十七。

此要把白髮拔除，白髮認為自己沒有罪，希望住手。而拔髮人堅持要拔掉，於是白髮「瞑目號呼」說：「何我之冤，何子之誤！甘羅自以辯惠見稱，不以髮黑而名著。賈生自以良才見異，不以烏鬢而後舉。聞之先民，國用老成，二老歸周，周道肅清。四皓佐漢，漢德光明。何必去我，然後要榮？」拔髮人認為白髮的話也有道理，但是，過去看重老人，現在卻輕視老人，時代變了。賦的最後點明：「聊用擬辭，比之國風。」希望小賦能對封建統治者起到一定的諷諭作用，也曲折地表現了左思懷才不遇的感情，是作者發自衷曲的聲音。

　　《文心雕龍》〈詮賦〉篇說：「賦者，鋪也。鋪采摛文，體物寫志也。」這是詮釋賦的含義，也指出了賦的特點。又說：「原夫登高之旨，蓋睹物興情。情以物興，故義必明雅；物以情觀，故詞必巧麗。麗詞雅義，符采相勝，如組織之品朱紫，畫繪之著玄黃，文雖新而有質，色雖糅而有本，此立賦之大體也。」這是劉勰對大賦創作的要求，也可以說，是大賦創作的基本理論。〈三都賦〉是符合這些要求和理論的。〈白髮賦〉則不然。魏晉以後，抒情小賦迅速發展，這些小賦，題材擴大了、篇幅縮短了、抒情成分增多了，和西漢以來的大賦大不一樣。這是新的變化。這些小賦所顯示的作者的「功力」，自然遠不如大賦，但是，更富有文學價值。左思賦的主要成就在使洛陽紙貴的〈三都賦〉，抒情小賦是微不足道的。這是劉勰已經指出的。

　　《文心雕龍》〈才略〉篇說：「左思奇才，業深覃思，盡銳於〈三都〉，拔萃於〈詠史〉，無遺力矣。」劉勰認為，左思是很有才能的詩人，他長於深思，寫〈三都賦〉用盡了力量，他的〈詠史〉詩出類拔萃，他的才力都用完了，劉勰確實抓住了左思最主要的作品，做出實事求是的評價，表現了他的敏銳的眼光和深刻的見解。這些見解，直到今天，對我們仍然是很有啟發的。

一九八六年六月

詩必柱下之旨歸　賦乃漆園之義疏

──劉勰論東晉文學

　　與曹魏、西晉文學相比，東晉文壇玄風瀰漫，就顯得沉寂了。檀道鸞說：「正始中，王弼、何晏好莊、老玄勝之談而世遂貴焉。至過江，佛理尤盛，故郭璞五言始會合道家之言而韻之，詢及太原孫綽轉相祖尚，又加以三世之辭而詩騷之體盡矣。詢、綽並為一時文宗，自此作者悉體之，至義熙中，謝混始改。」[1]沈約說：「有晉中興，玄風獨振，為學窮於柱下，博物止乎七篇，馳騁文辭，義殫乎此。自建武暨乎義熙，歷載將百，雖綴響聯辭，波屬雲委，莫不寄言上德，托意玄珠，遒麗之辭，無聞焉爾。」[2]蕭子顯說：「江左風味，盛道家言，郭璞舉其靈變，許詢極其名理。仲文玄氣，猶不盡除；謝混情新，得名未盛。」[3]各家論述都簡要地概括了東晉文學的基本情況，也都指出玄言詩充斥詩壇的現象。鍾嶸說：「永嘉時，貴黃、老，稍尚虛談，於時篇什，理過其辭，淡乎寡味。爰及江表，微波尚傳。孫綽、許詢、桓、庾諸公詩，皆平典似《道德論》，建安風力盡矣。」[4]鍾氏認為玄言詩在東晉是「微波尚傳」，與以上諸家論斷不同，恐與史實不符，當以檀、沈、蕭諸氏說為是。關於東晉文學，與以上各家比較，劉勰的論述，內容比較豐富，很值得我們研究。本文擬對劉勰有關東晉文學的論述，提出一些粗淺的看法。

1　《世說新語》〈文學〉注引《續晉陽秋》。

2　《宋書》〈謝靈運傳論〉。

3　《南齊書》〈文學傳論〉。

4　《詩品》〈序〉。

一

　　劉勰說：「江左篇制，溺乎玄風，嗤笑徇務之志，崇盛忘機之談；袁、孫已下，雖各有雕采，而辭趣一揆，莫與爭勝；所以景純〈仙篇〉，挺拔而為儁矣。」[5]這是說，東晉的詩歌，沉溺在清談玄學的風氣之中，玄言詩盛行於詩壇。袁宏、孫綽的詩歌創作成就，不是他們以後的詩人所能比擬的，至於郭璞的〈游仙詩〉更是突出的佳作了。

　　袁宏，字彥伯，小字虎，東晉文學家，今存詩六首，多為殘篇，完整的只有〈詠史詩〉二首。鍾嶸《詩品》將其列入中品，評曰：「彥伯〈詠史〉，雖文體未遒，而鮮明緊健，去凡俗遠矣。」《續晉陽秋》曰：「虎少有逸才，文章絕麗。曾為〈詠史〉詩，是其風情所寄。少孤而貧，以運租為業。鎮西謝尚時鎮牛渚，乘秋佳風月，率爾與左右微服泛江。會虎在運租船中諷詠，聲既清會，辭又藻拔，非尚所曾聞，遂住聽之。乃遣問訊，答曰：『是袁臨汝郎誦詩，即其〈詠史〉之作也。』尚佳其率有勝致，即遣要迎，談話申旦。自此名譽日茂。」[6]袁宏〈詠史〉二首，其一詠嘆「周昌梗概臣」、「汲黯社稷器」等，「趨舍各有之，俱令道不沒。」其二通過楊惲的悲慘遭遇，慨嘆處世的艱難。「無名困螻蟻，有名世所疑」，「吐音非凡唱，負之欲何之」，充滿了一個正直文士對狂狷之士不幸命運的真摯同情。這兩首詩，亦曾遭到後人非議，如明代胡應麟說：「晉人能文而不能詩者袁宏，名出一時。所存〈詠史〉二章，吃訥陳腐可笑，當時亦以為工。」[7]持論未免失之偏頗。王夫之評曰：「先布意深，後序事蘊藉，

5　《文心雕龍》〈明詩〉。下引《文心雕龍》僅注篇名。

6　《世說新語》〈文學〉注引。

7　《詩藪》外編，卷2。

詠史高唱，無如此矣。」[8]似較為中肯。這兩首詩，當時被認為是佳作，鍾嶸將袁宏詩列入中品，亦說明他對袁宏詩歌創作的肯定。這一點和劉勰的看法是一致的。

　　孫綽，字興公，是東晉著名的玄言詩人。他和許詢「並為一時文宗」。鍾嶸《詩品》將他列入下品，評曰：「世稱孫、許，彌善恬淡之詞。」孫綽雖列入「下品」，但鍾嶸說過：「預此宗流者，便稱才子。至斯三品升降，差非定制，方申變裁，請寄知者爾。」[9]所以，孫綽仍然很自許，《世說新語》〈品藻〉云：「支道林問孫興公：『君何如許掾？』孫曰：『高情遠致，弟子早已服膺；一吟一詠，許將北面。』」其實，許詢詩，當時評價頗高，晉簡文帝就稱許「玄度（許詢字）五言詩，可謂妙絕時人」[10]。而孫綽膽敢如此自許，自然是因為他的詩為當時所推崇。其詩今存十一首，以〈秋日〉詩為佳。此詩主要寫山中自然景色變化和詩人的心理活動，最後歸結為「淡然古懷心，濠上豈伊遙」，仍不脫玄言詩的俗套。此詩寫景頗為生動，並不使人感到淡乎寡味。最能體現孫綽玄言詩特點的是那些四言詩，如〈答許詢〉九章，其一云：「仰觀大造，俯覽時物。機過患生，吉凶相拂。智以利昏，識由情屈。野有寒枯，朝有炎鬱。失則震驚，得必充詘。」全無詩的情趣。但是他與許詢在當時影響很大，「自此作者悉體之」。

　　袁宏約卒於晉孝武帝太元元年（376），孫綽卒於晉簡文帝咸安元年（371）。袁、孫以後，東晉作家眾多[11]，但已無人與他們爭雄了。

　　郭璞，字景純，是西晉末、東晉初的傑出文學家，著名訓詁學家。在訓詁學方面，有《爾雅注》、《方言注》、《山海經注》、《穆天子傳注》等，在文學方面，擅長詩賦。他的詩歌今存二十餘首，以〈游

8　《古詩評選》卷4。

9　《詩品》〈序〉。

10　《世說新語》〈文學〉。

11　參閱劉師培《中國中古文學史》第四課〈魏晉文學之變遷〉，丙〈潘陸及兩晉諸賢之文〉。

仙詩〉最有名。〈游仙詩〉今存十九首，其中九首只有殘句。《文選》選錄的七首，是其中佳作。李善注云：「凡游仙之篇，皆所以滌穢塵網，錙銖纓紱，餐霞倒景，餌玉玄都。而璞之制，文多自敘，雖志狹中區，而辭無俗累，見非前識，良有以哉！」[12]李善雖然對郭璞的〈游仙詩〉作了注釋，但是，他並不理解這種新型的游仙詩。姚范說：「景純〈游仙〉本屈子〈遠游〉之旨，而撮其意，遂成此制。」[13]可見郭璞的這種游仙詩是從屈原的〈遠游〉來的。

　　郭璞的〈游仙詩〉常常借描寫仙人和仙境，以寄託自己的懷抱，與一般的游仙詩不同。例如〈游仙詩〉其一云：「京華游俠窟，山林隱遁棲。朱門何足榮，未若托蓬萊。臨源挹清波，陵岡掇丹荑。靈谿可潛盤，安事登雲梯。漆園有傲吏，萊氏有逸妻。進則保龍見，退為觸蕃羝。高蹈風塵外，長揖謝夷齊。」詩人認為榮華富貴的生活不如托身蓬萊。應該指出，詩中的蓬萊，並非仙境，而是指隱居的地方。於此亦可見郭璞〈游仙詩〉的特點。陳祚明說得好：「景純本以仙姿游於方內，其超越恒情，乃在造語奇傑，非關命意。〈游仙〉之作，明屬寄託之詞，如以『列仙之趣』求之，非其本旨矣。」[14]郭璞生活在玄言詩盛行的時代，其〈游仙詩〉萌發了新的思想和風格，受到很高的評價。劉勰說：「景純艷逸，足冠中興……〈仙詩〉亦飄飄而凌雲矣。」[15]鍾嶸說：「晉弘農太守郭璞，憲章潘岳，文體相輝，彪炳可玩。始變永嘉平淡之體，故稱中興第一。〈翰林〉以為詩首。但〈游仙〉之作，詞多慷慨，乖遠玄宗。其云『奈何虎豹姿』，又云『戢翼棲榛梗』，乃是坎壈詠懷，非列仙之趣也。」[16]劉勰認為〈游仙遊〉詩

---

12 《文選》卷 21。

13 方東樹《昭昧詹言》卷一引。

14 《采菽堂古詩選》卷 12。

15 〈才略〉。

16 《詩品》卷中。

境高超，鍾嶸認為〈游仙詩〉為詩人坎坷失意的詠懷詩，表現的不是
游仙詩的旨趣，皆深中肯綮。

　　在東晉詩人中，值得我們注意的還有殷仲文和謝混。檀道鸞說：
玄言詩「至義熙中謝混始改」。沈約說：「仲文始革孫、許之風，叔源
（謝混字）大變太元之氣。」鍾嶸說：「先是郭景純用儁上之才，變
創其體；劉越石仗清剛之氣，贊成厥美。然彼眾我寡，未能動俗。逮
義熙中，謝益壽（謝混小字）斐然繼作。元嘉中有謝靈運，才高詞
盛，富艷難蹤，固已含跨劉、郭，凌轢潘、左。」[17]蕭子顯說：「仲文
玄氣，猶不盡除，謝混情新，得名未盛。」以上引文說明在東晉詩風
轉變過程中，殷仲文和謝混所起的作用。殷仲文詩今存三首，《文
選》卷二十二選錄的〈南州桓公九井作〉一詩是他的代表作，其中
云：「景氣多明遠，風物自淒緊。爽籟警幽律，哀壑叩虛牝。」寫秋
日山景，有清遠之致。唯詩的開頭說：「四運雖鱗次，理化各有
準。」仍使人感到「仲文玄氣，猶不盡除」。謝混詩今存五首。《文
選》卷二十二選錄的〈游西池〉一首乃謝混詩中的佳作。詩云：「惠
風蕩繁囿，白雲屯曾阿。景昃鳴禽集，水木湛清華。」和風輕拂，苑
囿繁茂，白雲朵朵，屯集山巒。夕陽西下，鳥集歡鳴，水光樹色，清
新華美。詩人筆下的景色確實迷人，所以沈約說他「大變太元之
氣」。鍾嶸說：「義熙中，以謝益壽、殷仲文為華麗之冠，殷不競
矣。」[18]謝、殷二人的詩作辭藻華麗，故為昭明所選錄，其詩歌創作
成就，殷是比不上謝的。

　　劉勰說：「殷仲文之孤興，謝叔源之閒情，並解散辭體，縹渺浮
音，雖滔滔風流，而大澆文意。」[19]「殷仲文之孤興」，疑指〈南州桓
公九井作〉，詩中有「獨有清秋日，能使高興盡」之句。「謝叔源之閒

17　《詩品》〈序〉。
18　《詩品》卷下。
19　〈才略〉。

情」，疑指〈游西池〉。《文選》李善注云：「混思與友朋相與為樂也。」這大概就是劉勰所說的「閒情」。[20]劉勰認為，殷仲文的〈南州桓公九井作〉，謝混的〈游西池〉，解散了高談玄理的玄言詩，使飄浮的玄音漸漸虛無，雖然如滔滔洪水的玄風已經停息，而詩中殘存的玄理，使文意大為浮薄。劉勰的論述，與沈約等人的觀點大致相同，說明這是當時的共同認識。

關於劉勰為何沒有論及陶淵明的問題，這裡附帶提及。《文心雕龍》全書，除〈隱秀〉外，皆未論及陶淵明，唯〈隱秀〉篇云：「彭澤之□□（豪逸）」而〈隱秀〉篇早已殘缺。殘缺之文係明人所補，而論陶一句又在補文之中。這就是說，劉勰並未論及陶淵明。聯想劉宋以來有關史籍和文論，有助於對此問題之理解。顏延之〈陶徵士誄〉，只讚揚陶淵明之品德，論及文章只有「文取指達」一句。沈約《宋書》〈隱逸傳〉僅述陶淵明之生平，全未論及陶之詩文。又《宋書》〈謝靈運傳論〉縱論劉宋以前的文學發展，也隻字未提到陶淵明。鍾嶸《詩品》認為陶淵明為「古今隱逸詩人之宗也」，但是僅列入「中品」。蕭統喜愛陶詩，親編陶集，親撰〈陶淵明集序〉，對陶可謂不薄，但《文選》只收陶詩八首，而選錄謝靈運詩達四十首之多。蕭子顯《南齊書》〈文學傳論〉論東晉文學，亦未及陶。為何如此？究其原因，大約有二：其一，晉宋以來，駢儷之風盛行，所謂「儷采百字之偶，爭價一句之奇，情必極貌以寫物，辭必窮力而追新」[21]，而陶詩語言質樸、自然，所以不受重視。其二，陶淵明出身貧寒，官位卑下，易為人們所忽視。鍾嶸評鮑照曰：「嗟其才秀人微，故取湮當代。」[22]情況類似。此外，陶淵明隱居高蹈，遠離塵世，亦可能是

20　參閱楊明照：《文心雕龍校注拾遺》卷10。

21　〈明詩〉。

22　《詩品》卷中。

鮮為人知的原因之一。以上分析，純係推測，很難令人滿意，問題還可以進一步探討。

二

東晉賦，劉勰論及者主要有兩家，即郭璞與袁宏。他說：「及仲宣靡密，發端必遒；偉長博通，時逢壯采；太沖安仁，策勛於鴻規；士衡子安，底績於流制；景純綺巧，縟理有餘；彥伯梗概，情韻不匱；亦魏晉之賦首也。」[23]劉勰將郭璞、袁宏和王粲、徐幹、左思、潘岳、陸機、成公綏，並稱「魏晉之賦首」，作了較高的評價。

郭璞賦今存九篇，〈江賦〉為《文選》卷十二所選，最負盛名。《文選》李善注引《晉中興書》曰：「璞以中興，三宅江外，乃著〈江賦〉，述川瀆之美。」其寫作目的是為了維護東晉政權，有一定的積極意義。〈江賦〉寫長江之美，畫面壯麗，激勵了當時人們的愛國熱情。其中寫三峽云：

> 若乃巴東之峽，夏后疏鑿。絕岸萬丈，壁立頳駮。虎牙嶸豎以屹崒，荊門闕竦而磐礴。圓淵九回以懸騰，溢流雷呴而電激。駭浪暴灑，驚波飛薄，迅澓增澆，湧湍疊躍。……

此寫三峽形勢之險要，波濤之神奇，令人感到驚心動魄。所以，《晉書》〈郭璞傳〉說：「璞著〈江賦〉，其辭甚偉，為世所稱。」至於郭璞喜用難字、奇字，文字艱深，乃其美中不足之處。被劉勰稱為「穆穆以大觀」[24]的〈南郊賦〉寫晉元帝司馬睿祭天的盛典，也是東晉王朝的開國大典。描寫祭祀儀式十分壯觀，寄託了作者希望東晉王朝復

23　〈詮賦〉。

24　〈才略〉。

興的理想。《晉書》〈郭璞傳〉說:「後復作〈南郊賦〉,帝見而嘉之,以為著作佐郎。」說明此賦在當時有一定的影響。其〈登百尺樓賦〉是篇抒情小賦。百尺樓即洛陽西北之大夏門城樓。郭璞登樓四望,緬懷古人,心繫朝廷,賦中說:「嗟王室之蠢蠢,方構怨而極武。哀神器之遷浪,指綴旒以譬主。雄戟列於廊板,戎馬鳴乎講柱。寤苔華而增怪,嘆飛駟之過戶。陟茲樓以曠眺,情慨爾而懷古。」慨嘆西晉王朝的衰敗,流露了作者的憂國之思。〈流寓賦〉亦為抒情小賦,寫作者從家鄉聞喜逃往洛陽的沿途經歷,賦云:「戒雞晨而星發,至猗氏而方曉。觀屋落之墮殘,顧但見乎丘棄。嗟城池之不固,何人物之希少。」寫猗氏經過戰亂,城破屋毀,地荒人稀的淒涼景象。「華輦而永懷,乃憑軾以寓目。思文公之所營,蓋成周之虛域。」寫作者將遊洛陽而傷懷,思晉文公之營成周,預感西晉王朝之衰亡,表現作者憂國憂民的思想。劉勰認為郭璞賦綺麗巧妙,有豐富的內容。從以上論及的〈江賦〉、〈南郊賦〉、〈登百尺樓賦〉和〈流寓賦〉來看,這個論斷是完全正確的。

袁宏賦今存四篇,皆殘缺不全,如〈酊宴賦〉、〈夜酣賦〉,僅有數句。〈北征賦〉,嚴可均《全晉文》從《太平御覽》、《初學記》、《世說新語注》諸書中輯得二十餘句,並不連貫。只有〈東征賦〉,雖是殘篇,較為完整。據《晉書》〈袁宏傳〉載:袁宏撰「詩、賦、誄、表等雜文凡三百首,傳於世」。又劉勰推袁宏為「魏晉之賦首」之一,可見其賦散失很多。

袁宏賦以〈北征賦〉較為著名,晉廢帝太和四年(269),桓溫率眾北伐。袁宏從桓溫北征,作〈北征賦〉。《晉書》〈袁宏傳〉云:「宏有逸才,文章絕美。……從桓溫北征,作〈北征賦〉,皆其文之高者。嘗與王珣、伏滔同在溫坐,溫令滔讀其〈北征賦〉,到『聞所傳於相傳,云獲麟於此野。誕靈物以瑞德,奚授體於虞者!疚尼父之洞泣,似實慟而非假。豈一性之足傷,乃致傷於天下』,其本至此便改

韻。珣云：『此賦方傳千載，無容率耳。今於『天下』之後，移韻徙事，然於寫送之致，似為未盡。』滔云：『得益寫韻一句，或為小勝。』溫曰：『卿思益之。』宏應聲答曰：『感不絕於余心，訴流風而獨寫。』珣誦味久之，謂滔曰：『當今文章之美，故當共推此生。』」從桓溫、伏滔、王珣三人對〈北征賦〉的議論，亦可見當時對此賦的推崇。惜此賦佚文，只是一鱗半爪，無法窺其全貌。

袁宏的〈東征賦〉在當時亦頗有影響。《世說新語》〈文學〉篇注引《續晉陽秋》曰：「宏為大司馬記室參軍，後為〈東征賦〉，悉稱過江諸名望。時桓溫在南州，宏語眾云：『我決不及桓宣城（桓溫父彝，為宣城內史）。』時伏滔在溫府，與宏善，苦諫之。宏笑而不答。滔密以啟溫，溫甚忿。以宏一時文宗，又聞此賦有聲，不欲令人顯問之。後遊青山，飲酌既歸，公命宏同載，眾為危懼。行數里，問宏曰：『聞君作〈東征賦〉，多稱先賢，何故不及家君？』宏答曰：『尊公稱謂，自非下官所敢專，故未呈啟，不敢顯之耳。』溫乃云：『君欲為何辭？』宏答云：『風鑒散朗，或搜或引。身雖可亡，道不可隕。則宣城之節，信為允也。』溫泫然而止。」又《世說新語》〈文學〉篇云：「袁宏始作〈東征賦〉，都不道陶公（侃）。胡奴（陶侃子范）誘之狹室中，臨以白刃，曰：『先公勛業如是，君作〈東征賦〉，云何相忽略？』宏窘蹙無計，便答：『我大道公，何以云無？』因誦曰：『精金百煉，在割能斷。功則治人，職思靖亂。長沙之勛，為史所贊。』」以上記載至少說明兩點：其一，當時對賦十分重視，所以桓溫和陶范（胡奴）都想通過袁宏的賦為其父傳名；其二，在賦的創作方面，袁宏獲得較高的成就，故為當時名流所推重。可見劉勰推袁宏為「魏晉之賦首」之一，是有根據的。

劉勰認為「彥伯梗概，情韻不匱」。對於「梗概」，研究者有不同的解釋。一說：「〈東征賦〉述名臣功業，皆略舉大概，故云『彥伯梗

概』。」[25]一說：「此二句所指，疑為宏之〈北征賦〉……據此，則『梗概』應與〈時序〉篇『梗概多氣』之『梗概』同，猶言慷慨也。『情韻不匱』，亦即王珣所謂『此韻所詠，慨深千載』之意。」[26]我們玩味〈北征賦〉佚文，未見慷慨之氣。細讀〈東征賦〉佚文，參之《世說新語》的記載，覺得此賦確實是「述名臣功業，皆略舉大概」。因此，我們認為當以范說為允。

劉勰說：「袁宏發軫以高驤，故卓出而多偏。」[27]「卓出」，指「文章絕美」；「多偏」如〈北征賦〉「寫送之致，似為未盡」。劉勰的意思是說，袁宏文如高馬快車奔馳，文章卓出而時有不足。持論較全面。

孫綽是東晉著名的玄言詩人，也是有名的賦家。他的〈游天臺山賦〉為《文選》卷十一所選錄，是一篇賦中的名作。《世說新語》〈文學〉篇云：「孫興公作〈天臺賦〉成，以示范榮期，云：『卿試擲地，要作金石聲』。范曰：『恐子之金石，非宮商中聲。』然每至佳句，輒云：『應是我輩語。』」他為創作〈游天臺山賦〉而頗為自許。

〈游天臺山賦〉寫孫綽自己遊山尋仙。作者把遊山與佛道思想融合在一起。賦的最後說：「渾萬象以冥觀，兀同體於自然。」人和自然合而為一，歸於玄理。

劉勰說：「孫綽規旋以矩步，故倫序而寡狀。」[28]這是說，〈游天臺山賦〉將遊山與佛道思想融合，文章在佛道思想中迴旋，寫得有條有理而較少山水景色的描寫。其實，孫綽的玄言詩亦復如此。這一論斷，頗為深刻。

劉勰還論到晉明帝司馬紹的賦，說他「振采於辭賦」[29]。司馬紹

---

25 范文瀾《文心雕龍注》卷 2。

26 楊明照：《文心雕龍校注拾遺》卷 2。

27 〈才略〉。

28 〈才略〉。

29 〈時序〉。

「雅好文辭」[30]，其賦今存〈蟬賦〉一篇，而此篇僅存六句：「尋長枝以凌高，靜無為以自寧。邈矣獨處，弗累於情。任運任時，不慮不營。」此寫蟬的清高獨處，委運乘化，展示了司馬紹的文采，確有可取之處。

三

除了詩賦之外，劉勰對東晉散文論述頻多。〈才略〉篇說：「庾元規之表奏，靡密以閑暢；溫太真之筆記，循理而清通：亦筆端之良工也。孫盛、干寶，文勝為史，準的所擬，志乎典訓，戶牖雖異，而筆彩略同。」這裡論及的有庾亮、溫嶠、孫盛和干寶。

庾亮，字元規，《文選》（卷三十八）選錄其〈讓中書監表〉。這是庾亮章表的代表作。晉明帝即位之後，任命庾亮為中書監，庾亮堅決辭讓，他上表曰：「臣領中書，則示天下以私矣。何者？臣於陛下，后之兄也。姻婭之嫌，與骨肉中表不同。雖太上至公，聖德無私，然世之喪道，有自來矣。悠悠六合，皆私其姻者也，人皆有私，則天下無公矣。是以前後二漢，咸以抑后黨安，進婚族危。向使西京七族，東京六姓，皆非姻黨，各以平進，縱不悉全，決不盡敗。今之盡敗，更由姻昵。」文章辭旨切至，如劉勰所說，具有細密、從容、暢達的特點。〈章表〉篇說：「庾公之〈讓中書〉，信美於往載。」庾亮的〈讓中書監表〉，確實比以往章表寫得好。劉勰對此篇備致優評。應該看到，庾亮歷任元帝、明帝、成帝三朝，據《晉書》本傳記載，元帝時，「辟西曹……累遷給事中、黃門侍郎、散騎常侍。」明帝時「代王導為中書監……徙中書令。」成帝時「遷亮都督江、荊、豫、益、雍六州諸軍事，領江、荊、豫三州刺史，進號征西將軍。」

30　《晉書》〈明帝紀〉。

可謂官高爵顯。而庾亮在輔佐成帝，消滅蘇峻、祖約等反叛東晉王朝的軍事力量方面，功勛卓著，所以他在文學方面的才能反為其政治、軍事業績所掩。劉勰說：「昔庾元規才華清英，勛庸有聲，故文藝不稱；若非臺岳，則正以文才也。」庾亮如果不作官，會因文才而著名。分析得很有道理。

溫嶠，字太真。《晉書》本傳說他「博學能屬文」。《隋書》〈經籍志〉四著錄：「《晉大將軍溫嶠集》十卷，梁錄一卷。」但散失很多，嚴可均《全晉文》輯錄其文二十二篇，大都殘缺不全。比較完整的只有《晉書》本傳所引用的〈請原王敦佐吏疏〉、〈奏軍國要務七事〉、〈重與陶侃書〉、〈移告四方征鎮〉等。劉勰說他的筆札，合乎事理而文辭清通。他是這方面的高手。從上面提及的文章看，確實如此。

溫嶠有一篇〈侍臣箴〉，其中說：「勿謂其微，覆簣成高；勿謂其細，巨由纖毫。故曰善不積，不足以成名。話言如絲，而萬里來享。無以處極，而利在永貞。……」這是溫嶠對侍臣提出的箴言。劉勰說：「箴者，針也，所以攻疾防患，喻針石也。」[31]以這個標準去衡量〈侍臣箴〉，劉勰認為它「博而患繁……鮮有其衷」。即〈臣箴〉內容廣博而顯得繁雜，寫得不能恰到好處，嚴肅地提出了批評。

〈奏啟〉篇云：「劉頌殷勤於時務，溫嶠懇惻於費役，並體國之忠規矣。」劉頌且不論。這裡是說，溫嶠的〈上太子疏諫起西池樓觀〉，對當時耗費民力深感不安，這是體察國事的忠言。對溫嶠所上之疏表示了肯定的評價。

不論是批評還是褒揚，都表現出溫嶠是非分明，文辭清新而雅正。劉勰說：「晉氏中興，唯明帝崇才，以溫嶠文清，故引入中書。自斯以後，體憲風流矣。」[32]東晉明帝愛重人才，溫嶠「文清」，所以

31　〈銘箴〉。

32　〈詔策〉。

被引入中書省。從此以後，中書省之體制有了可遵循的法度，此風就流傳下去了。這說明溫嶠之文風對後世也產生了一定的影響。

孫盛、干寶都是史學家。《晉書》〈孫盛傳〉云：「盛篤學不倦，自少至老，手不釋卷。著《魏氏春秋》、《晉陽秋》，並造詩賦論難復數十篇。《晉陽秋》詞直而理正，咸稱良史焉。」其《晉陽秋》久已散失，劉勰說它「以約舉為能」[33]，即以簡約成為良史，已無法證明。《晉書》〈干寶傳〉云：「（干）寶少勤學，博覽書記，以才器召為著作郎。……著《晉紀》，自宣帝迄於愍帝五十三年，凡二十卷，奏之，其書簡略，直而能婉，咸稱良史。」《晉紀》雖亦亡佚，然而蕭統《文選》卷四十九選入其《晉紀》〈論晉武帝革命〉、《晉紀》〈總論〉，尚可窺其一斑。劉勰謂干寶《晉紀》「以審正得序」[34]，即精審正確而次序井然。持論是十分公允的。

應該指出，魏晉以來，文學觀念逐漸明確，西晉荀勖《中經新簿》「分為四部，總括群書。一曰甲部：紀六藝及小學等書；二曰乙部，有古諸子家、近世子家、兵書、兵家、術數；三曰景（丙）部，有史記、舊事、皇覽、雜事；四曰丁部，有詩賦、圖贊、汲冢書。」[35]東晉李充「重分四部：五經為甲部；史記為乙部；諸子為丙部；詩賦為丁部。」[36]可見文學和歷史分屬兩部。為什麼劉勰又混為一談呢？這可能有各種不同的解釋，例如，中國在傳統上認為文、史有千絲萬縷的關係，是難以分清的。再說，史學著作大都富於文采，《史記》、《漢書》不用說了，就是干寶《晉紀》亦復如此。劉勰認為孫盛、干寶「文勝為史……筆彩略同」，就看出了這一點。因此論及史學著作是十分自然的。蕭統《文選》是文學選本，不也是選入班固《漢

33　〈史傳〉。

34　〈史傳〉。

35　《隋書》〈經籍志〉。

36　錢大昕《元史》〈藝文志序〉。

書》、干寶《晉紀》和范曄《後漢書》裡的文章嗎？但是，不論如何解釋，都難以掩蓋劉勰混淆文、史界限的缺點。

郭璞和孫綽都是東晉的重要作家。劉勰不僅論述了他們的詩賦，也論述了他們的散文。

〈雜文〉篇說：「景純〈客傲〉，情見而采蔚：雖迭相祖述，然屬篇之高者也。」劉勰認為，郭璞的〈客傲〉，情志顯露，文采豐富，雖模仿前人，而成就較高。《晉書》〈郭璞傳〉云：「璞既好卜筮，縉紳多笑之。又自以才高位卑，乃著〈客傲〉。」顯然，郭璞的〈客傲〉是他「才高位卑」的不平之鳴。文章一開始就寫客人譏笑郭生說：「玉以兼城為寶，士以知名為賢。明月不妄映，蘭葩豈虛鮮。今足下既以拔文秀於叢薈，蔭弱根於慶雲，陵扶搖而竦翮，揮清瀾以濯鱗，而響不徹於九皋，價不登乎千金。」郭生認為人的志趣各有不同，在懷才不遇的情況下，他打算「寂然玩此員策與智骨」。即寂寞地玩玩這些用來卜的蓍草、龜甲度日。表現出玄學的人生態度。

〈頌贊〉篇說：「及景純注《雅》，動植必贊，義兼美惡，亦猶頌之變耳。」意思是說，郭璞注《爾雅》，對其中動物、植物都寫了贊，有讚美，有貶抑，亦似頌之變化。劉勰說：「贊者，明也，助也。」即贊是說明、輔助的意思，並無褒貶，如《文心雕龍》各篇結尾皆有「贊曰」，總結全文，無褒無貶。但是，司馬遷《史記》、班固《漢書》，始「託辭褒貶」，有一些「贊」就有褒有貶了。這好像頌體，先是「美盛德而述形容」，到了魏晉時代也「褒貶雜居」了。郭璞的《爾雅圖贊》是有褒有貶的，如〈梧桐〉云：「桐實嘉木，鳳凰所棲。爰伐琴瑟，八音克諧。歌以永言，嘽嘽喈喈。」這是褒。又如〈鼫鼠〉云：「五能之鼠，技無所執。應氣而化，翻飛鴐集。詩人歌之，無食我粒。」這是貶。再如〈杜若〉云：「靡蕪善草，亂之地（蛇）床。不隕其實，自別以芳。佞人似智，巧言如簧。」這裡有褒有貶。這大概是贊體的變化。

〈誄碑〉篇云：「及孫綽為文，志在碑誄，〈溫〉、〈王〉、〈郗〉、〈庾〉，辭多枝雜，〈桓彝〉一篇，最為辨裁。」這是說，孫綽作文，其志在於碑的寫作。他的〈溫嶠碑〉、〈丞相王導碑〉、〈太宰郗鑒碑〉、〈太尉庾亮碑〉，辭多枝蔓，雜亂無章，只有〈桓彝碑〉最為明辨而剪裁恰當。孫綽的〈溫嶠碑〉，已佚。〈丞相王導碑〉、〈太宰郗鑒碑〉、〈太尉庾亮碑〉，已殘缺不全〈桓彝碑〉亦佚。我們現在已無法全部證實劉勰的論斷了。《晉書》〈孫綽傳〉說：「綽少以文才垂稱，於時文士，綽為其冠。溫、王、郗、庾諸公之薨，必須綽為碑文，然後刊石焉。」可見〈溫嶠碑〉等，皆為應酬之作，實非碑中上品。

李充，字弘度，東晉學者。〈序志〉篇云：「……弘范《翰林》，各照隅隙，鮮明衢路。……《翰林》淺而寡要。」弘范，應作弘度。這裡，劉勰批評李充的《翰林論》像魏晉時期曹丕的《典論》〈論文〉、曹植的〈與楊德祖書〉、應瑒的〈文質論〉、陸機的《文賦》、摯虞的《文章流別論》一樣，只能看到一角一孔，很少能看到康莊大道。《翰林論》所論亦淺薄而不得要領。這個批評是十分嚴厲的。

《隋書》〈經籍志〉四著錄：「《翰林論》三卷，李充撰。梁五十四卷。」根據這個記載，有的研究者推測李充與摯虞所著類型相似；摯虞有《文章流別論》和《文章流別志》，李充有《翰林論》和《翰林》。前者為論述部分，後者為作品選集。這個推測是合理的。由於其書已佚，也無法證實了。

李充的《翰林論》今存佚文十餘則，如：「表宜以遠大為本，不以華藻為先。若曹子建之表，可謂成文矣。諸葛亮之表劉主，裴公之辭侍中，羊公之讓開府。可謂德音矣。」「研求名理而論難生焉。論貴於允理，不求支離。若嵇康之論，成文矣。」「潘安仁之為文也，猶翔禽之羽毛，衣被之綃縠。」或論文體，或評作家，論述雖較簡略，持論亦有可取之處。劉勰的批評未免過於苛求了。

劉勰關於東晉文學的論述比較全面，他既論述詩賦，也論述散

文。同時他的論述又能突出重點。東晉的作家作品很多，他所論的主要是一些著名作家和優秀作品。他論述作家作品皆要言不煩，或三言兩語，擊中要害；或一語破的，入木三分。這些論述對於我們研究東晉文學是頗有參考價值和借鑑作用的。

關於東晉文學的論述，劉勰在《文心雕龍》〈時序〉篇中作了一個簡要的小結。他說：

> 元皇中興，披文建學，劉、刁禮吏而寵榮，景純文敏而優擢。逮明帝秉哲，雅好文會，升儲御極，孳孳講藝；練情於誥策，振采於辭賦；庾以筆才愈親，溫以文思益厚；揄揚風流，亦彼時之漢武也。及成、康促齡，穆、哀短祚。簡文勃興，淵乎清峻，微言精理，函滿玄席；澹思濃采，時灑文囿。至孝武不嗣。安、恭已矣。其文史則有袁、殷之曹，孫、干之輩；雖才或淺深，珪璋足用。自中朝貴玄，江左稱盛；因談餘氣，流成文體。是以世極迍邅，而辭意夷泰；詩必柱下之旨歸，賦乃漆園之義疏。……

這是說，晉元帝建立東晉王朝，他披閱典籍，興建太學，劉隗、刁協因深明禮法而被器重，郭璞因文思敏捷而得提拔。到了晉明帝，他稟賦聰明，很喜歡聚會文士。從做太子到即帝位，不倦地講習六經，在寫作詔誥、策書和辭賦上，他注意提煉內容，發揮采藻。庾亮因為有寫作章表的才能而愈被親近，溫嶠因為文思敏銳更受重視。他提倡文學，也可算是當時的漢武帝了。到晉成帝、晉康帝，壽命短促，晉穆帝、晉哀帝，在位不久。晉簡文帝蓬勃興起，他的性格深遠清峻，微妙的言辭和精深的道理，充滿在清談的几席間，淡泊的思想，濃豔的文采，時時散落到文學的園地裡來。到晉孝武帝，沒有好的繼承人。到晉安帝、晉恭帝，東晉也就完了。當時文學家兼史學家有袁宏、殷

仲文、孫盛、干寶這批人。他們的才學雖然有高有低，但是如同玉中的珪璋，足夠朝廷任用了。自從西晉崇尚談玄以來，到東晉更為盛行。由於談玄風氣的影響，形成一種文風。因此時勢雖極艱難，而作品內容卻很安泰平和，寫詩一定表現老子的思想，作賦等於給《莊子》作注解。……我們認為，劉勰以「詩必柱下之旨歸，賦乃漆園之義疏」概括東晉文學的主要傾向，並以之揭示東晉文學的時代特徵，是十分深刻的。

一九九四年七月

情必極貌以寫物　辭必窮力而追新

——劉勰論南朝宋、齊文學

劉勰的《文心雕龍》完成於南朝齊末。它對南朝齊以前之歷代文學都有評論。比較起來，它對魏晉以前文學論述較詳，對南朝宋齊文學論述十分簡略。其原因誠如劉勰自己所說的：「蓋聞之於世，故略舉大較。」[1]「世近易明，無勞甄序。」[2]但是，今天看來，這些簡略的論述，仍包含了一些精闢的見解，值得我們重視。

一

《文心雕龍》〈時序〉篇說：「自宋武愛文，文帝彬雅，秉文之德，孝武多才，英采雲搆。自明帝以下，文理替矣。爾其縉紳之林，霞蔚而飚起；王、袁聯宗以龍章，顏、謝重葉以鳳采，何、范、張、沈之徒，亦不可勝數也。蓋聞之於世，故略舉大較。」這是論述南朝宋代文學，可見當時文學盛況。宋武帝劉裕本是糾糾武夫，他登上宰相的寶座之後，也附庸風雅，「頗慕風流」。[3]宋文帝劉義隆「博涉經史，善隸書」。他「好儒雅，又命丹陽尹何尚之立玄學，著作佐郎何

1　〈時序〉。
2　〈才略〉。
3　《宋書》〈鄭鮮之傳〉。

承天立史學，司徒參軍謝元立文學，各聚門徒，多就業者」[4]。文學獨立為一科，自宋文帝始。這是我國古代文學史上的一件盛事。故史書上贊曰：「江左風俗，於斯為美，後言政化，稱元嘉焉。」《南史》〈鮑照傳〉載有這樣一件事：「上（宋文帝）好為文章，自謂人莫能及，照悟其旨，為文章多鄙言累句。咸謂照才盡，實不然也。」劉義隆對自己的文章如此自許，說明他是有文學才能的。他的詩今存三首。〈元嘉七年，以滑臺戰守彌時，遂至陷沒，乃作詩〉云：「撫劍懷感激，志氣若雲浮。願想凌扶搖，弭旆拂中州。」表現了統一國家的願望。但是，壯志難酬，所以，「惆悵懼遷逝，北顧涕交流。」〈北伐詩〉云：「逝將振宏羅，一麾同文軌。」也表明了：「書同文，車同軌」的統一理想，都是南朝詩壇上比較難得的詩作。〈登景陽樓詩〉是寫景之作，已殘缺不全，但是，像「階上曉露潔，林下夕風清。蔓藻縈綠葉，芳蘭媚紫莖」之類的句子仍表現了他嫻熟的寫作技巧。宋孝武帝劉駿，《南史》〈宋孝武帝本紀〉說他：「讀書七行俱下，才藻甚美。」《南史》〈王儉傳〉說他「好文章，天下悉以文采相尚」。所以劉勰說他：「英采雲構。」劉駿詩今存二十餘首，是南朝宋帝王中存詩最多的一個。他的〈丁督護歌〉五首，《宋書》〈樂志〉原不署作者，《舊唐書》〈音樂志〉認為「今歌是采孝武帝所制」，這是根據徐陵《玉臺新詠》。此書選錄其中兩首，定為劉駿所作。這兩首是「督護上征去，儂亦思聞許。願作石尤風，四面斷行旅。」「黃河流無極，洛陽數千里。坎軻戎途間，何由見歡子。」另選〈擬徐幹詩〉一首云：「自君之出矣，金翠暗無精。思君如日月，回還晝夜生。」這些詩大都構思巧妙，頗有民歌風味。「願作」二句，「思君」二句，均以具體形象作比以抒發情思，比較生動。所以沈德潛評曰：「孝武詩，時有巧思。」宋明帝劉彧，《南史》〈明帝本紀〉說：「帝好讀

4　《南史》〈宋文帝本紀〉。

書，愛文義，在藩時撰〈江左以來文章志〉，又續衛瓘所注《論語》二卷。及即大位，舊臣才學之士多蒙引進。」可見劉彧是一個文學愛好者。在封建社會中，帝王的愛好和提倡，都會產生一定的社會影響。在劉勰看來，當時士大夫中文學之士眾多，與此不無關係。劉師培在《中國中古文學史》的〈宋代文學〉一節，根據《宋書》、《南史》等史籍的記載，列舉了很多作家。劉勰則因為當時大家都熟悉，所以在〈時序〉篇中只列舉了一些較有聲望的作家。「王袁聯宗」，是指王、袁兩姓的作家群，王姓有王誕、王僧達、王微、王韶之、王准之等，袁姓有袁湛、袁淑、袁顗、袁粲等人。「顏謝重葉」，是指顏、謝二姓，代有作家。顏姓有顏延之及顏竣、顏測。謝姓有謝靈運及謝瞻、謝惠連、謝莊等。至於「何、范、張、沈」，研究者有不同說法。郭紹虞、王文生主編的《中國歷代文論選》，根據《宋書》的有關記載，認為指的是何尚之、何承天、何長瑜、范泰、范曄、張永、張敷、沈懷文等人，比較可取。南朝宋文學的盛況，誠如劉勰所說：「宋代逸才，辭翰鱗萃。」但是，因為時代較近，其文壇情況大家都清楚，所以就不詳論了。

　　南朝宋文學的著名作家當推顏、謝。劉勰只是籠統地提到顏、謝，並沒有指出他們的創作特色和歷史地位。沈約說：「爰逮宋氏、顏、謝騰聲，靈運之興會標舉，延年之體裁明密，並方軌前秀，垂範後昆。」[5]鍾嶸說：「元嘉中，有謝靈運，才高詞盛，富豔難蹤，固已含跨劉、郭，凌轢潘、左。」引湯惠休的話說：「謝詩如芙蓉出水，顏如錯采鏤金。」又說：「謝客為元嘉之雄，顏延年為輔；斯皆五言之冠冕，文詞之命世也。」可以視作劉勰論述的補充。再者，鮑照是宋代傑出作家，劉勰隻字未提。沈約《宋書》本傳記載極略。鍾嶸雖然評到，僅列為下品。這顯然是受了門閥制度觀念的影響。

5　《宋書》〈謝靈運傳論〉。

〈明詩〉篇云：「宋初文詠，體有因革，莊老告退，而山水方滋，儷采百字之偶，爭價一句之奇，情必極貌以寫物，辭必窮力而追新，此近世之所競也。」這裡指出南朝宋初詩壇的新變化，涉及三個問題：

（一）玄言詩退出詩壇

玄言詩是從西晉永嘉（307-313）以後，直到東晉一百餘年間盛行的一種詩體。《宋書》〈謝靈運傳論〉云：「有晉中興，玄風獨振，為學窮於柱下，博物止乎七篇，馳騁文辭，義殫乎此。自建武暨乎義熙，歷載將百，雖綴響聯辭，波屬雲委，莫不寄言上德，托意玄珠，遒麗之辭，無聞焉爾。」鍾嶸〈詩品序〉云：「永嘉時，貴黃、老，稍尚虛談。於時篇什，理過其辭，淡乎寡味。爰及江表，微波尚傳，孫綽、許詢、桓、庾諸公詩，皆平典似《道德論》，建安風力盡矣。」《文心雕龍》〈明詩〉篇云：「江左篇制，溺乎玄風；嗤笑徇務之志，崇盛忘機之談。袁，孫以下，雖各有雕采，而辭趣一揆，莫與爭雄；所以景純〈仙篇〉，挺拔而為雋矣。」《文心雕龍》〈時序〉篇云：「自中朝貴玄，江左稱盛，因談餘氣，流成文體。是以世極迍邅，而辭意夷泰；詩必柱下之旨歸，賦乃漆園之義疏。」這些論述都反映了當時玄言詩盛行的情況。直到南朝宋初，山水詩興起，玄言詩才逐漸退出詩壇。

（二）山水詩的興起

劉勰說：「莊老告退，而山水方滋。」其實，在玄言詩並未完全告退之時，山水詩已經興起。沈約指出：「仲文始革孫、許之風，叔源大變太元之氣。」[6]《續晉陽秋》也說：「至義熙中謝混始改。」[7]謝

6　《宋書》〈謝靈運傳論〉。

混卒於西元四一二年，殷仲文卒於四〇七年，都在東晉末年，略早於
謝靈運。謝混詩今存三首，直接描寫山水的詩句只有「惠風蕩繁囿，
白雲屯曾阿。景昃鳴禽集，水木湛清華」數句，殷仲文詩今存二首，
玄言詩句有時所見，而山水詩句卻未見流傳。所以《南齊書》〈文學
傳論〉說：「仲文玄氣，猶不盡除，謝混情新，得名未盛。」真正表
現出山水詩創作實績的是謝靈運。謝靈運，劉勰沒有具體論及，但
是，正如沈德潛所指出：「劉勰〈明詩篇〉：『莊老告退，而山水方
滋。』見山水詩以康樂為最。」[8]實際上已經論及。鍾嶸《詩品》列謝
氏於上品，頗致優評。蕭統《文選》選錄謝詩四十二首，僅次於陸
機。所以黃節說：「（謝靈運）漢魏以後，晉宋之間，一人而已。」[9]
可見謝靈運在當時詩壇上的地位是很高的。

（三）山水詩在寫作藝術上的新變化

　　山水詩代替玄言詩，這是中國古代詩歌史上的新變化。隨著這個
變化，在寫作藝術上也出現了新的變化。這個變化就是劉勰所說的
「儷采百字之偶，爭價一句之奇，情必極貌以寫物，辭必窮力而追
新」。意思是，南朝宋初的山水詩，講究全篇的對偶，爭取每一句的
新奇，內容必須窮盡形貌來描繪景物，文辭一定要竭力追求新穎。這
裡，首先是詩歌內容的變化，內容由表現老莊思想變為描寫美麗的山
水景色。力求窮盡形貌，以「形似」為貴。〈物色〉篇說：「自近代以
來，文貴形似，窺情風景之上，鑽貌草木之中。吟詠所發，志惟深
遠；體物為妙，功在密附。故巧言切狀，如印之印泥，不加雕削，而
曲寫毫芥。故能瞻言而見貌，即字而知時也。」這段論述正反映了當
時山水詩創作的新的特點。其次在文辭方面，則竭力求新。這種

7　《世說新語》劉孝標注引。

8　《古詩源》卷10。

9　蕭滌非：《讀詩三札記》，〈讀謝康樂詩札記〉。

「新」，其内容可能是多方面的。但是，至少包括這兩項：第一，對偶句增多了。《文心雕龍》〈麗辭〉篇說：「造化賦形，支體必雙，神理為用，事不孤立。夫心生文辭，運裁百慮，高下相須，自然成對。」這是認為文辭成對是十分自然的事情。劉勰的認識，反映了當時文士的共同認識，也反映了南朝宋齊詩壇上的一種風氣，謝靈運〈登池上樓〉全詩二十二句，除「衾枕昧節候，褰開暫窺臨」二句之外，全為對偶句，是一個典型的例子。第二、更加注意追求警句。陸機《文賦》說：「立片言而居要，乃一篇之警策。」《文心雕龍》〈隱秀〉篇說：「秀也者，篇中之獨拔者也。」又說：「言之秀矣，萬慮一交。動心驚耳，逸響笙匏。」說的都是警句。漢代古詩，氣象渾成，難以句摘。魏晉以後，警句漸多，謝靈運詩尤為明顯。例如：「池塘生春草，園柳變鳴禽」[10]，「明月照積雪，朔風勁且哀」[11]，「白雲抱幽石，綠篠媚清漣」[12]，「野曠沙岸淨，天高秋月明」[13]等描寫自然景物，確實自具特色。我們感到謝靈運詩，誠如鍾嶸所說：「名章迥句，處處間起；麗典新聲，絡繹奔會。」[14]這大概也是藝術上的新變化。

〈通變〉篇云：「宋初訛而新。」這是對宋初文學特點的總概括。「新」是新奇，前已論及，容易理解。「訛」則費解。〈定勢〉篇云：「自近代辭人，率好詭巧，原其為體，訛勢所變，厭黷舊式，故穿鑿取新，察其訛意，似難而實無他術也，反正而已。故文反正為乏，辭反正為奇。效奇之法，必顛倒文句，上字而抑下，中辭而出外，回互不常，則新色耳。」這一段話對我們理解「訛」的内涵頗有幫助。按照劉勰的說法，遣詞造句違反正常的做法，就是「訛」。而

10　〈登池上樓〉。

11　〈歲暮〉。

12　〈過始寧墅〉。

13　〈初去郡〉。

14　《詩品》上。

「訛」的作用是為了新奇。「訛」與「新」是緊密地聯繫在一起的。有的研究者認為「訛」指內容的不正確，似與原意不符。說宋初文學「訛而新」，顯然含有貶意。劉勰指出：「從質及訛，彌近彌澹。何則？競今疏古，風味氣衰也。」這是說，從黃唐時代的「淳而質」，到宋初的「訛而新」作品的滋味越來越淡。這是因為當時人爭著模仿現代而忽視古代，所以風氣衰落。怎樣糾正這種不良風氣呢？「矯訛翻淺，還宗經誥。」最後，仍歸結到「宗經」。劉勰希望通過學習經書以糾正當時的不良風氣。

　　總之，劉勰對南朝宋代文學的評述雖然簡略。但亦可清楚地看出，他對山水詩代替玄言詩的歷史貢獻作了充分的肯定，而對當時詩歌在藝術表現方面的詭異和新奇則提出了批評。這種評述是公允的，與他的文學觀也是一致的。

二

　　比起劉勰論南朝宋代文學來，他對南朝齊代文學的論述就更為簡略。這固然是由於劉勰生活在齊代，齊代文學的情況，大家了解，無需費辭。同時也是因為評論當代文學容易犯忌，因此，除了抽象的歌頌之外，不再涉及具體作家。

　　〈時序〉篇云：「暨皇齊馭寶，運集休明：太祖以聖武膺籙，高（世）祖以睿文纂業，文帝以貳離含章，中（高）宗以上哲興運，並文明自天，緝遐景祚。今聖歷方興，文思光被，海岳降神，才英秀發。馭飛龍於天衢，駕騏驥於萬里，經典禮章，跨周轢漢，唐、虞之文，其鼎盛乎！鴻風懿采，短筆敢陳；揚言贊時，請寄明哲。」這裡主要是對齊代皇帝歌功頌德：齊太祖因聖明英武受命稱帝，齊世祖因明智多文才而繼承大業，齊文帝英明而有文采，齊高宗以傑出的智慧振興國運。值得我們注意的是，「今聖歷方興」一句。對此句的理

解，有的研究者認為是指齊和帝蕭寶融，有的研究者認為是指梁武帝
蕭衍。看法不一。這個問題涉及《文心雕龍》成書的時間，認為是指
齊和帝，就是說，《文心雕龍》完成於齊末；認為是指梁武帝，則《文
心雕龍》完成於梁初。我們同意劉毓崧的分析，認為是指齊和帝。[15]
補充兩條理由：第一，在齊和帝即位前後即有「中興」之說。永元二
年（500）宣德太后令中已有「光奉明聖，翊成中興」話。第二，和
帝即位，年號即為「中興」。凡此皆與「聖歷方興」語相合。我們不
同意後說，因為如果這句話是指梁武帝，那就不是〈時序〉篇所說的
「蔚映十代，辭采九變」，而是十一代了。與劉勰原意顯然不合。

　　應該指出，齊代的皇帝和皇族子弟頗有一些有文學才能的人物。
根據歷史的記載，齊高帝蕭道成「博學，善屬文，工草隸書……所著
文，詔中書侍郎江淹撰次之。又詔東觀學士撰《史林》三十篇，魏文
帝《皇覽》之流也。」[16]高帝的兒子武陵昭王蕭曄「性剛穎俊出，與
諸王共作短句詩，學謝靈運體，以呈高帝。帝報曰：『見汝二十字，
諸兒作中，最為優者。但康樂放蕩，作體不辨有首尾，安仁、士衡深
可宗尚，顏延之抑其次也』。」[17]桂陽王蕭鑠「性理偏詖，遇其賞興，
則詩酒連日。」始興簡王蕭鑒「善屬文」。江夏王蕭鋒「至十歲，便
能屬文」。齊武帝的兒子竟陵文宣王蕭子良「集學士抄《五經》百
家，依《皇覽》例為《四部要略》千卷。……所著內外文筆數十
卷。」[18]《梁書》〈武帝紀〉云：「竟陵王子良開西邸，招文學，高祖
與沈約、謝朓、王融、蕭琛、范雲、任昉、陸倕等並遊焉，號曰八
友。」隨郡王蕭子隆，「武帝以子隆能屬文，謂儉曰：『我家東阿
也。』」[19]類似的記載，還有一些，茲不備錄。

15　參閱《通誼堂集》〈書《文心雕龍》後〉。

16　《南史》〈齊本記〉。

17　《南史》〈齊高帝諸子下〉。

18　《南史》〈齊武帝諸子〉。

19　《南史》〈齊武帝諸子〉。

　　齊代和南朝宋代一樣，帝王對文學的愛好，對文學的繁榮和發展都產生了一定的影響。齊永明文學的代表作家沈約和謝朓，就是「竟陵八友」的重要人物。這絕不是偶然的現象。

　　齊永明文學講究聲律，出現了「永明體」。《南齊書》〈陸厥傳〉云：「永明末，盛為文章。吳興沈約、陳郡謝朓，琅琊王融以氣類相推轂。汝南周顒善識聲韻，為文皆用宮商；以平上去入為四聲，以此制韻，有平頭、上尾、蜂腰、鶴膝；五字之中，音韻悉異，兩句之內，角徵不同，不可增減，世呼為永明體。」永明體的特點，即四聲八病。四聲即平、上、去、入；八病即平頭、上尾、蜂腰、鶴膝、大韻、小韻、旁紐、正紐。沈約倡導的四聲八病之說，在中國詩歌史上對於格律詩的形成和發展有巨大的影響。當時就產生講究格律的新體詩，而唐代的律詩、絕句則是對「永明體」詩歌的繼承和發展。這是中國詩歌史上具有劃時代的意義的大事。

　　沈約和謝朓、王融等人，不僅在詩歌理論上力主講究聲律，而且在詩歌創作上，也是「永明體」詩歌創作的積極實踐者。例如：

詠芙蓉

沈約

微風搖紫葉，輕露拂朱房。
中池所以綠，待我泛紅光。

這首詩的平仄是：

　　　平平平仄仄，（平）仄仄平平。
　　　平平（平）仄仄，仄仄仄平平。

銅雀悲

謝朓

落日高城上，餘光入綺帷。

寂寂深松晚，寧知琴瑟悲。

這首詩的平仄是：

仄仄平平仄，平平仄仄平。

仄仄平平仄，平平（平）仄平。

臨高臺

王融

游人欲騁望，積步上高臺。

井蓮當夏吐，窗桂逐秋開。

花飛低不入，鳥散遠時來。

還看雲陣影，含月共徘徊。

這首詩的平仄基本上是「平平平仄仄，仄仄仄平平」的重複。

這些詩在格律上並不嚴格，同時不免存在重複、單調的缺點，但是作為古體詩演變到近體詩的過渡形式，它仍然是中國古代詩歌格律史上的一座里程碑，其中包含了詩人們開拓和探索的苦心，應該受到人們的珍視。《南史》〈庾肩吾傳〉云：「齊永明中，王融、謝朓、沈約文章始用四聲，以為新變，至是轉拘聲韻，彌為麗靡，復逾往時。」這種「新變」，是文學發展的必然規律，我們不僅要看到「永明體」詩歌過分追求形式的「麗靡」，更應看到它在詩歌發展史上的貢獻。

劉勰在《文心雕龍》中並未直接論及「永明體」。但是，〈聲律〉

篇對於詩文聲律的論述，顯然涉及永明體的聲律問題。

　　永明體的聲律理論，沈約在《宋書》〈謝靈運傳論〉作了簡明扼要的闡述：「夫五色相宣，八音協暢，由乎玄黃律呂，各適物宜。欲使宮羽相變，低昂互節，若前有浮聲，則後有切響。一簡之內，音韻盡殊；兩句之中，輕重悉異。妙達此旨，始可言文。」這是「永明體」詩歌聲律理論的基礎，說明的就是「四聲八病」，對當時「永明體」詩歌創作是起指導作用的。同樣的道理，劉勰也論及。

　　沈約說：「欲使宮羽相變，低昂互節，若前有浮聲，則後有切響。」宮，指平聲；羽指仄聲。浮聲，指平聲；切響，指仄聲。意思是，寫作詩文，要使文辭的平仄互相變化，高音低音互相調節。如果前面有了平聲字，後面就要安排仄聲字。〈聲律〉篇說：「凡聲有飛沉……沉則響發而斷，飛則聲揚不還。」飛，指平聲；沉，指仄聲。意思是，字的聲調有平仄的區別。一句詩都用仄聲字，音響發出來好像中斷似的，即全句都是高音聲調，沒有高低起伏的節奏。都用平聲字，聲調就會遠揚而轉不過來，即全句都是低音聲調，十分簡單平淡。與沈約論述的是同一個道理。

　　沈約說：「一簡之內，音韻盡殊；兩句之中，輕重悉異。」這是對四聲八病之說概括的說明。《南齊書》〈陸厥傳〉說：「五字之中，音韻悉異；兩句之內，角徵不同。」意思相同。它們的意思是，在五言詩的一句之中，除連綿字之外，不得用同聲母和同韻母的字；兩句之內，平聲仄聲不得相同。這樣做，從詩歌的音響效果來說，是比較好的。〈聲律〉篇說：「雙聲隔字而每舛，疊韻雜句而必睽。」意思是，雙聲詞，即同聲母的詞，應該連在一起出現，不可隔字出現，隔字出現唸起來不順口；疊韻詞，即同韻母的詞，亦應該連在一起出現，不可分開在句中的兩處。分在句中的兩處，唸起來很彆扭。這裡肯定了詩句中雙聲疊韻之美，與沈約所論一致而較詳，可以作為沈約聲律理論的補充。至於「兩句之中，輕重悉異」，是要求五言詩一聯

兩句的平聲仄聲相對，以增強詩歌的抑揚頓挫之感。這就是〈聲律〉篇所說的「異音相從謂之和」。所謂「和」，就是詩句中平仄相間所取得的一種和諧的聲律效果。〈聲律〉篇說：「異音相從謂之和，同聲相應謂之韻。韻氣一定，故餘聲易遣；和體抑揚，故遣響難契。屬筆易巧，選和至難，綴文難精，而作韻甚易。」意思是，不同聲調的字配合得當叫做和諧，韻母相同的字前後呼應叫做押韻。開頭用韻一經選定，其餘詩句的用韻就容易安排了。和諧的體式抑揚頓挫，平仄難以配合得當。遣詞造句容易工巧，選擇和諧的聲律極為困難，寫作文章難以精妙，而押韻是很容易的，劉勰強調做到「和」的困難，這是符合事實的。沈約說：「自騷人以來，此秘未睹。」未免有些誇張了。

關於「永明體」詩歌聲律理論，如果說沈約的《宋書》〈謝靈運傳論〉只是一個簡單的說明，而劉勰的《文心雕龍》〈聲律〉篇則是比較詳細的論述。這是研究「永明體」詩歌和聲律的重要文獻。

劉勰對南朝齊代文學不是一味的歌頌，也有批評。批評只是就其總的傾向而言，不涉及具體作家作品。《文心雕龍》〈序志〉篇說：「唯文章之用，實經典枝條，五禮資之以成文，六典因之致用，君臣所以炳煥，軍國所以昭明，詳其本源，莫非經典。而去聖久遠，文體解散，辭人愛奇，言貴浮詭，飾羽尚畫，文繡鞶帨，離本彌甚，將遂訛濫。」這是從儒家經書出發，批評魏晉以來，特別是南朝宋齊文學的不良傾向。

劉勰對魏晉文學的褒貶，是顯而易見的。

建安文學，劉勰作了充分的肯定，認為它的特點是「梗概而多氣」。同時在〈明詩〉篇中指出：「暨建安之初，五言騰踴。文帝、陳思，縱轡以騁節；王、徐、應、劉，望路而爭驅。並憐風月，狎池苑，述恩榮，敘酣宴。慷慨以任氣，磊落以使才。造懷指事，不求纖密之巧；驅辭逐貌，唯取昭晰之能：此其所同也。」在〈樂府〉篇中指出：「至於魏之三祖，氣爽才麗，宰割辭調，音靡節平。觀其北上

眾引，秋風列篇，或述酣宴，或傷羈戍，志不出於雜蕩，辭不離於哀思，雖三調之正聲，實韶夏之鄭曲也。」這裡固然是論述建安古詩和樂府的變化，同時也包含了批評。劉永濟先生說：「（建安文學）大氐所歸，皆主氣質。矩度裁成，雖足振蕩衰劫，猶未追典則。蓋偏霸之才，非體明之極軌也。故彥和論文，於此諸家，微存貶抑。」[20]確實抓住要害，道出劉勰論述的意蘊。

正始文學，〈明詩〉篇指出：「乃正始明道，詩雜仙心，何晏之徒，率多浮淺。唯嵇志清峻，阮旨遙深，故能標焉。」劉勰認為，正始文學只有嵇康、阮籍成就最為突出，批評何晏之流的詩作，大都是浮泛淺薄的。

太康文學，〈明詩〉篇對太康詩歌進行了嚴肅的批評，認為太康詩歌漸漸流於輕浮綺麗，指出張載、張協、張亢、陸機、陸雲、潘岳、潘尼、左思等人詩歌，文采比正始繁縟，力量比建安柔弱，有的以雕琢文辭為妙，有的以講求音節的流利為美。

東晉文學，〈明詩〉篇指出：「江左篇制，溺乎玄風，嗤笑徇務之志，崇盛忘機之談，袁、孫已下，雖各有雕采，而辭趣一揆，莫與爭雄，所以景純〈仙篇〉，挺拔而為儁矣。」劉勰認為，東晉詩歌，沉溺在清談玄學的風氣之中，只有郭璞的〈游仙詩〉是突出的佳作。這是批評玄言詩。

《文心雕龍》〈通變〉篇概括魏晉文學的特點是「淺而綺」，含有貶意，所以說「彌近彌淡」。劉勰對南朝宋代文學的論述，已詳上文。至於劉勰南朝齊代文學批評的具體內容，尚有待探索。

從字面上看，劉勰對他所生活的齊代的文學，確實是只有贊頌而無批評。如果我們進一步探索，就會發現，劉勰對齊代的文風是不滿的，並且提出了嚴肅的批評。

---

20 劉永濟：《十四朝文學要略》（哈爾濱市：黑龍江人民出版社，1984年），頁136-137。

　　前面提到〈序志〉篇批評魏晉以來的文學說：「辭人愛奇，言貴浮詭，飾羽尚畫，文繡鞶帨，離本彌甚，將遂訛濫。」這主要是批評南朝宋、齊文學。因為宋代詩歌在藝術形式上已孜孜追求「儷采百字之偶，爭價一句之奇，情必極貌以寫物，辭必窮力而追新」。齊代亦復如是，所以劉勰慨歎道：「今才穎之士，刻意學文，多略漢篇，師範宋集，雖古今備閱，亦近附而遠疏矣。」[21]說齊代文人「師範宋集」，有史籍為證。《南齊書》〈文學傳論〉云：「今之文章，作者雖眾，總而為論，略有三體：一則啟心閑繹，託辭華曠，雖存巧綺，終致迂迴。宜登公宴，本非準的。而疏慢闡緩，膏盲之病，典正可采，酷不入情。此體之源，出靈運而成也。次則緝事比類，非對不發，博物可嘉，職成拘制。或全借古語，用申今情。崎嶇牽引，直為偶說。唯睹事例，頓失精采。此則傅咸五經，應璩指事，雖不全似，可以類從。次則發唱驚挺，操調險急，雕藻淫豔，傾炫心魂。亦猶五色之有紅紫，八音之有鄭衛。斯鮑照之遺烈也。」這是按照齊代文章的風格特點分為三類，追溯其源。一類是學謝靈運的，謝氏的特點是「啟心閑繹，託辭華曠」。而學習的人往往得其膏盲之症：「疏慢闡緩」。蕭綱〈與湘東王書〉云：「又時有效謝康樂……，……謝客吐言天拔，出於自然，時有不拘，是其糟粕。……是為學謝則不屆其精華，但得其冗長。」「疏慢闡緩」即指「冗長」，二者所論是一致的。一類是學傅咸、應璩的。傅、應的特點是「緝事比類，非對不發」。指講究數典隸事。劉永濟說：「傅、應一體，則延年、希逸其流也。」[22]延年，顏延之；希逸，謝莊。鍾嶸〈詩品序〉云：「顏延、謝莊，尤為繁密，於時化之。故大明、泰始中，文章殆同書鈔。近任昉、王元長等，詞不貴奇，競須新事；爾來作者，寖以成俗。遂乃句無虛語。語無虛字，拘攣補衲，蠹文已甚。」南朝宋和齊梁時代，文士用典之風極

21　〈通變〉。

22　劉永濟：《十四朝文學要略》（哈爾濱市：黑龍江人民出版社，1984 年），頁 168。

盛。《南史》〈王摛傳〉載：「尚書令王儉嘗集才學之士，總校虛實，類物隸之，謂之隸事，自此始也。儉嘗使賓客隸事，多者賞之，事皆窮，唯盧江何憲為勝，乃賞以五花簟、白團扇。坐簟執扇，容氣甚自得。摛後至，儉以所隸示之，曰：『卿能奪之乎？』摛操筆便成，文章既奧，辭亦華美，舉坐擊賞。摛乃命左右抽憲簟，手自掣取扇，登車而去。」在這種風氣影響之下，詩風為之一變。蕭子顯、鍾嶸對此都是不滿的。一類是學鮑照的。鮑照的特點是「發唱驚挺，操調險急，雕藻淫豔，傾炫心魂」。蕭氏認為「淫豔」一體源於鮑照固然有一定道理，究竟未探其本。劉永濟認為「其源實出晉宋樂府」[23]，才是探本之論。如齊代沈約，其〈六憶詩〉云：

> 憶來時，灼灼上階墀。勤勤敘離別。慊慊道相思。相看常不足，相見乃忘饑。
> 憶坐時，點點羅帳前。或歌四五曲，或弄兩三弦，笑時應無比，嗔時更可憐。
> 憶食時，臨盤動容色。欲坐復羞坐，欲食復羞食。含哺如不飢，擎甌似無力。
> 憶眠時，人眠強未眠。解羅不待勸，就枕更須牽。復恐傍人見，嬌羞在燭前。

與鮑照詩相比，並不相似。顯然與晉宋樂府民歌有關。

　　蕭子顯對齊代文學的分析，正為劉勰的「師範宋集」的論點提供了十分有力的證據。

　　劉勰針對當時文壇上浮靡的文風，在〈情采〉篇中，主張「為情而造文」，反對「為文而造情」。他認為，為了表達思想感情而寫作，

---

23 劉永濟：《十四朝文學要略》（哈爾濱市：黑龍江人民出版社，1984 年），頁 169。

寫出的作品文字精煉而內容真實；為寫作而虛造思想感情，寫出的作品文辭華麗而內容浮泛。劉勰的旗幟鮮明的論點，為他的文學理論和批評增加了富有戰鬥性的內容。

在中國文學史上，南朝宋、齊兩代的文學都是比較有特色的。劉師培說：「南朝之文，當晉宋之際，蓋多隱秀之詞，嗣則漸趨縟麗。齊梁以降，雖多侈豔之作，然文詞雅懿，文體清峻者，正自弗乏。斯時詩什，蓋又由數典而趨琢句，然清麗秀逸，亦自可觀。」[24]這是就作品的語言風格特點作了評述。在劉勰看來，宋代山水詩代替玄言詩，這是詩歌發展的新變化。而山水詩在藝術技巧方面亦有值得重視的地方。齊代的「永明體」，劉勰沒有直接論及，但是，他對詩歌聲律問題發表的意見和沈約等人的看法基本上是一樣的，這是一方面。另一方面，他對南朝宋、齊文學的不良傾向也進行了嚴肅認真的批評。因此，劉勰對宋齊文學的論述，雖然比較簡略，對於我們研究南朝文學創作和文學理論批評，仍是很有參考價值的。

一九八七年十一月

24 劉師培：《中國中古文學史》（北京市：人民文學出版社，1962 年），頁 92。

《文心雕龍研究》後記

　　拙著《文心雕龍研究》，經過多方的努力，終於問世了。

　　這部《文心雕龍研究》，從表面看，是我近十餘年所撰寫的部分論文的結集，實際上是一部研究專著。因為我撰寫《文心雕龍》的研究論文是有計畫進行的。

　　本書分上、下兩編。上編是通論，對劉勰和《文心雕龍》進行了比較全面的論述，詳細地介紹了劉勰的生平、思想和劉勰對文學與現實的關係、藝術構思、文學作品的內容和形式、文學的繼承和創新、文學批評、文學風格等問題的論述。下編是專論，將《文心雕龍》和六朝文學結合起來進行研究，闡明了劉勰對王粲、曹植、阮籍、嵇康、陸機、潘岳、左思和對東晉、南朝宋齊文學的論述。附錄兩篇，論述沈約和蕭統的文學理論批評。這是因為沈約、蕭統同劉勰都有關係，對讀者了解劉勰和《文心雕龍》有幫助。

　　與現在已出版的《文心雕龍》研究專著比較，本書具有自己的一些特點：

　　第一，將《文心雕龍》和六朝文學結合起來研究。黃侃先生說：「讀《文選》者，必須於《文心雕龍》所說能信受奉行，持觀此書，乃有真解。」[1]我認為黃先生的話很有道理。同樣地，將《文心雕龍》與《文選》結合起來，更可發現《文心雕龍》之精妙。我不僅將《文心雕龍》與《文選》結合起來研究，而且，推而廣之，將《文心

1　《文選平點》，頁 1。

雕龍》與六朝文學結合起來研究。這樣，使我對《文心雕龍》的了解更為具體、深入了。這是受了黃侃先生的啟發。

第二，提出了自己的一些粗淺的見解，例如：作者認為，《文心雕龍》緒論五篇，與其文體論、創作論、批評論的關係不是對等的，而是一種統攝的關係，緒論五篇所表現的儒家思想是貫串全書的。又作者較早注意到《文心雕龍》文體論的研究，認為其文體論熔創作理論、文學批評和文學史為一爐，這是劉勰不同於他的前輩的地方，也是高出他的前輩的地方。還有作者首先對《文心雕龍》的表現形式進行了研究，指出它在體裁、結構和語言方面的特點，如此等等，或可供研究者參考。

第三，我努力學習前輩學者嚴謹的治學精神，盡力實事求是地對《文心雕龍》進行研究，因此，對《文心》所論述的文學問題和作家作品力求作科學的分析。對其正確的、精闢的論述，固然一一拈出；對其錯誤的，或不恰當的論述也不放過，一一點明。書中的每一個結論都是在大量資料的基礎上，經過反覆的思考，最後得出的。當然，個人的考慮都有侷限，可能產生這樣或那樣的錯誤，敬希方家和讀者指正。

《文心雕龍》是一部體大思精的中國古代文學理論批評的傑作。魯迅先生在《詩論題記》中說：「篇章既富，評騭自生，東則有劉彥和之《文心》，西則有亞里斯多德之《詩學》，解析神質，包舉洪纖，開源發流，為世楷式。」魯迅先生將劉勰的《文心雕龍》和亞里斯多德的《詩學》相提並論，對《文心雕龍》作了很高的評價，亦可見這部巨著在世界文學理論批評中的崇高地位。近年來，國內外從事《文心雕龍》研究者漸多，「文心學」已成為「顯學」。此書的出版，固然是了卻自己的一個宿願，也希望能為「文心學」之研究貢獻一份微薄的力量。

需要說明的是，此書曾作為《文心雕龍研究》課程的講義，為大

學本科高年級學生和中國古代文學、文學理論專業研究生講授多次。每講授一次都進行一些修改。但是，此書是按專題分篇撰寫的，由於專題論述的需要，書中難免有一些重複之處，深祈讀者諒之。

在此書付梓之時，我想起了摯友、著名的《文心雕龍》專家牟世金教授。我們是志同道合的好朋友。他不幸於一九八九年去世，使我悲痛不已。世金教授生前，我們每次見面，都要一起討論《文心》。切磋琢磨，彼此都滔滔不絕地陳述自己的意見，結果往往難以得出一致的結論，莞爾一笑了之。此情此景，終生難忘。現在世金教授已離我而去了。我痛失摯友，中國「文心學」學界亦失去了一位誠摯、勤奮的學者。這兩年我參加《文心雕龍》學術討論會，再也見不到世金教授了，觸景生情，不禁感慨繫之。

我還應感謝復旦大學王運熙教授。他十分關心拙著的出版，多次向我詢及此事。在拙著問世之際，我向他謹表謝忱。

最後應特別提到的是，在學術著作出版難的今天，拙著得到福建教育出版社的鼎力相助。在此表示衷心的感謝。

一九九一年六月

其他

漢魏六朝文體論的發展

　　文體的形成是很早的，遠在先秦時期各種文體已陸續出現，文體論也開始萌芽。兩漢以後，由於文學及其他文章的發展，促使文人學士注意到對文體的研究。漢魏六朝時期的文體論有了巨大的發展，產生了像劉勰《文心雕龍》、蕭統《文選》等重要著作，十分值得我們重視。本文擬對漢魏六朝文體論的發展行進一些粗淺的探討，以就正於方家。

一

　　文體是怎樣形成的？我國古代有一種常見的說法，認為本於《五經》。顏之推說：「夫文章者，原出《五經》：詔命策檄，生於《書》者也；序述論議，生於《易》者也；歌詠賦頌，生於《詩》者也；祭祀哀誄，生於《禮》者也；書奏箴銘，生於《春秋》者也。」[1]意思是認為各種文體都是來自《五經》。這種論調是有代表性的。

　　在顏之推之前，南朝齊梁時的劉勰已經說過，「故論說辭序，則《易》統其首；詔策章奏，則《書》發其源；賦頌歌贊，則《詩》立其本；銘誄箴祝，則《禮》總其端；記傳盟檄，則《春秋》為根：並窮高以樹表，極遠以啟疆，所以百家騰躍，終入環內者也。」[2]這是認為儒家經書是各類文章的始祖。「淵哉鑠乎，群言之祖」，劉勰自己也指出了這一點。

1　《顏氏家訓》〈文章〉。
2　《文心雕龍》〈宗經〉。

　　在顏之推之後，清代章學誠論述更詳，他認為：「戰國之文，其源皆出於六藝。」「後世之文，其體皆備於戰國。」他指出：「《老子》說本陰陽，《莊》《列》寓言假象，《易》教也。鄒衍侈言天地，關尹推衍五行，《書》教也。管、商法制，義存政典，《禮》教也。申、韓刑名，旨歸賞罰，《春秋》教也。其他楊、墨、尹文之言，蘇、張、孫、吳之術，辨其源委，挹其旨趣，九流之所分部，《七錄》之所敘論，皆於物曲人官，得其一致，而不自知為六典之遺也。」[3]這是從思想內容方面說明戰國之文皆源於《六藝》。他還指出：「論事之文，疏通致遠，《書》教也。傳贊之文，抑揚詠歎，辭命之文，長於諷諭，皆《詩》教也。敘例之文與考訂之文，明體達用，辨名正物，皆《禮》教也。敘事之文，比事屬辭，《春秋》教也。五經之教，於是得其四矣。若失《易》之為教，繫辭盡言，類情體撰，其要歸於潔淨精微，說理之文所從出也。」[4]這是從表現方法方面說明各體文章皆源自五經。

　　從劉勰、顏之推到章學誠，都認為各種文體源於五經。他們的認識，今天看來，不免有牽強附會之處，但是，也自有道理。因為文體的形成，固然是社會生活決定的，同時也與文學本身的傳統有密切的關係。我國古代各種文體的形成和發展，確實與五經存在著某種聯繫，這是一方面。另一方面，在儒家經書中已有文體的區分和有關文體的論述。例如《詩經》，就有風、雅、頌之分。《尚書》亦有典、謨、訓、誥、誓、命等名稱之別。《周禮》已經提出：「作六辭以通上下親疏遠近，一曰祠（當作辭），二曰命，三曰誥，四曰會，五曰禱，六曰誄。」[5]這裡所謂「六辭」，顯然是指六種不同的文體。[6]說到

3　《文史通義》〈詩教上〉。

4　〈論課蒙學文法〉，見劉承乾《章氏遺書補遺》。

5　〈大祝〉。

6　《毛詩傳》〈鄘風〉〈定之方中〉。

「九能」，這是指：「建邦能命龜，田能施命，作器能銘，使能造命，升高能賦，師旅能誓，山川能說，喪紀能誄，祭祀能語。君子能此九者，可謂有德音，可以為大夫。」所謂「九能」，除「建邦能命龜」之外，也都是指的各種文體。孔穎達疏云：「『田能施命』以下，本有成文，連引之耳，」既是引用「成文」，為時當更早。這些例子說明先秦時期對文體的分類已有所認識。

此外，如《左傳》在記述史事中往往使用各種文體。對此，宋代陳騤曾加以分析。他說：「春秋之時，王道雖微，文風未殄，森羅辭翰，備括規摹。考諸左氏，摘其英華，別為八體，各繫本文：一曰命婉而當，二曰誓謹而嚴，三曰盟約而信，四曰禱切而慤，五曰諫和而直，六曰讓辯而正，七曰書達而法，八曰對美而敏。作者觀之，庶知古人之大全也。」[7] 陳氏不僅舉出文體名稱及其特點，而且各以實例證明：一命，如「周靈王命齊侯」；二誓，如「晉趙簡子誓伐鄭」；三盟，如「亳城北之盟」；四禱，如「衛蒯瞶戰禱於鐵」；五諫，如「臧哀伯諫魯威公納郜鼎」；六讓，如「周詹桓伯責晉率陰戎伐潁」；七書，如「晉叔向詒鄭子產鑄刑書」；八對，如「鄭子產對晉人問陳罪」。陳氏所論文體當然不完備，我們還可以補充一些。但是，這些現象說明我國先秦時期文體的分類已經相當繁富了，它自然對後世文體的形成和發展產生影響。

《禮記》，在儒家經書中，成書較晚，非一人所著，其中有戰國時儒家的舊說，也有漢初儒家的作品，比較複雜。《禮記》已有關於文體的論述，如〈檀弓上〉云：「（魯莊公）遂誄之。士之有誄自此始也。」這是認為魯莊公誄縣賁父是有誄之始。〈曾子問〉云：「賤不誄貴，幼不誄長，禮也。唯天子稱天以誄之。諸侯相誄，非禮也。」這是說明誄文應用的範圍。又〈祭統〉云：「夫鼎有銘。銘者，自名也，自名以稱揚其先祖之美而明著之後世者也。為先祖者，莫不有美

7　《文則》。

焉，莫不有惡焉，銘之義，稱美而不稱惡，此孝子孝孫之心也，唯賢者能之。銘者，論撰其先祖之有德善功烈勳勞慶賞聲名列於天下，而酌之祭器，自成其名焉，以祀其先祖者也。」這是說明「銘」的用途和特點。這些論述可以視作先秦和漢初的文體論。

我國歷史上先秦時期湧現出許多優秀的學術著作，如《尚書》等已經包含了多種文體。這是因為當時社會生活的需要，一些作者在繼承前人傳統的基礎上創造出來的。一種文體形成之後，必然隨著社會生活而發展變化，到一定的時候，就會引起文人學士的注意而加以研究，於是就產生了文體論。《禮記》等著作中關於文體的簡單論述，可以看成是文體論的萌芽。兩漢以後，文體論則有了巨大的發展。

二

隨著文學的發展，兩漢的文學理論批評取得了新的成就。其中，文體論也有了新的發展。兩漢的文體論主要有三種形式：

一是零星、片段的論述。如揚雄說：「詩人之賦麗以則，辭人之賦麗以淫。」[8]又說：「雄以為賦者，將以風之，必推類而言，極靡麗之辭，閎侈鉅衍，競於使人不能加也，既乃歸之於正，然覽者已過矣。」[9]這是論述賦的特點和作用。桓譚說：「若其小說家，合叢殘小語，近取譬論，以作短書，治身治家，有可觀之際。」[10]這是論述「小說」的特點和作用。班固說：「賦者，古詩之流也。……或以抒下情而通諷諭，或以宣上德而盡忠孝，雍容揄揚，著於後嗣，抑雅頌之亞也。」[11]這是論述賦的源流和諷諭作用。王符說：「詩賦者，所以

8　《法言》〈吾子〉。

9　《漢書》〈揚雄傳〉。

10　《文選》江文通〈雜詩〉〈李都尉從軍〉注。

11　〈兩都賦序〉。

頌善醜之德，洩哀樂之情也。故溫雅以廣文，興諷以盡意。」¹²這是論述詩賦的作用和藝術特點。王逸說：「〈離騷〉之文，依《詩》取興，引類譬喻……其詞溫而雅，其義皎而朗。」這是論述〈離騷〉的藝術特色，也可以看作騷體的藝術特點。鄭玄說：「詩者，弦歌諷諭之聲也，自書契之興，樸略尚質，面稱而不為諂，目諫不為謗。……斯道稱衰，奸偽以生，上下相犯。……故作詩者以誦其美而譏其過。」¹³這是論述詩的美刺作用。以上各條，其中確有精闢的見解，但是，基本上是先秦文體論的繼續。

　　二是與文體論有關的專篇文學論文。如〈毛詩序〉，論述詩歌的特點、社會作用、分類和表現方法，代表儒家的詩歌理論。但是，我們在一定程度上將它看作詩這一體裁的理論，亦未嘗不可。又如班固的〈離騷序〉，以明哲保身的觀點批評屈原的為人。然而，對〈離騷〉的藝術成就卻是肯定的：「然其文弘博麗雅，為辭賦宗，後世莫不斟酌其英華，則象其從容。自宋玉、唐勒、景差之徒，漢興，枚乘、司馬相如、劉向、揚雄，聘極文辭，好而悲之，自謂不能及也。」當然，班固僅肯定其文采「弘博雅麗」，顯然是不夠的。不過，從中我們也可以了解「騷」體的一些特點。王逸的〈楚辭章句序〉針對班固對屈原的批評，提出不同的看法，對屈原及其作品作出比較正確的評價。但是，他並不理解〈離騷〉的藝術特色，他說：「夫〈離騷〉之文，依托五經以立義焉。『帝高陽之苗裔』則『厥初生民，時惟姜嫄』也；『紉秋蘭以為佩』，則『將翱將翔，佩玉瓊琚』也；『夕覽洲之宿莽』，則《易》『潛龍勿用』也；『駟玉虯而乘鷖』，則『時乘六龍以御天』也；『就重華而陳辭』，則《尚書》咎繇之謀謨也；登崑崙而涉流沙，則〈禹貢〉之敷土也。故智彌盛者其言博，才益多者其識遠。屈原之詞，誠博遠矣。」王逸認為〈離騷〉的一些內

12　《潛夫論》〈務本〉。

13　《六藝論》。

容，都源自儒家經書。為了反駁班固的指責，這確實煞費苦心。但未免牽強，並不能正確地分析〈離騷〉的藝術特色。然而，對於我們了解「騷」體也是有幫助的。

這些專篇文學論文的出現，是兩漢文學理論批評中的新現象。這些論文都不是專門論述文體的，但是，它們和文體論都有關係，值得我們注意。

三是比較完整的有關文體的論述。如蔡邕有〈銘論〉和有關策、制、詔、戒、章、奏、表、駁議的論述。〈銘論〉分「天子令德」、「諸侯言時計功」、「大夫稱伐」三層列舉先秦時期產生的各種銘的事蹟，並不曾論及銘的文體特點和寫作方法。作為文體論文，內容並不完備。蔡氏在〈獨斷〉中論述策、制等朝廷通用的文體，分天子命令群臣的四類：策書、制書、詔書、戒書；群臣上書天子的四類：章、奏、表、駁議。茲各舉一例：

> 詔書者，詔誥也，有三品。其文曰「告某官，官如故事」，是為詔書，群臣有所奏請，尚書令奏之，下有「制曰天子答之曰可，若下某官」云云，亦曰詔書。群臣有所奏請，無尚書令奏「制」字，則答曰「已奏如書，本官下所當至」，亦曰詔。
> 表者不需頭，上言：「臣某言」，下言「臣某誠惶誠恐，頓首頓首，死罪死罪」，左方下附曰「某官臣某甲上」。文多用編竹兩行，文少以五行，詣尚書通者也。公卿校尉諸將不言姓，大夫以下有同姓官別者言姓，章口報聞，公卿使謁者將大夫以下，至吏民，尚書左丞聞報可，表文報已奏如書。

皆論到文體的性質和寫作方法。所論雖然是應用文字，但是論述比較完整，是兩漢文體論的新發展，兩漢關於文體的論述，為魏晉南北朝的文體研究提供了良好的基礎。

　　建安以後，曹丕的《典論》〈論文〉首先論及文體，他說：「夫文本同而末異，蓋奏議宜雅，書論宜理，銘誄尚實，詩賦欲麗。」這裡將文體分為四科八體，並指出各種文體的風格特點。作為專篇文學論文，如此論述文體和風格，這在中國文學理論批評史上是第一次，具有重要意義，對後世文體論有深遠的影響。

　　曹丕以後，魏末桓範《世要論》，其中論文體的有〈贊象〉、〈銘誄〉、〈序作〉三篇，比較詳明。〈贊象〉篇說：

> 夫贊象之所作也，所以昭述勛德，思詠政惠，此蓋詩頌之末流矣。宜由上而興，非專下而作也。世考之導，實有勛績，惠利加於百姓，遺愛留於民庶。宜請於國，當錄於史官，載於竹帛，上章君將之德，下宣臣吏之忠。若言不足紀，事不足述，虛而為盈，亡而為有，此聖人之所疾，庶幾之所恥也。

桓範論述「贊象」等文體的寫作目的和方法，正是曹丕所缺少的，可以補曹氏之不足。

　　魏末晉初，傅玄對某些文體亦有所論述。他的〈七謨序〉論述「七」體，只是作家作品評論，不談文體特點和寫作方法。他的〈連珠序〉說：

> 所謂連珠者，興於漢章帝之世，班固賈逵傅毅三子，受詔作之，而蔡邕張華之徒又廣焉。其文體辭麗而言約，不指說事情，必假喻以達其旨，而賢者微悟，合於古詩勸興之義。欲使歷歷如貫珠，易睹而可悅，故謂之連珠也，班固喻美辭壯，文章弘麗，最得其體。蔡邕似論，言質而辭碎，然其旨篤矣。賈逵儒而不豔，傅毅文而不典。

　　這裡不僅談到「連珠」體的特點和寫作方法，而且對「連珠」體的作家作品進行了評論，比較全面。只是認為「連珠」體「興於漢章帝之世」，是不正確的。劉勰斷定始於揚雄[14]，比較符合史實。

　　西晉陸機的《文賦》，被稱為「在中國文學批評史上是第一篇完整而系統的文學理論」[15]，它也論到文體：

> 詩緣情而綺靡，賦體物而瀏亮。碑披文以相質，誄纏綿而悽愴。銘博約而溫潤，箴頓挫而清壯。頌優遊以彬蔚，論精微而朗暢。奏平徹以閑雅，說煒曄而譎誑。

這裡論述十種文體和風格，顯然較曹丕為詳，這是進步。但是較桓範、傅玄之論為略。論述之詳略，是由文章性質決定的，不必強求。陸氏論述之精密，則遠非曹丕等人所能比擬的。曹丕論詩賦，僅僅籠統地說成「欲麗」，而陸機則析為：「詩緣情而綺靡，賦體物而瀏亮。」既概括了文體的特徵，又反映了時代的特點。「詩緣情」說影響極為深遠。

　　西晉摯虞著有《文章流別集》和《文章流別志論》。《晉書》〈摯虞傳〉云：「虞撰《文章志》四卷……又撰古文章，類聚區分為三十卷，名曰《流別集》，各為之論，辭理愜當，為世所重。」《隋書》〈經籍志〉著錄摯虞撰《文章流別集》四十一卷，《文章流別志論》二卷，早已亡佚，僅嚴可均《全晉文》輯錄《志論》十餘條。今存《志論》殘文論述的文體有頌、賦、詩、七、箴、銘、誄、哀辭、哀策、對問、碑銘等。論述較詳，分類更細。如論賦云：

> 賦者，敷陳之稱，古詩之流也。古之作詩者，發乎情，止乎禮

---

14 《文心雕龍》〈雜文〉。
15 郭紹虞：《中國歷代文論選》第1冊。

義。情之發，因辭以形之；禮義之旨，須事以明之。故有賦焉，
所以假象盡辭，敷陳其志。前世為賦者，有孫卿、屈原，尚頗
有古詩之義，至宋玉則多淫浮之病矣。《楚辭》之賦，賦之善
者也。故揚子稱賦莫深於〈離騷〉。賈誼之作，則屈原之儔
也。古詩之賦，以情義為主，以事類為佐。今之賦，以事形為
本，以義正為助。情義為主，則言省而文有例矣；事形為本，
則言當而辭無常矣。文之煩省，辭之險易，蓋由於此。夫假象
過大，則與類相遠；逸辭過壯，則與事相違；辯言過理，則與
義相失；麗靡過美，則與情相悖。此四過者，所以背大體而害
政教。是以司馬遷割相如之浮說，揚雄疾「辭人之賦麗以淫」。

這裡不僅考察了賦的源流和特徵，而且對過去的賦作進行了評論。摯
氏肯定了「以情義為主，以事類為佐」的「古詩之賦」，批評了「以
事形為本，以義正為助」的「今之賦」，表示了自己反對賦作偏重形
式，忽視內容的明朗態度，提出了很好的見解，確實將文體論向前推
進了一步，對劉勰的文體論產生了明顯的影響。

　　東晉李充著有《翰林論》，今已亡佚。嚴可均《全齊文》輯錄十
餘條，如：

容象圖而贊立，宜使辭簡而議正。孔融之贊揚公，亦其義也。

表宜以遠大為本，不以華藻為先。若曹子建之表，可謂成文
矣。諸葛亮之表劉主，裴公之辭侍中，羊公之讓開府，可謂德
音矣。

駁不以華藻為先。世以傳長虞每奏駁事，為邦之司直矣。

比較注意文體的風格特點，論述顯然不如《文章流別論》詳贍、精密。

我國古代文體論發展到南朝齊梁時期已完全成熟。劉勰《文心雕龍》中的文體論是古代文體論發展的高峰。

《文心雕龍》五十篇，其中文體論部分佔二十篇，詳論文體三十三種，即詩、樂府、賦、頌、贊、祝、盟、銘、箴、誄、碑、哀、弔、雜文、諧、隱、史傳、諸子、論、說、詔、策、檄、移、封禪、章、表、奏、啟、議、對、書、記。如果再加上〈辨騷〉篇所論述的「騷」體，則為三十四種。各體之中，子類繁多，例如詩分四言、五言、三六雜言、離合、回文、聯句；雜文分對句、七、連珠、典、誥、誓、問、覽、略、篇、章、曲、操、弄、引、吟、諷、謠、詠，十分細緻。

劉勰重視文筆的區分。他說：「若乃論文敘筆，則囿別區分。」[16]《文心雕龍》文體論二十篇，都是按照文筆依次安排的：〈明詩〉、〈樂府〉、〈詮賦〉、〈頌贊〉、〈祝盟〉、〈銘箴〉、〈誄碑〉、〈哀弔〉、〈雜文〉、〈諧讔〉諸篇，所論都是有韻之文；〈史傳〉、〈諸子〉、〈論說〉、〈詔策〉、〈檄移〉、〈封禪〉、〈章表〉、〈奏啟〉、〈議對〉、〈書記〉諸篇，所論都是無韻之筆。區分文筆和文體分類研究是密切地聯繫在一起的。劉勰對論文體，必會辨析文筆，因為文筆之分，實際上是對各種文體從形式、性質上加以歸納辨析的結果。

劉勰文體論的內容有四項，即「原始以表末，釋名以章義，選文以定篇，敷理以舉統。」[17]這四項內容，按文體論各篇所表現的層次是：

一、「釋名以章義」，即說明各種體裁的含義。如〈詮賦〉篇說：「賦者，鋪也，鋪采摛文，體物寫志也。」就是說明「賦」體的含義。

16　《文心雕龍》〈序志〉。

17　〈序志〉。

　　二、「原始以表末」，即敘述各體文章的起源和演變情況。如〈明詩〉篇「人稟七情……此近世之所競也」一段，就是敘述「詩」體的起源和演變情況。「人稟七情，應物斯感，感物吟志，莫非自然」是指出詩的起源。以下歷敘葛天氏、黃帝、唐堯、虞舜、夏、商、周、秦、漢、魏、晉、宋諸代詩歌演變情況，有本有末，簡明扼要，頗能抓住各個時代詩歌的特點。

　　三、「選文以定篇」，即選出各種體裁的代表作，並加以評定。這一項內容常常和第二項內容合併敘述，即「原始以表末」部分，也是「選文以定篇」部分。如〈詮賦〉篇列舉先秦兩漢「辭賦之英傑」十家名篇，實即「選文以定篇」也。

　　四、「敷理以舉統」，即論述各體文章寫作的道理和特色。如〈誄碑〉篇論「誄」云：「詳夫誄之為制，蓋選言錄行，傳體而頌文，榮始而哀終。論其人也，曖乎若可觀；道其哀也，淒焉如可傷。此其旨也。」說的是「誄」體的寫作方法和要求，也就是誄的寫作原理和特色。

　　劉勰關於文體論的四項內容的論述，較之前人都有新的發展。郭紹虞先生對此有一段評論。他說：一、四兩項「同於陸機《文賦》，而疏解較詳」；二項「同於摯虞《流別》而論述較備」；三項「又略同魏文《典論》、李充《翰林》而評斷較允，所以即就文體之研究而言，《文心雕龍》亦集以前之大成矣。」[18]如此分析，雖然有些牽強，亦頗有理。至於說劉勰的文體論，集古來文體論之大成，則是有目共睹的事實。

　　南朝梁昭明太子蕭統的《文選》是現存最早的詩文總集。它將文體分為賦、詩、騷、七、詔、冊、令、教、策文、表、上書、啟、彈事、箋、奏記、書、檄、對問、設論、辭、序、頌、贊、符命、史

---

18 郭紹虞：《中國文學批評史》上冊（北京市：商務印書館，1947 年），頁 132。

論、史述贊、論、連珠、箴、銘、誄、哀、碑文、墓誌、行狀、弔文、祭文三十七類。類中尚有子類，如詩分補亡、述德、勸勵、獻詩、公讌、祖餞、詠史、百一、游仙、招隱、反招隱、遊覽、詠懷、哀傷、贈言、行旅、軍戎、郊廟、樂府、輓歌、雜歌、雜詩、雜擬二十三個子類。分體很細，可能受到劉勰的啟發。然而，他們的文體分類也有不同之處，例如劉勰將史傳、諸子列為文學體裁，則為蕭統所不取，他說：

> 若夫姬公之籍，孔父之書，與日月俱懸，鬼神爭奧，孝敬之準式，人倫之師友，豈可重以芟夷，加以剪截。老莊之作，管、孟之流，蓋以立意為宗，不以能文為本；今之所撰，又以略諸。若賢人之美辭，忠臣之抗直，謀夫之話，辯士之端，冰釋泉湧，金相玉振。所謂坐狙丘，議稷下，仲連之卻秦軍，食其之下齊國，留侯之發八難，曲逆之吐六奇，蓋乃事美一時，語流千載，概見墳籍，旁出子史。若斯之流，又亦繁博，雖傳之簡牘，而事異篇章；今之所集，亦所不取。至於記事之史，繫年之書，所以褒貶是非，紀別異同；方之篇翰，亦已不同。若其贊論之綜輯辭采，序述之錯比文華，事出於沉思，義歸乎翰藻。故與夫篇什，雜而集之。

這裡提出《文選》選文的標準，說明不選經、史、子類作品的原因。蕭統區分文學與非文學的界限，頗有見地，這是高出劉勰的地方。他對各種文體亦有論述，但除詩、頌二體論述稍詳外，餘皆十分簡略，且無甚高論，自然不能與劉勰相比。可是，《文選》作為我國古典文學中著名的總集，它的文體分類，在中國文學理論批評史上具有重大的影響。

　　劉勰的文體論和蕭統的文體分類，在中國文學理論批評史和中國

古代文體史上都是重要的貢獻。但是，它們都不同程度地存在繁瑣、不當的毛病，這也是應該指出的。

三

　　根據漢魏六朝文體論的發展情況，我們大致可以分為三個階段：

　　一、兩漢階段（前 206-220）　　兩漢文體論是在先秦文體論的基礎上的新發展，也是先秦到魏晉文體論的過渡。那些零星、片段的論述是對先秦文體論的直接繼承，而論述更為深刻；專篇論文與文體論有關，這是先秦時期所沒有的新現象；至於蔡邕對文體的論述，已是粗具規模的文體論了，只是無關文學。

　　二、魏晉階段（220-420）　　先秦時期萌芽的文體論，經過兩漢的發展，到魏晉時期正式成立。曹丕的《典論》〈論文〉已經論及文體及其風格特點，雖然十分簡略，然而，這是專篇文學論文論述文體的濫觴。陸機的《文賦》，論述稍詳，有了進一步的發展。摰虞的《文章流別論》是最早的詩文總集，有文體分類，有關於文體的論述，較為詳贍。李充的《翰林論》是和《文章流別論》同一類型的文學總集，而較簡略。

　　三、南朝階段（420-589）　　南朝齊梁時代是中國古代文體論發展成熟時期，出現了文體分類和文體論的代表性作品——蕭統的《文選》和劉勰的《文心雕龍》。《文選》的文體分類和《文心雕龍》的文體論都具有集大成性質。這是我國古代文體論發展的高峰，對後世的文體分類和文體論有深遠的影響。

　　漢魏六朝時期的文體論，經過發展而臻於成熟，取得了很高的成就。後來的文體論基本上沒有超出其藩籬。

　　隋唐以後的文體論，主要有三個系統：一是文體的分類；二是分體選文和依體序說相結合；三是關於文體的論述。

　　文體的分類，基本上繼承了《文選》的傳統，根據時代的需要，或增或減。例如，北宋初年李昉、徐鉉等人編輯的《文苑英華》一千卷，是上續《文選》的，《文選》止於南朝梁初，本書即起於梁末，迄於唐代。其文體分類與《文選》相似，而體類更繁。《文選》分體三十七類，此書分體五十五類，《文選》賦的子類為十五，本書賦的子類為四十一，都增加了很多。

　　《文苑英華》卷帙浩繁，難以通讀。北宋初年，姚鉉選錄了十分之一，編成《唐文粹》一百卷。姚氏在序中說：「類次之，以嗣《文選》」，可見此書的文體分類是學習《文選》的。此書分體二十二類，較《文選》少，這是有鑑於《文選》分體的繁雜。而子類卻三百十六之多，過於瑣碎。

　　姚氏《唐文粹》以後，體例類似的書尚有南宋呂祖謙的《宋文鑑》一百五十卷，分體六十一類，元代蘇天爵的《元文類》七十卷，分體四十三類，明代程敏政的《明文衡》九十八卷，分體三十八類。在文體分類上都受了《文選》的影響。

　　分體選文和依體序說相結合。這類文體論著作，主要是受《文章流別論》的影響。例如，明代吳訥的《文章辨體》和徐師曾的《文體明辨》。《文章辨體》五十卷，外集五卷，分體五十九類。《文體明辨》八十四卷，分體一百二十七類。此書分體過於繁雜，曾受到《四庫全書總目》的批評：「千條萬緒，無復體例可求，所謂治絲而棼者歟！」[19]它們的價值主要是關於各種文體的解說。如吳訥論「銘」云：

　　　　按銘者，名也，名其器以自警也。漢《藝文志》稱道家有〈黃
　　　　帝銘〉六篇，然亡其辭。獨《大學》所載成湯〈盤銘〉九字，
　　　　發明日新之義甚切。迨周武王，則几席觴豆之屬，無不勒銘以
　　　　致戒警。厥後又有稱述先人之德善勞烈為銘者，如春秋時孔悝

19　《四庫全書總目》卷 192。

〈鼎銘〉是也。又有以山川、宮室、門關為銘者，若漢班孟堅
之〈燕然山〉，則旌征伐之功；晉張孟陽之〈劍閣〉，則戒殊俗
之僭叛，其取義又各不同也。傳曰：「作器能銘，可以為大
夫。」陸士衡云：「銘貴博約而溫潤。」斯蓋得之矣。

這樣的解說，與《文章流別論》比較，文字增加不多，而說明文體的
性質、演變及特點，更為詳明、深入，確實取得一些新的成就。

關於文體的論述，以清代姚鼐的《古文辭類纂》〈序〉較有影
響。《古文辭類纂》七十五卷，選錄戰國至清代的古文，分為論辨、
序跋、奏議、書說、贈序、詔令、傳狀、碑誌、雜記、箴銘、頌贊、
辭賦、哀祭十三類，序言對各類文體的源流、特點，都有簡明扼要的
解說。如論「贈序」云：

贈序類者，老子曰：「君子贈人以言。」顏淵、子路之相違，
則以言相贈處。梁王觴諸侯於范臺。魯君擇言而進，所以致敬
愛，陳忠告之誼也。唐初贈人，始以序名，作者亦眾，至於昌
黎，乃得古人之意，其文冠絕前後作者。蘇明允之考名序，故
蘇氏諱序，或曰引，或曰說，今悉依其體，編之於此。

「贈序」是唐初才形成的文體，不同於「序跋」，故姚氏分為二類。
這一段解說僅百餘字，而對贈序的源流、演變和特點都有簡要的介
紹。這是姚氏在深入研究古代文體論的基礎上提煉而成的。姚氏的文
體分類簡明，包含的內容卻十分豐富，為後世所重視。王力主編的
《古代漢語》，討論古文的文體及其特點，就是從姚氏的文體分類談
起的，可見其對後世的影響。

《古文辭類纂》一書，分體選文，依體序說，類似《文章流別
論》，而序言作為一篇完整的文體論文，顯然吸取了《文心雕龍》文
體論的成果。

　　《文心雕龍》體大思精，籠罩群言。其文體論，分體細密，論述周詳，它所取得的成就，在封建社會中是無人能夠超越的，但是，由於它是用駢文寫的，從唐代古文運動以後，其對後世的影響受到限制。然而，一塊真正寶石的光輝終究是掩蓋不住的，後世古文家的文體分類和文體論，不論是《唐文粹》、《文章辨體》，還是〈古文辭類纂序〉，都或明或暗地受到它的影響。不過有的吸收的是文體分類的模式，有的汲取的是文體論的內容。

　　漢魏六朝文體論，經歷了發展、成立和成熟的重要階段，並出現了高峰，它是中國文學理論批評史和中國古代文體史的重要時期。研究這一時期的文體論的發展情況及其對後世的影響，對於我們研究這一時期的文學理論批評史和文體史，對於今天研究文體分類和文體論，都有重要的意義。建國以來，對文體分類和文體論的研究，往往為人們所忽略，因此，這方面已成為有待開拓的研究領域。我所以不揣譾陋，試撰此文，目的是拋磚引玉，以引起大家對這方面的注意，加強文體分類和文體論的研究，以彌補這方面的不足。

一九八七年六月

嚴羽論漢魏六朝詩

　　嚴羽的《滄浪詩話》是南宋著名的論詩專著。它以禪喻詩，認為「禪道惟在妙悟，詩道亦在妙悟」[1]，提出詩有「別材」「別趣」之說，在詩歌理論和美學方面都有重要的貢獻，本文擬就嚴羽關於漢魏六朝詩歌的論述，提出一些粗淺的看法。

一

　　漢魏六朝是指漢、魏、晉、宋、齊、梁、陳、隋八個朝代。從西元前二〇六年始，到西元六一八年止，約八百年。這是我國古代詩歌史上的重要時期。特別是魏晉南北朝詩歌，較之先秦的《詩經》《楚辭》有很大的發展。文人創作的五言詩，東漢初年已產生，《古詩十九首》的出現，標誌五言詩的成熟，經過曹植、阮籍、陶淵明等人的努力，又有了進一步的發展。七言詩當時不受重視，但是經過曹丕、鮑照等人的創作，也有一定的成績。齊永明年間，沈約等人提出「四聲八病」之說，從此，詩歌開始注重聲律。這對唐代近體詩的形成和發展有直接的影響。

　　嚴羽十分推崇漢魏及晉代詩歌，他說：「夫學詩者以識為主：入門須正，立志須高；以漢魏晉盛唐為師，不作開元天寶以下人物。」[2]「識」原是佛教名詞，這裡是鑑別的意思。為了培養這種鑑別能力，

1　《滄浪詩話》〈詩辨〉。

2　《滄浪詩話》〈詩辨〉。

入門須正，立志要高，要以漢魏晉及盛唐詩歌為師，不要以大曆以後詩歌為師，嚴羽關於盛唐詩歌的論述，與本文無關，茲略而不談。於此可見嚴羽對漢魏及晉代詩歌的重視。他還說：「論詩如論禪，漢魏晉與盛唐之詩，則第一義也。大曆已還之詩，則小乘禪也，已落第二義矣⋯⋯學漢魏晉與盛唐詩者，臨濟下也，學大曆以還之詩者，曹洞下也。」[3]這裡，嚴羽以禪喻詩，認為漢魏及晉代詩歌是「第一義」的。所謂「第一義」，即「真諦」，又稱「勝義諦」，它認為一切事物都是「空」的，這是佛家所謂的真理。而大曆以後的詩歌則次於此等，故稱為「小乘禪」、「第二義」。按佛教有大乘、小乘之分：大乘佛教標榜救度一切眾生，它能把更多的人從現實世界的「此岸」帶到涅槃世界的「彼岸」去；小乘佛教只求自我解脫，只能把自己帶到「彼岸」。其高下是顯而易見的。至於說「學漢魏晉與盛唐詩」的是臨濟宗，「學大曆以還之詩」的是曹洞宗，從上下文看來，意思是清楚的，即二者有第一、第二之分，然而用語不免有誤。按臨濟宗和曹洞宗是中國佛教禪宗的兩家。臨濟宗屬南宗的南岳一系，是唐代高僧義玄所創。曹洞宗屬南宗的青原一系，是唐代高僧良價及其弟子本寂所創。它們並無高下之分。無怪乎陳繼儒《偃曝談餘》嘲諷嚴羽說：「臨濟、曹洞有何高下？而乃剿其門庭影響之語，抑勒詩法，真可謂杜撰禪。」嚴羽認為禪理和詩理是相通的，所以他說：「大抵禪道惟在妙語，詩道亦在妙悟⋯⋯惟悟乃為當行，乃為本色。然悟有淺深，有分限之悟，有透澈之悟，有但得一知半解之悟。漢魏尚矣，不假悟也。」[4]「妙悟」說是嚴羽詩歌理論的核心。所謂「妙悟」，即敏慧善悟，禪家「妙悟」，即可悟得禪道，稱祖稱宗，如惠能的〈得法偈〉云：「菩提本無樹，明鏡亦非臺，佛性常清淨，何處惹塵埃！」[5]惠能

3　《滄浪詩話》〈詩辨〉。

4　《滄浪詩話》〈詩辨〉。

5　郭朋：《壇經校釋》（北京市：中華書局，1983 年）。

遂因偈得法，成為禪宗六祖。詩人「妙悟」，即可悟得詩理，寫出好詩，如謝靈運夢見謝惠連而有所悟，就寫出「池塘生春草」這樣的佳句[6]，名傳後世。「語」有深淺、大小、高下之分。他認為漢魏詩歌，皆詩人直抒胸臆，心靈中流出的便是好詩，實無須假借於「悟」。嚴羽對漢魏歌作出很高的評價。

　　嚴羽為什麼這樣推崇漢魏及晉代詩歌呢？根據《滄浪詩話》的論述，歸納起來，其理由大約有三點：

（一）「詞理意興，無跡可求」

　　嚴羽說：「詩有詞理意興，南朝人尚詞而病於理；本朝人尚理而病於意興；唐人尚意興而理在其中；漢魏之詩，詞理意興，無跡可求。」[7]嚴羽指出：「詩有詞理意興」，詞理意興的內涵是什麼？詞指語言，理指義理，比較明顯。「意興」何所指呢？研究者頗有不同看法：有的認為：「意興」是一個詞，也稱為興會，簡稱就是興。這種興「很類似『靈感』這一概念，作用相當於『靈感』」。[8]有的認為：意興是兩個詞。「意是感情，興是藝術形象。」[9]有的認為：理和意都是指詩的內容，「偏於邏輯思維者為理，偏於形象思維者為意」。[10]我認為意指內容，興指形象的表現手法。詞理意興的內涵既已確定，那麼，嚴羽所說「漢魏之詩，詞理意興，無跡可求」的意思就清楚了。這是說，漢魏詩歌，在語言、思想、內容和表現手法上都是渾然一體、無跡可求的。這樣評論漢詩，無疑是正確的。但是，在今天看來，嚴羽將漢魏詩混為一談，顯然是不妥當的。

6　《謝氏家錄》，鍾嶸《詩品》卷中引。

7　《滄浪詩話》〈詩評〉。

8　王達津：〈古代文論中有關形象思維的幾個概念〉，《古代文學理論研究》第5輯。

9　藍華增：〈《滄浪詩話》與「意境」〉，《古代文學理論研究》第5輯。

10　郭紹虞：《滄浪詩話校釋》（北京市：人民文學出版社，1983年），頁149。

　　漢代詩歌大致可以分為三類：一類是騷體詩，如漢高祖劉邦的〈大風歌〉、漢武帝劉徹的〈秋風辭〉；一類是樂府詩，有〈郊廟歌辭〉、〈鼓吹歌辭〉、〈橫吹曲辭〉和〈相和歌辭〉中的一些樂府詩；一類是五言古詩，如《古詩十九首》等。嚴羽所說的漢詩，主要指五言古詩。這類詩歌以《古詩十九首》為代表。《古詩十九首》最早見於蕭統《文選》。這十九首詩的內容主要寫遊子思婦的懷鄉離別之苦，還有人生無常、及時行樂、懷才不遇等內容，反映了東漢末年社會動亂中一些失意文人的種種思想感情。這些詩的藝術性是很高的。詞近意遠、語短情長、不假雕琢、絕無造作、風格自然樸素，而能於平淡中見深情，耐人尋味。劉勰說：「觀其結體散文，直而不野，婉轉附物，怊悵切情，實五言之冠冕也。」[11]鍾嶸說：「文溫以麗，意悲而遠，驚心動魄，可謂幾乎一字千金。」[12]都對這些詩作出很高的評價，明清以來，對《古詩十九首》的評論很多，例如：

　　　　〈風〉〈雅〉三百，《古詩十九首》，人謂無句法，非也，極自有法，無階級可尋耳。（王世貞《藝苑卮言》）

　　　　《古詩十九首》格古調高，句平意遠，不尚難字，而自然過人矣。（謝榛《四溟詩話》）

　　　　兩漢諸詩……至《十九首》及諸雜詩，隨語成韻，隨韻成趣，辭藻氣骨，略無可尋，而興象玲瓏，意致深婉，真可以泣鬼神，動天地。（胡應麟《詩藪》卷二）

11　《文心雕龍》〈明詩〉。

12　《詩品》卷上。

> 詩之難，其《十九首》乎。畜神奇於溫厚，寓感愴於和平；意
> 愈淺愈深，詞愈近愈遠；篇不可句摘，句不可字求。（同上）

> 「東城高且長，逶迤自相屬。回風動地起，秋草萋以
> 綠。」……等句，皆千古言景敘事之祖。而深情遠意，隱見交
> 錯其中，且結構天然，絕無痕跡，非大冶熔鑄，何能至此？
> （同上）

> 《十九首》之妙，如天衣無縫。（王士禎《帶經堂詩話》卷四）

這些評論正可以與嚴羽的評論相印證，說明嚴羽對漢代五言詩的評論是正確的。

　　三國魏一代詩歌與漢代不同。魏代詩歌，首先是建安（196-219）時期的詩歌。建安，是漢獻帝劉協的年號。從歷史上來說，是屬於東漢末年。但是，由於這時政權已掌握在曹操手中，東漢王朝名存而實亡。所以文學史上一般多歸入魏代。建安時期是中國文學史上的新時期。這時思想比較自由解放，文學受到重視，文人的地位有了提高，由於文學批評的發展，表現出文學的自覺精神。當時作家都有戰亂生活的經歷，他們的詩篇直接繼承了漢樂府民歌的現實主義精神，都能反映動亂的社會現實，表現統一國家的願望和建功立業的壯志雄心，詩風慷慨悲涼，形成中國文學史所特有的「建安風骨」，對後世詩歌產生了深遠的影響。

　　與漢代詩歌相比，建安詩歌比較注重語言的修飾。沈約曾經評三曹說：「二祖陳王，咸蓄盛藻，甫乃以情緯文，以文被質。」[13]鍾嶸評曹植說：「骨氣奇高，詞采華茂。」[14]都指出了建安詩歌注重辭采的現

---

13 《宋書》〈謝靈運傳論〉。
14 《詩品》卷上。

象。黃節曾指出，曹植詩歌具有三個特點：

一、調　古詩不假思索，無意謀篇，子建則起調必工。

二、字　古詩不假鍛鍊，子建則用字精審。

三、聲　古詩雖亦有平仄雙聲疊韻，子建則平仄妥貼[15]。

　　其實，不僅曹植如此，建安詩歌大都如此，只是程度上有所不同而已。

　　在嚴羽之前，關於建安詩歌特點的論述，以劉勰最為深刻。他說：「自獻帝播遷，文學蓬轉，建安之末，區宇方輯。魏武以相王之尊，雅愛詩章；文帝以副君之重，妙善辭賦；陳思以公子之豪，下筆琳琅；並體貌英逸，故俊才雲蒸。仲宣委質於漢南，孔璋歸命於河北，偉長從宦於青土，公幹徇質於海隅，德璉綜其斐然之思，元瑜展其翩翩之樂，文蔚、休伯之儔，于叔、德祖之侶……觀其時文，雅好慷慨，良由世積亂離，風衰俗怨，並志深而筆長，故梗概而多氣也。」[16]又說：「暨建安之初，五言騰踴。文帝、陳思，縱轡以騁節；王、徐、應、劉，望路而爭驅，並憐風月，狎池苑，述恩榮，敘酣宴，慷慨以任氣，磊落以使才。造懷指事，不求纖密之巧；驅辭逐貌，唯取昭晰之能：此其所同也。」[17]這裡，劉勰所指出的建安詩歌特點，絕不是漢代詩歌所能具備的。

　　其次，要談到正始詩歌。正始（246-249）是魏廢帝曹芳的年號。這裡指的是魏末的詩壇。劉勰評正始詩歌說：「正始明道，詩雜仙心，何晏之徒，率多浮淺；惟嵇志清峻，阮旨遙深，故能標焉。」[18]又說：「正始餘風，篇體輕澹，而嵇（康）、阮（籍）、應（璩）、繆

15　蕭滌非：《讀詩三札記》〈讀曹子建詩札記〉。

16　《文心雕龍》〈時序〉。

17　《文心雕龍》〈明詩〉。

18　《文心雕龍》〈明詩〉。

（襲），並馳文路。」[19]嵇康和阮籍是正始時期的代表作家，劉勰指出他們的特點是：「嵇康師心以遣論，阮籍使氣以命詩。」[20]這些特點不同於漢詩，更是顯而易見的。

因此，嚴羽把漢魏詩混為一談，是不符合實際情況的。

（二）「氣象混沌」

嚴羽說：「漢魏古詩，氣象混沌，難以句摘。」[21]「建安之作，全在氣象，不可尋枝摘葉。」[22]

嚴羽喜與氣象論詩。除上述之外，他還說到：

> 唐人與本朝人詩，未論工拙，直是氣象不同。（〈詩評〉）
> 雖謝康樂擬鄴中諸子之詩，亦氣象不類。（〈詩評〉）

> 《西清詩話》載：晁文元家所藏陶詩，有〈問來使〉一篇……
> 予謂此篇誠佳，然其體制氣象，與淵明不類，得非太白逸詩，
> 後人謾取以入陶集爾。（〈考證〉）

> 「迎旦東風騎蹇驢」絕句，決非盛唐人氣象，只似白樂天言
> 語。（〈考證〉）

> 坡、谷諸公之詩，如米元章之字，雖筆力勁健，終有子路事夫
> 子時氣象。盛唐諸公之詩，如顏魯公書，既筆力雄壯，又氣象
> 深厚，其不同如此！（〈答吳景仙書〉）

19　《文心雕龍》〈時序〉。
20　《文心雕龍》〈才略〉。
21　《滄浪詩話》〈詩評〉。
22　《滄浪詩話》〈詩評〉。

以氣象論詩，確實能說明詩的一些特徵，問題是將漢魏詩歌混為一談，認為魏詩也「難以句摘」、「不可尋枝摘葉」，就值得商榷了。

漢魏詩之不同，已如上述。說漢詩「氣象混沌，難以句摘」也是正確的，說魏詩「難以句摘」是不完全符合事實的，因為魏詩固然強調風骨，卻也注重辭采，故間有佳句可摘。所以，胡應麟說：「嚴謂建安以前，氣象渾淪，難以句摘，此但可論漢古詩。若『高臺多悲風』、『明月照高樓』、『思君如流水』，皆建安語也。子建、子桓工語甚多，如『丹霞夾明月，華星出雲間』、『秋蘭被長坂，朱華冒綠池』之類，句法字法，稍稍透露。仲宣、公幹以下寂寥，自是其才不及，非以渾淪難摘也。」[23]又說：「漢人詩不可句摘者，章法渾成，句意聯屬，通篇高妙，無一蕪蔓，不著浮靡故耳。子桓兄弟努力前規，章法句意，頓自懸殊，平調頗多，麗語錯出。仲宣之淳，公幹之峭，似有可稱，然所得漢人氣象音節耳，精言妙解，求之邈如。嚴氏往往漢魏並稱，非篤論也。」[24]這種看法是有道理的。

（三）有「風骨」

嚴羽說「黃初之後，惟阮籍〈詠懷〉之作，極為高古，有建安風骨。」[25]又說：「顧況詩多在元白之上，稍有盛唐風骨處。」[26]

嚴羽認為阮籍〈詠懷詩〉「有建安風骨」，顧況詩「稍有盛唐風骨處」，可見「風骨」是他的文藝批評的一條標準。

風骨，作為古代文藝理論中風格的一個範疇，劉勰《文心雕龍》〈風骨〉篇論述最詳。他說：「是以怊悵述情，必始乎風；沈吟鋪辭，莫先乎骨。故辭之待骨，如體之樹骸；情之含風，猶形之包氣。

23　《詩藪》，〈內編〉卷2。
24　《詩藪》，〈內編〉卷2。
25　《滄浪詩話》〈詩評〉。
26　《滄浪詩話》〈詩評〉。

結言端直，則文骨成焉；意氣駿爽，則文風清焉。……故練於骨者，析辭必精；深乎風者，述情必顯。捶字堅而難移，結響凝而不滯，此風骨之力也。」對於劉勰的闡述，研究者的理解很不一致，我們認為，「風」指內容之充實、純正和感染力；「骨」指文辭之準確、精煉、遒勁和表現力。這二者是統一的，是劉勰對作品提出的最高的風格要求。他要求作品「風清骨峻」，即具有昂揚爽朗，剛勁有力的風格特色。[27]

劉勰繼承中國古代詩歌，特別是建安詩歌的優良傳統，倡導「風骨」論，在當時有反對形式主義文風的積極意義，對後世產生深遠的影響。嚴羽用「風骨」來讚揚阮籍和顧況的詩歌，正是說明他對詩歌的主張並不是一味的妙悟，還注重「風骨」之美。

嚴羽對漢魏詩，甚至晉詩都是推崇的，而對南朝詩卻頗有微詞。他說：「南朝人尚詞而病於理。」一語破的，道出了南朝詩歌的主要弊端。但是，嚴羽對南朝詩歌的評論，並不是什麼新見。前人常有論述，如劉勰說：「宋初文詠，體有因革，莊老告退，而山水方滋，儷采百字之偶，爭價一句之奇，情必極貌以寫物，辭必窮力而追新，此近世之所競也。」[28]這是說宋代文風講求辭采。李諤說：「……競騁文華，遂成風俗。江左齊、梁，其弊彌甚，貴賤賢愚，唯務吟詠。遂復遺理存異，尋虛逐微，競一韻之奇，爭一字之巧。連篇累牘，不出月露之形；積案盈箱，唯是風雲之狀。」[29]這裡雖然過甚其詞，卻也指出齊梁綺靡的文風。陳子昂也說：「嘗暇時觀齊、梁間詩，彩麗競繁，而興寄都絕，每以永嘆。」[30]這些都揭出南朝詩文「尚詞而病於理」的現象。嚴羽論斷的意義是在批評南朝詩歌時，對唐詩和漢魏詩

---

27 參看本書〈劉勰的風格論芻議〉。
28 《文心雕龍》〈明詩〉。
29 〈上隋高祖革文華書〉。
30 〈修竹篇序〉。

作了充分的肯定，顯示了嚴羽的文學批評的標準和他的審美趣味。

嚴羽論詩，標準「詩之法有五：曰體制，曰格力，曰氣象，曰興趣，曰音節。」[31]而往往強調「興趣」，不免偏狹，受到前人的指責。可是，他又說：「詩有詞理意興。」所論比較全面。他因為「詞理意興，無跡可求」，「氣象混沌」，有「風骨」，而推崇漢魏詩，雖然存在對漢魏詩歌特點辨別不清的毛病，但是，總的說來，是一種卓見。他因為「尚詞而病於理」，批評南朝詩，反映了他的美學觀點。嚴羽自稱：「辨白是非，定其宗旨，正當明目張膽而言，使其詞說沉著痛快，深切著明，顯然易見；所謂不直則道不見，雖得罪於世之君子，不辭也。」[32]嚴羽自道其對詩歌批評的態度，我們認為是真實的。

二

嚴羽對漢魏六朝作家、作品的評論，雖然往往只有三言兩語，但是，由於作者具有敏銳的鑑賞力，豐富的文學素養和詩歌創作的實踐經驗，字裡行間，不乏真知灼見。

嚴羽論及的漢魏六朝作家不多，只有數人。嚴羽在論述漢魏古詩「氣象混沌，難以句摘」之後，接著說：「晉以還方有佳句，如淵明『采菊東籬下，悠然見南山』，謝靈運『池塘生春草』之類。謝所以不及陶者，康樂之詩精工，淵明之詩質而自然耳。」[33]嚴羽說漢詩「難以句摘」是事實；說魏詩「難以句摘」，不確。因為魏詩有句可摘，但不多。晉以後的詩歌，佳句漸多，胡應麟曾把這些佳句彙集在一起：「太沖：『振衣千仞岡，濯足萬里流。』士衡：『和風飛清響，纖雲垂薄陰。』景陽：『朝霞迎白日，丹氣臨暘谷。』景純：『左挹浮

31　《滄浪詩話》〈詩辨〉。

32　〈答出繼叔臨安吳景仙書〉。

33　《滄浪詩話》〈詩評〉。

丘袖，右拍洪崖肩。』休文：『志士惜日短，愁人知夜長。』正長：
『朔風動秋草，邊馬有歸心。』顏遠：『富貴他人合，貧賤親戚
疏。』淵明：『采菊東籬下，悠然見南山。』『日暮天無雲，春風扇微
和。』康樂：『清暉能娛人，游子憺忘歸。』『池塘生春草，園柳變鳴
禽。』叔源：『景昃鳴禽集，水木湛清華。』延之：『鸞翮有時鎩，龍
性誰能馴？』玄暉：『金波麗鳷鵲，玉繩低建章。』『餘霞散成綺，澄
江靜如練。』吳興：『亭皋木葉下，隴首秋雲飛。』『太液滄波起，長
楊高樹枝。』文通：『日暮碧雲合，佳人殊未來。』梁武：『金風徂清
夜，明月懸洞房。』明遠：『繡薆結飛霞，璇題納行月。』『馬毛縮如
蝟，角弓不可張。』仲言：『枝橫卻月觀，花繞凌風臺。』『露滋寒塘
草，月映清淮流。』蕭愨：『芙蓉露下落，楊柳月中疏。』王籍：『蟬
噪林逾靜，鳥鳴山更幽。』休文：『標峰彩虹外，置嶺白雲間。』王
融：『高樹升夕煙，層樓滿初月。』」[34]胡應麟認為這些佳句「皆精言
秀調，獨步當時。六朝諸君子生平精力，罄於此矣。」[35]這些例證，
足以說明嚴羽的論斷是可以成立的。不過，說得準確一些，不是「方
有」，而是「漸多」。

　　嚴羽在晉以後許多佳句中只列舉了陶淵明和謝靈運的佳句，「采
菊」二句出自〈飲酒〉其五，寫詩人的隱居生活和悠然自得的心情。
境與意合，自然流出，王士禎評曰：「一片化機，天真自得，既無名
象，不落言詮。」[36]雖然說得玄虛，卻也有一定的道理。「池塘」二句
出自〈登池上樓〉，寫久病初癒的詩人對春天到來的感受，眼前的滿
園春色，使人感到生意盎然。葉夢得評曰：「此語之工，正在無所用
意，猝然與景相遇，借以成章，不假繩削，故非常情所能到。詩家妙
處，當須以此為根本。」[37]可見此詩妙處亦出於自然。

34　《詩藪》，〈內編〉卷2。
35　《詩藪》，〈內編〉卷2。
36　《古學千金譜》，《陶淵明詩文匯評》引。
37　《石林詩話》卷中。

　　嚴羽還論及陶謝詩之優劣。他認為謝不及陶。為什麼呢？因為謝詩「精工」，陶詩「質而自然」。應該指出，嚴羽說謝詩「精工」，絕不是就所引佳句而言，因佳句絕無「精工」痕跡，乃「如初發芙蓉，自然可愛」的詩句。「精工」的特點，就全部謝詩而言，頗為精當。如其代表作品〈登池上樓〉詩，幾乎全篇對仗。重辭采，講對仗，鋪陳雕琢，確實具有「精工」的特點。《文心雕龍》〈物色〉篇說：「自近代以來，文貴形似。窺情風景之上，鑽貌草木之中，吟詠所發，志唯深遠；體物為妙，功在密附。故巧言切狀，如印之印泥，不加雕削，而曲寫毫芥。故能瞻言而見貌，即字而知時也。」論述的就是謝靈運這類詩人的詩作。

　　關於陶謝詩歌優劣之評論，齊梁以來，時有所見。例：鍾嶸《詩品》，列謝靈運於上品，評曰：「……名章迥句，處處間起；麗典新聲，絡繹奔會。譬猶青松之拔灌木，白玉之映塵沙，未足貶其高潔也。」列陶淵明於中品，評曰：「文體省淨，殆無長語。篤意真古，辭興婉愜。每觀其文，想其人德，世嘆其質直。」梁昭明太子蕭統喜愛陶淵明詩文，撰寫《陶淵明傳》〈陶淵明集序〉，稱「其文章不群，辭彩精拔，跌宕昭彰，獨超眾類，抑揚爽朗，莫之與京。」[38]評價較高。然而《文選》僅收陶詩八首，文一篇。所收謝詩多達四十首。顯然，這也是一種評價。唐宋時人，對陶謝的評論漸多，往往陶謝並稱、並舉。如杜甫〈江上值水如海勢聊短述〉詩云：「安得思如陶謝手，令渠述作與同遊。」〈夜聽許十一誦詩〉云：「陶謝不枝梧，風騷共推激。」而蘇軾寫信與其弟蘇轍說：「吾於詩人無所甚好，獨好淵明之詩。淵明作詩不多，然其詩質而實綺，癯而實腴，自曹、劉、鮑、謝、李、杜諸人皆莫及也。」[39]黃庭堅也說：「謝康樂、庾義城之於詩，爐錘之功不遺力也。然陶彭澤之牆數仞，謝、庾未能窺者，何

38　〈陶淵明集序〉。

39　〔宋〕蘇轍：〈子瞻和陶淵明詩集引〉。

哉？蓋二子有意於俗人贊毀其工拙，淵明直寄焉耳？」[40]蘇、黃的評論可能對嚴羽產生直接的影響。

　　嚴羽認為謝不如陶，並不意味著貶抑謝，相反，他對謝是十分推崇的。他說：「謝靈運之詩，無一篇不佳。」[41]按謝詩，黃節《謝康樂詩注》收八十六首，逯欽立《先秦漢魏晉南北朝詩》所收約有百首。這些詩，除了如〈登池上樓〉〈游南亭〉〈石壁精舍還湖中作〉〈石門岩上宿〉〈七里瀨〉〈登江中孤嶼〉〈過始寧墅〉等模山範水詩作之外，佳作不多。即使是佳作，往往在不同程度上存在有句無篇，拖著一個玄言的尾巴和結構雷同的毛病。嚴羽說謝詩「無一篇不佳」，純係溢美之詞，是不切實際的。當然，我們並不是否認他的詩歌創作成就。他創作了大量的山水詩，在打破玄言詩的統治，推動山水詩的發展上是很有貢獻的。

　　嚴羽說：「顏不如鮑，鮑不如謝。文中子獨取顏，非也。」[42]謝靈運、顏延之和鮑照都是元嘉詩人。鍾嶸說：「元嘉中，有謝靈運才高詞盛，富艷難踪，固已含跨劉（琨）、郭（璞）、凌轢潘（岳）、左（思）。」[43]可見謝靈運在當時名聲最大，其次則為顏延之，所以他又說：「謝客為元嘉之雄，顏延年之為輔。」[44]至於鮑照，則「才秀人微」，「取湮當代」。對於顏、謝的詩，當時即有評論，湯惠休說：「謝詩如芙蓉出水，顏如錯采鏤金。」[45]《南史》〈顏延之傳〉云：「延之與謝靈運俱以辭采齊名，而遲速懸絕。延之嘗問鮑照，己與靈運優劣，照曰：『謝五言如初發芙蓉，自然可愛；君詩若鋪錦列繡，亦雕

40　《山谷題跋》卷 7。

41　〈詩評〉。

42　《滄浪詩話》〈詩評〉。

43　〈詩品序〉。

44　〈詩品序〉。

45　《詩品》卷中，「鮑照」條。

續滿眼。』」[46]湯、鮑的評論都在不同程度上說出他們詩歌的某些特色。但是，謝詩「如初發芙蓉，自然可愛」的，只是極少數作品，絕大多數詩作都是講究鋪陳雕琢的。鮑照詩，《南史》〈臨川王義慶傳〉說他：「文辭贍逸，嘗為古樂府，文甚遒麗。」《南齊書》〈文學傳論〉說他：「發唱驚挺，操調險急，雕藻淫艷，傾炫心魂；亦猶五色之有紅紫，八音之有鄭衛。」鮑詩確有鮮明的特色。嚴羽謂「顏不如鮑」，無疑是正確的。謂「鮑不如謝」就可以討論了。沈德潛說：「（鮑照）五言古亦在顏、謝之間。」[47]意思是說鮑照的五言古詩不如謝靈運。但是，鮑照詩歌創作的主要成就是在樂府詩。他的七言和雜言樂府，繼承了漢樂府民歌的優良傳統，抒寫自己胸中對門閥制度的憤懣和不平，淋漓豪邁，饒有風骨，兼富辭采，實在是謝靈運所不能企及的。因此，嚴羽謂「鮑不如謝」，在今天看來，顯然是不恰當的。至於說文中子王通讚賞顏延之主要是因為他有「君子之心」，從儒家思想出發加以肯定。嚴羽不同意文中子的看法，我們認為是正確的。

　　嚴羽說：「漢魏尚矣，不假悟也。謝靈運至盛唐諸公，透澈之悟也。」[48]嚴氏論詩提出「妙悟」說。在詩歌創作中，如何去「悟」？他說：「工夫須從上做下，不可從下做上。先須熟讀《楚辭》，朝夕諷詠以為之本；及讀《古詩十九首》，樂府四篇，李陵蘇武漢魏五言皆須熟讀，即以李杜二集枕藉觀之，如今人之治經，然後博取盛唐名家，醞釀胸中，久之自然悟入。」[49]原來是從學習古代優秀詩歌中去「悟」。把這些好詩讀熟了，就「自然悟入」。這樣說來，嚴氏所謂的悟，是指通過鑽研古代詩歌精華，了解前輩的創作經驗，進而掌握詩歌創作的規律。類似杜甫所說的「讀書破萬卷，下筆如有神」。「悟」

46　《詩品》卷中，「顏延之」條。
47　《古詩源》卷11。
48　《滄浪詩話》〈詩辨〉。
49　《滄浪詩話》〈詩辨〉。

既然如此，漢魏詩因為全在氣象，自然天成，所以「不假悟也」。而「謝靈運至盛唐諸公」，則是「透徹之悟」，即熟練地掌握了「體制」、「格力」、「氣象」、「興趣」、「音節」等「詩之法」，所以進入了詩歌創作的最高境界。說盛唐詩歌是「透徹之悟」，或許可以。謝靈運的詩，除了少數「自然可愛」者外，多堆砌詞藻，刻意求工之作，謂之「透徹之悟」，實在令人不解。嚴氏此說，可能出自皎然。皎然《詩式》云：「康樂公早歲能文，性穎神澈，及通內典，心地更精，故所作詩，發皆造極，得非空王之道助耶？」又云：「若遇高手如康樂公，覽而察之，但見情性不睹文字，蓋詣道之極也。」嚴氏以禪喻詩，僧人之詩論，極易接受，故而有此論。按皎然，原名謝清晝，乃謝靈運十世孫。稱述祖德，乃人情之常，嚴氏未能熟參謝詩，因襲舊說，遂成謬誤。

嚴羽在論述「建安之作，全在氣象，不可尋枝摘葉」之後指出：「靈運之詩，已是徹首尾成對句矣，是以不及建安也。」[50]建安詩歌氣象與謝靈運詩精工雕琢的風貌迥然不同。就氣象而言，謝詩顯然不如建安詩作。這是嚴氏在極力推崇謝詩的基礎上，指出其美中不足之處。

謝朓是齊代最著名的詩人。嚴羽說：「謝朓之詩，已有全篇似唐人者，當觀其集方知也。」[51]與嚴羽同時的詩人，「永嘉四靈」之一──趙師秀也說：「玄暉詩變有唐風。」胡應麟說：「六朝人句於唐人，調不同而語相似者：『餘霞散成綺，澄江靜如練』初唐也；『金波麗鳷鵲，玉繩低建章』，盛唐也；『天際識歸舟，雲中辨江樹』，中唐也；『魚戲新荷動，鳥散餘花落』，晚唐也。俱謝玄暉詩也。」[52]這是從一個側面證明謝朓詩「漸有唐風」。謝朓的這種特點與「永明體」

---

50 《滄浪詩話》〈詩評〉。

51 《滄浪詩話》〈詩評〉。

52 《詩藪》，〈外編〉卷2。

的形式有關。《南齊書》〈陸厥傳〉云：「永明末盛為文章，吳興沈約，陳郡謝朓、琅邪王融，以氣類相推轂；汝南周顒，善識聲韻。約等文皆用宮商，以平上去入為四聲，以此制韻，不可增減，世呼為永明體。」《梁書》〈庾肩吾傳〉云：「齊永明中，文士王融、謝朓、沈約，文章始用四聲，以為新變，至是轉拘聲韻，彌尚靡麗，復逾於往時。」沈約、謝朓、王融等人在新變詩體的創作上都付出過勞動，其中以謝朓的貢獻最為卓越，謝朓詩今存一百四十多首，「新體詩」約佔三分之一左右。王闓運《八代詩選》選錄謝朓「新體詩」共二十八首，謝朓的「新體詩」五言八句的如〈入朝曲〉〈離夜〉及〈奉和隋王殿下〉中的一些詩篇，已具備五言律詩的雛形。五言四句的小詩如〈同王主簿有所思〉〈玉階怨〉〈王孫游〉等，與唐人五絕的意境和藝術風格極為相似。這些詩都注重聲韻格律，對唐代律詩絕句的形成有很大的影響。無怪乎李白詩云：「解道澄江淨如練，令人長憶謝玄暉。」[53]杜甫詩云：「謝朓每篇堪諷誦。」[54]應該說，嚴羽關於謝朓詩「已有全篇似唐人者」的論斷是有根據的。

　　以上是嚴羽從語言風格、藝術優劣諸方面，以比較的方法論述了山水田園詩人陶淵明、謝靈運、謝朓等人。嚴羽還以「風骨」論詩，他說：「黃初之後，惟阮籍〈詠懷〉之作，極為高古，有建安風骨。晉人捨陶淵明阮嗣宗外，惟左太沖高出一時，陸士衡獨在諸公之下。」[55]前面已經讀到，「風骨」也是嚴羽論詩的一條標準。這裡是以「風骨」論阮籍、左思和陸機。

　　阮籍是「竹林七賢」之一，正始時期最有成就的詩人。《文心雕龍》〈明詩〉篇說：「阮旨遙深。」所謂「遙深」，是指〈詠懷〉詩的意旨深遠。鍾嶸《詩品》指出：「而〈詠懷〉之作，可以陶性靈，發

53　〈金陵城西樓月下吟〉。

54　〈寄岑嘉州〉。

55　《滄浪詩話》〈詩評〉。

幽思。言在耳目之內，情寄八荒之表。洋洋乎會於〈風〉〈雅〉，使人忘其鄙近，自致遠大，頗多感慨之詞。厥旨淵放，歸趣難求。」與劉勰所論完全一致。嚴羽把這種詩風目為「高古」。清人楊廷芝《二十四詩品淺解》對「高古」的解釋是：「高則俯視一切，古則抗懷千載。」頗能道出阮籍及〈詠懷〉詩的某些特點。司空圖《詩品》論「高古」云：「畸人乘真，手把芙蓉。泛波浩劫，窅然空蹤。月出東斗，好風相從，太華夜碧，人聞清鐘。虛佇神素，脫然畦封。黃唐在獨，落落玄宗。」這裡以優美的詩句，生動地描繪出一個清幽高曠的境界，對我們理解「高古」的藝術風格和阮籍的〈詠懷〉詩有一定的幫助。

　　阮籍〈詠懷〉詩風格高古，同時「有建安風骨」。我們知道，正始詩歌與建安詩歌顯然不同。正始詩人從現實激流中退居竹林，他們的詩篇充滿「憂生之嗟」和老莊思想。已不能像建安詩人那樣「慷慨以任氣，磊落以使才」地歌唱「建功立業」的壯志宏圖。但是，阮籍本是一個有雄心壯志的人，《晉書》〈阮籍傳〉說他「本有濟世志」，他登廣武山，感嘆「時無英雄，使豎子成名！」他登武牢山，望洛陽有感而賦〈豪傑詩〉。他生活在那個政治黑暗的年代，壯志難酬，他只能以隱晦曲折的形式對當時腐敗的統治和虛偽的禮教作無情的揭露和猛烈的抨擊，這種對黑暗現實不滿和反抗的精神，與「建安風骨」正是一脈相承的。嚴羽能敏銳地看出阮籍〈詠懷〉詩的「建安風骨」，說明他並不是「一味妙悟而已」。

　　左思，是太康時期最傑出的詩人。他的詩流傳下來的很少。現存的只有十四首。《文心雕龍》〈才略〉篇說他「盡銳於〈三都〉，拔萃於〈詠史〉。」〈詠史〉八首是他的代表作。嚴羽稱其「高出一時」，主要著眼於「風骨」。左思的〈詠史〉，實即詠懷，借古人古事抒發自己的懷抱。他無情地揭露了門閥制度的罪惡，尖銳地抨擊了門閥社會的腐朽和黑暗，表現了崇高的理想和品格，意氣豪邁，情調高亢，筆

力充沛，富於氣勢。鍾嶸《詩品》說他「文典以怨，頗為精切，得諷諭之致。」這大約就是鍾嶸所謂的「左思風力」。這種「左思風力」是對「建安風骨」的直接繼承，反映了太康詩歌的高度成就。

　　陸機，是太康詩壇最著名的詩人。嚴羽說他「獨在諸公之下」，也就是從「風骨」立論。陸機在當時聲名很高，《世說新語》〈文學〉注引〈文章傳〉說張華「見其文章，篇篇稱善」。鍾嶸《詩品》稱「陸機為太康之英」，列為「上品」，說他「才高詞贍，舉體華美」。但是，同時也指出他「氣少於公幹，文劣於仲宣」。[56]「氣」即「風骨」。這裡指出他的「風骨」不足。劉勰說太康詩歌「采縟於正始，力柔於建安」，[57]也指出太康詩歌辭采繁富，風力柔弱的缺點。當時的這種藝術特徵，在陸機的詩歌中表現得最為典型。這些大約就是嚴羽立論的根據。然而，對一個詩人的評論，由於所持的標準不一，或褒或貶，結論往往相差很遠。明人安磐《頤山詩話》說：「陸士衡之詩，鍾嶸謂『太康之英，安仁、景陽為輔』，與陳思、謝客並稱。嚴羽謂『士衡獨在諸公之下』，二者孰是？試參之：蓋士衡綺練精絕，學富而辭贍，才逸而體華，嶸之論亦是；若以風骨氣格言之，是誠在曹劉二張左阮之下。」此言亦頗有道理。但是，不論如何，「風骨」柔弱，終是一病。

　　此外，嚴羽還論到江淹、謝靈運、鮑照等人的「擬古」詩，蘇武詩的「重複」，《古詩十九首》的「疊字」，任昉詩的平仄押韻以及古人贈答詩等，限於篇幅，就不再一一論及了。

　　嚴羽論述漢魏六朝詩人和詩作，或論其語言風格，或較其藝術之優劣，或衡之「風骨」，並不「唯在興趣」、「一味妙悟」，常能從實際出發，別具「金剛眼睛」，故時有精闢的見解。雖一鱗半爪，不成系統，也頗值得我們珍視。

56　《詩品》卷上。

57　《文心雕龍》〈明詩〉。

三

　　嚴羽十分重視詩體的研究，他論詩法，以「體制」作為詩法的一項重要內容。《滄浪詩話》中撰有〈詩體〉專章。茲就〈詩體〉中涉及漢魏六朝者，稍加論列。

　　嚴羽論各體詩歌的起源說：「五言起於李陵蘇武（或云枚乘）。七言起於漢武〈柏梁〉。四言起於漢楚王傅韋孟。六言起於漢司農谷永。三言起於晉夏侯湛。九言起於高貴鄉公。」[58]以上諸說，皆本於《文章緣起》。今天看來，諸說多可商榷。現在談談五、七言詩的起源問題。

　　嚴羽關於「五言起於李陵蘇武（或云枚乘）」的論斷是不足信的，因為五言到東漢末年才成熟，班固的〈詠史〉詩尚且「質木無文」，在李陵蘇武生活的漢武帝時代，不可能出現這樣成熟的五言詩，更不用說枚乘了。但是，嚴羽的論斷也不是全無根據的。顏延之說：「逮李陵眾作，總雜不類，元是假托，非盡陵制。」[59]這是說，當時流傳的李陵詩，原是假托的，不都是李陵的作品。這是承認李陵有五言詩傳下來。劉勰說：「至成帝品錄，三百餘篇，朝章國采，亦云周備，而辭人遺翰，莫見五言，所以李陵班婕妤，見疑於後代也。」[60]這是對李陵五言詩持懷疑態度。鍾嶸說：「逮漢李陵，始著五言之目矣。古詩眇邈，人世難詳，推其文體，固是炎漢之制，非衰周之倡也。」[61]這是認為到李陵方有五言詩，但也不能肯定。奇怪的是唐代詩人提到蘇李詩，一般都是肯定的。如駱賓王說：「李都尉鴛鴦之

58　《滄浪詩話》〈詩體〉。

59　〈庭誥〉，《太平御覽》卷 586 引。

60　《文心雕龍》〈明詩〉。

61　〈詩品序〉。

詞，纏綿巧妙。」[62]杜甫詩云：「蘇武李陵是吾師。」[63]韓愈詩云：「五言出漢時，蘇李首更號。」[64]元稹說：「蘇子卿李少卿之徒，尤工為五言。」[65]白居易說：「五言始於蘇李。」[66]這大概是隨手拈來，無暇考證。宋代蘇軾認為「李陵蘇武贈別長安而詩有『江漢』之語」，可能是後人擬作。[67]洪邁說：「子觀李詩云：『獨有盈觴酒，與子結綢繆。』『盈』字正惠帝諱，漢法觸諱者有罪，不應陵敢用之。益知坡公之言為可信也。」[68]逐漸趨於否定。嚴羽在蘇軾、洪邁後加以肯定，雖是承襲舊說，未免疏於考證，失於鑒別。

　　嚴羽還認為五言詩可能起於枚乘。劉勰說：「古詩佳麗，或稱枚叔。其〈孤竹〉一篇，則傅毅之詞，比采而推，固兩漢之作乎？」[69]這裡語氣不肯定，但也不排斥這種可能性。徐陵《玉臺新詠》則把〈西北有高樓〉等九首定為枚乘的作品。李善云：「古詩蓋不知作者。或云枚乘，疑不能明也。詩云：『驅馬（車）上東門』。又云：『遊戲宛與洛』。此則辭兼東都，非盡是乘，明矣。」[70]「古詩」是不是枚乘所作，李善弄不清楚，因為「古詩」寫到東漢的事，所以李善認為不都是枚乘的作品，這些都可能是嚴羽立論的根據。按枚乘是西漢初年的辭賦家，在李陵蘇武之前，從五言詩的產生和發展的過程來看，他絕不可能寫出像《古詩十九首》那樣成熟的五言詩。鍾嶸說：「自王、揚、枚、馬之徒，詞賦競爽，而吟詠靡聞。」[71]清人錢大昕

62　〈和學士閨情啟〉。

63　〈解悶〉。

64　〈薦士〉。

65　〈杜工部墓誌銘〉。

66　〈與元九書〉。

67　〈答劉沔都曹書〉。

68　《容齋隨筆》卷14，〈李陵詩〉。

69　《文心雕龍》〈明詩〉。

70　《文選》卷29，〈古詩十九首〉注。

71　〈詩品序〉。

說：「枚叔在蘇、李之前，班史不言有五言詩，其為臆說，毋庸置辨矣。」[72]這些說法都是可信的。嚴羽注明「或云枚乘」，說明他在這個問題上並無把握，只是援用舊說。

嚴羽說：「七言起於漢武〈柏梁〉。」《文心雕龍》〈明詩〉篇說：「孝武愛文，柏梁列韻。」疑為嚴羽此說所本。由於〈柏梁臺詩〉的真偽問題，在嚴羽之前，尚無人涉及，因此嚴羽的說法原無可厚非。現在一般認為七言詩是從楚調演變而來，同時也受到歌謠的影響，論證比較可信。

嚴羽論「詩體」，一是論詩的樣式，一是論詩的風格。他論詩的樣式，竟從「古詩」、「近體」談到「四聲」、「八病」、「雙聲疊韻」，雜亂無章，實不足取，茲不具論。他對詩的風格的論述，有兩項內容：一是論詩歌的時代風格。他說：「以時而論，則有建安體、黃初體、正始體、太康體、元嘉體、永明體、齊梁體、南北朝體……」[73]所謂「建安體」，是指慷慨悲涼的風格。劉勰論建安詩歌說：「慷慨以任氣，磊落以使才」，「雅好慷慨」，「梗概而多氣」。[74]概括建安詩歌風格特點，頗為深刻。嚴羽還列舉了「黃初體」，原注云：「與建安相接。其體一也。」既然這一時期的詩歌風格與建安詩歌相同，為什麼又列一體？豈不是自相矛盾。「正始體」和「建安體」則迥然不同。劉勰說：「嵇志清峻，阮旨遙深。」[75]清峻、遙深正是正始詩歌的特點。鍾嶸認為太康是「文章之中興」時期，這時的著名詩人有張載、張協、張亢、陸機、陸雲、潘岳、潘尼、左思等人。劉勰說：「晉世群才，稍入輕綺。」[76]這「輕綺」是「太康體」的主要特點。他又

72　《十駕齋養新錄》卷16，〈七言在五言之前〉。

73　《滄浪詩話》〈詩體〉。

74　《文心雕龍》〈時序〉。

75　《文心雕龍》〈明詩〉。

76　《文心雕龍》〈明詩〉。

說：「采縟於正始，力柔於建安，或析文以為妙，或流靡以自妍。」[77]
這是對太康詩歌的特點所作的一些分析。元嘉體的詩歌，以顏延之、
謝靈運、鮑照為代表，在詩風上又有新的變化。這個變化表現在：一
是山水詩的興起，二是講究對偶、警策、精心刻畫，窮力追新。前者
以謝靈運為代表，後者則是元嘉詩人的共同傾向。「永明體」講究聲
病之說，為詩歌的發展帶來很大的變化，前面已經論及，這裡不再重
複。「齊梁體」，是指齊梁以來浮艷的詩風，與「永明體」不同。姚范
云：「稱永明體者以其拘於聲病也；稱齊梁體者，以綺艷及詠物之纖
麗也。」[78]辨析有理。至於說「南北朝體」，不知指的是什麼？原注
云：「通魏周而言之，與齊梁體一也。」若包括北魏、北齊、北周而
言，則南北詩歌各有特色，豈可混同。若謂與「齊梁體」相同，又何
必分為二體。分體如此，實自亂其例，疑嚴羽彙集舊說而未加深考也。

　　嚴羽論詩歌風格的另一內容是論詩人的風格。他說：「以人而
論，則有蘇李體、曹劉體、陶體、謝體、徐庾體……」[79]各個時代的
詩歌風格不同，各個詩人的風格也有很大的差異。劉勰說：「各師成
心，其異如面。」[80]指的就是這種情況。所謂「蘇李體」，指相傳為蘇
武李陵詩歌的風格。蘇、李，前人往往並提，他們詩歌的風格特點，
張玉谷《古詩賞析》認為「蘇較敷腴，李較清折。」其詩皆纖麗悽
婉，令人黯然神傷。曹植和劉楨都是建安詩人，鍾嶸認為「曹劉殆文
章之聖」[81]，皆列入「上品」。評曹植曰：「骨氣奇高，詞采華茂，情
兼雅怨，體被文質。」[82]評劉楨曰：「仗氣愛奇，動多振絕。真骨凌

77　《文心雕龍》〈明詩〉。

78　《援鶉堂筆記》卷 44。

79　《滄浪詩話》〈詩體〉。

80　《文心雕龍》〈體性〉。

81　〈詩品序〉。

82　《詩品》卷上。

霜，高風跨俗。」[83]故「曹劉體」，富於風骨，長於豪逸。金人元好問詩云：「曹劉坐嘯虎生風，四海無人角兩雄。可惜并州劉越石，不教橫槊建安中。」[84]曹劉既為「兩雄」，其豪壯之風可以想見。陶詩風格質樸自然，謝詩風格富艷精工，皆無須多說。至於「徐庾體」，是指南朝梁徐摛及其子陵、庾肩吾及其子信的詩風。《周書》〈庾信傳〉說：「父肩吾為梁太子中庶子，掌管記，東海徐摛為左衛率。摛子陵及信並為抄撰學士，父子在東宮，出入禁闥，恩禮莫與比隆，既有盛才，文並綺艷，故世號徐庾體焉。」這裡指出「徐庾體」的特點是「綺艷」。《隋書》〈文學傳序〉云：「其意淺而繁，其文匿而采，詞尚輕險，情多哀思。」這是對「綺艷」的詮釋。

　　總的說來，嚴羽關於詩歌風格的論述，只是羅列各體，不加闡述，毫無新見。較之他的前輩劉勰、鍾嶸、司空圖等人的風格論，皆差之遠甚。清人馮班說：「滄浪一生學問最得意處，是分諸體制。觀其〈詩體〉一篇，於諸家體制渾然不知。」[85]雖然未免過甚其詞，然而，〈詩體〉一章確實卑之無甚高論。

　　《滄浪詩話》的最後一章是〈考證〉。縱覽此章，我們深深感到嚴羽的考證工夫十分淺薄。如果不信，請看：

> 《古詩十九首》，非一人之詩也。〈行行重行行〉，《樂府》以為枚乘之作，則其他可知矣。

> 《古詩十九首》〈行行重行行〉，《玉臺》作兩首。自「越鳥巢南枝」以下，別為一首。當以《選》為正。

---

83 《詩品》卷上。
84 《論詩絕句三十首》。
85 《嚴氏糾謬》〈詩體〉。

《文選》〈飲馬長城窟〉古詞，無人名，《玉臺》以為蔡邕作。

這樣的「考證」，實在極為一般，前不如洪邁《容齋隨筆》，後與清人考證無法相比。比較值得我們注意，又與漢魏六朝有關者，有這樣一條：

〈木蘭詩〉最古，然「朔氣傳金柝，寒光照鐵衣」之類，已似太白，必非漢魏詩也。

嚴羽從「朔氣」二句的聲律對偶，斷定〈木蘭詩〉不是漢魏人的作品，是有見地的，說明他有較高的鑑賞能力。但是，正如郭紹虞所指出的：「若純從鑑賞法入手，則如瞎子摸象，難成定論。」[86]今天看來，〈木蘭詩〉肯定是北朝民歌，「朔氣」等句則可能經隋唐詩人潤色。嚴羽，作為一個詩人，他評論詩歌，時有新見，考證則非其所長。

嚴羽是一個詩人，著有《滄浪集》二卷。四庫館臣評其詩曰：「羽則專主於妙遠，故其所自為詩，獨任性靈，掃除美刺，清音獨遠，切響遂稀。五言如『一徑入松雪，數峰生暮寒』，七言如『空林木落長疑雨，別浦風多欲上潮』，『洞庭旅雁春歸盡，瓜步寒潮夜落遲』，皆志在天寶以前，而格實不能超大曆之上。」[87]嚴羽詩的成就雖然不高，但是，由於他有豐富的詩歌創作經驗，又有自己的詩歌理論體系，他評論詩歌往往能別具慧眼，一語破的。他對漢魏六朝詩的論述，就常有精湛的見解。嚴羽論詩的標準，不僅有「妙語」、「興趣」等，他還注意到「詞理意興」、「氣象」、「風骨」，比較全面。他評漢魏古詩說，「氣象混沌，難以句摘」，雖不完全精確，頗有可取之處。

---

86 郭紹虞：《滄浪詩話校釋》（北京市：人民文學出版社，1983 年），頁 218。

87 《四庫全書總目》《滄浪集》。

他論陶謝詩說：「謝所以不及陶者，康樂之詩精工，淵明之詩質而自然耳。」言簡意賅，能抓住特點。他論阮籍〈詠懷〉詩，謂「極為高古，有建安風骨。」論左思，謂其「高出一時」，論謝朓詩，謂「已有全篇似唐人者」，論斷都很正確。嚴羽指出：「少陵詩，憲章漢魏，而取材於六朝；至其自得之妙，則前所謂集大成者也。」[88]這裡說的是漢魏六朝詩對杜甫詩的影響，也是漢魏六朝詩對唐詩的影響。持之有故，令人信服。諸如此類，皆可供研究漢魏六朝文學者之參考，嚴羽《滄浪詩話》，歷來毀譽不一。《四庫全書總目》云：「明胡應麟比之達摩西來，獨闢禪宗。而馮班作《嚴氏糾謬》一卷，至詆為囈語。」皆非持平之論。現在，我們研究《滄浪詩話》，應該從中國古代詩歌創作和理論發展的實際情況出發，對其評論作出實事求是的分析，吸收其精華，剔除其糟粕，為今天的古典文學和文藝理論研究服務。

一九八五年七月

88　《滄浪詩話》〈詩評〉。

試論《玉臺新詠》

　　《玉臺新詠》是繼《詩經》《楚辭》以後最古的一部詩歌總集。由於它所選錄的詩篇，歷來多認為是「艷歌」，所以一直沒有得到應有的重視。在一九四九年後出版的兩部影響比較大的中國文學史中，中國社會科學院文學研究所編的《中國文學史》，只是在談到梁陳駢文時提及《玉臺新詠》〈序〉，捎帶了幾句。游國恩等編的《中國文學史》，在介紹《文選》時，順便介紹《玉臺新詠》，僅用了三行半的篇幅。因此，即使是大學文科學生對此書也不清楚。這個待遇是很不公平的。本文擬對《玉臺新詠》作比較全面的論述，力求做到實事求是，以消除人們對它的一些誤解。

一

　　關於《玉臺新詠》，唐劉肅有一段話值得我們注意，他說：「梁簡文帝為太子，好作艷詩，境內化之，浸以成俗，謂之宮體。晚年改作，追之不及，乃令徐陵撰《玉臺集》以大其體。」[1]

　　這一段話涉及三個問題：

　　首先，是《玉臺新詠》的編輯年代問題。據劉肅說，《玉臺新詠》當編於梁朝。這一點，在《玉臺新詠》中可以找到證明，書中稱梁簡文帝蕭綱為皇太子，稱梁元帝蕭繹為湘東王，說明此書是蕭綱為

1　《大唐新語》卷3。

太子，蕭繹為湘東王時編成的。此外，清人紀容舒《玉臺新詠考異》
還為我們提供兩條佐證：第一，他在卷四王元長〈古意〉下注云：
「王融獨書其字（元長），疑齊和帝名寶融，當時避諱而以字行，入
梁猶相沿未改。鍾嶸《詩品》曰『近任昉、王元長等詞不貴奇，竟須
新事。』又曰：『王元長創其首，謝朓、沈約揚其波。』是則齊梁之
間，融以字行之明證，即此一節，知此書確出梁代也。」第二，宋刻
本在卷七「皇太子聖制樂府三首」題下注明「簡文」二字，這是告訴
讀者這個皇太子是蕭綱，而不是昭明太子蕭統。紀容舒說：「昭明艷
詩傳於今者，除與簡文及庾肩吾互見四首之外，尚有〈相逢狹路間〉
〈三婦艷〉〈飲馬長城窟行〉〈長相思〉等樂府四首，〈詠同心蓮〉〈詠
彈箏人〉等詩二首。當時篇詠自必更多，更竟無一字登此集，蓋昭明
薨而簡文立，新故之間，意有所避，不欲於武帝、簡文之間更置一
人，故屏而弗錄耳。」這些分析都有一定的道理。看來《玉臺新詠》
編成於梁代是可以肯定的。編成於梁代什麼時候呢？據史書記載，
「中大通三年……四月，昭明太子薨，五月丙申，立晉安王（蕭綱）
為太子。」「太清三年……五月丙辰，帝（蕭衍）崩，辛巳，太子
（蕭綱）即皇帝位。」（《南史》〈梁本紀〉下）按中大通三年為西元
五三一年，太清三年為西元五四九年，即蕭綱做了十九年太子。太清
五年，即梁簡文帝大寶二年（551）十月，蕭綱卒，年四十九歲。由
此可知，蕭綱二十九歲至四十七歲為太子。劉肅說：「梁簡文帝為太
子，好作艷詩。」指的是早年；「晚年改作……乃令徐陵撰《玉臺
集》以大其體。」如果「晚年」指的是四十歲前後，則《玉臺新詠》
當編成於西元五四二年前後。有人認為「《玉臺新詠》的編成約在五
三一年前後」[2]。顯然是不準確的。因為西元五三一年前後，即蕭綱
二十九歲前後，請問二十九歲前後，怎能稱為「晚年」。

2　張滌華：〈歷代文學總集選介《玉臺新詠》〉，《安徽師大學報》1978 年第 3 期。

　　還有一點需要說清楚的，即《玉臺新詠》書中題為「陳尚書左僕射太子少傅東海徐陵孝穆撰」，是不是此書編成於南朝陳代呢？不是，因為徐陵卒於陳代，這是後人追加的。劉勰的《文心雕龍》撰成於南朝齊代，而書中卻題為「梁劉勰撰」，情況與此相同。至於書中梁武帝稱諡號，國號，邵陵王等書名，也都是後人追加的。

　　其次，是宮體詩問題。劉肅說：「梁簡文帝為太子，好作艷詩。」此說核之史乘，也是不準確的。據《南史》〈梁本紀〉下記載：「（蕭綱）雅好賦詩，其自序云：『七歲有詩癖，長而不倦。』然帝傷於輕靡，時號『宮體』。」蕭綱從小就喜愛寫作詩歌，他在二十九歲做太子之前寫作的詩歌，當然也包括艷詩。不過，真正形成「宮體」，則當在他做太子之後。又據《南史》的〈徐摛傳〉和〈庾肩吾傳〉，在蕭綱為晉安王時，徐摛為他的侍讀，庾肩吾為他的常侍，他們都是「高齋學士」。蕭綱為太子時，徐摛為太子家令，庾肩吾為東宮通事舍人。徐摛子陵，庾肩吾子信，皆為文德省學士。他們都是當時著名的宮體詩人。徐摛，《南史》〈徐摛傳〉說他「文體既別，春坊盡學之，『宮體』之號，自斯而始。」庾肩吾，唐杜確〈岑嘉州集序〉云：「梁簡文帝及庾肩吾之屬，始為輕浮綺麗之辭，名曰『宮體』，自後沿襲，務為妖艷。」至於徐陵、庾信，《北史》〈庾信傳〉說他們「並為抄撰學士。父子東宮，出入禁闥，恩禮莫與比隆，既文並綺艷，故世號『徐庾體』焉」。徐摛和庾肩吾都是蕭綱的前輩，徐陵和庾信與蕭綱的年齡相仿，他們和蕭綱都有不同程度的接觸，太子愛好，臣僚附和，他們一起創作宮體詩，形成了一種輕艷浮靡的詩風。這種詩風在當時的影響極大，以至造成「宮體所傳，且變朝野」[3]的局面。

　　宮體詩的形成，固然與蕭綱的提倡和群臣的創作有直接的關係，

3　《南史》〈梁簡文帝紀論〉。

但是，主要由當時的宮廷生活決定的。封建統治階級的宮廷生活是十分腐朽的。現在我們看到的梁代宮體詩，正是他們荒淫無恥的靡爛生活的寫照。

梁代帝王對文學都比較重視。《南史》〈文學傳序〉云：「自中原沸騰，五馬南度，綴文之士，無乏於時，降及梁朝，其流彌盛。蓋由時主儒雅，篤好文章，故才秀之士，煥乎俱集。於時武帝每所臨幸，輒命群臣賦詩，其文之善者賜以金帛。是以縉紳之士，咸知自勵。」這裡把梁代文學的盛行，歸於梁代君主的提倡，當然是片面的，但是，由此亦可窺見梁代文學的盛況。在這樣的氣氛之中，對於輕視文學的觀點必然會進行抨擊。蕭綱說：「不為壯夫，揚雄實小言破道；非謂君子，曹植亦小辯破言。論之刑科，罪在不赦。」[4]這裡猛烈地抨擊了揚雄和曹植輕視文學的思想，甚至認為他們「罪在不赦」，是夠嚴厲的了。在這樣的文學環境中，由於梁代君主的提倡，群臣的效法，確實促使宮體詩的滋生和繁殖。蕭綱還說什麼「立身之道與文章異：立身先須謹重，文章且須放蕩。」[5]這種理論對宮體的氾濫成災，起了推動作用。還應指出，宮體詩的興起是有它的歷史原因的。劉師培說：「宮體之名，雖始於梁，然側艷之詞，起源自昔。晉、宋樂府，如〈桃葉歌〉〈碧玉歌〉〈白紵歌〉〈白銅鞮歌〉，均以淫艷哀音，被於江左。迄於蕭齊，流風益盛。其以此體施於五言詩者，亦始晉、宋之間，後有鮑照，前則惠休。特至於梁代，其體尤昌。」[6]這個分析是符合實際情況的。

最後，談談「令徐陵撰《玉臺集》以大其體」問題。

《玉臺新詠》是蕭綱命徐陵編輯的。徐陵，字孝穆，是梁陳時代的著名作家，他是寫作宮體詩的能手。早年與父摛，與庾肩吾、庾信

4　〈答張纘謝示集書〉。

5　〈誡當陽公大心書〉。

6　《中國中古文學史》第五課〈宋齊梁陳文學概論〉。

父子出入梁太子蕭綱的東宮，寫作宮體詩，很受寵愛。其詩文綺絕，當時稱為「徐庾體」。入陳以後，被譽為「一代文宗」。史書說他的文章「輯裁巧密，多有新意」，頗能改變舊體。所著《徐孝穆集》原有三十卷，今存六卷。

劉肅所說的《玉臺集》，即《玉臺新詠》。按《隋書》〈經籍志〉著錄為《玉臺新詠》，因此《四庫全書總目》說《玉臺集》是簡稱。而唐林寶《元和姓纂》、宋嚴羽《滄浪詩話》、劉克莊《後村詩話》等書都稱為《玉臺集》，因此《玉臺集》很可能是《玉臺新詠》的別稱。

「以大其體」的意思是擴大艷詩的範圍。劉肅所謂「艷詩」，是指描寫男女愛情的香艷的詩，也就是宮體詩。徐陵編《玉臺新詠》，把「艷詩」的範圍無限擴大，將一些不是描寫男女愛情，只是表現婦女的生活和命運的詩歌也加以收錄，這樣給人造成一種假象，似乎「艷詩」也不是不可取的。在《玉臺新詠》〈序〉中，徐陵還吹噓他所收的詩歌「曾無忝於〈雅〉〈頌〉，亦靡濫於風人」。就其所收錄的優秀詩篇來說，並不是完全沒有道理的。但是仍難掩蓋那輕綺浮靡的內容。

《南史》〈梁本紀〉下載，梁簡文帝蕭綱在被侯景幽禁於永福省之後，「自序云：『有梁正士蘭陵蕭世贊，立身行道，始終如一，風雨如晦，雞鳴不已。弗欺暗室，豈況三光？數至於此，命也如何！』」據此，蕭綱「晚年改作，追之不及」是可能的。再驗之《玉臺新詠》，確是「以大其體」，因此，我們認為劉肅的說法比較合理。可是徐陵《玉臺新詠》〈序〉說編選《玉臺新詠》的目的是讓貴族婦女「永對玩於書幃，才循環於纖手」，即供她們消遣的，與劉肅說不同。因此有的論者對劉肅的說法產生了懷疑。其實，供貴族婦女消遣的目的和「以大其體」的具體做法並不矛盾，是完全可以統一起來的。

二

　　關於《玉臺新詠》的內容，前人有不同看法。嚴羽《滄浪詩話》
〈詩體〉則有「玉臺體」，自注云：「《玉臺集》乃徐陵所序，漢魏六
朝之詩皆有之。或者但謂纖艷者為『玉臺體』，其實則不然。」胡應
麟駁云：「此不熟本書之故。《玉臺》所集，於漢、魏、六朝無所銓
擇，凡言情者則錄之。自余登覽宴集，無復一首，通閱當自瞭然。」[7]
我們認為胡應麟的反駁是無力的，因為他違反了同一律。嚴羽講的是
「纖艷者」，即就作品的風格而言，而胡應麟講的是「言情者」，即就
作品的內容而言，所論的論題不同，怎麼能夠駁倒對方呢？當然，作
品的風格與作品的內容是有聯繫的，但是畢竟是不同的。從內容來
說，《玉臺新詠》主要是寫閨情的。所收的詩歌有相當數量是艷詩。
徐陵說：「撰為艷歌，凡為十卷。」[8]胡應麟說：「《玉臺》但輯閨房一
體，靡所事選。」[9]紀容舒說：「按此書之例，非詞關閨閫者不收。」[10]
都說出了此書在內容上的一個特點。但是，徐陵的概括是不準確的，
胡應麟和紀容舒的判斷也是片面的。因為《玉臺新詠》所收的詩歌，
有不少非「艷歌」，不是「但輯閨房一體」，更不是「非詞關閨閫者不
收」。還是選《六朝文絜》的許槤說得好，「是書所錄為梁以前詩凡五
言八卷，七言一卷，五言二韻一卷。雖皆綺麗之作，尚不失溫柔敦厚
之旨。未可概以淫艷斥之。或以為選錄多閨閣之詩，則是未睹本書，
而妄為擬議者矣。」[11]可謂力排眾議，道出了事實的真相。我們遍觀全
書，認為許槤所評雖不脫儒家思想的窠臼，但立論是比較符合實際的。

7　《詩藪》外編，卷2。

8　《玉臺新詠》〈序〉。

9　《詩藪》外編，卷2。

10　《玉臺新詠考異》卷9，沈約古詩題六首注。

11　《六朝文絜箋注》卷8，《玉臺新詠》〈序〉的評語。

　　《玉臺新詠》共十卷。據清人程琰說，宋本《玉臺新詠》收詩六百九十首，吳兆宜又「增宋刻不收者一百七十九首，共八百六十九首」[12]。宋本《玉臺新詠》今已失傳，我們能見到的只有明人趙均翻刻的南宋陳玉父本。這個本子收詩僅六百五十九首，是現存《玉臺新詠》的善本。我們評價《玉臺新詠》以此本為根據。如何評價《玉臺新詠》？魯迅先生論陶淵明的一段話對我們是有啟發的，他說：「被選家錄取了〈歸去來辭〉和〈桃花源記〉，被論客讚賞著『采菊東籬下，悠然見南山』的陶潛先生，在後人的心目中，實在飄逸得太久了，但在全集裡，他卻有時很摩登，『願在絲而為履，附素足以周旋，悲行止之有節，空委棄於床前』，竟想搖身一變，化為『啊呀呀，我的愛人呀』的鞋子，雖然後來自說因為『止於禮義』，未能進攻到底，但那些胡思亂想的自由，究竟是大膽的。就是詩，除論客所佩服的『悠然見南山』之外，也還有『精衛銜微木，將以填滄海，刑天舞干戚，猛志固常在』之類的『金剛怒目』式。在證明著他並非整天整夜的飄飄然。這『猛志固常在』和『悠然見南山』的是一個人，倘有取捨，即非全人，再加揚抑，更離真實。」[13]這裡評論的是一個作家，但是它的精神對我們評論一部書也是適用的。本著這種精神，我們對《玉臺新詠》這部著名的詩歌總集的內容逐卷地進行比較全面的分析和評價。

　　卷一收詩四十首。有古詩八首、古樂府詩六首，還有枚乘、辛延年、張衡、秦嘉、蔡邕、陳琳、徐幹、繁欽等人的詩歌和〈古詩為焦仲卿妻作〉。此卷所收皆漢代五言詩，幾乎都是優秀作品。例如，古詩八首中的〈上山采蘼蕪〉寫一個棄婦的哀怨，揭露了封建社會勞動婦女的悲慘遭遇，反映了她們被壓迫的卑賤地位。古樂府詩六首中的〈日山東南隅行〉生動地展現了封建官僚的荒淫無恥的面目，塑造了

12　《玉臺新詠箋注》卷十末之按語。
13　《且介亭雜文二集》〈題未定草（六）〉。

一個堅貞美麗的婦女形象。〈皚如山上雪〉寫一個女子對負心男子表示痛心的決絕，指責那男子只看重金錢，而不看重愛情。辛延年的〈羽林郎〉歌詠一個胡姬拒絕金吾子的調戲和引誘，表現了她的反抗強暴的精神和堅貞不屈的品格。托名班婕妤的〈怨詩〉，以扇比喻女子，反映了封建社會婦女的不幸命運。特別值得我們注意的是〈古詩為焦仲卿妻作〉，全詩三百五十多句，一千七百餘字，是我國古代罕見的長篇敘事詩。它敘述漢末廬江小吏焦仲卿和妻子劉蘭芝，因受封建禮教的壓迫致死的悲劇，揭露了封建禮教吃人的罪惡，歌頌了他們的反抗精神。這是漢代樂府民歌中的名作。這些詩篇都是人們所熟知的。

　　卷二收詩三十九首。有曹丕、曹植、阮籍、傅玄、張華、潘岳、左思等人的詩歌。所收都是魏和西晉的五言詩。其中曹植〈雜詩〉五首之一的「明月照高樓」寫閨怨，可能是作者寄託自己在政治上不得志的苦悶心情。〈美女篇〉以美女「盛年處房室，中夜起長嘆」，喻自己的懷才不遇。傅玄的〈豫章行〉〈苦相篇〉寫封建社會中重男輕女和她們結婚前後所受的痛苦，感人至深。張華〈情詩〉五首中的「遊目四野外」一首，寫丈夫在別後對妻子的懷念，語淺情真，耐人尋味。潘岳〈悼亡詩〉二首，寫詩人對亡妻的悼念之情，真摯動人。左思的〈嬌女詩〉寫詩人的兩個小女兒惠芳和紈素天真爛漫，真實傳神。這些都是中國文學史上的著名詩篇。清人齊次風云：「以上二卷，詞皆古意，即有為《文選》所不取，取之亦妙於存古。」[14]誠然。

　　卷三收詩三十九首，有陸機、陸雲、張協、陶潛、謝惠連等人的詩歌，所收為西晉至南朝宋代的五言詩。卷四收詩四十四首，有顏延之、鮑照、王融、謝朓等人的詩歌，所收為南朝宋代至齊代的五言詩。西晉初年以來，模擬古代作品的風氣盛行，因此，這兩卷收入了一些擬古之作，如陸機的〈擬古〉七首等就是這樣的作品。這類作品

14　《玉臺新詠箋注》卷二末之按語。

佳作極少，但仍不失古意。例如本書卷一收有枚乘〈雜詩〉九首，其中有「青青河畔草」一詩。此首擬作甚多，這兩卷收有陸機、劉鑠、鮑令暉等人的擬作。原作是寫一個思婦的心理活動，形象鮮明而生動，刻劃直率而自然。陸機、劉鑠、鮑令暉等人的擬作，因襲舊作，敷衍成章，常有堆砌板滯的毛病，缺乏鮮明的個性特點。即使是陸機的擬作，在當時頗負盛名，也不免如此。不過，這些擬作雖然表現同一內容，卻寫得比較含蓄。以華麗的外衣，隱藏放浪的內容，這種手法對宮體詩是有影響的。

這兩卷還收入了一些香艷的詩歌，如楊方的〈合歡詩〉五首的第一、二首，寫夫婦之間的感情纏綿悱惻。然其體猶近漢魏。至於丘巨源〈聽鄰妓〉、謝朓〈夜聽妓〉、施榮泰〈雜詩〉之類，已近宮體。所以齊次風說：「三、四卷是宮體間見。」甚有道理。

在這兩卷詩歌中值得我們注意的是張協的〈雜詩〉一首：

秋夜涼風起，清氣蕩暄濁。
蜻蛚吟階下，飛蛾拂明燭。
君子從遠役，佳人守煢燭。
離居幾何時，鑽燧忽改木。
房櫳無行跡，庭草萋以綠。
青苔依空牆，蜘蛛網四屋。
感物多所懷，沈憂結心曲。

這首詩寫涼秋之夜一個女子懷念遠行在外的丈夫。內容是寫閨情，但並不香艷。其語言錘鍊，描寫生動，饒有餘味。鍾嶸評張協詩云：「詞采葱蒨，音韻鏗鏘，使人味之，亹亹不倦。」[15]洵為的評。

---

15 《詩品》卷上。

卷五收詩六十九首，有江淹、沈約、柳惲、何遜等人的詩歌。卷六收詩六十首，有吳均、王僧儒、費昶等人的詩歌。這兩卷所收皆齊、梁之五言詩。齊、梁詩歌多講求聲律對偶，綺麗浮艷。蕭繹說：「吟詠風謠，流連哀思，謂之文。」，「至於文者，惟須綺縠紛披，宮徵靡曼，脣吻遒會，情靈搖蕩。」[16]這裡所謂「文」，當然包括詩歌。蕭繹不僅指出詩歌的抒情的特點，而且提出了具體要求，語言必須「綺縠紛披」，聲律必須「宮徵靡曼，脣吻遒會」，情調必須「情靈搖蕩」，這種理論在當時不只是個人的一種看法，而是形成了一種思潮，對文學的影響是巨大的。綺麗的語言、和諧的聲律與整齊的對偶給宮體詩腐朽的軀體披上了一件華美的外衣，造成了一些迷人的假象。

在宮體詩產生之前，就出現了不少艷詩。齊梁時代的著名詩人沈約就寫了一些艷詩，例如本書卷五所選的〈六憶詩〉四首、〈攜手曲〉、〈夜夜曲〉、〈擬三婦〉、〈夢見美人〉等都是屬於這類作品。他的〈六憶詩〉四首是寫詩人回憶情人「來時」「坐時」「食時」「眠時」的情態。宋劉克莊說：「如沈休文〈六憶〉之類，其褻慢有甚於《香奩》《花間》者。」[17]的確如此。

這兩卷香艷之作甚多，但是也有比較好的作品，例如江淹的〈古離別〉、柳惲的〈搗衣詩〉〈江南曲〉、吳均的〈贈杜容成〉等便是。〈江南曲〉云：

汀洲采白萍，日暖江南春。洞庭有歸客，瀟湘逢故人。
故人何不返，春花復應晚。不道新知樂，且言行路遠。

這是閨怨詩，寫一個女子想念她異鄉為客的丈夫。語言活潑，風格清麗，富有情趣。〈搗衣詩〉中的名句「亭皋木葉下，隴首秋雲飛」，為

16 《金樓子》〈立言〉。

17 《後村詩話》〈前集〉卷1。

王融所嘆賞，他把這兩句詩寫在書齋壁上和白團扇上，可見他是何等喜愛！這兩句詩寫景如繪，在當時確實不可多得。

　　卷七收詩七十首，有梁武帝蕭衍、皇太子蕭綱、邵陵王蕭綸、湘東王蕭繹、武陵王蕭紀的詩。這卷所收皆梁代帝王的五言詩。卷八收詩五十六首，有蕭子顯、劉孝綽、庾肩吾、庾信、徐陵（庾信應屬北周，徐陵應屬陳代，但他們早期文學活動都在梁代）等人的五言詩。這卷所收皆梁代臣子之詩。程琰說：「五、六卷是宮體漸成，七卷是君倡宮體於上，諸王同聲，此（八）卷是臣仿宮體於下，婦人同調。轉盼之間，〈玉樹後庭花〉竟歌，而〈哀江南〉之賦又作矣。」[18]這種分析是對的。這兩卷所收基本上是宮體詩。

　　所謂宮體詩是南朝梁代宮廷中產生的艷情詩。它的作者以梁簡文帝蕭綱為首。這種詩風一直延續到陳、隋及唐初。所以聞一多說：「宮體詩就是宮廷的，或以宮廷為中心的艷情詩……嚴格的講，宮體詩又當指以梁簡文帝為太子時的東宮及陳後主、隋煬帝、唐太宗等幾個宮廷為中心的艷情詩。」[19]又說：「這專以在昏淫的沈迷中作踐文字為務的宮體詩，本是衰老的、貧血的南朝宮廷生活的產物。」[20]聞先生的論斷是正確的。宮體詩的內容大都是女性，有的寫她們晨妝、夜思、觀畫的心情，有的寫她們睡眠的姿態，有的寫她們所用的物品，如衣領、繡鞋、枕席、衾帳、寶鏡、金釵等，有濃厚的色情成分。在宮體詩的作者中，梁簡文帝蕭綱是有代表性的，本書收入他的詩，卷七有五言古詩四十三首，卷九有七言詩十二首（按：原目錄為十六首，誤），卷十有五言二韻小詩二十一首，合計七十六首。入選詩之多，數他第一。他的詩作如〈倡婦怨情〉、〈和徐錄事見內人作臥具〉、〈戲贈麗人〉、〈和湘東王名士悅傾城〉、〈美人晨妝〉、〈美人觀

18　《玉臺新詠箋注》卷八末按語

19　〈宮體詩的自贖〉。

20　〈宮體詩的自贖〉。

畫〉等，都是典型的宮體詩，蕭衍、蕭綸、蕭繹、蕭紀都有類似的作品，它們反映了當時統治階級荒淫的生活和色情的心理。他們的詩以華美雕琢的形式掩蓋淫靡、放蕩的內容，實在是詩歌的墮落。《隋書》〈文學傳序〉云：「梁自大同以後，雅道淪缺，漸乖典則，爭馳新巧。簡文、湘東，啟其淫放；徐陵、庾信，分路揚鑣，其意淺而繁，其文匿而彩，詞尚輕險，情多哀思。格以延陵之聽，蓋亦亡國之音乎！」這裡論述梁代文學的傾向，指斥宮體詩為「亡國之音」，頗為深刻。

　　卷九收詩八十九首[21]，所收是從漢至南朝梁代的七言詩[22]。雖有少量宮體，但頗多佳作，如歌辭〈東飛伯勞西飛燕〉、〈河中之水向東流〉、張衡〈四愁詩〉、曹丕〈燕歌行〉、鮑照〈行路難〉等，都是中國文學史上優秀的作品。張衡〈四愁詩〉，看似情詩，實際上用的是「香草美人」的比興手法，抒發自己的政治懷抱，表現了詩人對國事的關心和憂慮。《文選》收入此詩，詩前有小序一則，其中說到：「時天下漸弊，鬱鬱不得志，為〈四愁詩〉。屈原以美人為君子，以珍寶為仁義，以水深雪霧為小人，思以道術相報，貽於時君，而懼讒邪不得以通。」頗能道出此詩的主旨。這是中國文學史上最早的一首七言詩。曹丕〈燕歌行〉（其一）寫一女子思念遠方做客的丈夫，情致委婉，聲韻美妙，是中國文學史上第一首完整的七言詩，在七言詩的形成上有重大貢獻。鮑照〈行路難〉[23]，原作十八首，是鮑照的代表作。它寫人世間的種種憂患，表現了詩人憤懣不平的感情。詩歌所表達的感情十分奔放，風格也很瑰麗，蕭子昱稱其「發唱驚挺，操調險急，雕藻淫艷，傾炫心魂。」[24]正是點出了這類詩歌的藝術特徵。它

---

21 按：原目錄為九十首，誤。

22 內有四言詩一首，六言詩二首。

23 一作〈擬行路難〉。

24 《南齊書》〈文學傳論〉。

對七言歌行的發展有明顯的影響。本書選入四首，其中三首與婦女有
關：〈中庭五株桃〉寫陽春季節，一個獨居的女子懷念她外出的丈夫。
〈剉蘖染黃絲〉寫一個年老色衰的棄婦的傾訴：「今日見我顏色衰，
意中錯漠[25]與先異。還君玉釵珥瑁簪，不忍見之益悲思。」表現了一
個棄婦的悲哀，淒楚動人。〈璇閨玉墀上椒閣〉寫一個富家女子「寧
作野中雙飛鳧，不願雲間別翅鶴」，追求自由的愛情生活。唯獨〈奉
君金卮之酒盌〉一首與婦女無關。它寫時光易逝，希望排遣憂愁，及
時行樂。這種詩所以能入選，大約與「紅顏零落」之類字眼有關。

　　徐陵把從漢至南朝梁代的七言詩歸入一卷，並按歷史順序排列，
使我們可以看到七言詩發展的一些軌跡。

　　卷十收詩一百五十三首。所收都是從漢至南朝梁代的五言二韻的
小詩，即古絕句。七言二韻的小詩，上卷已經見到，但為數不多。而
五言二韻的小詩，數量甚多。這種小詩是有一個發展過程的。魏晉時
代，作品少而且質量不高。南朝宋代，謝靈運、鮑照等人都有這類作
品，但是數量仍然很少，只是在藝術技巧上較前略有進步。到了齊梁
時代，由於受到南朝民歌和沈約等人聲律說的影響，五言二韻的小詩
有了很大的發展。以本書而言，卷九所收齊梁小詩竟達一百十一首之
多，佔全卷三分之二以上。其中有不少作品在藝術上是相當成熟的，
例如謝朓的一些小詩：

　　　夕殿下珠簾，流螢飛復息。長夜縫羅衣，思君此何極！

　　　　　　　　　　　　　　　　　　　　　　　——〈玉階怨〉

　　　綠草蔓如絲，雜樹紅英發。無論君不歸，君歸芳已歇。

　　　　　　　　　　　　　　　　　　　　　　　——〈王孫遊〉

---

25 一作「索寞」。

> 佳期期未歸，望望下鳴機。徘徊東陌上，月出行人稀。
>
> ——〈同王主簿有所思〉

〈玉階怨〉寫宮女夜縫羅衣，思念親人，充滿了哀怨的感情。〈王孫游〉開頭兩句寫綠草如絲、雜樹生花的大好春光。正是在這樣洋溢著生機的春天裡，一個女子思念她遠行未歸的丈夫，有「恐美人之遲暮」的思想。〈同王主簿有所思〉寫丈夫耽誤歸期，使這個女子再也不能安心紡織了。她在靜靜的月夜裡，徘徊路上，焦急地盼望親人的歸來。可是，夜深了，行人漸漸稀少了，仍不見伊人的身影。這三首小詩同是抒寫女子思念親人的感情，而寫法不同。它們詞句精煉，技巧嫻熟，表現細緻，風格清新秀逸，頗有唐人絕句的風味，嚴羽說：「謝脁之詩，已有全篇似唐人者。」[26]甚有道理。

本卷收蕭衍小詩二十七首，蕭綱小詩二十一首，入選作品最多。雖然這些詩歌在藝術上也有某些可取之處，但是皆「傷於輕靡」，價值不高。

從這卷可以窺見古絕句的發展概況。後來唐人絕句的鼎盛，正是這種發展的必然趨勢。

縱觀全書，我們認為這部詩歌總集雖然收入了不少輕艷柔靡的宮體詩，而歷代許多歌詠婦女的優秀詩篇亦賴以流傳，這是他的價值所在。范文瀾說：「……許多詩篇賴《玉臺新詠》得以保存，成為大觀，從這裡可以了解封建社會婦女的生活狀況和士人對婦女的各種態度。」「(《玉臺新詠》)由於有了〈苦相篇〉一類的詩，雖然不多，這部詩集也就值得流傳了。」[27]這個評價是比較公允的。

26　《滄浪詩話》〈詩評〉。

27　《中國通史簡編》(修訂本) 第 2 編，頁 423。

三

　　《玉臺新詠》這部詩歌總集，還要幾點是值得我們注意的：

　　一、在中國文學史上，漢魏六朝的總集、別集流傳下來的很少，許多詩歌都失傳了。《玉臺新詠》是《詩經》《楚辭》以後最古的一部詩歌總集，它為我們保存了大量的詩歌資料。例如，本書選錄了較多的樂府詩，這對保存梁代以前的樂府詩起了一定作用，像〈古詩為焦仲卿妻作〉這樣的名篇，正是由於本書選錄才保存下來的。另外，曹植的〈棄婦詩〉、庾信的〈七夕〉，其本集皆失載，也因被選入本書而免於失傳，這是十分可貴的。以《玉臺新詠》和略早的《文選》相比較，《文選》這部詩文總集，它詩文兼收，因此所收的詩歌數量較少。《玉臺新詠》專收詩歌，選錄詩歌達六百八十九首之多，如果以吳兆宜的《玉臺新詠箋注》來統計，則有八百六十九首之多。這樣，《玉臺新詠》在保存古代詩歌資料方面就更值得我們重視了。

　　二、由於《玉臺新詠》成書在梁代，當時編者能夠見到的古書，後來有許多已經散失了，所以，我們今天可以用它來校訂其他古籍。如蘇伯玉〈盤中詩〉，馮惟訥的《古詩紀》定為漢詩，本書列在晉代。又如古詩〈西北有高樓〉等九首，《文選》無作者姓名，本書認為出自枚乘。〈飲馬長城窟行〉，《文選》亦無作者姓名，本書歸於蔡邕。諸如此類，皆可作為我們考證一些詩歌的年代和作者的參考。

　　三、《玉臺新詠》專選古代歌詠婦女的詩篇，這種選本在當時是沒有前例的，是為專題選本的濫觴。又《文選》不選錄生存者的作品，而《玉臺新詠》五、六、七、八，四卷所選都是當時文士的詩歌，這種做法不同一般，也是比較大膽的。還有，《詩經》的詩篇按風、雅、頌分類，《文選》所選錄的詩文按體裁分類，而本書所收的詩歌，除九、十兩卷分別收入七言詩和五言二韻的小詩之外，其他各

卷皆按時代順序排列，而九、十兩卷卷內作品仍然按時代順序排列，不同於過去的總集。這是《玉臺新詠》的一些新的特點。

四、本書所收齊梁時代的一些宮體詩和「新體詩」（指齊梁時代講求聲律的詩歌），在聲律、對偶、用典等方面已經相當成熟，這些對唐詩的發展有直接的影響。另外，本書卷九主要是選錄七言詩，卷十全部是五言二韻的古絕句，這對後世的七言詩創作和絕句的發展都會產生一定的影響。同時，為我們研究漢魏六朝的七言詩和古絕句也都提供了一些方便。

總之，《玉臺新詠》對我們研究漢魏六朝詩歌是頗有參考價值的。

最後，應該指出，《玉臺新詠》收入的梁代的宮體詩雖然只是一部分，而其影響較大。例如在南朝陳代，宮體詩較梁尤盛。《陳書》〈音樂志下〉云：「（陳）後主嗣位，耽荒於酒，視朝之外，多在宴筵，尤重聲樂，遣宮女習北方簫鼓，謂之『代北』，酒酣則奏之；又於清樂中造〈黃鸝留〉及〈玉樹後庭花〉〈金釵兩邊垂〉等曲，則幸臣等制其歌辭，艷麗相高，極於輕薄，男女唱和，其音甚哀。」《南史》〈張貴妃傳〉云：「後主……以宮人有文學者袁大捨為女學士，後主每引賓客對貴妃等，遊宴則使諸貴人及女學士與狎客共賦新詩，互相贈答，采其尤艷麗者以為曲調，被以新聲，選宮女有容色者以千百數，令習而歌之，分部迭進，持以相樂，其曲有〈玉樹後庭花〉〈臨春樂〉等。」《陳書》〈江總傳〉云：「（江總）好學能屬文，於五言七言尤善，然傷於浮艷，故為後主所愛幸。多有側篇，好事者相傳諷玩，於今不絕。後主之世，總當權宰，不持政務，但日與後主遊宴後庭，共陳暄、孔范、王瑳等十餘人，當時謂之狎客。」這種荒淫無恥的生活，使宮體詩有了進一步的發展。

到隋代，「（隋）煬帝矜奢，頗玩淫曲。」宮體詩繼續泛濫。直到唐初，宮體詩風仍瀰漫詩壇。上官儀、沈佺期、宋之問等都是寫宮體詩的能手。雄才大略的君主如唐太宗李世民也愛作宮體詩，據《唐詩

紀事》（卷一）記載：「帝嘗作宮體詩，使虞世南賡和，世南曰：『聖作誠工，然體非雅正。上有所好，下必有甚焉。臣恐此詩一傳，天下風靡，不敢奉召。』」亦可見當時的風氣之盛。直到陳子昂高舉「漢魏風骨」的旗幟，倡導文學革新，詩風才為之一變。

　　陳、隋及唐初的宮體詩盛行，固然是當時的君主臣僚的腐朽墮落的生活決定的，但是，《玉臺新詠》的流傳，也起了推波助瀾的作用。當然，我們應該看到《玉臺新詠》收入了不少優秀詩篇，比較廣泛地反映了封建社會各階層婦女的生活和命運，在今天仍然有一定的認識意義。可是對於它的不良影響也是不應忽視的。記得盧那察爾斯基曾經指出：「（我們）不能不用批判態度仔細研究過去時代留給我們的遺產，因為那些時代幾乎從來沒有給過什麼可以為我們全盤接受的東西。過去文化的產物中除了瑰寶之外，還包含著許多我們應該予以拋棄和剔除的形形色色的糟粕。我們現在對歌德就是這樣做的。」[28]對歌德如此，對《玉臺新詠》就更應如此了。這是我們對待文學遺產應持的態度。

一九八四年九月

28　〈歌德和他的時代〉。

徐陵論

　　徐陵是六朝駢文大家，今存駢文八十篇，詩歌四十首。[1]他的駢文與庾信齊名，是後世駢文的典範。他的詩歌數量不多，但仍取得較高的成就。令人詫異的是，這樣一個著名作家，竟為文學史研究者所忽略。有的文學史僅用三兩行文字稍作評介，有的文學史則乾脆不加論列。這是很不公平的，本文擬對徐陵作比較全面的論述，不當之處，還望方家和讀者批評指正。

　　首先介紹徐陵的生平與著作。

　　徐陵，字孝穆，東海郯（今山東郯城西北）人。其父徐摛是梁代文學家，《梁書》〈徐摛傳〉說他「遍覽經史，屬文好為新變，不拘舊體」。這一點對徐陵頗有影響。《陳書》〈徐陵傳〉載陵「八歲能屬文，十二通《莊》、《老》義。」梁武帝普通二年（521），徐陵十五歲，與其父摛同參蕭綱幕府。中大通三年（531），太子蕭統去世，蕭綱立為皇太子，徐陵與庾信同為東宮學士，徐摛為太子家令。中大通四年（532），徐陵出為上虞令，為御史中丞劉孝儀彈劾而免官。大約次年，任南平王蕭偉府引參軍，遷通直散騎侍郎。大同三年（537），任鎮西湘東王蕭繹記室參軍。太清二年（548）五月，兼通直散騎常侍，與建康令謝挺出使東魏，被拘留在北方。八月，侯景舉兵反。太清三年三月，侯景攻陷臺城。五月，梁武帝蕭衍卒，侯景立蕭綱為帝，是為梁簡文帝。此時北齊與湘東王蕭繹互通使節，徐陵屢次請求

1　此據四部備要本《徐孝穆集》。嚴可均《全陳文》輯錄其駢文八十一篇，逯欽立《先秦漢魏晉南北朝詩》輯錄其詩四十二首。

返梁復命，僕射楊遵彥不予答覆。大寶二年（551）八月，侯景廢簡文帝，不久殺之。陵父徐摛卒。十一月，侯景簒位稱帝。承聖元年（552）三月，王僧辯等平定侯景之亂。十一月，蕭繹即位，是為梁元帝。承聖三年（554）十一月，西魏攻破江陵，殺梁元帝蕭繹。紹泰元年（555）五月，徐陵隨貞陽侯蕭淵明還梁。蕭淵明即位，徐陵任尚書吏部郎，掌管詔誥。九月，陳霸先襲殺王僧辯，黜蕭淵明，立蕭方智為帝，是為梁敬帝。太平元年（556），徐陵再次使齊，返回後任給事黃門侍郎、秘書監。陳永定元年（557），陳霸先受禪於梁。入陳後，徐陵歷任散騎常侍、吏部尚書、太府卿、御史中丞、領大著作、五兵尚書、尚書右僕射、侍中、國子祭酒、太子詹事、右光祿大夫、安右將軍、丹陽尹、中書監、左光祿大夫、太子太傅、南徐州大中正等，封建昌縣開國侯。陳至德元年（583）十月，徐陵卒，享年七十七歲。《陳書》本傳評徐陵云：「陵器局深遠，容止可觀，性又清簡，無所營樹，祿俸與親族共之。……少而崇信釋教，經論多所精解。……其文頗變舊體，緝裁巧密，多有新意。」對徐陵其人、其事、其文都作了比較客觀的評價，應是符合實際情況的。

　　徐陵的著作，《陳書》本傳謂其詩文，「後逢喪亂，多散失，存著三十卷。」《隋書》〈經籍志〉著錄「《陳尚書左僕射徐陵集》三十卷。」《舊唐書》〈經籍志〉、《新唐書》〈藝文志〉著錄皆為三十卷。宋《崇文總目》卷五著錄《徐陵文集》二卷。《遂初堂書目》著錄《徐陵集》無卷數。《郡齋讀書志》、《直齋書錄解題》均未著錄。鄭樵《通志略》〈藝文略〉著錄《尚書左僕射徐陵集》三十卷。當係抄錄新、舊《唐書》卷數，不可憑信。《宋史》〈藝文志〉著錄《徐陵詩》一卷，可見《徐陵集》宋時已散失。明代輯本有數種，常見的有《徐孝穆集》十卷，明屠隆合刻評點本。今有四部叢刊影印本。又有《徐孝穆集》一卷，明張溥《漢魏六朝百三家集》本，今有江蘇廣陵右籍刻印社影印本。清代有《徐孝穆集》六卷，附備考一卷。清吳兆

宜箋注，清徐文炳撰備考，有原刻本，四庫全書本、四部備要本等。
關於吳兆宜箋注之《徐孝穆集》，《四庫提要》指出：「陵集本三十
卷，久佚不存。此本乃後人從《藝文類聚》、《文苑英華》諸書內采撈
而成。……兆宜所箋……主於掇拾字句，不甚考訂史傳也。然箋釋詞
藻，亦頗足備稽考。」所論極是。

其次，考察徐陵的詩文創作。

劉師培論陳代文學說：「斯時文士，首推徐陵。」[2]這是因為徐陵
和庾信一樣，駢文取得很高的成就。六朝駢文是中國駢文史上的高
峰，而徐陵和庾信，則是六朝駢文的集大成者。

徐陵的詩歌成就不如庾信，但在當時也是很有名的。清代陳祚明
的《采菽堂古詩選》選評其詩達二十三首，評曰：「徐孝穆詩，其佳
者如五陵年少走馬花間，縱送自如，回身流盼，都復可人。」[3]可見
陳氏對徐陵的詩歌是比較重視的。

根據徐陵一生經歷及其詩文的主要內容，我們將他的詩文創作分
為三個時期。

第一個時期，從梁武帝天監六年（507）至太清二年（548），即
徐陵四十二歲之前。徐陵自十五歲入蕭綱幕府，二十五歲與庾信同為
東宮學士，主要是在蕭綱身邊過著比較平靜的文士生活。此時的駢文
有〈鴛鴦賦〉、《玉臺新詠》〈序〉等。〈鴛鴦賦〉見《藝文類聚》卷九
十二「鴛鴦」條。此條內有梁簡文帝、梁元帝、周庾信和陳徐陵的
〈鴛鴦賦〉各一篇。此賦乃是蕭綱為太子時諸人與他的唱和之作。
《藝文類聚》稱梁簡文帝、梁元帝、周庾信、陳徐陵，皆後人追題。
按寫作此題小賦時，實際上蕭綱為太子、蕭繹為湘東王，而庾信、徐
陵應在蕭綱身邊。

徐陵的〈鴛鴦賦〉是一篇優秀的詠物小賦。此賦前半篇連用數典

2　《中國中古文學史》〈宋齊梁陳文學概略〉。

3　《采菽堂古詩選》卷 29。

寫人不能成雙；後半篇寫鴛鴦比翼：「觀其唼喋浮沉，輕軀瀺灂，拂
荇戲而波散，排荷翻而水落。」這是寫鴛鴦自由自在的生活，遠勝於
人，頗有情趣。這是一篇詩化的小賦。黃庭堅有〈睡鴨〉詩云：「山雞
照影空自愛，孤鸞舞影不作雙。天下真成長會合，兩鳧相倚睡秋江。」
化用徐陵〈鴛鴦賦〉中「山雞映水那相得，孤鸞照鏡不成雙。天下真
成長合會，無勝比翼兩鴛鴦。」四句，於此可見此賦詩化之程度。

　　《玉臺新詠》〈序〉是著名的駢文。《玉臺新詠》是徐陵編選的一
部詩歌總集。唐劉肅云：「梁簡文帝為太子，好作艷詩，境內化之，
淨以成俗，謂之宮體。晚年改作，追之不及，乃令徐陵撰《玉臺集》
以大其體。」[4]這是說，《玉臺新詠》是蕭綱晚年令徐陵編選的。此書
編於梁代是可以肯定的，但具體編於何時有不同說法。劉肅說是在蕭
綱「晚年」。按蕭綱生於天監二年（503），卒於大寶二年（551），晚
年當指四十歲以後。而徐陵於太清二年（548）出使東魏，七年以後
才回來。如劉肅說可信的話，則《玉臺新詠》當編選於大同八年
（542）前後。日本學者興膳宏教授認為，此書編成於梁簡文帝蕭綱
為太子時的大通六年（534）[5]。不論編於大同八年前後，還是編於大
通六年，皆編於蕭綱為太子時，當然《玉臺新詠》〈序〉也是寫於此
時。這篇序和一般的序文寫法不同。一般序文說的多是著書緣由、體
例等，而這篇序卻是描寫後宮麗人的居室、體貌、歌舞、才情之美。
〈序〉云：「無怡神於暇景，唯屬意於新詩。庶得代彼皋蘇，蠲茲愁
疾。」意思說編此書只供消遣娛樂之用。又云：「撰錄艷歌，凡為十
卷。」說所選皆為「艷歌」。準確的說法。應該說所選皆為歌詠婦女
的詩歌。至於說：「曾無忝於雅頌，亦靡濫於風人」，自此「雅頌」、
「風人」，實有回護之意。〈序〉中寫麗人一段最為精彩：

4　《大唐新語》卷3。

5　〔日〕興膳宏：〈《玉臺新詠》成書考〉，《六朝文學論稿》（長沙市：岳麓書社，1986
　　年）。

其人也，五陵豪族，充選掖庭；四姓良家，馳名永巷。亦有潁川、新市，河間、觀津，本號嬌娥，曾名巧笑。楚王宮裡，無不推其細腰；衛國佳人，俱言訝其纖手。閱詩敦禮，東鄰之自媒；婉約風流，異西施之被教。弟兄協律，生小學歌；少長河陽，由來能舞。琵琶新曲，無待石崇；箜篌雜引，非關曹植。傳鼓瑟於楊家，得吹簫於秦女。至若寵聞長樂，陳后知而不平；畫出天仙，閼氏覽而遙妬。至如東鄰巧笑。來侍寢於更衣；西子微顰，得橫陳於甲帳。陪遊馺娑，騁纖腰於結風；長樂鴛鴦，奏新聲於度曲。妝鳴蟬之薄鬢，照墮馬之垂鬟。反插金鈿，橫抽寶樹。南都石黛，最發雙蛾；北地燕脂，偏開兩靨。亦有嶺上仙童，分丸魏帝；腰中寶鳳，授歷軒轅。金星將婺女爭華，麝月與嫦娥競爽。驚鸞冶袖，時飄韓掾之香；飛燕長裾，宜結陳王之珮。雖非圖畫，入甘泉而不分；言異神仙，戲陽臺而無別。真可謂傾國傾城，無對無雙者也。

寫麗人之美，極盡鋪張之能事。此序文辭清麗，對偶工巧，用典曼妙，音韻諧調，實六朝駢文之佳作，由此亦可看出徐陵審美之情趣。程琰刪補吳兆宜的《玉臺新詠箋注》，在此序後加上按語云：《奇賞》云：「繡口錦心，又香又艷，文士浪稱才情，顧此應愧。」又齊云：「雲中彩鳳，天上石麟，即此一序，驚才絕艷，妙絕人寰。序言『傾國傾城，無對無雙』，可謂自評其文。」評價極高。清代孫梅《四六叢話》〈序〉云：「《玉臺新詠》〈序〉，其徐集之壓卷乎！美意泉流，佳言玉屑，其爛熳也，若蛟唇之噓云，其鮮新也，如蘭苕之集翠，洵足仰苞前哲，俯范來茲矣！」《六朝文絜》許槤評曰：「駢語至徐庾，五色相宣，八音迭奏，可謂六朝之渤澥，唐代之津梁。而是篇尤為聲偶兼到之作，煉格煉詞，綺繢繡錯，幾於赤城千里霞矣。」都予以極高的讚美。應當指出，此序固然極盡駢文之美，然其文風輕艷綺靡，

也體現了駢文的不良傾向。

　　梁武帝中大通三年（531）四月，昭明太子去世。七月，晉安王蕭綱立為皇太子。「（庾信）父肩吾為梁太子中庶子，掌書記。東海徐摛為左衛率，摛子陵及信，並為抄撰學士。父子在東宮，出入禁闥，恩禮莫與比隆。既有盛才，既文並綺艷，故世號為徐庾體焉。當時後進，競相模範，每有一文，京都莫不傳誦。」[6]所謂「徐庾體」，主要指的是文，當然也包括詩。關於詩，《梁書》〈徐摛傳〉云：「（摛）屬文好為新變，不拘舊體。……摛文體既別，春坊盡學之，『宮體』之號，自斯而起。」又《梁書》〈簡文帝本紀〉云：「（蕭綱）及居監撫……引納文學之士，賞接無倦，恒討論篇籍，繼以文章。……雅好題詩，其序云：『余七歲有詩癖，長而不倦。』然傷於輕艷，當時號曰宮體。」徐摛、蕭綱都是宮體詩人。徐陵也是宮體詩人，他受太子蕭綱之命編選《玉臺新詠》，就是以宮體詩為主要內容的。《玉臺新詠》卷八選錄了他自己的詩四首，即〈走筆戲書應令〉、〈奉和詠舞〉、〈和王舍人送客未還閨中有望〉、〈為羊兗州家人答鉤鏡〉，皆為宮體詩，這些詩雖然在對偶、用典、煉字、音韻等方面亦有可取之處，而內容是不足道的。徐陵的〈新亭送別應令〉、〈內園逐涼〉、〈春日〉、〈劉生〉、〈隴頭水〉、〈鳥棲曲〉等，都是比較好的詩篇。〈新亭送別應令〉是奉和太子蕭綱的新亭送別之作。新亭，在今南京市南邊，風景幽美，當時人常在這裡聚會和送別。蕭綱所送何人，從末句「清漳」看，可能是送其次子大心赴郢州刺史任所。當時大心尚幼，只有十三歲，蕭綱十分不放心。「野燎村田黑，江秋岸荻黃」，既是寫景，又點出時令。秋日送別，涼意襲人，使人倍感傷情。末二句云：「神襟愛遠別，流睇極清漳。」寫出蕭綱依依惜別之情，含悠然不盡之意。〈內園逐涼〉寫於任上虞令時。「今余東海東」，點出地點。「納涼高

6　《周書》〈庾信傳〉。

樹下，直坐落花中。狹徑長無跡，茅齋本自空。提琴就竹篠，酌酒勸梧桐。」寫詩人納涼樹下，滿地落花，小徑無人，茅舍自空，提琴竹林，勸酒梧桐，充滿了高雅閒適的情趣，是徐陵詩中難得的佳作。〈春日〉寫春日暮景。水邊暮色蒼茫，水中映著落日的霞光，詩人乘轎走過狹窄的林徑，轎夫得不時披開擋路的樹枝，轎簾搖動驚走了低飛的春燕，落花時下，緊接步履，潺潺的澗水留下了行人的身影，如同湘水女神打著九枝蓋，在黃昏時從洞庭湖歸去。這種境界是多麼美啊！此詩隨意寫來，春色如畫，令人神往。以上三首詩，或寫新亭送別，或寫內園納涼，或寫春日暮景，皆清新怡人，絕無濃艷的宮體氣味。

　　〈劉生〉是樂府歌曲，屬〈橫吹曲辭〉。〈樂府詩集〉卷二十四引《樂府解題》云：「劉生，不知何代人，齊梁已來為〈劉生〉辭者，皆稱其任俠豪放，周遊五陵三秦之地，或云抱劍專征，為符節官所未詳也。」這首歌辭寫劉生倜儻任俠，以高才而被擯壓，為古今所嘆惋。此歌為高才鳴不平，表現出慷慨豪放的詩風。〈隴頭水〉也是樂府歌曲，亦屬〈橫吹曲辭〉。《樂府詩集》卷二十一引《通典》曰：「天水郡有大阪，名曰隴坻，亦曰隴山，即漢隴關也。」《三秦記》曰：「其阪九回，上者七日乃越，上有清水四注下，所謂隴頭水也。」這首歌辭寫離情別緒，寫法與眾不同。它一開始就寫出途高千仞，川懸百丈。這樣寫離別，下筆自是不凡。夏天荊棘叢生，平路為之堵塞；冬天積雪不化，山路難以攀登。隴底則樹木交錯，光線昏暗；而水擊石響，鳴聲驚人。此時回首咸陽，恐怕只有夢中方能前往了。此詩剛健質樸，表現出一種奇崛的詩風。

　　以上二詩之詩風，與徐陵綺靡的詩風迥然不同。毋庸諱言，徐陵有的詩則是一派宮體詩風，如〈烏棲曲〉：

　　　繡帳羅帷隱燈燭，一夜千年猶不足。唯憎無賴汝南雞，天河未
　　　落猶爭啼。（其二）

此詩在構思上有可能受了〈讀曲歌〉的啟發：「打殺長鳴雞，彈去烏臼鳥。願得連冥不復曙，一年都一曉。」樂府民歌所表現的民間小兒女的痴情，多麼的富於浪漫的情調。而此詩寫公子哥兒醉生夢死的色情生活，情調就完全不同了。

　　第二個時期，從太清二年（548）至紹泰元年（555），是徐陵出使東魏、北齊時期。太清二年五月，徐陵出使東魏，直到紹泰元年五月才隨蕭淵明返梁。在這七年間，梁朝發生了侯景謀反，梁武帝去世，蕭綱即位稱帝，不久為侯景所殺，侯景又為部下所殺，蕭繹在江陵即位稱帝等大事。徐陵始終心繫故國。侯景進犯京師時，其父被困城中，徐陵不奉家信，蔬食布衣若居喪憂恤。蕭綱被殺後，他在北齊作〈勸進梁元帝表〉以表達心意，指出歷朝歷代國家多難之時，必有中興之君主，而蕭繹德高功大，自宜即位稱帝，不應多作謙讓。天正二年（552）十一月，蕭繹即位稱帝。徐陵屢次請求南歸復命，均遭北齊拒絕，於是寫了著名的〈在北齊與楊僕射書〉。據《北齊書》〈楊愔傳〉，愔字遵彥，弘農華陰人，天保初，遷尚書右僕射，後又遷尚書左僕射。又《陳書》本傳云：「會齊受魏禪，梁元帝承制於江陵，復通使於齊，陵累求復命，終拘留不遣，陵乃致書於僕射楊遵彥。」據《北齊書》〈文宣紀〉，楊遵彥於天保三年（552）四月遷右僕射，八年四月遷左僕射。此書當作於天保三年。徐陵寫此書是為了返梁復命，而齊人以種種理由拘留不遣，信中對齊人的理由一一加以駁斥：一、齊人說，梁亂未已，你要回去，何處投身？徐陵說，梁元帝已在江陵即位，斯為中興之主，正好回去效力。二、齊人說，道路不通，如何歸去？徐陵說，許多人來來往往，為何我回不去。三、齊人說，歸途遇盜怎麼辦？徐陵說，身無財物，豈懼被劫。四、齊人說，你回去是否會歸附侯景？徐陵說，回去之後絕不會歸附侯景。作為使官怎麼能投靠敵人。五、齊人說，你南歸後為侯景所利用怎麼辦？徐陵說，侯景生於北方，深知朝野情況，無須煩他人告知。又貴國機密，

絕非外人所得知。再說，回到江陵之後，江陵防守嚴密，又如何逃至
金陵為侯景效勞。齊人的擔心，徐陵一一說明，以解除他們的顧慮。
六、齊人以為梁為敵國，故不放使臣。徐陵說，兩國交兵，將帥被俘，
尚且遣返，使臣往來，為何拘留不返。七、齊人以為還是我齊國生活
好。徐陵說，留在齊國，使我喪魂失魄，悲哀沉默，如此將不久於人
世。八、齊人說，亂平之後遣返。徐陵說，人生幾何？亂平何時？恐
時不我待矣。此外，徐陵說，拘留使臣乃亂世所為。齊不當如此。再
說，自古以來皆以孝治天下，為何令我不得歸養高堂。接著又說：

> 且天倫之愛，何得忘懷？妻子之情，誰能無累？夫以清河公主
> 之貴，餘姚書佐之家，莫限高卑，皆被驅略。自東南醜虜，抄
> 販饑民，臺署郎官，俱餒牆壁，況吾生離死別，多歷暄寒，孀
> 室嬰兒，何可言念。如得身還鄉土，躬自推求，猶冀提攜，俱
> 免凶虐。夫四聰不達，華陽君所謂亂臣；百姓無冤，孫叔敖稱
> 為良相。足下高才重譽，參贊經綸，非豹非貔，聞《詩》聞
> 《禮》，而中朝大議，曾未矜論，清禁嘉謀，安能相及，諤諤
> 非周舍，容容類胡廣，何其無諍臣哉？歲月如流，平生何幾，
> 晨看旅雁，心赴江淮；昏望牽牛，情馳揚越。朝千悲而掩泣，
> 夜萬緒而迴腸，不自知其為生，不自知其為死也。

這是說，人皆有天倫之愛，夫妻之情，而我獨被拘留，「朝千悲而掩
泣，夜萬緒而迴腸」，將何以堪？既喻之以大義，又動之以私情，反
覆解說，深切透澈，情溢於辭。後人對此書的評價都很高，如清代的
孫梅說：「按徐孝穆〈與楊僕射書〉，議論曲折，情詞相赴，氣盛而物
之浮者，大小華浮，不意騈儷，有此奇觀。至末段聲情激越，頓挫低
徊，尤神來之筆。」[7]蔣士銓說：「祈請之書至數千言，可謂嘔出心肝

7　《四六叢話》卷 17。

矣，然無一語失體。」譚獻說：「孝穆文終當以此文為第一。」[8]其中
雖不無溢美之詞，但大體是恰當的。徐陵又有〈與王僧辯書〉，極力
歌頌王僧辯的功勞，為的是希望王氏能援引他歸國。書中說：

> 孤子階緣多幸，叨簉皇華，鄉國屯危，公私焦迫。邙彤之切，
> 長亂心胸；徐庶之祈，終無開允。既而屏居空館，多歷歲時，
> 鼍犯幽衹，躬當剿滅。何圖鼍咎，災極蒼旻，號慕煩冤，肝腸
> 屠殞。酷痛奈何！無狀奈何！唯桑與梓，翻若天涯，杖柏栽
> 松，悠然長絕。明明日月，號叫無聞，茫茫宇宙，容身何所。
> 窮劇奈何！自忝膺嘉聘，仍屬亂離，上下年尊，偏嬰此酷。昔
> 人迎門請盜，恆懷廢寢之憂；當輘輿親，猶有危途之懼。況乎
> 逆寇崩騰，京師播越，興居動止，長隔山河，溫清饘饍，誰經
> 心眼，程糜不繼，原粟何資，瞻望風雲，朝夕嗚咽。固乃游魂
> 已謝，非復全生；餘息空留，非為全死。同冰魚之不絕，似蟄
> 燕之猶蘇，良可哀也！良可哀也！

此段寫自己欲歸不得的哀痛，尤為感人。清代李兆洛說：「孝穆文驚
彩奇藻，搖筆波湧，生氣遠出，有不煩繩削而自合之意。書記是其所
長，他未能稱也。」[9]孫梅說：「抑書之為說，直達胸臆，不拘繩墨。
縱而縱之，數千言不見其多，斂而斂之，一二語不見其少。破長風於
天際，縮九華於壺中，或放筆而不休，或藏鋒而不露。孝穆使魏求還
諸篇，推波助瀾，萬斛之源泉也。」[10]徐陵與王僧辯書有多封，以此
書最為傑出。
　　徐陵的詩散失的很多，在現存作品中是否有在北魏、北齊期間所
作，則已經難以斷定。

8　高步瀛：《南北朝文舉要》〈與齊尚書僕射楊遵彥書〉後引。
9　《駢體文鈔》卷 19。
10　《四六叢話》卷 17。

　　第三個時期，從梁元帝承聖四年（555）至徐陵去世（陳後主至德元年，583），即徐陵從北齊返回以後的這段時間。徐陵隨蕭淵明返梁後，曾代蕭淵明作書致王僧辯六封、陳霸先一封、裴之橫一封、荀昂兄弟一封。蕭淵明即位後，他任尚書吏部郎，掌詔誥。在陳霸先篡位稱帝前後，他作有〈進封陳司空為長城公詔〉、〈封陳公詔〉、〈冊陳公九錫文〉、〈禪位陳王詔〉、〈陳武帝即位詔〉、〈禪位陳王策〉、〈禪位陳王璽書〉、〈為陳武帝即位告天文〉、〈陳武帝敕州郡璽書〉等詔告文書。徐陵晚年主要生活在皇帝身邊，為皇帝服務。所以《陳書》本傳說：「自有陳創業，文檄軍書及禪授詔策，皆陵所制，而〈九錫〉尤美，為一代文宗。」徐陵的〈冊陳公九錫文〉是當時的大手筆。曹操的〈九錫文〉是潘勖所作，是歷史上著名的九錫文。《文心雕龍》〈詔策〉篇說：「潘勖〈九錫〉，典雅逸群。」陳霸先的〈九錫文〉是徐陵所作。譚獻評曰：「霸先崛起，功績炳如。臚陳事實，尚非出於夸飾。文於元茂（潘勖），便以晉帖唐臨。」又評曰：「生氣不滅。」[11]認為可與潘勖的〈九錫文〉比美。按九錫文是古代帝王賜「九錫」給權臣的詔書，內容皆歌功頌德之詞，殊不足道。清人趙翼說：「每朝禪代之前，必先有九錫文，總敘其人之功績，進爵封國，賜以殊禮，亦自曹操始。其後晉、宋、齊、梁、北齊、陳、隋皆沿用之。其文皆鋪張典麗，為一時大著作，故各朝正史及南、北史俱全載之。」[12]於此可見九錫文的功用和特點。吳兆宜箋注《徐孝穆集》，對卷六「禪代諸制」不加箋注。陳銳說：「余讀史至魏晉而下，未嘗不廢書三嘆也。南北朝凡九君，皆假唐虞之名，行篡竊之舉。沿習成風，遂成故事。故有生生世世不願生帝王家者，遂至禪詔出諸袖中，朝比肩而暮北面。其端肇於新莽，而成於魏晉。可鄙可痛，莫斯為甚。善乎石勒

11　《駢體文鈔》卷7。
12　《廿二史劄記》卷7。

之言曰：『大丈夫當光明磊落，無效曹孟德欺人孤寡，以狐媚取天下也。』顯令箋注徐、庾兩家，獨不及禪代諸制，意在斯乎！」[13]原來，吳氏對「禪代諸制」不加箋注的原因，是為了表示他對政治陰謀家們的痛恨。這種做法是可以理解的，但是作為學術研究，對這些作品加以箋注，對後人有益。後來是吳江吳文炳補加箋注，作為《徐孝穆集》的《備考》，為研究者提供了方便。

徐陵晚年的駢文，值得注意的有〈答周處士書〉、〈與李那書〉等。〈答周處士書〉是給周弘讓的覆信。周氏推薦隱士方圓出山作官，而方圓「忘懷爵祿」不願作官。徐陵認為周氏既已高蹈出世做了隱士，如何又推薦別的隱士去作官？語間頗帶譏刺。譚獻說：「調笑中文氣排宕。」[14]確是駢文中的佳作。〈與李那書〉是給北周李那的一封信。據《周書》〈李昶傳〉載，李那是李昶的小名，他年幼時即已解屬文，有聲洛下，歷任中書侍郎、黃門侍郎、御史中尉等職。於保定五年（565）卒，時年五十。此書作於陳文帝天嘉二年（周武帝保定元年，561）。是年六月，周使御史殷不害使陳，徐陵得以見到李那的詩文。書中讚揚李那的詩說：

> 山澤晻靄，松竹參差，若見三峻之峰，依然四皓之廟，甘泉鹵簿，盡在清文，扶風輦路，悉陳華簡。昔魏武虛帳，韓王故臺，自古文人，皆為詞賦，未有登茲舊閣，嘆茲幽宮，標句清新，發言哀斷，豈止悲聞帝瑟，泣望羊碑，一詠歌梁之言，便掩盈懷之淚。

讚揚李那的碑文說：

13　〈徐孝穆集後跋〉。

14　《駢體文鈔》卷 30。

至如披文相質，意致縱橫，才壯風雲，義深淵海。方今二乘斯悟，同免化城，六道知歸，皆逾火宅。宜陽之作，特會幽衿，所睹黃絹之詞，彌懷白雲之頌。但恨耆闍遠岳，檀特高峰，開士羅浮，康公懸溜，不獲銘茲雅頌，耀彼幽岩。

譚獻評此書曰：「從容抒寫，神骨甚清。」[15]亦為駢文中的佳作。

徐陵入陳以後的詩歌，以〈雜曲〉和〈別毛永嘉〉最為著名。〈雜曲〉是讚美張貴妃的容色的。詩云：

傾城得意已無儔，洞房連閣未消愁。宮中本造鴛鴦殿，為誰新起鳳凰樓。綠黛紅顏兩相發，千嬌百念情無歇。舞衫回袖勝春風，歌扇當窗似秋月。碧玉宮伎自翩妍，絳樹新聲最可憐。張星舊在天河上，從來張姓本連天。二八年時不憂度，旁邊得寵誰相妒。立春歷日自當新，正月春幡底須故。流蘇錦帳掛香囊，織成羅幌隱燈光。只應私將琥珀枕，冥冥來上珊瑚床。

這是一首典型的宮體詩。按陳叔寶於太建十四年（582）即位，是為陳後主。此時徐陵已七十六歲高齡，以老邁之年尚能寫出如此香艷的宮體詩，著實令人詫異。〈別毛永嘉〉在徐陵詩中最為後人所稱道：

願子屬風規，歸來振羽儀。嗟余今老病，此別空長離。白馬君來哭，黃泉我詎知。徒勞脫寶劍，空掛隴頭枝。

此詩寫於至德元年（583），這一年十月徐陵去世。這是徐陵去世之前送別毛嘉出任永嘉內史時所作。毛喜字伯武，滎陽陽武（今河南原

---

15 《駢體文鈔》卷 30。

陽）人，為人直言敢諫。陳宣帝時歷任黃門侍郎、中書舍人、五兵尚書、侍中、散騎常侍、吏部尚書等職，封東昌縣侯；後主時為永嘉內史。徐陵作此詩時已預感不久於人世，故詩中有些感傷情味，但他仍希望毛喜能夠振興朝綱。詩中表現了詩人對人世的留戀和對友人的信任，語言平淺，感情真摯，感人至深。沈德潛說此詩「似達而悲，孝穆集中不易多得。」確實如此。

　　徐陵還有兩首樂府舊題詩，即〈出自薊北門行〉和〈關山月〉，都是歌詠邊塞題材的。寫作時間則難以確定。我認為很可能是出使北魏、北齊歸來以後的作品，因為有了北方的生活體驗，寫來自然比較深刻。〈出自薊北門行〉詩云：

> 薊北聊長望，黃昏獨自愁。燕山對古剎，代郡隱城樓。屢戰橋恒斷，長冰暫不流。天雲如地陣，漢月帶胡秋。漬土泥函谷，接繩縛涼州。平生燕領相，會自得封侯。

《樂府解題》說，此曲常「兼言燕薊風物，及突騎勇悍之狀」，有的「備敘征戰辛苦之意」[16]。此詩寫出征將士渴望建功立業的壯志雄心。詩人黃昏懷愁，薊北眺望，望到的是燕山古剎，代郡城樓、斷橋長冰、天雲漢月。景色蕭殺，氣氛悲涼。此時詩人要泥封函谷，繩縛涼州，將來論功行賞，定自封侯。結尾慷慨激昂，使人為之一振，應是徐陵詩中的上品。〈關山月〉詩云：

> 關山三五月，客子憶秦川。思婦高樓上，當窗應未眠。星旗映疏勒，雲陣上祈連。戰氣今如此，從軍復幾年？

---

16 《樂府詩集》卷 61 引。

《樂府解題》說：「〈關山月〉，傷離別也。」[17]此詩寫征人思念家鄉和妻子，流露出厭戰情緒以及對和平生活的嚮往。寫的仍是傳統題材，但表現得委婉悲壯，已見出唐人風味。所以陳祚明評曰：「竟是少陵詩之佳者，情旨深，節奏老。」[18]以上二詩從內容看，前一首寫建功封侯，後一首寫客子思歸，有可能是早年的作品，也有可能是晚年模仿古樂府之作。但是，不論寫於早年還是晚年，這樣的樂府詩，在徐陵詩歌中都是十分難得的。

最後是對徐陵總的評價。

《陳書》本傳說徐陵為「一代文宗」，給予很高的評價。又說：「每一文出手，好事者已傳寫成誦，遂被之華夷，家藏其本。」可見徐陵之文在當時傳誦之廣。《新唐書》〈陳子昂傳〉說：「唐興，文章承徐、庾餘風，天下祖尚……」明代屠隆〈徐庾集序〉說：「仙李盤根，初唐最盛。應制遊覽諸作，婉媚綺錯，篆玉雕金，筋藏肉中，法寓情內，莫不攎藥乎子山，擷芳於孝穆，故能琳琅一代，卓冠當時。」都指出徐陵文對後世的影響。清人程杲〈四六叢話序〉說：「四六盛於六朝，庾、徐推為首出。」今人劉麟生《駢文學》說：「駢文發展，漢魏奠其基，六朝登其極。晉宋始臻綺靡，齊梁始洽宮商（永明體）。至徐、庾而造極峰，後之作者，變化權奇，終莫之逮也。」都說明徐、庾在六朝駢文史上的首要地位。明代張溥在《漢魏六朝百三家集》〈徐僕射集題辭〉中說：

> 陳世祖時，安成王任威福，徐孝穆為御史中丞，彈之下殿。高宗議北伐，孝穆舉吳明徹大將，裴忌副之，克淮南數十州地。周昌強諫，張華知人，殆有兼稱，非徒以太史之辭，干將之筆，豪詡東海也。評徐詩者云，如魚油龍闕，列堞明霞，比擬

17　《樂府詩集》卷 23 引。
18　《采菽堂古詩選》卷 29。

> 文字，形象亦然，乃余讀其勸進元帝表，與代貞陽侯數書，感慨興亡，聲淚並發。至羈旅篇牘，親朋報章，蘇李悲歌，猶見遺則，代烏越鳥，能不淒然。……歷觀駢體，前有江、任，後有庾、徐，皆以生氣見高，遂稱俊物。

這裡，先論其人，作為大臣，他敢言直諫，知人善任；後論其文，作為作家，其駢體文富於「生氣」，頗多佳作。這個論述就更為具體、全面了。

　　如何評價駢體文，如何評價徐陵，這是文學史研究者的一項重要課題。游國恩說：「駢體文在我國文學史上應該如何評價……現在姑且不談。可是五四以來，研究古典文學的人好像不約而同地置之不理，講文學史的人就根本把它從文學史上抹掉，以致在六朝時期造成一大段空白。從此以後，駢體文的發展情況，它的特點和缺點是什麼，在我國文學史上佔個什麼位置，有過什麼影響，都不知道。久而久之，大家習而不察，視為當然。我想作為一個文學史的編者來說，這種對待過去的文學歷史的態度是不對的。」[19]游先生的意見很對。今天，我們應給徐陵一個正確的評價，而不應抹殺他在中國文學史上的地位。

二〇〇二年三月

---

19 游國恩：〈對於編寫中國文學史的幾點意見〉，《游國恩學術論文集》（北京市：中華書局，1999 年）。

袁編《中國文學史》魏晉南北朝部分的幾個問題

　　高等教育出版社出版「面向二十一世紀課程教材」，其中袁行霈教授主編的《中國文學史》四卷已於一九九九年八月出版。至二〇〇二年九月，已第十次印刷。最近，我閱讀了其中魏晉南北朝部分。有些想法，現在不揣冒昧，提出來，供該書編者參考。

　　袁編《中國文學史》具有三個明顯的優點：第一，克服了文學史研究中「左」的思想傾向。一九四九年以來，編寫出版的《中國文學史》，都不同程度存在「左」的思想傾向。中國科學院文學研究所編寫的《中國文學史》和游國恩、王起、蕭滌非、季鎮淮、費正剛主編的《中國文學史》都是比較好的《中國文學史》著作，也都存在「左」的思想傾向問題。這是時代的影響，幾乎所有的文學史著作都難以避免。由於文學史的編寫者存在「左」的思想，就不可能對歷史上的作家、作品和文學現象做出正確的評論。這種情況，二十世紀八十年代以後，有明顯的變化。袁編中國文學史克服了「左」的思想傾向，總的來說，對歷史上的作家、作品和文學現象進行了比較實事求是的評價。第二，吸收「五四」以來，特別是建國以來中國文學史研究的成果。「五四」以後，中國文學史研究，呈現出新的面貌。魯迅的《中國小說史略》、鄭振鐸的《插圖本中國文學史》、劉大杰的《中國文學發展史》，都是帶有里程碑性質的優秀著作，為中國文學史的研究作出了重大的貢獻。建國以後，在馬克思主義思想的指導下，文

學史研究工作者，做了許多有益的探索，產生了像科學院文學院所編寫的《中國文學史》和游國恩等編寫的《中國文學史》那樣優秀的文學史著作。但是，由於「左」的思想干擾，限制了文學史研究工作的進展。一九七八年後，人們的思想得到了初步的解放，中國古代文學的研究，出現一片繁榮的景象，大量的古代文學學術論文的發表和古代文學研究專著的出版，大大推進了文學史的研究，袁編文學史就是在這樣的基礎上產生的。第三，重視文學史的發展線索。文學史研究不同於一般的文學研究。它在編寫過程中，一定要注意史的發展線索，使之系統化。一般的文學史，大都按朝代順序分期，這樣做，既簡單又方便，讀者容易接受。但是，由於文學的發展與歷史的發展不可能完全一致，因此，按朝代順序編寫的文學史，並不能體現文學發展的特點。袁編文學史將中國文學的歷史分為「三古」「七段」。且不論這樣分段是否符合中國文學發展的實際，但是，這是從中國文學發展歷程考慮，探索文學發展的階段性和連續性，重視中國文學發展的線索，給讀者一個科學的、系統的印象。以上三點是我初讀袁編文學史的一些體會。

任何一部文學史都有它的優點，同時也存在這樣或那樣的問題，袁編文學史自然不可能例外。茲就我閱讀的袁編文學史魏晉南北朝部分提出一些看法，向編者請教。

一

第一章，題為〈從建安風骨到正始之音〉。按：「正始之音」是指魏晉玄談之風。《辭海》[1]，「正始之音」條云：

---

[1] 一九七〇年版。

指魏晉玄談風氣。正始是三國時魏齊王芳的年號（240-249）。
這一時期的學風，以何晏、王弼為首，用老、莊思想糅合儒家
經義，開創了玄學清淡的風氣。談玄析理，放達不羈；名士風
流，盛於洛下。世稱「正始之音」。《晉書》〈衛玠傳〉：「昔王
輔嗣（王弼）吐金聲於中朝，此子復玉振於江表，微言之緒，
絕而復續。不意永嘉之末，復聞正始之音！」

《辭源（修訂本）》、《漢語大詞典》所釋，大同小異。顧炎武
《日知錄》卷十三〈正始〉條云：

> 魏明帝殂，少帝（原注：史稱齊王）即位，改元正始，凡九
> 年。其十年，則太傅司馬懿殺大將軍曹爽，而魏之大權移矣。
> 三國鼎立，至此垂三十年，一時名士風流盛於洛下。乃其棄經
> 典而尚老、莊，蔑禮法而崇放達，視其主之顛危若路人然，即
> 此諸賢為之倡也。自此以後，競相祖述。如《晉書》言王敦見
> 衛玠，謂長史謝鯤曰：「不意永嘉之末，復聞正始之音。」沙
> 門支遁以清談著名於時，莫不崇敬，以為造微之功足參諸正
> 始。《宋書》言羊玄保二子，太祖賜名曰咸、曰粲，謂玄保
> 曰：「欲令卿二子有林下正始餘風。」王微〈與何偃書〉曰：
> 「卿少陶玄風，淹雅修暢，自是正始中人。」《南齊書》占袁
> 粲言於帝曰：「臣觀張緒有正始遺風。」《南史》言何尚之謂王
> 球：「正始之風尚在。」其為後人企慕如此。⋯⋯

所論至為明確。而袁編文學史卻理解為正始詩歌，使人信疑參半。當
然，袁編文學史的理解也有根據的。他們的根據就是陳子昂的〈與東
方左史虬修竹篇序〉。此〈序〉云：

文章道弊五百年矣，漢、魏風骨，晉、宋莫傳，然而文獻有可
徵者。僕嘗暇時觀齊、梁間詩，彩麗競繁，而興寄都絕，每以
永嘆。思古人常恐逶迤頹靡，風雅不作，以耿耿也。一昨於解
三處見明公〈詠孤桐篇〉，骨氣端翔，音情頓挫，光英朗練，
有金石聲。遂用洗心飾視，發揮幽鬱。不圖正始之音，復睹於
茲，可使建安作者相視而笑。

這裡說的「正始之音」，顯然不是指魏晉玄談風氣，有的學者認為是
指正始詩歌。郭紹虞、王文生主編的《中國歷代文論選》第二冊〈與
東方左史虬修竹篇序〉釋云：

> 正始，魏齊王芳年號（240-248）。作為文學史上的所謂正始時
> 代，是泛指魏王朝後期的。代表作家有何晏、阮籍、嵇康。這
> 裡所謂：「正始之音」，指的是嵇、阮的詩。《世說新語》〈賞
> 譽〉：「不意永嘉之末，復聞正始之音。」那是指玄談，則此文
> 所云，含義不同。

《中國歷代文選論》是高等學校文科教材，自一九七九年出版後，印
數很多。它的解釋應是比較權威的說法。可是，我對這一說法，始終
抱著懷疑態度，因為在陳子昂之前，沒有人將「正始之音」理解為正
始詩歌。直到南宋嚴羽《滄浪詩話》始有「正始體」，嚴氏自注云：
「魏年號。嵇、阮諸公之詩。」這才是指的正始詩歌。再說正始詩歌
的特點，《文心雕龍》〈明詩〉篇指出：「乃正始明道，詩雜仙心，何
晏之徒，率多浮淺。唯嵇志清峻，阮旨遙深，故能標焉。」正始詩歌
的這一特點，是文學史研究者所公認的。陳子昂說東方虬的〈詠孤桐
篇〉「骨氣端翔，音情頓挫，光英朗練，有金石聲」。這一特點與劉勰
的分析並不相同，怎麼能把「正始之音」理解為正始詩歌呢？因此，

我認為陳子昂所謂「正始之音」指的是過去所說的一種雅正的詩風。〈毛詩序〉云：「〈周南〉、〈召南〉，正始之道，王化之基。」《正義》云：「〈周南〉、〈召南〉二十五篇之詩，皆是正其初始之大道，王業風化之基本也。」陳子昂指的是這樣的詩歌，即風雅之作。因此，我認為袁編文學史的提法是值得商榷的。

二

　　第一章第一節〈曹操與曹丕〉說：

> 曹操是建安文壇的領袖。他不僅以自己的創作開風氣之先，影響了一代詩風，而且還以其對文學的創導，為建安文學的繁榮和發展作出了貢獻。

對於這一段評論，我基本上是同意的，至於曹操是不是建安文壇的領袖，我認為還可以討論。

　　曹植的〈與楊德祖書〉說：

> 然今世作者，可略而言也。昔仲宣獨步於漢南，孔璋鷹揚於河朔，偉長擅名於青土，公幹振藻於海隅，德璉發跡於此魏，足下高視於上京。當此之時，人人自謂握靈蛇之珠，家家自謂抱荊山之玉。吾王於是設天網以該之，頓八紘以掩之，今悉集茲國矣。

這是說，王粲、陳琳、徐幹、劉楨、應瑒、楊修，都是曹操收羅來的。這當然是事實。但是，曹操當時位高權重，軍事、政治事務繁忙，怎麼有暇顧及文人的活動。《文心雕龍》〈時序〉篇說：「自獻帝

播遷，文學蓬轉，建安之末，區宇方輯。魏武以相王之尊，雅愛詩章；文帝以副君之重，妙善辭賦；陳思以公子之豪，下筆琳瑯；並體貌英逸，故俊才雲蒸。」因為曹操、曹丕、曹植都禮敬文士，所以當時人才眾多。鍾嶸〈詩品序〉說：「降及建安，曹公父子，篤好斯文。平原兄弟，鬱為文棟。劉楨、王粲，為其羽翼。次有攀龍托鳳，自致於屬車者，蓋將百計，彬彬之盛，大備於時矣。」曹操父子酷愛文學，又有劉楨、王粲為他們的羽翼，所以，攀龍附鳳，追隨其後的文士，數以百計，可以想見當時文學的盛況。這是認為，建安文壇的領袖是曹氏父子。王瑤說：「（曹氏父子）他們一家在政治地位上是領袖，在實際的文學才能上也配得上是領袖，於是自然就會開一代宗風了。」[2]也是認為曹氏父子是建安文壇的領袖。這些分析都是有道理的。余冠英在《三曹詩選》〈前言〉中說：「當許多文士被曹操收羅，集中在鄴下之後，公宴倡和，形成一個文學集團。當時曹操的地位不免高高在上，曹植比較年輕，這個集團的真正中心和主要領導人物乃是曹丕。」這個論斷更為合理。《三國志》〈魏書〉〈王粲傳〉云：「始文帝為五官將，及平原侯植皆好文學。粲與北海徐幹字偉長、廣陵陳琳字孔璋、陳留阮瑀字元瑜、汝南應瑒字德璉、東平劉楨字公幹並見友善。」可見曹丕及曹植與王粲、徐幹、陳琳、阮瑀、應瑒和劉楨相處友好。曹丕在〈與吳質書〉中回憶說：「昔日遊處，行則連輿，止則接席。何曾須臾相失。每至觴酌流行，絲竹並奏，酒酣耳熱，仰而賦詩，當此之時，忽然不自知樂也。」同遊同樂，飲酒賦詩，可以看出曹丕與身邊文士交往的情況和親密的關係。在這封信中，曹丕接著說：「而偉長獨懷文抱質，恬淡寡欲，有箕山之志，可謂彬彬君子者矣。著《中論》二十篇，成一家之官，辭義典雅，足傳於後，此子為

2　王瑤：〈曹氏父子與建安七子〉，《中古文學史論》（北京市：北京大學出版社，1986年）。

不朽矣。德璉常斐然有述作之意，其才學足以著書，美志不遂，良可痛惜。……孔璋章表殊健，微為繁富。公幹有逸氣，但未遒耳。其五言之善者，妙絕時人。元瑜書翩翩，致足樂也。仲宣獨自善於辭賦，著其體弱，不足起其文。至於所善，古人無以遠過。」這是對徐幹等人的品格、學術和文學成就進行了評價。曹丕在《典論》〈論文〉中指出：

> 王粲長於辭賦，徐幹時有齊氣，然粲之匹也。如粲之〈初征〉〈登樓〉〈槐賦〉〈征思〉，幹之〈玄猿〉〈漏巵〉〈圓扇〉〈橘賦〉，雖張、蔡不過也。然於他文，未能稱是。琳、瑀之章表書記，今之儁也。應瑒和而不壯，劉楨壯而不密。孔融體氣高妙，有過人者，然不能持論。理不勝辭，以至乎雜以嘲戲。及其所善，揚、班儔也。

這是評論「建安七子」的文學成就，並指出他們的特點。「建安七子」除孔融之外，王粲等六人都是歸附曹操的文士，曹丕與他們都有友好的交往。曹丕知人論世，在「文氣說」的基礎上，對他們的詩文進行評論，這個評論是深刻的、公允的。對後來的《文心雕龍》作家論頗有影響。在這裡，我們看到一個領袖人物對當時文士的了解和關懷，也看到他對當時文士的創作成就和文學活動的關注，雖然曹氏父子對建安文學的繁榮和發展都起了領導作用，但是，從具體史實考察，我同意余冠英先生的觀點，曹丕才是當時文壇的真正的領袖。

三

幾個值得商榷的問題：

（一）〈詩品序〉云：「太康中，三張、二陸、兩潘、一左，勃

爾復興，踵武前王，風流未沫，亦文章之中興也。」三張，指張載與弟張協、張亢。二陸，指陸機與弟陸雲。兩潘，指潘岳與其侄潘尼。一左，指左思。他們都是太康時期的代表作家。當然，其中以陸機、潘岳、左思最為重要。袁編文學史對他們進行了較詳細的論述，這是對的。問題是對「三張」隻字不提，對張載、張亢不提及猶可，對張協不提，就不對了。鍾嶸說：「陸機為太康之英，安仁、景陽為輔。」[3]景陽，即張協。在《詩品》中，張協被列入「上品」，評曰：「文體華淨，少病累。又巧構形似之言。雄於潘岳，靡於太沖。風流調達，實曠代之高手，詞采葱菁，音韻鏗鏘，使人味之亹亹不倦。」[4]可見其文學成就是比較高的。作為文學史，如此優秀的作家也不提及，不免令人感到遺憾。又，傅玄和張華都是西晉初年的重要作家。袁編文學史只是在〈政治漩渦中詩人們的浮沉〉一段中提到張華，與文學了無關係。傅玄則未涉及。一個學過中國文學史的大學生，竟然不知道傅玄、張華和張協，未免可笑。又王羲之在中國書法史上有崇高的地位，但在中國文學史上似乎不必強佔一節。

（二）徐陵是陳代的駢文大家。《陳書》本傳稱他為「一代文宗。」劉麟生《中國駢文史》云：「駢文至六朝，始稱極盛時期，六朝文至徐庾，駢文始臻極峰。然則徐、庾之文，可謂集駢文之大成，達美文之頂點。」[5]徐陵的駢文成就如此之高，袁編文學史在第八章〈魏晉南北朝辭賦、駢文與散文〉中只提到《玉臺新詠》〈序〉，這一點，與六○年出版的文學史相同。至於徐陵最著名駢文〈在北齊與楊僕射書〉卻未提及。此書李兆洛評曰：「驚彩奇藻，握筆波湧，生氣遠出，有不煩繩削而自合之意。」[6]劉麟生說：「允為千古書簡模範，

3　鍾嶸：〈詩品序〉，《詩品集注》（上海市：上海古籍出版社，1994 年）。

4　鍾嶸：〈詩品上〉，《詩品集注》（上海市：上海古籍出版社，1994 年）。

5　劉麟生：〈庾信與徐陵〉，《中國駢文史》第五章（北京市：東方出版社，1996 年）。

6　李兆洛選輯：《駢體文鈔卷十九》（上海市：上海書店出版社，1988 年）。

不僅為孝穆中壓卷之作也。」[7]著名作家失載,壓卷佳作埋沒。這說明文學史的編者對駢文懷有偏見,對徐陵也缺乏正確的認識。游國恩先生說:「駢體文在我國文學史上應該如何評價,這是另一個問題,現在姑且不談。可是五四以來,研究古典文學的人好像不約而同地置之不理,講文學史的人就根本把它從文學史上抹掉,以致在六朝時期造成一大段空白。從此以後,駢體文的發展情況,它的特點和缺點是什麼,在我國文學史佔個什麼位置,有過什麼影響,都不知道。久而久之,大家習而不察,視為當然。我想作為一個文學史的編者來說,這種對待過去的文學歷史的態度是不對的。」[8]游先生的文章是一九五六年發表的,迄今近五十年了。對待駢文的態度,當時如此,現在也是如此。如何正確評價駢文,今天應引起文學史研究者重視,應該提到議事日程上來了。還有顏之推的《顏氏家訓》。這是北朝散文的優秀作品。袁編文學史在魏晉南北朝部分的〈緒論〉中說:「北朝散文不乏佳作,如《水經注》《洛陽伽藍記》和《顏氏家訓》。」可是在後面的具體論說中,只論及《水經注》和《洛陽伽藍記》,《顏氏家訓》似乎忘掉了,一句未提。這也是不應該的。

　　(三)最後一個問題,即《文心雕龍》《詩品》和《文選》《玉臺新詠》在魏晉南北朝文學史中應不應該專章或專節論述?我認為是完全應該的。可是袁編文學史沒有。它在魏晉南北朝文學的〈緒論〉中說:「魏晉南北朝的文學理論和文學批評,相對於文學創作異常地繁榮,(魏)曹丕《典論》〈論文〉、(西晉)陸機《文賦》。(梁)劉勰《文心雕龍》、(梁)鍾嶸《詩品》等論著以及(梁)蕭統《文選》、(陳)徐陵《玉臺新詠》等文學總集的出現,形成了文學理論和文學批評的高峰。」這個評價是很高的。可是下文只是極為簡略地帶過

7　劉麟生:〈庾信與徐陵〉,《中國駢文史》第五章(北京市:東方出版社,1996年)。
8　游國恩:〈對於編寫中國文學史的幾點意見〉,《游國恩學術論文集》(北京市:中華書局,1999年)。

去，似乎認為這些著作不該寫入文學史。《文心雕龍》是中國文學史
上最重要的一部文學理論與文學批評名著，《詩品》是中國古代第一
部專門的詩論名著，《文選》是我國古代現存最早的一部著名總集，
《玉臺新詠》是我國古代第一部專選婦女題材的詩歌總集，是一部最
具特色的詩歌選集。為什麼這些重要著作不能在文學史上佔一席之地
呢？我常常想，如果沒有《文心雕龍》、《詩品》、《文選》、《玉臺新
詠》，齊、梁文學將黯然失色。在文學史的編寫中存在這樣或那樣的
問題，如何解決？是值得我們認真思考的。

四

　　《研修書目》問題。如果袁編文學史開列的是參考書目，我也不
想說什麼。但是現在開列的是文科大學生學習中國文學史的《研修書
目》，問題就產生了。現在的一般文科大學生並看不懂這些書。連看
都看不懂，如何研修？這個書目的主要問題是脫離當前文科大學生的
實際。我記得五十年代游國恩先生招收研究生。游先生為報考者開的
參考書是余冠英的《詩經選》、《樂府詩選》、陸侃如、高亨、黃孝紓
的《楚辭選》。並沒有開孔穎達的《毛詩正義》、朱熹的《詩集傳》、
洪興祖的《楚辭補注》、朱熹的《楚辭集注》、敦茂倩的《樂府詩
集》。這是游先生從實際出發並注意到循序漸進的問題。由於中國古
典文學艱深，學習困難，近幾年高等學校文科大學生喜愛古典文學的
人少了，能研讀古書古注者寥寥無幾。在這種情況下，《研修書目》
的客觀效果如何？實在難說。應該指出，在教科書裡逐段開列《研修
書目》，這是好事，應充分肯定。如果開列恰當，對文科大學生的學
習肯定是很有幫助的。如何開列《研修書目》？我認為不妨徵求高等
學校文科教師和學生的意見，事後做一些調查研究工作，加以修改。
這樣從實際出發，可能效果會好一些。

　　現在要指出的是，《研修書目》中有些書開得不恰當。

　　（一）《世說新語箋疏》三卷，〔南朝宋〕劉義慶撰，余嘉錫箋疏，中華書局一九八三年排印本。此書標點錯誤頗多，應開列後來上海古籍出版社出版的《世說新語箋疏》（修訂本，1993 年版），二書同為余嘉錫箋疏，後者改正了原中華版的標點錯誤。

　　（二）《文心雕龍》，應補入《文心雕龍校注拾遺》。此書楊明照著，上海古籍出版社一九八二年十二月出版。楊明照先生是《文心雕龍》研究專家。此書在校勘、訓詁方面頗有貢獻，特別是書後所附之資料，內容豐富，可供參考。

　　（三）鍾嶸《詩品》，應補入《詩品集注》（〔梁〕鍾嶸著，曹旭集注。上海古籍出版社一九九四年十月出版）。此書內容分「校異」「集注」「參考」三項，在校釋方面有集大成的性質。優於過去出版的《詩品》。

　　（四）《文選》，開列宋南淳熙八年尤袤刻李善注本，不當。讓學生何處去尋如此珍貴的宋版書。如果一定要開列的話，可開列此書的中華書局影印本，一九七四年出版，線裝本，兩函二十冊。我認為此書不必開列，開出清代胡克家刻本即可。胡刻本李善注《文選》，中華書局一九七七年影印出版。此書所附之《文選考異》，頗有參考價值。

　　（五）《水經注》。〔北魏〕酈道元注，王國維校，袁英光、劉寅生整理標點，上海人民出版社一九八四年排印本。此書標點錯誤頗多，不應列入《研修書目》，可改用《水經注疏》[9]。這是《水經注》研究的重要成果，在校勘和注疏方面都取得了很好的成績。

　　應該提到的是，我在閱讀袁編文學史魏晉南北朝部分之前，也翻閱了先秦兩漢部分的《研修書目》，其中也有一些問題，這裡附帶提

9　楊守敬、熊會貞疏，段熙仲點校，陳橋驛復校：《水經注疏》（南京市：江蘇古籍出版社，1989 年 6 月）。

及，供編者參考。

（一）《春秋左傳注》，楊伯峻注，中華書局一九八一年排印本。此書是《左傳》的優秀注本。惜錯字太多，影響質量。一九九○年五月，中華書局出版了第二版修訂本。楊伯峻先生在〈修訂小記〉中說：「此書初版初印本以各種原因，錯字衍文以及脫奪倒轉之文字語句，幾乎數不勝數。」修訂本「力求掃除訛脫。其有誤注者，亦加以改正。亦有新意或新資料，盡可能補入」。修訂本的質量大大提高。將此書推薦給學生閱讀，自然以修訂本為佳。

（二）《國語》二十一卷，〔春秋〕左丘明撰，〔三國吳〕韋昭注，四部叢刊影印杭州葉氏藏明金李校刊本。《國語》主要有兩種刊本。一種是宋明道二年取天聖七年印本重印，即天聖明道本。一種是宋宋庠《國語補音》本。庠字公序，故稱公序本。中華書局《四部備要》排列的是清代黃丕烈翻刻的天聖明道本，商務印書館《四部叢刊》影印的是明代翻刻的公序本。段玉裁認為天聖明道本勝於公序本[10]。一九七八年，上海古籍出版社出版的《國語》校點本，以天聖明道本為底本，不知袁編文學史為何開列公序本為研修書。再說，上海古籍版之《國語》，經過校點整理，後附人名索引，使用方便，為何一定要開列四部叢刊本呢？

（三）《老子道德經》《論語正義》《韓非子集解》皆註明：「上海書店一九八六年排印本（《諸子集成》）」。應當指出，這些書不是排印本，而是上海書店影印世界書局本。據我所知，影印世界書局本《諸子集成》，以中華書局影印本最好。中華書局編輯部在〈重印說明〉中說：「原書校勘欠精，本局前兩次重印時，經改正錯誤脫漏，重排和挖改紙型，共達一千餘面。」經過這樣的加工，中華書局影印世界書局本的《諸子集成》自然優於上海書店本。

---

10 〔清〕黃丕烈：〈校刊明道本韋氏解國語札記序〉，《思適齋集》卷 7。

　　（四）《韓非子集釋》，陳奇猷集釋，上海人民出版社一九七四年出版。此書當時作為法家著作出版，刪除書後所附錄的研究資料約二十餘萬字，十分可惜。應開列中華書局上海編輯所一九五八年的排印本好。

　　（五）《新書》十卷，〔漢〕賈誼撰，〔清〕盧文弨校，抱經堂刊本《四部備要》本。這是較好的刊本，可用。

　　《賈長沙集》一卷，〔漢〕賈誼撰，〔明〕張溥輯，明婁東張氏刊本《漢魏六朝百三名家集》，善化蘭田張氏重刊本。此書原刻本錯字較多，不佳，翻刻本亦不佳。一九七六年，上海人民出版社出版了《賈誼集》點校本，此書所收《新書》，以盧文弨抱經堂本為底本，疏，除〈上都輸疏〉選自《通典》外，餘皆選自《漢書》。〈弔屈原賦〉〈鵬鳥賦〉選自《文選》。〈旱雲賦〉〈虡賦〉選自《古文苑》。〈惜誓〉選自《楚辭集注》。書後附錄研究資料，便於研讀。又一九九六年，人民文學出版社出版了《賈誼集校注》，王洲明、徐超校注，內容分甲、乙、丙三編，甲編為《新書》，乙編為賦四篇，丙編為疏七篇和〈惜誓〉、佚文。書後附錄研究資料。注釋詳贍，更便於研讀。二書雖不理想，但皆優於舊本。

　　（六）《說苑》二十卷，〔漢〕劉向編，上海古籍出版社一九九○年影印清文瀾閣《四庫全書》本。研讀《四庫全書》本《說苑》未嘗不可，但是，華東師範大學出版社一九八五年出版的趙善詒疏證的《說苑疏證》，中華書局一九八七年出版的向宗魯校正《說苑校正》，後出轉精，推薦給學生研修，豈不更好。

　　（七）《樂府詩集》一百卷，〔宋〕郭茂倩編，汲古閣本，中華書局一九七九年據汲古閣本翻印本。明汲古閣本，讓學生到哪裡去找？即使找到，這種明代刊本能否借出也是問題。翻印本即《四部備要》本，比較常見。按《四部備要》，中華書局一九三六年出版，一九八九年重印，「一九七九」，疑誤。據我所知，《樂府詩集》，有宋刊

本，文學古籍刊行社一九五五年影印出版。此書自然比較汲古閣本好。又中華書局於一九七九年，以文學古籍刊行社影印本為底本，校點出版了《樂府詩集》。此書改正了原書一些誤脫，書後附〈作者姓名篇名索引〉，是現在最好的本子，使用極為方便，適合大學生研修。

（八）《吳越春秋》十卷，〔漢〕趙曄撰，〔元〕徐天祐音注，《四部叢刊》影印涵芬樓本。《四部叢刊》有兩種影印本：一是據明萬曆本影印，一是據明弘治酈璠本影印。不知涵芬樓本指哪一種本子？上海古籍出版社一九九七年出版的周生春的《吳越春秋輯校匯考》，以《四部叢刊》影印酈璠為底本，校勘認真，輯錄了《吳越春秋》異文、佚文，附錄研究資料和論文四種，是較好的本子。

（九）《論衡》〔漢〕王充撰，上海書店一九八六年影印世界書局《諸子集成》本。《諸子集成》本《論衡》，不知據何種版本排印，書後有安陽韓性於至元七年（1270）仲春所作之序，疑為宋刊元明補修本，是較好的本子。閱讀《論衡》，一般用的大都是明刻通津草堂本。明刻本已難以尋覓。好在《四部叢刊》就是據通津草堂本影印的，較為常見。此外，上海人民出版社一九七四年出版的《論衡》點校本，中華書局一九七九年出版的《論衡注釋》[11]、中華書局一九九〇年出版的《論衡校釋》（黃暉撰，附劉盼遂集解，《新編諸子集成》本）。都是以通津草堂本為底本排印的。《論衡》點校本，只是白文；《論衡注釋》注釋詳細，比較通俗；《論衡校釋》為專家注本，最佳，大學生研修《論衡》以此本為好。

（十）《潛夫論》，〔漢〕王符撰，上海書店一九八六年影印世界書局《諸子集成》本。《諸子集成》本《潛夫論》排印的是《湖海樓叢書》清汪繼培箋注本，此本箋注詳核，校訂認真，是好的箋注本。上海古籍出版社一九七八年出版的標點本汪箋《潛夫論》，便於研

11　北京大學歷史系《論衡》注釋小組。

讀。中華書局一九七九年出版的汪箋《潛夫論》。是經過彭鐸校正的。彭氏標點分章，並做了補充闡釋，附於汪箋之後，最便研讀。

（十一）《玉臺新詠》十卷，開列文學古籍刊行社一九五五年據向達藏的寒山趙氏刊本影印本是對的。但此書的吳兆宜注本開列《四部備要》本就不妥了。中華書局一九八五年出版的校點本《玉臺新詠箋注》，顯然較前者為佳，被論者評為「善本」。中華書局一九九三年出版了該書的修訂重印本。

（十二）《古詩十九首解》，〔清〕張庚釋《藝海珠塵》本。《古詩十九首說》，〔清〕朱筠口授，〔清〕徐昆筆述《嘯園叢書》本。《藝海珠塵》，清嘉慶時刊本，清道光三十年（1850）有重印增刊本，《嘯園叢書》，清光緒九年（1883）序仁和葛氏刊本。皆難以尋覓。中華書局一九五五年出版的今人隋樹森編的《古詩十九首集釋》收入這兩種解說。此書垂手可得，而且資料更為豐富，為何不開列此書呢？令人不解。

因為是《研修書目》，劉師培的《中國中古文學史》、王國維的《宋元戲曲史》、魯迅的《中國小說史略》以及史書的《文苑傳》和《文學傳》就沒有開列了，其實學習中國文學史，這些書都是很重要的。

最後應提到的是，是書雖已重印了十次，但在校勘工作上還存在問題。例如：第一卷第三〇〇頁，《國語集解》後的「徐元浩集解」，浩，誤，應作「誥」。三〇五頁《潛夫論》「王充撰」。充，誤，應作「符」。第二卷第一六六頁最後一行引用劉勰說的「宋初訛而新」一句話時，括號內注明的出處是《文心雕龍》〈時序〉篇，實際上其出處應是《文心雕龍》〈通變〉篇。斯是小事，無關大體，但是學生以訛傳訛，後果是十分惡劣的。作為一部文學史教科書，對這類「小事」亦不可等閒視之。又第二卷第一六五頁引用章太炎讚賞魏晉論辯文的話，注明出處是〈論式〉。〈論式〉並不是一般讀者熟悉的文章，而出自何書？並未注明。章太炎為近代的國學大師，著作豐富，只注

篇名，給某些教師和學生帶來不便。這種做法，使人感到別扭，也不規範。如在這裡加上「《國故論衡》」四字，問題就解決了。舉手之勞，何樂而不為呢。

　　我們知道，編好一部中國文學史不容易。一部優秀的文學史，往往是一個學者一生的研究結晶。幾十年來，我始終欣賞劉大杰先生的《中國文學發展史》。此書論述中國文學史上的作家作品和文學現象，有史實，有理論，有自己的觀點。文筆流利優美，論述簡明切實，結構嚴密周到。閱讀起來往往能抓住讀者，具有吸引力。當然，隨著時間的逝去，現在看起來，也有不少這樣或那樣的問題。但是，歷史的侷限是任何人難以擺脫的。現在的一些中國文學史常常出自眾手，各人觀點不同，文筆各異，改寫抄襲，層出不窮。缺乏統一的思想，也缺乏統一的風格。我主張文學史著作應具有自己的學術個性，具有鮮明的特點。不要千人一面，千口一腔。我深深地盼望有更多的傳世的中國文學史誕生！

二〇〇三年九月

後記

　　拙著能夠在臺灣出版，我感到十分高興。

　　上個世紀九十年代，我先後兩次到臺灣參加學術研討會，一次是魏晉南北朝文學研討會，一次是《文心雕龍》學術研討會。前一次研討會主持人是中國文化大學的洪順隆教授，後一次研討會的主持人是臺灣師範大學的王更生教授。洪教授是著名的六朝文學專家，王教授是著名的《文心雕龍》專家，此後，他們都成為我的同行好友。遺憾的是前幾年，他們先後去世。兩位教授餽贈我的大著，赫然在目，而斯人已逝，使我不勝傷感。現在，拙著將在臺灣問世，這是海峽兩岸文化學術交流的好事，為此，我感到欣慰。

　　本書內容分為三個部分：

　　一、《昭明文選》研究。我從一九八五年開始研究《文選》學，已出版了《昭明文選研究》《文選學研究》《文選旁證》等著作。原擬撰寫一部《中國文選學史》，因年事已高，精力不濟，恐難以完成，已撰寫一些有關論文收入此書，供研究《文選》學史者參考。

　　二、《文心雕龍》研究。我對《文心雕龍》的研究是從一九六〇年開始的，先後出版了《文心雕龍研究》、《文心雕龍選》等書。我研究《文心雕龍》的特點是將《文心雕龍》研究與《昭明文選》研究結合起來，我在《昭明文選研究》〈後記〉提到：「研究《文心雕龍》應與《文選》相結合，參閱《文選》，可以證實《文心雕龍》許多論點的精闢。同時，我也認為，研究《文選》亦應與《文心雕龍》相結合，揣摩《文心雕龍》之論斷，可以說明《文選》選錄詩文之精審，

因此，將二書結合起來研究，好處很多。」我試著這樣做，惜未盡如人意耳。

　　三、其他。這一部分都是我研究六朝文學所撰寫的論文，一得之見，或可供研究六朝文學者參考。

　　〈我與六朝文學研究〉原是一篇談自己治學的文章，現冠於書前，作為代序，以便讀者了解我的治學情況。這對了解拙著可能有些幫助。

　　我研究六朝文學多年，由於自己資質魯鈍，學識譾陋，論述容有不當之處，還望專家和讀者批評指正。

二〇一三年六月十三日

時年八十四

作者簡介

穆克宏

　　一九三〇年生，江蘇南京人。一九五三年南京大學中文系畢業，曾任福建師範大學中文系教授、福建師範大學古籍研究所所長、鄭州大學兼職教授、中國《文選》研究會副會長、中國《文心雕龍》學會常務董事、中國古代文論學會常務理事。現任中國《文選》研究會顧問、中國《文心雕龍》學會顧問、中國古代文論學會顧問、國家古籍重點項目《文選匯注》顧問等。穆先生多年致力於六朝文學研究，主要是《文心雕龍》研究和《昭明文選》研究。著作有《六朝文學論集》、《魏晉南北朝文學史料述略》、《文心雕龍研究》、《文選學研究》等十餘部專書，論文百餘篇。

本書簡介

　　作者研究《文心雕龍》、《文選》多年，其特點是將二書結合起來研究。作者認為：「研究《文心雕龍》應與《文選》相結合。參閱《文選》，可以證實《文心雕龍》許多論點的精闢。同時，我也認為，研究《文選》，亦應與《文心雕龍》相結合，揣摩《文心雕龍》之論斷，可以說明《文選》選錄詩文之精審。因此，將兩書結合起來一起研究，好處很多。」（《昭明文選研究》〈後記〉）作者這一研究方法之實踐，得到學術界很高的評價。中國社會科學院文學研究所研究

員著名學者曹道衡先生說：「穆先生潛心《文心雕龍》的研究，所著《文心雕龍研究》一書，久已蜚聲士林。他對魏晉南北朝文學，又有著極深的研究，因此在研究《文選》時，往往能提出許發人深省的真知灼見。」湖南師範大學教授，著名學者馬積高先生說：「匠心獨運，為龍學別開生面。」本書是作者研究六朝文學五十餘年，著作十餘種，論文百餘篇中的精華。這樣的著作應是六朝文學研究者、教師和愛好者，案頭必備的寶典。

福建師範大學文學院百年學術論叢・第一輯 1702A10

六朝文學研究——穆克宏自選集

作　　者　穆克宏
總 策 畫　鄭家建　李建華
發 行 人　林慶彰
總 經 理　梁錦興
總 編 輯　張晏瑞
編 輯 所　萬卷樓圖書股份有限公司
　　　　　臺北市羅斯福路二段 41 號 6 樓之 3
　　　　　電話 (02)23216565
　　　　　傳真 (02)23218698

發　　行　萬卷樓圖書股份有限公司
　　　　　臺北市羅斯福路二段 41 號 6 樓之 3
　　　　　電話 (02)23216565
　　　　　傳真 (02)23218698
　　　　　電郵 SERVICE@WANJUAN.COM.TW
香港經銷　香港聯合書刊物流有限公司
　　　　　電話 (852)21502100
　　　　　傳真 (852)23560735

ISBN 978-986-478-203-1
2018 年 9 月再版
2015 年 1 月初版
定價：新臺幣 960 元

如何購買本書：

1. 劃撥購書，請透過以下郵政劃撥帳號：
　帳號：15624015
　戶名：萬卷樓圖書股份有限公司
2. 轉帳購書，請透過以下帳戶
　合作金庫銀行 古亭分行
　戶名：萬卷樓圖書股份有限公司
　帳號：0877717092596
3. 網路購書，請透過萬卷樓網站
　網址 WWW.WANJUAN.COM.TW
大量購書，請直接聯繫我們，將有專人為
您服務。客服：(02)23216565 分機 610

如有缺頁、破損或裝訂錯誤，請寄回更換
版權所有・翻印必究
Copyright©2018 by WanJuanLou Books CO., Ltd.
All Rights Reserved　　　Printed in Taiwan

國家圖書館出版品預行編目資料

六朝文學研究——穆克宏自選集 / 穆克宏著.
-- 再版.-- 臺北市：萬卷樓, 2018.09
面；公分.--（福建師範大學文學院百年學術
論叢・第一輯・第 10 冊）
ISBN 978-986-478-203-1（平裝）
1.六朝文學　2.文學評論
820.8　　　　　　　　　　　107014291